Un été prodigue

Barbara Kingsolver

Un été prodigue

Roman traduit de l'anglais (États-Unis)
par Guillemette Belleteste

Rivages

Illustration :
Knapsack, 1978, aquarelle sur papier,
collection privée, © Andrew Wyeth.

Titre original : *Prodigal Summer*
HarperCollins Publishers Inc., New York, 2000

© 2000, Barbara Kingsolver
© 2002, Éditions Payot & Rivages
pour la traduction française
© 2004, Éditions Payot & Rivages
pour l'édition de poche
106, boulevard Saint-Germain – 75006 Paris

ISBN : 2-7436-1261-4
ISSN : 1160-0977

À Steven, Camille et Lily
et à la Nature en tous ses lieux.

Remerciements

Ce roman est issu du fertile terreau entretenu par mes amis et voisins de Virginie. Toute ma reconnaissance à Neta Findley pour la générosité de son accueil et l'amitié qu'elle a su me témoigner, ainsi qu'à Bill, son mari disparu, et à leur fils, Joe, dont les récits pleins d'humour ont enrichi mon existence ainsi que ce livre. Je réserve une dîme de ma future récolte de pommes à Fred Hebard, de l'American Chestnut Foundation, pour m'avoir apporté son aide tous azimuts et de précieuses informations sur l'arboriculture : le programme de réintroduction du châtaignier de la Fondation – un projet beaucoup plus systématique que celui que j'ai imaginé pour les besoins de ce roman –, qui, un jour, fera revivre cet arbre dans les forêts d'Amérique. Merci également à Dayle, à Paige et à Kyla, les parents de nos parents. Je remercie Jim et Pam Watson de leurs promenades en carriole, de leur bonne humeur et de leur bonne volonté ; Mlle Amy pour le repos de l'esprit ; Randy Lowe pour ses avis éclairés ; le Cooperative Extension Service pour avoir répondu à mes questions les plus saugrenues ; Bill Kitrell, du Nature Conservancy, qui m'a fourni de précieux aperçus sur son métier, de même que Braven Beaty, Kristy Clark, Steve Lindeman et Claiborne Woodall. Enfin, je suis redevable à Felicia Mitchell de m'avoir tenu compagnie lors de sessions à la laverie automatique et d'investigations dans les brocantes, et surtout de m'avoir empêchée de manquer cette première soirée à la ferme.

À travers le monde, je dois beaucoup à un réseau tellement étendu d'amis et de collègues qu'il me sera difficile ici de les mentionner tous personnellement, malgré l'éminence de certains noms. Mes remerciements chaleureux à Emma Hardesty pour toutes ces années de compagnonnage ; à Terry Karten pour sa foi inébranlable en la littérature ; à Jane Beirn pour avoir avec élégance relié mon moi intérieur au monde extérieur ; à Walter Thabit pour sa connaissance des jurons arabes ; à Frances Goldin pour ses recettes, pour m'avoir dispensé ses connaissances de la syntaxe yiddish, pour son infaillible instinct et son inconditionnelle affection. De tout, finalement, et au-delà de ce qu'il est possible de recevoir. Je remercie profondément la famille d'Aaron Kramer d'avoir eu l'amabilité de m'autoriser à reproduire ici « *Prothalamium* », le beau poème extrait de *The Thunder of the Grass* (International Publishers, New York) ; j'ai pu, en effet, découvrir la beauté et la grandeur de l'œuvre de cet écrivain, toute de passion et de conscience sociale, dont je me sens sœur par l'esprit. Je remercie Chris Cokinos pour son merveilleux livre *Hope is the Thing with Feathers* ; Carrie Newcomer pour son habileté à tisser des liens invisibles ; W. D. Hamilton *(in memoriam)*, à la fois remarquable et audacieux ; Eward O. Wilson pour tout cela et aussi pour son dévouement. Dan Papaj, qui a su attirer mon attention sur bien des merveilles et mystères des lépidoptères et a su en résoudre d'autres. Robert Pyle, qui a répondu à toutes mes questions à propos des papillons et des lépidoptères. À Mike Finkel, qui, grâce à son article « *The ultimate survivor* » (Audubon, mai-juin 1999), m'a communiqué une autre vision des coyotes. À Paul Mirocha, qui a su faire œuvre artistique de mes vagues suggestions pour l'illustration des pages de garde du livre.

Pour leurs appréciations des différentes versions du manuscrit, je remercie Steven Hopp, Emma Hardesty, Frances Goldin, Sydelle Kramer, Terry Karten, Fenton Johnson, Arthur Blaustein, Jim Malusa, Sonya Norma, Rob Kingsolver, Fred Hebard, Felicia Mitchell, et l'équipe enthousiaste de HarperCollins ; tous m'ont aidée. Je reste bien entendu l'unique responsable de toute erreur qui se serait glissée dans ce roman en dépit de ces nombreuses compétences.

Enfin, je remercie mes parents d'avoir choisi de m'élever dans une zone géographique située entre fermes et espaces naturels et de m'avoir ainsi communiqué une vision du monde largement colorée de vert, de même que mon frère Rob, mon mentor, mon complice lors de nos chasses aux serpents et de nos recherches de papayes. Ma sœur Ann, à qui sa générosité a donné des ailes pour me venir en aide. Mes filles, Camille et Lily, prodiges de grâce et d'émerveillement, qui me livrent à chaque jour qui se lève un monde renouvelé. Et enfin, je suis reconnaissante à Steven, dont l'écoute parfaite et la main sûre m'ont soutenue tout au long de ce livre et dans la vie, d'être ce compagnon inespéré que le destin m'a donné.

Prothalame

Venez, vous tous les inconsolés, souverains d'une chambre
*   solitaire*
au papier peint d'oiseaux muets et de fleurs à la floraison factice,
aux armoires pleines de rêves morts depuis si longtemps !

Venez, parcourons les rues anciennes – telle une mariée :
écartons les feuilles mortes d'un balai impitoyable ;
apprêtons-nous pour le Printemps, comme pour un fiancé
dont, impatients, nous guetterions le pas léger.

Nous effacerons les ombres, où les rats se sont longtemps
*   nourris ;*
balayerons notre honte – et à sa place nous bâtirons
une demeure d'amour, une splendide couche nuptiale
parfumée de fleurs tremblantes pour le Printemps.
Et quand il viendra, nos rêves assassinés s'éveilleront ;
et quand il viendra, tous les oiseaux muets chanteront.

Aaron Kramer *

* Poète américain, traducteur et enseignant, Aaron Kramer (1921-1997) devait atteindre une renommée nationale dans les années 40. À travers ses œuvres, il dénonça avec passion les abus du maccarthysme dans les années 50. Traducteur de Heine, de Rilke, il s'est attaché à transcrire en anglais de nombreux poètes de langue yiddish, puis il traduira le livret de l'opéra *Der Kaiser von Atlantis* de Viktor Ullman et de Petr Kien, tous deux internés au camp de concentration de Terezin. Ses propres œuvres poétiques ont fait l'objet de traductions en de nombreuses langues. Lecteur à la radio, dans les universités et dans les bibliothèques, il se révéla un pionnier dans le domaine de la thérapie par la poésie.

1
Les prédateurs

Tous les mouvements de son corps dénotaient une franchise que donnent des habitudes de vie solitaire. Mais la solitude n'est vécue comme telle que par l'être humain. Chaque pas silencieux résonne comme le tonnerre dans la vie souterraine de l'insecte ; tout choix renouvelle l'univers de l'élu. Il n'existe pas de secret sans témoins.

L'aurait-on épiée dans cette forêt – un homme armé d'un fusil, par exemple, dissimulé dans un épais taillis de fayards –, qu'on aurait remarqué sa rapidité à remonter le sentier et son sérieux lorsque, le sourcil froncé, elle examinait le sol devant elle. Une femme en colère, sur les traces d'une créature haïssable.

On se serait trompé. Frustrée, elle l'était certainement de suivre dans la boue des empreintes qu'elle ne parvenait pas à identifier. Cette femme était sûre d'elle, d'habitude. Pourtant, si elle avait pris la peine de se poser la question en cette matinée détrempée et ensoleillée, elle aurait dit être heureuse. Elle aimait l'atmosphère qui succède à une pluie violente et la percussion sifflante dont se remplit une forêt de feuilles qui dégouttent à vous en retirer les mots de la tête. Son corps était libre d'obéir à ses propres lois : de marcher à longues enjambées trop difficiles à suivre, de s'asseoir sans façon sur ses talons, au milieu du sentier, là où il fallait palper les feuillages écrasés, une grosse natte de cheveux presque aussi épaisse que l'avant-bras balayant le sol depuis son épaule lorsqu'elle se baissait.

De tous ses membres, elle se réjouissait d'être de nouveau à l'air libre, hors du refuge exigu dont les murs en rondins s'étaient couverts d'une barbe envahissante durant les longues pluies printanières. Le sourcil froncé n'était que de pure concentration, rien d'autre. Les deux années passées seule l'avaient rendue aussi indifférente qu'une aveugle à l'apparence de son propre visage.

Toute la matinée, la piste de l'animal l'avait menée vers les hauteurs, le long d'une touffe de rhododendrons, dans la montagne qu'elle gravissait maintenant à travers une forêt de très vieux arbres, tellement escarpée qu'elle avait toujours échappé à la coupe. Pourtant, même ici, où une solide voûte de chênes et de noyers d'Amérique protégeait le sommet de la crête, la pluie de la nuit précédente était tombée suffisamment fort pour brouiller les traces. La taille de la bête, elle avait pu la déterminer à la trouée faite dans la broussaille vernissée des podophylles, ce qui suffit à accélérer les battements de son cœur. Sans doute était-ce ce qu'elle cherchait depuis ces deux dernières années ou plus. Une éternité. Mais pour en être absolument sûre, certaines précisions lui étaient nécessaires, en particulier la marque ténue d'une griffe, au-delà du coussinet, celle qui distingue le doigt du canidé de celui du félin. La première chose qui s'effacerait sous une pluie abondante, de telle sorte qu'elle ne lui apparaîtrait pas maintenant, même en cherchant bien. Il lui faudrait autre chose que des traces, mais en cette tendre matinée humide d'un commencement du monde, elle s'en contenterait. Elle saurait se montrer patiente dans sa traque. Finalement, l'animal se trahirait par un tas de déjections (peut-être elles aussi désagrégées par la pluie) ou tout autre chose, un indice propre à son espèce. L'ours laisse des marques de griffes sur les arbres, parfois même de dents sur l'écorce, mais ce n'était pas un ours. Ça avait la taille d'un berger allemand, mais ce n'était pas non plus un animal domestique. Le chien qui avait laissé ces traces, si chien il y avait, devait être bien sauvage et bien affamé pour être dehors sous une pluie pareille.

Elle tomba sur un endroit où il avait fait le tour d'une souche de châtaignier, probablement pour y laisser son empreinte. Elle examina la souche : un vieux géant qui retournait à la terre en se décomposant en menus fragments depuis sa mort par la hache ou par la maladie. À son pied, des champignons parsemaient l'humus, tout petits, orange vif, avec leurs chapeaux délicatement ourlés comme des parasols ouverts. Si fragiles que la trombe d'eau aurait dû les meurtrir ; ils avaient sûrement poussé dans les quelques heures qui avaient suivi l'arrêt de la pluie – après le passage de l'animal, donc. Inspirés par l'odeur d'ammoniaque. Elle examina longuement le sol, inconsciente des élégantes proportions de son nez et de son menton, vus de profil, inconsciente de sa main gauche qui s'agitait près de son visage pour disperser un nuage de moucherons et dégager une mèche folle de ses yeux. Elle s'accroupit, se carra en posant le bout de ses doigts sur la mousse au pied de la souche et appuya son visage contre le vieux bois musqué. Le huma.

« Un félin », dit-elle à mi-voix. Pas ce qu'elle aurait espéré, mais une bonne surprise tout de même de trouver la preuve qu'un lynx avait établi son territoire sur cette crête. La combinaison de forêts et de marécages de ces montagnes offrait peut-être un excellent habitat de base à ces félins, mais elle savait que la plupart d'entre eux s'en tenaient aux falaises calcaires de la rivière le long de la frontière, entre la Virginie et le Kentucky. Mais pas d'erreur. Cela expliquait les hurlements qu'elle avait entendus deux nuits plus tôt, déchirants, à vous glacer d'effroi sous la pluie, comme des lamentations de femme. Elle était certaine que c'était un lynx, pourtant cela l'avait empêchée de dormir. Personne ne pouvait rester insensible à une angoisse aussi humaine. À son souvenir, elle frissonna tandis que, pesant de tout son poids sur ses orteils, elle se rétablissait sur ses jambes.

Et il fut là, debout, à la dévisager. Botté, dans sa tenue de camouflage, il portait un sac à dos plus gros que le sien. Un fusil, du sérieux – un 30/30, à première vue. La surprise avait dû bouleverser son visage avant qu'elle ne songeât à se reprendre pour affronter un regard d'être humain. S'il lui arrivait de rencontrer des chasseurs montés jusqu'ici, c'était toujours elle qui les voyait en premier. Celui-là l'avait privée de son avantage – il l'avait devancée.

« Eddie Bondo », c'est ce qu'il venait de lui dire en touchant le bord de son chapeau, quoiqu'elle eût mis un certain temps à le réaliser.

« Pardon ?

– C'est ainsi que je m'appelle.

– Bon sang ! laissa-t-elle échapper. Je ne vous ai pas demandé votre nom.

– Il fallait que vous le sachiez tout de même. »

Insolent, pensa-t-elle. Ou armé, plutôt. Comme un fusil, prêt à tirer. « Quel besoin j'ai de savoir votre nom ? Vous allez me raconter des bobards pour que je les colporte ensuite ? » lui demanda-t-elle posément. C'était une tactique apprise de son père et plus généralement une attitude de montagnard – feindre le calme lorsqu'on se sent profondément agité.

« Ça, je ne peux pas dire. En tout cas, je ne mords pas. » Il souriait de toutes ses dents, sans doute pour se faire pardonner. Il était beaucoup plus jeune qu'elle. Sa main gauche remonta jusqu'à son épaule, effleurant du bout des doigts le canon de son fusil en bandoulière. « En plus, je ne tire pas sur les femmes.

– Bravo. Heureuse de l'apprendre. »

Il avait prononcé ces mots à la façon des gens du Nord. Un étranger, un intrus. Il n'était pas très grand mais tout en muscles, ce qu'on devine sous un vêtement masculin, et aux poignets, au cou, à une certaine façon de se tenir : bâti comme quelqu'un qui a l'habitude du travail, tendu, même au repos. Il dit : « Vous reniflez les souches, à ce que je vois.

– Exact.

– Vous avez sans doute une bonne raison de le faire ?

– Ouais.

– Vous pouvez me la dire ?

– Non. »

Une autre pause. Elle surveillait ses mains, mais l'éclat vert sombre de ses yeux l'attirait comme un aimant. Il l'observait avec attention, semblant chercher à déchiffrer ce que dissimulaient ses inflexions montagnardes. Son sourire s'inversa, les coins de sa bouche tombants, sorte de question entre parenthèses au-dessus du menton carré. Elle ne se rappelait pas avoir jamais vu un mélange de traits aussi impérieux chez un homme.

« Vous n'êtes pas très bavarde. La plupart des filles que je connais passent la moitié de leurs journées à jacasser de ce qu'elles n'ont pas fait et ne feront pas en fin de compte.

– Disons que je ne suis pas la plupart des filles que vous connaissez. »

Elle se demanda si elle n'était pas en train de le provoquer. Elle n'avait pas de fusil, lui en avait un, bien qu'il eût promis de ne pas tirer. Ou de ne pas mordre, en l'occurrence. Ils restèrent plantés là, sans mot dire. Elle mesura le silence au nuage qui traversa le soleil et aux deux chants de grives des bois qui retentirent soudain à plein à travers les feuilles et restèrent en suspens dans l'air entre elle et cet homme, une… proie ? Non, un intrus. Très probablement un *prédateur*.

19

« D'accord si je vous accompagne juste un moment ? demanda-t-il poliment.

– Non, dit-elle d'un ton sec. Ça ne me convient pas. »

Homme ou adolescent, qui était-il ? Son sourire s'effaça, soudain blessé de la sécheresse du ton comme un enfant qu'on a réprimandé. Elle ne savait comment lui parler, comment s'y prendre. Se débarrasser d'un type qui avait oublié la date de clôture de la saison du gros gibier – ça oui, elle savait faire, ça faisait partie de son travail. Mais d'habitude, à ce stade de la conversation, tout était terminé. Et pour commencer, les bonnes manières n'avaient jamais été son fort, même dans sa vie d'avant, lorsqu'elle habitait dans sa maison de brique soigneusement coincée entre un mari et des voisins. Elle enfonça quatre doigts dans ses cheveux, longue masse brune mêlée de fils d'argent, et les ramena du front vers l'arrière pour rentrer les mèches rebelles dans la natte au bas de sa nuque.

« Je suis sur une piste, dit-elle calmement. Deux personnes font deux fois plus de bruit qu'une seule. Si vous êtes chasseur, je suis sûre que vous le savez.

– Vous n'avez pas de fusil à ce que je vois.

– Apparemment non. Nous sommes, semble-t-il, dans la forêt de l'État, dans une zone de protection du gibier où l'on ne chasse pas.

– Ah, dit Eddie Bondo. Tout s'explique.

– En effet. »

Il ne lâchait pas prise, la regardant de haut en bas, interminablement. Assez longtemps pour qu'elle comprît soudainement qu'Eddie Bondo – l'homme, non l'enfant – venait de la dévêtir puis de la revêtir de toutes ses épaisseurs et tout cela dans le bon ordre. Le nylon vert foncé et le Gore-Tex, c'était la tenue des gardes forestiers, la flanelle de coton lui appartenait, tout comme le caleçon long en Thermolactyl, et ce qu'un homme pouvait trouver d'intéressant là-dessous, elle n'en avait pas la moindre idée. Personne n'était venu là depuis un certain temps.

Enfin, il fut parti. Un chant d'oiseau résonna dans l'espace entre les arbres, dans l'atmosphère raréfiée qui semblait tout à coup immense et vide. Il avait plongé la tête la première dans les rhododendrons, ne laissant derrière lui aucune raison de penser qu'il fût jamais venu là.

Une rougeur fut ce qu'il lui laissa. Cuisante. Dans le cou.

Elle se coucha l'esprit rempli d'Eddie Bondo et se leva avec le pistolet réglementaire pris dans sa ceinture. Le pistolet, elle était censée le porter sur elle pour se protéger des ours, pour se défendre, et elle se dit que c'était presque le cas.

Deux jours durant, elle le vit partout – devant elle sur le sentier, au crépuscule ; dans son refuge, devant la fenêtre éclairée par la lune. Dans ses rêves. Le premier soir, elle tenta de se distraire ou de tromper son attente en lisant, et le second, elle se lava soigneusement à l'aide de l'eau de la bouilloire, d'un gant et du savon qu'elle évitait normalement parce qu'il assaillait les narines des cerfs et autres animaux de l'unique odeur connue d'eux, celle des chasseurs – celle du prédateur. Les deux nuits, elle se réveilla en nage, dérangée par les bruits furieux, sourds, de chauves-souris qui s'accouplaient dans les ombres sous l'avant-toit de sa galerie, copulations agressives qui ressemblaient à des collisions d'étrangers.

Et maintenant, ici même, en chair et en os en plein jour, à côté de cette souche de châtaignier. Car, lorsqu'il réapparut, ce fut au même endroit. Cette fois, il portait son sac à dos, mais n'avait pas de fusil. Son pistolet à elle était sous sa veste, chargé, au cran de sécurité.

De nouveau, elle s'était accroupie près de la souche en quête d'indices, tout à fait certaine d'être, cette fois, sur les traces de ce qu'elle cherchait. Nul doute que celles-ci fussent celles d'un canidé : de la femelle sans doute dont elle avait localisé la tanière quatorze jours plus tôt. Mâle ou femelle, l'animal s'était arrêté auprès de la souche, avait remarqué l'empreinte du lynx, qui l'avait intrigué, irrité, ou n'avait rien signifié du tout pour lui. Difficile pour un humain de savoir ce qui pouvait lui traverser l'esprit.

Et de nouveau – comme si le fait de se relever de cette souche avait matérialisé Eddie Bondo, comme s'il était sorti de l'afflux de sang à sa tête –, il fut là, lui souriant.

« Ah, vous êtes là. Pas comme la plupart des filles de ma connaissance. »

Son cœur battit assez fort pour transformer ce qu'elle entendit en pulsations.

« La *seule* que vous connaissiez, j'ai l'impression, si vous explorez la forêt de l'État de Zébulon. Ce qui semble être le cas. »

Il était sans chapeau cette fois, ses cheveux noirs très légèrement ébouriffés comme les plumes d'un corbeau sous la bruine. Ils étaient d'une épaisseur soyeuse qu'elle lui envia un peu, car parfaitement lisses, souples et impeccables. « Voyez, madame le Garde. Pas de fusil. Contemplez un type correct, respectueux de la loi.

– C'est ce que je vois.

– Je ne peux pas en dire autant de vous, ajouta-t-il. Qui reniflez les souches.

– Non, je ne peux pas prétendre être correcte. Ni être un homme. »

Son sourire narquois s'assombrit un peu. « Ça, je le vois. »

Je possède une arme. Il ne peut pas me faire de mal, mais elle sut en se disant ces mots que la situation s'était retournée. Il était revenu. Elle avait voulu qu'il revînt à cet endroit. Mais, cette fois, elle attendrait qu'il se découvre. Il resta silencieux une minute ou plus. Puis dit enfin :

« Mille excuses.

– Pourquoi ?

– De vous tanner comme ça. Mais j'ai décidé de vous accompagner dans cette traque aujourd'hui, juste un petit moment. Si ça ne vous gêne pas.

– Qu'est-ce que vous espérez tant trouver ?

– Ce qu'une charmante fille comme vous peut bien chercher, à renifler comme ça dans ces grands bois. Ça m'a empêché de dormir la nuit. »

Alors, il avait pensé à elle. La nuit.

« Je n'ai rien d'un petit chaperon rouge, si c'est ce qui vous tracasse. Et j'ai le double de votre âge. » Elle avait prononcé ces mots avec l'intonation des gens de la montagne, une habitude depuis longtemps disparue qui contaminait de nouveau son parler si rarement mis à l'épreuve.

« Ça, j'en doute sincèrement. »

Elle attendit et il proposa : « Je resterai à distance si vous préférez. »

Elle n'aimait pas l'idée qu'il la suivît. « J'aimerais mieux que vous passiez devant, en veillant à ne pas piétiner les empreintes de la bête que je cherche. Si vous pouviez faire attention à les éviter. » Elle indiqua du doigt les traces du félin vieilles de trois jours, non celles – plus récentes – imprimées dans la terre végétale sur le bas-côté de la piste.

« Oui m'dame, ça je crois en être capable. » Il s'inclina légèrement, tourna les talons et prit la tête, à distance convenable des empreintes, foulant à peine l'humus. Il était habile. Elle le laissa pratiquement disparaître dans le feuillage, puis elle emboîta la trace des deux mâles dans leurs foulées parallèles, celle du félin et celle de l'homme. Elle voulait le regarder marcher, observer son corps sans qu'il le sût.

C'était en fin d'après-midi, un soupçon de noir gagnait déjà le versant nord de la montagne, là où les rhododendrons se pressaient dans l'évasement de chaque combe. Sous leur ombre dense, le sol était à nu et usé. Dans un mois, ils seraient couverts de leurs grosses boules de fleurs roses comme des bouquets de demoiselles d'honneur, fantaisie presque trop voyante pour une fleur des bois sur cette montagne solitaire. Mais à ce stade les boutons étaient encore en sommeil. Pour l'instant, seule la terre humide fleurissait comme par accès : les érythrines mouchetées, les claytonies, toutes les fleurs sauvages de dessous qui devaient accomplir un cycle de vie accéléré entre les premières tiédeurs de mai – tant que le soleil les atteignait encore à travers les branches dénudées – et l'obscurité ombragée d'un sous-bois de juin. Beaucoup plus loin en bas, au pied de cette montagne, sur les terres culti-vées de la vallée, le printemps se serait dévidé dès la première semaine de mai, mais la marée de fleurs sau-vages qui balayait les flancs de la montagne venait à peine de parvenir jusqu'ici, à quatre mille pieds. Sur ce sentier, les têtes fleuries pleines d'espoir poussaient si serré qu'on les écrasait en marchant. Encore quelques semaines et les arbres seraient définitivement couverts de feuilles, la voûte se refermerait et cette floraison dis-paraîtrait. Le printemps se déplacerait plus haut pour réveiller les ours et finalement baisserait comme une flamme, absorbé par la forêt d'épinettes sombres sur le crâne du Zébulon. Mais là, maintenant, le printemps s'animait en pleine période de lascivité. Partout où le regard se posait, on essayait de gagner du temps, de la lumière, de profiter du baiser d'un pollen, de l'union du spermatozoïde et de l'œuf, d'une seconde chance.

Il s'arrêta deux fois sur la piste devant elle, une fois auprès d'une azalée couleur flamme, tellement couverte de fleurs qu'on eût dit un buisson ardent, et une autre fois sans aucune raison apparente. Mais à aucun moment, il ne se retourna. Il devait guetter son pas, pensa-t-elle. Ça, au moins, ou peut-être que non. Ce n'était vraiment pas important.

Ils atteignirent le point où la trace ancienne du lynx s'engageait directement dans la montée, et elle le laissa filer. Elle attendit qu'il fût hors de vue pour faire demi-tour et redescendre en biais le long de la pente raide, jusqu'à ce que son pied retrouvât le terrain ferme de l'une des pistes de l'Office forestier. Elle avait entretenu des kilomètres de ces pistes, une centaine ou plus au cours de ces derniers mois, mais ce sentier n'était jamais envahi d'herbe car il passait entre son refuge et un promontoire qu'elle aimait bien. Les traces les plus fraîches s'étaient écartées de celles du lynx et elles réapparaissaient ici, menant exactement là où elle pensait qu'elles iraient : vers le bas, en direction de sa récente découverte. Aujourd'hui, elle dévierait de cette piste. Elle avait déjà renoncé à s'en approcher depuis deux semaines – quatorze longues journées, comptant comme des saisons ou des années. C'était le 8 mai, le jour où elle avait décidé qu'elle reviendrait là, pour surprendre son secret afin de se convaincre de sa réalité. Mais pas maintenant, non ; bien sûr que non. Elle laisserait Eddie Bondo la rattraper quelque part ailleurs, s'il la cherchait.

De la crête elle était descendue jusqu'à un bassin bordé de calcaire où des capillaires tombaient en cascade des affleurements de pierre. La roche suintait, striée de sombre par les ruissellements d'humidité qui jaillissaient maintenant partout d'une montagne trop longtemps saturée d'un excès de pluie. Elle était proche du sommet du cours d'eau, arrivant dans la futaie de tsugas la plus ancienne de toute cette chaîne. Des plaques d'aiguilles claires, sèches, parfaitement circulaires, s'étendaient comme des drapés d'arbres de Noël sous les immenses conifères. Elle marqua une pause à cet endroit, les pieds dans ce tapis, à l'écoute. *Titu titu titu*, lançaient les mésanges à tête noire, ses préférées. Un craquement. Il était revenu sur ses pas, il la suivait maintenant. Elle attendit qu'il émergeât de la lisière du bois sombre.

« Vous avez perdu le lynx ? lui demanda-t-elle.

– Non, je vous ai perdue, vous. Pendant un temps.

– Pas longtemps, à ce que je vois. »

Il avait remis son chapeau, le bord rabattu. Son regard était plus difficile à déchiffrer. « Ce n'est pas ce lynx-là que vous cherchiez aujourd'hui, dit-il d'un ton accusateur. Ces traces sont déjà anciennes de quelques jours.

– Exact.

– J'aimerais bien savoir ce vous cherchez.

– On ne peut pas dire que la patience soit votre fort. »

Il sourit. Provocant. « Quel est votre gibier, la belle ?

– Le coyote. »

Ses yeux s'agrandirent l'espace d'une seconde et demie. Elle aurait juré que ses pupilles s'étaient dilatées. Elle se mordit la lèvre, consciente de s'être trahie. Elle avait perdu l'habitude de s'adresser aux gens, semble-t-il, d'éluder une question et de cacher l'indispensable.

« En plus des lynx, des ours et des renards, ajouta-t-elle précipitamment, pour faire oublier les coyotes. Tout ce qui vit ici. Mais plus particulièrement les carnivores. »

Elle s'agita un peu, en attente, consciente de ses orteils dans ses souliers. N'aurait-il pas dû ajouter quelque chose après qu'elle eut parlé ? Comme il se taisait, elle suggéra : « Je parie que vous traquiez le gros gibier l'autre jour ? »

Il eut un petit haussement d'épaules. La saison du gros gibier était terminée depuis des mois. Il n'allait pas se faire piéger par une garde forestière, toute badgée qu'elle était. « Pourquoi les carnivores plus particulièrement ? demanda-t-il.

– Pas de raison particulière.

– Je vois. Vous êtes juste de parti pris. Il y a des amateurs d'oiseaux, des collectionneurs de papillons et il y a des filles comme vous pour observer les mangeurs de viande. »

Il devait savoir que cela précisément – cette condescendance de profane – l'inciterait à parler. « Ils occupent le sommet de la chaîne alimentaire, voilà pourquoi, dit-elle avec froideur. S'ils sont sains, cela veut dire que leur proie l'est aussi, de même que *son* alimentation. Sinon, c'est que quelque chose cloche dans la chaîne.

– Ah ouais ?

– Ouais. En gardant un œil sur les prédateurs, on sait ce qu'il y a à savoir sur des herbivores comme les cervidés, et sur la végétation et les détritivores, les populations d'insectes, les petits prédateurs comme les musaraignes et les campagnols. Tout l'ensemble. »

Il l'examinait d'un air perplexe qu'elle connaissait bien. Elle avait l'habitude de voir les Yankees se creuser les méninges à essayer de réconcilier accent montagnard et solide instruction. Il finit par demander : « Et ce qu'il faut savoir sur les musaraignes et les campagnols, c'est quoi exactement ?

– Les campagnols comptent plus que vous ne le pensez. Les coléoptères, les vers. Je parie que pour les chasseurs ces forêts ressemblent à un zoo, mais d'après vous, qui se charge de nourrir les animaux et de nettoyer leurs cages ? Sans les vers et les termites, vous seriez enfoncé ras le chapeau au milieu des branches mortes à chercher un peu de visibilité pour tirer. »

Il retira son chapeau, démonté par son soudain désir de parler. « Je suis *plein de respect* pour les vers et les termites. »

Elle le regardait intensément. « Vous vous fichez de moi ou quoi ? Je n'ai pas souvent l'occasion de parler avec des gens, vous savez, je ne sais plus très bien décoder ce qu'on me dit.

– Écoutez, jusqu'ici je me suis mal conduit. » Il plia son chapeau de toile en deux et le glissa dans une boucle de son sac. « Et avant ça, je me suis montré indiscret. Pardon. »

Elle haussa les épaules. « Il n'y a rien à cacher, vous pouvez poser des questions. C'est mon travail. Je suis payée par le gouvernement pour le faire, malgré les apparences. Ça ne rapporte pas *énormément*, mais je ne me plains pas.

– À faire quoi ? Chasser les gêneurs comme moi ? »

Elle sourit. « Ouais, en grande partie. Et à entretenir les chemins. Et en août, quand il fait trop sec, il faut que je détecte les feux de forêt du haut d'une tour de guet. Mais la plupart du temps je reste ici à surveiller les bois. C'est ma principale activité. »

Il leva les yeux vers les tsugas. « À surveiller des yeux le paradis. Dur dur.

– Eh oui. Mais il faut bien que quelqu'un s'en charge. »

C'est alors qu'il la cloua sur place d'un sourire qui l'atteignit en plein cœur. Tous les précédents n'étaient que des ébauches destinées à parfaire celui-là. « Vous devez en avoir sous la caboche, ma p'tite dame. Pour avoir réussi à vous faire accepter dans ce type de boulot.

– Si on veut. Je n'en sais rien. Ça demande un certain profil. Il faut aimer ce genre d'environnement.

– Les visites sont rares ?

– Pas celles des animaux. J'ai bien trouvé un ours dans mon refuge pas plus tard qu'en février dernier.

– Il a passé le mois chez vous ? »

Elle éclata d'un rire dont le son la surprit. Depuis combien de temps ne lui était-il pas arrivé de rire si fort ? « Non. Mais assez longtemps pour faire le sac de ma cuisine. Il y avait eu un semblant de dégel – prématuré – et j'imagine qu'il s'est réveillé affamé. Heureusement que j'étais dehors à ce moment-là.

– Alors c'est tout, juste vous et les ours ? Vous vivez de quoi ? De fruits secs et de baies ?

– Une fois par mois, l'Office forestier m'envoie quelqu'un à bord d'une jeep chargée de nourriture en conserve et de pétrole. En partie, je pense, pour vérifier si je suis toujours vivante et si je bosse. Si j'étais morte, vous comprenez, ils n'auraient plus à déposer des chèques pour moi à la banque.

– Je vois. Le petit ami une fois par mois, c'est dans le contrat. »

Elle fit la grimace. « Mais non. Ils m'envoient un gamin. La moitié du temps je ne suis pas là quand il monte au refuge, je suis ailleurs. J'oublie de noter quand il passe, si bien qu'il laisse le tout dans la cabane. J'ai l'impression que je lui fais un peu peur, à vrai dire.

– Je ne vous trouve pas à faire peur, dit Eddie Bondo. À vrai dire. »

Elle soutint son regard aussi longtemps qu'elle le put. Sous le chaume d'une barbe de deux jours, il avait une mâchoire dont elle imaginait bien le contact sur sa peau, rien qu'à la voir. Y penser lui fit mal, inopinément. Lorsqu'ils se remirent à suivre la piste, elle insista pour qu'il marchât à cinq ou six pas devant elle. Il était silencieux, ce n'était pas quelqu'un qui parlait pour meubler le vide, ce qui était bien. Elle pouvait entendre les oiseaux. Au bout d'un moment, elle s'arrêta pour écouter et fut surprise qu'il en fît autant, dans l'instant, tellement son pas était accordé au sien. Il se tourna vers elle, la tête penchée, et se tint immobile, l'oreille tendue, comme elle.

« C'est quoi ? demanda-t-il au bout d'un moment.

– Rien. Un oiseau, rien de plus.

– Lequel ? »

Elle attendit, puis hocha la tête au son d'un trille aigu, bourdonnant. « Celui-là, là-bas. Une fauvette à tête cendrée. C'est vraiment quelque chose.

– Pourquoi ça ?

– Eh bien, voyez-vous, elles n'ont pas fait de nids sur cette crête depuis les années 30, époque où tous les arbres de ces montagnes ont été abattus. À présent que les grandes forêts repoussent, ces oiseaux viennent de nouveau se reproduire par ici.

– Comment savez-vous qu'ils le font ?

– Évidemment, je ne peux pas le prouver. Ils installent leurs nids là-haut, là où il faudrait être le bon Dieu pour les trouver. Seul le mâle chante, il se fait de la réclame, il a peut-être fait affaire.

– Surprenant, dit Eddie Bondo.

– Mais non. Tout ce que vous entendez dans ces bois en ce moment se résume à ça. Des mâles qui battent le rappel.

– Je veux dire, que vous soyez capable de dire ça à partir d'un petit chant que j'ai à peine entendu.

– Ce n'est pas si difficile. » Elle rougit et fut heureuse qu'il eût repris sa marche devant elle pour qu'il ne pût la voir. Depuis combien de temps n'avait-elle pas rougi ? Elle se le demanda. Des années, probablement. Et maintenant, deux fois au cours de ces deux visites. Rougir, rire, étaient-ce de ces choses qui ne se produisaient qu'entre les gens ? Des formes de communication ?

« Alors comme ça, vous observez aussi les oiseaux, lui dit-il, accusateur. Pas seulement les prédateurs.

– Parce que vous pensez que ce petit-là n'en est pas un ? Mettez-vous donc à la place d'une chenille.

– J'essaye.

– Enfin non. Il n'est pas au sommet de la chaîne alimentaire. Pas comme le grand méchant loup.

– Je croyais que le grand méchant loup faisait partie de votre jeu, madame le Garde.

– Sûrement pas, ce serait vraiment un jeu assommant, à l'ère que nous vivons.

– J'imagine. Qui a tué le dernier loup par ici ? Daniel Boone * ?

– Probablement. Le dernier des grands loups gris. Oui, c'est ça, à peu près à cette époque-là.

– Parce qu'il en existe une autre sorte ?

– Ouais. Le gris, tout le monde le connaît, celui des livres d'histoires. Mais il y en avait un autre dans la région. Un petit, qu'on appelait le loup rouge. Ils les ont tous exterminés avant de se débarrasser des gros.

– Un petit loup ? Je n'en ai jamais entendu parler.

– Il y a peu de chances. Il a déserté la planète, voilà pourquoi.

– Disparu définitivement ? »

Elle hésita. « Tout dépend de ce qu'on entend par là. Il existe un endroit au fin fond d'un marécage, en Louisiane, où des gens prétendent en voir de temps en temps. Mais ceux qu'ils ont capturés là-bas étaient tous croisés avec des coyotes. »

Ils parlaient à voix basse alors qu'il lui tournait le dos, heureuse de le garder devant elle sur la piste.

---

* Daniel Boone (1734-1820). Né en Pennsylvanie, il fut un des premiers explorateurs du Kentucky. Capturé à deux reprises par les Indiens, il parvint à s'échapper et à repousser plusieurs de leurs attaques depuis son camp retranché, d'où Boonesborough tire son origine. Par la suite, devenu trappeur, il exerça une activité de surveillance du territoire et mourut près de Saint Charles, dans le Missouri. *(N.d.T.)*

C'était un marcheur étonnamment silencieux, ce qu'elle appréciait. Et étonnamment rapide. Au cours de son existence, elle n'avait rencontré que très peu d'hommes capables de la suivre à son rythme. *On croirait toujours que tu t'échappes des lieux d'un crime*, disait son mari. *Tu ne peux donc pas marcher normalement comme les autres femmes ?* Mais non, elle en était incapable, et ç'avait été un grief de plus à lui reprocher vers la fin. L'épreuve de la « féminité » était du genre auquel on soumettait les sorcières et qui la condamnait sans appel.

« Mais vous avez bien dit que vous aviez vu des coyotes par ici », reprit Eddie Bondo, revenant doucement à la charge.

Les coyotes : petits fantômes dorés du loup rouge disparu, de retour. Elle aurait bien aimé voir son visage. « J'ai dit ça ?

– Pratiquement.

– J'ai dit que j'étais à leur recherche. » L'art de l'équivoque semblait lui venir à présent. Trop en dire, sans en dire assez. « S'ils se *trouvaient* dans le coin, je serais vraiment curieuse de voir quel effet ils auraient sur les autres populations d'ici. Car ils représentent quelque chose de neuf.

– Sans doute neuf pour vous. Mais pas pour moi. J'en ai vu plus que de tiques sur le dos d'un chien.

– Vraiment ? » À voir ses épaules de dos, elle n'aurait su dire quel était son sentiment, ni même s'il disait vrai. « Je voulais dire "neuf" par ici. Ils n'étaient même pas revenus là à l'époque de Daniel Boone ou des Indiens.

– Ah ?

– Non. Il n'est pas vraiment prouvé qu'ils aient jamais vécu par ici. Et puis, tout d'un coup, ils ont levé le camp et décidé d'étendre leur territoire jusqu'aux Appalaches méridionales, il y a quelques années. On ne sait pas pourquoi.

– Mais je suis sûr qu'une maligne comme vous est capable de théoriser là-dessus. »

Capable, sûrement. Mais elle s'en abstiendrait. Elle le soupçonnait de déjà savoir une grande partie de ce qu'elle lui racontait. C'est-à-dire pas grand-chose. Elle garderait son secret pour elle.

« Ça ne se limite pas seulement à ici », ajouta-t-elle, détestant le ton bavard qu'elle prenait pour éluder le problème. *Pas la plupart des filles que tu connais, mais regarde-moi bien maintenant.* « Ces dernières années, on a vu des coyotes arriver dans toutes les régions continentales. Même en plein New York. Quelqu'un en a photographié un qui courait entre deux taxis.

– Qu'est-ce qu'il fichait là, il essayait d'attraper son métro ?

– D'attraper un rat, plus vraisemblablement. »

Elle se tairait, désormais, décida-t-elle, et elle éprouva la satisfaction habituelle de ce choix, de sa petite crispation intérieure, comme lorsqu'on tire d'un coup sec sur les cordons d'un sac en tissu. Elle conserverait son secret dans le sac, ne quitterait plus la piste des yeux, essaierait d'écouter. Essaierait aussi de détourner le regard du lustre animal de ses cheveux noirs et de la forme des muscles à l'intérieur de son jean. Mais l'homme n'était qu'un seul long muscle, où que l'on posât les yeux.

Elle arrêta son regard sur les arbres, où une récente éclosion d'hémérobes semblait remplir l'air entre les branches. Ils avaient probablement mué après la pluie. Ils étaient partout soudainement, dansant dans les rayons de soleil de la strate supérieure, tremblant de la grave et brève tâche que l'âge adulte leur assignait : vivre, l'espace d'une journée, de la lumière du soleil et du coït. Sortis de leurs lentes, patientes vies de larves carnivores, le dos fendu, débarrassés des enveloppes de ces formes de feuilles rampantes, prédatrices, abandonnées dans la boue, pattes vidées, tandis que leurs nouvelles silhouettes ailées s'élevaient telles des fées charnelles vers l'urgente quête de partenaires, de ponte, et de vie éternelle.

La piste se terminait brusquement sur l'à-pic. Ce qui ne manquait jamais de lui couper le souffle : une paroi de falaise sur laquelle la forêt s'ouvrait simplement et où la montagne s'effondrait sur une trentaine de mètres de calcaire qui représenteraient une escalade difficile, même pour un écureuil. La première fois qu'elle était venue ici, elle courait, non de son pas rapide, habituel, mais en petites foulées – Dieu sait à quoi elle pensait ! Et elle était presque passée par-dessus bord. À se déplacer trop vite, c'est ainsi que s'étaient écoulés, semble-t-il, ses premiers mois à ce travail, *à essayer de fuir* la scène du crime. C'était deux étés plus tôt et, depuis ce jour, elle était revenue en esprit un millier de fois sur l'affreux instant où elle avait dû freiner des quatre fers, s'écorchant les genoux et le visage dans sa chute en déracinant presque un jeune arbre à oseille. Sa vie aurait pu si facilement se terminer là, sans le moindre battement de cils, sans le moindre témoin. Elle se rejouait trop souvent la scène, terrifiée de la fragilité du lien – mince attache de remorque – qui reliait cette dernière partie de sa vie à tout le reste. À *ça*. Une autre journée qu'elle avait failli ne pas vivre, le contact du soleil sur son visage et un autre coup d'œil sur ce spectacle de divine verdure étendue au-dessous d'eux comme une longue couverture verte froissée, la mosaïque de champs et de pâturages de la vallée de Zébulon.

« Vous êtes d'ici ? » demanda-t-il.

Elle fit oui de la tête, surprise qu'il l'eût deviné. Ils n'avaient pas parlé de toute une heure, ou presque, pen-

dant qu'ils montaient dans l'après-midi rempli d'hémérobes vers cet endroit, ce spectacle qu'elle contemplait
maintenant. Il y avait le filet d'argent de l'Egg Creek ;
et là où il formait comme le pouce d'une main en rejoi-
gnant les quatre autres doigts de Bitter, Goose, Walker
et Black, se situait la ville d'Egg Fork, une vague combinaison de petits carrés qui ressemblait, de loin, à une
boîte de bonbons à la menthe renversée. Sentimentale-
ment, elle en avait bien d'autres visions : la boutique
d'Oda Black, où des Equimau reposaient sous des
couches de glace pilée dans le congélateur ; la quincaillerie des Little Brothers avec ses bocaux de sucettes
gratuites sur le comptoir poussiéreux – toute une
enfance dans la paume d'une seule vallée. À l'instant
même, elle apercevait une bétaillère qui grimpait laborieusement la voie rapide, à mi-chemin entre le verger
de Nannie Rawley et la ferme qui leur appartenait
autrefois, à elle et à son père. Elle avait beau cligner des
yeux, la maison n'était pas visible d'ici, sous quelque
éclairage que ce fût.

« En tout cas, vous, vous n'en venez pas, c'est sûr,
dit-elle.

– Comment le savez-vous ? »

Elle rit. « À la façon dont vous parlez, et d'une. Et de
deux, il n'existe pas de Bondo dans le comté de
Zébulon.

– Vous connaissez tout le monde dans la région ?

– Tout le monde, répliqua-t-elle, chiens compris. »

Un faucon à queue rouge se laissait porter très haut
au gré d'un courant, poussant en continu des cris
rauques, aigus, d'une joie rapace. Elle scruta le ciel à la
recherche de la partenaire. En général, ce cri était
annonciateur d'un ballet nuptial. Une fois, elle en avait
vu deux s'accoupler en plein vol, s'accrochant et
s'agrippant l'un à l'autre, ailes recourbées, tournoyant
dans l'atmosphère en des plongeons mortels de cent

pieds, à couper le souffle, bien qu'ils eussent fini par se détacher pour reprendre distance et altitude, juste à temps pour ne pas s'écraser dans leur folle passion.

« Comment s'appelle cet endroit ? »

Elle haussa les épaules. « Tout simplement la vallée. La vallée de Zébulon, le nom de cette montagne. » Il aurait ri si elle avait prononcé le nom d'Egg Fork, elle s'en abstint.

« Vous n'avez jamais eu envie d'abandonner ? demanda-t-il.

– Vous me voyez là, en bas ? »

Il mit une main en visière, tel un Indien dans un livre d'histoires, et fit semblant de scruter la vallée. « Non.

– Bon, alors.

– Je veux dire, quitter ce pays. Ces montagnes.

– Je l'ai fait. Et je suis revenue. Il n'y a pas si long-temps.

– Comme les fauvettes à tête grise.

– Comme elles. »

Il hocha la tête. « Mince, je vois bien pourquoi. »

Entre la raison de son départ et celle de son retour, laquelle voyait-il ?

Elle se demanda quelle vision pouvait bien offrir ce lieu aux yeux d'un étranger. Elle savait ce qu'il évoquait ; elle avait appris, en présence de citadins, à ne jamais prononcer à voix haute le nom de sa ville natale. Mais de quoi celle-ci avait-elle l'air, se pouvait-il qu'elle ne fût pas belle ? Dans le fond, elle se résu-mait à une longue succession de petites fermes, coin-cées entre cette chaîne de montagnes et la suivante, celle du vénérable Clinch Peak, avec ses replis de forêts sombres, le long de son interminable crête irrégulière. Entre le sommet de cette crête et celle-ci, il n'y avait rien, qu'une mince épaisseur d'air bleu et un unique faucon.

« Des élevages de moutons, en bas, remarqua Eddie Bondo.

– Quelques-uns, oui. Du tabac. Quelques vaches laitières. »

Elle gardait ses pensées pour elle en cet instant, les caressant comme des cailloux lisses au fond de sa poche tandis que, les yeux mi-clos, elle regardait en direction du Clinch, l'étendue de ses terres et la densité de ses forêts. Au printemps dernier, un producteur laitier était tombé sur une tanière de coyotes, là-bas, dans les bois, au-dessus de ses pâturages. Un père, une mère et six petits à la mamelle, tous morts, d'après des commérages locaux, grâce à la précision de tir du fermier. Elle n'en croyait rien. Elle connaissait le goût des hommes de Zébulon pour les racontars, et elle n'ignorait pas qu'une famille de coyotes était pratiquement une création immortelle. « Mère et père » correspondaient à des termes employés par les fermiers pour désigner quelque chose qui les dépassait ; une famille de coyotes était essentiellement constituée de femelles, de sœurs, sous l'autorité d'une femelle dominante, et qui se consacraient toutes à la descendance d'un seul membre.

Quatorze jours plus tôt, lorsqu'elle avait trouvé la tanière, là-bas sur sa propre montagne, elle avait eu envie de se lever pour chanter victoire. C'était la même meute, il ne pouvait en être autrement. La même famille qui recommençait. Ils avaient choisi un évidement sous la masse de racines d'un énorme chêne abattu près de Bitter Creek, à mi-pente de la montagne. Elle était tombée par hasard sur cette tanière en cherchant un quelconque signe de printemps, au cours de sa descente de la montagne, un sandwich au fond de sa poche. Elle avait vagabondé le long de la cuvette sur une distance d'environ deux miles avant de trouver des jacinthes de Virginie en fleur au bord de la rivière, parmi lesquelles elle s'était assise pour manger, tenant son sandwich d'une main pendant qu'elle observait un tohi à la jumelle, lorsqu'elle avait vu quelque chose bouger dans le trou. Une surprise impensable au bout de deux ans de recherche. Elle avait passé le reste de la journée, couchée sur un lit de pyroles, à retenir son souffle comme une écolière paniquée, dans l'attente d'une brève apparition. Elle avait réussi à surprendre une femelle entrée dans la tanière, flanc doré se mouvant dans l'ombre, et elle en entendit ou en devina deux autres dans les parages. Elle n'osa pas s'approcher de trop près pour voir les petits. Déranger ces dames astucieuses et elles décamperaient de nouveau. Mais celle qu'elle vit était une mère aux lourdes mamelles. Les autres devaient être ses sœurs qui l'aidaient à nourrir les jeunes. Moins les fermiers de la vallée de Zébulon en sauraient sur cette famille, mieux ce serait.

Eddie Bondo hantait ses pensées. Le nylon de sa manche touchait la sienne, lui chuchotant des secrets. Son corps la rappela durement à l'ordre, lorsqu'elle sentit brusquement les muscles de son visage se distendre, muets, tandis qu'elle gardait les yeux fixés sur la vallée tout en essayant de capter son profil dans sa vision périphérique. Savait-il que le frottement de sa manche la troublait autant que si ç'avait été sa peau nue sur la sienne ? Comment en était-elle arrivée à cela, à un corps qui avait perdu tout souvenir du contact humain – était-ce donc ce qu'elle avait voulu ? Elle n'avait pas choisi de divorcer, à moins que son mari n'eût dit vrai et que ses dispositions et son goût pour la nature n'eussent pas été des choix susceptibles de retenir un homme. Un mari plus vieux, aigri par l'âge, et soudainement critique d'une épouse de plus de quarante ans, c'était une chose contre laquelle elle n'avait rien pu faire. Mais cette affectation là-haut, sur le Zébulon, où elle vivait dans un isolement parfait depuis vingt-cinq mois – oui. C'était elle qui en avait décidé. La preuve, au cas où on l'aurait observée, que le mariage ne lui avait jamais été indispensable, au départ.

« Joli », dit-il.

Et elle se demanda : quoi ? Elle le dévisagea.

Il lui rendit son regard. « Avez-vous jamais vu plus joli paysage que celui-là, en bas ?

– Jamais », reconnut-elle. Sa terre natale.

L'extrémité des doigts d'Eddie Bondo se replia sur l'extrémité des siens et il la tint par la main, juste comme ça. La touchant comme si c'était l'unique réaction possible devant toute cette beauté étendue à leurs pieds. Une décharge électrique remonta l'intérieur de ses cuisses comme un éclair qui aurait dépouillé deux arbres d'un seul coup, la laissant comme sur des braises ou peut-être même sur le point de flamber.

« Eddie Bondo », dit-elle d'une voix qui se voulait forte, détournant soigneusement les yeux. « Je ne vous connais ni d'Ève ni d'Adam. Mais vous pouvez passer la nuit dans mon refuge si vous ne voulez pas coucher dans la forêt. »

Il ne lui lâcha plus les doigts après ça.

Ensemble, ils prirent la piste qui ramenait dans les bois, avec cette chose nouvelle entre eux, leurs mains nouées, animées d'extrémités nerveuses comme si quelque animal fringant né de sa volonté propre les avait tirés en avant. Elle avait l'impression que tous ses sens s'étaient dédoublés pendant qu'elle observait cette autre personne et observait ce qu'elle voyait. Il se baissait sous les branches basses et les retenait de sa main libre pour éviter qu'elles ne viennent lui cingler le visage. Ils avançaient proches l'un de l'autre, découvrant soudain pour la première fois aujourd'hui le miracle que deux mois de pluie et deux jours de chaleur printanière étaient capables de faire naître sur le sol d'une forêt. Une explosion de champignons : des jaunes, des rouges, des bruns, des roses, des blancs vénéneux, minuscules, énormes, délicats et voyants, qui peignaient le sol et escaladaient les flancs des arbres de leur chair lamellée et spontanée. Leurs chapeaux bulbeux pointaient à travers l'humus, annonciateurs de l'érotisme de forêts fécondes au plus fort du printemps, du début du monde. Elle s'agenouilla sur l'humus pour lui montrer des langues-de-serpent, lis minuscules aux timides pétales recourbés et aux feuilles tavelées comme le dos d'un mocassin. Il tendit la main près de ses genoux pour toucher une autre fleur qu'elle avait failli écraser par mégarde. « Regardez celle-ci, dit-il.

– Oh, et regardez ça, dit-elle en écho, presque dans un murmure. Un sabot-de-Vénus. » La petite orchidée rose poussait là où elle pensait bien qu'elle serait, là où le sol était assaini par les sapins. Elle s'écarta pour l'épargner et en vit d'autres comme elle, des douzaines de petites bourses ridées et ovales, érigées sur leurs tiges, jusqu'en haut de la crête. Elle serra les lèvres, tentée de détourner les yeux de tant de scrotums roses.

« Qui a bien pu leur donner ce nom-là ? » dit-il en riant – ils rirent tous deux – de celui qui avait le premier prétendu que cette fleur ressemblait à un sabot de Vénus et non à un testicule. Pourtant tous deux palpèrent gauchement la chair veinée de l'orchidée, surpris de sa fraîche texture de légume.

« L'abeille doit entrer là-dedans », dit-elle, effleurant l'ouverture située au-dessous de la couronne d'étroits pétales, là où l'insecte pollinisateur pénétrait dans la poche. Il se pencha plus près pour regarder, lui frôlant le front de son casque de cheveux sombres. Elle fut surprise de l'intérêt qu'il montrait pour la fleur et de sa propre réaction physique à la présence spontanée du jeune homme auprès d'elle. Elle put respirer l'odeur de laine lavée de ses cheveux humides et de sa peau au-dessus de son col. La douleur sèche qu'elle ressentit fut plus intense que la faim – davantage comme une soif. Son cœur battit plus fort et elle se demanda si elle s'était simplement bornée à lui offrir un endroit au sec pour dormir et si c'était ce qu'il avait compris. Était-ce vraiment tout ce qu'elle avait voulu dire ? Elle n'était pas certaine de pouvoir supporter de passer près de lui toutes les heures d'une soirée et d'une nuit dans son petit logis, à vouloir – sans pouvoir – le toucher. Ne supporterait pas de se faire de nouveau rejeter comme elle l'avait été par son mari, à la fin, devenue transparente quand il cherchait ses lunettes ou ses clefs, même lorsqu'elle était nue, son corps étant un simple obstacle, comme une inconnue dans une salle de cinéma qui l'aurait gêné pour regarder son film. Elle était sûrement trop vieille pour se couvrir de ridicule. Cet Eddie Bondo, de près, n'était qu'un très jeune homme, furieusement beau, et qui n'était pas encore très loin de ses vingt ans.

Il se redressa et la regarda, pensif. La surprit de nouveau par ce qu'il dit. « Dans le Nord, il existe quelque chose qui ressemble à ça et qui pousse dans les tourbières. »

Chacune de ses nouvelles présences la troublait, les intonations de sa voix, l'aspect de ses doigts quand ils touchèrent cette fleur, son expérience de tourbières qu'elle n'avait jamais vues. Elle était incapable de quitter des yeux les croissants blancs des ongles ras au bout de ses doigts, les fines rides de ses mains hâlées. Elle dut se forcer à parler.

« Des sabots-de-Vénus, où ça, au Canada ?

– Ce n'est pas la même fleur, mais elle piège des insectes. L'abeille pénètre à l'intérieur à cause de son odeur sucrée et reste prisonnière, à moins de retrouver la sortie. C'est ainsi qu'elle étale le pollen là où la fleur en a besoin. Juste comme ça, tenez. »

Elle se baissa pour voir, consciente de son haleine tandis qu'elle effleurait le petit bouton turgescent à l'intérieur duquel cette orchidée contraignait son pollinisateur à traîner son abdomen avant de le laisser s'échapper, sain et sauf. Par sympathie, elle en éprouva une douleur sur l'arête du pubis.

Comment pouvait-elle désirer cet inconnu ? Qu'y avait-il de plus raisonnable que de se relever et de s'écarter de lui ? Mais lorsqu'il se pencha le visage parallèle au sien, elle ne put s'empêcher de poser une main sur sa mâchoire et cela suffit. La pression de son visage contre le sien la fit lentement reculer jusqu'à ce qu'ils fussent allongés ensemble par terre, cédant finalement à l'effet de gravité. À écraser les orchidées de tout leur corps, pensa-t-elle vaguement, mais elle les oublia car il lui sembla pouvoir décompter chaque épaisseur d'étoffe, de chair et d'os entre son corps à lui et son cœur battant, chaque follicule de sa peau contre son visage, même les stries et les crevasses de ses lèvres quand elles la touchèrent. Elle ferma le yeux pour résister à des sensations insurmontables mais cela ne les rendit que plus intenses, de la même manière que fermer les yeux rend le vertige plus aigu. Alors elle les rouvrit, pour que tout fût réel, possible, le fait qu'ils s'embrassaient couchés sur les feuilles mortes, tombant ensemble comme un couple de faucons, ne plongeant pas dans l'air raréfié mais roulant degré par degré le long de la pente sur les langues-de-serpent et les amanites vénéneuses. Arrivés en bas, ils s'immobilisèrent, son corps au-dessus d'elle. Il la regarda dans les yeux comme s'il y avait quelque chose dessous, au plus profond du sol, et il enleva des feuilles de hêtre brunes de ses cheveux.

« Regardez-moi ça. Vous vous êtes vue ?

– Impossible. » Elle riait. « Pas depuis des années. Je n'ai pas de miroir au refuge. »

Il l'aida à se remettre sur ses jambes et ils marchèrent quelques minutes dans un silence étourdissant.

« Le bout de la route pour la jeep, c'est là, lui indiqua-t-elle lorsqu'ils y parvinrent. Mon refuge est juste un peu plus haut, mais cette route descend directement vers la petite ville qui est plus bas. Si c'est ce que vous cherchiez, voilà la sortie. »

Il s'arrêta pour jeter un coup d'œil en bas, puis la fit doucement pivoter par les épaules pour qu'elle lui fît face, et empoigna sa natte. « J'étais en train de me dire que j'avais trouvé ce que je cherchais. »

Son regard fit un bref aller et retour de côté, d'incrédulité. Mais elle se permit de sourire lorsque ses mains se déplacèrent vers sa poitrine et se mirent à écarter les différentes épaisseurs de vêtements, qui semblèrent toutes s'ouvrir à partir de ce seul endroit au-dessus de son cœur. Il défit sa veste de nylon, la fit glisser de ses épaules jusqu'à ses coudes repliés.

« Trouver n'est pas regarder », dit-elle, mais de nouveau il y eut l'odeur de ses cheveux et de son col quand il posa la bouche contre sa joue. Cette intoxication de laine lui fit penser une fois de plus à la soif, si toutefois elle pouvait lui donner ce nom, mais une soif d'éons que nul être vivant n'aurait pu se retenir d'étancher, une fois l'eau à portée de main. Elle libéra ses coudes de sa veste et la laissa tomber dans la boue, leva les mains vers la fermeture à glissière de sa parka, le dégageant du nylon comme d'une mue. Aidant cette créature neuve à éclore, quelle qu'elle fût. Ils parcoururent maladroitement les dernières centaines de mètres en direction du refuge, refusant de se séparer, traînant leurs sacs et la moitié de leurs épaisseurs de nylon.

Elle l'abandonna ensuite pour aller s'asseoir sur les planches de l'extrémité découverte de la galerie et retirer ses bottes.

« C'est là que vous habitez ?

– Ouais, dit-elle, se demandant s'il fallait ajouter quelque chose. Les ours et moi. »

Il s'assit auprès d'elle et lui posa un doigt sur les lèvres. On ne parle plus de ça, sembla-t-il lui dire – mais ils n'avaient jamais parlé de *ça,* elle n'était pas encore sûre que ce fût vrai. Il guida ses épaules vers le sol, et s'allongea près d'elle, lui caressant le visage, tout en déboutonnant sa chemise et la touchant sous ses vêtements, descendant plus bas, la trouvant, jusqu'au moment où ce fut sa bouche sur la sienne qui l'empêcha de crier. Elle s'arc-bouta et fit glisser doucement son arme, qu'elle envoya promener au loin sur les planches. Tout cela allait trop vite, elle se tendit de nouveau et elle poussa un petit cri, juste un gémissement de femme, et dut s'écarter pour se retenir de s'abandonner totalement à lui. Elle ouvrit les yeux et aperçut son pistolet au bord de la galerie qui visait silencieusement la vallée, le cran de sécurité mis. Parti, le dernier accessoire de sa peur.

Délicatement, elle ôta ses deux mains d'elle, les lui leva au-dessus des épaules et roula sur lui, le plaquant au sol comme un lutteur. Ainsi, à califourchon sur ses cuisses, penchée au-dessus de son visage, elle se sentit stupéfaite jusqu'au tréfonds de l'âme de cette présence humaine si proche d'elle. Il sourit, de ce curieux petit sourire entre parenthèses qu'elle savait déjà attendre. *C'est tout simple, alors,* pensa-t-elle. *C'est donc possible*. Elle se baissa vers lui, goûtant la peau salée de sa poitrine de l'extrémité sensible de sa langue, pour explorer ensuite le bas-ventre plat. Il frémit au contact de son haleine chaude sur sa peau, lui donnant à comprendre qu'elle pouvait s'approprier Eddie Bondo. C'était la décision du corps, d'un corps qui, pas plus qu'une orchidée, ou que l'abeille qui lui était indispensable, n'avait le pouvoir de décider de son histoire naturelle, de sorte qu'ils se perdraient tous deux ici, qu'elle le laisserait entrer, partout où il le souhaiterait. Dans la dernière heure de plein jour, tandis que les hémérobes cherchaient une consolation à leurs vies brèves dans la haute atmosphère lumineuse de la forêt et que l'enveloppe de sa parka vide gisait mêlée à la sienne dans la boue, leurs deux corps soyeux terminèrent de faire connaissance sur le plancher de la galerie. Un coup de brise fit dégoutter la pluie de jeunes feuilles sur leurs cheveux, mais dans leur quête d'éternité, ils n'en remarquèrent aucunement la fraîcheur.

Il lui fallut ensuite un temps interminable, lui sembla-t-il, dans le crépuscule qui s'épaississait, pour reprendre son rythme cardiaque normal. Étendu, il regardait de l'autre côté vers le bois assombri, apparemment indifférent à son propre cœur. Des grives chantaient et il était tard, arrivés à ce point. Un vent se leva, secouant de nouveau des gouttes de pluie des arbres qui sonnèrent comme des chevrotines sur le toit de tôle du refuge et cinglèrent de froid les parties dénudées de leurs corps. Elle étudia une goutte d'eau suspendue au lobe de son oreille, prise dans l'infime fil d'or de l'anneau qui pénétrait son oreille gauche. Était-il vraiment aussi beau qu'elle le croyait ? Ou bien n'était-il qu'un type quelconque, un os jeté à sa faim ?

De la main gauche, il démêla quelques-uns des nœuds de sa chevelure, effets de son œuvre. Mais il regardait toujours au loin ; la main bougeait d'elle-même, comme par distraction. Elle se demanda s'il ne travaillait pas avec des animaux, ou quelque chose de ce genre.

Revenant de là où il s'était absenté, ses yeux se posèrent sur son visage. « Hé, la belle. Vous avez bien un nom ?

– Deanna. »

Il attendit. « Deanna, c'est tout ?

– Deanna, mais je ne suis pas sûre du reste.

– Alors, ça c'est nouveau : voilà à présent une fille qui n'a plus de nom de famille.

– J'en ai un mais c'est celui de mon mari – *c'était* celui de mon mari. Ou du moins il le reste, mais lui n'est plus mon mari. » Elle se redressa sur son séant, frissonnante, le regardant se lever pour enfiler son jean. « Vous ne pouvez pas savoir, mais ça vous laisse dans une situation embarrassante. Ce nom n'est désormais plus rien pour moi, et il colle encore partout à ma vie, à mon permis de conduire, tout.

– "Encore", dit-il moqueur, lui souriant, pesant ses mots. C'est l'empreinte du mâle pour vous. Le marquage du territoire. »

Elle eut un grand rire. « C'est exactement ça. Il a laissé son empreinte sur tout ce que je possède, et puis il est parti. »

Contre toute attente, Eddie Bondo marcha jusqu'au bout de la galerie et pissa par-dessus bord. Elle ne le réalisa que lorsqu'elle entendit la petite projection soudaine heurter les feuilles des podophylles et des fougères de Noël. « Ah non ! » dit-elle.

Il tourna la tête, surpris, la regardant par-dessus son épaule. « Quoi ? Pardon. » Son jet déclina puis se termina par quelques gouttes, à la suite de quoi il se rajusta.

« Vous êtes encore sur mon territoire », dit-elle calmement.

Deanna était restée chaste durant toute son adolescence, trop réservée pour les rituels d'une transformation physique que semblaient attendre les garçons car privée de mère, trop extérieure à ce jeu pour l'apprendre. Lorsqu'elle partit au loin pour ses études universitaires, elle se trouva prise en charge et dirigée par des hommes beaucoup plus âgés – des professeurs, surtout –, jusqu'à ce qu'elle en épouse un. Son éducation rurale, sa grande taille, son sérieux – *quelque chose* – lui avaient fait sauter une génération. Jamais auparavant elle n'aurait eu idée de ce que les hommes proches de la trentaine avaient à offrir. Eddie Bondo savait ce qu'il faisait et il eut l'énergie de parfaire l'exercice jusqu'à satiété. Entre le crépuscule et l'aube, à aucun moment ils ne trouvèrent le sommeil.

Ce n'est qu'aux premières lueurs du jour qu'elle recouvra son calme, assorti de regrets tardifs, pour se demander si elle avait perdu quelque chose d'autre que la tête en cette instance – du moins momentanément. Elle n'ignorait pas que la plupart des hommes de son âge et des autres animaux avaient vécu cela. Une confrontation entre inconnus. Non, pas tout à fait des inconnus car ils avaient mené leur cour amoureuse particulière avec parade, esquive, et trois jours de danse obsessionnelle. Mais le voir maintenant endormi dans son lit lui procurait à la fois une euphorie et un trouble profond. Même sa propre nudité la saisissait ; normalement elle dormait vêtue de plusieurs épaisseurs. Réveillée par la lumière matinale en même temps que les grives des bois, au contact du drap frais sur sa peau, elle se sentait aussi choquée et désorientée qu'un papillon sorti à contretemps de sa chrysalide grisâtre sans savoir où s'envoler.

À voir son sac à dos, elle déduisit qu'il était du genre sans domicile fixe, en route pour quelque grande vadrouille et, piteusement, elle se demanda si elle ne s'était pas accouplée avec quelqu'un de triste notoriété. Vers la fin de la matinée, elle en décida autrement. Il se leva, calmement, sans se presser, et entreprit de retirer soigneusement ses affaires de son sac, les disposant en piles régulières sur le plancher pendant qu'il cherchait des vêtements propres et un rasoir. Un criminel ne prendrait pas le temps de se raser, se persuada-t-elle. Son sac avait un côté petit foyer respectable : infirmerie, réserve à provisions, cuisine. Il avait un gros stock de nourriture là-dedans, et même une petite cafetière. Il trouva un endroit pour caler son miroir en biais sur l'un des rondins du mur pendant qu'il raclait les plans de son visage, centimètre carré par centimètre carré. Elle évita de le regarder. Ensuite, tout en sifflotant, il fit le tour du refuge avec l'assurance d'un invité, ne faisant silence que lorsqu'il examina les titres de ses livres. *Théorie sur la génétique des populations* et *Écologie évolutionniste* : ce genre de chose sembla l'impressionner, ne fût-ce que brièvement.

Il encombrait tellement de sa présence son refuge exigu qu'elle se montra distraite en essayant de préparer le petit déjeuner. Claquant les portes de placard, cherchant les choses au mauvais endroit, si peu habituée qu'elle était à avoir de la compagnie ici. Elle ne possédait qu'une seule chaise à haut dossier, en plus du vieux fauteuil défoncé aux accoudoirs troués de la galerie et dont les moucherolles arrachaient la bourre en blancs lambeaux pour leurs nids. C'était tout. Elle écarta la chaise de la table, cala son haut dossier contre les rondins du mur opposé et lui demanda de s'asseoir, juste pour lui laisser un peu d'espace pendant qu'elle se tiendrait devant le poêle à propane pour brouiller des œufs en poudre et faire bouillir de l'eau pour le gruau. En retrait, à sa droite, il y avait son lit à châssis métallique et son matelas en grand désordre, la table de nuit encombrée de ses livres, de son journal de bord et de la lampe à pétrole, qu'ils avaient presque renversée la nuit dernière dans leur folle précipitation à se consumer.

À un certain stade, ils avaient également laissé le feu s'éteindre dans le poêle à bois, et la matinée était froide. Il faudrait attendre juin pour que les matins se réchauffent par ici, à cette altitude. Lorsqu'elle apporta les deux assiettes d'œufs, il se leva pour lui présenter la chaise et elle s'y recroquevilla, frissonnante dans sa chemise de pilou serrée autour de ses genoux, l'observant à travers la vapeur qui montait de sa tasse de café. Il se dirigea vers la fenêtre et, debout, regarda dehors tout en mangeant. Il mesurait peut-être un mètre soixante-dix. Non seulement plus jeune, mais une demi-tête de moins qu'elle.

« Ne prenez pas ça mal, observa-t-elle, mais d'habitude les types de votre gabarit me fuient aussi vite qu'il est humainement possible.

– Ah ?

– Ouais. Ils me foudroient aimablement du regard depuis l'autre bout de la pièce. Comme si ma taille était pour eux un affront personnel. »

Il la regarda, sa fourchette en suspens. « Ne prenez pas ça mal, mademoiselle Deanna, mais vous fréquentez trop les vers et les campagnols. » Elle se mit à rire et il lui adressa une esquisse de sourire tel un pêcheur de truite qui lance sa mouche. « Vous êtes ce que nous autres, gars de l'Ouest, nous appelons un verre d'eau plein pour la soif. »

Il paraissait sincère. De ses longues cuisses, de ses grands pieds et de ses avant-bras interminables – de toutes ses dimensions, en fait –, il ne semblait jamais avoir son content. C'était surprenant. Cela, elle l'appréciait. C'était sa jeunesse qui l'inquiétait. Elle se retint de lui demander si sa mère savait où il était. Tout au plus se permit-elle de lui poser des questions sur ses origines. « Du Wyoming », fut sa réponse. Éleveur de moutons, fils de trois générations d'éleveurs de moutons. Elle ne lui demanda pas ce qui pouvait bien amener un éleveur de moutons du Wyoming dans le sud des Appalaches à cette époque de l'année. Elle avait la sinistre impression de le savoir.

De sorte qu'elle contempla par la fenêtre, au-delà de sa séduction, les bois au-dehors ainsi que l'or vif du Io nocturne en léthargie, suspendu à la moustiquaire. La créature avait terminé sa nuit de chasse ou d'amours papillonnantes et maintenant, animée par les premières tiédeurs du matin, elle se mettait en quête d'un endroit où replier ses ailes et attendre que passent les vaines heures du jour. Deanna la regarda se traîner lentement jusqu'en haut de la vitre sur ses duveteuses pattes jaunes. L'insecte tressaillit soudain, se déployant pour révéler les sombres ocelles de ses ailes postérieures, menaces pour les prédateurs, puis s'envola vers quelque retraite plus sûre. Deanna eut la même envie de décamper – de fuir ce compagnon de hasard ramassé dans sa forêt.

Un éleveur de moutons. Elle connaissait la haine des éleveurs de l'Ouest pour les coyotes ; elle était proverbiale, et donnait sans doute lieu à la plus farouche des vendettas homme-animal qui existât. Elle sévissait même de ce côté-ci du Mississippi, pourtant moins rude. Les fermiers au milieu desquels elle avait grandi avaient plus tôt fait de tuer un coyote que d'en apprendre le nom. C'était, chez les humains, une haine innée, alimentée par des siècles de contes de fées : dès que l'homme occupe un endroit, il en chasse les loups et les ours. Les Européens avaient tué les leurs depuis des siècles, partout sauf dans les montagnes les plus reculées, et même ces bastions n'étaient sans doute plus qu'une légende, désormais. Depuis l'école primaire, à l'époque où Deanna Wolfe apprenait le « Serment d'allégeance » et cherchait le mot « loup » dans son encyclopédie, elle avait aimé l'Amérique, pays encore assez neuf pour que son peuple n'eût pas exterminé tous ses grands prédateurs. Mais il s'y appliquait, malgré tous ses mérites.

« Vous aviez une carabine, dit-elle. L'autre jour. Une 30/30, semble-t-il. Où est-elle maintenant ?

– Je l'ai planquée », déclara-t-il avec le plus grand naturel. Rasé de frais, joyeux, la poitrine à l'air, il était prêt à avaler les œufs en poudre et ce qu'elle aurait d'autre à lui offrir. Sa carabine était dissimulée quelque part, tout près d'ici, pendant qu'allaient et venaient sur le plancher du refuge ses beaux pieds cambrés et nus, d'une grâce absolue. Deanna eut le sentiment d'être mordue à fond.

Ce qui pouvait attirer un éleveur de moutons du Wyoming dans le sud des Appalaches à cette époque de l'année, c'était la chasse à la prime en montagne, événement organisé pour la première fois cette année et qui s'était tenu récemment, elle le savait, le premier jour de mai – époque des naissances et de l'élevage des jeunes, la saison de chasse la plus inutile au monde à moins qu'une extermination préméditée n'eût été l'objectif recherché. Elle avait attiré des chasseurs de partout dans le but avoué d'abattre des coyotes.

2
Un amour de papillon de nuit

Lusa était seule, blottie dans son fauteuil où elle lisait à la sauvette – l'unique moyen de le faire pour une épouse de fermier, semblait-il –, lorsqu'un violent parfum l'interrompit dans ses réflexions. À la onzième heure du neuvième jour de mai, l'espace d'un instant ineffaçable qui allait tout changer, elle fut arrachée à son existence.

Elle ferma les yeux et, le visage tourné vers la fenêtre ouverte, prit une profonde inspiration. Du chèvrefeuille. Lusa referma le livre sur son index. Un ouvrage de Charles Darwin sur les papillons de nuit, c'était le livre qui l'absorbait : une description d'une *Saturnia carpini* vierge dont l'odeur attirait les mâles en foule au point qu'ils en couvraient sa cage, plusieurs douzaines d'entre eux s'étant aventurés à descendre le long de la cheminée du savant pour la rejoindre. Les piles de livres de Lusa, posés à même le plancher, étaient à moitié dissimulés derrière ce vieux siège trop rembourré, le seul endroit de la maison qu'elle revendiquât comme le sien. Au début, lorsqu'elle avait emménagé, elle avait traîné ce siège, étrange objet tapissé de brocart vert antique, à travers la vaste chambre, jusqu'à la grande fenêtre orientée plein sud, à cause de la lumière. En cet instant, elle se penchait en avant sur son fauteuil, bougeant un peu la tête pour voir au-dehors, à travers l'écran métallique empoussiéré. Au loin, à l'autre bout du champ de fourrage, elle distingua le T-shirt blanc de Cole puis le reste de sa silhouette, l'arc de son corps ployé en avant. Penché hors du siège du tracteur, il cassait une branche du chèvrefeuille qui avait grimpé assez haut sur la clôture en bois de cèdre pour retomber sur la bordure du champ. Peut-être ce panache de chèvrefeuille le gênait-il simplement. Ou encore Cole le cassait-il pour le rapporter à Lusa. Elle aimait en disposer une branche fraîche dans un bocal au-dessus de l'évier, dans la cuisine. Survivre ici ne serait possible qu'à condition de parfumer l'atmosphère et de chasser les austères fantômes femelles de cette cuisine grâce à l'odeur suave et franche d'un rameau fleuri.

Cole était presque à quatre cents mètres à l'autre bout du champ alluvionnaire, occupé à labourer le sol que l'on ensemencerait prochainement de tabac. Il paraissait incroyable que ce débroussaillage pût libérer une bouffée de parfum capable de l'atteindre jusqu'ici, dans la maison, pourtant une petite brise arrivait directement de la bonne direction. Dans les Appalaches, on affirmait que les montagnes respiraient, et c'était vrai : la grande combe escarpée derrière la ferme prenait chaque matin une longue, lente inspiration, qu'elle exhalait toute la soirée à travers les fenêtres ouvertes et à travers champs – une seule et profonde inspiration, chaque jour. Quand, pour la première fois, Lusa était venue ici rendre visite à Cole, elle avait accueilli cette histoire avec un sourire indulgent. Si elle avait un certain respect pour le langage poétique de gens de la campagne, elle doutait de l'exactitude de leurs perceptions : les montagnes respirent et le serpent ne meurt qu'au coucher du soleil, même quand on lui a coupé la tête. Quand une tortue vorace s'attaque à vous, elle ne vous lâche pas tant qu'il n'y a pas d'orage. Pourtant, lorsque Lusa épousa Cole et installa sa vie dans sa maison, le souffle du mont Zébulon lui caressa le visage à longueur de matinée et elle finit par comprendre. Elle apprit à savoir l'heure d'après sa peau, quand le matin virait à l'après-midi et que la respiration de la montagne courait doucement à l'arrière de son cou. Au tout début de la soirée, celle-ci se montrait aussi insistante qu'un soupir d'amoureux, atténué par la fraîcheur des bois humides, rafraîchissant sa nuque et ses épaules dès qu'elle interrompait son travail dans la cuisine pour écarter ses boucles trempées de sueur. Elle avait fini par considérer le Zébulon comme un autre homme dans sa vie, plus massif et plus solide que tout autre compagnon qu'elle eût connu.

Mais à l'instant, il y avait son mari, à l'autre bout du champ, qui brisait une branche de chèvrefeuille pour la lui rapporter. Elle en était sûre car il l'avait coincée entre sa cuisse et le siège rembourré du Kubota. Le nuage de fleurs blanches frémissait tandis qu'il cahotait à travers le champ labouré, pilotant le tracteur à deux mains. Son travail sur la parcelle du bas était presque achevé. À son retour à la maison pour son café tardif du matin et son « dîner », comme elle commençait à appeler le repas de midi, elle mettrait la branche de chèvrefeuille dans l'eau. Peut-être auraient-ils l'occasion de parler à ce moment-là ; peut-être poserait-elle une soupière et du pain sur la table et ravalerait-elle les propos aigres qu'elle avait tenus plus tôt, ce matin-là. Ils se disputaient presque quotidiennement, mais aujourd'hui ça avait été pire encore. Ce matin, au petit déjeuner, elle avait presque pris la décision de partir. Ce matin, il avait voulu qu'elle le fît. Ils avaient utilisé les mots les plus durs de leur vocabulaire. Elle fermait les yeux maintenant, en respirant. Au lieu de ça elle aurait mieux fait de le laisser se moquer de son faible pour cette plante sarmenteuse que les fermiers détestaient voir dans leurs clôtures.

La rubrique jardinage du journal de cette semaine était consacrée à l'élimination du chèvrefeuille. Le point de départ de leur dispute.

« Attention ! Le projet nécessitera des applications répétées d'un puissant défoliant chimique », avait-elle lu à haute voix avec son interprétation personnelle de l'accent montagnard – sot, exagéré –, qu'elle savait énerver Cole. Mais comment aurait-elle pu s'en empêcher ? C'était l'agent délégué du comté qui rédigeait cet affreux article intitulé « Jardiner au paradis », dont la principale préoccupation, semaine après semaine, était de tout assassiner. Il la rendait intolérante à l'égard de ces gens apparemment déterminés à supprimer tout ce qu'ils rencontraient de vivant. Extirper les églantiers, chasser les geais bleus des cerisiers à coups de fusil, déloger les nids de moucherolle des avant-toits de galerie pour empêcher les oisillons de crotter les escaliers : cela faisait partie des distractions du comté de Zébulon, aussi garanties que les rituels d'un nettoyage de printemps.

Et il avait dit : « Quand tu te moques du comté de Zébulon, c'est de moi aussi que tu te moques, Lusa.

– Est-il besoin de me le rappeler ? » avait-elle répondu d'un ton sec. Comme si, assise dans cette cuisine où elle sentait la présence réprobatrice de sa défunte mère, elle avait pu oublier l'endroit où il avait grandi. Cole était le benjamin de six enfants, avec cinq sœurs qui n'avaient pas été plus loin que le fond de la combe où Papa Widener avait doté chacune d'une acre de terre sur laquelle bâtir une maison quand elles se marieraient, tout en réservant les soixante acres restantes à son seul fils, Cole. Le cimetière familial était là-haut, derrière le verger. De toute évidence, le destin des Widener était d'occuper ce même bout de terre à la fois pour la vie entière et l'éternité. Pour eux, le mot « ville » était synonyme d'Egg Fork, le bourg voisin de quelques milliers d'âmes, avec ses neuf églises et son supermarché Kroger. Alors que Lusa était une affreuse intruse venue de l'autre côté des montagnes, de

Lexington – située au diable. Et maintenant, elle vivait isolée derrière cinq belles-sœurs qui appliquaient son droit de passage de gravier jusqu'à la boîte aux lettres.

Silencieusement, après l'avoir rembarré, pendant un moment elle avait regardé Cole avaler son petit déjeuner avant de jeter par terre cet irritant journal pour se lever et affronter sa journée de travail, franchissant la porte de la cuisine pour aller chercher le lait d'hier laissé au frais dans la galerie de derrière. Elle était toujours en pantoufles et en chemise de nuit de coton gaufré ; c'est à peine s'ils étaient levés depuis une heure et le brouillard montait encore au-dessus du ruisseau. Un Io nocturne s'était posé sur le cadre de la moustiquaire, son deuxième papillon de nuit préféré, dont les ailes postérieures étaient du même or cuivré que ses cheveux. (Son favori resterait à jamais l'*Actias luna*, ce fantôme vert éthéré des forêts d'altitude.) « Épuisé par ta grande nuit d'amour, le gronda-t-elle, voilà, tu es servi » – mais bien sûr, il n'avait pas eu le choix. Tous les vers à soie géants de cette famille, celle des Ios et des papillons-lunes qu'elle admirait, se nourrissaient au stade de chenille et n'avaient pas de bouche arrivés à l'âge adulte de papillon. Quelle romanesque et muette excentricité, pensa Lusa : une créature affamée luttant de vitesse avec la mort pour vagabonder la nuit à la recherche d'un partenaire.

Elle souleva le lait et le manipula avec soin, notant qu'il avait bien reposé, prêt à être séparé. Quatre litres seulement. Ils n'avaient gardé qu'une seule vache laitière pour le beurre et la crème destinés à leur consommation personnelle, ce que Cole appréciait, car, désormais, la traite n'était plus effectuée que le soir. Lusa avait choqué tout le monde en proposant de supprimer la pénible corvée de quatre heures du matin et d'enfermer la vache et son veau dans la grange pour la nuit. Il lui était même possible de les laisser au pré afin d'éviter toutes les traites si elle avait à se rendre à Lexington pendant le week-end (fallait-il nécessairement avoir fait des études pour résoudre ce problème ?). Les jours où Lusa avait l'intention de traire, il leur suffisait de pousser le veau dans un pré différent de celui de sa mère, pour que les mamelles de la vache soient pleines le soir. Les sœurs de Cole n'approuvaient pas cette solution de facilité mais Lusa s'en trouvait bien. Si elles avaient passé leur enfance à traire deux fois par jour comme des esclaves, ce n'était pas son problème. Elle possédait ses méthodes. Elle avait superbement maîtrisé le côté domestique de la vie à la ferme en moins d'une année et Cole aimait sa cuisine davantage qu'il n'avait aimé celle de sa mère. En cet instant, tandis qu'elle se tenait devant l'évier à plonger l'écumoire et à regarder la crème couler doucement par-dessus bord en un flux si ténu qu'il en était presque vert, elle eut une inspiration : de grosses touffes d'épinards se dressaient, prêtes à être cueillies dans son jardin de derrière. Sautés au beurre, avec des champignons émincés, une feuille de laurier et cette crème, ils feraient une soupe parfumée, sensuelle, que Cole adorerait. Elle la préparerait pour midi quand il rentrerait déjeuner. Elle allait donc mettre tout son cœur dans cette soupe, et s'efforcer d'oublier leur dispute.

Mais Cole ne voulait rien entendre. « Pourquoi ne te chargerais-tu pas de la rubrique jardinage du journal, Lusa ? l'aiguillonnait-il depuis la table du petit déjeuner. Songe à tout ce que tu pourrais nous apprendre à nous autres, pauvres patates de paysans.

– Cole, il faut que j'aie la tête à ce que je fais. Est-il vraiment indispensable que nous nous disputions ?

– Non, ma chère. Je suis simplement *désolé*, dit-il – nullement désolé – de ne pas venir d'un endroit "classe" où les gens gardent leurs chiens chez eux et leurs jardins sous vitrines.

– Vas-tu finir avec ça ? Lexington n'est pas spéciale-ment "classe". Mais les gens s'intéressent plus à la lec-ture et à l'écriture qu'à l'élimination du chèvrefeuille de leurs haies.

– Ils n'ont pas besoin de s'en faire. Ils n'ont pas de haies. Tous les jardins en ville que j'ai vus s'arrêtent au revêtement mortifère d'un trottoir. »

Chez de nombreuses espèces de papillons de nuit, avait observé Darwin, *les mâles ont une préférence pour les espaces plus dégagés alors que les femelles restent plutôt à couvert.* Cole et elle constituaient un cliché biologique, c'était donc ça ? Un mâle, une femelle, soumis à leurs natures différentes ? Elle leva les yeux de sa cascade de crème, se demandant com-ment aplanir les choses entre eux.

« Je ne suis qu'en partie de la ville », dit-elle calme-ment. Leurs discussions finissaient toujours sur un malentendu ; il la reléguait dans un camp qu'elle n'avait pas choisi. Comment lui faire comprendre qu'elle avait passé toute son enfance brûlée de soleil, couverte de taches de rousseur, sur une pelouse, alors qu'elle rêvait de grands espaces ? Qu'elle avait passé sa vie à capturer des papillons de jour et de nuit, à les chercher dans son livre, classés par couleurs, à en caresser toutes les illustrations, rêvant de ceux qui se cachaient dans des endroits plus naturels ?

Il fit craquer ses jointures et noua ses mains derrière la tête. « Lusa, ma biche, tu peux arracher une fille à la ville, mais tu ne peux pas arracher la ville d'elle.

– Et merde ! » s'écria-t-elle, cédant à l'irritation pure. Se croyait-il vraiment malin ? Elle malmena l'écumoire et la laissa tomber trop loin, carrément au fond, laissant échapper presque toute la crème qu'elle venait de filtrer. Maintenant il allait falloir attendre une demi-journée pour qu'elle se sépare de nouveau. Elle lança l'objet dans l'évier. « Ah ! c'est pour en arriver là que j'ai passé vingt ans de ma vie à étudier. » Elle se retourna pour lui faire face. « Je suis désolée que mes études ne m'aient pas préparée à vivre ici où il n'existe que deux catégories d'animaux, ceux que l'on mange et ceux qui servent de cibles.

– Et d'appâts, tu oublies, ajouta-t-il avec nonchalance.

– Ça n'a rien de drôle, Cole. Je me sens si seule ici. Tu ne peux pas savoir. »

Il ramassa le journal et le replia à la page des cotations du bœuf. Voilà, c'était comme ça. L'isolement, c'était son lot, et elle le savait. Les seules personnes à qui elle pouvait parler en dehors de Cole étaient toutes à Lexington. Quand il lui suggérait de se faire des amies ici, seules ces femmes à l'œil de biche et à la coiffure agressive qu'elle voyait chez Kroger lui venaient à l'esprit et elle se précipitait sur le téléphone pour se plaindre de cette vie mesquine auprès d'Arlie et de Hal, ses anciens camarades de labo. Mais dernièrement, ils avaient fini par se lasser de soutenir Lusa au prix d'embarrassantes factures de téléphone : *Quel est le problème, exactement ? Tu n'es pas heureuse, alors fiche le camp, tu as des jambes. Reviens ici pendant que tu peux encore récupérer l'argent de ta bourse.*

Elle se mit en devoir de stériliser les ustensiles à lait, essayant de tirer un trait sur Arlie et Hal. Sa vie d'avant et celle d'aujourd'hui étaient tellement différentes qu'elle ne pouvait penser à l'une tout en vivant l'autre. Cela la gênait d'essayer. Au lieu de ça, elle se consola grâce à une vieille litanie : *Actias luna, Hyalophora cecropia, Automeris Io*, luna, cecropia, Io, ces *saturnidae* géants, ces créatures soyeuses qui portaient les noms des dieux jusque dans les combes profondes et sur les pentes des montagnes. La plupart des gens ignoraient quelles sortes d'ailes battaient contre leurs fenêtres assombries pendant qu'ils dormaient.

Encore une des choses dont elle ne pouvait pas parler – ses études qui avaient été beaucoup plus poussées que celles de son mari. Une plaisanterie classique de Cole : « J'aimais tellement l'école que je me suis débrouillé pour redoubler le plus de classes possible. » Pourtant Lusa n'avait jamais, au grand jamais, cru qu'il se sous-estimait. Dès le jour où ils s'étaient rencontrés à l'université du Kentucky, elle avait reconnu en lui un étudiant à part entière. Cole participait à un séminaire de gestion intégrée des parasites. Un groupe de fermiers avaient réuni les fonds nécessaires pour l'envoyer à Lexington, certains qu'il saurait éviter les boniments et leur rapporterait ce qui valait la peine d'être appris. Leur confiance s'était révélée justifiée. Il n'avait pas été particulièrement impressionné par le statut de professeur assistant de Lusa, mais l'avait bombardée de questions lorsqu'il s'était rendu compte de ses connaissances sur les géléchiidés, hôtes d'une récolte de grains en stock. Ses yeux, d'un bleu de ciel d'été sans pluie, s'étaient mis à la suivre d'une façon alarmante ou flatteuse, elle n'aurait su dire. Elle lui avait fait visiter son laboratoire et celui, plus vaste, de son père dans le même bâtiment, où il étudiait les phéromones de pyrales, fléau notoire des pommiers. Les papillons de laboratoire vivaient leurs existences scrutées à la loupe dans des cages de verre où les chercheurs apprenaient à inciter les mâles à s'accoupler à des leurres parfumés, laissant leurs épouses vierges couvrir les pommiers du monde entier d'œufs clairs et inoffensifs.

Un peu plus tard (mais pas trop), Lusa et Cole avaient couché ensemble dans son appartement d'Euclid Street. Cole faisait l'amour en fermier, ce qui ne signifiait pas pour autant qu'il fût brutal. Au contraire, il avait une intelligence fine de la chose physique qui le guidait vers ses odeurs d'humus, fouaillant de sa bouche veloutée ses recoins humides et tendres, la retournant comme une terre fraîche en vue d'une glorieuse maturation. Son corps en forme de sablier, trop courtaud selon elle pour être pris au sérieux, se transforma sous l'étreinte d'un homme qui savait jauger les bêtes reproductrices au toucher. Il lui fit découvrir ce qu'elle n'avait jamais su : qu'elle était voluptueuse.

Elle lui parla des messages odorants auxquels ont recours les animaux pour trouver et reconnaître leurs partenaires. Les phéromones. Cela l'enchanta. « Alors tout tourne autour du sexe. Vous ne faites que ça à longueur de journée, dans ce laboratoire. Et vous êtes payés pour ça.

– Coupable, avoua-t-elle. J'étudie l'amour chez les papillons de nuit. »

Il s'intéressa à l'amour chez les hétérocères. Et encore davantage lorsqu'elle lui expliqua que les humains eux-mêmes semblaient se fier à certains indices phéromonaux, bien que la plupart eussent été peu enclins à en connaître les détails. Cole, lui, le serait, pensa-t-elle. Cole, cet homme qui enfouissait son visage dans le moindre repli de sa peau pour en humer l'odeur. Il aurait apprécié l'amour plus encore s'il avait été doté d'antennes plumeuses comme un papillon de nuit, pour peigner l'air autour d'elle, et de pinceaux androconiaux ramifiés de manière élaborée qu'il pourrait reverser de son abdomen dans le but de revenir à elle grâce à sa propre odeur.

Il avait demandé : « Alors quand on tombe amoureux de quelqu'un sans aucune raison apparente, c'est ce qui se passe ? Les phéromones ?

– Sans doute, avait-elle répondu. Probablement. »

Il s'était renversé sur le dos, les doigts noués sous sa tête, lui offrant une occasion de l'examiner de près. Il était étonnamment solide. Ses épaules, ses mains, l'étendue de son large ventre plat et de sa poitrine – tout en lui la faisait se sentir petite et délicate. Voilà qu'il y avait un joyeux géant, nu, dans son lit.

« Alors dis-moi pourquoi une femme fait tout ce qu'il lui est humainement possible pour dissimuler sa véritable odeur ?

– Je n'en ai aucune idée. » Lusa s'était déjà posé la question, bien sûr. Même se raser les aisselles était contraire à l'objectif. Le seul intérêt des poils pubiens était d'augmenter la surface destinée aux molécules odorantes et elle le lui dit.

« Bigre, c'est quand même autre chose de coucher avec une scientifique », avait-il déclaré, en lui souriant, arborant une expression qui, pensait-elle, allait bientôt lui manquer. Bigre, si *lui* n'était pas autre chose. Et bientôt il serait parti, franche et joyeuse énormité qu'il était, avec sa barbe taillée court qui dessinait des lignes sur sa mâchoire jusqu'à sa merveilleuse bouche. Sa barbe lui faisait penser aux glissières dont la gorge de certaines fleurs est dotée et qui indiquent aux abeilles le chemin de l'endroit suave où se trouve le nectar.

Son appartement d'Euclid semblait lui avoir si bien convenu qu'il avait retardé son départ de deux jours, une fois le séminaire terminé. En fait, c'est à peine s'ils quittèrent son lit et elle dut téléphoner au labo sous prétexte de maladie soudaine. Elle était sur le point de lui demander – non pas par calcul, mais simplement par curiosité – s'il avait l'habitude de faire l'amour avec les femmes dont il venait de faire la connaissance, lorsqu'il lui proposa le mariage. Lusa resta sans voix. Toute l'année suivante, il lui fit la cour avec une telle intensité que cela la fit ovuler pendant ses visites. Elle se mit à prendre de solides précautions de crainte qu'une grossesse trop rapprochée de leur mariage ne fournît à ses proches l'occasion d'avoir barre sur elle. Dans la langue de sa mère, il y avait une expression pour désigner des gens comme les sœurs de Cole : « Nés avec dix doigts pour être capables de compter jusqu'à neuf. »

Cole avait maintenant terminé son petit déjeuner, il leva le regard vers Lusa en allumant une cigarette. Il parut troublé de la trouver les yeux fixés sur lui. « Quoi ? demanda-t-il.

– J'étais en train de me rappeler à quel point nous nous aimions tous les deux.

– Oh ! j'ai oublié de te dire. Herb viendra un peu plus tard dans la matinée pour emprunter le pulvérisateur. Ne sois pas surprise si tu le vois fouiller dans la réserve. »

Elle prit un air furieux. Il était typique de Cole de répondre à tout appel à sa sentimentalité comme s'il en était dépourvu. « Je ne veux pas de Herb dans notre réserve, répondit-elle, d'un ton neutre. Donc, j'imagine qu'il va falloir que j'aille le dénicher moi-même dans la grange.

– Pourquoi ? Herb sait bien à quoi ressemble un pulvérisateur. Bon Dieu, c'est lui qui m'a encouragé à l'acheter et maintenant c'est lui qui s'en sert le plus.

– Et par la même occasion, il tripotera mes entonnoirs à collecte et mes filets à papillons, et fera provision de racontars pour que Mary Edna les colporte à Hannie-Mavis par l'entremise de Lois et Emaline. Non merci. »

Cole se renversa en arrière sur sa chaise, le sourire aux lèvres : « Les trois moyens de communication les plus efficaces que je connaisse sont : le télégraphe, le téléphone et les sœurs Widener.

– Je trouvais ça très drôle avant d'en faire les frais.

– Elles ne sont pas malintentionnées.

– Ah, tu crois vraiment ? » Elle secoua la tête en lui tournant le dos. Ses sœurs étaient malintentionnées à son égard. Depuis le début. Depuis qu'elle était devenue maîtresse du berceau familial en juin dernier, elles avaient eu peu à lui dire, mais tout à dire sur elle. Avant que Lusa elle-même n'ait mis les pieds chez Kroger ou à la quincaillerie, on savait déjà qu'elle venait de Lexington et qu'elle se mettait à quatre pattes pour déterminer le nom des insectes du salon plutôt que de les écraser.

« Mes sœurs ont mieux à faire que de passer leur temps à te détester, insistait Cole.

– Tes sœurs ne savent même pas comment je m'appelle.

– Lusa, allons.

– Va le leur demander. Je te parie dix dollars qu'aucune d'elles ne sait le dire correctement – en entier : Lusa Maluf Landowski. Elles se font une gloire d'être incapables de s'en souvenir. Tu crois que je plaisante ? Lois a de toute évidence raconté à Oda Black que mon nom de jeune fille était Zucchini.

– Allons, ce n'est pas possible.

– Oda s'est mise à glousser parce qu'elle voyait bien que c'était pour ça que je t'avais traîné à l'autel : pour m'en défaire. » Elle observait son visage, anxieuse de voir s'il avait la moindre notion de cette humiliation. Lusa avait conservé son nom de jeune fille quand ils s'étaient mariés, mais cela n'avait servi à rien : tout le monde l'appelait madame Widener, comme s'il n'existait aucune Lusa.

« Écoute, bien qu'elle te méprise de tout son cœur, dit-il patiemment, Lois nous invite à un grand repas à l'occasion du Memorial Day. Elle voudrait que nous allions tous au cimetière, dans l'après-midi, fleurir les tombes de papa et maman. »

Lusa redressa la tête, curieuse. « Quand a-t-elle appelé ?

– Hier soir.

– Toute la famille est invitée ? Comment va-t-elle se débrouiller ? Sa cuisine est grande comme une cabine téléphonique.

– Elle était beaucoup plus grande avant l'invasion de froufrous et de canards en plastique. »

Lusa ne put retenir un sourire.

Il fit un geste. « C'est la cuisine d'ici qu'il faudrait. Pourquoi n'invites-tu jamais personne ? »

Lusa le regarda, bouche bée.

« Alors ? »

Elle secouait la tête. « Comment peux-tu être aussi bête ? Comment pourrais-tu t'asseoir là au milieu d'un ouragan de bonnes femmes haineuses et agir comme s'il faisait beau dehors ?

– Qu'est-ce que tu racontes ? »

Elle se dirigea à grands pas vers l'encoignure de la salle à manger et en revint avec une assiette de porcelaine qu'elle brandit telle une carte maîtresse. « Et ça, ça ne te rappelle rien ?

– C'est ton service de mariage. »

Son service de mariage, exactement – il avait appartenu à sa famille, un décor anglais aux motifs botaniques de fleurs avec leurs pollinisateurs, délicatement peints. Mais pourquoi fallait-il que ces femmes méprisent tout ce qu'elle aimait ? « Tu ne te souviens pas de ce qui s'est passé lors du dîner que j'ai donné ici en juillet dernier, un mois après que nous nous sommes mariés ? Ta réception d'anniversaire, que j'avais mis deux semaines à préparer, sans aide, ma première tentative avortée de faire bonne impression sur ta famille ?

– Non.

– Permets-moi de t'aider. Imagine ta sœur aînée. Imagine-la, assise sur cette chaise, avec ses cheveux bleus et le reste et, je te demande pardon, avec une tête à faire tourner le lait. Imagine-moi en train de la servir dans cette assiette, celle-là même. »

Il se mit à rire. « Je me rappelle que Mary Edna a pris un morceau de pomme de terre et qu'elle s'est mise à hurler à la vue d'une veuve noire ou d'un truc comme ça.

– C'était une aile de sphinx. Un *décor* qui représentait un sphinx. Je n'aimerais pas avoir un service avec des veuves noires dessus. En plus elle n'a pas hurlé, elle a posé sa fourchette, croisé les mains comme un cadavre et refusé toutes mes invitations depuis. Même pour Thanksgiving, Cole, enfin ! Chez vous, dans la maison de famille, où tes sœurs et toi n'avez pas raté un seul repas de Thanksgiving avant le mortel affront commis par ta femme envers Sa Majesté Mary Edna.

– Fais venir les autres sans Mary Edna. Elle se donne toujours trop d'importance sous prétexte qu'elle est l'aînée.

– Elles ne viendront pas sans Mary Edna. »

Il haussa les épaules. « Eh bien c'est qu'elles ne sont peut-être que des paysannes qui ne comprennent rien aux assiettes décorées d'insectes et d'inscriptions latines. Sans doute ont-elles peur de se tromper de fourchette.

– Va au diable, Cole. Allez tous au diable, toi et ta famille, si la seule chose que vous sachiez faire c'est de vous moquer de moi. » Elle sentit le rouge lui monter aux joues et eut envie de fracasser l'assiette pour marquer le coup, mais le geste aurait été déplacé. L'assiette lui paraissait avoir plus de valeur que le mariage.

« Bon Dieu, gloussa-t-il. On m'avait bien dit de ne pas épouser une rouquine.

– *Shuchach !* » marmonna-t-elle, mordant à pleines dents dans les dures consonnes arabes tandis qu'elle retournait d'un pas sonore dans la salle à manger pour ranger l'assiette. Lusa avait honte de ses larmes, honte de se sentir encore blessée des invitations refusées. Combien de fois l'an passé avait-elle raccroché le téléphone et tourné en rond sur la natte du salon, elle, une femme mariée, adulte, diplômée d'entomologie, qui sanglotait comme une enfant. Comment pouvait-elle autant se préoccuper de ce que ces femmes pensaient d'elle ? Toute fille qui avait fait des études sur les insectes devait savoir se ficher de l'opinion publique. Mais ce qu'elle était incapable de supporter, à l'époque ou maintenant, c'était la conviction implicite qu'elle était une exception, une absurdité de femme. Lusa craignait, avec le recul, d'avoir jugé son propre père de la même façon, de l'avoir plaint d'être tellement amer, asocial, de s'être consacré à l'agriculture dans des laboratoires désinfectés sentant l'éther. Des deux côtés, ses parents étaient d'origine paysanne, mais ils ne savaient rien de plus de la présente réalité rurale que ce qu'on pouvait en glaner lors d'une balade dominicale en voiture, lorsqu'on traversait les paddocks de chevaux de course, dans l'est du comté de Fayette.

Lusa avait voulu se démarquer. Elle avait brûlé d'envie de choquer les gens par son amour des bêtes rampantes et par sa sueur. Elle ressentait encore ce désir d'enfant dans son corps, petite fille penchée pour souffler son haleine dans le miroir quand les rudes jeux des journées d'été mouillaient ses cheveux cuivrés en sombres tortillons le long de son visage. Devenue femme, elle avait sauté sur l'occasion inespérée de devenir la compagne d'un fermier.

Jamais elle n'aurait pensé que son héritage bizarre, dépassé, l'aurait suivie jusqu'ici, à Zébulon, où ses nouveaux parents considéraient les anciens comme une famille de fous qui conservaient à dessein des parasites vivants dans des boîtes en verre.

Elle retourna à la cuisine sans le regarder. S'il pouvait agir ainsi sans en être déchiré, elle serait capable d'en faire autant. « Veille, dit-elle, à ne rien servir à une Widener dans des assiettes décorées d'insectes. Je m'en souviendrai. Et souviens-toi d'ouvrir la porte à Herb, le grand et valeureux tueur de vermine, quand il viendra mettre ma réserve sens dessus dessous pour chercher le pulvérisateur. » Herb et Mary Edna étaient bien faits pour s'entendre, dans l'idée de Lusa : l'un comme l'autre étaient exactement aussi méprisants et sans tact.

« Mais qu'est-ce que tu veux dire par là ? demanda Cole.

– Tu sais ce que Hannie-Mavis m'a raconté hier ? Que Herb a trouvé une tanière de coyotes dans les bois au-dessus de sa clôture, une mère et sa portée de petits à la mamelle. Elle a dit qu'il leur avait logé à chacun une balle dans la tête, à bout portant, dans la tanière. »

Cole lui jeta un regard vide.

« C'est vrai ? voulut-elle savoir. Tu étais au courant ?

– Pourquoi parler de cette affaire ?

– C'était quand ? C'est récent ?

– Nnn-on. Ça remonte loin, au printemps dernier, je crois. À peu près à l'époque où ta maman est tombée malade. Avant le mariage, de toute façon. C'est pourquoi tu n'en as rien su.

– Ah ! il y a si longtemps que ça. Ça n'a plus d'importance à présent. »

Il poussa un soupir. « Lusa, c'étaient des animaux carnivores qui s'installaient sur une exploitation laitière. Qu'est-ce que tu crois qu'Herb allait faire, abandonner ses bénéfices aux loups ?

– Non, pas aux loups, aux coyotes.

– C'est du pareil au même.

– Pas du tout. Il n'est venu à l'idée de personne de s'intéresser au fait que les coyotes se retrouvent ici, à quelque deux mille miles du Grand Canyon ?

– Je suppose qu'il s'intéressait à ce qu'ils mangent. À un veau nouveau-né, par exemple.

– En admettant même que c'était bien ça – des coyotes –, ce dont je doute, étant donné l'excellente vue d'Herb. Je doute également qu'il les ait tués, à te dire la vérité. Je parie qu'il les a ratés. J'espère qu'il les a ratés.

– Herb Goins armé d'une carabine, il y a de quoi faire peur, j'en conviens. Mais si tu veux connaître mon point de vue, Lusa, j'aimerais bien qu'il les ait eus.

– Toi, et tous les autres du comté. Je sais. Et si Herb ne les a pas eus, quelqu'un d'autre les aura. » Elle aurait préféré être habillée. En chemise de nuit, elle se sentait vulnérable et peu convaincante. Elle retourna sur la galerie, laissant la porte grillagée se rabattre derrière elle. Elle remit le lait au frais pour qu'il se sépare de nouveau et nota que le Io nocturne était toujours suspendu sur la porte. Elle leva le bras pour donner une petite tape sur l'écran auquel il s'accrochait. « Tu ferais mieux de t'envoler, dit-elle. Aucune bestiole n'est en sécurité par ici. » Elle regarda le papillon s'ouvrir dans un flamboiement qui révéla ses ailes postérieures couleur de melon et leurs paires de pupilles noires, impressionnantes. De vrais yeux de chouette, pensa-t-elle, leur copie conforme. Dommage pour le petit oiseau qui s'apprête à se régaler d'une aile de papillon et que surveillent de tels yeux. Quelle drôle de vie ! Jamais avare de surprises.

Elle revint dans la cuisine avec un bocal de tomates de l'été dernier dans chaque main ; au lieu de la soupe, elle ferait un *imam bayildi*, la recette de légumes farcis de sa mère, que Lusa pour sa part préférait de beaucoup à quelque plat à base de lait. Cole ne raffolait pas de l'*imam bayildi*. Même les spaghettis lui paraissaient suspects. C'était à cause de lui qu'elle avait gâché la crème, si fine, tant pis pour lui, il mangerait un plat exotique. *Je m'abaisse à ça*, pensa-t-elle. *Moi, l'ancienne étudiante, lauréate de la bourse de recherche la plus prestigieuse et la plus convoitée de son département, j'ai la haute main sur le monde grâce à ma cuisine vengeresse.*

Toute son imposante personne, exaspérante, s'éternisait là devant la table, à fumer des cigarettes. Des arcs de cendres pâles s'étiraient, nébuleuses stellaires au-dessus de la table sombre, entre sa main gauche et le hideux cendrier d'aluminium en équilibre précaire sur le bord de la table. Toute la scène ressemblait à quelque chose qu'elle aurait aimé froisser en boule et jeter. Cela ne ressemblait pas à Cole de tarder à sortir le bétail et le tracteur. Une bonne heure s'était écoulée depuis l'aurore ; le soleil était déjà haut. Était-il aussi décidé à l'humilier ?

« Qu'est-ce que Herb veut faire avec notre pulvérisateur, de toute façon ? lui demanda-t-elle.

– Je n'en sais rien. Si, je sais. Il a dit qu'on était en train de désinfecter l'église. Des abeilles, des bestioles de ce genre, se sont installées à l'intérieur des murs, a dit Mary Edna.

– Oh, parfait ! Exterminer des créatures du bon Dieu dans sa propre église. Une chance qu'Il n'ait pas laissé Herb et Mary Edna se charger de l'arche de Noé. Ils l'auraient enfumée pour commencer et fait couler pour finir. »

Il refusa de rire. « Lusa, ma biche, là d'où tu viens, on trouve sans doute bien que l'église soit remplie d'abeilles. Les gens font du sentiment là où la nature a disparu depuis cinquante ans déjà, ils peuvent ainsi la pleurer comme une parente qu'ils n'ont jamais connue. Mais par ici, elle est encore bien vivante, trépidante, et en pleine effervescence.

– Mon mari, le poète. La nature a tout d'un oncle qui aurait un problème d'alcoolisme. »

Il secoua la tête. « C'est comme ça. Il faut l'inciter à reculer de deux pas chaque jour, faute de quoi elle s'installe et prend le dessus. » Cole savait ignorer sa condescendance avec une aisance surprenante. Il avait

70

son air à la « je-suis-capable-d'encaisser-ce-ton-de-voix » qui mettait la rousse Lusa hors d'elle.

« Elle prend le dessus de quoi ? dit-elle, tremblante d'une rage contenue. *Tu* fais partie de la nature, *je* fais partie de la nature. Nous chions, nous pissons, nous avons des bébés, nous faisons des saletés. Le monde n'en mourra pas si tu laisses le chèvrefeuille envahir un mur de ta grange. »

Nous avons des bébés ? Ça, je n'avais pas remarqué, semblait dire son regard. Mais il préféra lui demander : « Pourquoi tolérer une plante parasite quand tu peux l'empêcher de pousser au départ ? »

Chaque mot échangé entre eux était malvenu, chaque vérité qu'il recouvrait était indicible, introuvable. Leurs gentillesses comme leurs plaisanteries étaient désormais éculées comme de vieilles rengaines. Lusa jeta son torchon à terre, suffoquée de tous ces clichés. « Une belle journée t'attend dehors dans cette grande jungle touffue. Moi, je vais laver ton linge. Tes foutues cigarettes empuantissent la cuisine.

– Puisque tu en es à maudire le tabac, rappelle-toi tout de même que c'est la récolte de l'an passé qui a permis d'acheter ta nouvelle machine à laver et à sécher.

– *Yil' an deenuk !* hurla-t-elle depuis l'entrée.

– Si ma maman arabe m'avait appris à jurer, je n'en serais pas trop fier », lui cria-t-il en retour.

Une maman arabe, un papa polack – il lui en voulait aussi de ça, apparemment, comme le reste de la famille. Mais n'avait-elle pas tourné en dérision son accent à lui, son milieu ? À dire vrai, aucun des deux n'appartenait à cette catégorie de gens. Tant de couches de mépris inavoué s'étaient accumulées entre eux qu'il n'était plus possible d'en faire le tri – Cole et elle, auraient-ils été mariés depuis cent ans qu'ils se seraient encore disputés sans savoir pourquoi. Elle en avait la

71

nausée, se sentait vaincue, allant d'un pas pesant d'une pièce à l'autre pour réunir chemises et chaussettes sales qu'ils avaient jetées dans les pièces du bas (certaines étaient à elle). Il n'y avait rien à dire, et pourtant ils le disaient : le chèvrefeuille, le tabac. En moins d'une année de mariage, ils avaient déjà appris à passer d'une querelle à l'autre, exactement comme le cours d'eau qui descendait de la montagne dans cette combe débordait de ses rives pour envahir les fondrières de leur allée et regagner son lit au fond de la vallée. Les disputes pouvaient remplir un mariage comme de l'eau qui coule sans cesse partout, sans goût ni couleur, mais avec énormément de bruit.

Bitter Creek, la rivière d'amertume, comme on l'appelait, de même qu'on appelait Bitter Hollow la dépression qui longeait l'arrière de leur ferme jusqu'à la forêt de l'État – la combe d'amertume. Parfait. *Je suis trop jeune pour partager ce sentiment,* pensa-t-elle, tout en montant péniblement l'escalier pour aller ramasser le reste du linge sale tandis qu'il sortait retourner la parcelle du bas. Qu'est-ce que ce serait dans dix ans ? Avait-elle toute sa vie si désespérément voulu vivre dans une ferme ? Un oiseau au creux de la main perd son mystère en un rien de temps. À présent, elle se sentait comme une de ces épouses choisies sur catalogue, à peine mariée et déjà à se demander comment elle avait pu quitter sa ville et sa carrière bien-aimée pour la place étriquée qu'offrait la campagne à une épouse de fermier.

C'est seulement quatre heures plus tard, à la onzième heure du neuvième jour de mai, alors que la machine à sécher le linge cliquetait et ronronnait au rez-de-chaussée et qu'elle lisait à la fenêtre de sa chambre, que l'existence de Lusa fut bouleversée par cet événement simple et unique : un parfum puissant qui montait tandis que son jeune mari allongeait un bras musclé

72

vers une branche fleurie. Elle n'avait oublié qu'une chose : c'est que leur attachement était pleinement authentique, absolu. Son cœur se gonfla d'une sensation entièrement neuve. Même s'il n'atteignait jamais la maison, si sa randonnée à travers champs s'interrompait tragiquement par l'accident banal de tracteur qui tuait les fermiers de cette région escarpée, elle aurait tout de même reçu cette bouffée de parfum arrivée de loin et destinée à expliquer le plus simplement qui soit le rôle de Cole.

Lusa, assise sans bouger, s'émerveillait : c'était donc ainsi que se parlaient les papillons de nuit. Qu'ils se disaient leur amour grâce à une odeur. En l'absence de bouche, les mots trompeurs sont impossibles, le partenaire est là ou non, mais s'il y est, le couple se trouvera dans l'obscurité.

Pendant quelques minutes encore, elle demeura là, les mains immobiles sur son livre, à imaginer un langage qui ne transmettrait qu'amour et simple vérité.

Dix jours plus tard, le mariage prendrait fin. Lorsque cela arriva, Lusa revit ce moment à la fenêtre avec un frisson de l'avoir pressenti.

Personne n'aurait pu parler de prémonition, à proprement parler ; le tracteur de Cole ne versa pas. Et ce ne fut pas le tabac qui vint à bout de lui, du moins pas le fait de fumer. Elle lui aurait bien accordé le plaisir d'en griller deux paquets par jour, cela n'aurait fait aucune différence avec le temps, puisque le temps manqua. Pourtant, c'est tout de même au tabac qu'en revint en partie la responsabilité – la chute des prix soutenus l'avait obligé à prendre un travail à mi-temps, à assurer des livraisons de céréales pour la coopérative des Southern States. Lusa savait que cet emploi au-dehors humiliait le fermier qu'il était, même si les familles étaient rares dans la vallée à s'en tirer uniquement grâce aux bénéfices de leur exploitation. Pour Cole, l'échec n'était pas seulement une question d'argent, mais d'attachement. Il détestait s'éloigner de la ferme, ne serait-ce que pour une nuit quand il avait à faire une course de l'autre côté du Blue Ridge, en Caroline du Nord. Elle lui avait dit qu'ils pouvaient trouver de l'argent ailleurs – pourquoi pas en empruntant sur le bétail à venir, bien qu'il n'aimât pas s'endetter, le nouveau tracteur les avait déjà bien enfoncés. Ou bien, elle aurait pu enseigner au Centre universitaire de Franklin. (En aurait-il été également humilié ? Elle n'en était pas certaine.) Lusa était en train d'y songer et se voyait déjà dans une classe de futurs infirmiers au labo de biologie, juste avant que le shérif n'arrivât, monté jusque-là pour prévenir la famille proche.

Il était très tôt, un petit matin humide qui ne s'était encore engagé à rien jusqu'alors, sans aucun souffle de vent ni d'effluves. Le 19 mai, un jour qui ne l'était pas encore, bien que par la suite la date ne passât plus jamais inaperçue. Elle se tenait devant cette même fenêtre à l'étage, à regarder le brouillard dériver au-dessus des champs, s'élever le long des haies tel le fantôme de quelque ancienne rivière dont les affluents échapperaient désormais à la force de gravité. Ces matins où Cole n'était pas là et où elle s'éveillait seule ici étaient empreints d'une étrange qualité : elle était libre. Aussi libre et désincarnée qu'un fantôme. Elle fixait les yeux à mi-distance de la cour, où elle distinguait l'agitation frénétique des insectes nocturnes dans les ombres, des noctuidés tournoyant follement pendant les dernières minutes de cette quête nocturne de partenaires.

Lorsqu'elle aperçut la berline de Tim Boyer, avec son macaron officiel, elle comprit. S'il n'avait été que blessé, à l'hôpital, Tim se serait contenté de s'arrêter en bas pour le dire. Il aurait pu commencer par annoncer la nouvelle à Lois ou à Mary Edna. Mais il s'agissait d'une tout autre mission, de celles qui exigent que l'on prévînt l'épouse. Elle sut pourquoi. Ne connut aucun détail – il y en a certains qu'elle ne connaîtrait jamais. À quel point le corps est abîmé, les sœurs et les beaux-frères en discutent longuement, mais on n'en parle jamais aux épouses. Pourtant ce qu'elle apprit lui suffit.

Maintenant, pensa-t-elle, gagnée par le froid, tandis que la longue voiture blanche remontait l'allée si lentement que le son de chaque caillou du gravier déplacé sous les pneus en devenait audible. *C'est exactement à partir de maintenant que tout va changer.*

Mais ce ne serait pas vrai. Sa décision et tout le reste de ses jours se tourneraient non vers le moment où elle avait compris que Cole était mort, mais vers un temps plus ancien quand, devant cette même fenêtre, elle avait reçu ce message sans paroles du parfum venu à travers champs.

3
Les châtaigniers d'autrefois

Veuf depuis huit ans, il arrivait encore à Garnett de se réveiller désorienté et perdu pour le reste de la journée. C'était à cause du grand lit vide, croyait-il ; une femme, c'était comme une ancre. Faute d'en avoir une, il avait cherché consolation auprès de son Dieu, malgré tout, quand on est homme, on a parfois besoin de voir ce qui se passe par la fenêtre.

Garnett se redressa lentement, se pencha vers la lumière, regardant autant avec ses yeux qu'avec sa mémoire. Le brouillard gris de l'aurore qui régnait au fond de cette combe humide s'élevait avec la lenteur impérieuse d'une jupe de vieille dame enjambant une flaque d'eau. Il y avait la grange et la réserve à grains, garnies de lattes de bois et construites en d'autres temps par ses père et grand-père. La cave à légumes recouverte d'herbe saillait toujours du flanc de la colline, les deux fenêtres de sa façade en pierre des champs écarquillées comme des yeux dans un visage. Chaque matin de sa vie, Garnett avait salué ce vieil homme de la colline, sa barbe de lierre qui rampait de son menton et sa mèche de fétuque sur le front. Petit garçon, Garnett n'avait jamais pensé qu'un jour il serait vieux lui-même et contemplerait encore ces spectacles qui lui étaient aussi nécessaires que, jeune, l'avait été la lisse châtaigne porte-bonheur dans sa poche, un talisman qu'il caressait à longueur de journée juste pour s'assurer qu'il était toujours là.

Les oiseaux entonnaient leur chœur matinal. Ils étaient maintenant en pleine forme, à ce point du printemps. Quel jour était-on aujourd'hui, le 19 mai ? En pleine forme et plein plumage. Il tendit l'oreille. Le prothalame, comme il l'avait appelé des années auparavant : une ode élevée à l'union matrimoniale. Il y avait des sturnelles des prés, des fauvettes, des bruants des champs et des passerines indigo, tous la tête dressée vers l'aurore et le cœur exprimé en un clair chant liquide en hommage à leurs partenaires. Garnett resta juste un moment la tête dans ses mains. Petit garçon, il n'avait jamais imaginé qu'avec l'âge, le chant disparu, il resterait encore un peu de cœur.

4
Les prédateurs

Assise en tailleur sur le plancher de la galerie, elle était en train de se brosser les cheveux tout en écoutant le chœur d'ouverture de la journée. Une fauvette noir et blanc l'avait entamé bien avant l'aube, entrant par effraction dans son sommeil grâce à ses *touit, touit !* haut perchés. Deanna se l'imaginait quelque part, faisant le tour d'un tronc de peuplier, penchant sa petite tête rayée vers les premiers soupçons de lumière, détachant du calendrier la page de la veille pour annoncer d'une voix disproportionnée tout un été d'amour. La brosse à la main, elle s'était précipitée en chemise de nuit et pieds nus dans la galerie. Il lui fallait entendre ça : un été prodigue, la saison d'une débordante procréation. Qui pouvait tout anéantir sur son passage par la faute de ses excès passionnés, mais rien de ce qui était vivant, doté d'ailes ou de cœur, graine lovée sur elle-même dans le sol, n'allait se retenir de lui souhaiter à son tour la bienvenue lorsqu'il arriverait.

D'autres fauvettes s'éveillèrent peu après les fauvettes noir et blanc : d'abord, elle entendit la phrase syncopée de la fauvette à capuchon, qui s'achevait sur un temps faible comme une plaisanterie, ensuite la fauvette du Kentucky avec son trille plus solennel, plus ronflant. Maintenant une lueur grise, ténue, infiltrait le bord du ciel, ou de ce qu'elle pouvait en voir à travers les arbres aux bras noirs. Cette combe correspondait à une ligne de partage moyenne entre les montagnes qui montaient, abruptes, de chaque côté et les arbres qui culminaient encore plus haut. Le refuge n'était pas un lieu idéal si l'on rêvait de longues journées et de lumière solaire, mais nulle part au monde n'existait de plus beau chœur matinal. En pleine saison des amours et des accouplements, cette musique était comme si la terre elle-même s'ouvrait pour chanter. Son crescendo s'enflait lentement tandis que la lumière du jour suscitait un oiseau puis l'autre : les mésanges à tête noire et les mésanges de Caroline vinrent ensuite, cousines germaines qui sifflaient leurs notes à des hauteurs différentes, très rapprochées, distinctes pour toute mésange mais pour très peu d'humains, surtout au milieu de ce chœur de tant d'autres voix. Deanna sourit en entendant sa première grive fauve, celle dont le chant ressemblait au son d'un pouce que l'on promène sur les dents d'un peigne. Ç'avait été le premier chant d'oiseau à la fasciner dans son enfance – non les appels des sturnelles des prés et des moineaux qui sifflaient sous les fenêtres de sa ferme tous les matins, mais celui de la grive fauve, oiseau migrateur d'altitude qu'elle ne rencontrait que là-haut, lors de parties de pêche avec son père. Peut-être n'y avait-elle jamais vraiment prêté l'oreille avant ces équipées au maigre rendement de truites et d'échanges verbaux mais riches d'attente muette dans les bois. « Voilà, celui-là c'est l'oiseau-peigne », avait improvisé son père en souriant quand elle l'eut questionné et elle, docile, s'était imaginé un oiseau en forme de peigne, couleur rose vif. Et déçue quand, des années plus tard, elle l'avait découvert brun et ordinaire dans le guide de Peterson.

Le chœur matinal s'était mué en une clameur de sifflements, le ramage d'un millier de mâles appelant à l'amour un millier de femelles silencieuses, prêtes à faire leur choix et à renouveler le monde. Ce n'était qu'une vertigineuse cacophonie, à moins de prêter attention à l'entrée de chacun : celle du gros-bec à gorge rose, avec son tendre petit sonnet compliqué ; celle du viréon, avec ses explosions répétitives de huit notes et ses tercets. Ensuite venait la grive des bois et son poème symphonique d'oiseau chanteur. Ils définissaient ces lieux pour Deanna, procurant un fond musical à ses pensées tout en lui désignant sa place dans la forêt. Ce chœur de l'aurore s'éteindrait à l'heure suivante, mais la grive des bois persisterait longtemps dans la matinée, puis reprendrait son chant au début de la soirée ou même à midi si le temps était couvert. Une fois, dans une lettre, Nannie lui avait demandé comment elle supportait de vivre seule là-haut au milieu de tout ce silence et Deanna lui avait répondu que lorsque cessaient les conversations humaines, le monde était tout sauf silencieux. Elle vivait en compagnie des grives des bois.

Deanna eut un petit sourire en pensant à Nannie, en bas, dans la vallée. Nannie ne vivait que pour les bavardages avec les voisins, revendiquant son indépendance de vieille dame mais profitant toujours d'un brin de causette, là où c'était possible, à la façon dont quelqu'un qui suit un régime surveille sa réserve de petits gâteaux dans son placard. Il n'était pas surprenant qu'elle se fît du souci pour Deanna.

Le ciel tournait maintenant au blanc compact, piqué comme une vieille assiette de porcelaine, et les chants commençaient à s'éloigner ou à disparaître les uns après les autres. Bientôt, seuls lui resteraient celui de la grive et la fin de la journée. Quelques mésanges – huppées et à tête noire – étaient en train de se rassembler sous un prunus de Virginie, à une dizaine de mètres de son refuge, là où elle éparpillait toujours des graines sur une roche plate. Elle avait choisi cet endroit qu'elle pouvait observer de sa fenêtre et y avait disposé des graines pendant tout l'hiver – les avait commandées en réalité par sacs de cinquante livres, en même temps que sa liste de courses mensuelles. L'Office forestier ne remettait jamais la chose en question. Il n'était pas vraiment recommandé de nourrir les mésanges et les cardinaux, mais, semble-t-il, le gouvernement faisait tout son possible pour conserver à son personnel un bon équilibre mental pendant l'hiver et, dans le cas de Deanna, il s'agissait des graines pour oiseaux. Assise devant la table près de la fenêtre, avec son café, par les matins enneigés de février, elle était capable de passer des heures à observer la foule bigarrée qui s'assemblait au-dehors, enviant aux oiseaux leur liberté dans le froid intense. Enviant même leurs vaniteux tapage et remue-ménage. Un oiseau ne doute jamais d'être au centre de l'univers.

Maintenant qu'on était dans la troisième semaine de mai, les boutons sortaient, les phytophages de toute sorte s'arrimeraient bientôt en hordes compactes sur les arbres et ces petits fanfarons trouveraient ailleurs une abondance de nourriture sans pouvoir, malgré tout, se passer de ses distributions. Non plus qu'elle ne pourrait se passer elle-même de leur présence. Dernièrement, elle avait eu l'idée de dépoussiérer son chapeau de ranger (on lui avait remis à la fois l'uniforme de l'Entretien des parcs et celui de l'Office forestier, une entorse au règlement due à cet emploi hybride) et de le disposer chaque matin, là-bas, sur le rocher, le rebord plein de graines pour que les oiseaux s'habituent à y venir. Elle pourrait bientôt le mettre pour se promener, une bande de mésanges sur la tête, sans autre but que de se distraire innocemment.

Deanna avait fini de se brosser les cheveux. Ils tombaient en cascade le long de son dos et de ses épaules, et s'étalaient sur le plancher de la galerie là où elle était assise, ondulant tout autour d'elle comme une chute d'eau sombre, couleur de thé, étincelante de reflets d'argent. Davantage d'argent et moins de thé chaque année qui passait. À son mari (déjà *ex-* à l'époque) qui lui demandait pourquoi elle partait vivre dans la montagne, elle avait répondu que c'était pour ne pas avoir à se faire couper les cheveux, passé la quarantaine : apparemment, une coupe courte et désinvolte était de mise pour les femmes de son âge. Il n'avait sans doute pas compris la boutade, pensant y voir là un début de futilité chez sa femme, mais il n'en était rien. Ses cheveux étaient le cadet de ses soucis, sauf lorsqu'elle les dénouait une fois par semaine pour les laisser en liberté tel un chien hirsute. Elle refusait simplement de se conformer aux obligations de son âge, ou de *tout* âge, quel qu'il fût. Comment pouvait-on se préoccuper de ses cheveux, de leur coupe, hebdomadaire ou mensuelle, voire de leur apparence ? Deanna l'ignorait. Elle avait su se passer de tout ça ainsi que de la plupart des autres mystères féminins. L'eye-liner, par exemple : avec quel instrument l'appliquait-on, cela faisait-il mal ? Et franchement, à quoi ça servait ? Elle n'avait jamais eu droit à une coupe de cheveux digne de ce nom. Son père, ayant mieux à faire que d'emmener une petite fille chez son coiffeur, avait sans doute attendu que la farouche crinière lui descendît jusqu'aux genoux pour manifester une hypothétique intention de s'en préoccuper. Le maximum qu'elle eût fait en matière de coiffure avait été de dégager ses cheveux des branchages et d'en égaliser les bouts avec les ciseaux de son couteau suisse. C'est sous ce jour unique qu'elle s'était montrée, dans la région de Zébulon et plus tard en tant qu'institutrice et pseudo-épouse, à Knoxville. Ici, dans les bois, en fin de compte, elle était le seul genre de femme qui existât.

Du genre sans homme. Eddie Bondo était parti et c'était certainement mieux ainsi.

Il avait dit qu'il reviendrait, mais elle n'en croyait rien. Il avait emporté toutes ses affaires en s'en allant –

« tout », c'est-à-dire son sac, ce qui n'était pas grand-chose. Et s'il avait dit vrai : qu'il avait l'intention de se limiter à traîner un jour ou deux du côté de Clinch Peak pour revenir la voir ensuite, il avait eu besoin de son sac. De sorte qu'elle ne pouvait juger s'il était parti pour de bon d'après ce qu'il avait pris ou laissé. Là n'était pas la question.

Il avait trouvé que sa chevelure était une pure merveille. Il avait dit que c'était comme de s'enrouler dans un cocon de ver à soie.

Le visage tourné vers le ciel, elle écoutait les bois bénis – tout ce qu'il avait laissé derrière lui. Une occasion d'entendre le chœur matinal et de se brosser les cheveux, seule, sans témoin. Eddie Bondo lui avait laissé ce beau et dur joyau qui n'appartenait qu'à elle, le diamant solitaire d'une telle existence.

Elle allongea ses jambes devant elle tout en nattant distraitement ses cheveux en une grosse tresse, un exercice qu'elle faisait naturellement d'une main habile, en l'absence de miroir. Lorsqu'elle fit claquer l'élastique en le glissant de son poignet sur sa natte, elle pencha le front vers ses genoux, imprimant à ses jarrets une profonde et douloureuse tension. Puis elle se renversa en arrière, sur le dos, comme une petite fille, bouche et yeux grands ouverts sur les branches d'arbres au-dessus d'elle. Elle en eut le souffle coupé, le vertige, à tomber ainsi dans l'espace, directement au sommet des arbres. Repensa à la première fois qu'il l'avait couchée dans cette galerie et se demanda comment elle lui apparaîtrait maintenant, telle qu'elle était là.

Elle jura tout haut et se remit en position assise. Saleté de conscience, ce minable chien errant qui vous suivait à la trace – si difficile à chasser. Si facilement revenu.

Aucun homme ne lui avait parlé de son corps aussi librement ni ne l'avait comparé à des choses aussi inhabituelles que naturelles. Non seulement à un ver à soie. Mais aussi à de l'ivoire, par exemple, qui n'était pas lisse à l'état brut, d'après lui. Il avait séjourné au Canada l'été précédent, jusqu'à l'automne, avait-il dit – y était allé pour se faire de l'argent au moment de la remontée du saumon et avait prolongé son séjour pour chasser le caribou dans la baie d'Hudson ; à un moment donné, il avait appris à façonner l'ivoire de morse en manches de couteau. Elle l'avait écouté lui raconter ses histoires, envisageant ainsi d'autres aspects touchants de la nature, elle qui n'en avait jamais connu qu'un seul. Elle s'était inquiétée des oiseaux qu'on trouvait là-bas et qu'il semblait connaître, tout en étant parfaitement incapable d'en dire le nom en dehors de ceux que l'on chassait en tant que gibier. Trop attentive, elle s'en rendait compte maintenant, à entendre ce qu'il omettait de mentionner – ses intentions, ses convictions. S'entendre dire curieusement que son ventre était comme de l'ivoire de morse, était-ce là un compliment qui lui était exclusivement réservé ? Elle ne savait comment l'interpréter, mais l'avait fait le plus sérieusement possible. Au souvenir de certaines choses, une onde de faiblesse physique la traversait encore de part en part : son corps contre le sien, l'odeur de sa peau. L'expression de joie profonde de son visage lorsqu'il la pénétrait.

Elle sauta sur ses jambes, frissonnante à cause du froid et de ses enfantillages, et retourna à l'intérieur afin de s'habiller et de décider de sa journée. Elle fit le tour de la pièce, enfilant son jean et ses bottes à un bon rythme. Tout en boutonnant sa chemise d'une main, elle ouvrit bruyamment le placard de l'autre et tendit le bras pour attraper un peu du pain de maïs resté depuis la veille dans la marmite. Elle en avala une bouchée et en fourra un morceau dans la poche de sa veste pour le manger sur la piste, ou plus tard, pendant qu'elle attendrait, postée à l'intérieur de l'affût qu'elle s'apprêtait à construire. Elle n'avait déjà que trop perdu de temps ce matin. Restée loin de la tanière depuis si longtemps – les deux premières semaines à dessein, les dix derniers jours par nécessité –, elle n'avait pas osé y retourner. Même si elle y était allée seule, ou avait menti, il aurait pu la suivre.

Deanna emprunta la piste de Bitter Creek qui descendait de la montagne, aussi rapidement qu'elle le put mais sans courir, ce qui aurait été absurde. S'ils étaient là, ils le seraient encore dix minutes plus tard. Ou bien n'y seraient plus du tout. C'étaient des bêtes méfiantes, presque au-delà de toute idée humaine de la méfiance – et le jour où elle les avait découverts, ils l'avaient sûrement vue les premiers. Il n'était pas concevable qu'elle eût été plus rusée qu'eux ou plus apte à déjouer leur instinct. En elle, ils ne pouvaient voir qu'une ennemie, comme en tout autre être humain dont ils avaient capté les mauvaises odeurs. Si c'était la même famille, celle qui avait perdu la moitié de ses membres en l'espace d'une journée dans la vallée de Zébulon, ses survivants se montreraient prudents.

Elle était certaine d'avoir affaire à la même famille, ou alors à quelques autres rescapés de méfaits humains. Autrement, pour quelle raison se seraient-ils aventurés si haut dans la montagne, dans cette forêt tellement éloignée des haies et limites de champs qui constituaient généralement le domaine du coyote ? Lorsqu'ils étaient arrivés ici pour mettre bas, ils devaient s'être creusé de nombreuses tanières. Ils étaient connus pour leurs solutions de repli, les fameuses ruses du coyote. De tout ce qu'il était possible de savoir sur eux, la jeune femme était au courant. Par exemple, que seule la femelle dominante avait des petits ; que les autres adultes de la meute renonçaient à se reproduire. En revanche, qu'ils aidaient la femelle dominante, en amassant de la nourriture, en montant la garde de la tanière, en jouant avec les petits, en les dressant à se débrouiller une fois les yeux ouverts, la première fois qu'ils sortaient chasser. Si les parents se faisaient tuer, les petits souffraient à peine de leur absence – il en allait ainsi dans la famille coyote. C'était tout son intérêt. Et si en découvrant cette tanière Deanna avait dérangé la meute, ses membres auraient déjà transporté ailleurs ces petits, en pleine nuit. Tout prédateur qui dort la nuit perd d'avance la partie avec un coyote.

Elle ralentit l'allure puis s'arrêta à un quart de mile de l'endroit où elle se souvenait avoir vu la tanière pour réfléchir à la construction de l'affût. Il lui faudrait être assez près pour bien voir, mais contre le vent, bien sûr, dont la direction changeait entre le matin et l'après-midi. Elle devrait se contenter d'un seul affût, car elle voulait créer le moins de dérangement possible pour ne pas laisser trop d'indices au cas où quelqu'un d'autre viendrait fureter dans les parages. Ce serait donc le matin. Elle bâtirait l'abri en amont de la pente et n'y viendrait que le matin, quand le soleil aurait réchauffé les champs plus bas et que l'air monterait encore des combes vers le sommet de la montagne.

Deanna ne se souvenait plus de la distance parcourue en descendant de la montagne quand, pour la première fois, elle était tombée par hasard sur la tanière. Maintenant qu'elle la cherchait, elle ne savait plus très bien si elle se trouvait encore sur les terres de la forêt de l'État ou sur celles de la ferme qui la bordaient plus bas – rien n'était clôturé par ici. Mais on était en plein bois et plus haut qu'on ne le pensait. Dans les Appalaches, on ignorait encore trop de choses sur les coyotes pour savoir ce qui était réellement normal. Il était peu vraisemblable qu'ils eussent aimé les sommets ; ils leur préféraient les basses terres à cause des campagnols, entre autres. Mais cette famille avait son histoire. Elle avait été poussée dans ses retranchements. Aussi avait-elle dû prendre de l'altitude afin d'organiser, tel Geronimo, ses razzias à partir d'une cache sûre.

Elle se remit à avancer, lentement, brisant et ramassant les branches basses d'un arbre à oseille. Elle quitta le sentier, se protégeant les yeux tandis qu'elle se frayait un chemin à travers une épaisse touffe de rhododendrons. Son intention était de faire le tour de la tanière à distance, jusqu'à l'endroit où elle pourrait la voir de l'autre côté du cours d'eau. Les rhododendrons étaient d'une épaisseur invraisemblable, mais c'était bien : personne ne retrouverait sa trace. Elle s'interrogea brièvement sur l'exploitant de la ferme située plus bas et se demanda s'il était amateur de chasse. Il ne s'aventurerait probablement pas jusqu'ici. La plupart des fermiers du coin ne mettaient jamais les pieds dans les bois en dehors de la saison du gros gibier, et encore, jamais sans leur chère bouteille de Jack Daniel. Les seuls importuns – les chasseurs d'ours et autres gens de la même espèce – venaient généralement d'ailleurs. Ces hommes étaient spécialisés, donc devaient ratisser large.

Elle s'engagea lentement sur la pente, en biais, jusqu'à ce qu'elle pût voir de l'autre côté de la rivière l'entrelacs de racines au pied de l'arbre géant couché. Elle leva ses jumelles à hauteur de la bande d'obscurité entre les racines, retint son souffle et fit sa mise au point. Rien. Elle s'assit sur un matelas humide de feuilles mortes de l'automne dernier et se prépara à l'attente. Inutile de bâtir l'affût avant de s'assurer qu'ils étaient encore là.

Deanna savait exactement quand s'achevait la matinée. Elle ne portait jamais de montre et n'en avait pas besoin. Elle devinait au-dessus d'elle, lorsque l'air s'immobilisait, les chenilles fraîches écloses dévorant les feuilles par milliers au cours de leur processus de métamorphose en Ios nocturnes et en papillons-lunes. Dans l'heure suivante, la brise tournerait. Idiot de se risquer ; il était temps de partir, elle n'avait toujours rien vu – aucun mouvement, aucun signe. Aucun petit chien pareil au renard, pareil au loup, cousin des deux, devenu pour elle si familier au cours de ses études qu'il finissait quelquefois par hanter ses rêves. De jour, elle avait longuement observé le seul et unique coyote – pathétique prisonnier qu'elle aurait préféré oublier – du zoo de Tinker's Mountain, situé à l'extérieur de Knoxville. Elle avait parlementé avec le conservateur pour modifier le mode d'exposition, en lui expliquant que les coyotes étaient des animaux sociaux et qu'en montrer un seul relevait non seulement de la cruauté mais aussi de l'hérésie. Elle lui avait offert ses services : ceux d'une spécialiste en biologie animale qui terminait sa thèse sur l'allongement des parcours du coyote au XXe siècle. Le conservateur lui avait poliment suggéré, au cas où elle souhaiterait voir ces bêtes en meutes, d'aller faire un tour dans l'Ouest, où elles constituaient les victimes les plus nombreuses des accidents de la route. Cette conversation lui avait donné des crampes d'estomac. À tel point qu'elle avait rédigé une demande de bourse et imaginé ce poste qu'elle était venue occuper une fois sa thèse terminée et soutenue. Elle avait dû affronter certains sceptiques avant d'obtenir à l'arraché un accord exceptionnel entre les différentes administrations de l'Entretien des parcs, de l'Office forestier, et du Département Chasse et Pêche de l'Intérieur, de sorte qu'il y avait presque davantage de mots que de dollars inscrits sur son chèque de salaire. Mais cela fonctionnait bien, et tous semblaient le penser maintenant. Deux ans après son arrivée, l'une des chaînes des Appalaches du Sud les plus sévèrement braconnées avait peu à peu retrouvé son intégrité d'écosystème. Tout cela répondait à l'objectif visé, mais seulement en partie, dans son esprit.

Elle poussa un soupir, résignée. Un jour, elle poserait les yeux sur le rusé *Canis latrans* à l'état sauvage, ici même, sur son propre territoire, sur un sentier animalier raccordé par d'autres traces à ceux qu'elle avait parcourus dans son enfance. Cela arriverait. Mais ce ne serait pas aujourd'hui.

En remontant vers le haut de la montagne, elle ralentit consciemment le pas. Elle entendit une autre fauvette à tête cendrée – un signe et une merveille, lui sembla-t-il, comme quelque chose qui revenait de chez les morts. Tant d'autres ne reviendraient jamais : la fauvette à plastron, le pigeon migrateur, la perruche de la Caroline, la perle de Flint, la noctuelle de type *Apamea* – tant de créatures disparues qui bougeaient à travers les feuilles juste à l'extérieur de sa vision périphérique, car Deanna en savait trop pour ne pas se rendre compte qu'elle vivait parmi les fantômes. Elle s'inclinait devant les disparus comme elle l'aurait fait devant les esprits de parents défunts, leur rendant un silencieux hommage là où ils avaient pu exister autrefois. Les petits loups rouges se dressaient telles des ombres muettes en lisière de clairière tandis que les perruches de la Caroline jacassaient bruyamment en se déplaçant le long des berges de la rivière en immenses bandes d'un vert et orange éblouissant. Les premiers colonisateurs qui s'étaient installés dans cette région les avaient appréciés et promptement tués. Désormais la plupart des gens vous traitaient de fous si vous leur racontiez qu'une bête aussi exotique qu'un perroquet avait vécu autrefois dans ces modestes régions du Sud.

Elle s'arrêta, les yeux rivés sur le sol. Là, des traces, toutes fraîches ; elle les examina un moment : une patte avant et une patte arrière, en alternance sur une seule file en une longue ligne sinueuse, la patte de devant un peu plus large que celle de derrière ; c'était bien un canidé. Les marques de griffes étaient présentes également, aussi nettes que possible. Là où les empreintes traversaient une large étendue de boue claire, elle s'agenouilla pour les regarder de près, prenant la mesure de l'une, bien définie, à l'aide d'une phalange de l'index. Deux pouces trois quarts, de l'avant à l'arrière. *On apprend ce qu'il est en découvrant ce qu'il n'est pas,* disait son père. Ce n'était ni un renard gris ni un renard rouge. Un coyote. Un grand, probablement un mâle. Le compagnon de la femelle dominante.

Un peu plus loin, là où les traces empruntaient une clairière et se croisaient plus vraisemblablement avec d'autres empreintes d'animaux, elle tomba sur une de ses déjections. Une seule crotte terminée en pointe, recourbée comme l'un des souliers d'Ali Baba – une crotte de coyote, certainement, qui d'autre qu'un grand mâle en aurait fait tout un spectacle ? Elle s'accroupit et l'ouvrit à l'aide d'un bâtonnet. Un coyote mangeait pratiquement de tout : souris, campagnols, sauterelles, grenouilles. Des ordures ménagères, un chat domestique. Les fermiers d'en bas avaient raison de le croire capable d'enlever un agneau ; à l'œuvre, une meute entière était même susceptible d'abattre une vache adulte. Mais pour cela il fallait qu'elle fût importante, deux douzaines d'individus peut-être, davantage de coyotes adultes qu'il n'en existait dans le comté et sans doute à cette extrémité de l'État. Et pour quelle raison, grands dieux, s'en seraient-ils donné le mal alors qu'ils pouvaient trouver tant d'autres choses à manger sur les pentes de cette montagne, beaucoup plus facilement et en toute sécurité ? Difficile d'imaginer une autre créature au monde qui fût mieux à même de s'accommoder des restes inutiles aux humains. Au cours des recherches de sa thèse, elle était tombée sur les notes d'un certain Murie, un biologiste qui avait passé les premières décennies de son siècle à disséquer les fèces de coyote et à en enregistrer le contenu magnifiquement varié. Dans son journal, il avait dressé un catalogue des centaines d'éléments qu'il y avait trouvés. Avec une prédilection pour certains : « Lambeaux de vêtements de laine » et « pastèque volée », par exemple.

Dans la matière granuleuse de cette crotte, Deanna s'attendait à trouver des pignes de pin et des pépins de baies, un régime prévisible pour les animaux de la région. Le dur reflet sombre d'un pépin de pomme l'étonna. Suivi de plusieurs autres. Des pépins de pommes à cette période de l'année, à la fin du mois de mai ? Les pommiers avaient encore à peine dépassé le stade de la défloraison dans le fond de la vallée. Des pommes sauvages qui y étaient encore accrochées aux arbres dans les champs incultes étaient peu probables. Plus vraisemblablement, ce coquin s'était faufilé dans un verger où l'on cultivait une variété ancienne de reinettes grises restant sur l'arbre de l'hiver jusqu'au printemps. Ou bien s'était-il introduit dans un cellier quelconque pour faire rouler d'un boisseau d'osier les dernières petites arkansas noires et sucrées. Deanna comprenait. Elle aussi avait volé des pommes, en son temps. La plantation de tabac de son père n'avait guère été riche de plaisirs du point de vue d'un enfant, mais lorsqu'ils avaient tous deux découvert respectivement Nannie Rawley et son verger, Deanna était montée au septième ciel. Nannie était une femme généreuse qui ne recomptait pas ses arkansas, une fois les invités partis.

Malgré ses jambes douloureuses, Deanna resta accroupie un peu plus longtemps, prenant soin d'aplatir et d'écarter la crotte dans sa totalité à l'aide de son bout de bois. Quelque chose d'autre la surprenait : des grains de millet, du rouge et du blanc. Le millet ne poussait pas sur ce versant de la montagne, ni à sa connaissance sur aucune exploitation agricole d'en bas. Et sûrement pas le rouge et le blanc ensemble ; c'était une combinaison que l'on ne rencontrait que rarement. On la trouvait surtout dans les mélanges de graines du commerce que les gens déposaient dehors pour les oiseaux. Probablement était-ce le mélange qu'elle avait elle-même répandu. Elle se releva, clignant de yeux, chercha plus bas à travers les troncs d'arbres et réfléchit. Qui d'autre alentour était susceptible de nourrir les mésanges ?

« Espèce de bandit, dit-elle tout haut en riant. Superbe enfant de salaud. C'est toi qui m'as espionnée. »

Elle passa l'après-midi dans une agitation anxieuse, pelotonnée sur le fauteuil déglingué de brocart vert, installé dans la galerie contre le mur extérieur, à l'abri de l'avant-toit. Son cahier de notes sur le genou, elle dressa le catalogue du contenu de la crotte ainsi que le calibre et la localisation des empreintes et l'endroit où elle avait entendu aujourd'hui la fauvette à tête cendrée. Puis elle chercha dans ses souvenirs sa première fauvette à tête cendrée et quelques autres détails qu'elle aurait dû enregistrer avant ça. Elle avait totalement négligé ses cahiers durant les neuf jours entiers de la visite d'Eddie Bondo. Encore maintenant, elle se sentait anormalement surexcitée, avec l'envie de grignoter quelque chose, de chercher ou de vérifier, et dut se morigéner comme une enfant afin de rester tranquillement assise à se concentrer. Elle regardait fixement les pages blanches numérotées qui se terminaient à la date d'aujourd'hui, le 19 mai, et se sentait froidement dégoûtée de sa paresse et de son peu de concentration. Tout aurait pu arriver pendant ces jours-là, la vie ou la mort, et elle serait passée à côté.

Ce qui se présentait à elle, ici, dans cette montagne, c'était une occasion qui ne se reproduirait plus pour personne : le retour d'un important prédateur canidé et la réorganisation des espèces qu'il entraînerait peut-être. D'autant plus significatif que le coyote se trouverait être ce que R. T. Paine qualifiait de prédateur clef. Elle avait lu et relu avec soin ses célèbres expériences des années 60 au cours desquelles il avait vu décroître radicalement la grande diversité des espèces après avoir retiré toutes les étoiles de mer de flaques d'eau marine. En leur absence, les moules, dont elles étaient consommatrices, avaient proliféré et dévoré presque toutes les autres espèces, ou en avait réduit la quantité. Personne, avant ça, n'avait découvert à quel point un seul carnivore pouvait influer sur des éléments aussi éloignés de son règne. Bien entendu, l'expérience s'était reproduite indéfiniment, par hasard : l'élimination des couguars du Grand Canyon, par exemple, avait favorisé une plus grande prolifération de cervidés, plus voraces et plus féconds que d'autres herbivores, provoquant ainsi une usure du paysage jusqu'au granit. Beaucoup avaient vu et enregistré les dégâts qu'entraînait l'élimination d'un prédateur dans un système. On les constatait ici même, dans ses bien-aimées montagnes, dont le foyer biologique le plus riche d'Amérique du Nord s'appauvrissait, d'extinction en extinction, des plantes et des oiseaux, des poissons, mammifères, papillons et perles et, en particulier, des créatures de rivière dont elle collectionnait les noms comme des bijoux : unio de Virginie, mulette flexueuse, mulette demi ridée, anodonte. Soixante-cinq sortes de moules, dont vingt étaient définitivement éteintes. Il existait des centaines de raisons à leur mort individuelle – écoulement accidentel de pesticides, envasement dû aux cultures, présence de bétail dans les rivières – mais pour Deanna, chacune représentait aussi un morceau du puzzle qu'elle avait passé des années à assembler. Le principal prédateur des mollusques menacés était le rat musqué, qui s'était propagé comme la peste le long des berges, ces cinquante dernières années. Leur population avait été contrôlée tout au long de l'histoire par le vison (devenu manteau de nos jours), la loutre de rivière (elle aussi pratiquement disparue) et, sûrement, le loup rouge. Il était impossible de dire dans quelle mesure le retour d'un grand chien vorace serait capable de rétablir l'équilibre, même après une absence de deux cents ans. Des espèces rares, des espèces menacées, outre la vie de la rivière, et également des plantes trop longtemps broutées ainsi que leurs insectes pollinisateurs pourraient revivre.

Ou peut-être les coyotes se révéleraient-ils un fléau, comme le sont presque toujours les espèces réintroduites. Sans doute les fermiers avaient-ils raison de leur tirer dessus – elle devait en admettre la possibilité. Mais elle ne le pensait pas. Elle était persuadée que les coyotes réussissaient ici pour une seule raison : ils se glissaient tranquillement dans le créneau abandonné deux cents ans plus tôt par le loup rouge. Les deux prédateurs se distinguaient à peine : il était possible que le loup rouge ait été un croisement génétique de loup gris et de coyote. Comme ce dernier, c'était un chasseur doué de flair, capable de pister en pleine nuit, à l'inverse des grands félins, qui chassent à vue. Il se reproduisait au même rythme que le coyote, et il était sensiblement de la même taille. En fait, à en juger d'après les traces qu'elle avait vues, les coyotes d'ici étaient presque aussi grands que le loup rouge, devenaient plus massifs de génération en génération et s'insinuaient dans l'espace rocailleux de cette région, qui ne demandait qu'à être comblé. Le fantôme d'une créature depuis longtemps disparue apparaissait, laissant des traces de pas silencieux, retrouvant la place qu'elle avait autrefois tenue dans l'anatomie complexe de cette forêt, comme un cœur battant réintégrant son corps. C'était ce à quoi elle pensait bientôt assister, si

elle l'observait en ce moment magique : une réintroduction. Si elle ne se montrait pas trop paresseuse ou
inattentive. Et si elle ne menait pas un tueur jusqu'à
leur repaire.

Elle fronça les sourcils et se souvint de ses notes, du
millet rouge et blanc, se demandant de quelle autre
manière elle pourrait infléchir l'expérience. Elle mordillait son crayon, dans son effort de concentration. Plus
elle travaillait, plus les désirs de son corps se faisaient
pressants, allant de la simple invite au franc harcèle-
ment. Elle eut envie de quelque chose de chaud, de différent, à manger. Elle se refusait de donner un nom à
cette fringale qu'elle attribuait à la faim, chose qui ne
méritait pas que l'on s'y appesantît – mangeant quand
elle avait faim, et n'importe quoi faisant l'affaire. Mais
durant toute cette journée, son corps s'était rappelé à
elle : par une douleur dans la cuisse, un creux dans les
entrailles.

Sans doute qu'une soupe de haricots suffirait,
décida-t-elle, se relevant d'un bond pour pénétrer dans
la maison. Des haricots fumants dans un bol émaillé,
noyant le reste du pain de maïs. Il en avait cuit une
grosse miche d'un beau jaune dans la marmite, hier
matin avant de partir – pour l'emporter, avait-elle
pensé, mais il lui en avait laissé la plus grande partie.
Elle la prendrait avec elle, dehors, sur le fauteuil de la
galerie et s'installerait face à l'ouest, tournant soigneusement le dos à Clinch Peak. Afin de regarder le ciel
s'enflammer derrière les arbres.

Elle rentra, alluma la lampe à pétrole et, sans réfléchir, se dirigea d'abord vers la grande caisse en fer-
blanc où elle rangeait ses sacs de haricots de cinq kilos,
mais elle s'arrêta en chemin, prise au dépourvu. Il était
trop tard, en effet, pour les laisser tremper et les cuire
depuis le début comme elle le faisait habituellement, en
en préparant une quantité suffisante pour plusieurs

jours de consommation distraite. Mais, certaine d'avoir des haricots blancs en boîte dans le fond du placard, elle en ouvrit grandes les portes et écarta les pots de sauce tomate pour spaghettis, la soupe Campbell, les raviolis, articles dont elle avait oublié l'existence – elle se préoccupait rarement d'autre chose que de haricots et de riz. Elle poussa la marmite pour regarder derrière et fut contrariée de constater que le lourd couvercle métallique avait été déplacé. Bon sang ! Elle devait l'avoir laissé ainsi, en sortant hâtivement ce matin même, et l'armée de souris de cette maison ne s'était pas fait prier deux fois. Elle inspecta l'intérieur, sachant exactement ce qu'elle allait trouver : la croustillante couronne grignotée, la surface dorée parsemée de crottes noires. Ses yeux se remplirent de larmes tandis qu'elle regardait fixement le fond du pesant récipient.

« Trop de précipitation imbécile, Deanna », dit-elle tout haut.

Ce n'était que de la nourriture, et il lui en restait bien d'autre, mais c'était justement ce dont elle aurait eu envie. Elle rabattit bruyamment le couvercle, fit pivoter la lourde marmite pour la descendre de l'étagère et sortit. Elle l'avait bel et bien laissée entrouverte, aucun doute là-dessus. Quand on vit seule, on ne peut que se maudire soi-même lorsque le rouleau de papier hygiénique vide vous nargue dans les toilettes, ou lorsque le pain de maïs est piqué de crottes. Elle pouvait toujours en accuser les souris si ça lui chantait, les diablesses. Pourtant ces petites bêtes ne faisaient que leur devoir, le même pour tout le monde : elles assuraient leur survie.

Très bien, donc ; en dépit de sa fascination pour les crottes d'animaux (cette partie de sa thèse avait achevé son ex-mari !), elle n'allait sûrement pas en manger, non plus que manger après une souris. En grosses chaussettes de laine, elle se dirigea vers l'extrémité de la galerie et, de là, jusqu'au rocher, sous le cerisier sauvage. Elle répandit sur le sol les gros morceaux et les miettes de pain de maïs, ajoutant ce gâchis à la nébuleuse de graines qui chatoyaient là. Ensuite, profondément démoralisée, elle rentra, s'installa à sa table et mangea des raviolis froids à même la boîte tout en terminant de prendre ses notes. Au diable les désirs du corps.

Avant le coucher du soleil, elle se leva de sa table et s'étira pour chasser ses crampes, puis elle sortit sur la galerie, sans raison, juste à temps pour surprendre l'inhabituel spectacle d'un papillon-lune qui volait en plein jour. Une étonnante ascension, comme celle de deux feuilles de noyer blanc d'Amérique prises dans un courant ascendant, arrêta Deanna sur le seuil de la porte. Elle le vit peu à peu prendre de l'altitude en voletant par à-coups, montant, descendant, puis repartant un peu plus haut comme s'il grimpait un escalier dans les airs. Sans s'en rendre compte, elle retint son souffle, et ne le reprit que lorsque la créature atteignit les feuilles supérieures du prunus de Virginie, s'y posa, et s'immobilisa. Les papillons-lunes étaient assez communs par ici sans pour autant cesser de l'émouvoir en raison de leur taille et de leurs ailes diaphanes, vert pâle, aux longs appendices élégants. Comme des fantômes qui pleureraient leur future extinction. Celui-là n'était pas dans son élément, éveillé qu'il était en plein jour. Un tamia affairé devait l'avoir chassé d'une retraite située un peu plus bas. Ou bien, peut-être Deanna assistait-elle à la fatale désorientation qui triomphe d'un être en fin de vie. Une fois, enfant, pendant qu'elle attendait avec son père à une station d'essence, elle avait trouvé un papillon-lune dans la même situation : affolé, moribond, sur la chaussée, devant leur camion. Le temps que son père fasse le plein, elle l'avait ramassé et avait assisté à son combat contre la mort. De près, c'était une créature terrifiante, se tordant et palpitant contre sa paume, jusqu'à en perdre des petites touffes de fourrure vert pâle qui venaient se coller à ses doigts. Saisie de frayeur, elle avait failli le jeter par terre, et ce n'est que parce qu'elle éprouvait de la tendresse à l'égard de ce papillon qu'elle s'était retenue de le faire. La nuit, quand ils dansaient au-dessus de la cour, son père et elle trouvaient qu'ils ressemblaient à des ballerines. Mais celui-là n'avait rien d'une ballerine. Il était épais, en forme de cône velu aplati à un bout et se terminait par un visage farouche de petite chouette en colère. Il fixait furieusement Deanna des yeux, bien trop sagace pour un insecte, pire : méprisant. Pourtant, cela ne l'avait pas empêchée de continuer à aimer les papillons-lunes, mais elle n'avait jamais oublié non plus qu'un mystère emprisonné au creux d'une main perdait toute grâce.

Ce ne fut que plus tard, bien après la tombée de la nuit, après avoir mouché la lampe et s'être presque endormie sur son lit de camp qu'elle l'entendit au-dehors. Des bruits de pas, elle en était sûre, bien que ce ne fût pas vraiment un craquement de pas qu'elle eût entendu. Ce n'était rien, en réalité. Elle se redressa sur son lit, se serrant aux épaules sous la couverture, mordant sa natte pour s'obliger à l'immobilité. Ce n'était rien, mais *rien* n'est pas une absence, c'est une présence. Un bruit d'insecte qui se tait, un changement de qualité de la nuit qui signifie qu'il y a là quelque chose, ou quelqu'un. Ou était-ce moins que rien, simplement un raton laveur se trémoussant dans ses rondes sans fin, et venu débarrasser le pain de maïs qu'elle avait jeté ?

Pour finir, elle entendit nettement quelque chose : un bruit sec. Elle chercha à tâtons la torche électrique qu'elle gardait sous son lit, glissa ses pieds nus dans ses bottes et se dirigea vers la porte, où elle se tint, silencieuse, à regarder au-dehors. Devait-elle parler ? Pourquoi ne s'avançait-il pas ?

Dehors, dans l'obscurité, de l'autre côté de l'extrémité de la galerie où elle avait répandu les graines – c'était là qu'il se tenait. Elle vit quelque chose bouger. Elle cala l'extrémité de la torche sur son front, juste au-dessus de l'espace entre ses sourcils. C'était une chose qu'elle avait apprise, il y a longtemps, pour voir de nuit. De la lumière ainsi projetée ne révélerait rien d'elle et, depuis ce point sur son front, le rayonnement atteindrait directement les rétines de l'intrus et renverrait aux siennes la couleur caractéristique du reflet de ses yeux. À condition qu'il ait des yeux, bien sûr, et que ceux-ci la regardent en face.

Elle attendit un peu, n'entendit rien. Elle alluma sa torche : l'obscurité tout d'abord. Puis soudain, deux petites lueurs, éclairs vifs – non d'un rouge farouche d'œil humain, mais d'un or tirant sur le vert. Non d'un humain, ni d'un raton laveur. D'un coyote.

5
Un amour de papillon de nuit

Le vol en spirale des papillons de nuit ne paraît erratique que parce que leurs mécanismes de détection olfactive diffèrent considérablement des nôtres. Dotés d'une vision binoculaire, nous jugeons de la situation d'un objet grâce à la comparaison des images reçues par les deux yeux et nous nous dirigeons vers l'origine du stimulus. Mais chez les espèces qui dépendent de leur odorat, l'organisme envisage des points dans l'espace, se déplace dans la direction de la concentration d'odeurs la plus importante, puis établit une comparaison entre deux autres points successifs, progressant ainsi en zigzag vers l'origine de l'émission. Recourant à une navigation olfactive, le papillon détecte des flux dans l'atmosphère, et découvre ainsi, par petites étapes, comment remonter vers leur source.

C'est en voyant ses neveux courir en zigzag entre les chaises pliantes en métal que Lusa s'était mise à méditer ce passage qu'elle avait lu à propos de la divagation des papillons, ce qui l'avait soudainement incitée à se poser la question : cela remontait à quand, tout ça, à cent ans ? À avant-hier ? Lire au lit en secret, se hâter de finir une page ou un chapitre avant que Cole ne rentre : cela n'arriverait plus. À présent, elle pourrait lire où elle voudrait, lire un livre jusqu'au bout si cela lui chantait. Lusa tentait de faire que ce rêve étrange devienne sa réalité, mais ne parvenait pas véritablement à établir un lien entre elle et la personne qui se trouvait assise ici, une femme vêtue d'une robe noire d'emprunt qui pendouillait à hauteur de la poitrine. Ce salon funéraire était un endroit dont elle n'avait jamais vu ni même imaginé l'intérieur, encore moins à l'occasion de la veillée mortuaire de son mari. Les pièces étaient badigeonnées d'un vert dentifrice pisseux et le décor de baguettes sombres autour des portes n'était en réalité que du plastique moulé traité façon bois. Quelle drôle d'idée, pensa Lusa, de poser du faux bois dans une ville qui était entièrement entourée de forêt.

De l'autre côté du seuil, elle entendait les gens qui attendaient en file, dans le long et étroit couloir d'entrée semblable à une pipette de verre ou à un compte-gouttes qui aurait distillé dans la pièce, les uns après les autres, de solennels visiteurs aux visages douloureux. Ceux qui arrivaient seulement maintenant pour voir le mort devraient encore patienter pendant près d'une heure, comme venait de l'annoncer Mary Edna (avec satisfaction, semble-t-il), partie en reconnaissance. La colonne s'allongeait derrière la porte maintenant que le soir tombait et que les gens sortaient du travail. La plupart d'entre eux arrivaient dans leur tenue usuelle, avec le jean propre qu'ils avaient mis au besoin sous la combinaison qu'ils portaient pour traire leurs vaches, les costumes et cravates étant réservés pour le lendemain, jour de l'enterrement. Ce soir, c'était davantage une affaire d'amitié, une occasion de voir Cole et de lui faire des adieux privés. Rares étaient les gens de la vallée qui n'étaient pas venus, aurait-on dit. Cole était très aimé – Lusa le savait, bien sûr. Et il fallait aussi admirer le travail de l'embaumeur des pompes funèbres, compte tenu de l'accident.

Lusa n'avait pas eu à attendre dans la file. Elle était à l'autre bout, assise à la tête du cercueil, là où les gens pouvaient venir lui présenter leurs respects s'ils le désiraient bien que, pour la plupart, ils ne l'eussent connue que par son prénom ou par ouï-dire et se fussent contentés de lui adresser un bref hochement de tête guindé. Elle les savait désolés, malgré tout. Au reste de la famille de Cole, ils déversaient un tel flot de condoléances que Lusa craignait d'en être submergée. Elle était assise sur une chaise métallique, flanquée de ses belles-sœurs – Hannie-Mavis et Mary Edna, pour l'instant. Lorsque Mary Edna partait devant afin de tenir sa cour, elle était remplacée par Jewel, Lois ou Emaline, blocs interchangeables d'un mur compact tendu de noir. Peut-être pas tout à fait interchangeables. La jeune femme se sentait un peu plus d'espace pour respirer lorsque c'était Jewel, moins impérieuse que Mary Edna, avec son physique de tronc d'arbre, ou que Lois, avec sa voix rauque de fumeuse. Ou que Hannie-Mavis avec son eye-liner à la Cléopâtre, même en cette sombre circonstance. Au début, Lusa avait dû recourir à des moyens mnémotechniques pour se souvenir de leurs noms, Mary Edna avait été la Menaçante-Ennemie, Hannie-Mavis restait l'Horriblement-Maquillée, Lois et sa longue mine était devenue Longue-Tignasse, Emaline, l'Émotive. Mais Jewel était restée Jewel, amphore vide dotée de deux gamins et d'une paire d'yeux tristes exactement de la même couleur que ceux de Cole. Lusa ne se souvenait guère d'avoir jamais entretenu de conversation avec Jewel, ou de l'avoir jamais vue faire autre chose que distribuer des sucettes glacées aux enfants, dans la cour, lors de réunions familiales et, une fois, remonter l'allée pour lui demander si elle n'avait pas vu leur chat à queue coupée qui avait disparu.

Les petits de Jewel et de Hannie-Mavis – ceux de cinq ans – étaient en train de courir littéralement dans leurs jambes : l'un des deux venait juste de se faufiler sous celles de Lusa, gainées des étranges bas noirs que quelqu'un lui avait donnés. L'incessant parcours en spirale des garçons tout au long de la veillée mortuaire de leur oncle lui avait fait penser à l'errance des papillons : les enfants évaluaient-ils le chagrin contenu dans l'air des différentes parties de la pièce ? Qu'allaient-ils trouver dans celui qui entourait Lusa ? Impossible de ressentir quoi que ce soit. D'une certaine façon, sa torpeur semblait à la mesure du vacarme régnant. Plus la soirée s'écoulait, plus le bruit semblait monter comme une marée. Tant de conversations parallèles s'additionnaient en une sorte de cacophonie bavarde qu'elle se sentait incapable de les démêler. En revanche, elle se surprenait à étudier les sons de phrases sans queue ni tête qui résonnaient à ses oreilles. Le parler des montagnes était très différent de celui des villes : les voyelles en étaient un peu plus dures, en quelque sorte, et le rythme plus souple dans l'ensemble. *« Ç'ui-là, là-haut »*, entendait-elle sans arrêt.

Il est pas à vendre. Leurs vaches, elles viennent encore chez Lawrence. C'qu'y a, c'est qu'y aura pas d'tabac de planté c'te semaine, bon sang non. C'est qu'une limite de propriété. Ben sûr que oui, que ça me gênerait pas. Un des gars Widener, l'ancienne ferme aux Widener, bon Dieu oui, que j'ai été là-haut.

Ben ouais, à la pêche quand j'étais tout gamin. Y a une retenue là-haut, à Bitter Hollow.

Non, non, ça la r'garde pas. C'est de la terre qu'est aux Widener, ça tout l'monde le sait, un truc de famille, qu'est-ce qu'elle en aurait à foutre ?

Ben sûr que non qu'elle va pas rester. J'vois même pas comment qu'elle pourrait.

Cette dernière phrase, elle sursauta en le réalisant, venait de Mary Edna. Là-bas, près de la porte, en train de parler d'elle, Lusa. Comment cela avait-il pu être déjà décidé ? Mais il était tout naturel et même gentil de leur part, supposa-t-elle, de la décharger facilement. À quoi pouvaient-ils s'attendre, sinon qu'elle remballe ses filets à papillons et son nom d'ailleurs pour retourner à Lexington dès maintenant ? « Là où elle a ses attaches », fut la fin de la phrase qu'elle n'entendit pas prononcer tout haut.

Elle en ressentit une étrange légèreté : Oui ! Elle pouvait quitter le comté de Zébulon. On lui laissait bien plus que la simple liberté de lire au lit tout ce qu'elle voudrait, ce qui signifierait encore se cacher de ses belles-sœurs, qui n'approuvaient pas la lecture, ni l'idée même de rester au lit. Elle pourrait quitter ce lieu, être qui elle voudrait, n'importe où. Elle porta les mains à son visage et éprouva l'envie urgente de le dire à Cole : ils pourraient partir tout de suite ! Oh mon Dieu ! Cole. Elle se frotta vigoureusement les yeux et comprit vaguement à quel point elle en était arrivée. Le choc, deux nuits sans sommeil et deux jours pendant lesquels avaient défilé des gens venus manger des sandwichs au jambon dans sa cuisine lui avaient fait perdre la tête. Son corps, comme s'il appartenait à quelqu'un d'autre, se mit à trembler d'une douleur aiguë, sèche, qu'elle fut impuissante à arrêter, un étrange sanglot de gorge qui sonna presque comme un rire. Hannie-Mavis passa un bras autour de ses épaules secouées de convulsions et lui chuchota : « Mon chou, je sais pas ce qu'on va devenir sans lui. On est tous aussi perdus que toi. »

Lusa regarda Hannie-Mavis. Sous les cils abusivement recourbés et bleuis de mascara, son regard était en effet désemparé, vraiment autant qu'elle le prétendait. Qu'essayait-elle de lui dire ? Qu'elle n'avait pas le privilège du plus grand chagrin ? D'abord en tant que maîtresse de maison et maintenant en tant que veuve de Cole, occupait-elle une place qu'elle ne méritait pas ?

« Tout ira bien pour toi », lui dit Lusa sans émotion. *Dès que je serai partie.*

104

Elle vivait la soirée comme si ça avait été un rêve dont elle ne se souviendrait plus au matin. Prise au piège d'un acte répétitif sans fin, elle secouait les paumes calleuses d'hommes qui trayaient encore leurs vaches à la main, comme elle acceptait les joues parfumées et trop douces de leurs épouses contre les siennes.

« C'était un brave garçon. Dieu seul sait pourquoi son heure a sonné si tôt. »

« Rappelé au bercail. Il est maintenant aux côtés du Seigneur. »

« On dirait qu'il est vivant. »

Elle n'avait pas regardé le corps et n'en supportait pas l'idée. Elle ne pensait pas qu'il fût là-dedans, pas son *corps* à lui, avec le grand plat impeccable de son ventre sur lequel elle posait la tête comme une écolière ensommeillée ; toute cette énergie qui était la sienne et qu'elle avait appris à désirer et à suivre, comme une vieille ritournelle à l'intérieur d'elle qu'elle n'aurait jamais su fredonner avant Cole. Ses mains sur son dos nu, sa bouche qui l'aspirait comme un sillon de nectar sur une fleur – ces choses de Cole qu'elle n'aurait plus jamais dans sa vie. Elle ouvrit les yeux de peur de tomber dans le noir. Une petite vieille se tenait là, agenouillée devant elle, qui fit tressaillir Lusa en lui posant fermement ses deux mains sur les genoux.

« Vous ne me connaissez pas, chuchota-t-elle presque avec force. Je possède un verger un peu plus haut sur la route, à un mile de votre ferme. Je connais Cole Widener depuis tout petit. Il venait souvent jouer avec ma fille. Il volait mes pommes, je le laissais faire.

– Oh ! dit Lusa. Merci. »

La femme leva les yeux et battit des paupières comme si elle entendait quelque chose. Ses yeux, d'un brun très foncé, étaient entourés de cils clairs et elle portait ses cheveux gris nattés en couronne autour de la tête comme quelqu'un d'un autre pays ou d'une autre époque. « J'ai perdu un enfant, dit-elle, croisant d'un regard direct celui de Lusa. J'ai cru que je n'y survivrais pas. Pourtant si. On apprend à aimer l'absence que quelqu'un laisse derrière lui. »

Elle libéra les genoux de Lusa et lui saisit les mains cette fois, les serrant fortement pendant quelques secondes avant de s'esquiver. Leur étreinte avait été si fraîche et si vigoureuse sur les doigts indifférents de Lusa, et si fugitive ! Comme la femme franchissait la porte, Lusa vit sa jupe de calicot se ramasser sur le côté, comme un rideau qu'on écarte.

À neuf heures passées, Mary Edna se mit à insister pour que Lusa rentrât à la maison. Herb pouvait l'y conduire, suggéra-t-elle, puis revenir ensuite passer la soirée avec le reste de la famille. Ou quelqu'un d'autre pourrait s'en charger – il y avait un volontaire, un cousin Widener qui resterait avec elle pour qu'elle ne fût pas seule chez elle jusqu'au retour des autres.

« Mais pourquoi faudrait-il que je rentre si vous restez tous ? » demanda Lusa, aussi perdue qu'une enfant. Et ensuite, comme une enfant perdue qui se sent lésée, elle força sa volonté défaillante à se muer en détermination tenace. Elle dit à Mary Edna qu'elle resterait là jusqu'au bout, jusqu'à ce que la dernière personne eût dit au revoir à Cole et quitté la pièce. Elle attendrait de voir l'arrière du crâne chauve de Herb Goins et les fesses de Mary Edna, Lois, Jewel, Emaline et Hannie-Mavis passer la porte pour embrasser une dernière fois son mari. Elle ne pensait ni au corps de Cole ni à rien d'autre en déclarant son intention de rester. Elle se contenta de la réitérer, de plus en plus en colère à chaque fois, jusqu'à ce qu'elle prît réalité.

Deux jours et deux nuits après la veillée, Lusa n'avait toujours pas dormi. Elle ne comprenait pas comment son cerveau parvenait encore à résister dans un corps aussi épuisé que le sien. Pourtant, c'était l'inverse : plus elle se sentait fatiguée, plus son cerveau semblait vouloir rester inexorablement vigilant. Pour surveiller quoi ? Personne n'irait voler l'argenterie, se dit-elle, elle s'en moquerait d'ailleurs royalement si cela arrivait – une chose possible tellement la maison regorgeait de visiteurs. Le vendredi après-midi, tout de suite après l'enterrement, elle avait somnolé juste une minute sur le canapé du salon dans une pièce remplie de gens endimanchés. Elle aurait juré que c'était le silence qui l'avait réveillée, le fait que leurs conversations à propos des récoltes, de la pluie, du prix du bœuf et des rhumatismes eussent soudainement cessé quand ils s'étaient rendu compte qu'elle dormait. Lusa avait ouvert les yeux sur leurs regards insistants, attristés, muets, comme si elle avait été elle-même l'occasion d'une veillée, et c'est depuis ce moment-là qu'elle avait eu le sentiment de n'être plus capable de dormir.

Les choses, du moins, s'arrangeaient à la nuit tombée, une fois passée l'heure décente de manger ou de faire des visites. Même cet enquiquineur de pasteur ne viendrait plus maintenant. Mais les nuits étaient pires pour Lusa. Elle devait rôder dans les pièces du haut, en évitant la chambre où elle et Cole avaient dormi, bel et bien piégée à l'étage, car Jewel et Hannie-Mavis occupaient le rez-de-chaussée pour la cinquième nuit consécutive. Apparemment, elles s'étaient instal-lées là. On était samedi, maintenant – ou plutôt, dimanche matin, était-ce bien ça ? N'éprouvaient-elles pas le besoin de rentrer auprès de leur mari et de leurs enfants ? Lusa était allongée sur le divan de la chambre d'amis (ses belles-sœurs l'appelaient la « chambre des filles »), et écoutait le ronronnement monotone de leur conversation. Elle aurait voulu être sourde – elle en avait déjà trop entendu sans le vouloir, trop de suppositions à propos de sa fragilité, de ses projets, de son absence de convictions religieuses ou même de soutien familial. *Sotto voce,* Mary Edna avait glissé au pasteur : « Il faut vous dire que l'épouse n'est pas chrétienne. » Comme si cela pouvait en partie expliquer son invraisemblable malchance. Tous, sœurs et voisins, s'informaient les uns les autres du mystère entourant, il y a longtemps, la perte des parents de son père (cette affaire avec les juifs, pendant la guerre) et, plus récemment, de la mauvaise santé de sa mère (« ça remonte au printemps, c'est triste – non, pas si âgée que ça »), sans comprendre comment la vie avait pu laisser Lusa avec deux parents muets. Depuis son attaque cérébrale, les yeux affolés de sa mère semblaient chercher si désespérément les mots que Lusa pouvait à peine le supporter, tandis que son père se résignait au silence comme s'il s'agissait de sa propre mort et qu'il l'attendait. Lorsque Lusa vint le voir pour lui annoncer l'affreuse nouvelle, lui dire que son gendre était mort, son père sembla mettre du temps à saisir que ce nouveau drame avait un rapport avec lui. On n'avait même pas envisagé qu'il viendrait à l'enterrement.

Hannie-Mavis et Jewel étaient maintenant en bas, dans la cuisine, la terne et neutre Jewel jouant les faire-valoir de l'Horriblement-Maquillée, plus tragique, dont les larmes appelaient un constant ravalement du visage (bien que l'Émotive Emaline l'ait surpassée un peu plus tôt en éclatant en bruyants sanglots devant la photo de Cole bébé). Les choses semblaient s'être calmées depuis le départ des visiteurs, mais Lusa les entendait encore parler et manipuler de la nourriture. La cuisine était restée exactement comme l'avait laissée leur mère. Lorsque Lusa avait tenté de réorganiser les placards, ses belles-sœurs avaient considéré cela comme une erreur réparable et excusable. Elle se les imaginait toutes deux lissant et réutilisant des carrés de papier d'aluminium pour en couvrir les marmites. Les incessantes ouvertures et fermetures du réfrigérateur – un grincement, un chuintement – étaient devenues le thème musical du supplice de Lusa.

Si seulement elle avait pu dormir, quitter cet endroit, ne serait-ce qu'un bref moment.

Lorsque la grande horloge d'en bas sonna une heure, elle renonça. Le sommeil ne viendrait décidément pas la trouver cette nuit. Il y avait des fantômes partout, même ici dans cette banale chambre d'amis où Lusa avait à peine passé une heure de son existence auparavant. Le lit ne renfermait aucun souvenir, mais il y avait la grande contrebasse de Cole dressée dans un coin, qui la terrorisait de sa présence autant que si quelqu'un s'était caché dans l'ombre. Elle ne cessait de penser aux mains de Cole glissant avec fluidité du haut en bas du manche comme s'il était resté certaines parties de lui qui refusaient encore de mourir. Une manifestation de plus de l'insondable injustice de cette mort : elle n'avait jamais vraiment pris le temps de l'écouter jouer. Il avait laissé tomber la musique ces dernières années, bien qu'elle sût qu'au lycée il avait révélé des dons suffisants pour partir en tournée dans la région avec un orchestre de *bluegrass* *. Out of the Blue, c'était ainsi que s'appelait leur formation. Elle se demandait qui jouait des autres instruments – le violon, la guitare, la mandoline –, tous tenus par des mains qui avaient sans doute serré les siennes ces derniers jours, bien que personne n'y eût fait allusion. À présent, Cole leur ferait à jamais défaut, comme une dent qui manque, et sa contrebasse attendait, debout dans son coin. Lusa en contemplait les courbes sombres et polies, se rendant compte qu'elle était ancienne, peut-être plus encore que cette maison centenaire. D'autres morts en avaient sûre-

* Musique folklorique du Kentucky.

ment joué avant Cole. Elle ne lui avait jamais demandé d'où venait l'instrument. Comme il était étrange d'avoir à partager les objets de sa vie avec des communautés entières de défunts sans leur avoir jamais accordé la moindre pensée jusqu'à ce que l'un des vôtres sautât le pas. Ce n'était que tout récemment que Lusa avait pris conscience de cette réalité : elle vivait parmi des fantômes.

Elle soupira et se leva. Elle regagnerait sa chambre et lirait un roman de Nabokov ou autre chose pour se changer les idées. Dormir ne serait guère possible dans ce lit-là – là moins encore qu'ailleurs – mais tout de même, il y avait une lampe de chevet dans cette chambre. Un livre qui ferait que l'aube arriverait plus vite. Elle pensa à Cole qui avait l'habitude de se lever à cinq heures du matin, et même plus tôt encore en été, et à quel point elle redoutait l'arrivée du jour avec son enchevêtrement de travaux et de choix. Cette crainte n'était rien, à présent, en comparaison du supplice incessant d'une nuit sans sommeil. En cet instant précis, elle aurait donné son âme pour que le jour se lève.

Elle trouva ses pantoufles et d'une glissade parcourut le plancher qui craquait, avec l'idée de descendre chercher le livre qu'elle pensait avoir laissé dans le salon. Dans l'état d'esprit où elle se trouvait, elle avait pu tout aussi bien le laisser dans le réfrigérateur. Un peu plus tôt aujourd'hui, elle avait versé un verre de thé glacé au pasteur, en avait remué le sucre, puis avait posé le couvercle du sucrier dessus et remis le tout dans le placard après avoir présenté le sucrier au frère Léonard. Elle n'avait rien remarqué d'anormal jusqu'à ce que Jewel se fût levée pour réparer l'erreur.

À la suite de ça, elle n'avait pu affronter leurs regards. Ce n'est que maintenant qu'elle pouvait descendre sans risque pour aller chercher son livre. La cuisine était silencieuse depuis un moment. Ses belles-sœurs devaient s'être endormies à leur poste, sur les divans du salon et de la salle de séjour.

Mais une envolée de blancheur la fit sursauter dans l'escalier : Jewel ou Hannie-Mavis, l'une des deux, s'élançait à l'étage en chemise de nuit.

« Je venais voir comment ça allait. Je t'ai entendue bouger. » C'était Jewel.

« Oh ! je descendais juste prendre un livre.

– Tu vas pas te mettre à lire maintenant, ma pauvre chérie. Il faut que tu dormes. »

Les épaules de Lusa retombèrent d'impuissance dans l'obscurité. Autant dire à Lazare qu'il fallait se lever.

« Je n'y arrive pas, dit-elle. J'ai essayé, essayé, mais je n'y arrive pas.

– Je sais. Je t'ai apporté quelque chose à prendre. C'est le docteur Gibben qui me les a donnés quand Shel est parti. La même chose m'est arrivée. »

Quand il est parti. Le mari de Jewel l'avait abandonnée trois ou quatre ans plus tôt, un fait tellement passé sous silence par la famille que Lusa l'avait totalement oublié. Et donc, prends ça – du poison ? Lusa chercha au jugé les mains de Jewel, entendit le cliquetis du petit flacon en plastique. Tortura son cerveau embrumé pour comprendre ce qui se passait. « Oh, un somnifère ?

– Ouais.

– Je ne crois pas que je puisse.

– Ça te fera pas de mal.

– Je ne prends presque jamais rien. Même pas de l'aspirine pour un mal de tête. J'ai un peu peur des médicaments. Et aussi, j'ai presque peur de m'endormir maintenant. Ça te paraît idiot ? »

La chemise de nuit de Jewel tombait des pointes de ses épaulettes à ruchés, suspendue dans le vide comme un papillon ou un fantôme. Sa voix venait de l'ombre qui la surplombait. « Je sais. Tu n'as qu'une envie :

c'est de fermer les yeux sur tout ça, mais en même temps tu penses que tu vas peut-être rater quelque chose.

– C'est ça. » Lusa se pencha en avant dans l'obscurité, surprise, désireuse de toucher le visage qu'elle ne distinguait pas afin de s'assurer qu'il s'agissait bien de Jewel. Elle ne parvenait pas à faire le lien entre cette sage compassion et la femme qu'elle connaissait. Le vase vide, comme elle l'avait appelée.

« Au bout d'un moment, tu... je ne sais pas comment te dire. » La voix fit une pause, comme prise de timidité, alors Lusa vit en esprit que c'était bien Jewel. « Au bout d'un moment, tu cesses d'avoir besoin d'un homme, tu sais bien, dans le sens physique. Le Seigneur t'aide à oublier.

– Oh, mon Dieu ! » Lusa laissa échapper un gémissement au souvenir d'un corps si lourd au toucher, tellement semblable à un fluide figé qu'elle avait eu un recul, se contentant de lui effleurer le front de ses lèvres avant de se sauver en courant. Elle s'effondra sur le tapis de l'escalier et se mit à sangloter. Elle n'en éprouvait même pas de honte, tellement l'énergie lui manquait. Au-dessus d'elle, la blanche apparition ailée s'inclina et l'étreignit avec force.

Au bout d'une minute, elles s'écartèrent l'une de l'autre. « Qu'est-ce que je raconte ? dit Jewel en pleurant doucement. Tu es si jeune et si jolie. Tu te remarieras. Je sais que tu es incapable de l'envisager pour l'instant, mais ça viendra. »

Lusa se sentait vidée. « Toi aussi, tu es trop jeune, Jewel. C'est la même chose que pour moi.

– Non, dit-elle. Pas la même chose. Pour moi c'est terminé.

– Pourquoi ?

– Chuuut. » Elle posa doucement la main sur la bouche de Lusa puis lui caressa les cheveux. « Tu as besoin de dormir. Il faut que tu cèdes à un moment ou à un autre. Tu arrives à un point où tu commences juste à ne plus vouloir vivre et c'est pire que d'avoir peur. »

Lusa tendit la main à la recherche de celle de Jewel, sentit qu'elle ouvrait le flacon et déposait un seul cachet impondérable au creux de sa paume. Elle prit un peu de recul pour le regarder de profil, le distingua, telle une étoile lointaine qui l'aurait guidée.

« Tu montes et tu prends ça tout de suite. Avale un verre d'eau avec et va t'allonger. Quelquefois on a juste besoin d'un petit soutien. »

Couchée sur le flanc, elle gardait les yeux fixés sur le réveil digital posé du côté du lit de Cole. Au début, elle craignit de ressentir les effets de la pilule dans ses membres, puis, lentement, elle en arriva à la conclusion bien plus affreuse qu'il n'y aurait pas d'effet du tout. Quand la pendule sonna deux coups, Lusa éprouva un pur et morne désespoir. Jewel avait raison : ce corps qui était le sien était anéanti par l'attente. Elle aspirait mentalement à la mort.

Et puis ce fut terminé.

Le sommeil emporta Lusa dans une vaste prairie escarpée prise sur la forêt. Un homme l'appelait par son nom :

« Lusa. »

Pour elle, c'était un étranger, quelqu'un qu'elle ne pensait pas connaître. Elle entendait sa voix sans le voir. Elle était allongée sur l'herbe pleine de rosée, sur le côté, entièrement enveloppée d'une couverture sombre qui lui couvrait même la tête.

« Comment avez-vous su que c'était moi ? » lui demanda-t-elle à travers la couverture, car elle réalisait soudain qu'il y avait des femmes allongées partout dans le champ, enveloppées elles aussi de couvertures de couleur sombre.

Il répondit : « Je vous connais. Je connais la forme de votre corps.

– Vous m'avez bien observée, alors.

– Oui. »

Elle prit conscience de manière aiguë, érotique, de sa taille mince et de ses cuisses aux os brefs, de la rondeur particulière de sa hanche – toutes choses qui la distinguaient sans doute des autres femmes couchées sous leurs couvertures. L'exquis, l'insupportable plaisir d'être choisie.

« Vous deviez bien me connaître pour me trouver ici ? »

Sa voix était douce, l'atteignant par-delà les distances pour expliquer sa situation dans les termes les plus simples qui soient : « Je vous ai toujours bien connue. »

Son parfum rejaillit dans son cerveau comme une pluie de lumières, ce qui fit qu'elle le connut parfaitement. *Voilà comment se parlent les papillons de nuit. Les mots trompeurs sont impossibles lorsqu'ils n'existent pas.*

Elle roula vers lui et ouvrit sa couverture.

Il était couvert de fourrure, aucunement homme mais montagne aux extrémités soyeuses vert pâle et aux épaules marron de papillon-lune.

Il l'enveloppa de sa douceur, lui toucha le visage de ce qui lui parut être le mouvement des arbres. Son odeur était celle de l'eau sur les cailloux et du musc des feuilles en décomposition, tendre aura qui la rendit folle d'un pur désir. Elle se nicha de tout son long contre lui qui frottait son corps, gravé en pointillé comme une forêt, entre ses jambes, impatiente de dissoudre son désir dans sa confiante étreinte. C'étaient exactement ces choses-là – sa force et son immensité compactes –

114

qui la réconfortèrent tandis que, frémissant, il venait en elle.

Elle se réveilla en nage, le dos arqué à la fois de désir et de soulagement. Elle se tâta rapidement le corps – les seins, le visage –, rassurée au sujet de ses formes. Cela paraissait impossible, mais voilà qu'elle se retrouvait là après tout ce qui lui était arrivé, égale à elle-même, Lusa. Le jour pointait. Lusa se pelotonna sur le côté et regarda longuement par la fenêtre ouverte les peupliers solennels qui se dressaient de part et d'autre de la combe, protégeant la bouche de la montagne dont le souffle arrivait, léger, par la fenêtre. Au-dessus des arbres s'attardait un pâle ciel blanc, là où juste un peu plus tôt s'était suspendue une lune en son déclin : le matin et ses enchevêtrements de travaux et de choix. Une journée à elle, délicatement parfumée de chèvre-feuille. Ce qu'il avait réussi à lui dire ce matin-là, quand elle s'était assise à la fenêtre, c'était que les mots ne disaient pas toute la vérité. Que ce qu'elle avait aimé se trouvait là et l'était peut-être encore si elle parvenait à trouver le chemin qui y conduisait.

Elle remonta le drap et ferma les yeux, acceptant cette solitude au lit qui serait la sienne si elle en faisait le choix.

6
Les châtaigniers d'autrefois

Garnett se souvenait encore, à l'époque où il était petit garçon, d'un énorme tronc d'arbre creux, loin là-haut dans les bois de la montagne de Zébulon. Tellement énorme que ses camarades et lui le traversaient en courant sur une seule file sans avoir à se baisser. À cette pensée, il sourit. Ils le considéraient comme leur bien – car tout gamin de dix ans se croit volontiers propriétaire d'un miracle de la nature qu'il s'empresse de graver à l'aide de son canif. Ils l'avaient baptisé – comment donc déjà ? quelque chose avec le mot « indien » dedans. Le *tunnel indien*.

Une idée surprenante effleura alors l'esprit de Garnett, et cela pour la première fois au cours de ses bientôt quatre-vingts ans : le pauvre type qui avait abattu cet arbre et avait dû l'abandonner faute d'en avoir correctement calculé la hauteur devait être son grand-père. Combien de fois auparavant Garnett s'était-il tenu là, en lisière de son champ de jeunes arbres, à contempler ce flanc de montagne en repensant au tunnel indien ? Pourtant, il n'avait jamais fait le rapprochement. Cet arbre était certainement tombé une centaine d'années plus tôt, au temps où son grand-père possédait tout le versant sud du mont Zébulon. C'était lui, le premier Garnett Walker, qui l'avait baptisé ainsi, choisissant en toute modestie un nom biblique, celui de Zébulon, même si certains continuaient à l'appeler la montagne des Walker. Qui d'autre que lui aurait pu abattre cet arbre ? Ils avaient dû passer plus de la journée, ses fils

116

et lui, à peser de leurs épaules sur le passe-partout pour faire tomber ce géant. Et s'affoler comme des frelons en s'apercevant, au bout de tout ce travail, que le vieux châtaignier était bien trop gigantesque pour être descendu jusqu'en bas de la montagne. Ils en avaient probablement prélevé des branches grandes comme des arbres pour tailler des parois de grange, quant au tronc – l'énorme monstre –, on l'avait laissé sur place. À se vider de sa substance jusqu'à ce qu'il ne fût plus rien qu'un jeu offert à la vaine malice de gamins.

On utilisait des mules dans ce temps-là, quelle que fût la tâche : des mules ou des hommes. Le tracteur faisait encore partie de ces choses que l'on n'imaginait pas. Avec ces bêtes, il est vrai qu'on empruntait facilement les étroits raidillons où n'aurait pu passer le tracteur. Et pourtant ! On en faisait des choses grâce au cheval-vapeur, de celles qu'on n'aurait pu faire avec un cheval en chair et en os. C'était la leçon qu'il était censé tirer de tout ça, l'intention que Dieu avait manifestée en rapprochant ces souvenirs du grand-père Walker et du tunnel indien. S'ils avaient disposé d'un fardier ou d'un bon John Deere, cet arbre n'aurait pas fini en tunnel pour les gamins et en tanière pour les ours. Oui, avec le cheval-vapeur on réalise parfois ce qu'on ne peut pas faire avec le cheval.

C'était justement ça, exactement ce qu'il essayait de dire à la mère Rawley depuis des années. « Mademoiselle, lui expliquait-il à en devenir rouge comme une tomate tandis qu'elle se lançait dans ses élucubrations primitives, on peut évoquer avec émotion la simplicité des temps anciens, même s'ils avaient tout de même leurs limites. Et si les gens observent les coutumes de leur époque, c'est pour de bonnes raisons. »

Nannie Land Rawley était la voisine la plus proche de Garnett et la plaie de son existence.

Mademoiselle elle serait et le resterait à jamais, et non *madame,* alors même qu'elle avait eu un enfant et qu'il était bien connu dans le comté de Zébulon qu'elle n'en avait jamais épousé le père. Et ça remontait à trente ans sinon plus, bien loin des jours où les jeunes filles commençaient à se mettre des anneaux dans le nez et des clochettes aux doigts de pied comme elles le faisaient à présent et, bien sûr, à fabriquer des enfants illégitimes. Dans ce temps-là, une jeune fille s'absentait un laps de temps convenable pour rendre visite à une soi-disant parente et revenait plus triste mais plus sage. Ce n'était pas le cas de Mlle Rawley. Jamais elle n'avait laissé entrevoir la moindre tristesse, cette femme ayant pour principe de se conduire déraisonnablement. Elle avait porté son enfant ici, au vu et au su de Dieu et de tous, avait affublé la pauvre petite d'un prénom ridicule, agissant comme si elle avait parfaitement le droit de se pavaner avec sa bâtarde au sein d'une communauté vivant dans la crainte du Seigneur.

Et tous lui avaient pardonné désormais, s'en faisait-il la réflexion avec amertume, étudiant à travers les troncs de son verger la montée qui conduisait vers sa maison située – trop près de la sienne – sur un petit tertre, juste avant que le terrain ne parte à l'assaut de la montagne. Bien sûr, cette triste histoire d'enfant les avait mis de son côté, mais tout de même, Nannie était du genre à se tirer de n'importe quelle situation. *Tous, ils sont aussi charmants que le jour est long quand, en chemin, ils tombent sur elle, Nannie, avec ses joues roses au milieu de ses marguerites, sa longue jupe de calicot et ses nattes enroulées autour de la tête comme la Gretel du conte de fées.*

Il leur arrivait de cancaner un peu : comment, en effet, éviter qu'un oiseau pareil échappât à l'occasionnelle pique d'Oda Black, du grand magasin d'en bas ? Mais même cette braillarde abrégeait toute remarque à propos de Nannie d'un geste de la main à hauteur de la bouche, laissant l'insinuation en suspens et mettant à regret son mouchoir par-dessus. Nannie achetait Oda à coups de tourtes aux pommes ; cela faisait partie de ses méthodes. Les gens, intrigués, la trouvaient amusante, malgré sa bonté excessive. Loin d'eux le soupçon que sa menue silhouette abritât le diable, ainsi que le pensait Garnett Walker. Ce dernier suspectait Nannie Rawley d'avoir été mise sur terre pour éprouver son âme et sa foi.

Sinon pourquoi, avec toute cette bonne terre à verger qui s'étendait vers le nord d'ici jusqu'aux Adirondacks, cette femme lui serait-elle échue en voisine ?

Sa pancarte, à elle seule, suffisait à lui donner de l'urticaire. Cela faisait maintenant deux mois, depuis le moment où elle s'était glissée pour la première fois sur sa parcelle pour la planter, qu'il n'en dormait plus la nuit tellement ça le travaillait : c'était déjà quelque chose, grand Dieu, quand une hereford sautait par-dessus une clôture et atterrissait chez un voisin, malgré tout c'était pardonnable et on tirait un trait sur l'incident, mais une pancarte en contreplaqué d'un mètre de large, ça ne se promenait pas tout seul. La nuit dernière, il s'était rongé les sangs pratiquement jusqu'au lever du jour et, après le petit déjeuner, avait résolu de sortir par le champ de jeunes plants de devant pour vérifier le talus visible de la route. En quête « de signes et de merveilles », comme il était dit dans la Bible, bien que la pancarte de Nannie ne se signalât que de funeste manière.

Il en apercevait maintenant le verso à travers les hautes herbes, qui dépassait du talus surplombant la grand-route. Il cligna des yeux pour s'en assurer ; sa vue avait atteint le point où elle ne s'exerçait plus sans effort. Oui, l'inscription du recto faisait face à la route, mais il savait ce qu'elle racontait, toute cette bêtise barbouillée de peinture imposant au bas-côté de la route – le *sien*, à cent mètres au-delà de sa limite de propriété – d'être une zone de « DÉSHERBANT INTERDIT ». Comme s'il suffisait pour gouverner le monde de concocter un lot d'imbécillités et de les peinturlurer sur un carré de contreplaqué de un mètre sur un. Ça, pour résumer, c'était tout Nannie Rawley.

Son projet, aujourd'hui, c'était d'expédier cette pancarte d'un bon coup d'épaule de l'autre côté de la clôture, dans le fossé où elle finirait, rongée par ce bouillon d'herbes qui avaient poussé à la suite de l'interdiction du désherbant ; ainsi la justice triompherait-elle dans son vert petit coin du bon Dieu. Et il espérait bien que cette femme assisterait à la chose.

Garnett s'avança prudemment jusqu'en bas du talus, à travers les hautes herbes, et arracha la pancarte, avec suffisamment de difficulté pour changer d'avis et espérer qu'elle ne regardait pas. Il dut la saisir à deux mains et en ébranler le piquet pendant un certain temps pour la dégager de son trou. La bonne femme devait avoir manié un maillet de deux kilos pour l'enfoncer comme ça ; encore une chance qu'elle n'eût pas creusé un trou avec son antique tracteur et ne l'eût pas scellée avec du ciment. Il voyait bien le tableau. Elle ne respectait ni la propriété ni ses aînés en général, et lui encore moins. Aucun besoin des bonshommes, suspectait-il, la mine sombre – et c'était aussi bien. Pas de gâchis d'affection, d'un côté comme de l'autre.

Il se mit à patauger en direction de la limite de propriété, s'ouvrant un chemin à travers les herbes à grands coups de pancarte balancée de droite et de gauche. Il se sentait une âme de chevalier d'antan se frayant un passage à travers une armée d'ennemis à la pointe de son épée de bois. La berge et les bas-côtés de la route étaient dans un état abominable, réduits à un long fourré de phytolaccas, de lampourdes, de bruyères

multiflores qui lui arrivaient presque à hauteur de poitrine. Garnett dut s'arrêter plusieurs fois en l'espace de
quelques mètres pour dégager des ronces ses manches
de chemise. Tout ça c'était l'œuvre de Nannie, sa croix
à porter. Partout ailleurs dans le comté de Zébulon – partout, sauf ici –, les cantonniers entretenaient les bords
de route ou, s'ils étaient trop escarpés pour être tondus
comme celui qui bornait sa ferme, ils les passaient au
désherbant. Une bonne dose mensuelle de Roundup
suffisait à ratatiner ces parasites feuillus en une belle
petite moisson de tiges sèches d'un brun rouille faciles
à ratisser par la suite afin de révéler au public une
façade bien tenue. Mais à la place, c'était ça qu'il y
avait maintenant – ce fouillis de bruyères qui abritait
une vermine de toutes les catégories recensées par
l'homme et qui se reproduisait là-dedans et s'apprêtait
à envahir son champ de plants de châtaigniers F1. Il lui
faudrait des jours pour débarrasser tout ça avec sa dés-
herbeuse ou sa faucheuse, et il n'était pas certain que
son cœur tiendrait le coup. En l'espace de trois petits
mois, la ferme de Garnett – dont les champs étaient
généralement nickel, une fois le talus franchi – était
devenue un spectacle de désolation pour les passants.
On ne parlait sans doute plus que de ça là-bas chez
Black : Garnett Walker était un vieux tire-au-flanc (!),
alors que tout était la faute de Nannie Land Rawley,
leur petite amie chérie qui s'acharnait secrètement à le
démolir.

Ça avait commencé dès avril lorsqu'il avait confié
son coin d'herbe pentu – qui de toute façon était frappé
d'une servitude – au désherbant des gars du comté. Le
1er mai, il avait refait la même chose. Les deux fois, elle
s'était glissée jusqu'ici au milieu de la nuit, avant le
jour de la pulvérisation, œuvrant dans le noir comme la
sorcière qu'elle était, afin de transporter sa pancarte
chez Garnett. Maintenant on était le 2 juin et le camion

allait bientôt repasser. Comment se faisait-il qu'elle soit toujours au courant de son passage ? Est-ce que ça aussi ce n'était pas de la sorcellerie ? Alors que la plupart des gens du coin n'étaient même pas fichus de prévoir la date de vêlage de leurs propres vaches, encore moins de spéculer sur les habitudes de travail des employés du comté, une bande de petits voyous bardés d'écouteurs, de quincaillerie et de pantalons trop larges.

Les années précédentes, il lui avait parlé. Il s'était montré patient comme Job, l'avait informée qu'elle devrait entretenir la zone soustraite au désherbant – au cas où elle persisterait dans ses intentions –, à l'intérieur des limites de sa propriété. D'un geste théâtral, il lui avait indiqué leur clôture commune et lui avait déclaré (Garnett étant un lecteur éclairé) : « Mademoiselle, comme dit le poète, les bonnes clôtures font les bons voisins. »

Ce à quoi elle avait répondu : « Oh ! les gens adorent les clôtures, mais la Nature s'en fout royalement. » Elle prétendait que le vent entraînait le désherbant sur ses vergers.

Posément, il lui avait expliqué qu'une « seule application de désherbant sur mon talus ne ferait pas perdre leurs feuilles à vos pommiers non plus d'ailleurs qu'à ceux de qui que ce soit ».

« Leur faire perdre leurs feuilles, ça non, avait-elle reconnu. Mais qu'est-ce qui se passerait si un inspecteur venait demain vérifier sur place l'absence de produits chimiques sur mes pommes ? Je perdrais mon certificat d'homologation. »

(Garnett s'arrêta une fois de plus pour dégager la manche de sa chemise de travail de l'emprise d'une bruyère. Son cœur martelait à grands coups de s'être battu contre les buissons en traversant cette foutue pagaille.)

Son certificat d'homologation ! Nannie Rawley était fière de raconter à tout le monde qu'elle avait été la première exploitante « bio » à recevoir le label dans le comté de Zébulon et elle le criait encore bien haut et fort. Il y a quinze ans, il avait pensé que ce serait une tocade sans lendemain, de même que la musique rock et le tabac hydroponique. Mais cela ne s'était pas produit. Nannie Rawley avait déclaré la guerre non seulement au Roundup du comté mais aussi à la poudre Sevin et autres insecticides que Garnett allait être obligé d'utiliser sur ses propres plants d'arbres afin d'empêcher qu'une armée de scarabées japonais, retranchés sur les prairies non traitées de Nannie Rawley, ne les dévorent. Son ignorance et son zèle étaient sans limites. Elle était évidemment l'amie et la protectrice jurée de toutes les créatures – grandes ou petites –, tiques, puces et charançons compris. (De toutes, à l'exception des chèvres qu'elle détestait et dont elle avait peur en raison d'un « incident » survenu dans son enfance.) Mais était-elle vraiment si bête pour craindre la visite de contrôle des types de l'habilitation ? Ce serait comme si les catholiques se mêlaient d'aller contrôler la moralité du pape. Si les gars de l'habilitation au label bio se présentaient, ce serait davantage pour lui demander conseil.

Il marqua une nouvelle pause pour reprendre souffle. En dépit de la fraîcheur du jour, une tache sombre de sueur se répandait de ses aisselles sur sa chemise comme une paire de branchies sur un poisson. Ses bras peinaient à force d'agiter la pancarte, et il ressentait comme une étrange lourdeur dans la jambe gauche. Incapable de voir ses pieds, il avait la sensation que son pantalon était trempé jusqu'aux genoux à cause de l'humidité de la végétation. C'était pratiquement un marécage. Les bruyères étaient devenues presque impossibles à franchir, et il avait encore quelques mètres à parcourir avant d'atteindre la clôture. Garnett se sentit carrément désespéré et faillit perdre courage : eh bien, il aurait toujours la possibilité de faire machine arrière, de rejoindre son champ fauché et de jeter la pancarte dans le verger joliment entretenu de cette femme. Autrefois, un portillon avait été aménagé dans la clôture par son père et celui de Nannie, qui avaient été d'excellents amis.

Pourtant non, il voulait traverser en bas, au-dessous de la limite de propriété, afin de balancer ce maudit panonceau dans ses mauvaises herbes, à l'endroit qui lui était dévolu. Il décida de pousser plus loin, à une vingtaine de mètres de là.

Si seulement ses poisons pouvaient dériver sur ses arbres. Il savait parfaitement, et le lui avait dit, qu'en l'absence d'une pulvérisation constante pour les contrôler les scarabées japonais envahiraient entièrement ses vergers. Elle se tiendrait là, en jupe de calicot, sous ses arbres sans feuilles, à se tordre les mains et à se demander ce qui avait bien pu aller de travers dans son petit paradis. Réussir sans produits chimiques était impossible. Avec ses queues de rat, Nannie était une vieille harpie qui se berçait d'illusions.

Il apercevait maintenant la clôture – ou du moins les piquets. (La cataracte lui avait brouillé la vue si progressivement que son cerveau s'était habitué à enregistrer des détails comme un fil de clôture, des feuilles d'arbres et les traits, plus subtils, d'un visage.) Mais tandis qu'il se rapprochait de la limite de propriété, cette sensation de lourdeur dans la jambe gauche devint si intolérable que c'est à peine s'il pouvait traîner celle-ci. Il imaginait bien de quoi il avait l'air, tandis qu'il avançait en battant des bras et en titubant, tel Franken-stein, et la confusion l'envahit, aussitôt chassée par une pensée terrifiante : il était victime d'une attaque. Est-ce que ce n'était pas un de ses symptômes ? Une lourdeur dans la jambe gauche ? Il s'arrêta pour s'éponger le front. Il se sentait dégouliner de sueur et une nausée lui rongeait l'estomac. Grand Dieu, il était foutu de tomber au milieu de ces herbes, et qui viendrait l'y chercher ? Au bout de combien de jours, de semaines ? Sur sa rubrique nécrologique, on lirait : « Le corps en décomposition de Garnett Walker a été découvert mercredi dernier, les premières gelées ayant couché la végétation en façade de sa propriété sur la grand-route. »

Il se sentait oppressé comme un arbre boudiné par du fil de fer barbelé. Oh Seigneur ! Tout haletant, il poussa un cri malgré lui :

« À l'aide ! »

Et voilà qu'elle déboulait jusqu'en bas de la levée. Entre toutes les créatures du bon Dieu, c'est Nannie Rawley qu'il avait appelée à son secours, avec sa salopette et son bandana rouge autour de la tête comme la bonne femme de la réclame de sirop, la tante Jemima. Elle arrivait ventre à terre d'on ne sait où, dérapant vers lui, tenant encore à la main un truc, un système maison qu'elle était en train de bricoler – Nannie et ses pièges à pyrales, comme si ça allait tout résoudre. Ça ressemblait à une boîte en papier jaune dont on aurait découpé le fond. Me voilà bien, pensa Garnett, au terme des jours qui me sont alloués, à contempler une boîte sans fond en papier jaune. Ma dernière vision de cette vie sur terre : un piège à bestioles.

Oh Seigneur tout-puissant ! pria-t-il en silence. *Je confesse avoir sans doute péché par l'esprit, mais j'ai obéi à votre cinquième commandement. Je ne l'ai pas tuée.*

Elle l'avait déjà attrapé sous ses aisselles moites et bataillait pour le remonter de la levée sur le terre-plein de son verger en façade. Jamais il n'avait été en contact ou aux prises avec elle et il fut soufflé de la force de cette petite femme. Il tenta de s'aider de ses jambes inutiles, tout en ayant l'impression de participer à une chasse à l'alligator, découvrant, le cœur chaviré, que l'alligator c'était lui.

Puis, enfin, il se retrouva allongé sur le dos, dans l'herbe, sous ses grosses pommes rouges. À genoux, penchée sur lui, elle l'examinait avec inquiétude. Le souffle lui manqua à la vue de son chef couronné du bandana rouge qui tournoyait follement à travers l'espace. Il tourna vivement la tête ; ce n'était pas une attaque – lever les yeux quand il était à plat dos lui donnait toujours des vertiges.

« Mademoiselle Rawley, dit-il faiblement, une fois que le monde eut cessé de tourner, je ne voudrais pas vous déranger. Faites ce que vous avez à faire, mais si vous en avez l'occasion, pourriez-vous faire venir l'ambulance directement ? Je crois que j'ai eu une attaque. » Il ferma les yeux.

Comme elle ne répondait pas, il les rouvrit et s'aperçut qu'elle regardait attentivement le bas de sa jambe gauche, apparemment horrifiée. Il ne comprit pas – l'attaque s'accompagnait-elle d'un épanchement de sang ? D'une difformité quelconque ? Sûrement pas, mais il ne se résolut pas à regarder.

« Monsieur Walker, dit-elle, vous n'avez pas eu d'attaque.

– Comment ça ?

– Vous n'avez pas eu d'attaque. Vous avez chopé une tortue vorace.

– Quoi ? » Il lutta pour se remettre sur son séant. Soudainement, il se sentit moins oppressé et l'esprit parfaitement clair.

« Voyez ! Vous avez une tortue vorace accrochée à votre botte. Je parie que ce machin-là pèse au moins quinze livres. »

Garnett fut gêné au-delà de toute expression. Il contemplait fixement le monstre dans sa sombre carapace bossue, une bête d'un vert vasouillard sortie à n'en pas douter d'une partie plus obscure du cerveau divin que la plupart des autres créatures. Elle s'était agrippée au bord de sa semelle de cuir, qu'elle serrait en étau – aptitude reconnue chez les tortues voraces – et que, fidèle à sa réputation, elle ne semblait aucunement prête à lâcher à moins que le tonnerre n'eût frappé le comté de Zébulon. Pourtant, Garnett avait l'impression que ses petits yeux luisants et sombres le regardaient d'un air plutôt penaud. Pauvre bête, pensa-t-il, tout ça pour un moment d'égarement.

Lors de printemps aussi pluvieux que celui-là, les tortues voraces s'échappaient de leurs mares natales pour rejoindre les fossés humides, en quête de nouveaux lieux de rencontre et de hideux partenaires afin de mettre bas leur hideuse progéniture. Bien sûr, il fallait qu'il y en ait une pour lui dans ce fossé plein d'herbes, sous toutes ces bruyères – ce marécage, œuvre de Nannie Rawley –, et s'il en avait une maintenant accrochée à son pied, la faute en revenait entièrement à celle-ci.

« De ça, j'étais au courant, dit-il, agitant la main avec désinvolture en direction de la tortue géante. C'est que je ne me suis pas senti bien tout d'un coup. Mais ça va beaucoup mieux maintenant. Je vais rentrer à la maison par la route, je pense. »

Elle fit la grimace en secouant la tête : « Pas tant que je n'aurai pas enlevé ce dinosaure de votre talon. Le temps d'aller chercher un bâton pour la rosser et lui faire lâcher prise.

– Non, vraiment. Vous n'êtes pas obligée.

– Enfin, monsieur Walker, ne soyez pas ridicule.

– Écoutez, mademoiselle, coupa-t-il, je ne vous vois pas faire ça. Connaissant l'affection que vous avez pour les parasites et les nuisibles.

– Qu'est-ce que vous en savez ? J'ai une sérieuse dent contre les tortues voraces depuis qu'une de ces énormités est venue croquer les pattes d'un canard de mon étang. À tout prendre, je préférerais lui faire éclater le crâne à cette saloperie. » Elle baissa les yeux vers Garnett qui tressaillit sous le choc à la fois de sa grossièreté de langage et celle de ses manières. « Vous feriez mieux d'enlever votre botte, ajouta-t-elle. Je n'en prends pas la responsabilité.

– Non ! » hurla-t-il, reprenant le contrôle de la situation. Il avait senti à quel point elle avait de la force dans les mains quand elle l'avait guidé vers le haut du talus – l'emprise du destin lui-même. De vraies griffes d'ourse ! Le contact de ses mains sur lui, c'était suffisant pour aujourd'hui. Il n'allait pas se déshabiller pour elle. « Non, allez, lui dit-il, sévère, il n'y a pas de raison pour que vous passiez votre rancune sur cette pauvre bête. Elle et moi, nous allons simplement nous mettre tout de suite en route pour la maison.

– Mais oui bien sûr, dit-elle.

– C'est ça. Merci de votre aide. »

Garnett se remit sur ses jambes aussi gracieusement que possible, toutes choses considérées, et clopina le long de l'allée de gravier de Nannie Rawley, en direction de la route. Le raclement de son pas bancal évoquait une auto qui aurait eu un pneu crevé. Maintenant il allait devoir parcourir péniblement une centaine de mètres sur la route pour rejoindre sa propre allée et Dieu veuille que personne ne passe en voiture à ce moment-là pour le voir en train de traîner ses quinze livres de tortue sur la grand-route d'une manière totalement inédite jusqu'ici.

Il pivota de côté pour jeter un coup d'œil en arrière. Elle était là, debout, avec son bandana et ses jambes de salopette retroussées, le sourcil froncé, ses petits bras maigres et blancs résolument croisés sur sa blouse. Elle paraissait totalement interloquée, ou en train de décider qu'il était fou à lier – selon. L'un dans l'autre, cela ne faisait aucune différence pour Garnett Walker.

« Oh ! » dit-il brusquement, car il allait presque oublier toute l'affaire. Il se retourna de nouveau vers elle, penchant un peu la tête de côté. « Je crains que votre pancarte n'ait atterri quelque part là-bas dans l'herbe du bas-côté de la route. »

Le regard furibond de Nannie Rawley se mua en une joie rayonnante qu'il put nettement distinguer car son visage s'illumina tel un soleil le jour de la Chandeleur. « Pas de souci à vous faire, monsieur Walker. Le camion pulvérisateur est passé ce matin à sept heures. »

7
Les prédateurs

« Hé, bonjour », dit-il, comme si Eddie Bondo lui-même au milieu de la piste n'était pas une trouvaille plus inattendue, en ce chaud après-midi, que la touffe de vesses-de-loup devant laquelle elle venait juste de tomber en admiration, la minute d'avant.

« Bonjour toi-même », répondit-elle tranquillement. Comme si son cœur ne cognait pas contre les murs de sa cage tel un captif novice. « Mais comment as-tu pu me retrouver ici ?

– Je t'ai sentie, ma belle. Tu es une véritable piste parfumée, facile à suivre pour un homme. »

Les muscles de son ventre se contractèrent. Il croyait peut-être plaisanter mais elle connaissait certaines vérités à propos de l'odeur humaine. En parcourant les rues de la ville de Knoxville, elle avait fait se retourner des hommes, les uns après les autres, en plein milieu de son cycle. Ils ignoraient pourquoi, seulement conscients d'avoir envie d'elle. C'est ainsi que fonctionnaient apparemment les phéromones, du moins chez les humains – personne n'osait en parler. À l'exception, peut-être, d'Eddie Bondo. « Je suis féconde, c'est le message qui t'est parvenu », dit-elle avec franchise, pour le mettre à l'épreuve, mais il ne broncha pas. « Juste pour que tu saches que c'est le jour. » Elle se mit à rire. « C'est ce qui t'a fait descendre de Clinch Peak. »

Eddie Bondo rit à son tour, lui expédiant ce sourire étincelant, radieux à souhait, à travers le crachin d'une fin de matinée. Allait-elle faire semblant de ne pas s'en réjouir ? Comment lui était-il possible de ne pas vouloir qu'il revienne ?

« Comment peux-tu être au courant d'un truc pareil ? demanda-t-il.

– Quoi, que mon corps parle au tien ? » Elle frappa d'un coup de botte les vesses-de-loup, libérant un nuage de spores qui s'élevèrent et s'enroulèrent telle une fumée d'un brun doré, scintillante dans la bruine que traversait un rayon de soleil. Des cellules sexuées, c'était la félicité du champignon, sa façon à lui d'essayer de couvrir le monde de sa progéniture. « Ou comment je peux savoir à propos de mon cycle ? Lequel des deux ? »

Il piétina aussi les vesses, écrasant les coriaces enveloppes blanches telles des balles de base-ball vides, libérant davantage de spores. Leurs réserves semblaient inépuisables. Deanna se demanda si ces minuscules particules s'accrocheraient à leur peau moite ou pénétreraient en eux par inhalation.

« Les deux, je pense », finit-il par dire.

Elle haussa les épaules. Parlait-il sérieusement ? Une femme savait ces deux choses-là si elle était attentive. Deanna tourna les talons et se dirigea vers le haut de la montagne, sûre qu'il la suivrait. « Je dors souvent à la belle étoile, dit-elle. Je suis en phase avec la lune. »

Il se mit à rire. « Alors, tu es un genre de loup-garou femelle ? »

S'arrêtant, elle se retourna pour le regarder. Étonnée que les gens restent ignorants de cet aspect naturel de leur espèce. « Toute femme ovule à la pleine lune en fonction d'une exposition suffisante à cet astre. C'est, je crois, l'hypophyse qui s'en charge. Il faut du temps pour y parvenir, mais ensuite ça se régularise. »

Eddie Bondo parut amusé de cette information. « Alors, dans l'ancien temps, quand elles dormaient par terre autour du feu, enveloppées de peaux de bêtes ou de je ne sais quoi, tu ne vas pas me dire que toutes les femmes du monde tombaient en chaleur en même temps ? »

Elle haussa de nouveau les épaules, peu désireuse de prolonger la conversation s'il la trouvait risible. Ç'aurait été comme trahir un secret. « Pratique, quand tu y penses. La pleine lune, tout l'éclairage voulu.

– Bon sang ! dit-il. Pas étonnant que ce machin-là rende les hommes fous.

– Ouais. » Elle se tourna de nouveau vers la montée, sentant ses yeux rivés sur chacun des muscles de ses longues cuisses, de ses mollets luisants de pluie, sur ses grands fessiers et sa chute de reins, tandis qu'elle grimpait. Elle portait un jean coupé et une mince chemise de coton, et n'avait pas de soutien-gorge. Eddie Bondo était loin de ses pensées quand elle s'était habillée ce matin, prise seulement d'un accès de fièvre printanière avec, de toute évidence, un corps désireux d'être vu.

« Où vas-tu ? lui demanda-t-il.

– Dehors, me promener sous la pluie.

– Elle est sur le point de s'arrêter, objecta-t-il.

– N'en crois rien. Elle va encore tomber.

– Non, ne me dis pas ça. Comment tu peux savoir ? »

Comment ? D'environ six manières différentes : la première, un vent juste assez fort pour retourner les feuilles et révéler leur dessous blanc. « Je n'en sais rien », dit-elle tout haut, coupant là par manque d'habitude. Quoiqu'elle pensât qu'il était probablement le seul homme rencontré depuis la mort de son père qui aimerait entendre les six à la fois.

« Vous autres, gens de la montagne, vous devez avoir des branchies comme les poissons. Toutes ces dernières semaines, j'ai bien cru que j'allais me mettre à fondre.

– Raté, à ce que je vois.

– Apparemment, je ne suis pas en sucre. »

– Apparemment. » Elle sourit intérieurement.

« Alors, où est-ce que tu vas ?

– Nulle part – à un endroit où j'aime bien aller. »

Il rit. « Ça me semble manquer parfaitement d'ambition.

– Non. Enfin, c'est un endroit sans importance. Du point de vue de la conservation de la nature. » Et probablement de quelque point de vue que ce soit.

« Alors, belle dame. Est-ce que ça veut dire que tu n'es pas en service commandé ? »

Elle prit sa respiration, émerveillée de son habileté à manipuler son désir. Elle avait envie de s'arrêter et de l'écarteler sur la piste, de l'avaler vif, d'aspirer ses sucs et de lui lécher les doigts. « C'est simplement un coin que j'aime, dit-elle d'un ton uni. Davantage un truc qu'un lieu. C'est tout là-haut, au sommet de ces montagnes russes. »

La piste était très raide à partir de ce point jusqu'à l'endroit où il gisait, ce grand abri chaleureux, évidé, vers lequel elle se dirigeait, encore à une trentaine de mètres plus haut sur la montagne. Elle entendait ses pas et sa respiration tout proches derrière elle, synchrones avec les siens.

« Animal, végétal ou minéral ? demanda-t-il.

– Végétal. Végétal mort. Depuis bien longtemps, avant que nous ne soyons nés.

– Est-ce que ce n'est pas… un grand arbre creux ? »

Elle s'immobilisa mais ne se retourna pas.

« Environ trois mètres de long et ouais, très grand, si bien qu'il suffit de baisser la tête pour entrer à l'intérieur ? Non, je ne l'ai jamais vu. »

Elle se retourna brutalement pour lui faire face, sa natte en vol. « C'est mon coin à moi !

– Parce que tu penses que personne n'est jamais tombé dessus ? Ça doit bien faire une centaine d'années qu'il est couché là.

– Non ! Personne ne vient jamais ici. » Elle se mit à courir, mais il la rattrapa par-derrière, un peu plus rapide qu'elle dans un sprint en côte. Les mains posées sur ses hanches il la tirait et surtout il la poussait et, avant qu'elle pût lui échapper, ils avaient atteint l'arbre-tunnel, impossible de faire demi-tour maintenant. Il était là et, logées dans les ombres, à l'intérieur, rangées bien à l'abri de la pluie, il y avait ses affaires : son sac, son quart en aluminium et sa cafetière, toute la vie d'Eddie Bondo.

« Je n'arrive pas à croire que tu sois venu ici, dit-elle, refusant encore de l'admettre.

– Toutes sortes de créatures sont venues ici, tu ne crois pas ?

– Non », dit-elle, puis plus rien d'autre car sa bouche fut sur la sienne et de son corps il la poussa à l'intérieur. Déplaçant son sac, il la fit reculer dans l'obscurité délicate, au cœur même du tunnel, à l'endroit le plus sûr.

« Il est à moi, murmura-t-elle.

– Qui est-ce qui l'a abattu, alors ? »

Elle ne distinguait que son visage, ne sentait rien d'autre que le grain délicieux de sa peau contre sa joue et ses mains qui la déboutonnaient. « Personne. C'est un châtaignier. Une maladie est venue à bout de tous ses semblables, il y a cinquante ans.

– Personne n'est venu l'abattre ? »

Pourtant elle n'en écartait pas la possibilité. Son père lui avait raconté que les gens, ayant assisté à la mort mystérieuse des châtaigniers, s'étaient hâtés de prendre ce qui restait sur pied car il y avait pénurie de bois de charpente. Enfin non, si quelqu'un s'était donné ce mal, il aurait emporté le bois, ne l'aurait pas laissé là. Elle s'apprêtait à dire « non » lorsqu'elle se rendit compte que les lèvres d'Eddie Bondo l'empêchaient de former ses mots. Cela devenait absurde, outre que son dos nu épousait la sombre et moelleuse paroi pulvérulente qui doublait cette matrice, qu'elle n'avait jamais partagée avec aucun jumeau. Il tenait ses seins dans ses deux mains, les yeux baissés sur elle. Elle ne supportait pas d'apprécier autant ce regard, ce contact, ces paumes sur la pointe de ses seins et les extrémités de ces doigts qui dessinaient ses côtes et enfermaient ses flancs, l'attirant contre lui comme si elle avait été petite et docile. Il lui baisa le cou, puis la gorge. S'interrompit brièvement, se redressa sur ses genoux pour aller pêcher le paquet froissé dans sa poche de jean – préméditation. Bien sûr qu'il savait qu'elle était fertile. Il ferait attention.

Elle était assise, pelotonnée, le dos contre la paroi, le menton sur ses genoux. Le tunnel était assez large pour qu'il pût s'agenouiller devant elle, face à elle, pour délacer ses chaussures et faire glisser son short et ses propres vêtements. Il faisait assez chaud pour se dénuder, une tiédeur sombre, généreuse, pleine d'une odeur sucrée de vieux bois. Il pressa son visage contre ses genoux.

« La pleine lune ? demanda-t-il, tout contre sa peau. Est-ce le secret de tout ? »

Elle ne dit ni oui ni non.

Ses mains l'escaladèrent comme un arbre, des chevilles aux genoux jusqu'à la taille et aux épaules et, pour finir, il prit son visage entre ses mains, plongeant dans ses yeux comme une diseuse de bonne aventure qui essaie de lire l'avenir dans des feuilles de thé. Il paraissait tellement heureux, tellement sérieux. « Et c'est pour ça que des hommes écrivent des poèmes imbéciles, gémissent et assaillent les débits de boissons ? Alors qu'au fond ce qu'ils veulent, c'est toutes les femmes du monde, toutes en même temps ? »

Elle soutenait son regard, incapable de parler pour lui dire que tout ça était bien loin d'elle, si loin que, ces derniers temps, même ses ovaires obéissants n'étaient parfois plus émus par la lune, en ces années de quarantaine bien entamée. Certains mois, les têtes ne se retournaient pas. Tellement persuadée que c'était ce qu'elle cherchait. Comment se pouvait-il que cet Eddie Bondo la regardât au fond des yeux, saisît sa natte, l'enroulât encore et encore autour de son poignet jusqu'à ce que sa joue fût plaquée contre l'avant-bras de l'homme et détournée de lui avec douceur ? Elle reposait, le visage tourné vers le bas, la tête sur ses mains, et toute la longueur de son corps contre le sien, son pénis poussant légèrement contre son plexus solaire et ses lèvres touchant sa tempe. Entre la peau de son dos et la poitrine d'Eddie, elle sentait le picotement de petits îlots de poussière de châtaignier. « Deanna, lui dit-il à l'oreille, je t'ai désirée tout le long de mon retour de Virginie-Occidentale. J'allais te désirer d'ici jusqu'au Wyoming si je n'étais pas revenu. »

Il respira sur la peau du dessous du lobe de son oreille et son dos se cambra comme par réflexe, tel un papillon de nuit attiré, impuissant, vers une flamme. Elle resta sans mots, mais son corps répondit parfaitement au sien tandis qu'il se glissait plus bas et prenait sa nuque entre ses dents comme un lion sur une lionne en chaleur : une morsure tendre et précise, par consentement mutuel inévitable.

En fin de matinée, la pluie s'était arrêtée pour de bon, libérant un instant un soleil d'après-midi qui s'étendit jusqu'à l'ouverture du tunnel pour frôler leurs pieds et leurs chevilles nus, alors qu'ils étaient allongés côte à côte. Ce contact sortit Deanna de là où elle était partie à la dérive, proche du sommeil sans être tout à fait prisonnière de son étreinte. Il était tard, elle sursauta quand elle s'en aperçut. Elle ouvrit les yeux. Cette journée filait. Étaient déjà perdus, elle ferait aussi bien de le lui dire à lui, à la fois son temps et tous les choix qu'elle pensait avoir définitivement faits. Son ventre se contracta au grondement lointain d'un orage qui résonna dans la combe, les menaçant d'un supplément de pluie.

Elle regarda, furieuse, l'homme qui reposait sur le dos à ses côtés, endormi du sommeil paisible du propriétaire. Des particules de bois vermoulu et de feuilles écrasées, des fragments de sa forêt, collaient après son corps, parsemant d'éphélides sa joue, son épaule et même son pénis ramolli. Elle se sentit prise de dégoût devant ce culot bavard, ces paupières sereines et ce bras sans vie, jeté sans égards en travers d'elle et lourd comme du plomb. Ayant vivement écarté ce dernier, elle roula loin de l'homme, qui, passant du sommeil à l'état de demi-veille, tendit le bras pour la rapprocher de lui.

« Non, dit-elle, le repoussant avec brutalité. Non et *non*, lâche-moi ! »

Ses yeux s'ouvrirent brusquement, mais Deanna ne put s'empêcher de lui marteler durement la poitrine et les épaules de coups de poing. Une bile montait de ses tripes, une ruée de rage qui aurait pu le marquer de noir et de bleu, ses bras en eussent-ils trouvé la force avant qu'il n'eût repris ses esprits de chasseur. Elle lui cracha presque au visage lorsqu'il lui saisit les avant-bras, les serrant comme des menottes. Une fureur s'était emparée d'elle comme une tempête, la laissant toute tremblante.

« Enfin, bon Dieu, Deanna.

– Lâche-moi.

– Sûrement pas, si tu dois me tuer. Sacré bon Dieu de femme ! » Il la tenait, les avant-bras levés de part et d'autre de son visage, et l'examinait comme s'il s'était gravement trompé. Comme s'il se trouvait face à un couguar qu'il aurait capturé par erreur dans un piège à écureuil.

« Laisse-moi simplement partir, dit-elle. Je veux me rhabiller. »

Prudemment, il lâcha une main, puis l'autre, surveillant ses bras tandis qu'elle s'écartait de lui. « Alors quoi ? demanda-t-il.

– Pourquoi es-tu revenu ? elle crachait ses mots.

– Ça avait pourtant l'air de te faire joliment plaisir, il y a une heure. »

Elle secoua lentement la tête, les narines frémissantes, pinçant tellement les lèvres qu'elles en devinrent blanches.

Il insistait. « Tu ne voulais pas que je revienne ? »

De ça, elle le détesta aussi : qu'il ne comprît pas. Elle était incapable de soutenir son regard.

« Mais enfin, bon Dieu, Deanna, *qu'est-ce qui se passe* ?

– Je n'avais pas besoin de toi ici.

– Je sais.

– Tu ne sais rien. Tu ne m'as jamais vue seule.

– Mais si. » Il y avait un soupçon de ce fameux sourire dans sa voix.

Elle se retourna pour le fixer d'un regard sauvage. « C'est donc ça ? Tu m'as surveillée comme un salaud de prédateur et maintenant tu me crois à ta merci ? »

Il laissa sa question sans réponse. Elle lui tournait de nouveau le dos. « J'étais très bien ici avant que tu n'arrives. Depuis deux ans, pendant que tu faisais ce que tu avais à faire, j'étais ici tout ce temps-là. Me passant des gens et de tout ce bavardage sur ce que l'on croit indispensable de posséder, de porter ou de faire arriver. Et sûrement pas en mal d'amoureux. »

Il ne réagit pas. Un tangara écarlate brisa le silence de son chant. Elle pensa à l'oiseau, caché quelque part dans le feuillage, invisible de tout humain et pourtant d'un beau rouge vif. Pourtant magnifique.

« Et puis un jour, te voilà, Eddie Bondo. Et puis un autre, et tu n'es plus là. Qu'est-ce que c'est censé vouloir dire ? »

Il parla lentement : « Ça n'est pas censé vouloir dire quelque chose.

– Merde, et comment.

– Je pars, donc, pas de problème. C'est bien ça que tu veux, dis ? »

Elle attrapa sa chemise et l'enfila, époussetant la sciure sur sa peau, furieuse et malheureuse. La chemise était à l'envers, elle s'en rendit compte quand elle essaya de la boutonner, elle en noua donc les pans à la place et remonta vivement son short. Dieu fasse qu'il ne la regardât pas. Elle tenta de respirer plus calmement et de se rappeler ce qu'elle était d'habitude. Elle crapahuta au bout du tunnel, où elle s'assit, le visage tourné vers l'extérieur, à la limite précise où le vieux bois de châtaignier se fondait dans l'humus.

« Deanna. Je t'ai posé une question : veux-tu que je m'en aille ?

– Non. Et je vais te dire, je te méprise justement à cause de ça.

– Mais enfin, pourquoi ? »

Elle ne se retournait toujours pas pour le regarder, ne ressentait aucun besoin de voir ce visage. Elle préféra s'adresser à la forêt. « De toute cette *merde*. De vouloir que tu reviennes. »

Lorsque la journée avait commencé, elle s'était sentie heureuse. Finalement, au bout de quinze jours de cœur battant et d'estomac chaviré à chaque craquement dans les bois qui aurait pu être celui de son pas, elle avait cessé de tendre l'oreille. Elle en était certaine. Elle se rappelait le plaisir qu'elle avait pris à cheminer d'un pas égal, seule, le long de la piste, ne pensant à rien d'autre qu'à ce tronc d'arbre, essayant de s'imaginer à quoi avaient pu ressembler ces lieux, autrefois, lorsque les châtaigniers dominaient dans les forêts de l'Est. Ce géant avait dû être le plus grand, ce qu'il y avait de plus immortel sur sa montagne – jusqu'au jour où, dans un port quelconque, une maladie cryptogamique avait débarqué d'un bateau pour narguer l'Amérique en tuant tous ses châtaigniers, depuis New York jusqu'à l'Alabama. Un paysage tout entier pouvait changer, comme ça, simplement.

Elle restait assise, immobile, ignorant son propre corps et celui qui respirait derrière elle. Dehors, en pleine lumière, elle pouvait presque voir l'air serein commencer à s'épaissir pour l'après-midi, l'oxygène bourgeonner d'entre les feuilles humides. Ces arbres étaient les poumons de sa montagne – non, pas la sienne, cette sacrée montagne de *personne*, cette montagne qui appartenait aux tangaras écarlates, aux vesses-de-loup, aux papillons-lunes et aux coyotes. Ce monde plein d'ombres, animé, dans lequel elle vivait, se préparait à exhaler son souffle. Ce serait l'après-midi, puis le soir, puis la nuit. La pluie tomberait à verse. Il partagerait son lit.

Elle s'essuya le coin des yeux du dos de son poignet et tendit son autre bras pour enfoncer le bout des doigts dans le bois mou, en décomposition. Elle les porta à sa lèvre supérieure, respirant cette odeur de terre, goûtant le bois avec sa langue. Elle avait farouchement aimé ce vieil arbre. Elle était confuse de l'admettre. Seul un enfant avait le droit d'aimer si désespérément un objet inanimé ou de le posséder avec tant d'assurance. Mais il avait été le sien. À présent le charme était rompu, de même que la magie de ce lieu qui n'avait appartenu qu'à elle seule, inconnue de tous.

8
Un amour de papillon de nuit

Lusa se tenait sur la galerie de devant à regarder la pluie se déverser de l'avant-toit en longs traits d'argent. Le toit à pignons de la ferme – sa ferme – était fait de tôle dont les ondulations canalisaient l'eau en ruisselle-ments qui couraient le long de ses pentes raides. Cer-tains tombaient en filaments transparents comme du fil à pêche, tandis que d'autres ressemblaient à des rangées de perles. Elle avait disposé des seaux sur les larges marches au-dessous de quelques-uns d'entre eux et découvert que chaque chapelet de gouttelettes frappait le fond du seau à un rythme différent. Toute la matinée, l'écoulement était resté constant – s'atté-nuant simplement au fur et à mesure que le seau se rem-plissait, reprenant son *tap-tap-ratata-tap-tap !* sonore dès qu'elle l'avait vidé.

Elle avait sorti les seaux pour recueillir de quoi étan-cher la soif des fougères en pot de la galerie, lesquelles se trouvaient hors d'atteinte de la pluie et, malgré ce temps pluvieux, viraient au brun, aussi friables et déso-lées que son intime chagrin. Elle pensait se remettre au travail, mais les cadences avaient retenu son attention. C'était une détente que de pouvoir rester immobile l'espace d'une minute sans que personne ne lui adressât un regard de commisération ou ne lui ordonnât d'aller s'allonger. Hannie-Mavis et Jewel avaient fini par ren-trer chez elles, bien qu'elles fussent montées plusieurs fois par jour pour « voir comment ça allait », ce qui en gros revenait à lui dire de manger, et même *quoi* manger comme si elle avait été une enfant. Mais ensuite, elles s'en allaient. Lusa était libre de séjourner dans la galerie, en jean, avec une ancienne chemise de travail de Cole, à contempler la pluie et à laisser son esprit s'engourdir à volonté. Si elle n'avait pas eu ses quatre kilos de cerises à dénoyauter et à mettre en conserve, elle se serait amusée ainsi toute la matinée à placer un seau sous chaque filet d'eau et à improviser un chant d'accompagnement. C'était un jeu auquel se livrait son grand-père Landowski : il avait pour habitude de tambouriner des cadences inattendues sur ses genoux maigres en inventant de mystérieuses mélodies des Balkans qu'il fredonnait en fonction du rythme.

« Ton zayda, le dernier propriétaire terrien de notre lignée », disait souvent son père d'un ton ironique. En effet le père de ce dernier avait possédé une exploitation de betteraves sucrières sur la rivière Ner, au nord de Lodz, qu'il avait perdue pendant la guerre en fuyant la Pologne, dépouillé de tout hormis de sa vie, d'un jeune fils, d'une femme et d'une clarinette. « Ton grand zayda, qui s'est fait un nom à New York comme musicien de *klezmer* avant de plaquer femme et enfant pour une Américaine rencontrée dans un night-club. » Lusa savait, bien qu'on ne le mentionnât pas, que le vieil homme avait même eu une seconde progéniture avec sa jeune maîtresse, et qu'ils avaient tous péri dans l'incendie de leur taudis – zayda compris. Il était difficile de dire ce que le père de Lusa lui reprochait le plus dans l'histoire – pratiquement tout, d'après elle. Lorsqu'ils avaient pris l'avion pour New York pour assister à l'enterrement des restes calcinés, Lusa était encore trop jeune pour comprendre les sentiments de son père de même que toute l'ironie de la perte. Zayda Landowski ne lui avait pas rendu visite en esprit depuis des années. Et voilà qu'il se présentait maintenant sous la forme d'un chapelet de gouttelettes syncopées dans la galerie d'une ferme du comté de Zébulon. Il avait fait ses débuts en tant que fermier avant d'infléchir le reste de son existence autour du dénuement. Qu'aurait-il fait d'une journée de pluie dans cette combe, abondante de généreuses odeurs de décomposition et de tendre végétation neuve ?

Lusa lissa les pans de sa chemise pour se donner l'apparence d'une femme active et bien nourrie car voici qu'arrivaient, caracolant dans l'allée, Herb et le camion vert de Mary Edna. Malgré tout, ce n'était pas la Menaçante-Ennemie qui tenait le volant cette fois, mais Herb, son époux, comme le constata Lusa quand il se rangea devant la maison, accompagné de celui de Lois, le grand Rickie, lequel descendit du côté passager. Les deux hommes, tête rentrée, retenant la visière de leur casquette de la main droite, arrivaient vers elle au petit trot sous la pluie. Ils se baissèrent sous le rideau emperlé de gouttes, en évitant soigneusement ses seaux posés sur les marches, et secouèrent leurs bottes à plusieurs reprises sur le plancher de la galerie avant d'ôter leur casquette. Les effluves qui montèrent de leurs bleus de travail firent s'incarner Cole au milieu d'eux : poussière, graisse de moteur, foin engrangé. Elle respira profondément, tirant de ces vêtements d'hommes étrangers quelques molécules de son mari.

« Il aurait besoin qu'on y mette une gouttière, à sa galerie », dit Rickie en s'adressant à Herb, comme s'ils reconnaissaient eux aussi la présence de Cole ici – et l'absence de Lusa. Quelle mission justifiait cette délégation de maris ? Allaient-ils lui ordonner de quitter les lieux dès maintenant ou quoi ? Allait-elle devoir se battre ou partir tranquillement ?

« Rickie, Herb, dit-elle, redressant les épaules. Je suis contente de vous voir. »

Les deux hommes lui adressèrent un hochement de tête puis examinèrent de nouveau la pluie, l'absence de gouttière et les champs saturés d'eau qu'ils paraissaient pressés de rejoindre et de travailler. Elle aperçut des lampourdes vertes piquées comme de minuscules mines sur les chevilles de leurs pantalons kaki.

« Encore une de ces sacrées pluies, observa Herb. Dommage qu'on en ait autant besoin que d'un trou dans la tête. Encore une semaine comme ça et les grenouilles vont finir par se noyer.

– Paraît que ça va se dégager d'ici samedi, dit Rickie.

– Exact, acquiesça Herb. Sans ça, on serait pas venus te déranger, mais paraît que ça va se dégager.

– C'est pour me dire qu'il va s'arrêter de pleuvoir que vous êtes montés jusqu'ici ? » demanda Lusa, allant d'un visage tanné par le soleil à l'autre, en quête d'une quelconque information. Il en était toujours ainsi chaque fois qu'elle entrait en conversation avec ses beaux-frères. Cette impression de s'aventurer dans un pays où l'on parlait la même langue mais dont tous les mots auraient eu un sens différent.

« Ouais », dit Herb. Rickie confirma d'un signe de tête. On aurait juré un tandem de comiques : Herb, le costaud sans cheveux, était le porte-parole, tandis que Rickie, le grand dégingandé, se contentait le plus souvent de rester muet, la casquette à la main, les cheveux noirs en bataille moulés à la forme de son couvre-chef. Il avait une pomme d'Adam qui formait comme une galle de chêne sur la tige de son long cou. Les gens l'appelaient le grand Rickie, alors même que son fils, le petit Rickie, avec ses dix-sept ans, le dépassait déjà à bien des égards. Lusa éprouva une certaine compassion vis-à-vis du garçon et de son destin. Typique de la vie à Zébulon : dès la minute où l'on naissait, on était pris au piège comme un insecte, en tant que fils ou femme de quelqu'un, et déjà trop à l'étroit.

« Alors, lança Herb au milieu du silence. Va falloir qu'on sème le tabac de Cole.

144

– Ah ! dit Lusa surprise. C'est le moment, c'est ça.

– Au vrai, c'est déjà tard. Avec toute c'te flotte qu'a dégueulassé les champs de tout le monde, à présent que nous v'là arrivés en juin, c'est d'jà presque trop tard.

– On est quoi, aujourd'hui, le 5, un truc comme ça ? Le 5 juin ?

– Ouais. La moisissure va s'y mettre juillet venu si les pousses sont trop p'tiotes à ce moment-là.

– On peut toujours traiter », dit Lusa. La pathologie du tabac n'était pas exactement son rayon, mais elle avait entendu Cole en parler. Elle avait envie de ne pas passer pour une ignorante devant ces hommes.

« On peut, dirent-ils, modérément enthousiastes.

– Vous avez déjà planté votre tabac, vous deux ? Alors, occupez-vous du vôtre en premier. »

Herb hocha la tête. « J'ai loué ma parcelle c'te année, vu que ces sacrées vaches m'occupent trop pour que j'aille pas gâcher le boulot. Moi et lui, on s'est attaqués à celui de grand Rickie lundi matin, quand y a eu c't'embellie. Ça r'met Cole à plus tard. »

Et Jewel ? se demanda Lusa. Est-ce qu'ils se mêlaient aussi de sa vie *à elle* depuis que son mari était parti avec la serveuse du Cracker Barrel ? « Ce que vous êtes en train de me dire, interpréta-t-elle avec précaution, le cœur lui battant dans les oreilles, c'est que samedi vous venez ici planter le tabac avec vos gars.

– Exact. À condition que ça ait d'abord séché toute une journée.

– Et moi ? Est-ce que j'ai mon mot à dire là-dedans ? »

Les deux hommes la regardèrent exactement du même œil : surpris, effrayé, déconcerté. N'était-ce pas sa ferme ? Elle les quitta des yeux, respirant les généreuses senteurs de boue et de chèvrefeuille, et écoutant son projet puéril, son seau sur la marche : *tap-tap-tap-ratata-tap-tap !* Elle entendit distinctement un air qui suivait le tempo, la clarinette et son trille qui montaient comme un rire et la mandoline aussi insistante que des mains qui applaudissaient. De la musique *klezmer*.

« Cette ferme est à moi, maintenant, dit-elle tout haut, la voix mal assurée et les doigts brûlants.

– Ouais, acquiesça Herb. Mais ça nous gêne pas de donner un coup de main à Cole comme les autres années. Le tabac, c'est beaucoup de boulot, ça demande toute la famille. C'est comme ça qu'y font tous par ici, n'importe comment.

– J'étais là l'année dernière, dit-elle d'un ton sec. Je vous apportais du café chaud, à vous, à Cole, à petit Rickie et à cet autre gars, ce cousin de Tazewell. Vous ne vous rappelez pas ? »

Le grand Rickie sourit. « Je me rappelle que tu te faisais la main à l'arrière du tracteur à planter une rangée de plants. Y en a qui ont fini les racines à l'air, les feuilles dans la terre.

– Cole faisait exprès d'aller trop vite ! On était tout jeunes mariés. Il me taquinait devant vous, les gars ! » Lusa rougissait jusqu'aux cheveux au souvenir de son équipée sur la petite plate-forme fixée à l'arrière du tracteur, à empoigner vivement les jeunes pousses de tabac dans une caisse derrière elle. Elles se déchiraient comme du papier de soie ; tenter de les piquer au passage dans les grosses mottes d'argile était une vraie gageure. À peine s'ils étaient mariés depuis deux jours. « C'était la première fois que je montais à l'arrière du tracteur, protesta-t-elle.

– Pour sûr, concéda le grand Rickie. Et la plupart des plants ont été mis la racine en bas. »

Herb revenait à la charge, marché en main. « On n'a pas de plants de reste, de notre côté, mais le grand Rickie aurait un bon prix sur un lot de chez Jackie Doddard.

– J'apprécie. Mais si je n'ai pas envie de planter de tabac cette année ?

– Tu n'auras rien à faire. Tu peux rester à la maison si tu veux.

– Non, je veux dire si je ne désire pas planter de tabac ici, sur l'exploitation ? »

À présent ils ne regardaient plus Lusa en coulisse, mais fixement, en face.

« Eh bien, dit-elle, pourquoi planter du tabac quand tous les gens essayent de s'arrêter de fumer ? Ou du moins devraient essayer, s'ils ne le font pas déjà. Le gouvernement s'est mis sur le coup maintenant qu'on a fait passer le message que le cancer tuait les gens. Et que tout le monde en rejette la faute sur nous. »

Les deux hommes détournèrent les yeux vers la pluie et les champs, où, manifestement, ils auraient soudainement souhaité se trouver, avec ou sans pluie. Elle voyait bien qu'ils s'empêchaient de toutes leurs forces de palper les paquets de Marlboro à l'intérieur de leurs poches poitrine.

« Qu'est-ce tu voudrais planter d'autre alors ? finit par demander Herb.

– Je n'y ai pas encore vraiment réfléchi. Pourquoi pas du maïs ? »

Herb et grand Rickie échangèrent un sourire entendu devant cette bonne blague. « À trois dollars le boisseau, voilà ce qu'il en est, répliqua Herb. À moins que tu parles de maïs pour les bêtes, ça tourne davantage autour des cinquante cents le boisseau dans le coin. Mais évidemment, c'est du maïs à manger que tu parles.

– Évidemment, dit Lusa.

– Voyons voir. Cole possède un champ alluvial de tabac de cinq acres, si tu le mettais en maïs, ça te rapporterait autour de cinq cents boisseaux, peut-être même six, les bonnes années, bien qu'on en ait pas tant que ça par ici. (Herb roulait des yeux au ciel, en comptant sur ses doigts.) Environ mille cinq cents dollars.

147

Moins le diesel pour ton tracteur, tes semences et tout un tas d'engrais, parce que le maïs c'est bougrement gourmand. En espérant qu'y soit vendu le bon jour. T'arriverais à te faire quoi… dans les huit cents dollars. Sur ta récolte de maïs.

– Oh je vois. (Lusa rougit plus intensément.) Nous dégageons environ douze à treize mille avec le tabac.

– Ouais, dit grand Rickie. C'est à peu près ça. Trois mille sept cents par acre, moins les frais de ton tracteur, tes plants et tes engrais.

– C'est grâce à ça que nous vivons. »

Elle le dit à mi-voix, mais les mots *nous* et *vivons* restèrent lourdement en suspens dans l'atmosphère. Elle les sentait peser sur ses épaules comme les mains d'une matrone qui essaierait de faire entendre raison à un enfant égoïste : « Assieds-toi, ton tour est passé. »

Tap-tap-tap-ra-tap-tap. La batterie du grand-père Landowski diminuait d'intensité. Il allait falloir qu'elle vide les seaux pour recommencer l'opération. Elle aurait aimé que ces hommes s'en aillent. Qu'ils la laissent simplement se débrouiller à sa façon, si malhabile qu'elle fût. Elle aurait aimé prendre conseil auprès de quelqu'un sans risquer de se faire arracher les yeux ou ridiculiser.

« Qu'est-ce qu'on peut faire pousser d'autre ici, sur ces petits bouts de terrain au fond d'une combe ? Qu'est-ce qui rapporte assez pour vivre, en dehors du tabac ? »

Le grand Rickie s'anima : « Turner Blevins, là-haut, il a essayé la tomate. On lui avait raconté qu'il pouvait en tirer dix mille dollars l'acre. Mais ce qu'on lui avait pas dit c'est que si deux autres types dans le comté essaient la même chose, ils inonderaient le marché. Blevins a nourri ses cochons avec trois mille cinq cents livres de tomates et le reste il l'a foutu en l'air.

– Et les deux autres ? demanda Lusa.

– Pareil. Ils ont tous les trois perdu du fric. Y en a un qu'était tellement fondu de tomates, qu'il s'était mis sur le dos un système d'irrigation à dix mille dollars pour les arroser, à ce que j'ai entendu dire. Maintenant, il est revenu au tabac en espérant seulement qu'il y aura une bonne année de sécheresse pour faire marcher ses magnifiques tuyaux neufs.

– Mais c'est idiot qu'il ait fallu qu'ils perdent tant d'argent. Les gens ont besoin de quantités de tomates.

– Ben non. Pas toutes le même jour, et c'est quand même comme ça qu'elles se présentent. Si t'arrives pas à fourrer toutes ces saloperies dans le chariot du client dans les cinq jours ou moins, alors y te reste une bouffe de luxe pour tes cochons. Et ici, au fin fond de c'te brousse, c'est pas le transporteur qui viendra te contacter s'il est pas sûr d'avoir sa part du gâteau. »

Lusa croisa les bras, désespérée de la profondeur de son ignorance.

« Pour ton tabac, tu piges, à présent, continuait Rickie, tu le suspends à sécher dans la grange et y peut y rester aussi longtemps que tu veux, jusqu'à tant qu'il soye bon à vendre. Tout le monde a beau faire pousser du tabac dans tout le comté, ça empêche pas qu'on en fume jusqu'à la dernière feuille tous les jours de l'année, dans tous les pays du monde.

– Ben voyons », dit Lusa, d'un ton moqueur, bien qu'à vrai dire elle fût un peu surprise. Jamais auparavant elle n'avait réfléchi à cette donnée de base. À savoir que la valeur du tabac tenait pour une grande part au fait qu'il se gardait indéfiniment et voyageait bien.

Ils restèrent silencieux pendant un moment, tous trois les yeux fixés sur la cour. La pluie tombait sur les larges feuilles du catalpa, les faisant crépiter comme des touches de machine à écrire.

Lusa dit : « Je dois sûrement pouvoir gagner assez d'argent en faisant autre chose. Il va falloir que le toit de la grange soit refait cette année. »

Herb eut un sourire affecté. « De la marie-jeanne. J'ai entendu dire que ça payait autant à l'acre que la tomate, et le marché tient le coup.

– Je vois, vous vous fichez de moi. Bon, j'apprécie votre proposition de planter en fin de semaine, mais j'aimerais réfléchir à cette histoire de tabac. Pourrez-vous encore obtenir les plants de chez Jackie si je vous le fais savoir demain ou après demain ?

– Je pense que oui. Jackie est équipé d'un système hydroponique. Ça a pas trop bien marché l'année dernière, mais c'te année, il en a fait pousser jusqu'à plus savoir qu'en faire.

– Très bien. Alors, je vous donnerai ma réponse avant samedi. Je vais voir ce que je vais faire.

– S'il s'arrête de pleuvoir, dit Herb, au cas où Lusa penserait pouvoir décider de tout.

– Très bien. Et si ça continue de tomber, on coulera tous ensemble, d'accord ? J'obtiendrai le même rien du tabac que j'aurai pas fait pousser que vous de la récolte que vous aurez essayé d'avoir. Et pensez à tout ce temps et à tout cet argent que j'aurai économisés ! »

Herb la regarda fixement. Le grand Rickie sourit en direction du garage. « Elle est finaude, la dame, Herb, dit-il. Je crois bien qu'elle a ce qu'y faut pour faire marcher une ferme.

– Bon, dit Lusa en frappant dans ses mains. J'ai quatre kilos de cerises là-dedans qui vont pourrir si je ne les mets pas en conserve aujourd'hui. Alors, je vous appelle vendredi. »

Herb se penchait depuis le bord extrême de la galerie, les yeux levés sur le flanc de la montagne en direction du verger. Elle retint son souffle, comptant les secondes jusqu'à ce que ces deux-là montent dans le

150

camion, allument leur cigarette et démarrent pour enfin pouvoir fondre en larmes sur la balancelle de la galerie. Leur tenir tête lui avait demandé plus de courage qu'elle n'en avait.

« Je suis ben étonné que t'aies réussi à avoir des cerises sur ces arbres-là, c'te année, décréta Herb. Avec tous les geais qu'on a eus. L'printemps dernier, j'suis venu ici tirer tous ces oiseaux de là-dedans pour Cole, mais j'ai pas réussi à le faire c'te année. Alors comme ça, t'en as assez pour fabriquer une tarte ou deux, que tu me dis ? »

Lusa réussit à lui grimacer un sourire, l'œil dilaté et farouche. « Les miracles, ça arrive, Herb. »

Ce devait être Jewel qui arrivait, pensa Lusa. Jewel égoutta son parapluie par terre dans le hall d'entrée (elles entraient toujours sans frapper, toutes, même quand Lusa et Cole, jeunes mariés, faisaient l'amour à la sauvette l'après-midi), la voix lasse de Jewel recommandant aux enfants de s'essuyer les pieds et d'accrocher leur manteau aux patères. Ensuite, ils déboulèrent dans l'entrée de la cuisine, le plus âgé transportant sur sa tête un carton de bocaux qu'il retenait en équilibre des deux mains. Lusa avait téléphoné à Jewel quand elle avait manqué de bocaux.

« Entrez, entrez, dit-elle. Tu peux poser le carton là-bas, sur le comptoir.

– Quelle horreur ! Appelez la police, s'exclama Jewel. Il y a eu un meurtre ici ! »

Lusa éclata de rire. « C'en a bien l'air, non ? » Son tablier et le dessus du comptoir étaient largement maculés du sang de centaines de cerises. L'appareil à dénoyauter était vissé au comptoir, une masse de pulpe sombre qu'on aurait dit fraîchement issue de l'abattoir luisant dans le seau posé au-dessous. Elle avait éprouvé un certain soulagement lorsque Jewel lui avait offert par téléphone de l'aider à terminer ses confitures. Lusa reconnaissait objectivement, sans vraiment en ressentir le manque, qu'il lui fallait de la compagnie sous peine de devenir folle.

Et pourtant sa belle-sœur était là, la main sur la bouche, honteuse de son lapsus, d'une plaisanterie sur la mort. Lusa aurait espéré un genre de compagnie plus sérieuse que celle-là.

« Ne t'inquiète pas, Jewel. Je sais bien que Cole est mort.

— Ben, j'ai pas… quelle idiote ! J'ai pas réfléchi. » Elle avait l'air angoissé.

Lusa haussa les épaules. « Ce n'est pas comme si tu me rappelais quelque chose que j'avais oublié. »

Jewel resta une minute de plus la main sur la bouche, au bord des larmes, considérant Lusa pendant que le gamin de dix ans faisait lentement le tour du comptoir de la cuisine en tenant d'une main le carton de bocaux. Le plus jeune, Lowell, allongea le bras pour s'emparer d'une poignée de cerises posées sur le billot de boucher. Jewel l'écarta d'une petite tape. « Les gens sont horribles, tu trouves pas ? demanda-t-elle à Lusa, pour finir. Je comprends ce que tu veux dire. Quand Shel… » Mais elle s'interrompit pour houspiller les enfants. « Allez jouer dehors !

— Mais m'man, y pleut à torrents !

— Il pleut à torrents, Jewel. Ils peuvent aller jouer dans la galerie de derrière.

— Bon, dans la galerie, alors, sans *rien* casser.

— Attends une seconde, Chris, arrive ici. » Lusa puisa un tas de cerises qu'elle déposa dans un bol en plastique et tendit au plus grand. « Si vous ne savez plus quoi faire, il y a un balai et une pelle là-bas.

— Pour balayer ?

152

– Pour jouer au hockey, si c'est ça que tu veux que je te réponde ? Non, pour balayer. »

Jewel attendit que la porte se fût refermée derrière eux avant de parler. « Quand Shel m'a quittée, tout le monde a cessé de prononcer son nom ou de dire quoi que ce soit à son sujet, comme si je n'avais jamais été mariée. Nous l'avions été, pendant toutes ces années… *mariés*, je veux dire. Même à l'époque où on sortait juste ensemble, tu sais… Deux mois avant le mariage on s'était fait une escapade jusqu'aux Cumberland Falls. On avait appelé ça notre essai de lune de miel. » Pendant quelques secondes, elle contempla ses mains avec une satisfaction nostalgique, l'expression la plus féminine que Lusa lui ait jamais vue. Mais qui s'effaça vite.

« Je te jure que c'est moche, acheva-t-elle, prosaïquement. De prétendre que cette partie de ma vie n'a jamais existé. » Elle entreprit de dévisser l'étau qui retenait l'antique dénoyauteur en acier au comptoir. Lusa avait passé une demi-heure à résoudre le problème, mais comme de juste, l'engin ayant appartenu à leur mère, Jewel l'aurait manié les yeux fermés.

« Cette famille est intimidante, cela ne fait pas de doute », dit Lusa. Elle aurait aimé dire à quel point c'était difficile… ce que c'était de vivre au milieu de gens qui s'étaient servis de ses appareils ménagers avant qu'elle ne soit née. La façon dont ils l'attaquaient en chœur si elle essayait de déplacer les meubles ou d'accrocher ses propres photos de famille. Et aussi la manière dont la vieille Mme Widener elle-même hantait cette cuisine, critique des recettes de Lusa et jalouse de ses soupes.

« Oh ! il n'y a pas que la famille, dit Jewel. C'est *tout le monde* ; c'est cette ville. Il y a déjà quatre ans de ça et je rencontre encore des gens chez Kroger qui changent de queue pour ne pas avoir à attendre avec moi et à me parler de Shel. »

Lusa essuyait le jus rouge sur le comptoir à l'aide d'une éponge. « On pourrait penser qu'au bout de quatre ans ils auraient d'autres sujets de conversation.

– Oui, on pourrait penser. Bien que ce soit pas pareil entre Shel qui est parti et Cole qui est…

– Mort, dit Lusa. Mais c'est tout comme. Par ici, les gens font comme si perdre son mari était contagieux. » Lusa s'était étonnée de voir la rapidité avec laquelle son statut avait changé : sa solitude la rendait soit invisible, soit dangereuse. Ou les deux, comme un microbe. Elle l'avait même remarqué à l'enterrement, en particulier chez les plus jeunes, des épouses de son âge qui avaient besoin de croire que le mariage était une fin rassurante et permanente.

« Eh bien, tout le monde sait que toi, au moins, tu n'es pas responsable du départ de ton mari. »

Lusa sortit un tablier du tiroir et en passa la bride autour du cou de Jewel, qu'elle fit se retourner afin de l'attacher par-derrière. « Parce que toi tu as fait quelque chose ? Dieu sait que la vie de paysan au jour le jour est une vie que tout le monde aurait envie de fuir. Plus de cent fois j'ai envisagé de quitter Cole. Pas à cause de lui. À cause de l'ensemble.

– Seigneur, je le sais, c'est une triste vie », dit Jewel, bien que justement à ce moment-là elles eussent toutes deux contemplé par la fenêtre de la cuisine la houle d'un seringa en pleine floraison, alourdi de pluie dans l'arrière-cour, et qu'il eût été magnifique.

Lusa reprit son éponge. « Ne t'avise pas de raconter à tes sœurs que j'ai failli quitter Cole. Elles me découperaient en morceaux qu'elles mettraient en conserve pour les dissimuler. »

Jewel éclata de rire. « À t'entendre, nous sommes des mauvaises, mon chou. » Elle enfila un gant de cui-

154

sine et souleva l'énorme couvercle plat du stérilisateur, le brandissant comme une cymbale. « Tu veux que je mette les bocaux à stériliser ?

– Vas-y. Quelle quantité penses-tu que j'aie là, à peu près quatre kilos ? »

Jewel évaluait le tas de cerises dénoyautées sur la planche à découper, lancée dans une sorte de calcul mental, Lusa s'en rendit compte. Elle réalisa avec chagrin qu'elle avait pris pour argent comptant le jugement familial à propos de Jewel : qu'elle était une enfant et non une femme, simplement parce qu'elle n'avait pas d'homme.

« C'est pour faire des confitures, mon chou, ou de la garniture de pâtisserie ?

– Des confitures, je pense, s'il me reste assez de sucre. J'en ai déjà fait dix-huit pots.

– De confiture ? »

Lusa se sentit bête. « C'est beaucoup, je sais. Quand j'étais sur l'échelle, là-bas dans l'arbre, j'étais fière de moi d'en avoir rempli des seaux. Mais maintenant, je ne sais plus quoi en faire.

– Oh ! tu seras bien contente de la trouver, cette confiture. Ce sont les cerises de table, celles qui viennent de l'arbre aux deux troncs au-dessus du verger de pommiers ? Ce sont les meilleures. Papa devait l'avoir planté avant que lui et maman ne se marient. Il était déjà grand quand nous étions petits.

– Vraiment ? » Comme d'habitude Lusa prit en plein estomac le douloureux sentiment de culpabilité d'être la propriétaire de cet arbre auprès duquel Jewel avait grandi.

« Ouais. On a toujours dit qu'il avait été frappé par la foudre l'hiver où Cole est né. C'est comme ça qu'il a été fendu en deux… par la foudre. »

La foudre qui tombe et un camion en travers de la route, deux événements imprévus pour circonscrire

155

une vie – Lusa savait qu'elle était capable d'aller fort loin en esprit dans cette voie-là, de sorte qu'elle mit un frein à ses divagations. Elle se demanda plutôt l'âge qu'avait Jewel, en ce fameux hiver où il était né, et si elle était devenue sa compagne de jeux ou sa gardienne. Elle ne lui avait jamais rien demandé sur aucune de ses sœurs. Elle avait espéré avoir des années devant elle pour démêler tous ces fils.

Jewel devait avoir deviné sa soudaine tristesse car elle se mit à parler plus fort, plus gaiement. « Dix-huit pots, ça suffira comme confiture. On gardera le reste comme garniture de pâtisserie.

– Je ne me vois plus faire des gâteaux pour moi toute seule. Puisque apparemment personne ne veut venir manger ici.

– Mary Edna n'a pas été chic avec toi en parlant de ça. Elle n'avait aucune raison de monter sur ses grands chevaux et de prendre des airs. Emaline pense comme moi, elle me l'a dit. Nous deux, on aimerait bien venir fêter Thanksgiving chez nous, à la maison. »

Lusa éprouva comme un vertige à cette nouvelle. Elle n'aurait jamais soupçonné avoir des alliées, encore moins le soutien d'une faction. Comment avait-elle pu arriver ici, s'échouer au milieu de cette famille sans rime ni raison ? Soudain elle se sentait tellement épuisée de chagrin qu'elle dut se laisser tomber sur une chaise et poser sa tête sur la table. Jewel la laissa faire. Lusa entendait les bocaux tinter doucement les uns contre les autres, se caler dans le bain d'eau bouillante. Pour finir, Jewel dit dans un murmure : « Je crois qu'il t'en reste encore six kilos à faire, pas plus.

– Ça fait encore beaucoup de confiture.

– Alors, on fera des cerises au sirop. Et s'il en reste encore, on fera des tartes aux cerises. C'est toi qui confectionnes la meilleure pâte que je connaisse. Meilleure que celle de maman, j'ai honte de le dire.

– Seigneur, ne dis pas ça trop fort. Ta mère hante cette cuisine. Elle passait son temps à semer la zizanie entre Cole et moi. »

Jewel suffoquait, faussement horrifiée. « Enfin, pourquoi maman aurait-elle fait ça ?

– Le truc habituel. Une affaire de territoire. »

Les garçons poussèrent bruyamment la porte à treillis métallique, précédés de leur récipient vide tels deux mendiants associés. À la minute même où Lusa l'eut rempli de nouveau, ils se mirent à se le disputer et à se taper dessus. « Ouille, Chris veut pas partager ! hurla Lowell.

– Mais enfin, ce ne sont pas les cerises qui manquent dans cette cuisine. Venez, que je vous en donne un bol chacun. » Lusa prit soin de trouver un autre bol de la même dimension et de remplir les deux équitablement. Lorsqu'ils battirent de nouveau retraite vers la galerie de derrière, elle se sentit rougir de fierté de les avoir contentés, si brièvement que ce fût. Elle n'était pas dans son élément avec les enfants. C'est ainsi qu'elle avait toujours présenté la chose à Cole : les bébés l'angoissaient. Pourtant, depuis qu'elle s'était installée ici, elle s'était vaguement rendu compte que le désespoir d'un adulte était capable de céder devant les besoins des enfants.

« Cinq kilos et quelques, comme je le disais. » Jewel riait. « Excuse-moi d'avoir des cochons d'enfants.

– Je crois être capable de supporter cette perte. » Lusa prit de nouveau place devant la table, face à l'armée de bocaux qu'elle avait déjà faits dans la journée, petits soldats de verre remplis de viscères rouge vif. Qui allait manger tout ça ? Quand elle s'en irait, emporterait-elle ses confitures à Lexington avec elle dans une camionnette de location ? « Pour qui est-ce que je fais tout ça ? » demanda-t-elle soudainement, d'une voix morne, dure.

Jewel fut aussitôt derrière elle à lui caresser les épaules. « Pour plus tard, dit-elle simplement.

– Je vais vivre si longtemps.

– Qu'est-ce que tu veux dire par là ?

– Rien, dit Lusa. Je ne me vois pas plus tard. À passer ma nullité de vie dans cette cuisine, à cuisiner pour personne.

– J'aimerais bien que tu fasses un gâteau pour mes enfants, de temps en temps. Quand je rentre à la maison après le travail, je suis tellement fatiguée que je ne les nourris pratiquement que de bouillie pour les chats sur du pain. »

Lusa se demanda si c'était une demande authentique ou une façon d'essayer de combler le vide de son existence. « Je pourrais vous confectionner une tarte et vous l'apporter un de ces jours. »

Jewel s'assit et écarta de ses yeux une mèche de cheveux d'un blond terne. « Ce n'est pas ce que je te demandais. Je ne sais pas si c'est très poli de te demander ça. Mais est-ce qu'il ne serait pas possible qu'ils viennent quelquefois ici manger avec toi ? »

Lusa étudiait le visage de sa belle-sœur. Elle paraissait tellement fatiguée. La demande était authentique. « Mais oui, bien sûr. Et toi aussi, Jewel, tu pourrais venir quand tu ne te sens pas en veine de faire la cuisine. Je ne serais pas fâchée de la compagnie.

– Je veux dire, si je n'étais pas là ?

– Quoi, comme par exemple si tu devais travailler dans l'équipe du soir chez Kroger ? Tu sais bien que tu peux me le demander n'importe quand. Je serais contente de te rendre service.

– Alors, tu t'en ficherais de prendre les gosses ici de temps en temps ? »

Lusa sourit. « Bien sûr que non. » Il lui avait fallu un an avant de comprendre que lorsque les gens de la montagne disaient : « Je m'en fiche bien », cela voulait dire le contraire de ce qu'elle croyait. Ils voulaient dire : « Je veux bien. »

Jewel la fixait toujours de son regard timide et hardi à la fois. « Mais on raconte que tu vas repartir très bientôt à Lexington.

– Qui a dit ça ? »

Elle haussa les épaules. « Je comprendrais bien que tu le fasses. Ce que je veux dire c'est que tu me manquerais. »

Lusa prit sa respiration. « Alors tu prendrais cette maison avec la terre ?

– Oh non ! Mary Edna oui, peut-être. C'est elle l'aînée. Moi, j'ai même pas d'homme pour s'en occuper.

– Comme ça, Mary Edna veut la maison.

– Elle est à toi, mon chou ; tu peux la vendre, en faire ce que tu veux. Cole avait pas fait de testament, alors elle te revient. Mary Edna raconte que d'après la loi une nouvelle "statue" de succession ou un truc comme ça, là où avant c'étaient les parents qui récupéraient une ferme de famille, maintenant c'est l'épouse qui hérite. »

Lusa sentit une décharge d'adrénaline l'envahir. Une seule chose pouvait expliquer que Jewel soit au courant des « statues » de succession : ils étaient en train de consulter des hommes de loi. « Je n'ai encore rien décidé, dit-elle. Je n'arrive pas à penser correctement depuis que tout ça est arrivé.

– Tu te débrouilles pas si mal, mon chou. »

Lusa jeta un regard à Jewel, mourant d'envie de lui faire confiance, tout en sachant qu'elle ne le pouvait pas. Elle était consternée de la complexité des choses même les plus simples, d'une conversation avec une sœur – qui n'était pas la sienne – dans une cuisine, qui n'était pas non plus la sienne. « Tous, vous trouvez sans doute que je ne me conduis pas bien pour une veuve », dit-elle, surprise de toute cette rancœur accumulée en elle.

Jewel allait protester, mais Lusa secouait la tête : « Tu me regardes me démener, faire des conserves de cerises comme si tout était normal. Mais quand il n'y a personne ici, je suis quelquefois obligée de m'allonger par terre avec l'espoir que je vais continuer à respirer. Qu'est-ce que je suis censée faire, Jewel ? J'ai vingt-huit ans. Je n'ai jamais été veuve. Comment une veuve doit-elle agir ? »

Jewel ne dispensa aucun conseil. Lusa saisit un des pots de gelée et en contempla le rouge rubis, cette couleur transparente, orgueilleuse, qu'elle aimait d'habitude mais qui la laissait insensible en cet instant précis. « J'ai grandi dans une famille où l'on souffrait en silence, dit-elle. Mon père est un homme qui a tout perdu : la terre familiale, son propre père, sa foi, et maintenant la compagnie de sa femme. Tout ça par injustice. Pourtant, il a continué à travailler, toute sa vie. Moi qui me plaignais toujours, je suis en train d'apprendre le silence. J'ai l'impression que c'est la seule façon adulte de faire face à la brutalité de cet événement. »

Les yeux de Jewel étaient si semblables à ceux de Cole, tellement sincères et parfaitement bleus, que Lusa dut détourner son regard d'elle.

« J'ai peut-être l'air de m'en sortir, mais je ne sais pas où j'en suis. La personne qui t'a parlé de mes projets en sait davantage que moi. »

Jewel mit sa main à la bouche – un geste de nervosité, apparemment. « Ça ne me regarde pas, mais il n'y avait pas d'assurance vie, si ? »

Lusa secoua la tête. « Cole n'avait pas prévu de mourir cette année. Nous avons parlé d'assurances, mais nous étions tellement justes que ça nous paraissait une dépense de plus dont nous pouvions nous passer. Nous avions pensé le faire une fois que nous aurions eu des enfants.

– Je vais te dire quelque chose. Mary Edna et Herb pourraient t'aider pour les obsèques. Je le ferais si je le pouvais, mais *eux* ils peuvent. Herb et son frère réussissent bien avec leur laiterie de Six. C'est la terre de la famille de Herb, remboursée. Alors ils sont joliment bien établis maintenant.

– Je peux me charger de l'enterrement, c'est fait. C'étaient nos économies. Mary Edna ne m'a rien proposé et je n'allais sûrement pas lui demander.

– Mary Edna aboie beaucoup plus fort qu'elle ne mord.

– Ce n'est pas ça. Tu sais bien pourquoi. Je ne suis pas idiote, Jewel, je sais ce que tout le monde raconte : qu'ici je vis dans cette maison dans laquelle vous avez tous grandi, sur les terres de la famille. La prétendue maison Widener, alors qu'il n'y a plus de Widener sur les lieux. Tu penses que je me sentirais à l'aise si je demandais quoi que ce soit à ta famille ? »

Jewel lui lança un curieux regard. « Est-ce que c'est vrai, ça ? Lois m'a dit que… tu allais reprendre ton nom de jeune fille ?

– Quoi ? Mais non, je n'ai jamais… » Lusa se demanda jusqu'où allait le malentendu et s'il allait être possible de le dissiper au-delà d'un certain point.

« Bon, de toute façon, dit Jewel, avoir une maison et une exploitation, c'est pas la même chose que d'avoir de l'argent.

– Ah ça, tu peux le dire. Quand j'entends les gens insinuer que je cours après l'argent, j'ai l'impression de faire étalage de mes fichues dettes dans le journal. Il va falloir que je fasse refaire le toit de la grange avant l'hiver et celui de la maison aussi, sans doute dans un an ou deux. En plus, il y a quelque chose de détraqué dans le réservoir de la source ; je m'attends à me réveiller sans eau un de ces jours. Quoi d'autre encore ? Ah oui, le Kubota tout neuf de Cole, vingt-deux mille dollars qui ne seront pas finis d'être remboursés avant quatre ans.

– Je ne savais pas qu'il avait financé le tracteur. »

Jewel l'espionnait-elle ? Quelle différence cela ferait-il s'ils apprenaient qu'elle n'avait pas un sou ? Aucune, décida Lusa. « Il ne le voulait pas. Mais on avait vraiment besoin d'un tracteur et il méritait d'en avoir un neuf. Le John Deere de ton père était plus vieux que Cole, je crois. Toute sa vie, il s'est battu avec, à le rafistoler avec de la ficelle à botteler et du fil de clôture.

– Ce tracteur *était* plus vieux que Cole, maintenant que j'y pense.

– Et maintenant, il va falloir que je paye quelqu'un pour couper le foin, l'engranger, réparer les clôtures, rattraper les vaches quand elles vont chez les voisins et se débrouiller avec la botteleuse qui tombe en panne à chaque fois qu'on s'en sert. Et faire marcher, réparer la débroussailleuse et la moissonneuse à bras latéral – ou bien est-ce qu'il va falloir que j'apprenne à le faire moi-même ? Je suis sûre qu'il y a encore d'autres dépenses en perspective ; je ne m'y connais pas assez pour les prévoir.

– Mon Dieu, mon Dieu », dit Jewel d'une voix éteinte. Son visage était la chose la plus triste que Lusa eût contemplée au cours de toutes ces tristes journées. Son front était profondément ridé et ses yeux étaient ceux d'une vieille femme. De près, elle paraissait beaucoup plus âgée que Lusa ne l'avait pensé.

« Pas d'homme pour la faire marcher, résuma Lusa. Comme tu le dis.

– Herb et le grand Rickie te donneront un coup de main.

– Oh ! ils sont montés ici. Je devine qu'ils en endossent la responsabilité désormais. La tombe de Cole est à peine tassée que je passe déjà pour quantité négligeable.

162

– Qu'est-ce que tu veux dire ?

– Eh bien, que j'ai besoin d'aide, c'est sûr. Mais uniquement d'aide… Ce serait bien qu'on me demande mon avis au lieu de me diriger comme un enfant. Est-ce qu'ils font ça avec toi ?

– Ils n'ont rien à voir avec moi. Je ne m'occupe même plus d'un jardin. Que Dieu soit loué de ce boulot chez Kroger et qu'il fasse crever Shel si le chèque des enfants n'arrive plus.

– Et qu'en est-il pour Emaline et Frank ?

– Officiellement, Emaline et Frank ne sont plus fermiers, et définitivement, d'après ce qu'ils disent, et je crois qu'ils sont très contents d'avoir tous les deux un travail en usine.

– Pourtant, à l'enterrement, j'ai entendu Frank se plaindre d'avoir perdu son bail de tabac. Et il se plaint du trajet à faire jusqu'à Leesport.

– Frank se plaindrait même de la lune si elle le regardait de travers. Il se fait une bonne paye chez Toyota et il aime bien que ça se sache.

– Alors, qui reste encore dans l'agriculture, Lois et le grand Rickie, c'est tout ? Et Herb ? Comment est-ce que je vais pouvoir vivre, là, au milieu de vous tous sans savoir qui fait quoi ?

– Ben, parce que rien n'est vraiment définitif, voilà pourquoi. La moitié du temps Hannie-Mavis et Joel louent leur terrain à un gros planteur de Roanoke, tout comme Herb. Et puis l'année d'après, ils arrêtent. Mais Lois et le grand Rickie produisent toujours leur tabac, sur un peu plus de quatre acres. Tu n'es peut-être pas au courant, mais lui et Joel ont aussi des terres louées à travers tout le comté pour l'élevage de bovins à viande. Le grand Rickie a la fibre fermière. »

Les deux femmes sursautèrent en entendant un grand fracas et un bris de verre en provenance de la galerie. Lusa s'élançait vers la porte mais Jewel l'arrêta, une

163

paire de pinces à la main. « Tu sors les bocaux du stérilisateur et tu fais bouillir le sirop. Je reviens dans une
seconde. »

Lusa entendit Jewel crier et les deux gamins pleurer
et gémir dans la galerie. Elle alla sur la pointe des pieds
jeter un coup d'œil par la grande fenêtre au-dessus de
l'évier. « Jewel, appela-t-elle, si ce sont les bocaux de
haricots verts, bon débarras. Ils sont là depuis que j'ai
emménagé. »

Il n'y eut pas de réponse, de cet angle ni Jewel ni les
enfants n'étaient visibles mais elle entendit un bruit de
claques et des pleurs. « Ce n'est pas une façon de traiter
ton petit frère, entendit-elle. Tu continues comme ça et
demain tu mets une robe. Je te promets. »

Lusa fronça les sourcils et retourna auprès de la cuisinière. Elle mesura à parts égales le sucre et l'eau
chaude dans la casserole, en espérant que trois litres de
sirop suffiraient à recouvrir cinq kilos de cerises crues.
Elle devrait ajouter quelque chose d'acide pour abaisser
le pH au moment de la mise en conserve, mais elle
n'avait pas de jus de citron. Du vinaigre ferait-il
l'affaire ? Elle en ajouta une cuiller à soupe, à vue de
nez, puis s'empara des pinces pour sortir de l'eau les
bocaux stérilisés. Elle les aligna sur le comptoir, bande
d'oiseaux au large bec attendant d'être nourris.

« C'étaient bien les haricots verts, soupira Jewel, en
rentrant. J'ai ramassé tout le verre. Je leur ai demandé
de nettoyer le reste et de le jeter au bord de la rivière,
puis d'aller jouer dans la grange ou ailleurs. Je me
moque qu'il pleuve, ils ne fondront pas.

– C'est bien. Vraiment, je suis bien contente pour les
haricots. J'avais autant peur de les manger que de les
donner. Avec la chance que j'ai, j'aurais fait mourir
quelqu'un de botulisme. »

Jewel allongea le bras sous l'évier pour débarrasser
la pelle des débris de verre qui tombèrent, tel un

carillon éolien, dans la poubelle. « Elle va me faire mourir, si je ne la tue pas d'abord. Lowell est difficile, mais c'est qu'il est encore petit. Crystal, c'est autre chose. Il est temps qu'elle sorte de cette période qu'elle n'a pas quittée depuis le jour où elle est née. Qu'est-ce qu'il y a ? »

Lusa se rendit compte qu'elle devait avoir une expression de perplexité comique.

« Crystal ?

– Crys. Oh ! » Jewel se mit à rire en agitant la main. « Tu l'as prise pour un garçon. Toi comme les autres. Quand elle a commencé à fréquenter le jardin d'enfants, la monitrice a refusé de la laisser aller dans les toilettes des filles jusqu'à ce que je me précipite là-bas avec un extrait de naissance.

– Oh ! »

Jewel arborait une expression de sincérité. « Ne crois pas que ce soit à cause du départ de Shel, un truc d'enfant de divorcés. Elle a *toujours* été comme ça.

– Je ne crois rien, Jewel : c'est simplement que je n'avais pas réalisé.

– Tu ne peux pas imaginer. Elle est comme ça depuis tout bébé. Son premier mot a été *non* et son second, *robe*. Pas de robe. Pas de poupées, pas de jolis nœuds dans les cheveux. J'ai cédé sur la coiffure parce qu'elle se les coupait elle-même. J'avais peur qu'elle se crève les yeux par la même occasion. »

Jewel avait l'air tellement vulnérable. Lusa devinait pratiquement ses veines sous sa peau. Elle eut envie de la prendre dans ses bras, de lui faire entièrement confiance. « Ça n'a pas d'importance, dit-elle. Je suis contente que tu me l'aies dit pour ne pas continuer à me tromper de pronom. Je connais cette enfant depuis un an et je n'arrive pas à croire qu'on ne m'ait jamais mise sur la bonne voie.

– Cole et toi n'aviez jamais d'yeux que l'un pour l'autre, mon chou. Tu ne t'intéressais pas beaucoup aux affaires de la famille, de toute façon, et si tu t'y intéressais ce n'était pas pour regarder ma folle de fille complexée.

– Aïe ! dit Lusa en se brûlant légèrement la main sur le bord d'un bocal. Elle n'est pas folle, arrête de te faire du mal. Je ne me ferais pas de souci pour ça.

– Tu t'en ferais si tu étais sa mère. Tu t'en rendrais malade d'anxiété. C'est à moitié à cause d'elle que Shel est parti. Il me reprochait – Dieu sait s'il le faisait… il disait que j'allais en faire une homo en la laissant porter des jeans et se couper les cheveux comme ça. Il avait sans doute raison. Mais ce n'était pas mon idée. J'aurais aimé l'y voir, *lui*, essayer de lui faire mettre une robe. C'est ce que je lui disais : autant essayer d'enfiler un collant à un matou ! »

Jewel et Lusa échangèrent un regard et éclatèrent de rire.

« Et de toute façon, demanda Jewel un peu timidement, un homo c'est bien un homme, non ?

– Mais Jewel, elle n'est qu'un garçon manqué. J'étais exactement comme ça à son âge.

– Tu crois ? Mais tu es si jolie. En plus, tu sais faire la cuisine ! »

Lusa se sentit bêtement flattée, bien que consciente que là n'était pas la question. « Tu aurais dû me voir. Je m'écorchais les genoux, j'attrapais des insectes et je voulais devenir fermière quand je serais grande !

– Fais attention à ce que tu souhaites.

– Le sirop est en train de bouillir.

– Tu ajoutes une goutte de vinaigre dedans ou non ? Ah, tu l'as fait, je sens l'odeur. Viens me tenir le chinois au-dessus des bocaux et je vais verser… où est ta louche ? »

Jewel connaissait exactement l'emplacement de la louche comme de tout le reste dans cette cuisine. La question était de pure convenance. Lusa sortit la louche de son tiroir, qu'elle referma d'un mouvement de hanche, animée d'un profond sentiment de gratitude.

« Crystal, c'est joli. Comme nom, je veux dire. »

Jewel secoua la tête. « Ça ne lui ressemble pas. Elle ressemble au personnage de Beaver Cleaver. »

Lusa sourit. « *Meeseh maydel, shayneh dame* », dit-elle, la promesse de son grand-père qui s'était finalement vérifiée, pour ce qu'elle valait.

« Qu'est-ce que tu dis ?

– Que les vilains petits canards se transforment en cygnes. » De nouveau Lusa se sentit frustrée – ce n'était pas vraiment ce qu'elle souhaitait : promettre que Crys tournerait bien et deviendrait féminine, car peut-être que cela n'arriverait pas. Elle avait plutôt envie de dire à Jewel que l'alternative serait bien aussi. Mais Lusa ne se voyait pas tenir ce genre de conversation avec Jewel. « Elle n'essaye sans doute pas vraiment de devenir un garçon, hasarda-t-elle, c'est seulement sa façon à elle d'être elle-même.

– Ne parlons plus de ça. Crys, c'est Crys. Parle-moi d'autre chose. Dis-moi pourquoi tu es furieuse après le grand Rickie et Herb. »

Lusa versa quatre tasses de cerises dans chaque bocal puis maintint le chinois au-dessus de l'ouverture tandis que Jewel les recouvrait de sirop bouillant. « Je ne suis pas furieuse, du moins je ne pense pas. Enfin, je le suis, mais je ne devrais pas l'être. Je sais qu'ils étaient pleins de bonnes intentions.

– Mais qu'est-ce qu'ils ont fait ?

– Ils sont venus ce matin *m'informer* qu'ils allaient planter mon tabac samedi.

– Et alors ?

– Je ne veux pas faire pousser de tabac.

– Tu ne veux pas ? Pourquoi non ?

– Oh ! par bêtise, sans doute. Qu'est-ce que je sais de l'économie d'une ferme ? Mais la moitié du monde meurt de faim, Jewel, nous occupons une des terres les plus fertiles de la planète et il faudrait que moi, je fasse pousser de la drogue au lieu de nourriture ? Je me sens hypocrite. Il n'y a pas eu un jour de notre union que je n'aie harcelé Cole pour qu'il laisse tomber le tabac.

– Eh bien, mon chou, tu n'as pas demandé au monde entier de cesser de fumer. Soit dit en passant, personne ne l'a fait.

– Je sais. C'est la seule culture de la région qui permette de tirer de quoi vivre sur un fond de terre alluviale de cinq acres dans un comté qui est à quatre-vingt-quinze pour cent trop en pente pour être labouré. Je le sais bien que tout le monde fait pousser du tabac à cette jonction de trois États. Sachant pertinemment que le terrain va céder un de ces jours prochains.

– Ils sont piégés.

– Ils sont piégés. »

Jewel marqua une pause entre deux bocaux et pointa la louche vers la fenêtre de derrière, celle qui donnait sur Bitter Hollow, du côté de la montagne. « Tu possèdes du bois. »

Lusa secoua la tête. « Je ne me vois pas déboiser cette combe.

– D'accord, mais tu pourrais. Elle remonte sur huit cents mètres ou plus avant d'arriver aux terres de la Forêt fédérale. Autrefois, nous pensions que cette forêt continuait indéfiniment.

– Je ne ferai pas abattre ces bois. Je me fiche qu'il y ait la valeur d'une centaine de milliers de dollars derrière cette ferme. Je ne vends pas. C'est ce que j'aime le mieux ici.

– Quoi, les arbres ?

– Les arbres, les papillons de nuit. Les renards, tout ce qui est sauvage et qui vit là-haut. L'enfance de Cole est aussi là-haut. En même temps que la tienne et celle de tes sœurs.

– C'est vrai. De nous tous, c'est Cole qui l'aimait le mieux.

– *Cole ?* Il agit toujours – agissait toujours – comme si les bois et les étendues de bruyères de ce monde étaient ses ennemis prioritaires.

– C'est le travail du fermier. Tu sais. Il faut faire ce qu'il faut.

– Ouais. Et par ici, c'est le tabac, j'imagine, si je veux garder la ferme. J'aimerais simplement être celle qui trouvera une échappatoire à ce piège. »

Jewel sourit. « Cole et toi. C'est ce qu'il disait souvent.

– Quoi ?

– Qu'il serait le premier de ce comté à se faire du fric en dehors du tabac.

– Quand est-ce qu'il a dit ça ?

– Oh ! il avait seize ans, peut-être. *Les Futurs Fermiers d'Amérique* et ailier vedette de son lycée, quelle combinaison. Bien trop conscient de son beau physique pour fumer une cigarette, attention, ou faire pousser du vulgaire tabac. Il allait mettre le monde à feu et à sang. Il a essayé les poivrons rouges une année et les concombres la suivante, et des pommes de terre l'autre d'après.

– Non ! Il ne m'a jamais raconté ça.

– Je te le dis. Carrément ici, dans le champ de papa. Chaque année, quoi qu'il entreprenne, ça ratait et il devait ravaler un peu plus de sa fierté. Il a grandi pendant ces trois années : de rêveur il était devenu fermier. Il a laissé tomber ses rêvasseries et s'est mis à fumer. »

Lusa secouait la tête. « Je n'arrive pas à le croire. Je sais que Cole était plein d'énergie, mais je n'imaginais

169

pas qu'il ait eu – comment dire ? – les yeux si pleins d'étoiles. » Elle se mit à rire. « En plus, je me figurais qu'il était un fumeur-né. Que, tel un poisson, il était ferré.

– Non. Je me souviens d'avoir été choquée de le voir fumer avec les hommes à la veillée mortuaire de maman. Alors, c'est exactement à cette époque-là, à la mort de maman. L'année d'après, papa a vidé la grange et a mis la ferme au nom de Cole, puis il est mort. On aurait dit qu'il savait que, pour finir, Cole se conduirait en homme. Qu'il serait capable de se débrouiller de tout ce qui arriverait, après les poivrons rouges en cloche, les concombres et les pommes de terre. »

De tout, sauf d'une colonne de direction plantée dans le thorax, pensa Lusa, morbide, reconnaissant que l'apitoiement sur soi-même menaçait toujours de pointer le nez à chaque détour de la conversation, tel un chien tenace. Il lui fallait tant d'énergie pour écarter Cole de ses pensées, ne serait-ce qu'une minute. Et pourtant, les gens disaient encore : « Je ne voulais pas vous rappeler… »

« Qu'est-ce qui a pu tourner mal avec les pommes de terre ? se força à demander Lusa. Ça paraît tellement sûr. Ça rend bien, c'est facile à transporter et on peut en étaler la récolte.

– Le plus drôle, c'est qu'on lui avait dit qu'il gagnerait de l'argent s'il pouvait les faire livrer à la fabrique de chips de Knoxville. Mais quand il l'a fait, ça n'a pas marché. On préférait les pommes de terre de l'Idaho. Celles qui poussent ici contiennent trop de sucre. Elles se coupent mal et elles brûlent sur les bords.

– Trop de sucre ?

– C'est ce qu'on lui a dit. La terre alluviale est trop riche. Ce sont de bonnes pommes de terre, mais qui ne conviennent pas pour ce marché.

– Jewel, ma vie ressemble à un air de musique country : "Mon toit qui s'effondre, ma terre trop pentue, et mon fond trop riche en sucre."

– Ton fond ! » Jewel fit sursauter Lusa en la frappant à coups de torchon. « Remue le tien pour nettoyer tout ce bazar. Tu crèveras pas de faim, Loretta Lynn. »

Jewel empila les objets à mettre dans l'évier pendant que Lusa plongeait les mains dans une eau savonneuse si chaude qu'elle lui donna des fourmillements sur la peau. La douleur fut comme un châtiment qui effacerait celle qui lui nouait la poitrine. La pluie reprenait, martelant paisiblement le toit de tôle, jouant la musique de Zayda Landowski. Hier, c'était son anniversaire de mariage et personne n'y avait fait allusion de toute la journée, mais Zayda l'avait réjouie durant cette nuit de pluie en jouant des airs *klezmer* sur sa clarinette – les épousailles juives qu'elle n'avait jamais eues. Cole et elle avaient fait une petite cérémonie dans le jardin de Hunt Morgan, à Lexington, à l'extérieur, pour éviter les questions de religion. Cole s'en était bien trouvé. Il n'était pas aussi bigot que ses sœurs.

« Jewel, je voudrais te dire quelque chose. Il faut que je te le dise : j'aimais mon mari.

– Évidemment que tu l'aimais. »

En imagination, Lusa se représentait le champ du bas, à l'époque où Cole avait entrepris de se l'approprier : une mer mouvante de feuilles qui virevoltaient avec légèreté dans la brise, les cloches rouges des poivrons en train de mûrir qui s'agitaient, un jeune homme qui les traversait lentement comme si ça avait été un lac. Cole à dix-neuf ans. Un homme qu'elle n'avait jamais connu.

« Nous n'avons sans doute jamais eu l'occasion d'atteindre notre rythme de croisière. Vous pensez tous que je ne sais pas réellement qui il était, mais si, je le sais. Nous parlions énormément ; il me disait des choses. Juste quelques jours avant qu'il ne meure, il m'a raconté quelque chose d'étonnant. »

171

Jewel leva les yeux. « Quoi ? Est-ce que je peux te le demander ? »

Lusa croisa les bras sur son ventre, retenant son souffle, transportée à travers champs grâce au souvenir du parfum de chèvrefeuille. *Comme un papillon de nuit, me voici, nous sommes ici.* Elle jeta un regard à Jewel. « Je suis désolée, mais ça ne voudra rien dire pour toi. Ce n'est rien que je puisse dire avec des mots.

– Bon », dit Jewel en se détournant. Elle était déçue, Lusa le voyait bien. Elle allait se mettre à croire que Lusa lui cachait quelque chose d'important, une part de son frère qui aiderait à le faire revenir.

« Ça ne fait rien. Je suis désolée, Jewel, mais ce n'est plus vraiment important. C'est juste que nous étions certainement faits l'un pour l'autre. Comme vous l'étiez, Shel et toi, au début. Même si tout le monde a envenimé l'affaire en la prenant par le mauvais bout pour revenir en arrière. »

Jewel s'envoyait l'éponge d'une main dans l'autre, tout en étudiant Lusa. « Personne ne dit que tu ne l'aimais pas.

– Personne ne croit le dire. » Elle sentait le poids du regard de Jewel sur elle, sans pouvoir lever les yeux. Elle se tourna vers l'évier et se pencha au-dessus de la bassine à confitures poisseuse pour la récurer avec énergie et s'empêcher de pleurer ou de crier. Tout son corps s'épuisait dans cet effort.

« Mon Dieu, ma chérie. De quoi parles-tu ?

– De cette histoire de changer de nom, par exemple. À peine mon mari serait-il refroidi dans sa tombe que je me serais déjà précipitée au tribunal pour effacer son nom de l'acte de donation de la ferme familiale ? Mais enfin, qu'est-ce que c'est que cette *merde* ! Qu'est-ce que c'est que ce mensonge minable et qui l'a inventé ? »

Jewel hésita. « Lois a vu ta signature au bas de quelque chose chez l'entrepreneur des pompes funèbres. »

Quelle grande bouche que cette Lois, pensa-t-elle sans aménité, en imaginant ce long visage constamment crispé par la peur que quelqu'un ne la dépossède. « J'ai toujours eu le même nom, avant, pendant et après Cole. Lusa Malouf Landowski. Ma mère est palestinienne et mon père juif polonais, et *jamais*, avant que je n'arrive ici, il ne m'est venu à l'esprit que je devrais en avoir honte. Je le porte depuis ma naissance. Ce n'est pas que j'aie entendu qui que ce soit le prononcer dans la famille. Et tu parles de faire disparaître quelqu'un ? Tu crois qu'ils accusent Shel d'un acte de disparition ? Essaye donc de vivre dans une famille qui refuse d'apprendre ton fichu nom ! »

Jewel et elle clignaient des yeux en se dévisageant, toutes deux sous le choc.

« Personne ne te voulait du mal, Lusa. Il est simplement normal de prendre le nom de son mari, ici. Nous ne sommes que des gens ordinaires de la campagne, avec des façons de la campagne.

– Ça ne m'a jamais frappée comme une chose normale à faire, c'est pourquoi on ne l'a pas faite. Enfin, bon sang, Jewel, est-ce que vous avez tous vraiment cru que je prendrais son nom pour m'en débarrasser une semaine après sa mort ? Une quelconque aventurière qui aurait effacé votre nom de famille et aurait accaparé votre maison, c'est comme ça que vous me voyez ? »

Jewel porta une main à sa bouche et des larmes lui montèrent aux yeux ; elles étaient revenues à la case départ. Lusa avait élevé la voix contre cette femme craintive qui était sans doute la plus proche amie qu'elle ait jamais eue dans la famille ou dans la région. Jewel secoua la tête et tendit les bras à Lusa, qui répondit gauchement à son invite. Le corps de Jewel

173

était comme celui d'un oiseau, fluet et plein d'os sous son tablier, tout plumes et battements de cœur.

Elles s'étreignirent pendant une minute, se berçant l'une l'autre. « Ne fais pas attention à moi, dit Lusa. Je perds la tête. Il y a des fantômes ici. Il y en a un dans cette cuisine qui sème la discorde. »

Par-dessus l'épaule de Jewel, elle avait une vue directe, à travers le hall et la vitre ancienne déformée de la porte d'entrée, sur l'extérieur, la cour et le pré de devant. Cette pluie ne cesserait jamais, pensa-t-elle. Elle devinait les signes précurseurs d'une autre tempête à venir : les feuilles du tulipier, en bas, près de la grange, frémissaient et tournoyaient sur une centaine d'axes différents, comme un arbre plein de roues à picots. Dessous, Lowell et Crystal tournaient autour, dans leurs vêtements noirs d'être trempés, riant et galopant sur une paire de chevaux invisibles, à tracer des cercles à travers cette incessante pluie battante comme si pour eux le temps s'était arrêté, ou n'avait pas encore commencé.

9
Les châtaigniers d'autrefois

Garnett était en train d'admirer le mur de sa grange. Au cours d'un siècle d'existence, les planches de châtaignier naturel avaient acquis une patine d'un beau gris moiré, interrompu seulement par des barbes de lichen de couleur orange et citron qui éclairaient le bois de longues nervures verticales, là où l'humidité s'écoulait du toit de tôle galvanisée.

Ces fantômes d'anciens châtaigniers le hantaient, de même que le grand vide qu'ils avaient laissé derrière eux en disparaissant, et c'était donc une chose que faisait Garnett de temps à autre, comme s'il allait au cimetière retrouver des parents défunts : il allait rendre visite au bois de châtaignier. Il passait un moment à l'honorer, à s'extasier sur sa couleur, son grain et son aptitude miraculeuse à résister à des décennies d'intempéries en l'absence de traitements ou d'insecticides. Exactement pourquoi et comment, personne ne le savait vraiment. Aucun autre bois ne lui était comparable. L'homme ne pouvait que remercier le ciel d'avoir gratifié la terre du châtaignier d'Amérique, cet arbre majestueux à la couronne massive, pourvoyeur de fruits, d'ombre et de bois inusable. Garnett se souvenait de l'époque où les châtaigniers poussaient tellement épais au sommet des montagnes du comté qu'au printemps, lorsque leurs voûtes n'étaient qu'une explosion de fleurs, on aurait juré des cimes couronnées de neige. Grâce aux châtaignes entassées dans des sacs de jute au fond de leurs celliers, des familles avaient survécu à l'hiver, mangé les jambons de leurs porcs ainsi engraissés et gagné de l'argent à Philadelphie et à New York avec ces fruits que des gens d'autres nationalités et convictions religieuses grillaient et vendaient à chaque coin de rue. Il imaginait ces villes peuplées de toutes sortes de gens, à croupetons au-dessus de charbon de bois du commerce, à rôtir des marrons dont ils connaissaient à peine la provenance. Alors que Garnett se plaisait à imaginer ses propres ancêtres comme les hommes du châtaignier. Avec les rondins tirés de cet arbre, les Walker avaient construit leurs cabanes, jusqu'à ce qu'ils aient des fils et une scierie pour fendre et raboter les arbres en madriers à partir desquels ils avaient alors bâti leurs maisons, leurs granges et, pour finir, un empire. C'étaient les ventes de bois de charpente de la scierie Walker qui avaient payé la terre et donné à son grand-père le droit de baptiser la montagne du nom de Zébulon. Sans rien, hormis leur intelligence et leurs mains vigoureuses, les Walker avaient bien vécu sous les ramures protectrices du châtaignier d'Amérique jusqu'à ce que la dévastation se fût lentement propagée en 1904, l'année qui devait voir l'avènement de l'encre du châtaignier. Le Seigneur donne et le Seigneur reprend.

Il n'appartenait pas à Garnett de s'interroger sur la disparition de la fortune familiale. Il n'avait pas rechigné aux ventes de terre qui, en l'année 1950, les derniers châtaigniers ayant disparu, avaient réduit les énormes possessions de son grand-père à un bout de terre alluviale trop exigu pour faire vivre qui que ce soit en dehors d'un instituteur. Peu avait importé à Garnett d'être instituteur ; Ellen ne s'était pas plainte d'en avoir épousé un. Il n'avait pas ressenti le besoin de posséder un empire et n'était pas fâché d'avoir à supporter de proches voisins (à l'exception d'une personne). Mais il ne doutait pas non plus que son rêve – réintroduire le châtaignier dans le paysage américain – constituât aussi une partie du projet de Dieu qui prêterait au roman familial une superbe symétrie. À sa retraite du système scolaire du comté de Zébulon, une douzaine d'années plus tôt, Garnett s'était trouvé gratifié des choses suivantes : une ferme sans bétail avec des champs sur trois niveaux ; une bonne connaissance de la reproduction chez les plantes ; une poignée de sources possibles de graines de châtaigniers d'Amérique et l'accès à un nombre infini de châtaigniers de Chine adultes que les gens avaient plantés dans leurs cours à la suite de la maladie. Ils en avaient trouvé les fruits infiniment moins satisfaisants et, bien sûr, l'arbre en lui-même n'avait rien de l'élégante stature du châtaignier d'Amérique non plus que sa qualité de bois, mais il s'était révélé parfaitement résistant à la maladie. De moindre valeur, il avait été épargné dans un but divin, à l'instar de certains animaux inférieurs de l'arche de Noé. Garnett comprenait que, dans sa lente progression vers sa récompense céleste, il passerait autant d'années que possible à croiser et à recroiser les châtaigniers d'Amérique et de Chine. Il travaillait tel un forcené hanté par ses fantômes d'arbres, et s'y consacrait depuis maintenant presque une décennie. S'il vivait assez longtemps, il obtiendrait un arbre doté de tous les caractères génétiques du châtaignier d'Amérique d'origine, sauf celui qu'il garderait de sa filiation chinoise : sa capacité à résister à la maladie. On l'appellerait le châtaignier d'Amérique Walker. Il propagerait ce jeune brin et le vendrait par correspondance pour qu'il croisse et se multiplie dans les montagnes et les forêts de Virginie, de Virginie-Occidentale, du Kentucky et en tous points du nord des Adirondacks et de l'ouest du Mississippi. Le paysage de la maturité de son père serait reconstitué.

Un fort bourdonnement proche de son oreille fit que Garnett tourna la tête et leva trop rapidement les yeux ; il fut pris d'un tel accès de vertige qu'il faillit tomber assis dans l'herbe. Les scarabées japonais formaient déjà comme une bouillie grouillante, et on n'était encore qu'en juin. Il nota que les vignes de Concorde qu'il aimait voir grimper, paresseuses et luxuriantes, le long de la paroi à clin de la vieille réserve à grains, avec leurs feuilles alanguies comme des mains de dames, révélaient une aura de couleur brun rouille. À cette distance, on les aurait dit saupoudrées d'une poussière brune, mais il savait que c'était en réalité le squelette marron de la feuille qui transparaissait. Il l'avait fait remarquer maintes fois à ses élèves du collège agricole comme un signe caractéristique des ravages causés par le scarabée japonais. Quelque chose à ajouter à sa liste de produits pour aujourd'hui : du malathion. La poudre Sevin ne les tuait pas assez radicalement. Ou alors, elle serait drainée par toute cette pluie.

Il jeta un coup d'œil du côté de chez la mère Rawley, là d'où venaient ces nuisibles. Elle avait entrepris d'entasser des fagots le long de la clôture, juste pour l'embêter. Elle appelait ça du « compost » et prétendait qu'il dégagerait en profondeur une température qui tuerait les larves d'insectes et les graines de mauvaises herbes, mais il en doutait. Tout fermier digne de ce nom qui avait passé son existence dans le comté de Zébulon à acquérir des méthodes agricoles économes et efficaces savait qu'il fallait brûler le petit bois de son verger, mais elle était trop occupée par ses pièges à bestioles et son vaudou pour se débarrasser de ses rognures d'arbres d'une façon normale. Des tas de compost. « Du boulot de paresseux », plutôt. « Des montagnes de fainéantise », oui.

Un peu plus tôt dans la semaine, il avait essayé de lui parler par-dessus la haie : « On dirait bien que les scarabées japonais viennent de vos tas de branchages, mademoiselle. »

Ce à quoi elle avait répondu : « Monsieur Walker, les scarabées japonais viennent du Japon. »

Impossible de discuter avec elle. Pourquoi donc essayer ?

Il remarqua que son vieux tracteur minable de marque étrangère avait quitté sa retraite habituelle entre la haie de lilas et sa maison blanche à clin. Il se demanda où elle avait pu se rendre un vendredi matin. Le *samedi* matin, elle partait toujours avec ses marchandises pour le marché amish et le lundi chez Kroger (le supermarché Black n'ayant pas ses faveurs, d'après Oda Black, qui l'avait surprise en train d'acheter de la sauce de soja chez Kroger), et ces derniers temps, elle sortait aussi le mardi après-midi, pour une raison qu'il n'avait pas encore réussi à élucider. Le dimanche, elle fréquentait les unitariens ; Garnett était loin d'appeler ça une Église. C'était simplement son truc, croyait-il : un repaire de bonnes femmes en pantalon qui parlaient à voix haut perchée de sujets païens en buvant du café. De l'évolution, du transcendantalisme, de sujets de cette nature. Dieu merci, ça se passait de l'autre côté de la frontière du comté, à Franklin, où elles tenaient leur université. On en voyait de plus en plus par ici, et d'après ce que Garnett avait compris, dans cet État, la débauche progressait régulièrement le long d'une ligne qui allait vers l'est et se terminait à Washington D. C. Oda Black avait dans l'idée que les unitariennes refusaient de mettre des gaines convenables et qu'elles se mêlaient de sorcellerie. Oda s'empressait de faire remarquer qu'en soi *elle* n'était pas là pour porter un jugement (bien qu'elle eût été suffisamment imposante pour porter ce que bon lui semblait, et personne n'aurait bronché, à part les lames du plancher). Elle l'avait su de première main, en outre ; deux étudiantes venues dans son magasin s'étaient entretenues de sorcellerie sans se gêner en même temps qu'elles plongeaient le bras dans la glacière pour attraper leurs boissons gazeuses. Oda avait raconté que ça tremblotait sous leur T-shirt comme de la gelée qui se serait échappée de son pot.

Voilà ce qu'il en était du comté de Franklin. Cette université devait bien s'attendre à ça quand elle avait admis des femmes.

Garnett monta les marches de la galerie et tira un carré de papier plié de sa poche poitrine. Il avait derrière lui une bonne journée de travail, déjà cinq heures ce matin à polliniser manuellement et à ensacher les fleurs de châtaigniers. Juin était son mois d'activité le plus intense et ce matin, lorsque le soleil était enfin sorti de sa longue retraite, Garnett s'était levé de bonne heure pour aller dans son champ d'hybrides afin de rattraper le temps perdu. Il y avait encore tant à faire : le gazon de sa cour avait poussé et les mauvaises herbes envahissaient le bord de la rivière, mais il pouvait reporter la tonte et le désherbage à plus tard dans l'après-midi. Il était maintenant onze heures passées et il avait bien gagné son petit tour en ville. Non qu'il ait eu quelque bonne réjouissance en perspective. Il avait surtout des courses à faire : au Black Store, au garage Tick et à la quincaillerie Little Brothers. Il déplia le carré de papier sur lequel il avait inscrit sa liste d'articles de quincaillerie :

1. Lame de scie à métaux.

(La dernière fois qu'il s'était servi de la scie sur un boulon usé, il avait remarqué qu'elle était émoussée.)

2. Plastique noir pour le paillis séparant les rangées d'arbres.

3. Piles AA pour la torche électrique (quatre).

4. Trois raccords de tuyau en PVC, coudés, 1,25 cm (conduite d'irrigation cassée).

5. Crayons marqueurs pour les hybrides.

(Cette dernière rubrique l'agaçait, parce qu'il pensait bien en avoir de reste quelque part dans la grange, mais hier il avait perdu presque une heure à les chercher et soupçonnait qu'on les lui avait chapardés. Sans doute un gamin du voisinage ou une marmotte.)

6. *Désherbant, un bidon de cinq litres de concentré !*

Son mécontentement lié à ce dernier achat était sans bornes et le soulignement, les points d'exclamation, n'en étaient que l'expression la plus modérée. Mais il ne pouvait pas le différer plus longtemps. Il lui fallait affronter Oda Black chaque fois qu'il avait besoin de pain, de Monsieur Propre et de saucisson, et il savait qu'on devait bien l'arranger là-bas, à la boutique, dès qu'il avait le dos tourné. « Voici qu'arrive la façade de propriété du comté la plus mal entretenue », s'écriait probablement Oda dès que son pick-up se rangeait devant la vitrine, en s'extirpant de son fauteuil posté en devanture pour traîner ses pieds gonflés jusqu'à la caisse. « Chu-u-t tout le monde ! Voilà le père phytolaque. » Très bien, puisqu'il en était ainsi, il la traiterait lui-même, sa façade. Rabattrait cette jungle de bruyères jusqu'au ras des oreilles des tortues voraces. Garnett en rougissait encore en y pensant. Au moins, Oda ne semblait pas avoir entendu parler de l'épisode de la tortue.

Il ajouta du malathion (pour les scarabées japonais !) sur sa liste, replia le papier, le remit dans sa poche poitrine et entra dans la maison en se remontant le moral à l'idée d'un déjeuner au Pinkie's Diner. Dans le hall d'entrée, il s'arrêta un instant pour trier une pile de courrier qu'il avait rapportée hier et négligé de regarder : des publicités, des bêtises, pas même une seule facture. Il glissa le tout dans la boîte à ordures et ferma la fenêtre de la cuisine donnant à l'ouest, en prévision des chaleurs qui monteraient cet après-midi durant son absence. Après avoir fait ses emplettes, il se rendrait chez Pinkie pour le plat du jour, du poisson au menu tous les vendredis : poisson-chat à volonté accompagné de boulettes de maïs frites et de chou cru, le tout pour cinq dollars quatre-vingt-dix-neuf. Garnett soupçonnait Pinkie de l'afficher ce jour-là à l'intention des catholiques, mais après tout ce petit restaurant était un lieu d'affaires, pas une église. Dans le comté de Zébulon, les catholiques étaient peu nombreux et éloignés les uns des autres, et de toute façon Pinkie Prater aurait accepté les cinq dollars quatre-vingt-dix-neuf de n'importe qui et les aurait encaissés sans poser de question. Déjeuner chez lui le vendredi était une affaire entendue dans l'esprit de Garnett. En fait, les rares fois où il manquait son rendez-vous avec le poisson du jour, des rumeurs sur sa santé circulaient à une telle vitesse que lorsqu'il se présentait ensuite au Black Store ou à la station-service les gens s'étonnaient de le voir encore vivant.

Aucune importance. Comme disait son père, mieux valait tenir que courir. Pinkie était la seule extravagance de Garnett et il en aimait la perspective. Il avait tendance à manger n'importe quoi depuis la mort de sa femme. Cela faisait déjà pas mal d'années que les sandwichs à la viande froide et l'unique couvert à table constituaient son ordinaire, n'ayant jamais appris à faire la cuisine. En tout cas sûrement pas à faire des trucs comme des boulettes de maïs. Comment même se mettre à en confectionner, et d'abord qu'est-ce qu'il pouvait bien y avoir là-dedans ? Assurément Garnett savait depuis longtemps, quoiqu'il ne le reconnût pas facilement, que l'univers de Dieu et le meilleur de la vie quotidienne étaient pleins de mystères que les femmes étaient seules à connaître.

Il fallait qu'il change de chemise avant de se mettre en route. Il avait pris une suée là-bas dans le champ, pour dire le moins. Il ferma la porte de la salle de bains (bien qu'il vécût seul et n'eût jamais d'invités) et ôta sa chemise sans se regarder dans la glace. Après avoir fait sa toilette à l'aide d'un gant, il revint vers la commode de sa chambre pour en sortir son dernier maillot de corps (demain, c'était jour de lessive) et vers son armoire pour enlever sa chemise de ville du cintre. (Elle dégageait une légère odeur de plat du jour de chez Pinkie ; ne pas oublier de la laver demain, même si ça entraînait aussi des chichis avec le fer. Il n'avait jamais appris à faire siffler la vapeur comme le faisait Ellen.) Ce n'est qu'après en avoir boutonné le col et bordé les pans qu'il s'autorisa un coup d'œil dans le miroir de la penderie d'Ellen. Non qu'il y ait eu quoi que ce soit à redire de sa poitrine dénudée, à l'exception de ses côtes légèrement affaissées de vieux et du bizarre nid de poils blancs au milieu, mais Garnett était d'une grande pudeur. Il était veuf depuis huit ans ; il vivait dans la proximité du Seigneur. Son corps ne serait plus jamais exposé aux regards. Si le fait d'y penser l'attristait – il ne connaîtrait plus jamais le réconfort d'une caresse humaine –, il sentait que ce n'était guère plus qu'un affluent dans le lac de chagrin qu'un vieil homme devait traverser à la nage au terme de ses jours.

Il attrapa son trousseau de clefs, compta l'argent dans son portefeuille, verrouilla la porte de la cuisine en sortant. Puis risqua un autre coup d'œil du côté de chez Nannie et nota avec surprise une vaste zone d'ombre en forme de vache sur son toit. Il s'avança d'un peu plus près et l'examina à travers la partie haute de ses lunettes à double foyer. C'était tout un pan de tuiles vertes qui manquait, emportées sans doute par la dernière tempête. Ça devait avoir fait du joli là-dedans, avec toute cette pluie, et quel ennui de les faire remplacer. Pire qu'un ennui : ces tuiles anciennes taillées à la main étaient impossibles à trouver de nos jours. Elle aurait à faire refaire tout son toit si elle ne voulait pas qu'il ait l'air rafistolé. Il toucha les angles de sa bouche, se retenant d'éprouver un certain plaisir devant les malheurs de sa voisine. Elle ignorait que, dans le garage de Garnett, traînait tout un tas de ces fameuses tuiles vertes, provenant du lot d'origine que le père de Garnett et le vieux Rawley avaient commandé ensemble et s'étaient partagé. Au départ, avant que Garnett n'eût changé les siennes pour de l'amiante, aux environs de 1960, les deux maisons avaient été doublées des mêmes planches à clin et coiffées des mêmes tuiles en forme de bêche. Le père de Garnett avait été en assez bons termes avec le vieux Rawley pour lui vendre les cinquante-cinq acres de terre à verger présentant le seul endroit convenable pour y construire une maison, ce qui avait installé les Rawley à un jet de pierre de chez eux, comme on disait (personne, cependant, n'avait éprouvé le besoin de se jeter des pierres jusqu'à l'arrivée de Garnett et de Nannie). La maison était discrète, nette et petite, avec son toit en croupe et ses pignons exposés face à la route. Le père Rawley était un bon horticulteur qui avait planté des arbres d'excellente souche. Mais il n'était pas difficile de prévoir que sa fille en hériterait puisqu'il n'avait pas de fils. C'étaient des ennuis qu'aurait dû anticiper le père de Garnett avec cette fille partie aux écoles dans les années 50. Avant d'avoir eu le temps de dire ouf ! elle était revenue et s'était pavanée vêtue de couleurs voyantes, avec une enfant illégitime, handicapée mentale, bien décidée à faire pousser des pommes sans aucun produit chimique, un défi caractérisé à toutes les lois de la nature. Garnett poussa un soupir et pardonna une fois de plus à son paternel. Ce n'était pas un crime prémédité, mais un simple manque de clairvoyance de sa part.

Héritier d'une fortune perdue, Garnett passait sa vie à détourner les yeux des visions de ce qui aurait pu être.

Nannie Rawley était l'exception. Comment pouvait-il ne pas s'appesantir sur les raisons de sa présence dans sa vie sans en chercher la signification ? Garnett l'avait ignorée quand elle était petite (ce n'était qu'une gamine d'environ dix ans de moins que lui) ; l'avait à peine connue jeune femme du fait d'une absence prolongée sur tant d'années et, au mieux, ignorée tant que son épouse était en vie. (Ellen aimait bien bavarder avec elle, mais pour mieux la critiquer ensuite.) Mais à présent, ne serait-ce que le temps de ces huit années de solitude, il s'était vu forcé de la supporter comme un parasite qui empoisonnait de plus en plus sa vieillesse. Pourquoi ? Pourquoi Nannie agissait-elle comme elle le faisait, devant Dieu et les hommes, parfois sur la propriété même de Garnett ? Il soupçonnait l'existence d'un lien entre cette naissance ancienne d'une enfant difforme et sa terreur des produits chimiques. Les ennuis avaient commencé dès la naissance, avec les traits mongoliens et la suite ; Nannie avait baptisé sa fille Rachel Carson Rawley, du nom de cette scientifique qui avait crié au loup à propos du DDT. Tout, dans la vie de Nannie, semblait remonter à la venue au monde de cette petite, maintenant qu'il voyait ça avec le recul. Cette femme avait probablement été normale autrefois. Mais l'enfant lui avait fait perdre la tête.

Où pouvait-elle bien être, un vendredi ? Elle ne sortait jamais ce jour-là. Il se baissa derrière ses roses de Saron et chercha attentivement derrière la maison pour voir si le véhicule n'y serait pas garé. Quelquefois elle se rangeait en marche arrière quand elle avait quelque chose à décharger. La semaine passée, elle s'était garée dans sa grange avec une masse de cageots à pommes empilés haut sur la plate-forme du camion. Mais aujourd'hui pas la moindre trace d'elle.

Il grimpa dans son propre engin, un pick-up Ford de 1986, qui démarra au quart de tour (il avait nettoyé et espacé les bougies la semaine dernière), et manœuvra soigneusement pour sortir sur la grand-route, ignorant sciemment sa façade disgracieuse. Plus de temps à perdre ! Il avait besoin de davantage de Deux-Quatre-D et de Roundup pour ses plantations de jeunes arbres et il avait négligé de passer commande auprès de la société de gros comme les années précédentes. Il conduisait très lentement, en prenant son temps dans les virages. Garnett se rendait bien compte que sa vue n'était pas ce qu'elle aurait pu être, il ne cherchait pas à le nier. Mais il n'y avait plus beaucoup de circulation sur la 6 depuis qu'on avait construit l'*interstate* au fond de King Valley. Quiconque avait à faire sur cette route reconnaissait le pick-up de Garnett. On savait qu'il fallait passer au large. Ce n'était pas comme s'il avait été aveugle, grand Dieu ! Il éprouvait seulement des difficultés à évaluer les distances. Il y avait eu quelques incidents.

Il se rendrait d'abord chez Little Brothers, puis ferait un détour par la station-service pour faire le plein du réservoir et nettoyer d'un coup de flexible son filtre à air, deux choses qu'il faisait invariablement tous les vendredis. Aujourd'hui il devrait également prendre du diesel pour son tracteur puisqu'il aurait bientôt à retourner la terre. Après le déjeuner chez Pinkie, il s'arrêterait en chemin chez Oda Black. C'était décidé, il passerait au magasin en dernier, pour éviter que le lait tourne à l'intérieur du pick-up par ce temps chaud et que les œufs incubent et éclosent.

Il passa devant le Black Store juste à ce moment-là, au croisement de la 6 et de Egg Creek Road, sans voir Oda qui lui faisait signe de la main à travers la devanture. Des images du passé de Garnett, cachées dans les fossés, lui apparaissaient toujours lorsqu'il roulait sur cette route, des images qui avaient davantage de réalité pour lui que ce qu'il voyait de ses propres yeux. La vigne vierge sauvage qui avait envahi le thuya de sa mère en en coiffant la cime arrondie comme d'une rutilante casquette de chasse en cuir vert. Une drôle de variété de marmotte, blonde comme les blés, à queue et tête noires, qui s'était réfugiée sous leur grange durant toute une saison. Les enfants avaient réussi à la voir avant leur père, n'ayant évidemment rien d'autre à faire que de chercher ce genre de marmottes. Pratiquement jusqu'à la fin de l'été, père avait nié son existence, mais il avait fini par la voir aussi. Elle était donc bien réelle. Il en avait alors parlé à des voisins. Les enfants avaient éprouvé de la fierté, comme si, du même coup, ils y avaient gagné plus de réalité. En naviguant sur la 6, Garnett respirait l'air d'un autre temps – un temps plus limpide, semblait-il, où les couleurs et les sons étaient plus nets et où les choses tendaient à rester là où elles le devaient. Lorsqu'on pouvait encore espérer que le colin de Virginie pousserait son cri pensif, l'après-midi, dans les champs. Qu'était devenu le colin ? On ne l'entendait plus jamais. Garnett avait lu dans l'*Extension* que la fétuque aurait été à l'origine de sa disparition, cette vulgaire graminée que les gens plantaient en guise de fourrage. Elle devenait trop dense pour que les poussins y trouvent leurs marques. Garnett se souvenait de l'époque où le fourrage de fétuque était devenu à la mode, le gouvernement payant les agriculteurs pour cultiver cette nouvelle variété venue d'Europe ou d'un autre endroit exotique au détriment des plantes locales. (On avait également cru que le ku-dzu était une riche idée à l'époque – grand Dieu !) Maintenant, la fétuque envahissait tout et probablement plus personne, à part Garnett, ne se souvenait des graminées en touffes – pâturin et autres – qui poussaient ici au naturel. Les bêtes devaient trouver bizarre de voir surgir autour d'elles un monde totalement différent de ce qu'elles avaient connu. Quelle tristesse d'imaginer ces pauvres petits colins égarés dans cette jungle ! Mais le fourrage passait avant tout.

Voici qu'arrivait la boutique d'appâts de Grandy, non un souvenir mais une réalité, avec sa pancarte peinte à la main : « LÉZARDS, 10 POUR UN DOLLAR ». Cela le dérangeait un peu que les gens du comté de Zébulon ne soient pas fichus d'appeler une salamandre par son vrai nom. Mais ça le dérangeait plus encore que Nannie Rawley s'arrête là-dedans au moins une fois par mois pour racheter jusqu'au dernier des « lézards » de l'aquarium pour le remettre en liberté dans l'Egg Creek, au fond de son verger. Tout le monde connaissait ses agissements. Les gamins attrapaient les bestioles à la seine et les vendaient un sou pièce à Dennis Grandy, en rigolant tout ce qu'ils savaient, sûrs que Nannie Rawley les relâcherait pour la plupart. Pourquoi tout le monde la supportait-il avec tant d'enthousiasme ? Elle prétendait qu'il existait dix ou quinze sortes de salamandres en danger à Zébulon et qu'elle contribuait ainsi à protéger l'environnement. Qu'insinuait-elle ? Que quiconque allait taquiner la perche à coups de salamandre était ennemi du projet de Dieu ?

Garnett aurait bien aimé lui assener une ou deux vérités à ce sujet. À savoir que les créatures sur cette terre passaient et quelquefois trépassaient. Que ces affaires-là nous échappaient si nous n'étions, comme elle le prétendait, qu'une espèce parmi nos frères les animaux. Et que si, en revanche, nous n'étions pas leurs égaux, et que nous étions censés être les maîtres et les gardiens de l'Éden, comme il était dit dans la Bible, c'est donc que les « lézards » avaient été mis sur terre pour que l'homme puisse aller taquiner la perche avec, point final. Il fallait qu'elle choisisse. C'était parfaitement clair pour Garnett. Et pourtant, sa logique flanchait toujours devant la brièveté et la sécheresse de ses réponses. Une ou deux fois, il avait vraiment pensé lui écrire.

Il passa devant l'église pentecôtiste, dont le parking était planté d'une touffe maigrichonne d'eupatoires pourprées. Hoho ! Trop occupés, ces gens-là, à dire des grossièretés et à vouloir changer le monde pour aller désherber leur parking. Garnett sourit, sûr de bien entendre ce que la parole de Dieu voulait et ne voulait pas dire. Un léger sentiment de culpabilité l'envahit quand il mit le cap sur Maple. Il devrait toucher un mot à Mlle Rawley des tuiles en réserve dans son garage. Si au moins elle s'était montrée raisonnable.

Arriva la banque, arriva la station Esso. Il était en ville à présent. Et voici que venait Les Pratt, prof de maths au collège à l'époque où Garnett enseignait l'agriculture. Il agita la main, mais Les était du mauvais côté de la rue. Et puis la femme de Dennis Grandy, avec tous ses gosses qui n'étaient pas franchement sales sans jamais paraître tout à fait propres.

Et enfin Nannie Rawley ! Du moins son engin. Dieu du ciel, ne pouvait-il donc se débarrasser d'elle au moins le temps d'un tour agréable en ville ? Cette femme était irritante comme le sumac, aussi tenace que du gratte-cul.

Il ralentit pour mieux voir. C'était bien son engin, garé sur le parking de l'église baptiste, là où on autorisait les amish à installer leur marché fermier du samedi. On était vendredi, pourtant. Mais ils étaient là, les enfants amish en robes et pantalons noirs, sévères, occupés à vendre leurs produits. Nulle trace de Nannie. Il allait faire le tour du pâté de maisons en voiture et revenir jeter un deuxième coup d'œil.

Les amish étaient-ils si nombreux à présent qu'ils fussent obligés de tenir leur marché le samedi *et* le vendredi ? Ces gens étaient prolifiques, il le savait. Ils avaient repris une longue rangée de fermes de l'autre côté de la rivière, il avait remarqué ça, l'an dernier. Comment se débrouillaient-ils aussi bien alors qu'un agriculteur du comté sur deux liquidait ses champs pour s'acheter une maison dans un lotissement et chercher du travail en usine ? Il était sûr que les amish ne s'endettaient pas jusqu'au cou avec des histoires de produits chimiques et de matériel – ce qui les avantageait injustement, supposait Garnett. Ah zut ! Il venait de brûler un stop en appuyant sur le frein un poil trop tard, mais pas de casse : la voiture l'avait évité. Pendant un bon moment, il s'était posé des questions sur ces fermes au bord de la rivière, inaccessibles en voiture, et qu'on atteignait seulement à pied par des ponts tournants, longues passerelles en planches équipées de leurs seuls câbles pour rambardes. Il fallait avoir du courage pour franchir quotidiennement ce gouffre. Il s'était demandé comment diable on se débrouillait pour réparer sa télévision ou le réfrigérateur de sa femme, voire son tracteur, dans ces fermes-là. Ce à quoi Les Pratt, laconique, lui avait répondu : « Ce sont des amish. »

Il fit le tour et inspecta une fois de plus le marché amish. Il était tentant de s'y arrêter. Il s'y rendait presque tous les samedis avant que Nannie s'y pointe avec ses pommes ou, en début de saison, comme maintenant, avec son miel de fleurs de pommier, ses petites plantes aromatiques et on ne sait trop quoi à vendre. Il ne semblait pas indispensable de faire partie de la communauté amish, laquelle partageait l'espace avec Nannie et une poignée d'autres fermiers venus de l'autre bout du comté. L'unique règle à respecter était que tout devait être « biologique ». Les amish n'utilisaient pas de pesticide, ce qui semblait parfaitement logique à Garnett si c'était en rapport avec leur religion. Mais la présence de Nannie parmi eux avait réglé la question : impossible d'y mettre les pieds depuis qu'elle était là, car désormais c'était le tout *Biologique* avec un grand B et l'horripilante notion de paisible satisfaction de soi qui lui était liée. Alors ! Fini l'arrêt du samedi matin pour acheter une délicieuse tourte et traîner un peu parmi ces innocents jeunes gens aux impeccables empilements de légumes, conserves et lapins. Ils lui manquaient, constata-t-il tristement, saisi du même petit pincement que lorsqu'il repensait au visage de son garçon à l'époque de son enfance innocente – son propre fils, pieds nus, avec sa canne à pêche et ses terribles bêtises encore à venir. Il s'ennuyait de ne pas entendre ces enfants lui compter sa monnaie avec un accent vaguement étranger pendant qu'il regardait en douce leurs pieds tout calleux à force d'aller sans chaussures à longueur d'été. Il savait que les amish n'envoyaient pas leurs enfants à l'école et, par principe, il désapprouvait ce qu'ils appelaient leur « simplicité en Dieu » (de la pure arriération, en réalité). Pourtant, il avait un faible pour ces garçons et ces filles, et se demandait pourquoi les adultes les expédiaient vendre à leur place. Étaient-ils occupés ailleurs en ville, à faire les rares petits achats dont ils devaient sûrement avoir besoin ? (Un râteau, un peu de pétrole, des affaires de ce genre, imaginait-il.) Pensaient-ils que les enfants étaient leurs représentants les plus indiqués ? Était-ce dans le but de susciter la sympathie ? Cela semblait en contradiction avec leurs habitudes de réclusion, pensa Garnett, de laisser ces enfants venir en ville voir d'autres familles se déverser de leurs grosses voitures familiales, d'autres enfants s'amuser avec leurs baladeurs ou avec les jeux électroniques qu'ils avaient tous en poche aujourd'hui pendant que leurs mères tâtaient distraitement les melons – qu'apprenaient-ils à désirer, ces petits amish, qu'ils ne pourraient jamais posséder ?

À mi-hauteur d'un bloc d'immeubles en amont du marché, il ralentit et gara son pick-up sur un emplacement de parking le long de la rue. Il resta un instant assis, réfléchissant à ce qu'il allait faire. Il pouvait aller s'acheter un gâteau. Ils avaient les meilleurs qui soient. Aux pommes, aux cerises, et de la tarte à la mélasse. Mais bon sang, où était donc Nannie Rawley ? Son camion était là et, devant, il y avait une table avec ses spécialités, des bricoles dans lesquelles elle se lançait quand les pommes n'étaient plus de saison : de la citronnelle, des sachets de lavande, des fleurs séchées – ce genre de choses qu'il jugeait si futiles qu'il en était gêné rien que de les voir. Où était-elle donc ?

Il décida d'aller à pied jusqu'au bout du pâté de maisons et de faire ses courses chez Little Brothers. Au retour, si l'horizon était libre, il s'offrirait une pâtisserie. Il essaierait de retrouver un certain garçon dont il avait le souvenir, avec sa coupe de cheveux en brosse et ses lapins en cage. Il avait échangé quelques propos avec ce petit jeune et lui avait prodigué des conseils en matière de volaille. Ezra, il s'appelait. À moins que ce ne soit Ezékiel ?

D'un cœur léger et ferme, Garnett grimpa les marches de béton qui menaient chez Little Brothers, mais à partir de là les choses allèrent moins bien. Immédiatement, au moment d'entrer, Dink Little l'ayant salué par son nom, il se rendit compte qu'il avait oublié sa liste. Il tapota la poche de sa chemise, prêt à la sortir avec panache en réponse au prévisible « Et qu'est-ce qu'il vous faudra aujourd'hui ? » de Dink. Puis il tapota l'autre. Évidemment, il avait changé de chemise.

« Je vais me contenter de faire un petit tour, Dink », répondit Garnett, espérant pouvoir reconstituer sa liste dès qu'il apercevrait un des articles sur une étagère. Mais il ne voyait rien de ce dont il avait besoin. Avec son odeur de moisi, la boutique, haute de plafond, ressemblait soudain plus à un grenier qu'à un espace commercial : des seaux galvanisés empilés en hauteur penchaient d'un côté et de l'autre, des balais à franges s'appuyaient paresseusement contre les étagères pleines de cire à parquet. Des montagnes de gants de travail verts se tendaient vers lui telle une horde de mains coupées. En s'avançant de guingois autour d'une exposition de tondeuses en solde, il se heurta le crâne à la pancarte suspendue au-dessus qui était si énorme et bariolée qu'il fut pris de migraine avant même de l'avoir lue (SOLDES DE JUIN : RABAIS DE 10 % SUR TOUTES LES MARQUES DE TONDEUSES : TORO ! GREEN MACHINE ! VORACE ! JOHN DEERE !). Garnett en fut tellement ébranlé que c'est à peine s'il put garder l'équilibre. Ayant aperçu une brouette à l'autre bout d'une travée, il se dirigea vers elle, juste pour se mettre à l'abri des regards, loin de la porte et de la caisse, afin de pouvoir réfléchir.

En prenant tout son temps, il se souviendrait. Du désherbant, bien sûr ! Du Roundup, un bidon de concentré. Il faillit éclater de rire. Tout lui revenait : le Roundup, le malathion et les marqueurs pour les arbres qu'il était inutile d'acheter puisqu'il lui en restait dans la grange.

« Ça fait quoi comme bruit ? Ça couine, ça bourdonne ? Parce que quand l'engrenage saute c'est ça que ça donne. » À hauteur de la caisse, un des frères bavardait avec une cliente. Ce devait être le Gros ou Marshall. Dink, lui, stationnait toujours près de la porte.

« À vrai dire je ne l'ai même pas entendue, répondait la cliente. J'ai eu à peine le dos tourné qu'elle s'est mise à dévaler jusqu'en bas de la pente. »

Du désherbant et du malathion. Il reluqua une bouteille de malathion sur une étagère à mi-chemin de la travée, une fois dépassés les seaux galvanisés. Bien que sous forme de vaporisateur et ne correspondant pas à la taille dont il avait besoin, il alla s'en saisir histoire de se donner une contenance. Il n'était qu'un vieil homme perdu dans une quincaillerie, incapable de déchiffrer les petits caractères de tout ce qu'il examinait ; il lui fallait s'armer de courage. Qu'est-ce qu'il y avait d'autre sur la liste ?

« On les fait pas plus grosses que ça, ni plus mauvaises. Un monstre, il faut me croire sur parole, disait la cliente.

– Le Gros, il s'y connaît question *monstruosité*, dit Marshall.

– Voyons, messieurs, vous n'écoutez pas ce que je vous dis », dit timidement la voix.

Les frères rirent de bon cœur, mais celui de Garnett eut un raté. Il connaissait cette voix. Dieu du ciel, était-il destiné à endurer les souffrances de Job ? C'était Nannie Rawley.

Garnett s'immobilisa à côté de la brouette en bout de travée, l'oreille tendue. Comment se faisait-il qu'elle soit là alors que dix minutes plus tôt elle vendait ses babioles au marché amish ? Ne serait-elle pas une de ces sorcières unitariennes qui tournaient autour d'Egg Fork à toute vitesse sur un manche à balai ? Il se pencha en avant et risqua un coup d'œil derrière une pile de seaux galvanisés, cherchant des yeux une issue. Il n'avait qu'à partir, retourner à la maison chercher sa liste et revenir une demi-heure plus tard. Il serait toujours temps d'aller prendre son repas de poisson après. Pinkie ne fermait pas avant quatre heures.

Mais il n'y avait pas moyen de sortir. La caisse était située près de la porte d'entrée, et c'était là qu'elle se trouvait, en train de tenir sa cour et de raconter ses petites histoires grotesques à Dink, au Gros et à Marshall. Il faillit se boucher les oreilles tant cette voix lui était insupportable. Si irrésistible qu'elle pût paraître en ce moment même aux nonchalants Little Brothers, qui ricanaient comme une bande d'hyènes.

« Oh non ! Pas une vorace ! s'écria l'un d'entre eux.

– Si, si, une vorace », répondit-elle, sur un ton à la fois indigné et amusé.

Garnett s'assit dans la brouette et se prit la tête à deux mains. C'en était trop. Ça dépassait même tout ce qu'il pouvait attendre de Nannie Rawley, qui, de manière générale, se targuait d'avoir au minimum la décence de ne pas colporter les ragots.

« Vrai, il aurait fallu que je le voie pour le croire », dit Marshall, pratiquement plié en deux de rire.

Comment pouvait-elle faire ça à Garnett, son brave voisin ? Comment osait-elle le ridiculiser en public avec cette histoire de tortue ? Alors que tout ça c'était sa faute !

« Mais c'était sa faute à elle », dit-il faiblement, trop faiblement pour qu'on l'entendît, depuis sa posture peu digne dans la brouette. « À cause de ses mauvaises herbes. »

Ils brayaient encore comme des ânes en enregistrant ses achats – fallait-il trois frères Little pour encaisser un foutu achat ? Ils se comportaient comme des écoliers, se mettant en quatre autour d'elle comme si elle avait été une reine de beauté au lieu d'une vieille peau médisante en jupe de calicot. Elle tenait la ville entière sous sa coupe. Et voilà maintenant qu'elle leur demandait conseil sur du matériel de couverture ! Cette torture ne finirait-elle jamais ? Apparemment, cette femme avait l'intention de rester à flirter là toute la journée, jusqu'à ce que Pinkie's Diner ferme et que les poules aillent se percher.

Garnett allait devoir passer devant eux. Cela devenait clair. Soudainement, il se sentait réduit à s'imaginer bien à l'abri, chez lui, devant sa table de cuisine en train de lire la rubrique agricole du journal. C'était là qu'il avait envie d'être, plus désespérément qu'il n'avait souhaité amour et honneurs sur cette terre, ou ailleurs : chez lui. Il n'irait même pas chez Pinkie. Ça ne valait plus le coup maintenant. On avait beau y servir à manger « à volonté » : il avait perdu l'appétit.

Garnett se leva et se dirigea vers la porte, son pulvérisateur de malathion devant lui pour dégager la voie. Ils se retournèrent, les yeux ronds, pour le regarder passer, sans un mot, digne comme la justice, devant le comptoir.

« Oh, monsieur Walker ! » s'écria-t-elle.

Tiens donc, bien le bonjour à toi, pensa-t-il. Te voilà donc prise à ton propre piège, ma vieille bique, toi et tes mauvaises langues d'amis. Que tes péchés t'empêchent de dormir la nuit. Il faillit se cogner de nouveau dans la pancarte des promotions de tondeuses du mois de juin, mais se souvint juste à temps – grâce à Dieu – de se baisser.

Il retrouva son pick-up et ce n'est qu'au bout de deux pâtés de maisons après le marché amish que son cœur s'arrêta de lui marteler les oreilles. Il avait dépassé le Black Store, à mi-chemin de la grand-route en direction de chez lui, quelque part devant la façade de la ferme de Nannie Rawley, quand il lui vint à l'esprit que la tondeuse de sa voisine était de marque Vorace. Cette fameuse tondeuse dont il savait qu'elle lui donnait du souci, et qu'elle l'avait achetée chez Little Brothers. Une Vorace.

Il fut garé dans sa propre allée avant même d'avoir réalisé qu'il était parti sans payer son flacon de malathion.

10
Un amour de papillon de nuit

Les hirondelles décrivaient des boucles, plongeaient dans la grange, piquant depuis leurs nids perchés dans les chevrons à travers l'ouverture de la porte pour ressortir, dans le soir d'un violet vif où le soleil bas arrachait des reflets à leurs ailes profilées et recourbées. On aurait dit de minuscules avions de combat, furieux de toute intrusion, qui, tels des projectiles, auraient exprimé leur ire par le mouvement. Tous les soirs Lusa se rendait dans la grange pour s'occuper de la traite et, tous les soirs, les hirondelles réagissaient ainsi. Comme certaines personnes, pensait-elle : à court de bon sens, mais d'une ambition illimitée. Le coucher de soleil annulait tous les bénéfices précédents et le monde méritait un nouveau combat quotidien.

Ses pensées s'égaraient dans une sorte de transe tandis qu'elle trayait, regardant les hirondelles de la grange accomplir leurs incessantes courses en ellipse, là-bas, au-dessus de la surface étale du bassin que le coucher de soleil nappait d'une feuille d'or. Soudain, elle sursauta, ce qui fit peur à la vache. Le petit Rickie se tenait dans l'ouverture de la porte, de toute la hauteur de son mètre quatre-vingt-dix-huit.

« Ah ! te voilà, Rickie. Comment va ? »

Il s'avança à grands pas vers l'enclos où elle était assise sur un tabouret, à tirer le lait. En bas, dans la partie cave de la grange où se trouvaient les stalles, le toit était bas. Le petit Rickie en touchait presque les chevrons avec sa tête.

197

« Plutôt bien.

– Bon, très bien. Et tes parents ? »

Rickie se racla la gorge. « Ça va, je pense. Papa m'a fait venir pour te dire qu'on planterait pas le tabac samedi. C'est-à-dire demain, d'après ce que j'ai compris.

– Ah non ? » Elle levait les yeux vers lui. « Pourquoi non ? La terre est en train de sécher. Je suis allée là-bas, dans le champ de tabac, cet après-midi, et ce n'est pas si mal. En fait, je suis passée dire à ton père que tout paraissait en état pour demain, mais il n'y avait personne chez vous. Il me semble que la pluie s'est arrêtée pour de bon. »

Rickie paraissait avoir plus envie de se trouver ailleurs dans le comté que dans cette grange à discuter avec Lusa. Un trait de famille. « Ben, oncle Herb a dit qu'il avait énormément de travail avec ses veaux. Quant à papa, il a dit que, de toute façon, t'avais pas l'air plus intéressé que ça qu'on vienne te planter ton tabac. C'est ce qu'ils ont raconté.

– Ah ! je vois. Il faudrait que je descende leur présenter des excuses pour avoir inconsidérément essayé de me débrouiller seule, et les supplier à genoux de venir planter mon tabac. » Elle voyait bien qu'on était en train de la punir : le tabac avait été *leur* idée et, maintenant, ils la retournaient contre elle. Lusa posa ses mains tremblantes sur les genoux pour s'obliger à retrouver son calme. Sa colère soudaine avait suffisamment perturbé la vache pour l'empêcher momentanément de donner du lait. Il n'y aurait rien tant qu'elle ne se laisserait pas faire de nouveau. Les vaches enseignaient la patience.

Rickie haussa les épaules à l'intérieur de sa veste en jean, ce mouvement particulier aux adolescents qui tentent de s'accommoder de leur corps d'adulte. Elle n'aurait pas dû dire ce qu'elle pensait devant ce gosse, réalisait-elle ; il devait d'ores et déjà la prendre pour une folle. Une *rouquine*, comme disait Cole. Le jeune homme fixait Lusa d'un œil inquiet tout en secouant une cigarette hors de son paquet pour l'allumer. Puis, se ravisant, il lui tendit le paquet, mais elle fit non de la tête.

« Non merci, je ne fume pas. Ce qui est considéré comme un délit dans cette région, je suppose. »

Il passa une main à travers son épaisse chevelure noire. « Je pense pas que papa et les autres voudraient que tu te mettes à genoux pour les supplier, ou quoi.

– Non, répondit-elle. Je suis désolée d'être aussi désagréable. Je ne parlais pas sérieusement.

– N'importe comment, ça changerait rien si tu le faisais, parce que papa a pas réussi à avoir les plants de chez Jackie Doddard. Il en reste probablement plus un seul dans tout le comté à présent. À ce que je crois.

– Très bien, alors c'est réglé. Mes lauriers sont coupés. »

Elle reprit le pis de la vache en main et le manipula avec douceur pour le soumettre. Il n'y avait aucun bruit dans la grange hormis le tintement du filet de lait contre le seau de métal et les gouttes syncopées, au son détrempé, qui tombaient des solives saturées d'eau, là où le toit avait fui. Chaque goutte rappelait à Lusa l'argent nécessaire pour réparer la grange, argent qu'elle n'avait pas et ne gagnerait plus maintenant, faute de tabac.

« Y a des fuites, dit Rickie en levant les yeux.

– Il y en a pour trois mille dollars, je pense. Peut-être plus, une fois qu'elles auront gagné ces poutres pourries du toit.

– Le foin va se gâter.

– Oh ! il ne faut pas s'en faire pour ça. Je n'en aurai sans doute pas de fauché ni de rentré dans la grange cet été. La botteleuse est détraquée et il va sans doute falloir rendre le tracteur. J'étais en train de me dire que j'allais laisser les vaches manger de la neige cette année. »

Le petit Rickie la regardait fixement. Sa grande carcasse témoignait de ses dix-sept ans décontractés mais son visage paraissait plus jeune. Qu'est-ce qu'il lui prenait, pourquoi déversait-elle son ironie grinçante sur ce gamin ? Il n'était que le messager. Et elle lui tirait dessus.

« À propos, dit-il. Je suis vraiment triste pour toi, tu sais. Pour oncle Cole.

— Merci. Moi aussi. » Elle poussa un lent soupir. « Ça ne fait même pas un mois. Vingt-sept jours. J'ai l'impression que ça fait vingt-sept ans. »

Il reprit sa position contre l'un des massifs poteaux de châtaignier qui soutenaient l'étage de la grange. Là-haut, où l'on suspendait le tabac, la grange était imposante comme une cathédrale, alors qu'en bas où séjournaient les bêtes c'était amical et clos, avec de bonnes odeurs mêlées de grain, de fumier et de lait.

« Oncle Cole et moi, on allait pêcher ensemble. Il t'a jamais raconté ça ? On se sauvait tous les deux de l'école et on allait pêcher la truite dans la montagne. Bon sang que c'est beau là-haut ! Il y a des arbres qui sont tellement grands qu'on tombe carrément à la renverse rien que de les regarder.

— Vous avez fait l'école buissonnière ensemble ? » Lusa réfléchissait. « Quand tu étais en primaire, Cole était encore au lycée. Je n'y aurais jamais pensé. C'était ton copain alors. Une sorte de grand frère.

— Ouais. » Rickie baissa les yeux pour regarder où tombait sa cendre de cigarette. « Il me racontait toujours des trucs. Comment baratiner les filles et tout ça. »

Lusa éleva la paume d'une main à la hauteur d'un œil et se détourna, surprise de pleurer devant Rickie. « Ouais. Ça, c'était une chose qu'il savait faire. »

La vache meugla, petite protestation dans le silence qui dégouttait. Son veau, qui était dans la stalle voisine, se mit immédiatement à gémir, comme s'il venait juste de prendre conscience qu'on le privait injustement de sa ration de lait.

« Tu fais la traite, hein ? nota Rickie.

– Ouais.

– On dirait que tu te débrouilles bien.

– Cole m'a montré ; il disait que j'avais le coup de main. C'est bête d'être bonne à un truc comme ça, tu ne trouves pas ?

– Pas vraiment. Les animaux, tu sais, ils savent ce qu'il en est. Tu peux pas leur raconter des bobards comme aux gens. »

Le veau à côté meuglait toujours et elle le calma de la voix pour le rassurer : « Tais-toi maintenant, ta maman arrive dans une minute. » Il s'apaisa et Lusa se remit à l'œuvre. Ce travail était apaisant. Parfois elle se sentait gagnée par l'état mental de sa vache jersey – un humble émerveillement, sans surprise, devant le fait d'être toujours là, dans cette grange, à la fin de chaque journée. Lusa appréciait vraiment cette compagnie. Elle avait été tentée de donner un nom à la bête jusqu'à ce que Cole lui eût fait remarquer qu'ils allaient manger son petit.

« L'oncle Herb et sa laiterie ? Lui et ses vaches, c'est comme l'huile et l'eau, à ce qu'il dit. Il fait toute sa traite à la machine. Il branche la vache à la pompe et vas-y que je te la vide.

– Eh ben ! La pauvre bête.

– Je suis pas sûr que ça leur fasse de l'effet. C'est que des vaches.

– C'est vrai.

– Combien de fois par jour tu lui tires son lait ? Deux fois ?

– Je ne le tire qu'une fois, crois-moi si tu veux. C'est même plus que je n'en ai besoin à présent. Avant que tu ne te présentes à la porte, j'étais en train de me dire que ce serait ma dernière traite.

– Ah ouais ?

– Ouais. Demain, je mets cette petite et son veau au pré pour que tout le lait aille dans l'estomac pour lequel il a été prévu. Ça ne réussit pas au mien.

– Tu n'aimes pas le lait, c'est ça ?

– C'est lui qui ne m'aime pas. Je faisais ça pour Cole parce qu'il aimait la crème fraîche. J'aime bien faire du yaourt, du *laban zabadi* – ça va me manquer. Mais j'ai congelé suffisamment de beurre et de fromage pour que ça me dure tout l'hiver, et le lait frais, je n'en ai tout simplement pas besoin. À moins que tes parents n'en veuillent ?

– Ben non, on en reçoit cinq litres par jour de l'oncle Herb. Et on le boit. Moi surtout.

– C'est bien, tu as raison. On ne m'a pas élevée au lait comme vous l'avez été. » Lusa avait terminé. Elle détacha le montant pour libérer la tête de la vache et la fit reculer avec précaution. La vieille jersey, docile, se dirigea droit vers la stalle qui retenait son veau et Lusa la laissa y pénétrer, en administrant sur son vaste flanc une bonne claque d'adieu. Elle se trouvait ridicule d'avoir les larmes aux yeux.

« Ouais, maman a dit que tu étais… quelque chose.

– Elle trouve que je suis "quelque chose", vraiment ? C'est gentil. » Lusa épousseta son jean et secoua les brins de foin sur les pans de sa chemise de travail blanche, souillée, qui lui arrivait jusqu'aux genoux. C'était une des chemises de Cole, passée par-dessus un T-shirt de velours rouille dans lequel elle s'était sentie jolie autrefois.

« Non, je voulais parler question nationalité.

– J'avais compris ce que tu voulais dire. Rickie, tout le monde a une nationalité.

– Pas moi. Je suis juste américain.

– C'est pourquoi tu portes un fanion des "Rebelles" sur le pare-chocs de ton camion ? Parce que les confédérés ont tenté de faire sauter le gouvernement américain, tu sais.

– Un Américain du Sud, alors. Et toi, t'es quoi ?

– Bonne question. Américano-arabo-polonaise, je pense.

– Heu. On le dirait pas.

– Non ? J'ai l'air de quoi d'après toi ? » Elle se tenait sous la lumière, les bras tendus de toute leur longueur sur les planches de la stalle. Ses cheveux étaient frisés et en bataille dans toute cette humidité, formant un halo blond cuivré autour de son visage, sous la lumière crue. De minuscules papillons de nuit blancs traçaient frénétiquement des cercles autour de l'ampoule au-dessus de sa tête. Rickie l'examinait poliment.

« T'as l'air d'une Blanche, dit-il.

– Les parents de maman étaient palestiniens et ceux de papa étaient des juifs de Pologne. Je suis le mouton noir de ta famille et, malgré tout ça, je bronze comme personne. C'est juste pour te montrer, Rickie, que l'habit ne fait pas le moine.

– J'ai entendu maman et tante Mary Edna qui parlaient de ça, que tu appartenais à une autre des religions chrétiennes.

– J'imagine bien la conversation. » Elle saisit la bêche à tête plate pour nettoyer le sol de la laiterie, mais Rickie la lui prit des mains, en s'excusant de l'avoir heurtée à l'épaule. Elle ne savait jamais comment interpréter ces jeunes de la campagne – à la fois mal embouchés et polis, un mélange insondable. Il racla le fumier en petit monticule et le transporta, une pelletée à la fois, jusqu'au gros tas qui était juste à l'extérieur de la porte.

« Ça n'avait rien de méchant pour toi, tante Lusa », dit-il depuis l'obscurité, la faisant sursauter. Cela faisait si longtemps qu'elle n'avait pas entendu prononcer son nom. Vingt-huit jours, exactement. Personne d'autre dans la famille ne le disait jamais. Rickie revint en se baissant dans l'espace de traite brillamment éclairé. « C'était juste une fois quand elles parlaient de ce qui se passerait si oncle Cole et toi aviez des enfants. C'était avant…

– Qu'il meure. Quand on avait encore le choix de faire des gosses.

– Ouais. Je pense qu'elles se demandaient, tu sais bien, comment ça marcherait du côté église. Ça aurait été difficile pour ces gosses. »

Elle prit le seau ainsi que la serpillière dont elle se servait pour nettoyer les mamelles de la jersey et fixa le couvercle sur le seau en acier inoxydable qui servait pour la traite. Le bord en était tiède.

« Ça n'a pas été trop dur pour moi d'être un mélange, dit-elle. Je t'accorde qu'on n'était pas vraiment religieux ni d'un côté ni de l'autre. Papa détestait son père et avait d'une certaine façon tourné le dos à la religion. Et je ne suis pas une bonne musulmane, c'est certain. Si je l'étais, tu me verrais me tourner – elle pivota lentement dans le cellier de la grange, vers l'est – de ce côté-là et me prosterner pour prier cinq fois par jour.

– Tu prierais en direction du poulailler ?

– De La Mecque.

– C'est où, ça, en Caroline du Nord ? »

Elle éclata de rire. « En Arabie saoudite. C'est là qu'est né le prophète Mahomet, alors tu expédies tes prières dans sa direction. Mais il faut aussi se laver les mains avant de le faire. »

À présent, Rickie avait l'air amusé. « Tu te laves les mains avant de prier ?

204

– Écoute, tu n'as jamais vu de musulman religieux. Tu es supposé toucher ni à l'alcool ni aux cigarettes, et les femmes se couvrent entièrement, tout, à part les yeux. » Elle tint ses mains devant son visage, regardant entre ses doigts. « Si un homme entrevoyait le pied d'une femme, ou même les contours de son corps, ça le conduirait à avoir des pensées impures, tu comprends ? Et tout serait la faute de la femme.

– Ben, mince alors, c'est dur. Et moi qui trouvais que tante Mary Edna était dure. Et tu y crois à ça ?

– Est-ce que tu m'as regardée ? Non, maman n'a même jamais porté le voile. Ses parents étaient déjà bien occidentalisés quand ils ont quitté Gaza. Mais j'ai des cousines qui y croient.

– Ah ouais ?

– Ouais. La version américaine, c'est le foulard avec l'imperméable long. Je devais toujours m'habiller comme ça quand nous nous rendions à la mosquée avec les parents de maman, à New York. »

Ses yeux s'élargirent. « T'as été à New York ? »

Elle se demanda comment il s'imaginait la ville. Aussi loin de la réalité que cette grange pour ses cousins du Bronx. « Une centaine de fois, dit-elle. Mes parents venaient tous les deux de là-bas. On s'arrangeait toujours pour y retourner à l'occasion des fêtes de famille. Je crois qu'en matière de religion papa et maman s'étaient entendus pour ignorer tout ce qui était culpabilité et châtiment, et ne garder que les célébrations. Les fêtes, quoi. » Lusa souriait en pensant aux cousins, à la musique et aux danses effrénées parmi les chaises longues dans la petite arrière-cour, des festivals d'amour et d'intégration. « J'ai grandi en mangeant la meilleure nourriture que tu puisses imaginer.

– Heu. Je pensais que les gens qui ne croyaient pas en Dieu se contentaient en gros d'adorer le diable ou autre.

– Mais enfin, Rickie ! » Elle eut un rire las et dut se rasseoir sur son trépied. « Tu n'as pas l'impression qu'il existe un ou deux autres choix possibles entre les deux ? »

Il haussa les épaules, embarrassé. « Ben, sans doute. »

C'était à elle de réagir, sûrement, de secouer ce garçon et de le renvoyer chez lui. Et puis quoi ? Attendre que Cole revienne pour qu'il l'explique, elle, à toute sa famille ? Elle avait mal dans tout le corps d'avoir à supporter une telle solitude. Personne n'allait s'en charger pour elle. Elle serra ses mains jointes entre ses genoux et leva les yeux vers lui. « Qui ne croit pas en Dieu, d'après toi ? Les juifs croient en Dieu. Les musulmans croient en Dieu. À vrai dire, la plupart des juifs et tous les musulmans que je connais passent davantage de temps à penser à Dieu que vous ne le faites par ici. Et certainement moins de temps que vous à cancaner à l'église.

– Mais d'autres dieux, non ? Pas le vrai, pas le nôtre.

– Si, le vôtre. Exactement le même Dieu. Son nom, c'est Jéhovah, en principe ; et les trois religions coïncident là-dessus. Ce n'est qu'une simple histoire de désaccord à propos du fils qui a – ou n'a pas – hérité des biens de famille. Toujours la même histoire, la même vieille histoire.

– Heu, fit-il.

– Sais-tu que la plupart des gens à travers le monde ne sont pas chrétiens, Rickie ?

– Oh, c'est vrai ? » Il souriait en coin comme un écolier qui cale sur une question compliquée. Puis il alluma une autre cigarette pour retrouver sa dignité, les sourcils haussés d'un air interrogateur pour s'assurer qu'il pouvait le faire.

« Bien sûr, vas-y.

– Est-ce que tu peux dire quelque chose en juif ?

206

– Mmm. Tu veux sans doute dire en yiddish. Ou en polonais.

– Ouais, quelque chose dans une langue.

– Entre le yiddish et le polonais, je ne suis pas bonne à grand-chose. Ma *bubeleh* vivait avec nous avant de mourir – la mère de mon père, mais elle était, disons, mise à l'index. Papa l'empêchait de parler autrement qu'en anglais à la maison. Attends un peu, laisse-moi réfléchir. » Elle se répéta la phrase en esprit, puis récita à haute voix : « *Kannst mir bloozin kalteh millich in too-chis*.

– Qu'est-ce que ça veut dire ?

– "Tu peux toujours me souffler du lait froid dans le cul." »

Il éclata d'un grand rire. « Non ! c'est ta grand-mère qui t'a appris ça ?

– C'était une vieille femme en colère. Son mari s'était sauvé avec la dame du vestiaire dans une boîte de nuit. Tu devrais me demander de l'arabe, ma mère m'a appris une foule de choses.

– D'accord, tu m'en dis une ?

– *Ru-uh shum hawa*. Ça veut dire : "Va respirer le vent." Fous le camp, autrement dit.

– *Rooh shum hawa* », répéta-t-il, avec un accent épouvantable, mais Lusa fut touchée de sa bonne volonté. D'avoir la gentillesse de rester là à parler avec elle d'un univers qui lui était étranger.

« Ouais, c'est presque ça, dit-elle. C'est très bien. »

Rickie eut un petit sourire. « Alors, dit-il en soufflant sa fumée, vous aviez d'autres Noëls ? Vous receviez des cadeaux, des trucs ?

– D'autres Noëls, d'autres Pâques. Ouais. Ce n'était pas tant une affaire de cadeaux que de nourriture. Le ramadan, ça dure tout un mois pendant lequel tu ne manges rien de la journée, sauf la nuit.

– Tu rigoles ? Toute la journée sans rien ?

– Oui. Mais on ne le faisait pas. Je me contentais de sauter le petit déjeuner et d'essayer d'être sage pendant un mois. Le meilleur moment c'est à la fin, quand tu as cette fête géante pour compenser tout ce que tu n'as pas mangé ce mois-là.

– Comme à Thanksgiving ?

– Bien mieux que ça. Ça dure trois jours. Sans compter les restes à finir.

– Ben alors. Une vraie ripaille de cochons.

– Plutôt de chèvres, à vrai dire. Ma famille ne touchait pas au porc, des deux côtés – juifs et musulmans sont d'accord là-dessus. Mais nous aimons la viande de chèvre. Les gens croient que l'agneau est typique du Moyen-Orient, pourtant la véritable tradition c'est le *qouzi mahshi*, le chevreau de lait. Maman et moi allions toujours rendre visite aux cousins arabes pour l'Id al-Fitr, à la fin du ramadan, et ils rôtissaient un chevreau au-dessus d'une fosse géante creusée dans leur arrière-cour. Et puis il y a une autre fête, quatre mois plus tard, l'Id al-Adha, qui demande une chèvre encore plus grosse.

– Je crois pas que j'aimerais la viande de chèvre.

– Non ? Tu en as déjà mangé ?

– Nnnon.

– Alors, tu ne sais pas ce que tu rates. Le *qouzi mahshi*, muummm. C'est comme du bon veau, tendre, meilleur même. »

Il eut l'air d'en douter.

« Hé dis donc, Rickie, c'est pas toi qui aurais élevé des chèvres ? Qu'est-ce que c'est que ces drôles de bêtes à cornes que j'ai vues derrière chez toi ?

– Oh ça, c'était un projet du club Four-H *.

* The Four-H Club *(head, heart, hands and health)*, association américaine destinée à parfaire l'éducation des jeunes des villes et de la campagne. (*N.d.T.*)

– Et vous n'avez pas mangé votre projet, au bout du compte ?

– Non. Elles étaient simplement là pour empêcher les mauvaises herbes de pousser, je pense.

– Théoriquement, on les élève pour le lait ou pour la viande ?

– Elles sont destinées à l'abattoir. L'idée de départ était de les vendre à la foire d'État, avant qu'elles atteignent les vingt kilos, quelque chose comme ça. Des juges leur tâtent les côtes, la croupe et tout et ils vous donnent une note.

– Est-ce que tes chèvres ont été à l'honneur ?

– Elles étaient plutôt belles. Mais impossible de vendre des chèvres dans le coin. Putain, on n'arrive même pas à en faire cadeau. Je le sais parce que j'ai essayé.

– Pourtant, j'en ai vu partout. Ici, dans le comté, j'entends.

– Eh ben tu vois, à un moment donné il y a eu cette folie d'élevage de chèvres à viande, au Club agricole. M. Walker incitait les gens à s'y mettre, je sais plus trop pourquoi, et voilà que maintenant la moitié des champs du pays sont pleins de chèvres que les gens arrivent même pas à donner.

– Heu, dit Lusa. Qui est ce M. Walker ?

– C'est plus ou moins un oncle ou un cousin à nous. Par alliance.

– Tout le monde à seize miles à la ronde est plus ou moins en famille avec vous.

– Ouais, mais M. Walker, c'est lui le conseiller en matière de bétail pour le club Four-H. Ou du moins il l'était quand j'étais gamin. Il est sans doute à la retraite à présent. C'est lui qui est propriétaire de la ferme pleine de mauvaises herbes, là-bas, qui donne sur la 6. Il fait pousser des châtaigniers, d'après ce que j'ai entendu dire.

– Les châtaigniers sont tous morts il y a cinquante ans, Rickie. Le châtaignier d'Amérique a disparu à cause d'une maladie cryptogamique.

– Je sais bien, mais les gens racontent que c'est ça qu'il fait pousser. Je sais pas. Il en connaît un rayon sur les plantes. Tout le monde dit qu'il aurait dû devenir conseiller horticole plutôt que de s'occuper de bétail. C'est à cause de ça qu'il a fait faire des petits à toutes ces chèvres.

– Heu, dit Lusa. Tu crois qu'il m'aiderait à trouver une chèvre ou deux à bon prix pour une fête ? Bon sang, j'inviterais même ta maman et tes tantes, et je scandaliserais la famille avec du *qouzi mahshi* et de l'*imam bayildi*.

– Qu'est-ce que c'est que ça ?

– De la nourriture pour les dieux, Rickie. De la chèvre rôtie et des légumes farcis au four. En réalité, *imam bayildi* veut dire : "L'empereur s'est évanoui." Ce que ferait ta tante Mary Edna si elle voyait cette bête la regarder depuis le milieu de la table en noyer de sa mère. »

Rickie éclata de rire. Il riait merveilleusement, la bouche grande ouverte, découvrant jusqu'à ses molaires. « T'as pas besoin de M. Walker pour te trouver une chèvre. T'as qu'à simplement mettre une petite annonce dans le journal : "Cherche chèvres gratuites, à livrer sur place." Je te jure, tante Lusa, tu regarderais par la fenêtre le lendemain matin et tu verrais une centaine de chèvres occupées à brouter ton herbe.

– Tu crois ?

– Je te jure.

– Très bien, elles empêcheraient les chardons et les bruyères d'envahir les champs à fourrage. Je pourrais me débarrasser de mes vaches. Et puis je n'aurais pas à apprendre à faire marcher la débroussailleuse.

– Il est de fait qu'elles empêcheraient les bruyères de remonter. Elles mangent pas beaucoup de foin non plus ; elles peuvent se contenter de ronces, la plus grande partie de l'hiver.

– Sans rire ? Et comme ça, je n'aurais pas à me servir de la botteleuse ni à entasser les foins ? Ça, c'est la meilleure que j'aie entendue de la journée.

– T'as quand même besoin d'un peu de foin, dit-il, prévoyant. Pour quand il fera mauvais. Mais pas tant que ça. » Il alluma une autre cigarette avec celle qui brûlait toujours. Elle marcha vers lui et lui prit le paquet des mains.

« Je peux essayer ?

– Vas-y. Ça te donnera le cancer.

– Je crois bien avoir entendu parler de ça. » Elle eut un petit rire sans joie, scrutant l'ouverture du paquet. « Je vais te dire, m'accrocher à quelques années de plus au-delà de soixante-dix ans, ce n'est pas ma priorité en ce moment. Étant donné les circonstances. » Elle en sortit un cylindre blanc et le regarda pensivement. Ça sentait comme Cole. « La perspective de tenir jusqu'à trente ans me laisse froide, à te dire la vérité.

– C'est comme ça que les gamins du lycée voient les choses. C'est pourquoi on fume tous.

– Intéressant. » Elle mit la cigarette à sa bouche et se pencha vers son briquet, qu'il écarta pour la taquiner.

« C'est vraiment la première fois ?

– Ouais. Tu es en train de pervertir une vieille dame. » Elle essaya de tirer sur la cigarette, mais sa gorge regimba et elle toussa. Rickie se mit à rire. Elle agitait une main devant son visage. « Je ne suis pas douée pour ça, manifestement.

– Ça pue comme tout. Tu devrais pas t'y mettre, tante Lusa. »

Elle rit. « Tu es gentil, Rickie. Merci de veiller sur moi. »

Il croisa son regard l'espace d'une seconde. C'était un très beau garçon, une combinaison réussie alliant le teint mat de son père et la prestance des Widener. Lusa fut saisie et en même temps mortifiée de l'imaginer poitrine et bras nus, tenant sa tête serrée contre lui. Était-elle en train de perdre ses esprits ? Était-ce l'abstinence, la folie ou quoi ? Elle jeta un coup d'œil à ses tennis.

« Je n'ai pas réellement envie de mourir, dit-elle, en tremblant un peu. Je n'ai pas envie de donner cette impression. Je suis déprimée, mais je pense que c'est normal pour une veuve. On dit que ça passera. Je pensais davantage au fait que si le tabac constitue véritablement la ressource de base de ce comté je ferais mieux de soutenir le projet.

– Mais non, t'es pas obligée. » Il tira une bouffée, produisant de minuscules sifflements avec sa cigarette. Il la regardait du coin de l'œil. « Tante Lusa, j'espère que tu prendras pas ça mal, mais t'as rien d'une vieille dame. Les types à l'école, des copains à moi… Ils t'ont vue chez Kroger et t'ont trouvée vachement bandante.

– Moi ? » Elle devint cramoisie.

« Sans vouloir te vexer, dit-il.

– Il n'y a pas de mal. Je sais, Cole et toi, vous avez fait l'école buissonnière ensemble et il t'a appris à baratiner les filles. J'oublie toujours que je ne suis pas ta mère. »

Il grimaça un sourire et secoua la tête. « Tu n'es pas ma mère.

– Merci », dit Lusa avec une expression collet monté, se sentant un peu coupable de tous les noms dont elle traitait intérieurement la mère de Rickie : Lois, la femme passée de jeunesse, aux poumons racornis. « Je suis sûre que ta mère est une bien meilleure personne que moi. »

Il eut un recul. « Si tu le dis. Ma mère pense qu'il suffit de pas dire de gros mots, de bien dormir et de tout décorer dans la cuisine avec des petits canards.

– Et comment sais-tu que je ne jure pas par tout ça ?

– J'ai vu ta cuisine.

– Hé, regarde ce que j'arrive à faire. » Elle aspira une petite bouffée de fumée, jouant les vamps, la cigarette pendue au bout des doigts, le bras drapé au-dessus de sa tête. « Quel âge a Lois, si tu ne crois pas que ça l'ennuierait que je demande ?

– Elle… attends que je réfléchisse. » Il levait les yeux au plafond. « Je crois qu'elle a dans les quarante et un, quarante-deux ans. Tante Mary Edna est sacrément plus vieille qu'elle. Elle a quelque chose comme cinquante ans.

– C'est à peu de chose près ce que je pensais. Et Emaline est entre les deux.

– Ouais, tante Emaline est plus vieille que maman. Et tante Hannie-Mavis est plus jeune. Elle n'a pas encore quarante ans. Je le sais parce qu'elle a fait bisquer maman quand elle a eu ses quarante ans.

– Et Jewel, elle a quoi… entre ta maman et Emaline ?

– Non, tante Jewel est la plus jeune. Elle était juste avant Cole, avec deux ans d'écart ou un truc comme ça.

– Jewel ? Tu es sûr ?

– Ouais. Elle est pas si vieille que ça. Ouais, j'étais encore qu'un tout petit gamin pas très malin quand elle s'est mariée – c'est moi qu'étais chargé des alliances. Je me souviens même plus très bien de ça, mais on a des photos pénibles. Heureusement plus personne ne les sort depuis que l'oncle Shel est parti avec sa serveuse.

– Oh ouais, une vraie veine.

– Mince, quel con ! » Il se frappa le front, ce qui fit rire Lusa. Elle se sentait la tête vide à cause de la nico-

213

tine, mais c'était aussi la conversation – et la compagnie – qui l'étourdissait. La dernière fois qu'elle avait parlé autant de temps avec un garçon de dix-sept ans, ce devait sûrement être dans le fond d'une voiture.

Elle se calma un peu, malgré tout, pour repenser à Jewel. Non à cause du départ de Shel, mais à cause de ses trente ans qui en paraissaient cinquante. « Je pensais bien que c'était à peu près ça, qu'elle était plus jeune. Mais ces temps derniers, je me posais des questions. Elle paraît plus vieille.

– C'est tout de même la petite dernière. Maman et eux tous, ils étaient jaloux qu'elle grandisse, à cause de Cole. C'était le chouchou de tout le monde, tu sais ? Et Jewel et lui étaient pratiquement inséparables.

– Oh ! dit Lusa, enregistrant ce dernier détail. Et ensuite je suis arrivée. Alors comme ça, c'est à moi qu'ils se sont tous mis à en vouloir.

– Ils t'en veulent pas, tante Lusa.

– Mais si. Inutile de prétendre le contraire. »

Il la regardait, ayant davantage l'air d'un homme que d'un adolescent à cet instant précis, comme s'il comprenait la douleur. Elle sentit son cœur tressaillir de nouveau, mais ce n'était pas de désir, elle le réalisa, seulement d'une forme d'amour pour celui qu'il deviendrait peut-être un jour. Elle voyait bien comment il se conduirait avec une petite amie, à la fois doux et responsable. Exactement comme Cole à dix-sept ans. Elle s'adossa contre la paroi de la grange à côté de lui, la tête renversée en arrière contre les planches, tous deux faisant face à l'ouverture de la porte et à la nuit. Heureux, le temps d'une minute, d'être simplement là où ils étaient. La surface de la mare était couleur d'orange sanguine.

« Alors, dit-il.

– Alors ?

– Alors, tu fais passer ton annonce. Les gens vont se mettre à arriver pour se débarrasser de leurs chèvres, à commencer par les miennes. Tu peux prendre les deux que j'ai.

– Merci, dit-elle.

– Et puis après ? Qu'est-ce que tu vas faire avec tes cinq cents chèvres ? »

Lusa ferma les yeux, savourant, humant l'odeur de chèvre rôtie. La dernière fois qu'elle avait fêté l'Id al-Fitr – il y avait de ça des années –, sa mère était encore pleine de vie et en bonne santé, une femme à qui Lusa pouvait parler. Avec qui elle pouvait faire la cuisine. Une fête de fin d'hiver, à ce moment-là. Le calendrier musulman grignotait onze jours par an sur celui des chrétiens. Maintenant, Id al-Fitr serait proche de Noël.

Elle ouvrit les yeux. « Rickie. Est-ce que tu peux faire qu'un troupeau de chèvres soient toutes pleines en même temps ? »

Il rougit et elle éclata de rire.

« Pas *toi*, dit-elle, quand elle put parler de nouveau. Je voulais dire : quand on a un troupeau de chèvres et un… comment tu appelles ça, déjà ? Un bouc ?

– On les appelle des biques et des boucs.

– Très bien. Alors, qu'est-ce qui se passe ? Ne rougis pas, Rickie ! » Elle lui donna une tape sur le bras. Il pouffait de rire comme un enfant. « Je cherche à être pratique. Je viens d'avoir une idée. Deux grandes festivités pour la fête de la chèvre s'annoncent en même temps à la fin de l'année. Ce qui veut dire que l'Id al-Adha aura lieu – février, mars – début *avril !* À la même époque que les Pâques orthodoxes et la Pâque. Je n'arrive pas à y croire ! » Elle parlait rapidement, en comptant sur ses doigts et en s'animant toute seule. « Il faut que je consulte un calendrier pour m'en assurer. Combien de temps faut-il pour fabriquer un chevreau ?

– Combien de temps elles portent leurs petits, tu veux dire ? Cinq mois, un petit peu moins. »

Elle comptait sur ses doigts. « Ça fait novembre, c'est parfait ! Un mois pour les engraisser. Est-ce que tu peux obtenir que toutes soient… tu sais bien. Ne rougis pas ! » Elle lissa les pans de sa chemise, prit l'air sérieux et un ton de voix plus grave. « Nous sommes des paysans, Rickie. De fermière à fermier, je te demande conseil. Est-ce que je vais trouver l'étalon idéal pour faire leur affaire à tout un champ de jeunettes à la fois ?

– Hahaha ! explosa Rickie, plié en deux.

– Je te parle sérieusement ! »

Il s'essuya les yeux. « Ben ouais, je pense. Tu peux leur donner des hormones, des machins.

– Non, non, non. Ce sont des chèvres destinées aux festivités religieuses. Pas d'hormones. Est-ce qu'on ne peut pas faire autrement ?

– Ça fait longtemps que j'ai quitté le club Four-H, tante Lusa.

– Mais tu t'y connais en bêtes. Comment ça marche ?

– Je crois que je sais comment ça marche, si t'as des femelles qu'ont jamais été au bouc, tu les flanques toutes ensemble avec lui dans un champ, et elles tombent en chaleur en même temps. J'en suis pas certain à cent pour cent, mais je crois bien que c'est ça. Tu peux téléphoner à M. Walker pour être sûre.

– Génial. Je vais téléphoner à un vieux bonhomme, comme ça, pour l'interroger sur la sexualité des chèvres ! » Rickie et elle s'écroulèrent de nouveau, ce qui fit meugler la vache dans la stalle derrière eux. Lusa tenta de réprimer son rire ainsi que celui de Rickie, mais elle dut se retenir à un poteau pour garder l'équilibre.

« Tiens, mets ça dehors pour moi, dit-elle, lui tendant le mégot de sa cigarette. Avant que je ne brûle complètement ma grange. »

216

Il l'écrasa du talon de son soulier, puis se passa une main dans les cheveux et se redressa. Elle le vit à deux reprises jeter un coup d'œil sur l'ouverture de la porte. Ce n'était plus le soir à présent, mais la nuit, parfaitement noire.

« Il va falloir que tu rentres chez toi, dit-elle.

– Ouais.

– Dis à ton père que c'est d'accord pour le tabac. Il a raison, c'est exactement ce que je voulais : ne pas planter de tabac cette année. Remercie-le de m'avoir aidée à respecter mes principes.

– D'accord.

– Va-t'en maintenant. » Du dos de la main, elle lui donna une tape sur la cuisse. « Sinon ta mère va croire que je t'ai gardé en otage.

– Mais non. Ils sont plus intimidés par toi qu'autre chose, la famille tout entière.

– Je sais. Je suis l'intruse qui occupe la maison de famille. Ils veulent récupérer la ferme, et je ne le leur reproche pas. Presque tous les matins, je sors du lit en pensant que je devrais charger la voiture et partir sans même dire au revoir. »

Il haussa les sourcils. « Ça ferait de la peine à certains.

– Sans doute que c'est justement ce dont j'ai envie.

– Même si tu partais, on ne serait même pas sûrs de pouvoir la garder, cette maison. Les parents, l'oncle Herb ou la tante Mary Edna, ils seraient fichus de la perdre à cause de la banque.

– C'est ce que j'étais en train de penser aussi. Les familles quittent leurs terres pour un million de raisons. En Pologne, les parents de mon père avaient une ferme merveilleuse qu'ils ont perdue parce qu'ils étaient juifs. Et le peuple de ma mère a été chassé de sa terre pour n'avoir pas été juif. Va comprendre.

– Oh, c'est vrai ? Quel genre d'exploitation ? »

217

Elle lui jeta un regard, surprise de son intérêt. « Les Malouf possédaient des oliveraies le long du Jourdain, du moins c'est ce qu'on m'a dit. Je ne connais pas les détails ; ça s'est passé il y a très longtemps. Maman est née à New York. Mais mon père, lui, est né dans la ferme de ses parents, dans la partie centrale de la Pologne dont les gens disent qu'elle ressemble à un livre de contes pour enfants. Je crois qu'ils cultivaient la betterave à sucre.

– C'est tout de même quelque chose que tu sois d'une famille de fermiers. » Il la considéra avec respect, comme si elle avait soudainement grandi ou vieilli. « Ça, je le savais pas. »

Elle voyait maintenant qu'il s'intéressait non pas à l'origine sociale mais aux récoltes. Elle commençait à comprendre son franc pragmatisme et à soupçonner que si elle pouvait l'acquérir – à condition de le vouloir – elle pourrait s'intégrer ici. Elle haussa les épaules. « Alors quoi, je viens d'une famille de cultivateurs. Est-ce que ça fait une différence ? »

Il ne la quittait pas des yeux. « Tu parles de t'en aller, tout le monde dit que tu vas le faire, mais tu restes. Il y a bien une raison. »

Elle soupira, croisa les bras sur sa poitrine en se frictionnant les coudes. « S'il existe une rime ou une raison à ce que je fais, j'aimerais bien la connaître. Je suis comme un papillon de nuit, Rickie, qui vole en spirale. As-tu vu comment ils faisaient ? » Elle donna un petit coup de menton vers l'ampoule où des hordes de petites ailes frénétiques étincelaient à travers l'arc lumineux en trajets circulaires dans l'atmosphère. Ils étaient partout, une fois que l'on se préoccupait de les regarder : comme des molécules visibles, pensa Lusa, comblant entièrement l'espace de leurs trajectoires en boucles. Rickie parut surpris de s'apercevoir que les papillons étaient

218

partout. Les yeux levés, il demeurait là, la bouche légèrement entrouverte.

« Un veau tourne en rond comme ça quand il a perdu sa mère et qu'il est mort de peur, finit-il par observer.

– Ils ne sont pas perdus. Les papillons de nuit n'utilisent pas leurs yeux comme nous ; ils se servent de leur odorat. Ils goûtent l'air, prennent des échantillons ici et là qu'ils comparent extrêmement vite. C'est ainsi qu'ils se dirigent. Ce qui les conduit là où ils doivent aller, mais cela leur demande un temps fou pour y arriver.

– "Sentir le vent." Je sais plus comment t'as dit.

– *Ru-uh shum hawa*. Exactement. C'est comme moi. Il semble que je sois incapable d'avancer en ligne droite.

– Qui dit que t'es obligée de le faire ?

– J'en sais rien, c'est gênant. Les gens m'observent. Je fais des plans pour mener la ferme en faisant tout ce qu'il ne faut pas. Et j'ai ce mariage à rebours qui commence par la fin et qui marche à reculons : je fais connaissance avec Cole à travers les différents âges qu'il a vécus avant que je ne le rencontre. »

Elle doutait que Rickie eût suivi tout ça, mais au moins, il était respectueux. Debout, ils regardaient ensemble la danse étourdissante d'ailes argentées dans l'air frais : des orgyies, des tortricides, des forestiers, chacun ignorant les autres tandis qu'il tournoyait sur son propre parcours, urgent et vrai.

« Tante Lusa, tu te fais trop de bile.

– Je suis veuve et j'ai une ferme couverte de dettes, et je reste là dans une grange qui menace de s'écrouler sur moi. Tu as raison. Pourquoi devrais-je me faire de la bile ? »

Il se mit à rire. « Au sujet de la famille, je veux dire. Ils sont juste jaloux que oncle Cole se soit tellement emballé pour toi. Mais qui le serait pas ? Tu es si jolie, intelligente et tout. »

Elle lui fit une grimace, un sourire retenu, triste, pour s'empêcher de pleurer. « Merci de me dire ça. »

Il haussa les épaules.

« Écoute, Rickie, merci simplement de… je ne sais pas, moi. De m'avoir fait rire aux éclats. Tu ne peux pas savoir à quel point j'en avais besoin.

– Bon, écoute. Si t'as besoin d'aide pour ton affaire de chèvres.

– Oh ! je me contente de rêver. C'est le désespoir.

– À quoi est-ce que tu pensais ? Dis-moi. » Il lui parlait soudain d'égal à égal, sincère et bienveillant. Elle entrevit en lui quelque chose du Cole plus âgé qu'elle avait connu – non dans les yeux de Rickie, qui étaient sombres, mais dans le sérieux de son visage.

« Eh bien, voilà ce à quoi je pensais : je connais un boucher à New York, Abdel Sahadi, c'est le cousin de ma mère. Il vend probablement – je ne sais pas, moi – un millier de chèvres par an ? Peut-être plus. »

Rickie émit un long et profond sifflement.

« Ouais, dit-elle, c'est ça, New York. Rempli de gens qui mangent tout le temps. C'est en gros ce que tu trouves quand tu vas là-bas. Mais le cousin vend presque toutes ces chèvres pendant la période des fêtes. Toutes en même temps. Donc, il n'en a pas besoin au compte-gouttes pendant le reste de l'année. Il lui en faut cinq cents, toutes la bonne semaine. Si c'est pendant l'hiver que tu en veux une, tu dois la commander longtemps à l'avance et tu la payes une fortune. Incroyable ce que les gens en ville paieraient pour un chevreau de lait à l'époque des fêtes. C'est comme si les prix que tu peux t'offrir en temps normal ne s'appliquaient pas à ces époques. »

Il l'écoutait avec attention. Cela l'obligeait à surveiller ce qu'elle disait.

« Rick. Ça ne t'ennuierait pas si je ne t'appelle plus "petit" ? Tu n'es pas si petit que ça, tu sais.

– Bon Dieu, j'aimerais bien qu'on l'enterre, ce foutu "petit Rickie", une fois pour toutes.

– D'accord, Rick. Dis-moi. Est-ce qu'il n'y aurait pas moyen de produire cinquante ou soixante chevreaux pour la fin décembre. Et puis, deux fois plus au printemps, quatre mois plus tard ? »

Sans hésiter, il la prenait au sérieux. « Est-ce que tu t'y connais en traitement vermifuge, ketosis, mise bas et tout ça ? C'est du boulot. T'as déjà élevé des bêtes avant ? » Elle leva un sourcil, mais voilà qu'il s'était brusquement plongé dans ses calculs. « Bon, il te faut deux saisons. Pas les mêmes mères pour les deux mises bas.

– D'accord.

– Elle est comment ta clôture ? Une clôture qui supporte pas l'eau ne retient pas les chèvres. »

Elle se mit à rire. « Je crois que j'ai ce qu'il faut. Elle est électrifiée.

– Vraiment ? Ouah, c'est chouette. Quand est-ce que tu l'as fait mettre ?

– Je n'en sais rien ; il y a un temps fou. C'est Cole qui s'en est occupé. Elle fait tout le tour du grand pré à vaches, là-haut. Il a connu une période difficile avec certaines vaches récalcitrantes.

– Une veine que t'aies ça. Ça coûte cher à poser.

– Je sais, il me l'a dit. Mais il a dit aussi que si ses vaches avaient sauté une fois de plus dans le jardin de Mary Edna ça lui aurait coûté sa virilité. »

Rickie éclata de rire. « Très bien alors, madame, je crois que t'es parée. Les chèvres réussiront bien avec les ronces ; t'auras pas besoin de leur donner beaucoup de grain ni de foin, peut-être juste un peu de fourrage quand il neigera. Mais si elles font des petits en novembre, elles auront besoin d'un abri. S'il fait vraiment froid, il faudra que tu rentres les mères dans la grange quand elles seront prêtes à mettre bas. Tu leur aménageras un petit coin pour la naissance, une petite crèche. »

Lusa jeta un coup d'œil au plafond du cellier de la grange, imaginant l'espace qui était au-dessus. La porte qui menait à la galerie principale de la grange s'ouvrait à flanc de colline. Elle n'aurait qu'à modifier un peu la clôture pour avoir accès au grand pré. « Si je ne le garde pas rempli de tabac ou de foin jusqu'en haut, j'aurai la place.

— Il va falloir que tu sois astucieuse, dit-il. Pour obtenir qu'elles s'installent et mettent bas quand il fera froid. C'est pas la saison normale. J'ai jamais vu faire ça, à dire vrai.

— Ah, c'est sans doute pour ça que les chèvres sont si chères en plein hiver.

— Ouais. Elles vaudront sûrement de l'or pour quelqu'un qui en aura besoin.

— Mais tu penses que je peux y arriver ? »

Il dit avec précaution. « C'est possible. Je pense surtout que tout le monde dans le comté trouvera que t'es folle d'essayer.

— Et si personne d'autre que toi, cette vache et moi n'était au courant de mes projets ? Et, en particulier, si personne ne connaissait l'existence de mon cousin Abdel et des prix de New York au moment des fêtes ?

— Eh ben, ils penseraient que t'es tombée maboule avec toutes ces chèvres apprivoisées. Ils penseraient que t'es bien une fille de la ville, avec le nez dans ses bouquins, sans le moindre sou de bon sens. »

Elle jeta un sourire torve à son complice. « Ce n'est pas un problème. C'est déjà ce qu'ils pensent. »

11
Les prédateurs

Depuis son cocon obscur, Deanna écoutait le vacarme que faisait un homme dans sa maison : la porte qui s'ouvrait avec force, des bottes qui tapaient deux fois pour se débarrasser de leur boue devant la porte et, enfin, le fracas sourd du bois d'allumage qu'on laissait choir sur le plancher. Ensuite, le grincement de la charnière du poêle et les complaintes pétillantes du feu que l'on allumait et que l'on amenait doucement à la vie. Bientôt il ferait bon ici, la fraîcheur de ce matin de juin chassée au-dehors où le soleil s'en préoccuperait. Elle étendit ses membres sous la couverture, souriant secrètement. Se lever dans une maison chaude par un matin froid sans avoir à sortir d'abord pour aller chercher du bois, *ça*, c'était tolérable.

Elle sentit quelque chose de pointu contre sa jambe : la bordure en plastique de l'un de ses chapelets de préservatifs au fond du lit, entortillé là comme un ruban d'ADN. Elle avait été stupéfaite quand, pour la première fois, il avait exhibé ces pochettes de réjouissants petits disques de caoutchouc aux couleurs primaires, tous reliés ensemble comme s'ils venaient de quelque bobine géante de préservatifs. « C'est ma réserve », avait-il dit, avec une parfaite nonchalance, en les tirant de son sac comme un magicien sort d'une manche ses foulards noués les uns aux autres. Il prétendait les avoir reçus gratuitement dans quelque clinique qui les imposait à sa clientèle. Elle n'osait pas imaginer qu'il fût allé se traîner en un tel lieu pour traiter Dieu seul sait quoi.

Elle n'avait aucune envie de découvrir les réalités sordides de cet homme, le fait qu'il fût un migrant saisonnier s'accommodant d'un travail occasionnel – pêche au saumon, taille de manches de couteau contre de l'argent en espèces. Un mâle – soupçonnait-elle – qui se collait avec quelqu'un en échange d'un gîte. Elle avait fait de son mieux pour le faire partir en piquant une colère contre lui, dans le tronc de châtaignier, pourtant il continuait à s'imposer sur son territoire. Il avait quitté le Wyoming depuis plusieurs années – avec son fusil de chasse, à la poursuite d'une passion dont ils ne discutaient pas. En revanche, il parlait de tout autre chose, et elle se surprenait à gober ses histoires comme des lambeaux de nourriture vivante rapportée au nid : les aurores boréales qui se déployaient comme de la fumée de cigare bleu-vert dans le ciel arctique ; les pétales couleur de paraffine d'une fleur de cactus ; l'océan Pacifique et ses petits lacs d'eau salée qu'elle n'avait vus ni l'un ni les autres, à l'exception de versions artificielles de ces derniers à l'aquarium de Chattanooga. Elle pensait maintenant aux anémones roses qui ondulaient dans cette eau. Comme elle, quand il l'avait espionnée, agitant autour d'elle ses pensées tentaculaires. Mais il savait exactement comment l'émouvoir, lui parler, respirer au-dessus d'elle et la faire s'épanouir. Le plaisir physique était une illusion tellement convaincante et l'acte sexuel, l'ultime énigme de la sécurité.

La porte métallique du poêle se referma bruyamment et elle entendit le chuintement de son jean qui tombait sur le plancher. Elle fut parcourue de picotements dans tout le corps à la perspective de son retour dans le lit. Elle attendit pourtant et, le temps d'une minute trop longue, aucun corps ne plongea tête la première dans son monde sous les couvertures. Elle émergea dans la lumière matinale et cligna des yeux, éblouie par la clarté. La matinée était déjà bien avancée. Le soleil formait un étincelant rectangle à la fenêtre, devant laquelle un homme, nu, dansait en ombre chinoise, bataillant des deux mains contre un papillon de nuit affolé.

« Hé, hé, attention ! » cria-t-elle, ce qui le fit se retourner. Elle ne pouvait voir son expression tel qu'il était à contre-jour, mais elle imaginait déjà son visage, sa candeur.

« Je n'avais pas l'intention de le tuer, insista-t-il. J'essayais seulement de l'attraper pour le mettre dehors. Le petit bougre, il s'est glissé là pour essayer de te voir toute nue. »

Elle s'assit et ferma à demi les yeux pour distinguer les ailes qui battaient désespérément contre la fenêtre. « Non, c'est une femelle. C'est *toi* qu'elle regarde.

– Drôlesse », dit-il, tentant d'enfermer le papillon entre ses mains. « Regarde-la, elle est terrifiée. Elle n'a jamais vu un tel étalage de virilité de toute son existence.

– Ne t'y prends pas comme ça. » Deanna rejeta la lourde masse de couvertures et posa les pieds sur le plancher froid. Le poêle à bois irradiait une zone de chaleur tangible qu'elle traversa en se dirigeant vers la fenêtre. « Il vaut mieux ne pas la toucher. Elle va perdre ses écailles.

– Et ce serait catastrophique ?

– Pour le papillon, oui. Privé de ses écailles, il peut en crever, je pense, ou un truc comme ça. »

Il recula d'un pas, s'inclinant devant cette raison sans appel. « C'est scientifiquement prouvé, ça ? »

Elle sourit. « C'est mon père qui me l'a dit, alors ce doit être vrai. » Elle tenta, les mains en coupe, d'éloigner le papillon de la fenêtre. « Allons, petite chose. Je t'aurais bien ouvert cette fenêtre, mais tu as choisi la seule qui ne s'ouvre pas.

– Ton père, il fait quoi, il est spécialiste en papillons ou quoi ?

– Ne ris pas, ça existe. J'en ai connu un, à l'université. » Elle s'efforçait d'inciter le papillon à se diriger vers la fenêtre de l'autre côté du lit, mais sans succès. Il continuait de se jeter vers l'est tel un suppliant vers La Mecque.

« Si on fermait le rideau, peut-être qu'elle se dirigerait vers une autre fenêtre, suggéra-t-il.

– Peut-être. » Avec précaution, elle tira le rideau de coton blanc entre le papillon et la vitre, mais elle vit bien que cela ne servirait pas à grand-chose.

« C'est parce qu'elle voit encore du jour », dit-il.

Il l'avait crue quand elle lui avait déclaré que le papillon était une femelle. Deanna en était touchée. « Tu sais quoi, je ne suis pas vraiment capable de distinguer le sexe d'un papillon à vingt pas, je bluffais. Et non, mon père n'était pas un scientifique. Il aurait pu l'être. Il était fermier, mais il avait… » Le papillon se posa sur le rideau et s'immobilisa. C'était une créature étonnante aux ailes de dessus blanc et noir ornées de motifs géométriques, aux ailes de dessous écarlates, et au corps blanc et trapu, taché de noir sur toute sa longueur comme un bonhomme de neige boutonné de charbon. Aucun œil humain n'avait examiné ce papillon auparavant ; personne ne verrait ses compagnons. Tant de détails passent inaperçus en ce monde.

« Je ne peux pas vraiment décrire mon père, dit-elle enfin. Tu aurais beau passer cent ans dans le comté de Zébulon, à te contenter d'observer chaque plante, chaque animal vivant dans les bois et dans les champs, que tu n'en saurais encore pas autant que lui à sa mort.

– Ton héros. Je suis jaloux.

– Oui, c'est vrai. Il avait des théories sur tout. Il disait : "Regarde ce bruant indigo, il est tellement bleu qu'on le dirait venu d'un autre monde où toutes les couleurs seraient plus vives. Et regarde sa femelle : elle est couleur de poussière. Et tu sais pourquoi ?" Alors je disais quelque chose d'idiot, que peut-être chez ces oiseaux-là c'étaient les mâles qui paradaient plutôt que les femelles. Ce à quoi papa répondait : "Moi, je pense que c'est parce que ce sont elles qui couvent les œufs et que des couleurs vives attireraient l'attention sur le nid."

– Et qu'est-ce qu'elle disait de ça ta maman ?

– Hiiii ! » hurla Deanna, sursautant devant l'ombre fugace d'une souris jaillie de derrière le tas de bois et qui courut pratiquement entre leurs pieds nus avant de disparaître dans un trou situé dans l'angle, entre la paroi de rondins et le plancher. « Zut ! » Elle se mit à rire. « Je déteste la manière dont elles me font pousser des cris à chaque fois. » Eddie Bondo avait tressailli lui aussi, elle l'avait remarqué.

« Comme ça ta mère disait *Hiiii* ?

– Ma mère ne disait pas grand-chose, étant donné qu'elle était morte. » L'œil étréci, Deanna surveillait le trou dans lequel l'animal avait disparu. Depuis deux ans, elle passait son temps à boucher des trous avec des bouts de papier d'aluminium. Mais en matière de souris, elle avait découvert qu'il n'y avait aucun moyen d'avoir le dessus.

Elle réalisa qu'Eddie avait les yeux fixés sur elle, attendant la suite de l'histoire. « Oh ! rien de tragique à propos de ma mère. J'imagine que ça l'a été pour papa, sans aucun doute, mais je ne me souviens même pas d'elle, j'étais haute comme ça. » Deanna étendit les mains, incapable en réalité de qualifier le vide que cette mort avait laissé dans sa vie. « Personne ne m'a jamais appris à me conduire en vraie dame, c'est ça le drame. Oh ! regarde, c'est vraiment une *fille*. » Deanna pointait le doigt sur le papillon de nuit, qui pesait de l'extrémité

de son abdomen contre le tissu du rideau, en s'efforçant, semblait-il, de pondre des œufs.

« Ma mère est morte, elle aussi, il y a un bon bout de
temps, dit-il, pendant qu'ils observaient le papillon de
près. Des choses qui arrivent, sûrement. Mon père s'est
remarié dans les… oh, les quinze minutes qui ont
suivi. »

Deanna était incapable d'imaginer une telle incurie
familiale. « Tu t'es bien entendu avec elle, au moins ? »

Il eut un rire bizarre. « Elle aurait bien aimé pouvoir
se passer de moi. Elle avait des enfants de son côté, ce
qui a été à l'origine d'une partie des ennuis : décider à
qui irait le ranch, par exemple. L'histoire classique de
l'affreuse demi-sœur, tu vois. »

Deanna ne voyait pas. « Mon père ne s'est jamais
remarié.

– Non ? Alors vous êtes restés seuls, ton père et
toi ? »

Avait-elle envie de lui raconter ça ? « La plupart du
temps, ouais, dit-elle. Il a eu une amie, mais bien des
années plus tard. Ils n'ont jamais vécu ensemble, ils
avaient chacun leur ferme à mener, mais elle s'est montrée bonne avec moi. C'était une femme étonnante. Ce
n'est que récemment que j'ai réalisé qu'elle en avait vu
de toutes les couleurs avec nous. Mon père s'est révélé
un embarras pour elle à la fin. Et aussi, elle avait une
petite fille, une mongolienne, avec une lésion au cœur
impossible à colmater. Ma demi-sœur. »

Eddie Bondo posa les mains sur les épaules de
Deanna et l'embrassa. « C'est toi, non ? »

Elle lui passa la main dans les cheveux, tout juste
tondus en une coupe plus douce, tenant davantage du
vison que du corbeau. Le mardi, mortifiée de l'avoir
agressé à l'intérieur du tronc de châtaignier, elle s'était
laissé persuader par lui de faire beaucoup de choses, y
compris de lui couper les cheveux avec ses petits

ciseaux. Ils étaient étonnamment épais, comme l'indispensable fourrure isolante de quelque animal du Nord. L'exquis plaisir tactile de cette longue heure passée sur la galerie au contact de sa chevelure avait créé entre eux une nouvelle forme d'intimité. Ensuite, ils étaient restés debout à contempler paisiblement un couple de mésanges venues ramasser les chutes de cheveux pour leur nid.

« Moi, non, dit-elle, incertaine de ce qu'il avait voulu dire, ma demi-sœur. Elle s'appelait Rachel.

– Voilà qui tu es, je veux dire. Tu me révèles une tranche de ta vie ».

Elle regardait ses yeux, les voyait aller et venir entre ses deux pupilles à elle. Il était aussi proche que ça.

« Ton lit est en train de refroidir, murmura-t-il.

– Je ne crois pas que ce soit possible. »

Le feu craqua avec bruit, tel un coup de fusil, les faisant sursauter comme au moment de la souris, ce qui les fit éclater de rire. Eddie Bondo se précipita dans le lit, se réfugiant sous les couvertures, hurlant que les flics l'avaient découvert. Elle se cramponnait au bord du lit, se bagarrant avec lui pour qu'il la laisse y entrer. « Je vais te dénoncer à l'Office forestier, le prévint-elle. Pour entrave au travail de garde forestier, un crime entraînant la pendaison, dans ces montagnes.

– Alors, je prends mon dernier repas. » Il rejeta les couvertures pour s'exposer, solennel, couché sur le dos. Elle fonça sur lui en essayant de le plaquer mais il était vigoureux et semblait connaître les authentiques prises de lutte. Il sut proprement la retourner, un coude coincé derrière le dos, malgré sa grande taille et ses membres plus longs. En moins d'une minute, elle fut réduite à l'impuissance, morte de rire, pendant qu'il se mettait à califourchon sur elle.

« Qu'est-ce que c'est que ça, Bondo ? Une façon de rassembler les moutons ?

– Exactement. » Il saisit d'une main une épaisse mèche de ses cheveux. « La prochaine fois, je te tonds. »

Au lieu de ça, il lui baisa le front puis chacune de ses côtes avant de blottir sa tête contre sa taille. Mais elle le remonta vers le haut sur l'oreiller à côté d'elle. Elle avait besoin de le regarder. « D'accord, dit-elle, tu es sauf. Je sursois à ton exécution.

– Gouverneur. Je suis votre esclave. »

Elle avait envie de jouer, mais l'humeur ne s'y prêtait pas. Évoquer à haute voix Nannie et Rachel les avait fait toutes deux pénétrer dans cette maison. De même que son père, surtout lui. Qu'aurait-il pensé d'Eddie Bondo ? « Je t'ai dit des choses sur moi, dit-elle. Maintenant à ton tour de me dire quelque chose à propos de toi. »

Il prit un air circonspect. « Je choisis ce qui me plaît ? Ou c'est toi qui demandes ?

– C'est moi qui demande.

– C'est important ?

– Pour moi, ça l'est. »

Il roula sur le dos et tous deux gardèrent les yeux fixés au plafond, dont les poutres tordues en rondins étaient criblées de petits tunnels de parasites. Deanna pensa aux arbres qu'ils avaient été autrefois, il y a longtemps. Peinant davantage dans la vie que dans la mort, sûrement. Il y eut comme un grattement venu de l'espace au-dessus des planches du toit.

« Qu'est-ce qu'il y a là-haut ? demanda-t-il.

– Au-dessus de ces planches, des lattes de cèdre, pourries, probablement. Tu vois tous les clous ? Ensuite il y a de la tôle galvanisée par-dessus tout ce bazar.

– Je voulais dire : ce bruit-là, insista-t-il.

– Une souris, peut-être.

– La même que celle qui vient juste de te faire pousser des cris perçants de petite fille ? »

Ses yeux se fermèrent à demi. « Une autre. L'une de ses innombrables amies et connaissances. »

Ensemble, ils contemplèrent le toit pendant un moment, suivant des yeux le son qui se déplaçait plus haut vers le faîtage. Deanna décréta que le mouvement était trop lent pour une souris et envisagea d'autres possibilités.

« Qui a construit ce refuge ? lui demanda-t-il.

– Un type du nom de Walker, Garnett quelque chose Walker. Ils étaient toute une lignée, ils portaient tous le même nom. Un genre de propriétaires terriens de cette région, il y a une centaine d'années de ça.

– Et ça, c'était la luxueuse demeure du propriétaire terrien ?

– Oh non ! tout de même pas. Ce n'était que le quartier général d'un camp parmi les centaines d'autres qu'il exploitait. Ses fils et lui ont abattu tous les arbres de ces montagnes. C'était sans doute l'un de ses derniers postes ; le refuge date des années 30 ou à peu près, je dirais. À voir les rondins.

– Ils sont en chêne ?

– En châtaignier, jusqu'au dernier. Quand les gens ont compris que les châtaigniers mouraient tous, ils se sont précipités pour couper tout ce qui restait, même le bois mort sur pied. »

Il étudiait la construction plus attentivement. « Ce qui explique pourquoi les rondins sont plutôt minces et tordus, pour la plupart.

– Ouais. Du bois mort, ou peut-être quelques-unes des plus grosses branches des troncs énormes qu'ils ont pris pour faire de la charpente. Mais Eddie, écoute bien. » Elle se tourna pour le regarder. « Ce que je dis, c'est qu'ils se sont rendu compte que les châtaigniers allaient disparaître. Et qu'est-ce qu'ils ont fait ? Ils se sont rués jusqu'ici pour abattre tout ce qui restait de vivant. »

Il réfléchit un instant. « Ils étaient en train de crever de toute façon, j'imagine que c'est ce qu'ils ont pensé.

– Mais ils ne seraient pas tous morts. Certains de ces châtaigniers tenaient encore debout parce qu'ils étaient sains. Ils auraient peut-être résisté à la maladie.

– Tu crois ?

– J'en suis sûre. Des gens étudient ce truc-là. Chaque espèce a ses extrêmes, des petites poches de résistance génétique qui lui donnent la possibilité de survivre. Certains auraient réussi. »

Elle le voyait suivre des yeux les rondins tordus tout en pesant ce qu'elle venait de dire. C'est ce qui l'étonnait toujours : Eddie Bondo était attentif. La plupart des hommes de sa connaissance agissaient comme s'ils étaient déjà au courant de tout ce qu'elle savait, alors qu'il n'en était rien.

« Si certains des châtaigniers avaient survécu, demanda-t-il, combien de temps auraient-ils tenu ?

– Une centaine d'années, peut-être ? Assez long-temps pour disséminer leurs graines. Certains ont sur-vécu ; il en existe encore cinq ou six par comté, dissi-mulés dans les anfractuosités, mais ils ne sont pas assez nombreux pour se polliniser mutuellement. Si davan-tage d'entre eux avaient été épargnés, ils auraient pu repeupler ces montagnes avec le temps, mais personne n'y a pensé. Personne. On s'est contenté de scier les derniers. Séance tenante. »

Il jeta un regard pénétrant à Deanna. « C'est pourquoi tu vis toute seule ici, non ? Tu ne supportes pas les gens. »

Elle soupesa cette remarque, dont la vérité la frappa. « Je refuse de le voir ainsi, dit-elle pour finir. Il y a des personnes que j'aime. Mais il y a tant d'autres formes de vie que j'aime aussi. Et les gens leur manifestent tel-lement de haine à toutes, à l'exception de la leur. »

Il ne répondit pas. Avait-il pris ce jugement pour lui ? Elle pensait aux gens qui ne voulaient pas renoncer à leur confort au profit d'une espèce de poisson, de plante ou de chouette menacée, non aux tueurs de coyotes en eux-mêmes. Elle força la voix, sachant que chacun des mots qu'elle prononcerait aurait son propre coût. « Tu m'as dit que j'aurais le droit de te poser une question, alors je te la pose maintenant.

– Laquelle ?

– Tu sais bien. »

Il cilla mais ne parla pas. Quelque chose dans son regard s'éloigna d'elle.

« Qu'est-ce qui t'a conduit par ici, dans la montagne ? »

Il détourna les yeux. « Un bus Greyhound.

– Il faut que je sache. Est-ce que c'est la chasse à la prime ? »

Il ne répondit pas.

« Dis seulement "non" si la réponse est non. C'est tout ce que je veux. »

Il ne répondait toujours pas.

« Mon Dieu ! » Elle souffla lentement. « Je ne suis pas surprise. Je le savais. Pourtant je ne te comprendrai jamais, jamais.

– Je ne te l'ai pas demandé. »

Non, en effet, et elle ne pourrait s'empêcher d'essayer si elle en était capable. Mais il était là, nu à côté d'elle, la main gauche posée au-dessus de son cœur. Comment se passerait-elle de savoir qui il était ? Les hommes et les femmes appartenaient-ils donc à des mondes différents, comme le bruant indigo et sa femelle ? N'était-elle intérieurement qu'une femelle aux couleurs ternes ? Elle qui avait toujours eu la certitude de vivre une vie bleu vif ?

« D'où est-ce que ça vient ? demanda-t-elle. Je ne comprends pas ce genre de passion à tuer un être vivant.

– Pas seulement un être vivant. Un ennemi.

– Dis-moi la vérité. Combien de fois as-tu vu des coyotes tuer des moutons ?

– Suffisamment de fois.

– Une centaine ?

– Dans le ranch familial ? Non. Une centaine, un gars n'y résisterait pas, même si elle s'étalait sur quatre ou cinq ans.

– Mais dans ton ranch familial, au cours de ta vie, combien ? Une cinquantaine ? Une douzaine ? »

Il considérait toujours les poutres du toit. « Peut-être une douzaine, concéda-t-il. Nous avons des chiens de berger et de solides clôtures, mais même. Oui, à peu près ça. On ne peut pas toujours savoir qui a fait le coup mais, quel qu'il soit, quand il s'en prend à un agneau, il l'emporte sans autre forme de procès.

– Si bien que, dans un cas comme dans l'autre, ça aurait pu être n'importe quoi. Le chien d'un voisin. Une chouette effraie. Une saleté de pygargue à tête blanche. »

Eddie Bondo fit une grimace, renonçant à se prononcer.

« On peut toujours accuser le coyote. Il n'est l'animal domestique de personne. Il n'appartient qu'à lui-même. Alors, bon, tirons-lui une balle dans la peau. »

Il se tourna pour la regarder bien en face, se redressant sur un coude. « Ce que tu ne comprends pas, c'est que l'élevage des bêtes n'a rien à voir avec une exploitation agricole. Ce n'est pas une affaire de végétarien. »

Elle hochait la tête sans rien dire, se sentant elle aussi prendre des distances à sa manière. Qu'avait donc l'Ouest de si attirant avec ses légendes de cow-boys auxquelles tout le monde aimait croire ? Comme si ces hommes devaient à leur rudesse d'obtenir quoi que ce soit. Elle pensa à son père au parler aimable, à la ligne sévère de ses lèvres serrées, blanches comme l'articulation d'un doigt, pendant qu'il actionnait la pince à castrer et qu'elle tenait l'extrémité de la tête qui beuglait. Travaillant à castrer les veaux mâles.

Le papillon de nuit, sur la fenêtre, recommençait à s'agiter, palpitant contre le mince rideau et l'éclat du dehors derrière lui. Il la vit le regarder et tendit la main pour la tirer doucement par les cheveux. « Miracle des miracles, je crois bien que je suis au lit avec une amoureuse des bêtes. »

Elle le regarda, surprise. Si seulement il avait su qu'elle était en train de se souvenir d'une castration. Cela la tracassait beaucoup qu'il fût si sûr de l'avoir percée à jour. Elle ouvrit la bouche, la ferma, puis la rouvrit, un peu affolée de ce qu'elle avait décidé de lui dire. « Je vais t'avouer quelque chose : au cas où un chat échappé d'une ferme s'aventurerait par ici et se mettait à saccager les nids, à tuer des oiseaux et à faire ses petits dans les bois, je le piégerais et le noierais dans la rivière. »

Il fit une grimace de consternation exagérée. « Non, tu ne ferais pas ça.

– Sans doute que si. Certainement, oui.

– Pourquoi ?

– Parce que ces chats-là n'ont rien à faire ici. Ce sont des animaux dénaturés, introduits, comme l'encre du châtaignier. Et à peu près aussi destructeurs.

– Tu n'es pas une femme à chats », décida-t-il. Une fois de plus, sûr de savoir.

« J'ai eu des chats quand j'étais petite. Mais personne ne se préoccupe de les couper, de sorte qu'ils font des petits dans les granges et rôdent dans les bois, sans la moindre idée de ce qu'il faut attraper. Ce ne sont pas des prédateurs naturels, sauf peut-être dans une grange. Dans les bois, ils se conduisent en véritables bombes incendiaires. Ils sont capables de saccager un habitat en un rien de temps, de le dévaster en l'espace d'une saison, faute de contrôle naturel. Si encore il y avait des loups rouges par ici, la nature pourrait se

défendre contre un chat errant. Mais il n'y en a pas. »
Ou pas suffisamment de coyotes, pensa-t-elle.

Il regardait attentivement cette nouvelle Deanna,
meurtrière potentielle de chats de gouttière. Elle croisa
son regard l'espace d'une seconde, puis se retourna sur le
ventre, s'appuyant sur ses coudes, tortillant la pointe de
ses cheveux en forme de pinceau pour caresser la paume
de son autre main.

« Je n'aime pas les animaux en tant qu'*individus*, je
pense que c'est ainsi qu'il faut le formuler, dit-elle. Je
les aime en tant que représentants d'une espèce. J'ai le
sentiment qu'ils doivent avoir le droit de vivre comme
ils l'entendent. Si la négligence humaine permet à un
chat domestique de se trouver ici, je peux y remédier en
supprimant une vie, ou l'ignorer et laisser l'erreur se
répéter indéfiniment.

– Un chat peut-il vraiment causer autant de dégâts ?

– Tu ne peux pas savoir. Je pourrais te montrer toute
une liste d'espèces qui ont été décimées parce que les
gens ne se sont pas occupés de leurs chats. Les oiseaux
qui nichent dans le sol, en particulier.

– Ce n'est pas la faute du minet.

– Non, dit-elle, amusée que son chasseur semblât
prendre la défense de l'animal. Et ce n'est pas non plus
l'idée du chat que toute vie, y compris la sienne, soit
sacrée. C'est une idée d'homme, et je l'accepte pour les
humains. Mais quelle bizarre obsession que de vouloir
l'imposer à d'autres animaux qui ont déjà leurs propres
lois. La plupart des animaux sont aussi racistes qu'Hitler,
et beaucoup d'entre eux pratiquent l'infanticide. Les
chats – les lions – le font. Et aussi beaucoup de primates.

– Ah ouais ?

– Ouais. Et je leur reconnais le droit d'assassiner
leurs petits dans la nature si c'est ainsi qu'ils l'entendent, à l'abri des humains. Voilà le genre d'amoureuse
des animaux que je suis. »

Haussant les sourcils, il hochait lentement la tête.

« Ce n'est pas ce que tu croyais, si ?

– Bon sang, maintenant j'en arrive à penser que tu viendras peut-être chasser avec moi. »

Elle se retourna sur le dos. « Pas question. Je ne tuerai jamais pour le plaisir. Peut-être pour me nourrir, si j'avais faim, mais un prédateur, ça jamais.

– Donc un cerf mais pas un renard ? Les herbivores ont moins d'importance que les carnivores ? »

Elle réfléchit un moment. « Ils ne sont pas moins importants. Les herbivores vivent moins longtemps, mais ils se reproduisent plus vite ; ils tendent à se multiplier naturellement. En un rien de temps, ils peuvent atteindre la surpopulation si personne ne les mange. »

Il reposait sur le dos, à côté d'elle, à l'aise dans ce genre de conversation. « Comme les lapins, c'est sûr. Mais ça se complique. Dans le Nord, le lynx traverse ces différentes phases. Tous les dix ans, boum ! il y en a des milliers, et puis ils disparaissent.

– Raison de plus pour les laisser tranquilles, dit-elle avec fermeté. Il se passe sans doute quelque chose là-bas qu'il ne faut pas déranger. Sans doute existe-t-il quelque maladie qui se déchaîne dans l'Arctique. » Elle se demanda s'il avait aperçu des lynx. Elle-même n'en avait jamais vu un seul.

« Je comprends ce que tu veux dire, concéda-t-il. On a déjà fait assez de dégâts.

– À quoi ça ressemble un lynx ? » Elle essayait de ne pas parler comme une petite fille jalouse.

« Ah tiens, ma belle, voilà un chat que tu aimerais. Ils sont exactement comme toi.

– Comment ça ? »

Il eut un petit sourire en y repensant. « Indignés au trois quarts et majestueux aux quatre quarts. Ils sont splendides. Si tu en trouves un pris au piège et que tu le laisses filer, il ne foncera pas pour s'échapper, pas du tout. Il restera sur place à te fixer d'un air furibond pendant une minute puis se détournera très lentement et se contentera de s'éloigner avec noblesse. »

Elle s'imaginait la scène. « Alors tu comprends ? Tuer un prédateur naturel est un péché.

– Tu as tes principes, j'ai les miens. »

Elle se redressa pour le regarder. « Très bien. Mais alors il y a aussi le *monde*, avec ses lois auxquelles personne ne peut rien changer. C'est curieux que les gens soient incapables de voir ça.

– Mais quelle loi du monde dit que c'est un péché de tuer un prédateur ?

– Simple affaire de calcul, Eddie Bondo, tu le sais bien. Un moustique fait le bonheur d'une chauve-souris l'espace de – quoi ? – quinze secondes avant de partir à la recherche du suivant. Mais une seule chauve-souris est fichue de manger deux cents moustiques en une nuit. Essaye de voir où se situe la règle d'or ici ? Qui influe le plus sur les autres vies ?

– Bon, d'accord, j'ai compris, dit-il. Calmos.

– Calmos toi-même, dit-elle. Ce n'est pas moi qui suis responsable des principes de l'écologie. S'ils ne te plaisent pas, tu n'as qu'à vivre sur une autre planète. » *Je fais de mon mieux pour donner à ce type envie de déguerpir*, pensa-t-elle. Mais elle ne pouvait continuer à se mordre la langue. Il fallait qu'elle poursuive cette conversation.

« Très bien, dit-il. Mais dans l'hypothèse où j'élèverais des insectes, j'aurais le droit de tirer sur les chauves-souris de mon ranch. »

Elle se renversa sur l'oreiller. « Ce que tu penses des coyotes est un défi au bon sens. Ils sont beaucoup plus importants pour leurs proies naturelles que pour le bétail. Je te parie qu'il n'existe pas un seul éleveur à travers toute l'Amérique de l'Ouest qui ait fait faillite à cause des pertes imputables aux coyotes.

– Non, peut-être pas, dit-il.

– Ce n'est que par trouille, j'ai l'impression. Une poignée d'éleveurs machos qui ont peur d'une ombre.

– Tu n'as pas idée de la dureté du métier.

– Je ne te vois pas élever des moutons, Eddie. Je ne peux pas te donner raison dans le cas présent.

– J'hériterai de quinze cents acres un de ces jours », dit-il, d'un ton peu convaincant, et elle se demanda combien de désaccords familiaux cachait cette plate déclaration, quelles craintes et quelles espérances, ce qu'il lui en coûterait de tenir sa place dans sa famille. En tant que fille d'un exploitant agricole qui avait perdu sa terre, elle ne ressentait qu'une sympathie mesurée pour ce genre de choses.

« Bon d'accord, dit-elle. Tu t'installes avec une petite femme, tu élèves des moutons jusqu'à la vieillesse, c'est ça le projet ? À part un petit truc, tu as d'abord besoin de courir le monde pour tuer tous les coyotes ? »

Il haussa les épaules, refusant de se laisser toucher par son ironie. « J'ai encore du temps devant moi. J'ai envie de me balader, de voir beaucoup de pays. »

De tirer sur tous les coyotes, de baiser toutes les filles, de découvrir le monde, pensa-t-elle : une stratégie propre à une adolescence qui se prolonge. Mais ce n'était pas juste ; il était également gentil. Il avait travaillé dur ce matin pour approvisionner son nid en brassées de bois présentées en forme de bouquets. Elle tenta d'écarter l'ennui de trop penser. « Eh bien, tu restes fidèle à ton école, désireux de couvrir de grandes distances pour assurer leur sécurité aux moutons du Wyoming.

– Tu te moques, mais tu ne sais pas. L'élevage des moutons demande qu'on soit aidé le plus possible. Tu es continuellement au bord de la faillite.

– Qu'est-ce que je ne sais pas ? Il suffit de partir du bas de cette montagne pour arriver en lisière des champs, tu me suis ? À partir de là, tu ne peux aller ni à droite ni à gauche sans tomber sur une famille qui aura perdu sa ferme par malchance, à cause du mauvais temps, de l'encre du châtaignier, de l'économie, du lobby antitabac. On peut en parler, parce qu'un fermier de ma connaissance s'est fait bouffer par lui. Mais les gens n'en éprouvent pas d'amertume. Ils vont bosser chez Toyota et ils oublient tout.

– Ils n'oublient pas, dit Eddie Bondo. Il leur manque seulement un ennemi auquel se confronter à travers un viseur de fusil. »

Elle le dévisagea un long moment. Pensa à son père qui s'était mis à boire pour atténuer sa peine l'année d'avant la vente. S'il avait pu tirer sur quelque chose, l'aurait-il fait ?

« Je ne peux pas admettre que tu aies raison, finit-elle par dire. Tu n'en sais rien.

– Si des coyotes s'installent à présent dans ce pays, on leur tirera dessus.

– Je sais. J'y pense sans arrêt.

– Donc, ils sont là. Tu sais où ils sont. »

Elle lui retourna son regard limpide. « C'est pour ça que tu es pendu à mes basques ? Tu essayes d'obtenir des renseignements ? »

Ses yeux verts s'assombrirent, trahissant brièvement son trouble. « Si c'est ce que tu penses, j'enfile mes bottes et je m'en vais tout de suite.

– Je ne sais pas si c'est ce que je pense. Je ne sais plus que penser depuis le premier jour où tu es arrivé ici. Mais si c'est ce que tu cherches, il faut que tu t'en ailles.

– Si c'était ce que je cherchais, je serais un imbécile. Je sais qu'il y a des coyotes embusqués quelque part où je ne peux pas les atteindre, et ce n'est ni par amour ni pour de l'argent que tu vas me donner un indice.

– Tu as tout compris.

– Deanna, tu t'imagines que je ne le sais pas ?

– Si je te faisais confiance, je te montrerais l'endroit où ils se trouvent, mais je n'ai pas confiance. Pas de cette manière, pas ce genre de confiance.

– Ça, tu me l'as déjà dit. Le premier jour dans la montagne quand je t'ai trouvée en train de pister ce lynx. Tu m'as annoncé la couleur. J'ai accepté.

– J'ai fait ça ?

– Oui.

– Alors qu'est-ce qu'on fait ici ?

– On prend notre petit déjeuner au lit. On essaye d'attraper un papillon de nuit sans abîmer une seule des écailles de sa petite tête velue. »

Elle examinait son visage magnifique et les lignes exquises de son corps, avec le désir de voir en lui pour y déterminer quel mélange d'amour, de colère et de tromperie s'y trouvait, et dans quelles proportions. « Quel âge as-tu ? » lui demanda-t-elle.

Il parut surpris. « Vingt-huit ans. Pourquoi ? Et toi, quel âge as-tu ? »

Elle hésita, s'étonnant elle-même. Assise, elle se pencha en avant pour ramener les couvertures autour d'elle. C'était la première fois de sa vie qu'elle se sentait mal à l'aise vis-à-vis de son âge. Presque vingt ans de plus que ce garçon – cela n'avait pas de sens.

« Je n'ai pas envie de le dire.

– Enfin, mince ! la belle, il faut surmonter ça. Regarde-toi. Il faut plus de trente ans de rodage pour faire tourner un moteur pareil.

– Bien plus de trente ans. Plus de quarante.

– Sans blague ?

– Sans blague. »

Elle crut lui voir une étincelle de surprise qu'il dissimula bien. « Donc tu as quatre-vingt-dix-sept ans. Tu pourrais être ma grand-mère. Arrive ici, mémé, j'ai envie de te faire passer tes rhumatismes. » Tandis qu'il l'attirait tout près de lui, le feu craqua de nouveau, brû-

241

lant d'un orange vif dans la petite fenêtre ronde du poêle. Elle put voir la flamme se refléter dans ses yeux.

« Il faut que je te dise quelque chose, dit-elle, soutenant son regard. Tu es un bon pisteur, mais je suis meilleure. Si tu trouves des chiots coyotes dans les parages et que tu les tues, moi je te loge une balle dans la jambe. Accidentellement.

– Vrai de vrai ? »

Elle savait que non, mais peut-être que lui le croyait. « Absolument. Je peux même te suivre un moment pour le faire, si je suis obligée. C'est le genre d'accident dont je parle.

– Dans la jambe. Pas entre les deux yeux ?

– Non. »

Il sourit et s'écarta d'elle en roulant sur le dos, les mains nouées sous la tête. « Bon, je suis bien prévenu.

– Bien prévenu, dit-elle, d'accord… »

Elle sortit du lit, toute tremblante intérieurement de l'effort qu'il lui avait fallu pour paraître si intraitable. Elle enfila sa longue chemise de flanelle par la tête et se tortilla pour la faire glisser le long d'elle comme un cocon. Elle prit un large bol en plastique dans le placard de la cuisine et une enveloppe sur la pile de papiers posée sur son bureau. Elle la retourna : une vieille lettre de Nannie Rawley, la seule personne qui lui écrivît encore ici. Elle se dirigea vers la fenêtre et tira doucement le rideau, renvoyant le papillon dérangé à sa lutte frénétique contre la vitre. Sur le rideau, il avait déposé une double rangée d'œufs minuscules, aussi nette qu'une double couture. Cela rendit Deanna tout chose d'assister à cette ultime tentative désespérée de survie. Elle avait lu que certaines femelles de papillons de nuit pouvaient s'accoupler avec plusieurs mâles, conserver leurs paquets de sperme et ensuite, par quelque mécanisme incompréhensible, faire leur choix parmi ces gars depuis longtemps partis – et décider véritablement du sperme qui fertiliserait leurs œufs lors de la ponte. Deanna étudiait l'œuvre méticuleuse de ce petit papillon femelle sur le rideau. Peut-être s'était-elle retenue pour quelque mec parfait qu'elle croyait encore exister quelque part. Trop tard, à présent.

« Pauvre petite, dit-elle à mi-voix, arrête de te défoncer la cervelle, tu as bien gagné ta liberté. » Avec précaution, elle recouvrit le papillon à l'aide du bol puis glissa la lettre entre le récipient et le verre. La créature emprisonnée battit des ailes contre le plastique rigide, mais, n'étant pas en contact avec des mains, les écailles ne devraient pas se détacher. Deanna enfila ses pieds nus dans ses souliers non délacés et clopina au-dehors, retenant la porte à l'aide de son coude, consciente des yeux d'Eddie Bondo posés sur elle tandis qu'elle sortait. Un lynx, était-ce vraiment ainsi qu'il la voyait ? Elle ne se sentait ni aussi élégante ni aussi réservée. Il la faisait beaucoup trop parler.

Il faisait un temps splendide. C'était l'été, sûrement. Ces froids matinaux auraient bientôt définitivement disparu, dissous dans la chaleur de la saison des amours. L'air même qu'elle respirait avait une odeur d'extase sexuelle. Les mousses et les fougères diffusaient leurs spores dans l'atmosphère. En couvant, les oiseaux appuyaient la zone sans plumes de leur gorge sur les œufs fécondés ; les petits coyotes, où qu'ils se soient nichés, sortaient prendre leurs premières leçons de vie. Deanna, debout au bord de la galerie, souleva le papier du bol, imprimant à celui-ci une délicate secousse pour lancer le papillon sur la voie. Il fit la culbute et se débattit dans l'air lumineux, puis tangua maladroitement vers les hauteurs pendant quelques secondes, s'emparant de cette liberté toute neuve.

Une moucherolle jaillit de sous l'avant-toit et goba le papillon en plein vol. D'un bref élan brun vif, elle disparut, partie nourrir ses oisillons.

12
Les châtaigniers d'autrefois

À l'attention de Mademoiselle Rawley

Chère Mademoiselle,

J'ai été saisi d'un doute, vendredi dernier, 8 juin, à la quincaillerie des frères Little et j'en ai été énormément troublé. En effet, je n'ai pu m'empêcher d'entendre (bien que je ne l'aie aucunement souhaité, la conversation étant parfaitement audible) vos remarques aux deux frères concernant une « Vorace ». Je me suis demandé si cette conversation se rapportait à votre tondeuse, bien conscient que cette marque est communément utilisée dans la région et justement en vente dans ce magasin. Ou si vous vous entreteniez d'un certain événement, dont seuls vous et moi avions connaissance auparavant, qui impliquait une tortue vorace ?

Je vous écris pour vous poser la question, Mademoiselle, non que ce soit d'une importance primordiale pour moi, mais parce que, tenant conseil permanent avec le Seigneur, je pense de mon devoir de vous avertir que ce serait pécher, et même gravement, que de médire d'un voisin qui a longuement et durement œuvré toutes ces années dans la sagesse et la dignité au service de ce comté (j'y ai enseigné les matières agricoles pendant vingt et un ans, j'ai été conseiller du club Four-H pendant plus de dix ans), ainsi que de son Dieu.

Avec mes sincères salutations,
Garnett S. Walker, troisième du nom

P.-S. : Sur le bien-fondé de relâcher les « lézards » ven-
dus chez Grandy, la boutique d'appâts, sous le prétexte
que certains appartiendraient à des espèces en voie de
disparition dans notre région, mes réflexions m'ont
amené à vous soumettre les trois questions suivantes :

1) Sommes-nous censés, les humains, nous voir simplement comme une espèce parmi tant d'autres, ainsi
que vous l'affirmez toujours dans nos discussions sur la
façon dont on peut vivre en « harmonie » avec la
« Nature » tout en se débrouillant pour empêcher les
scarabées japonais de détruire entièrement ses arbres ?
Pensez-vous qu'un humain n'ait pas plus de poids en ce
monde qu'un scarabée japonais, disons, ou une salamandre ? S'il en est ainsi, pourquoi considérez-vous
davantage de votre devoir de libérer des salamandres,
qu'il n'est du leur d'aller à la nage jusqu'à la prison
d'État de Marion délivrer les criminels qui y sont
incarcérés ?

2) Ou bien devons-nous nous considérer comme les
gardiens de la terre, ainsi que Dieu nous l'a enseigné
dans la Genèse 1 : 27-30, « "Dieu créa l'homme à son
image" ; … Et Dieu les bénit et leur dit : "Soyez féconds
et multipliez, emplissez la terre et soumettez-là !…" »
Et Dieu dit : « Je vous donne toutes les herbes portant
semence, qui sont sur toute la surface de la terre, et tous
les arbres qui ont des fruits portant semence : ce sera
votre nourriture. À toutes les bêtes sauvages, à tous les
oiseaux du ciel, à tout ce qui rampe sur la terre –
comme les salamandres, Mademoiselle – et qui est
animé de vie, je donne pour nourriture toute la verdure
des plantes "et il en fut ainsi". » Si l'on doit en croire la
sainte Bible, nous devons considérer les créatures de
Dieu comme des cadeaux à ses enfants préférés et les
utiliser à nos propres fins, même si cela doit entraîner la

disparition de telle ou telle autre espèce au bout d'un certain temps.

3) Si l'une ou l'autre de ces foutues petites salamandres disparaissait définitivement, à qui cela importerait-il de toute façon ?

Je me pose simplement la question,
GW III

C'était exactement ça, pensait-il. Voilà ce qu'il avait à lui dire. Garnett lécha l'enveloppe et appuya dessus pour la fermer, plus satisfait de lui-même qu'il ne l'avait été depuis bien des années. Tandis qu'il franchissait sa porte d'entrée et descendait l'allée en direction de sa boîte à lettres, il sifflota l'air de *Pretty Saro*, le dédiant au geai juché sur la réserve à grains pour qu'il reprît certaines de ses notes et les mêlât à son hymne joyeux à la gloire du jour.

13
Les prédateurs

« Comment peut-on dire que tout ce qui vous tombe du ciel est nécessairement béni ? » demanda Eddie Bondo, révélant ainsi un côté irritable de sa personnalité qu'elle n'avait pas constaté jusqu'à maintenant.

La question était justifiée. Elle s'arrêta un instant pour se gratter dans le cou tandis qu'ils bataillaient pour se frayer un chemin à travers l'impossible labyrinthe d'arbres couchés sur le flanc : désormais les moustiques les trouvaient. Deanna avait fait un choix malheureux en cette matinée par ailleurs parfaite, et c'est ici qu'ils avaient échoué, après avoir laborieusement grimpé à travers l'entrelacs d'une multitude de chablis. Comme elle l'avait pensé, un énorme pin frappé par la foudre au sommet de la colline avait entraîné avec lui toute une partie de ses semblables du fait de leurs ramures entremêlées. Responsable du choix du parcours, elle faisait encore mine de le trouver amusant.

« Tu aurais jugé ça béni, risqua-t-elle, si tu avais cru devoir passer au moins six semaines à scier ces arbres.

– Ce n'est pas mon cas », déclara-t-il.

Ils étaient partis ce matin-là à la recherche de « bonnets mous », comme les appelaient les gens d'ici. Cette étrange combinaison de mots l'avait fait rire (comme il riait des expressions locales qu'elle utilisait), mais son intérêt s'éveilla lorsqu'elle lui expliqua ce qu'étaient ces champignons. Les morilles étaient tout au plus une légende sur les pentes arides plantées de pins de l'Ouest, mais ici elles existaient bel et bien, et il avait envie d'y goûter. Elle était heureuse d'aller à leur recherche avec lui. Officiellement, elle n'était pas censée récolter quoi que ce fût dans ces bois, mais les populations de champignons n'étaient guère menacées dans la forêt de l'État, et ce n'était d'ailleurs pas l'époque de les cueillir. Son père lui avait appris comment les trouver, à la mi-mai, quand les feuilles de chêne étaient à peine plus grosses que des oreilles d'écureuil. Malgré sa farouche détermination, Eddie Bondo était lui-même incapable d'en faire apparaître une seule en cette troisième semaine de juin. Pourtant ils étaient venus parce que c'était comme ça, avec lui. Certains jours, il faisait ses bagages et disparaissait, temporairement ou pour de bon, elle ne savait jamais, mais quand il était là, il était *là* ; s'ils entamaient la journée en se réveillant tous deux enchantés dans son lit, s'annonçaient une nouvelle aventure, une autre raison d'oublier ses carnets de notes et les sentiers qu'elle était supposée entretenir. La plupart du temps, ils les négligeaient franchement pour partir à l'escalade d'endroits plus sauvages de la montagne, tout en haut ou tout en bas de pentes tellement escarpées qu'ils devaient les grimper à quatre pattes et les redescendre sur le fond de leurs jeans, en glissant comme des champions de bobsleigh sur les feuilles lisses. Ils découvraient des bosquets et des clairières que même Deanna ne connaissait pas, là où, paisibles, des cerfs broutaient mousses et feuilles nouvelles.

Ils atteignaient la fin de l'enchevêtrement de branches. Deanna chercha à voir à travers tout en écrasant un moustique d'une tape et en frottant son genou écorché. Il faisait bon, mais en cet instant elle regrettait son short. Elle voyait bien à présent où ils se trouvaient : à peu de distance de la piste de Egg Creek. Elle rattacha sa natte en un double nœud pour la protéger des branchages et s'engagea jusqu'à la fin du rebutant dédale.

En émergeant des branches d'aiguilles de pin, ils effrayèrent un tétras, dont la queue cuivrée chatoya lorsque le corps trapu prit son essor au ras du sol avec un bruit de moteur de hors-bord. Deanna demeura immobile, la main posée sur son cœur qui produisait un vacarme équivalent. Les tétras s'envolaient toujours dans un bruit d'explosion. Elle aurait préféré voir leurs cousines, les petites poules de bruyère qui se pavanaient autrefois dans les parages, toutes plumes dressées, en gonflant les ballons jaunes de leur cou pour émettre de sonores ronflements, audibles à des kilomètres à la ronde. Cela n'arrivait plus, évidemment. Avec la même intonation geignarde que ses amies célibataires de l'université désolées que tous les types bien fussent mariés, Deanna avait envie de gémir : « Tous les plus beaux animaux ont disparu. »

« Il y a une saison pour ces bêtes-là ? » demanda Eddie, émerveillé du tétras, son irritation maintenant disparue sans laisser de trace. Elle lui lança un regard, sans répondre. Les tétras étaient plutôt rares par ici. Le plus souvent, elle découvrait des troupeaux de dindons glougloutant paisiblement dans la forêt, qui malmenaient le sous-bois avec leurs ailes en se débattant dans les branches basses. En réalité, ils en avaient vu quelques-uns la veille. Et il y avait un vieux mâle très gros qu'ils apercevaient souvent le matin de bonne heure, paradant, seul, le long de la route de l'Office forestier, à l'écart de toute compagnie femelle. Elle dénoua sa natte qu'elle laissa retomber pendant qu'elle étudiait la meilleure façon de se dégager de là. Eddie Bondo s'était mis à siffler.

« Chhhut ! » dit-elle tout bas soudainement. Quelqu'un ou quelque chose se tenait là, dans les pins au-dessus d'eux. Elle attendit une seconde de voir si ça se déplaçait comme un cerf ou comme un homme.

Un homme.

« Hep, là-bas ! lança-t-elle. Ça va comme vous voulez aujourd'hui ? »

Émergeant des branchages vert sombre, il s'avança : grand, légèrement bedonnant, vêtu comme pour aller se battre dans la jungle. Ça la tuait de voir la manière dont s'harnachaient ces types. Comme si l'uniforme allait faire impression sur les biches.

Il l'examinait, les yeux mis-clos. « Deanna Wolfe ?

– Oui ? » À son tour, elle le dévisagea, en plissant les paupières. Du diable si elle était capable de lui donner un nom. Elle mémorisait les noms latins et les chants d'oiseaux, mais les types avec qui elle était allée au lycée, elle les confondait tous.

« Sammy Hill, dit-il enfin.

– Sammy, *bien sûr* », dit-elle, comme si elle n'avait eu que ce nom sur le bout de la langue. Sammy Hill, comment oublier un nom pareil ?

« Dee-anna *Wolfe*, répétait-il, sa joie de la voir plutôt orientée vers ses jambes. J'ai entendu dire que t'étais dans le coin, et que t'avais failli te faire bouffer par un ours. » Il parlait trop fort, sans doute mal à l'aise, ou peut-être un peu sourd. Beaucoup de gars devenaient durs d'oreille à force d'être sur leurs tracteurs et leurs tondeuses.

« Ouais ? Cette histoire circule toujours ?

– Ben, c'est comme ça que Mlle Oda Black la raconte. Mais bon Dieu, j'y croyais pas. Une nénette comme toi qui reste ici toute seule à se geler en pleine montagne ? Sacré nom, t'as pas changé d'un poil. »

Toute seule ? Elle jeta un coup d'œil de côté, tendit l'oreille derrière elle. Si on pouvait au moins compter sur une chose de la part d'Eddie Bondo, c'était sa facilité à disparaître. Très bien, il n'avait pas à se mêler de ça. « Pas d'un poil depuis le lycée ? demanda-t-elle, suave. Tu dis encore que pas un gars ne m'aurait sortie à moins que toutes les femelles du comté n'aient été malades de la rage ?

— Mais non, écoute, t'as tout compris de travers. On était tous amoureux de toi, Deanna.

— Vrai, Sammy. Comment se fait-il que je ne m'en sois pas aperçue ? »

Il se mit à rire. « C'est juste qu'on avait la trouille de toi.

— Alors c'est pour ça que tu es venu jusqu'ici avec ton fusil aujourd'hui ? »

Il regarda son fusil, décontenancé. « Quoi, ça ?

— Ça m'ennuie beaucoup de t'annoncer ça, Sammy, dit-elle, d'un air navré assez convaincant, mais le gros gibier, c'est à l'automne. Et nous sommes actuellement en juin. »

Il la regardait, clignant des yeux dans son effort de paraître innocent.

« Tu sais quoi ? dit-elle. En bas, à la station-service de George Tick, on distribue des calendriers gratuits. Tu pourrais en prendre un au passage en redescendant en ville. »

Sammy gloussa, en secouant la tête. « Deanna Wolfe. *Toi*. » Il gloussa de nouveau. « T'es toujours aussi drôle.

— Toi aussi, Sammy. » Elle continuait de sourire, dans l'attente. Elle connaissait la chanson. Ils en auraient bientôt terminé.

Il parut avoir une idée lumineuse. « Ben, j'avais pas l'intention de chasser aujourd'hui, fallait juste que j'dégotte du *seng*, dit-il. J'suis en retard d'une pension alimentaire.

— Eh bien, dit-elle, hochant la tête d'un air grave, tu as bien fait de prendre ton fusil. Cette plante-là, elle peut devenir sacrément méchante à la saison des amours. »

251

Il se mit à rire, mais rire à n'en plus pouvoir, le Sammy Hill. La tête renversée en arrière, il lui adressait un clin d'œil quand soudain, en un éclair, elle le revit à seize ans, dans un tout autre corps. Mince, sûr de lui, en train de lever le poignet pour jeter une liasse de papiers dans la corbeille – ce Sammy Hill-*là*, le joueur de basket-ball. Il avait une poseuse de sœur, Regina, que les garçons appelaient « la Reine de Beverley Hills ».

Sammy se gratta la joue à l'aide d'une phalange repliée, son sourire gêné découvrant une molaire manquante. « Non, écoute, j'avais besoin de ce fusil pour me défendre, dit-il avec une conviction feinte. Des ours et tout ça. Après que j'ai su ce qui t'était arrivé.

– Ouais, ouais, je comprends ça. Mais à présent, Sammy, tu pourrais te faire un ours en un tournemain. Un athlète comme toi. Est-ce que tu fais toujours des tirs au panier comme autrefois ? »

Son visage s'éclaira. « Nnn-on, dit-il, rougissant sous sa barbe naissante.

– Bon, passons aux mauvaises nouvelles. Pas question de chercher du seng par ici. Terminé – le gouverneur s'efforce de tout laisser repousser par ici, dans la montagne. Désolée, Sammy, mais il faut que je te demande de quitter les lieux. » Elle le regrettait sincèrement pour cette version massive de Sammy, si rapide à mûrir et maintenant si fâcheusement monté en graine. « Tu en trouveras peut-être un peu derrière la ferme de ton père, suggéra-t-elle, là-bas du côté de la fourche.

– Je parie qu'il y en a.

– Comment va ton papa ?

– Il est mort.

– Pas si bien que ça, donc.

– Plus aussi pénible qu'avant.

– Bon, d'accord. Contente de t'avoir revu, Sammy. Dis bonjour de ma part à Regina.

– Houlà, Regina, elle me cause plus que pour me narguer. Depuis que je lui ai cassé sa Camaro. J'ai bien peur que tu sois obligée de lui transmettre ton bonjour toi-même.

– Je n'y manquerai pas », dit Deanna, levant une main pour lui adresser un semblant d'au revoir. Sammy toucha le bord de sa casquette de camouflage et prit le chemin de la descente, lent et gauche, la tête tendue loin en avant à la manière des grands types ventripotents souffrant du dos. Il devait veiller où poser le pied sur cette pente raide.

Elle resta là à attendre un bon moment que les molécules d'Eddie Bondo se rassemblent à partir d'une branche de sapin et de l'air humide. Il n'était plus derrière elle, à présent, mais au-dessus, debout, un peu en retrait de l'endroit où s'était tenu Sammy. C'est son sourire narquois qu'elle repéra en premier, celui du chat du Cheshire.

« Sacré nom de Dieu, Deanna, dit-il railleur, et il cracha.

– Attention à ce que tu vas dire.

– Je te parie bien que ces gars étaient *vraiment* tous amoureux de toi.

– Oh-oh. Pas au point d'entamer leur dédain général. »

Il descendit la pente vers elle comme s'il avait fait ça toute sa vie. Les hommes petits avaient vraiment l'avantage en fin de compte, décida-t-elle, admirative de sa grâce. Ils avaient le dos plus solide. Et puis, il y avait ces épaules, ces hanches étroites et ce sourire – tout ce qui faisait Eddie Bondo. Elle ressentit intérieurement une étrange petite fierté de ce que ce beau garçon fût son partenaire, au moins le temps d'une saison.

« Qu'est-ce que ça peut bien être, le *seng* ?

– Du ginseng. » Elle se mit en route pour rejoindre la piste d'Egg Creek. Il lui emboîta le pas.

« C'est bien ce que je pensais, dit-il.

« – Tu en as déjà vu ?

– J'en sais rien. À quoi ça ressemble ? »

Elle réfléchit un instant. « À une feuille à cinq folioles, une petite plante qui disparaît pendant l'hiver. Et qui ne pousse qu'à certains endroits. Uniquement sous des érables à sucre, sur un versant exposé au nord.

– Et c'est bon pour les ex-épouses ? »

Elle parut interloquée. « Ah oui, les pensions alimentaires. C'est parce que ça paye bien. Mais c'est difficile à trouver. On en a trop cueilli depuis cinq générations, je pense.

– Daniel Boone avait une ex-femme ?

– Sûrement. On tirait toujours un bon prix du ginseng, même à l'époque, pour l'expédier en Chine, d'une façon ou d'une autre. »

Ils marchèrent en silence quelque temps. « Mais Sammy Hill n'était pas à la recherche de seng, lui confia-t-elle.

– Ah ?

– Non. Il aurait eu une bêche et un sac en toile et il serait monté un peu plus haut que ça, et il l'aurait cherché à l'automne. Pas maintenant.

– On n'en trouve pas en ce moment ?

– Je pourrais. Mais Sammy, non. »

Eddie eut un claquement de langue. « Tu crânes.

– Bon… enfin, tu sais bien. Il est facile d'en trouver à l'automne, et les gens cherchent la facilité. Au printemps et en été, le ginseng se montre vraiment discret, et puis, en automne, il perd toute réserve avec ses baies rouge vif et ses feuilles jaunes comme des fanions de travaux routiers. »

Elle ne mentionna pas que, lorsqu'elle le trouvait sous cette forme, elle en retirait les feuilles voyantes et les fourrait dans sa poche pour protéger la plante des cueilleurs. Elle éparpillait les baies mûres sous les futaies récentes, contribuant ainsi à ce que les racines de ginseng gardent leur secret. Par la suite, lorsqu'elle faisait sa lessive hebdomadaire dans un baquet rempli d'eau bouillante, elle sortait de toutes ses poches des feuilles de ginseng boulochées comme des bouchons de papier toilette. Eddie l'aurait crue folle si elle le lui avait dit. Accaparer toute la montagne pour elle seule, c'est ce dont il l'accusait, dans l'ensemble. Pourtant non. Si personne n'en découvrait plus jamais, elle comprise, ce serait bien ; l'idée de ces racines en forme de petits hommes qui dansaient dans leur univers souterrain lui plaisait, simplement. Elle voulait qu'ils perdurent, non dans l'intérêt des impuissants de Chine ou d'ailleurs, mais dans l'intérêt du ginseng lui-même.

Eddie Bondo manifestait de la curiosité pour ces racines. Lorsqu'ils s'installèrent sur la mousse de la berge d'Egg Creek pour prendre leur repas de sardines et de biscuits salés, elle prit un bâton et tenta de lui représenter dans l'humus sombre et meuble les différentes formes qu'elles avaient rencontrées : une à laquelle il manquait une jambe, une autre, un bras ; elles n'étaient pas toujours parfaites. Rarement, en fait.

Il ne regardait pas ses dessins. Il la regardait, elle. « Ces types ne te font pas peur, on dirait ? Tu les croques à belles dents et tu les recraches, en gardant tout le temps le sourire. »

Elle baissa les yeux vers son bonhomme de ginseng. « Quoi, tu veux parler de Sammy Hill ?

– Et le pire, c'est qu'il a adoré ça. Il va descendre raconter à tout le monde qu'il est tombé sur un loup-garou femelle avec des jambes de pin-up. »

Elle n'osait pas penser à ce qu'il allait raconter. « J'essaye de ne pas trop les blesser dans leur amour-propre masculin. Sinon, ils ont vite fait de revenir à trois ou quatre copains, et là ça peut tourner très mal. Mais non, ils ne me font pas peur. » Elle haussa les épaules. « Ce ne sont que des gens avec lesquels j'ai grandi.

– Je n'arrive pas à imaginer ça, dit-il. Toi avec ces mecs. Toi au volant d'une voiture, en train de faire des courses. Je ne te vois pas vraiment ailleurs que dans les bois.

– Oui. Ça doit faire un bout de temps.

– Ça ne te manque pas du tout ?

– Si tu parles du lycée ou de tous les Sammy Hill du monde, alors non.

– Je ne te parle pas de ça. Tu sais bien de quoi je veux parler. »

Elle essaya de décider si elle savait. « Il y a certaines personnes avec qui j'aimerais passer la journée, bien sûr. Et certaines choses.

– Comme quoi ?

– Je ne saurais même pas dire. » Elle réfléchissait. « Ni les voitures, ni les lumières électriques, ni le cinéma. Des livres, je peux m'en procurer, si je les demande. Mais musarder dans une bibliothèque, poser la main sur des ouvrages que je ne connais pas, ça, oui, ça me manque. D'autres choses ? Je ne sais pas. » Elle réfléchit de nouveau. « J'aime la plage. La famille de mon mari possédait une villa en Caroline du Nord.

– La plage, ça compte pas. J'entends des trucs inventés par des gens.

– Des livres, alors. Des poèmes, des histoires qui font peur, la génétique. Toutes les planches peintes par Audubon.

– Quoi d'autre ?

– Du chocolat ? Et le cidre de Nannie. Et mon border collie, s'il n'était pas mort. Mais il compte, les animaux domestiques sont des inventions de l'homme. » Elle ferma les yeux, cherchant ce qu'elle aurait pu oublier. « De la musique, peut-être aussi ? C'est quelque chose que j'aimais.

– Ouais ? Tu as joué d'un instrument ? »

256

Elle ouvrit grands les yeux. « Non, mais j'en écoutais pas mal. Mon père faisait partie d'un orchestre de bluegrass, Out of the blue. Et quand j'habitais Knoxville, il y avait ce petit bar qu'on fréquentait, bluegrass et country music. Des gens dont on n'avait jamais entendu parler. Des sœurs venaient y jouer quelquefois – bon sang qu'elles étaient douées. Elles étaient du Texas, il me semble. Les Dixie Chicks. »

Eddie Bondo éclata d'un grand rire sonore.

« Ouais, drôle de nom.

– Drôle toi-même. Dis donc, tu es en dehors du coup depuis un moment. Elles ne jouent plus dans des petites boîtes.

– Tu en as entendu parler ?

– Moi et tous ceux qui ont des oreilles pour entendre. »

Elle secoua la tête. « Étonnant. Rien ne reste jamais pareil ici-bas.

– Rien ne reste jamais pareil nulle part. »

Elle le regardait, sérieuse. « Regarde ici, rien ne change. Je suppose que succès et échecs importants se produisent, mais de manière tellement ralentie que ça ne se remarque pas sur une durée de vie. » Elle croisa les bras autour d'elle. « C'est sans doute pourquoi j'aime ça. La nature est simplement plus sûre. »

Il se pencha en avant et l'embrassa. « Parle-moi encore du ginseng. »

Elle se concentra sur son dessin qui représentait un petit homme effronté au complet, avec deux bras, deux jambes et qui n'avait aucun besoin de déterrer du ginseng pour sa virilité. Il la coucha sur le sol au-dessus de son œuvre d'art et ils s'attardèrent là un moment dans la lumière changeante du soleil à travers les feuilles, déposant leur propre empreinte de désir humain. Bientôt, ils furent en chemin vers le refuge, sans autre préoccupation que celle de leurs corps.

C'est alors qu'ils tombèrent sur les coyotes, deux femelles qui chassaient à découvert. Elles se trouvaient à environ un kilomètre et demi du bassin qui alimentait le Bitter Creek, à un endroit où Deanna ne serait jamais allée les chercher. C'était dans une clairière où des arbres tombés avaient éclairci la voûte, laissant pénétrer le soleil sur une étendue de sol forestier qui, désormais, était envahi d'un épais tapis de buissons de mûres aux feuilles tendres. Au début, elle les prit pour des chiens, elles étaient si massives, avec une fourrure très dense derrière les oreilles comme des huskies, et beaucoup plus solides que les maigres spécimens qu'elle avait vus au zoo ou que les coyotes de l'Ouest qu'elle avait admirés en photos. Ces deux-là étaient comme dorées dans le soleil, le dos arqué, bondissant à travers les broussailles, l'une puis l'autre, tel un couple de dauphins jaillissant en alternance au-dessus des vagues. Elles étaient sur les traces de quelque menue et rapide bestiole qui s'enfuyait sous les feuilles et l'herbe. Probablement un campagnol ou une souris. Elles ignorèrent le couple d'humains restés figés dans leurs bottes sous les ombrages. Entièrement absorbées par leur poursuite, les oreilles mobiles comme des jouets mécaniques à guetter des bruits imperceptibles. Comme les deux parties d'un seul et même animal, elles se déplaçaient de manière à encercler et à coincer leur proie contre une saillie de calcaire, la traquant en fouaillant le sol de leur long museau. Deanna regardait, fascinée. Elle voyait avec quelle efficacité ces deux femelles étaient capables de couvrir la lisière d'un champ dans leur poursuite des souris et des campagnols, qu'elles semblaient préférer. Guère étonnant que les fermiers les aient souvent vues et aient craint pour leur bétail. Si seulement ils avaient su qu'ils n'avaient rien d'autre à perdre que leurs souris. Il lui vint à l'esprit en les observant que cette manière de chasser était sans doute profitable aux oiseaux qui nichaient dans le sol, tel le colin, à cause des nombreux passages qu'elle ouvrait à travers les touffes serrées de fétuque.

Et puis, sans prévenir que la chasse touchait à sa fin, la garde avancée fondit puis leva la tête et, d'une saccade de côté, happa en vol la souris comme un petit chiffon à poussière humide qu'elle aurait eu l'intention de secouer, avant de disparaître dans les bois avec sa prise qui se tortillait encore entre ses mâchoires. Sa sœur marqua une pause à la lisière de la forêt et se retourna vers eux, l'œil sombre et plein de défi, en manière d'avertissement.

Deanna resta muette tout le reste de l'après-midi. Qu'avait-elle à dire à cet homme dont elle ne pouvait supporter de connaître les pensées ? Elle voulait qu'il ait vu ce qu'elles étaient vraiment dans cette clairière ensoleillée, comme ces femelles étaient dorées et parfaitement accordées à leurs propres nécessités. Mais elle se garda de demander. La vue de ces bêtes l'avait fait se retirer au plus profond de lui-même et éviter soigneusement d'échanger tout contact ou tout regard avec elle pendant qu'ensemble ils les observaient. Par la suite, il n'avait pas dit un mot sur le spectacle auquel ils avaient assisté.

Ils n'allèrent pas au lit dans l'après-midi comme ils semblaient en avoir eu l'intention. Elle eut froid dans tout le corps. Elle mit la bouilloire à chauffer pour le thé, puis fit cuire du riz à l'eau et réchauffa les haricots noirs de la veille. Eddie et elle avaient pris l'habitude de manger sur le lit, mais aujourd'hui elle revendiquait son droit à l'unique siège et à la table, couvrant cette dernière d'une pile de livres et de papiers ainsi que de son carnet de bord négligé, écrivant tout en mangeant. Eddie Bondo ne tenait pas en place, allant et venant sur la galerie. Qu'y a-t-il de plus bruyant sur terre, pensa-t-elle, qu'un homme qui n'a rien à faire ? Pourquoi était-il encore là ?

Pour la centième fois, elle se demanda par quelle aberration elle s'était laissée aller à choisir ce compagnon. Une poule de prairie aurait copulé à bon droit avec le coq qui gonflait d'air ses sacs jaunes et faisait le plus de vacarme. Les oiseaux à berceau femelles se décidaient pour le gars qui avait le nid le plus tape-à-l'œil. Qu'avait donc Eddie Bondo qui l'émût si puissamment qu'elle en capitulât – son allure jumelle à la sienne, en fin de compte un homme capable de rester à la hauteur ? Ou était-ce sa petite taille, après toutes ces années pendant lesquelles les profs l'avaient dominée en tout ? Pourtant, il avait un culot fou, était aussi indépendant que n'importe quel autre être de sa connaissance. Son égal, supposait-elle, en ce domaine. Elle aurait aimé se sentir un peu moins semblable à une poule de prairie fascinée, s'avançant à pas comptés dans l'arène, vers la grande parade.

Dans la soirée, quand elle ne supporta plus son voisinage, elle s'imposa de marcher jusqu'au bois de tsugas avec un marteau à dent. Elle travaillerait à réparer la passerelle de la piste qui enjambait le cours d'eau et qui s'était effondrée en février dernier. Elle disposait encore de quelques heures de lumière solaire, car le solstice d'été était proche. (Elle réfléchit : l'avait-elle laissé passer, en réalité ?) Elle démembrerait l'ancien pont, compterait le nombre de planches irrécupérables et ferait une demande de matériel pour le réparer puisque la jeep de l'Office forestier viendrait bientôt déposer ses provisions et prendre la nouvelle liste. Elle ne commanderait pas plus de nourriture que d'habitude, aucun extra. Elle avait quitté le refuge sans un mot, incapable de l'imaginer autrement qu'occupé à nettoyer son fusil en son absence.

Le bois de tsugas donnait sur un affluent qui alimentait le Bitter Creek, dans une étrange combe étroite où d'interminables courants ascendants portaient particulièrement bien les sons. Parfois, elle entendait ces échos monter de la vallée : les aboiements d'un chien et même les lointains gémissements aigus des camions sur l'*interstate*. C'était en hiver, malgré tout, quand les arbres étaient dénudés. Aujourd'hui, tout en travaillant à soulever les planches, elle entendait surtout le calme pesant qui précède une soirée d'été, avant que les sauterelles vertes n'entament leur chant, quand les bruits de la forêt sont encore espacés de longs silences. Un écureuil au-dessus de sa tête la tança sans entrain puis s'arrêta. Un pic progressait autour du tronc d'un sapin. Eddie Bondo avait parlé des pics-verts qu'il avait vus dans l'Ouest, drôles de petites créatures qui travaillaient de concert à vriller un arbre mort criblé de petits trous pour y dissimuler des milliers de glands, et qui passaient ensuite le reste de leurs journées à défendre cet extravagant trésor de voisins en maraude. À quel point la vie pouvait être absurde, quelle stupidité de s'inventer des choses à chérir, simplement pour craindre de les perdre ! Elle écoutait le toc-toc méthodique du pic qui ne cessait que lorsque l'oiseau s'arrêtait pour faire voler des morceaux d'écorce qui atterrissaient sur le sol moussu proche du cours d'eau.

Elle était occupée à arracher les dernières planches de la structure en rondins du pont, lorsqu'elle entendit quelque chose d'autre qui la fit s'interrompre dans son travail et tendre l'oreille. Des voix : des hommes qui parlaient, aurait-on dit. Elle se releva et écouta plus attentivement encore. Des chasseurs.

Elle balaya une mèche de cheveux de ses yeux, contrariée. Ce devait être le jour le plus long de l'année, car elle commençait à en avoir vraiment assez. Une conversation, cela voulait dire qu'il y avait plus d'une personne, et, à cette heure tardive de la journée, qu'ils prévoyaient une quelconque bêtise, comme de dormir dans un arbre toute la nuit afin de pouvoir braconner des dindons sauvages aux premières lueurs du jour. Elle poussa un soupir et emprunta le rondin qui traversait le cours d'eau pour retourner à l'endroit où elle avait jeté sa veste. Elle serait obligée de descendre là-bas et de rassembler toute son énergie pour inviter ces gens à s'expliquer.

Les sons étaient très lointains, peut-être à un kilomètre au moins. Mais ils étaient certains et continus. Elle écouta pendant une minute les murmures graves et constants. Ce n'étaient pas des mots. Des grondements, plutôt. Des petits grognements de communication, assortis d'aboiements plus aigus. Ce n'étaient pas des hommes qui conversaient mais des femmes, des femmes *coyotes*, qui ne hurlaient pas à la lune, mais grondaient paisiblement dans le langage des mères qui s'entretiennent avec des enfants. Les deux femelles de ce matin avaient capturé une souris vivante. Elles ne l'avaient ni mangée ni même tuée, mais simplement rendue impuissante. Maintenant Deanna comprenait pourquoi. *Les chiots sont vivants*, chantonna-t-elle dans un murmure. Vivants au monde, les yeux ouverts, en train d'apprendre à chasser. D'apprendre à parler. Des petits coyotes, nés la tête vide comme des nouveau-nés humains, et qui avaient besoin d'acquérir toutes les compétences nécessaires à leur survie. Leurs protectrices n'avaient pas fait entendre leur voix de tout le printemps, mais à présent elles y seraient contraintes ; aucun être vivant en société ne peut grandir s'il est muet, il serait incapable de survivre. Les petits devaient avoir plus de six semaines, théoriquement prêts à chasser tout seuls. Quel spectacle ils devaient offrir maintenant ! Elle empila rapidement le bois intact contre le tronc d'un tsuga et reprit le chemin de la maison, bien que la « maison » en question ne lui eût plus accordé beaucoup de droits désormais : un lieu où, ce soir, elle ne pourrait souffler mot de ce qu'elle avait découvert, ni même dormir tant qu'elle n'aurait pas vu ces chiots de ses propres yeux.

Dans la lumière d'un début de matinée, progressant rapidement le long de la piste de Bitter Creek, elle s'arrêta un instant pour écouter. Rien, le silence seul. Ou plutôt, toutes sortes de bruits sauf celui qu'elle guettait. Beaucoup de bruit qui montait en frémissant des feuilles sèches autour de ses pieds – ce devait être un lézard qui se donnait l'importance d'un ours. Elle poursuivit sa marche, sachant maintenant quel son guetter et sachant qu'elle l'entendrait. Toute la durée du printemps, elle était restée en attente tandis que son imagination s'emplissait de voix et que ses cheveux se dressaient sur sa nuque : ces classiques hurlements à la lune, les protestations et les cris polyphoniques qu'elle avait étudiés sur des cassettes jusqu'à ce qu'elle en eût usé le ruban, devenu cassant et transparent comme de la Cellophane. Elle commençait à craindre d'avoir usé son cerveau pareillement à force d'attendre dans ces montagnes, de se pencher sur ces nuits de silence, finissant par décider que le seul son ardemment désiré ne se produirait plus. Ici, il ne leur était pas nécessaire de parler. Pas comme dans l'Ouest, où ils devaient s'interpeller depuis les sommets déserts pour la joie de leur multitude puisqu'ils étaient si nombreux. Ils devaient se rappeler les uns aux autres qui ils étaient, combien de familles, où ils étaient installés. Ici, il n'y avait qu'une seule famille, et elle savait exactement où elle se cantonnait. Il valait mieux garder le silence.

Le plus dur dans la vie de Deanna avait été de se tenir à l'écart de cette tanière, de la protéger par son absence. Quelquefois elle aurait juré qu'ils étaient partis, sans doute en direction de Blue Ridge. Elle préférait penser que c'était pour le mieux, mais en réalité nulle part il n'existerait un havre sûr pour cette famille. Où qu'ils aillent, ces coyotes auraient à affronter la haine des fermiers. Ici, dans cette montagne isolée, ils n'avaient affaire qu'à l'étrange combinaison d'une protectrice et d'un ennemi. Elle doutait de sa capacité à assurer leur sécurité. Pendant les six semaines qu'elle avait connu Eddie Bondo, elle avait cherché des faux-fuyants et éludé les obstacles. À présent, il les avait vus, et elle avait passé la nuit précédente, blottie misérablement dans son fauteuil près du poêle, à réfléchir pendant qu'il ronflait.

Au matin, elle avait mal aux os et l'esprit à vif, mais elle était prête à mettre les cartes sur table.

« Ce matin, je descends jusqu'au pied de la colline, et seule, avait-elle dit. Si tu me suis, tu fiches le camp de cette montagne pour le reste de tes jours ou des miens. Selon le temps qu'ils dureront. »

Sans un mot, il avait emballé quelques biscuits secs dans son paquetage, l'avait passé à son épaule et avait décampé en sifflotant le long de la route de l'Office forestier, dans la direction opposée de Bitter Creek. Deanna resta pendant quelques minutes à contempler son chapeau qu'il avait laissé accroché au portemanteau, près de la porte, et son fusil debout dans un coin. Puis elle se vêtit et fila le long de la piste, enfin libre d'aller voir. Maintenant, tout ouïe, elle ne craignait plus d'entendre les voix susceptibles de trahir leur présence. Durant toutes ces semaines, elle avait retenu son souffle, tendu l'oreille et voulu ne pas entendre. Comment avait-elle pu laisser cela se faire ?

Elle s'arrêta de nouveau, cette fois n'entendant que le rire dément d'un couple de pics-verts qui folâtraient, se déplaçant en biais à travers les bois, sautant l'un par-dessus l'autre d'un tronc d'arbre jusqu'au suivant. Une minute, elle observa ce ménage de grands pics qui jouaient aux échecs entre eux. Ils étaient énormes, aussi gros que des chats noirs qui auraient volé et impossibles à ignorer avec leurs arrogantes voix sonores et leurs crêtes rouges retroussées. Elle eut une vision de fantômes, imagina un moment les pics à bec ivoire – leurs cousins défunts au regard froid, à l'œil blanc, qui avaient même été plus gros encore, d'une envergure de trois pieds. Les oiseaux du Seigneur Dieu comme les gens les appelaient, ce qu'ils criaient quand ils en voyaient un. Jamais plus.

À présent, sous le rire des fantômes, elle commençait à entendre les vocalisations intermittentes des coyotes. Elle se déplaça lentement vers le son, d'une centaine de pas, le long de la piste, s'arrêtant finalement à un endroit où elle risquerait un coup d'œil à travers les rhododendrons pour avoir une vision plus nette de la tanière. Tout avait changé depuis le printemps, désormais les bois couverts de feuilles étaient épais. L'air et la lumière bougeaient différemment et la tanière avait également changé. La berge au-dessous de l'excavation formait une aire de terre nue, creusée de tant de petites griffes qu'on aurait dit du velours côtelé couleur brun clair. Elle crut voir quelque chose bouger à l'intérieur du sourire sombre de l'ouverture de la tanière, puis plus rien d'autre que l'immobilité. Elle compta une minute de ses propres battements de cœur, puis quelques autres encore, et se persuada que vraiment elle n'avait rien vu bouger. Il y avait eu des chiots ici même, toutes ces marques de griffes sur la berge l'attestaient, mais il était trop tard, commençait-elle à croire. Elle les avait manqués à un jour près : ils avaient grandi et ils étaient partis.

Puis elle perçut un bruissement dans un hallier d'airelles, à courte distance de l'ouverture. Un lent gémissement prolongé qui lui serra le cœur, un appel irrésistible. Un adulte se trouvait dans ces fourrés, la mère, ou l'une des autres femelles qui appelait les jeunes. Instantanément, ils apparurent tous ensemble dans l'ouverture, une rangée d'yeux luisants sous une forêt de petites oreilles pointues. Deanna tenta de les compter, mais ils étaient trop nombreux et ils s'agitaient en un turbulent grouillement d'oreilles et de queues : plus de six, sûrement, et moins de vingt. Ils culbutèrent les uns par-dessus les autres hors de l'entrée comme la femelle approchait avec quelque chose entre les dents, une petite masse sombre qu'elle lança au milieu d'eux. Une série de petits grondements et de protestations éclatèrent et les menues boules de fourrure bondirent comme du pop-corn dans une poêle. Des chiots, pensa-t-elle ; ce n'était vraiment que des *chiots*. Mais aussi des chatons, à la façon dont ils se précipitaient et jouaient avec le campagnol à moitié vivant qui venait tout juste d'être livré à leurs jeux d'enfants. Deanna tomba à genoux, replongée dans les étés de son enfance où les voisins arrivaient avec des portées de chiots dans des boîtes et où les chats de la ferme mettaient bas leurs chatons pratiquement dans ses mains. Sans vergogne, son corps redevint celui d'une enfant, les dents serrées sur sa natte pour s'imposer silence et les mains sur la poitrine pour empêcher son cœur d'éclater.

Elle aurait tant aimé que son père fût là, éprouvant cela comme une prière. Si seulement je pouvais lui faire voir ça, oh, s'il vous plaît ! Faites qu'il voie ça du ciel, où qu'il soit, et qu'il le voie à travers mes yeux, qu'il voie ça, car il le comprendrait parfaitement. L'amour était quelque chose qu'il reconnaissait toujours quand il y était confronté.

Elle se demanda s'il existait quelqu'un au monde à qui elle aurait pu parler de ces petits coyotes, de ce paquet de survie et de soins étroitement noué. Non pour disséquer leur histoire et leur nature : elle l'avait déjà fait. Ce qu'elle mourait d'envie d'expliquer, c'est à quel point ils lui donnaient le sentiment d'avoir retrouvé une famille.

14
Les châtaigniers d'autrefois

Garnett ouvrit le robinet d'eau chaude, la laissant couler brûlante sur les muscles qui protégeaient ses omoplates. Quel mal de chien il avait là, derrière, comme si quelque brute de la cour de récréation lui avait proprement balancé une faneuse en travers de la colonne vertébrale.

Il poussa un soupir. La vie devenait par trop pesante pour un vieux bonhomme solitaire comme lui. Ce n'était pas tant à cause du travail : il adorait bricoler avec ses châtaigniers. Les gens s'imaginaient qu'il était fastidieux d'ensacher toutes les fleurs au printemps, de procéder à la délicate pollinisation croisée, de ramasser les semences et de mettre en terre les nouveaux semis, mais dans les moindres détails tout ça enthousiasmait Garnett, car l'une ou l'autre de ces graines était susceptible d'aboutir à un arbre qui résisterait à la maladie. Chaque sachet blanc enfilé à l'extrémité d'une branche, chaque récolte de pollen, chaque étape portait l'espoir d'un prodige en voie d'accomplissement. Un fragment de l'ancien monde perdu revenu carrément sous ses yeux.

Non, ce qui lui arrivait depuis peu, c'était qu'un problème chassait l'autre ; cette ferme et son passé tout entier l'entraînaient à sa perte. Transformée en véritable dépotoir de ferrailleur, elle représentait une menace permanente, dissimulée sous une épaisse couche d'herbe. D'ailleurs, il en allait de même pour toutes les fermes alentour. En apercevant un jeune couple qui visitait la ferme un peu plus loin que chez Oda Black, en compagnie d'un agent immobilier, il avait été tenté de leur crier par la fenêtre de son pick-up : « Z'êtes venus chercher de l'histoire ancienne, c'est ça ? Ben je vais vous dire, moi, comment qu'elle a enterré le vieux Blevins sous les dettes, lui et tout son matériel agricole déglingué, et qu'elle attend plus qu'un quidam se présente pour qu'il s'embarbouille les pieds dedans. »

Bien entendu il ne leur avait rien dit du tout et ils achèteraient. Ils avaient l'allure bêtement énergique des gens de la ville : la femme en tenue plus masculine que l'homme. Ils découvriraient bientôt ce que Garnett connaissait déjà par cœur, à savoir que, dans ce genre de ferme, toutes les fois qu'on enfonçait sa bêche pour planter un arbre, on tombait sur un vieux tesson de plat cassé, une longueur de harnais de cuir, quelque vieille ferraille rouillée et parfois même un boulet de canon ! À l'époque où Garnett n'était encore qu'un écolier, son père leur rapportait souvent d'on ne sait où, pour jouer, des boulets de canon qui finissaient oubliés dans le verger ou enfouis dans les plates-bandes de leur mère, en attendant de provoquer des dégâts cinquante ans plus tard sur un cultivateur, une lame de tondeuse ou quelque pièce de matériel dont la réparation coûterait une journée de travail et un argent fou.

En cette matinée, ses plans étaient modestes : finir de nettoyer l'extrémité du champ alluvial, le long de la haie, afin de dégager une superficie suffisante pour une nouvelle rangée d'arbres. Il avait cru – au pire – qu'il suffirait de désherber, mais non. Il avait détraqué sa débroussailleuse et la lame de son cultivateur. Il avait retrouvé six vieux poteaux embobinés de fil de fer barbelé à demi enterrés dans cette mince étendue de terre, qu'on s'était manifestement contenté de flanquer là, une fois arrachés, pour poser une nouvelle clôture, dans les années 40. Après s'être bien débattu pour sortir tout ça, il avait découvert là-dessous assez de clous et de boulons de charrette éparpillés autour pour en remplir trois seaux (qu'il avait transportés en trois fois jusqu'à son tas d'immondices dans le garage, qui devenait monstrueux). Ensuite, au-dessous de tout ça, le châssis métallique complet d'un vieux tombereau – et le pire restait encore à venir ! Dans tout ce désordre du bout de la haie, il avait découvert un énorme rouleau de plastique noir avec quelque chose de lourd à l'intérieur, et Garnett s'était mis à craindre que ce ne fût un corps (il avait déjà trouvé tout et n'importe quoi aujourd'hui, alors pourquoi pas ?). Mais non, c'étaient des agglomérats de poudre blanche, probablement du sel de roche, sans qu'il en soit bien sûr. Un truc dont le père avait voulu se débarrasser quand Garnett était encore petit. C'était ce qui clochait dans leurs façons de penser de l'époque : « Se débarrasser » voulait simplement dire « loin des yeux, dans un coin », pour que quelqu'un d'autre tombe dessus un peu plus tard en chemin. Garnett en avait ras le bol de tout ça, outre qu'il n'avait toujours pas réussi à dégager le terrain qu'il était censé avoir ouvert à la mi-matinée, et puis quoi encore ? Nom de nom, voilà que le téléphone se mettait à sonner.

Il ferma le robinet de la douche et écouta. Oui, c'était bien le téléphone, posé sur la petite table du couloir, juste derrière la porte de la salle de bains, et qui sonnait à se décrocher de son support.

« Y a pas le feu ! » s'écria-t-il, mécontent d'avoir à interrompre sa douche et à se précipiter pour se sécher la tête et se draper dans une serviette. Il s'avança, hésitant, sur les lames du parquet dans le couloir glacé et attrapa le récepteur.

« Allô », dit-il, du ton le plus aimable possible en la circonstance tout en tapotant ses cheveux mouillés. Il ne se sentait guère à l'aise pour bavarder avec quelqu'un dans cette tenue, même si c'était une erreur de numéro.

« Allô, monsieur Walker ? »

C'était une femme. Qui n'était pas d'ici en plus ; elle parlait un peu comme les gens de la ville, avec cette façon qu'ils avaient de précipiter chaque mot.

« Lui-même », dit-il.

Elle sembla hésiter un instant et il pria pour qu'elle raccrochât, mais elle se lançait : « Je me demandais s'il serait possible de vous poser quelques questions concernant les chèvres. Je souhaiterais me lancer dans un élevage de moyenne dimension destiné à produire de la viande de boucherie, mais je ne possède pas énormément de capitaux et certaines personnes m'ont orientée vers vous. On m'a dit que vous étiez la personne à qui il fallait s'adresser, l'homme de l'art en matière de chèvres, et que vous sauriez peut-être même comment je pourrais démarrer avec quelques… je ne sais pas comment dire. » Elle respira un bon coup. « Allez, je vais parler franc. Je voulais savoir si vous ne connaîtriez pas quelqu'un qui me ferait cadeau de chèvres. Pour que je puisse démarrer. »

Garnett recouvrait ses esprits : l'homme de l'art en matière de chèvres surpris avec une serviette autour de la taille et les cheveux hérissés comme un poulet sous la pluie.

« Des chèvres, dit-il.

– Oui.

– Puis-je vous demander où vous vous trouvez ? Cela est d'abord à prendre en considération.

– Oh ! pardon. J'oubliais les bonnes manières. Ici, Lusa Landowski, j'habite l'ancienne ferme des Widener, Cole Widener était mon mari.

– Oh ! madame Widener. J'ai été désolé d'apprendre la nouvelle au sujet de votre mari. J'aurais bien assisté à l'enterrement, mais il y a eu… nos familles sont plus

270

ou moins en délicatesse. Mais je suppose que vous êtes au courant de tout ça. »

Elle resta silencieuse pendant quelques secondes. « Vous êtes plus ou moins de la famille, c'est ça ?

– Par alliance, dit-il, de la famille éloignée.

– Mille excuses, mon neveu l'a mentionné, mais j'avais oublié. Oui, c'est ça, une de mes belles-sœurs est une Walker. Je *crois*. » Elle éclata de rire, ce qui pouvait passer pour une relative insouciance de la part d'une jeune veuve. « Je découvre à peine ce que c'est que de vivre au milieu de six cents parents. Tout ça est nouveau pour moi – je suis originaire de Lexington.

– Et c'est là que vous comptez monter votre élevage ?

– Oh non, ici. J'aimerais que cette ferme reste solvable, ce qui est le but de cette affaire de chèvres, si j'arrive à la monter. Je ne suis pas sûre du tout d'en être capable, et je me demande si ce n'est pas de la folie d'essayer.

– Ah ? Actuellement, vous ne possédez aucune bête de boucherie sur place ? »

Elle soupira, toute insouciance retombée. « Les bovins me paraissent une cause perdue en ce qui me concerne, avec tout ce qu'il faut investir dedans. Traitement Ivermec et le reste, et je sais que je suis censée vérifier si les vaches sont pleines, mais je n'y connais rien en matière d'examen génital. J'ai peur quand je suis trop près d'elles. Je suis toute petite et elles sont *énormes*. » Elle eut un rire confus. « Je débute dans le métier de fermière. Je ne suis même pas fichue de faire marcher ma botteleuse. Deux de mes beaux-frères possèdent un empire de bétail en location, j'avais pensé que je pourrais peut-être leur vendre mes bêtes. Me lancer dans une race plus petite. » Elle s'interrompit. « Je pensais que je pourrais m'en sortir avec des chèvres.

– Eh bien, au moins vous semblez avoir un projet.

– Cela demande beaucoup de réflexion ; je suis désolée. Je ne voulais pas entrer dans le détail de mon affaire personnelle, mais écoutez, je tombe sans doute mal et je vous dérange.

– Oh ! vous ne me dérangez pas du tout », dit-il en se balançant d'un pied nu sur l'autre, avec l'impression d'être en courant d'air. Pas étonnant : sous sa serviette étriquée, il était nu comme un ver. Il crut entendre frapper à la porte d'entrée. Ah, est-ce que ce n'était pas une livraison ? Il n'en attendait pas.

« Bon alors, ça va, dit-elle, avec un petit rire. Au moins, vous ne m'avez pas d'emblée traitée de folle – pas encore. J'aurais aimé connaître votre avis. Si c'était possible.

– Allez-y », dit Garnett, malheureux. Il entendait de nouveau frapper à la porte, cette fois de manière plus insistante.

« Une première chose, pensez-vous qu'il soit réaliste d'essayer d'obtenir des bêtes gratuitement ? Comment puis-je m'y prendre ?

– Je vous suggère de mettre une petite annonce dans le journal. Mais vous risquez de vous retrouver avec plus de chèvres que vous n'en ayez besoin.

– Vraiment ? Alors, vous aussi vous pensez que les gens rêvent de s'en débarrasser. Ce qui, logiquement, devrait m'indiquer qu'il n'y a pas d'argent à se faire là-dedans, si j'avais du bon sens.

– Je ne peux pas vraiment vous y encourager, madame Widener. D'après mes souvenirs, personne dans ce comté n'a jamais tiré un seul dollar d'une chèvre.

– C'est ce que m'a dit mon neveu. Mais il me semble que le problème réside dans l'étude de marché. Comme pour tout ce qui touche à l'exploitation, je commence mon apprentissage. Personne ici n'a que faire d'une

272

chèvre, on ne les mange même pas et il y en a trop. Mon neveu m'a dit qu'il y avait eu une invasion de chèvres dans le comté de Zébulon, il y a quelque temps. Vous savez pourquoi ? »

Garnett ferma les yeux. Tout cela était-il réel ? Quelque mystérieux intrus cognait à sa porte d'entrée, une drôle de bonne femme de Lexington essayait de découvrir son secret le plus gênant, son dos souffrait le martyre, et ses fesses nues étaient exposées à la brise. Il n'aurait pas exactement voulu être mort, mais au moins paisiblement endormi dans son lit, toutes lampes éteintes.

« Monsieur Walker, vous êtes toujours là ?

– Oui.

– Est-ce que… vous me croyez un peu folle ?

– Oh non ! pas du tout. À votre question à propos des chèvres en surnombre, il n'est pas très facile de répondre. Il y a six ou sept ans, l'invasion a démarré sous la forme d'une flopée de projets pour le club Four-H qui sont, en quelque sorte, allés trop loin. C'est la meilleure façon de décrire la chose. Une erreur qui s'est mise à tourner au désastre. J'étais censé superviser ces jeunes et j'aurais dû les orienter vers le porc ou la volaille, mais ma femme venait juste de mourir – vous comprenez sûrement, étant veuve vous-même. Ma voisine a une solide dent contre les chèvres et j'ai manqué sérieusement de jugement, dans cette affaire. Impossible de décrire ça autrement.

– Monsieur Walker, inutile d'entrer dans les détails, je ne suis ni journaliste ni rien. Je ne suis même pas curieuse, comparée à la plupart des gens d'ici. Je cherche simplement à me faire donner quelques chèvres.

– Alors essayez la petite annonce dans le journal, c'est ce que je vous suggère. Mais ne donnez pas votre adresse.

– Non ?

273

– Surtout pas, les gens se débarrasseraient de toutes sortes d'animaux chez vous et vous le regretteriez. Avez-vous un pick-up, madame Widener ?

– Bien sûr.

– Alors, indiquez votre numéro de téléphone dans l'annonce mais sans mentionner le nom de votre ferme. Contentez-vous du numéro et demandez aux gens de vous appeler. S'ils ont ce que vous cherchez, vous irez directement ramasser les bêtes chez eux. Mais il faut d'abord leur poser quelques questions. Vous avez un crayon et du papier ?

– Une petite minute. » Il l'entendit reposer bruyamment le téléphone et marcher sur du parquet. Il se demanda dans quelle pièce elle se trouvait. En haut ou en bas ? Peut-être dans la cuisine. Ils avaient fait le mariage dans l'entrée principale, avec la jeune fille qui montait lentement ces marches magnifiques dans ses petits souliers blancs et sa robe de mariée courte. Elle avait l'air d'avoir treize ans. Ils avaient d'abord pensé faire ça dans la cour, mais à la dernière minute le temps avait tourné au froid et à la pluie. Il se souvenait de tout. Ellen était malade. Il n'y avait plus pensé depuis des années : elle avait eu de terribles maux de tête et ils avaient dû partir de bonne heure. Cela avait sans doute rapport avec le cancer, ils ne le savaient pas encore.

« Me revoilà.

– Oh, dit-il, saisi. Qu'est-ce que j'étais en train de vous dire ?

– Quand les gens appelleront, qu'est-ce qu'il faut que je leur demande à propos des chèvres ?

– Ah oui. D'abord, que vous voulez des chèvres pour leur viande, c'est bien ça ? Pas pour le lait ?

– Non. La viande.

– Très bien, ensuite que vous voulez produire des chevreaux à abattre.

– Je pense que oui. À temps pour les vendre, oh, peut-être pour la fin de l'année ou quelque chose comme ça, c'est du moins ce que je pensais.

– Alors, il n'y a pas de temps à perdre.

– Est-ce que c'est même possible ? Qu'elles se reproduisent à cette époque de l'année ?

– Ce n'est pas la bonne époque pour elles, mais il y a moyen d'y arriver. Si vous pouvez obtenir la certitude qu'elles n'ont pas vu de bouc de tout l'automne et l'hiver précédents, elles seront prêtes à tomber en chaleur maintenant. Je le garantis.

– Est-ce bien raisonnable de l'espérer ? Que les gens aient des chèvres qui n'aient pas vu de bouc ?

– Il y a probablement une centaine de familles dans ce comté qui possèdent une poignée de chèvres dans leur arrière-cour. Et en général les gens ne supportent pas le voisinage des mâles trop près de chez eux – ils sentent très fort. Vous avez déjà senti l'odeur d'un bouc, madame Widener ?

– Non. Pas que je me souvienne, admit-elle.

– Eh bien, si ça avait été le cas vous vous en souviendriez. C'est une odeur qui plaît aux chèvres, évidemment, mais pas aux humains. La plupart des gens n'acceptent de garder que les femelles à proximité de chez eux.

– Très bien. Bon.

– Tout ce qu'il vous faut ce sont des femelles – celles de trois-quatre ans au plus seraient les mieux. Prenez autant de chèvres que vous pensez pouvoir garder, mais attention aux boucs. Un seul suffira. Madame Widener, vous savez reconnaître un mâle d'une femelle ? »

Elle se mit à rire. « Monsieur Walker, je suis ignorante mais pas idiote.

– Oui, évidemment. Je voulais simplement dire… que vous venez de Lexington. »

Il l'entendit respirer brièvement comme si elle allait parler, mais elle fit une pause. « D'accord, juste un bouc, finit-elle par dire, vu.

– Enfin, vous feriez aussi bien d'en avoir un ou deux de rechange. Il arrive quelquefois que le bouc ne soit pas performant, c'est mieux d'en avoir quelques-uns en réserve. Il faudra les garder dans un champ à part, hors de vue.

– En chevaliers servants », dit-elle.

Était-ce une plaisanterie grivoise ? Il était incapable de savoir si ça l'était ou pas, les gamins se fichaient de vous, même quand vous prononciez un mot aussi ordinaire que « *gai* ». Mais elle ne riait pas. Elle avait l'air plus sérieux que la plupart des garçons qu'il avait eus au club Four-H.

« Alors, si vos chèvres ne sont pas allées au pré avec un bouc depuis l'automne dernier, elles auront immédiatement leurs chaleurs, tout au plus un jour ou deux après avoir mis le mâle dans le champ. D'aucuns prétendent que ça aide quand on frictionne le bouc à l'aide d'un chiffon que l'on agite ensuite sous le nez des chèvres. Personnellement, je n'ai jamais cru que c'était vraiment indispensable.

– Alors, la première chose que je demanderai aux gens quand ils appelleront : avez-vous des femelles ? Est-ce qu'elles sont actuellement au pré avec un bouc ? L'ont-elles jamais été ? C'est bien ça ?

– C'est bien ça.

– Si ça a été le cas, je laisse tomber ?

– Ça ne dépend que de vous. Mais si vous voulez les chevreaux pour la fin de l'année, c'est ce qu'il faut faire. »

Un temps passa. Elle semblait écrire quelque chose. « D'accord. Et ensuite, qu'est-ce que je demande ?

– Quelle race de chèvres c'est ? Il vous faut de la chèvre espagnole ou espagnole croisée avec ce qu'on appelle la chèvre rustique, celle que possèdent la plupart des gens par ici. Des chèvres à viande, demandez-leur juste si ce sont des chèvres de boucherie. Vos Saanens, vos chèvres laitières suisses, tout ce qui donne du lait, ne correspondent probablement pas à ce que vous cherchez.

– Très bien. Quoi d'autre, vous avez dit que l'âge était important ?

– Rien de plus de cinq ans, ni de moins de cinquante kilos. »

De nouveau, elle prenait des notes. « Et quoi d'autre ?

– Évidemment, vous les voulez en bonne santé, sans parasites. Examinez-les bien quand vous irez les chercher. Si vous n'êtes pas satisfaite de leur allure à cent pour cent, ne les prenez pas.

– Ça va être dur, dit-elle. De faire la difficile devant quelqu'un qui m'offre gratuitement des bêtes ? Les mendiants n'ont pas le choix.

– C'est pourquoi vous prendrez votre pick-up. *Vous* allez chez *eux*. Ce sont eux les demandeurs, ils espèrent que vous allez les débarrasser de leurs bêtes inutiles. C'est vous qui déciderez.

– Vous avez raison. C'est une excellente façon de voir les choses. Merci, monsieur Walker, vous m'avez énormément aidée. Cela ne vous ennuie pas si je vous rappelle au cas où j'aurais d'autres questions à vous poser ? J'apprends plus ou moins au fur et à mesure.

– Pas du tout, madame Widener. Bonne chance.

– Merci.

– Au revoir. »

Il raccrocha et tendit une oreille vers le hall d'entrée, en bas. Serrant toujours d'une main la serviette autour de sa taille, il se dirigea sur la pointe des pieds jusqu'à la fenêtre et jeta un coup d'œil dehors, bien qu'il ne se fût pas attendu à découvrir quoi que ce soit de nouveau à l'arrière de la maison. Qui avait bien pu venir jusqu'à sa porte ? Il se vêtit très rapidement sur le palier, un endroit de la maison où il s'attardait rarement et où il s'arrêta lorsque, jetant un coup d'œil, il surprit son reflet dans le cadre en châtaignier du miroir ancien accroché là. Il eut l'impression d'y avoir aperçu un fantôme, mais non de lui-même : c'était l'encadrement du miroir qui l'avait interpellé. Un visage de survivant qu'entouraient les restes d'un arbre disparu.

Il descendit l'escalier à pas feutrés dans ses pantoufles de cuir car il avait déposé ses souliers pleins de boue derrière la porte pour les nettoyer plus tard, trop fatigué et excédé qu'il était pour le faire en rentrant des champs. Son pantalon couvert de lampourdes vertes, il l'avait plié sur une chaise de la cuisine, redoutant à l'avance d'avoir à les enlever. Ces chatons acérés lui piqueraient les doigts, les laissant engourdis et douloureusement infectés. Garnett était persuadé que si le Père tout-puissant n'avait fait qu'une seule erreur dans toute sa Création c'était bien celle de nous avoir donné trop de lampourdes.

Arrivé à la porte d'entrée, il poussa le grillage et passa la tête à l'extérieur, jetant un coup d'œil à gauche puis à droite. Personne. Il y avait ses souliers, posés l'un à côté de l'autre et attendant toujours, couverts de boue, près de la porte. Pas de voiture dans l'allée, pas de camion de livraison ni de signe de son passage. D'habitude, les gros camions livreurs faisaient leur marche arrière dans l'herbe et y laissaient une affreuse cicatrice de boue en forme de croissant. Ce gamin qu'ils avaient engagé comme chauffeur avait plus de piercings dans les oreilles que de cervelle dans la tête.

Garnett fit quelques pas sur la galerie et scruta à travers ses cornées opacifiées la lourde atmosphère de l'après-midi, comme s'il avait été capable de déchiffrer des traces qui y auraient été laissées. Il n'avait pas très souvent de visites surprises. Jamais, en fait – non plus que de coups de téléphone imprévus, en l'occurrence, mais misère ! quand il se mettait à pleuvoir, ça tombait à seaux. Quelqu'un était venu ici, et il l'avait manqué. Il n'était pas facile de passer là-dessus.

Et puis il aperçut la tourte sur la balancelle. Une tourte aux baies, simplement posée là, en train de prendre le frais. Elle était ornée sur le dessus de jolies petites entailles par lesquelles s'écoulaient les liquides violacés de ce genre de pâtisserie – oh ! ces mystères paradisiaques que créent les mains des femmes. La tourte aux mûres avait sa préférence. Ellen en confectionnait toujours avec les premiers fruits récoltés dans les haies, après les avoir cérémonieusement recueillis dans un seau, le troisième samedi de juin. Garnett leva brièvement les yeux au ciel pour demander à Dieu s'il connaissait l'origine de ce prodige.

Il s'avança pour regarder de plus près. C'était une tourte, pas de doute là-dessus – toute chaude. Même si ses yeux lui jouaient parfois des tours, ses narines jamais. Dessous, s'agitant légèrement dans la brise, il y avait une petite liasse de papiers. Il retira les minces carrés de papier de sous le gâteau, en même temps qu'une longue enveloppe scellée, et grogna devant ce désordre. Les papiers étaient des reçus. Seigneur, quelqu'un lui demandait-il de payer cette tourte ? Non, c'étaient les siens, il y en avait un qui venait de chez Little Brothers et l'autre des Southern States, probablement sortis de la petite boîte en fer à l'intérieur de la porte d'entrée dans laquelle il vidait toujours ses poches et avait tendance à laisser ses reçus s'entasser jusqu'au moment des impôts. Mais il y avait quelque chose d'inscrit derrière, d'une écriture extrêmement petite et soignée. Une note, jointe à une lettre dans une enveloppe fermée.

Il jeta un regard circulaire dans la galerie déserte. Quelqu'un lui avait apporté ce gâteau, était resté à frapper quinze minutes à sa porte pendant que cette fille Widener n'en finissait pas de jacasser sur ses chèvres et, de guerre lasse, s'était découragé en laissant un mot pour accompagner la tourte. Qui avait pu faire une chose pareille ? Comme s'il ne le savait pas. Avec l'impression de sombrer, il emporta le mot, la tourte et le reste à l'intérieur, poussant la porte à l'aide du coude. Il déposa la tourte dans un placard pour éviter de la regarder pendant qu'il lirait la note, puis alla chercher ses lunettes pour voir de près et s'installa à la table de la cuisine. D'abord, la note sur les petits papiers de reçus :

Monsieur Walker,
Il était parfaitement inutile de perdre un timbre et deux heures du temps de Poke Sanford – pensez : ce pauvre bougre s'est vu obligé de porter votre lettre de votre boîte jusqu'à la poste et de revenir par la même route jusqu'à la mienne ! J'habite juste à côté. Vous auriez pu frapper. C'est ce que j'avais l'intention de faire aujourd'hui. J'avais une lettre à vous remettre pour le cas où j'aurais oublié des choses ou (ici la note se poursuivait sur le deuxième reçu) si vous n'aviez pas été d'humeur à bavarder, mais j'espérais vraiment vous dire tout ceci de vive voix. Mais vous n'êtes pas chez vous. Flûte ! Votre pick-up est là pourtant. Où êtes-vous ? Je vais me contenter de laisser la tourte et la lettre. Haut les cœurs, monsieur Walker. J'espère qu'elles vous procureront toutes deux du plaisir.

Votre voisine, Nannie Rawley

Ensuite, Garnett déchira la longue enveloppe blanche et en sortit la lettre manuscrite pliée à l'intérieur. Ce faisant, il remarqua que ses mains tremblaient. Haut les cœurs, et puis quoi encore !

Cher monsieur Walker,

Puisque vous me posez la question, oui, je crois que le genre humain occupe une place particulière en ce monde. La même que celle que tient le geai (à son avis) et la salamandre (selon ce qui lui tient lieu d'esprit). Chaque être vivant en est persuadé : « Le centre de tout, c'est *moi*. » Chaque existence a sa propre religion, je pense, mais croyez-vous qu'une salamandre vénérerait un Dieu qui ressemblerait à un grand bonhomme sur deux pattes ? Allons ! À ses yeux, l'homme ne représente qu'un vague inconvénient (si tant est qu'il le soit), en comparaison de l'entreprise sacrée qu'est celle de trouver de la nourriture, un compagnon et d'avoir une progéniture afin de régner sur la vase pour l'éternité. Pour elle, comme pour les autres, cette vaseuse petite existence de salamandre est tout.

Et surtout, je ne vous aurais jamais cru capable, *vous*, Garnett Walker, troisième du nom, de poser une telle question : « Qu'est-ce que ça peut bien foutre qu'une espèce disparaisse ? » L'extinction d'une seule espèce d'arbre a entraîné des malheurs insensés pour les gens de ces montagnes – pour votre famille plus que pour toute autre. Supposez qu'un Yank de la ville vous dise : « Eh bien, Monsieur, après tout le châtaignier d'Amérique n'est qu'un arbre parmi les centaines d'autres de la forêt ! » Vous seriez tellement furieux que vous en cracheriez votre mépris. Il vous faudrait une journée et une nuit pour essayer de lui expliquer pourquoi ce châtaignier était un arbre différent des autres et qu'il remplissait une tâche irremplaçable dans le monde. Eh bien, Monsieur, la disparition d'une seule espèce de salamandre serait un drame du même ordre pour les autres créatures qui dépendent d'elle. Vous n'en seriez pas affecté, cette fois, mais je suppose que tous ces drames vous touchent, et pas seulement ceux qui ont entamé la fortune des Walker. Vous souvenez-vous de ce qu'on a dit l'an dernier, dans le journal, à propos des moules qui disparaissaient de nos rivières ? Eh bien, monsieur Walker, voilà que maintenant le facteur me raconte qu'il vient de voir une émission montrant que chaque variété de moules doit passer une partie de sa courte existence sur les ouïes d'une sorte de vairon. Si le vairon adéquat n'est pas là au bon moment, eh bien, mon bon Monsieur, c'est la fin des haricots ! Chaque être vivant est rattaché à tous les autres par des liens invisibles. Des choses que vous ne pouvez pas voir peuvent vous aider considérablement, et ce que vous tentez de maîtriser se révolte et vous le fait payer, et c'est ça la morale de l'histoire. Il existe même ce qu'on appelle le principe de Volterra – que j'ai découvert en lisant mon magazine d'arboriculture – qui dit que la désinfection insecticide provoque la prolifération des insectes dont vous essayez de vous débarrasser. Oh, c'est à la fois agaçant et étonnant. Le monde est tellement plus complexe que nous ne voulons le reconnaître.

Pensez donc : si on vous avait montré un tout petit arbre empoté dans une poignée de terre et arrivé d'Asie par bateau depuis des lustres, et qu'on vous avait demandé d'y jeter un coup d'œil en vous disant : « Ces petits filaments minables de cryptogames provoqueront la mort d'un million de châtaigniers majestueux, affameront des milliers de montagnards vertueux et rempliront d'amertume Garnett Walker », auriez-vous ri ?

Si Dieu a fait don à l'homme de toutes les créatures de la terre pour en user à ses fins, il lui a également fait remarquer que l'excès de gourmandise était un péché – et il a bien dit, en toutes lettres : « Tu ne tueras point. » Il ne nous a pas dit d'aller tuer tout insecte ou toute chenille désireux de manger ce que nous mangeons (et par la même occasion d'autres insectes qui *pollinisent* ce que nous mangeons). Il n'entendait pas que, pour satisfaire nos moindres caprices de nourriture à n'importe quelle saison, nous arrachions des forêts pour laisser la place à des champs, des champs pour laisser la place à des animaux, et que nous transportions tout ce qui nous vient à l'esprit dans des endroits qui ne sont pas faits pour. À vouloir dominer la terre, monsieur Walker, nous récoltons l'encre du châtaignier. Et aussi, le kudzu, le chèvrefeuille et le scarabée japonais. Je crois que tout ça, c'est le petit tour que Dieu nous joue quand nous faisons les importants. Nous nous plaisons à dire que Dieu nous a faits à Son image, et, même si c'était vrai, Il a tout de même trois milliards d'années et nous ne sommes que des bébés. Je sais ce que vous pensez des jeunes, monsieur Walker. Gardez en tête que, aux yeux de Dieu, vous et moi sommes encore plus jeunes que ça. Et que nous sommes assez sots pour penser que nous savons régenter le monde.

J'ai une prédilection pour le passage de la Genèse que vous avez cité, mais je me demande si vous l'avez vraiment compris. Dieu nous a donné chaque semence d'herbe et chaque arbre qui est le fruit d'une semence d'arbre. Il nous a donné le mystère d'un monde capable de se recréer indéfiniment. Pour vous, le fruit sera une nourriture, dit-Il, mais rappelez-vous que pour l'arbre le fruit est un enfant. « À toutes les bêtes sauvages, à tous les oiseaux du ciel, à tout ce qui rampe sur la terre et qui est animé de vie, je donne pour nourriture toute la verdure des plantes. » Là, Il veille sur les salamandres, comprenez-vous ? Il nous rappelle qu'il y a également de la vie en elles et que même les herbes et les algues des étangs sont sacrées parce qu'elles servent à les nourrir. Vous êtes croyant, monsieur Walker. J'aurais pensé que vous y regarderiez à deux fois avant de passer du Roundup sur le dur labeur de Dieu.

Aucune importance. Nous avons tous nos contrariétés. Pour ma part, je hais les chèvres (comme vous le savez), et j'ai un profond mépris pour les tortues voraces. Malgré tout, je suis certaine que Dieu les aime autant qu'il nous aime, vous ou moi, mais quand une horrible tortue vorace gobe les petits canetons de ma mare, tel un monstre embusqué, je ne le supporte pas. Il y en avait un que j'aimais énormément, il était blanc avec une aile marron (je l'avais appelé Marron-à-la-crème) et hier, pendant que j'étais en train de le regarder, cette sale bête est arrivée directement par en dessous et a entraîné vers le fond ce pauvre petit qui battait de l'aile en appelant sa maman. J'ai braillé comme un bébé. Je lui aurais tiré une balle dans la tête à cette s... si j'avais eu un fusil et le cœur de m'en servir, alors s'il vous plaît ! Mais je n'ai ni l'un ni l'autre et Dieu sait que c'est sûrement pour le mieux.

Très sincèrement vôtre,
Nannie Land Rawley

P.-S. : J'ai dû me creuser la cervelle à propos de cette conversation à la quincaillerie, mais oui, je me souviens. J'étais en train de raconter une histoire qui m'est arrivée : la nervosité de la transmission hydrostatique dont est équipé le dernier modèle de « Vorace », par rapport à l'ancienne, à engrenage, me désoriente. Marshall prétend qu'il m'a vendu une petite tondeuse bien comme il faut, mais moi je dis que c'est un véritable monstre animé d'intentions les plus meurtrières. Je l'avais laissée en marche dans la cour de devant, un jour que j'étais allée me chercher un verre d'eau, et quand je suis revenue, elle avait disparu ! J'ai appelé Timmy Boyer pour lui faire ma déclaration de vol ! Le pauvre, il a dû monter jusqu'à la galerie, son chapeau à la main, pour m'expliquer qu'il avait retrouvé ma tondeuse dans une fâcheuse situation, à une centaine de mètres plus bas que là où je l'avais laissée. De toute évidence, pendant que j'étais dans la maison, ma Vorace avait perdu la raison et décidé de se jeter la tête la première dans l'Egg Creek.

Monsieur Walker, j'ai toujours constaté que les gens vous appréciaient d'autant plus que vous saviez rire de vos propres malheurs et garder le silence sur ceux des autres.

Eh ben, pensa Garnett. Je n'en reviens pas. Ça faisait beaucoup à la fois pour un seul homme. Il connut un moment de soulagement quant à toute cette histoire de tortue vorace et une once de compassion pour les malheureux poussins de la brave dame (oh, Marron-à-la-crème !), mais une once seulement, avant que sa tension ne se mît à monter. Plus il regardait cette lettre, en tournant toutes les pages à l'envers, plus sa véritable signification lui apparaissait parmi les phrases trompeuses d'une feinte amitié. Un vieil homme aigri, tiens donc !

Il oublia complètement la tourte – ne s'en souviendrait, en fait, qu'un jour et demi plus tard (moment auquel il en préleva, à titre d'essai, un échantillon qu'il trouva encore mangeable). Cette tourte était fort loin de son esprit quand il se dirigea d'un pas ferme vers son bureau et arracha une page vierge de l'un de ses carnets dédiés aux châtaigniers. Sans penser un instant au décorum, car le temps n'était désormais plus aux cérémonies, il sortit un stylo bille de sa tasse à crayons et l'appuya si vigoureusement sur le papier que son trait ondula et sautilla comme un cœur terrifié. Il se mit à griffonner :

Chère Mademoiselle,
Je suis excédé de vous voir sauter sur la moindre occasion susceptible d'étayer vos vues absurdes sur l'agriculture moderne ! Si vous pouviez me prouver le bien-fondé de votre soi-disant prince de Voltaire, à savoir que

vaporiser des pesticides est bon pour la santé des insectes alors, moi, j'avale illico un litre de malathion !

En outre, qu'est-ce que c'est que cette histoire de Dieu qui serait vieux de trois milliards d'années ? Dieu n'a pas d'âge : la terre et ses habitants ont été créés en 4300 avant J.-C., ce que l'on peut prouver en extrapolant à rebours à partir de l'actuelle population jusqu'au premier couple, Adam et Ève. Vous n'étiez pas au courant de cette évaluation scientifique, probablement, ou faisiez sans doute une allusion voilée à la théorie de l'évolution. Car si tel est le cas, vos paroles tombent dans des oreilles trop averties pour prêter foi à ces vieilles balivernes. Je suis spécialiste en sciences de la Création, et je vous suggère donc de réfléchir à une ou deux choses : qui, hormis un créateur intelligent, magnifique aurait pu créer un monde aussi rempli d'intelligence et de beauté ? Comment le hasard (c'est-à-dire l'« évolution ») aurait-il pu créer des formes de vie aussi immensément complexes que celles qui remplissent notre monde ? Je me rends compte, Mademoiselle, que vous n'êtes pas une scientifique, mais je pourrais vous expliquer la seconde loi de thermodynamique, qui dit que toutes choses naturelles vont de l'ordre au chaos, tout à fait le contraire de ce que prétendent les évolutionnistes. Et je pourrais même aller beaucoup plus loin, bien qu'il me faille lutter contre l'envie de me laver totalement les mains de vous, et de vous laisser jeter votre âme dans le soufre comme vous semblez déterminée à le faire, pour que vous connaissiez, enserrée dans les mâchoires de Satan, le même sort que votre précieux caneton.

Ha ! pensa Garnett, plutôt fier d'avoir retourné aussi spectaculairement le couteau dans la plaie et jugeant qu'il devait en terminer là.

Mais non, écrivit-il, incapable de s'arrêter :

Je me montrerai bon voisin et vous enverrai ces pensées qui, j'ose le dire, devraient suffire à alimenter votre réflexion, à vous et à vos amies unitariennes brûleuses de soutiens-gorge, pour bien des jours à venir.

Bien sincèrement à vous,
Garnett S. Walker, troisième du nom

P.-S. : Non, je ne suis pas un vieillard aigri.

Garnett apposa soigneusement non pas un, mais *deux* timbres sur l'enveloppe pour bien faire valoir son point de vue (il n'était pas bien sûr de savoir lequel, mais il fit confiance à son instinct) et lécha le rabat avant même de s'être accordé une chance de manquer de culot ou de courage. Au diable la politesse ! Il ne s'agissait plus seulement d'une question d'amour-propre. Garnett Walker était désormais un soldat de Dieu en route vers sa boîte aux lettres. En marche vers le combat.

15
Un amour de papillon de nuit

De là où elle se tenait, à la fenêtre de l'étage, la pelouse avait l'air d'une pièce de velours vert foncé, mangée aux mites en de rares endroits, là où le sol rougeâtre affleurait. Jewel et Emaline étaient en train de déplier les sièges de jardin tandis que le mari d'Emaline, Frank, et Herb, celui de Mary Edna, transportaient dehors la grosse table de noyer de la salle à manger. Lusa avait invité toute la famille pour le 4 juillet sous le prétexte de confectionner de la glace avec le restant de crème fraîche d'un mois entier qui attendait dans sa glacière. Peut-être n'était-ce que par compassion, mais ils avaient tous accepté de venir – même le fils de Mary Edna et son épouse, de Leesport, dont elle n'avait fait la connaissance que le jour de l'enterrement.

Mary Edna était arrivée avec une heure d'avance, une assiette d'œufs à la diable à chaque main (gare à la salmonelle, pensa Lusa sans le dire). La vue du hall d'entrée soudainement investi par la Menaçante-Ennemie, en tailleur pantalon orange foncé et chaussures de marche, avait rempli Lusa de panique ; elle avait jeté quelques ordres à la ronde et s'était élancée à l'étage sous prétexte d'aller chercher une nappe. Mais naturellement, Mary Edna savait sûrement que le linge de table se trouvait dans l'armoire en cerisier du salon. En cet instant même, elle était dehors, occupée à faire planer une des nappes de sa mère au-dessus de la table pendant que les hommes étaient à croupetons près du poulailler, lui tournant le dos, en train de plonger des

288

bières dans un baquet de glace et d'ouvrir les bouteilles à long goulot d'une boisson maison. Pendant ce temps, Hannie-Mavis s'efforçait d'organiser les enfants en équipes pour tourner la crème glacée à la manivelle, mais ils l'entouraient comme un essaim d'abeilles menaçant leur reine de mutinerie. Lusa, debout, une main posée sur le dossier du fauteuil en brocart vert, avait une vue plongeante sur toute sa belle-famille et méditait sur leur ressemblance avec la bande piaillante de poulets bigarrés qui, d'habitude, se répandaient dans la cour. Les poules avaient filé de bonne heure sur leurs perchoirs pour éviter cet assaut de parenté. Lusa eut un petit sourire triste, car elle aurait préféré assister à toute la soirée depuis sa fenêtre. Finalement, ils étaient tous là, ayant accepté d'être ses hôtes. Et elle ne se sentait pas le courage de descendre.

Elle poussa un soupir et referma la fenêtre. Un peu plus tôt, il avait plu. L'atmosphère regorgeait de l'odeur fétide des champignons qui diffusaient leurs spores dans l'air humide. La nuit était enfin arrivée, de telle sorte que les hommes allaient bientôt tirer leurs feux d'artifice, teintant l'air d'un bleu de fumée âcre. Le programme prévu contribuerait au bon déroulement de la soirée. Elle se jeta un coup d'œil dans la glace de la coiffeuse et passa une main dans sa crinière cuivrée, se sentant malheureuse. Son jean était trop ajusté, sa chemise noire en jersey trop décolletée, ses cheveux trop rouges – Jézabel, la veuve. Elle avait choisi un haut noir afin de rester neutre car il était difficile d'avoir l'air mal fagoté à côté d'une Mary Edna en tailleur pantalon droit en polyester ou d'une Hannie-Mavis avec son haut rayé rouge, son short piqué d'étoiles, ses mules dorées et son fard à paupières bleu. Lusa pointa les pieds vers l'escalier et s'obligea à les poser l'un devant l'autre. *Il est temps, il est temps, trop tard pour se changer maintenant. Un an trop tard.*

Elle avait raison à propos des feux d'artifice ; un certain mouvement commençait à se dessiner. Le Joel d'Hannie-Mavis et le grand Rickie examinaient le contenu d'une série de sacs de papier brun qu'ils avaient disposés sur un rang, tout en discutant de quelque aspect du projet. Lusa était reconnaissante que la pluie fût tombée – elle avait sincèrement craint qu'ils ne brûlent la grange de fond en comble, n'ayant pas eu le courage de leur interdire les feux d'artifice (ils étaient de tradition). Malgré tout, il avait tant plu en mai et juin dans le comté de Zébulon que l'air à lui seul était capable d'étouffer la moindre flamme. Les grenouilles-taureaux s'étaient aventurées hors de la mare à canards et avaient négligemment pondu dans l'herbe leurs masses d'œufs gélatineux, apparemment sûres que leurs têtards allaient traverser la pelouse à la nage tels des petits spermatozoïdes. Les farouches tortues voraces ne se bornaient plus aux étangs mais vagabondaient sur les sentes telles des voleuses de grands chemins. De toute son existence, Lusa n'avait jamais vu d'été plus lourd, plus chargé de sensualité. Le simple fait de respirer offrait une perspective torride.

« Salut, les hommes », lança-t-elle à Joel et au grand Rickie qui lui adressèrent un signe de tête et un large sourire d'écoliers. Ils étaient enchantés de ce pique-nique. Lois la Bruyante, pendant ce temps, s'était installée sur une chaise pliante près de la table chargée de nourriture et fumait à la chaîne, tout en égrenant un chapelet de jérémiades sur l'argent qu'ils avaient dépensé pour les feux d'artifice.

« Cent quatre-vingt-un dollars », grondait-elle d'une voix rendue plus grave par des décennies de cigarettes. Mary Edna, à quelque distance d'elle, l'ignorait tout en maugréant après la table du buffet. Dès que Lois, qui guettait, vit Lusa sortir de la maison, elle redressa la tête devant ce nouvel auditoire potentiel et lança :

« Cent quatre-vingt-un dollars ! Voilà ce que ces garnements ont dépensé pour leur petit spectacle de ce soir, tu te rends compte ? »

Lusa, qui avait déjà tout entendu de là-haut, fit mine d'être choquée. « Oh ! tu ne va pas me raconter qu'ils sont allés chercher tout ça en Chine ? » dit-elle en dirigeant ses pas vers Lois. Elle fut soulagée de constater que celle-ci avait rejoint le camp de Jézabel, avec son jean et sa chemise style western un peu trop déboutonnée.

« Non, dit Lois, ils sont allés là-bas, chez Crazy Harry, de l'autre côté de l'*interstate*. »

La frontière de l'État du Tennessee était bordée sur toute sa longueur de boutiques qui faisaient de la réclame pour des feux d'artifice de pacotille. Elles avaient l'autorisation de le faire d'un côté de la frontière mais pas de l'autre, et Lusa n'aurait su dire lequel.

« J'aurais dû aller avec eux, poursuivait Lois de sa voix rauque et cassée. Ou expédier petit Rickie et les filles avec eux pour les surveiller. J'aurais jamais pensé que deux adultes se conduiraient comme des gamins chez le marchand de bonbons. » Elle inspectait le bout de ses cheveux, qu'elle portait longs, et teints en noir charbon – de façon peu flatteuse, selon Lusa, car Lois, blonde au naturel, avec des yeux bleus comme Cole, avait peut-être un peu dépassé l'âge de porter les cheveux raides et noirs. Mais sans doute se croyait-elle, ainsi coiffée à l'indienne, mieux assortie à son mari et à ses enfants. Qui sait ?

Mary Edna se fatiguait inutilement à recouvrir de papier aluminium une plaque de biscuit. Elle offrait un sacré spectacle avec son tailleur orange en polyester qui semblait lui-même irradier de la chaleur en cette lourde soirée ; cette tenue donna à Lusa l'impression bizarre et désagréable que la présence physique de Mary Edna allait gâcher le repas.

Mary Edna se retourna soudainement comme si elle avait lu dans ses pensées, mais c'est à Lois qu'elle s'en prit : « Oh ! arrête, arrête, Lois, avec tes lamentations, ils font ça tous les ans. Si tu t'y es pas encore faite, tu t'y feras jamais. »

Lusa accusa le coup, mais Lois ne s'en émut nullement. Elle tendit la tête de côté vers Mary Edna, en secouant sa cendre dans l'herbe. « Ah ça, bien sûr, tu peux toujours parler. C'est pas ton mari qui irait claquer tout le fric des courses de la semaine dans des "bombes cerise", des "bougies martiennes" et j'sais pas quoi encore.

– J'aimerais mieux ça plutôt que ce qu'il fait en ce moment, là-bas, à fourrer son nez dans les bouteilles. Quel genre de tord-boyaux ils ont donc là-dedans ?

– Enfin, ma grande, c'est Frank qu'a fabriqué son vin de sureau. Tu penses bien qu'il a réussi sa petite mixture, sans ça Emaline l'aurait virée vite fait dans le caniveau.

– Ah ! c'est ce machin-là.

– Il prétend que c'est une pure merveille et qu'il va p't'êt bien se mettre à en faire commerce un de ces jours. » Lois roulait des yeux au ciel.

Mary Edna effleurait ses cheveux bleutés, apprêtés à l'extrême, tout en surveillant les hommes d'un œil soupçonneux. « J'en doute. Avant de d'avaler ça, vaut mieux être en règle avec le bon Dieu. C'est rien que du venin de serpent, c'truc-là. »

Lois grogna, soufflant de la fumée par le nez comme un dragon. « Au bout de la deuxième bouteille, on doit sûrement trouver que la térébenthine ça a bon goût. »

Lusa assistait à l'échange entre les deux sœurs, surprise qu'elles fussent capables de se révéler aussi mesquines envers leurs propres maris qu'elles l'avaient été envers elle. Cole avait toujours dit qu'elle prenait trop à cœur les réflexions de sa famille. Elle n'avait jamais eu de frères et sœurs, seulement des parents qui se disaient mutuellement « s'il te plaît » et « merci », de même qu'à l'enfant qu'ils avaient eu sur le tard, sans avoir jamais vraiment su comment s'y prendre avec elle. Sans doute Cole avait-il raison. Elle n'avait jamais connu les bousculades, les côtés les plus rudes de l'amour familial.

Elle marcha vers le poulailler, bien décidée à découvrir ce qui pouvait bien piquer ces hommes comme le serpent. Ils étaient engagés dans le genre de discussion énergique et joyeuse qui tend à se produire quand tous les gens présents sont d'accord et que l'ennemi est absent. La politique agricole et la bêtise du gouvernement, le plus probablement. Mais peut-être que non. « Blevins mentirait, malgré tout, disait Herb. Il aurait aussi vite fait de mentir qu'un chien de lécher une assiette.

– Hou-hou, messieurs », leur lança-t-elle d'une distance raisonnable en s'approchant, simplement au cas où ils auraient été sur le point de dire quelque chose qu'ils n'auraient pas souhaité qu'elle entende. Cela les aurait gênés terriblement s'ils avaient laissé échapper un « merde » ou un « bordel » en sa présence.

« Salut, m'dame Widener, lui lança le grand Rickie. J'ai des comptes à régler avec toi ! »

Son ton amical la prit de court. Le compte à régler en question n'avait pas l'air très sérieux. « Quoi, qu'est-ce qui se passe, c'est au sujet de ces vaches que je vous ai vendues, à toi et à Joel ? Elles se sont déjà sauvées ? Je vous avais bien prévenus que c'étaient des championnes du saut de haies.

– Non, m'dame, ces petites bêtes se conduisent comme y faut, merci bien. D'ailleurs maintenant, on les loue, avec un pourcentage sur les veaux, faut pas l'oublier. On te doit rien, à moins qu'elles s'activent toutes et se mettent à faire des p'tits cet hiver.

– Je me souviens des termes et j'ai donné des instructions à ces demoiselles. »

Lusa souriait. Rickie et Joel avaient passé un contrat honnête avec elle, et elle le savait.

« Non, notre contentieux a à voir avec ta politique anti-tabac.

– Ma quoi ? Ah ! je vois. Je suis classée ennemie du petit exploitant. »

Rickie cacha rapidement sa cigarette derrière son dos. Herb, Joel, Frank ainsi que le fils de Herb en firent autant. « Non, m'dame, dit le grand Rickie. On t'a classée avec miss Butcher, notre prof. Elle nous jetait des tournevis à la tête quand elle nous prenait en train de fumer.

– Vous aviez une femme comme prof d'atelier ? Une demoiselle Butcher ? Je n'en crois pas mes oreilles.

– Je t'en donne ma parole, dit Frank. J'l'ai eue, Rickie et Joel l'ont eue et le gamin de Herb aussi. Quand elle a pris sa retraite, elle avait bien quèque chose comme cent ans et il lui manquait trois doigts.

– Elle aurait dû vivre jusqu'à cent vingt ans, dit Lusa. Regardez-vous. Malgré ses années d'efforts, vous fumez encore comme des cheminées. Où est passé mon tournevis ? »

Ils baissèrent la tête comme des petits garçons. Lusa était surprise d'être le centre de leur attention. Ces hommes ne l'avaient jamais totalement admise dans une conversation auparavant. Il était possible que ce fût un effet du vin de sureau que Frank voulait à tout prix qu'elle goûte. Il l'avait mis dans des bouteilles de bière si bien qu'il était difficile de savoir qui buvait quoi.

« Ouah ! » dit-elle, après une gorgée. C'était sec et fort, presque comme du brandy. « Fameux », ajouta-t-elle, approuvant de la tête, puisqu'ils semblaient très soucieux de son opinion. « Bien que je me sois laissé dire que ça piquait comme un serpent. »

Ils explosèrent en entendant ça, tous, même Herb. Lusa rougit un peu, contente d'avoir conquis cette amitié mais également surprise de se retrouver l'alliée de ces hommes contre leurs femmes. Ou peut-être seulement contre Mary Edna. Il semblait y avoir du ressentiment dans les rangs au débit de Mary Edna.

« Alors, monsieur le grand Rickie. C'est quoi vraiment ce compte à régler avec moi ?

– Ces biques, là-haut dans le pré de derrière. Maintenant, j'vois bien pourquoi que tu nous as chargés, Joel et moi, de te débarrasser de tout ton troupeau : pour faire place nette à ces chèvres. J'sais aussi pourquoi qu'tu les as prises.

– Ah bon ? » Elle éprouva, sans raison, une légère panique. Petit Rickie avait-il parlé de son projet ? Était-ce si important s'il l'avait fait ?

« Ouais. » Grand Rickie avait une étincelle dans l'œil.

« D'accord, alors pourquoi est-ce que j'ai pris toutes ces chèvres ?

– Pour me faire passer pour un bon à rien. Elles vont boulotter tous les chardons et les bruyères roses de ton champ et te le rendre nickel. Et tiens, un type qui passe en voiture dans le coin, y jette un coup d'œil par-dessus la clôture et y s'dit, "Eh ben, mon vieux, le grand Rickie Bowling, son champ de fourrage c'est qu'un tas de bruyères, j'vais pas m'amuser à mettre deux sous là-dedans."

– C'est exactement pour ça que j'ai pris des chèvres, pour te casser la baraque. Je ne pouvais pas supporter de rester là à te regarder t'enrichir avec ton foin.

– Bon Dieu, Rickie, dit Joel, c'te femme va te ruiner. Tu ferais mieux d'arrêter tout de suite ton exploitation, tu tiendras pas le choc avec c'te bonne femme dans la bagarre. »

Se moquaient-ils d'elle à présent ? Mais c'est aussi comme cela qu'ils s'adressaient les uns aux autres, avec un mélange complexe de bienveillance, de moquerie, de respect, qu'elle commençait tout juste à saisir. Ils semblaient également apprécier sa silhouette, en particulier le grand Rickie et le fils de Herb, celui de Leesport, peu importe son nom. Lusa tira sur sa chemise, se demandant si par hasard on devinait la pointe de ses seins au travers. Elle se creusait la cervelle pour retrouver le nom du fils, qu'elle n'aurait pas deviné, sa vie en eût-elle dépendu. Elle espérait qu'il se présenterait de nouveau, mais au lieu de ça il lui tendait une deuxième bouteille de Serpent, ainsi qu'ils appelaient maintenant leur boisson. Avait-elle si vite descendu la première ? Et pourquoi Rickie continuait-il à lui sourire ? Il était pénible – elle n'avait jamais imaginé ce côté-là chez lui. Elle comprenait maintenant pourquoi Lois gardait une coiffure jeune et l'œil ouvert.

« La grange, c'est du châtaignier ? lui demanda le fils anonyme de Herb.

– Tu me demandes ça à moi ?

– C'est ta grange, non ? »

Elle fut saisie du tour que prenait la conversation qui, soudain, lui conférait maintenant toute autorité sur sa grange. Leurs épouses ne lui auraient même pas reconnu la propriété de sa cuisine. Mais, bien sûr, ces hommes étaient aussi des pièces rapportées ; pas plus que Lusa ils n'avaient grandi dans ces bâtiments. Elle n'y avait jamais pensé, mais eux non plus n'étaient pas des Widener.

« Ouais, je crois que c'est du châtaignier », dit-elle. Elle pointa le doigt vers la charpente sous le faîte du pignon. « Tu vois comme le toit a dû être surélevé à une époque ? Un travail plus récent, et j'ai l'impression qu'on a utilisé du chêne. Il ne vieillit pas aussi bien. Tous les chevrons ont besoin d'être remplacés. »

Herb siffla. « Ça va t'coûter cher.

– Écoute, dit-elle. Si tu connais quelqu'un qui aime refaire des toitures de grange, dis-lui qu'une dame de ta connaissance cherche à faire sa fortune.

– Tu d'vrais lui demander d'te construire un belvédère là-haut sur sa colline, pendant qu'il y est, dit Frank. Comme ça tu pourrais t'y installer pour surveiller tes biques. »

Ils restèrent silencieux un moment dans la lumière d'un début de soirée, à examiner la grange et les nombreuses cicatrices que lui avaient infligées l'âge et les réparations. Des tréfonds du poulailler, derrière eux, arrivait la sourde lamentation d'une poule lasse du monde dans sa laborieuse production d'un œuf. Dans l'air ambiant, le chœur des insectes de l'été haussait d'un ton ses cliquetis et trilles infinis. À la nuit tombée, ils seraient assourdissants, suffisamment forts pour couvrir les feux d'artifice. Mais pour l'instant, Lusa et les hommes entendaient encore le flot de paroles ininterrompu de Lois, qui avait intercepté Hannie-Mavis et l'obligeait désormais à entendre le prix de la poudre à canon.

« J'suis un foutu con, déclara Rickie avec solennité, d'avoir mis ces cent dollars dans des feux d'artifice : j'vais en entendre parler jusqu'à la Noël.

– J'ai entendu dire qu'il y en avait eu pour cent quatre-vingt-un dollars et douze cents, environ, dit Lusa.

– Non, non, les quatre-vingt-un dollars et douze cents, c'est Joel.

– Allez, venez, dit Joel soudain plein d'entrain. On va tirer les fusées.

– Holà, doucement, doucement. On peut pas commencer avant qu'il fasse totalement noir. » Mais Joel remontait déjà. Tous le regardèrent partir, guettant l'instant où son chemin croiserait celui de Hannie-Mavis qui s'était libérée de Lois et se dirigeait vers son mari, un hot-dog à la main. Lusa s'apprêtait à lui faire un compliment sur sa tenue, qui était nettement plus seyante dans l'obscurité, mais elle changea d'avis tandis que Hannie-Mavis se dressait sur la pointe de ses petites chaussures dorées, se laissant embrasser par Joel avant qu'il ne lui prenne le hot-dog des mains. Il y avait une telle abondance de tendresse simple dans cette main qui touchait son dos, dans les mollets tendus et la tête tournée de Hannie-Mavis pour recevoir le baiser ! Un sentiment d'immense solitude envahit Lusa. Elle avait besoin de Cole pour amadouer cette famille. Avec lui, cela avait eu du sens. Ou aurait sans doute pu en avoir, finalement.

Joel commença à fouiller dans les sacs en papier d'une main, tenant en l'air son hot-dog de l'autre tandis qu'il se penchait. Rickie semblait s'inquiéter de le laisser faire seul. « Je suis désolé de quitter une aussi charmante compagnie, dit-il, s'inclinant courtoisement et lançant à Lusa un regard lourd de sens qui la choqua. Mais il faut que je surveille mon beau-frère. On peut pas lui faire confiance.

– À toi non plus, j'ai l'impression », dit-elle.

Il lui fit un clin d'œil. « J'crois bien que t'as raison. »

Lusa tourna la tête pour cacher sa confusion, faisant semblant de regarder plus haut vers la table du buffet. Elle était remplie d'indignation – elle n'était même pas veuve depuis six semaines que, déjà, son beau-frère essayait de flirter. Après tout, il n'avait peut-être cherché qu'à la réconforter, et l'alcool brouillait tout, bien sûr. L'espace d'une minute, elle avait elle-même oublié d'être triste. Elle se sentait à la fois coupable et pleine d'espoir, se rendant compte qu'au-delà de ces journées de léthargie s'étendait une autre rive où le plaisir physique pourrait un jour s'emparer d'elle par surprise. Un jour où elle verrait de nouveau tout en couleurs.

« Messieurs. Je ferais mieux de remplir mes devoirs de maîtresse de maison et d'aller voir si nous pouvons compter avoir un peu de glace », dit-elle. Frank allongea le bras pour lui subtiliser la bouteille vide qu'elle tenait dans la main gauche et la remplacer par une pleine.

« Nous sombrons dans le péché », chantonna-t-elle tranquillement en passant devant Mary Edna avec une Serpent dans chaque main, tout en se dirigeant vers la grange pour vérifier les progrès des fabricants de glace. Elle éprouvait un serrement dans le bas-ventre, non à cause du vin de sureau mais d'autre chose, une sensation physique qu'elle reconnaissait sans pouvoir la nommer vraiment. Elle l'avait ressentie toute la journée – une plénitude qui n'était pas vraiment désagréable mais troublante, ainsi qu'un petit spasme constant du côté gauche. Et puis, elle comprit, juste au moment où elle épiait la face chauve d'une pleine lune énorme qui s'élevait au-dessus du toit de la grange. Évidemment. Ce qu'elle sentait, c'était le retour de son cycle. Elle prenait la pilule depuis des années, depuis l'université, mais elle avait jeté la boîte et son cadran rose plusieurs semaines auparavant, quand elle s'était finalement décidée à enlever le dentifrice et le nécessaire de rasage de Cole de la salle de bains. À présent, au bout de tant d'années de mise en hibernation, ses ovaires, réveillés, se manifestaient. Pas étonnant que les hommes aient papillonné autour d'elle : elle était fertile. Lusa laissa échapper un rire lugubre devant cette grotesque persévérance de la vie. Elle devait traîner des phéromones à sa suite.

À mi-pente, le petit garçon de Jewel se jeta dans ses jambes, ce qui lui fit se renverser du vin sur elle, et presque perdre l'équilibre.

« Grand Dieu, Lowell, qu'est-ce qui se passe ?

– À cause de Crys, je me suis coupé la jambe ! gémit-il en la montrant du doigt, à moitié fou. Ça saigne ! J'ai besoin d'un pansement.

– Attends, que je regarde. » Elle s'assit par terre, planta fermement ses bouteilles dans l'herbe, remonta la jambe de pantalon de Lowell et inspecta minutieusement la peau intacte. « Je ne vois rien.

– C'est à l'autre jambe », dit une voix lasse venant de l'obscurité. C'était Crys, qui grimpait péniblement à la suite de son frère. « Il s'est écorché sur un clou dans le caveau de la grange. »

Lusa était bouleversée par l'hystérie de l'enfant. Pour retrouver tous deux le calme, elle le prit sur ses genoux pendant qu'elle examinait l'autre jambe. Elle trouva une écorchure à la cheville mais qui n'avait même pas entamé la peau en profondeur. En tout cas, pas de sang. « Ça va », dit-elle, en le serrant fort contre elle. Elle lui prit la jambe pour y déposer un baiser. « Ce sera guéri avant que tu te maries. »

Crys se laissa tomber sur le sol à côté de Lusa. « Est-ce qu'il a dit que tout était ma faute ?

– Non.

– Eh ben, il va le faire. C'est ce qu'il va raconter à maman. Je ne lui ai pas demandé de grimper dans la grange avec moi. Je lui ai dit qu'il fallait pas. Je lui ai dit qu'il était qu'une poule mouillée et un rapporteur parce qu'il se fait toujours mal et qu'il pleure.

– J'suis pas une poule mouillée ! brailla Lowell.

– Chuuut », dit Lusa en entourant d'un bras les épaules de Crys pendant que, sur ses genoux, un sanglot occasionnel secouait encore un Lowell en voie d'apaisement. Il se pressait contre Lusa avec tendresse, ses petites mains passées autour de sa taille. « Rien n'est la faute de personne, dit-elle. C'est dur d'avoir une grande sœur qui sait tout faire. Lowell essaye tout simplement de rivaliser avec toi, ma chérie. »

Crys se libéra du bras de Lusa sans un mot.

« Mon Dieu, est-ce que c'est mon Lowell que j'entends pleurer ? » C'était Jewel qui appelait derrière eux, d'une voix anxieuse.

« On va bien, répondit Lusa. On est là, près de la grange. Blessé en pleine action, mais en bonne voie de guérison, je pense. »

Jewel apparut et s'assit lourdement dans l'herbe, tendant le bras pour caresser le front de Lowell. Il bondit pratiquement des genoux de Lusa pour se jeter dans les bras de sa mère. Crys se leva et disparut.

« Ce n'est qu'une petite égratignure, commenta Lusa. Il a essayé de grimper dans la grange avec sa sœur. Pas d'effusion de sang, mais j'ai des pansements dans la salle de bains là-haut, si tu penses que ça peut remonter le moral du blessé.

– Qui veut de la glace ? » appela une voix féminine dans l'obscurité – l'une des filles de Lois et Rickie, supposa Lusa. Les deux adolescentes avaient pris sur elles de surveiller les petits lorsque Hannie-Mavis s'était lavé les mains de toute l'affaire.

Lowell respira profondément, se souleva et s'élança en boitant bas dans la direction de la glace. Jewel s'appuya sur l'épaule de Lusa l'espace d'une seconde. « Merci.

– Je n'ai pas fait grand-chose.

– Tu les a pas giflés, c'est déjà ça.

– Enfin, Jewel, ne dis pas ça. J'aime bien tes gosses. Ils ont quelque chose, tous les deux.

– Quelque chose, pour ça, oui. » Jewel pencha la tête et chantonna : « Le gars est une fille, et la fille est un gars.

– C'est sans doute ça que j'aime bien chez eux.

– Ça a été dur pour eux. Pauvres gamins ! J'aurais aimé pouvoir faire mieux pour eux.

– C'est dur pour n'importe quel enfant, dit Lusa. Être une petite personne dans le grand monde sans qu'on vous prenne au sérieux, c'est dur. Je comprends ça. »

Jewel secoua la tête, donnant à entendre à Lusa qu'il y avait là une plus grande détresse qu'elle ne devait pas chercher à expliquer. Lusa se tut. Elle avait supporté ces derniers temps suffisamment de consolations de bon aloi de la part des gens pour savoir quand se taire. Une minute, elles restèrent assises à regarder la lune, devenue à présent un étonnant disque de bronze suspendu au-dessus de la grange. Aucun mot ne semblait assez pur pour l'atteindre. Sortie de l'obscurité bleue, la voix de Zayda Landowski surgit des profondeurs de sa mémoire : « *Shayne vee dee levooneh.* » Une chanson, ou peut-être simplement un compliment dédié à un enfant aimé : « Beau comme la lune. »

« Jewel, j'ai envie de te poser une question bizarre. Cette maison dans laquelle vous avez tous grandi. Quelqu'un y a-t-il jamais rencontré un fantôme ?

– Arrête avec ça ! Tu m'as dit que maman hantait la cuisine et ça m'a fichu la frousse.

– Cette fois, c'est différent. Je te parle de fantômes heureux. »

Jewel agita la main comme pour chasser des moucherons.

Mais Lusa insistait : « Lorsqu'il pleut, j'entends des enfants courir dans l'escalier.

– C'est sans doute le toit. Cette vieille maison fait un bruit de tous les diables avec la pluie.

– Je vois de quoi tu parles. J'entends de la musique et des paroles quelquefois quand il pleut ; c'est la tôle du toit qui fait ça. J'ai eu des conversations entières avec mon grand-père qui jouait autrefois de la clarinette. Mais là, c'est différent. Parfois, même quand il ne pleut

302

pas, j'entends des enfants grimper l'escalier à toute vitesse, comme dans une bousculade, comme si plusieurs enfants à la fois montaient l'escalier. J'ai entendu ce bruit à plusieurs reprises. »

Jewel se contentait de la considérer.

« Tu penses que j'ai un grain, c'est ça ?

– No-o-on.

– Si, tu le penses. Trop souvent seule, une veuve qui perd la tête. C'est vrai, ça m'arrive. Mais si tu entendais ce dont je te parle, tu serais étonnée. C'est tellement réel. Chaque fois que je l'entends, je te jure, il faut que j'arrête mon travail pour aller jusqu'aux marches, où je m'attends absolument à voir monter de vrais enfants. Je ne dis pas que "ça ressemble à des bruits de pas". *C'est* un bruit de pas sur les marches.

– Alors, c'est qui d'après toi ? »

Lusa étudiait Jewel, l'examinant avec une grande attention. Même dans le noir, elle distinguait de profondes rides inscrites sur son visage qui n'existaient pas un mois plus tôt. C'était comme si des fils s'étaient emmêlés et que tout le chagrin que Lusa ressentait intérieurement se voyait à l'extérieur de Jewel. « Est-ce que tu te sens bien ? » demanda-t-elle.

Jewel eut l'air sur ses gardes. « Que veux-tu dire ?

– Je veux dire que tu n'as pas l'air aussi réchauffé que ça. Trop fatiguée, par exemple. »

Jewel rajusta le foulard à fleurs noué sur ses cheveux, une sorte de coiffure à la babouchka qui n'arrangeait rien. « Je suis fatiguée, en effet. Écœurée et fatiguée. » Elle poussa un soupir.

« Fatiguée de quoi ?

– Oh ! ça va. Je m'en tire. Ne me demande rien, parce que je ne veux pas en parler ce soir. J'ai juste envie d'être ici, de manger de la glace avec vous tous, d'assister au feu d'artifice et de m'amuser, pour une fois. » Elle eut un profond soupir. « Tu m'en reparles demain, tu veux bien ?

– Eh bien, oui. Mais à présent, je suis inquiète.

– Je ferais mieux d'aller voir si Lowell n'a pas besoin d'être hospitalisé. Il a probablement oublié, mais si je ne lui mets pas un pansement maintenant, il se réveillera à trois heures du matin en croyant qu'il va mourir. » Elle essaya laborieusement de se remettre sur ses jambes. Lusa bondit et l'aida, puis ramassa ses deux bouteilles dans l'herbe. L'une d'elles était encore pleine.

« Est-ce que tu m'as vue faire la maligne dans le coin avec une bouteille d'alcool dans chaque main ? J'espère que Mary Edna est en train de prier pour le salut de mon âme.

– Mary Edna est en train de prier pour le salut de l'âme de son mari, parce que tu es moulée dans ce jean comme l'arbre dans son écorce, et Herb Goins n'a pas quitté tes fesses des yeux de toute la soirée.

– Jewel ! Herb ? Je le prenais pour un eunuque.

– Tu serais surprise. Il n'est pas le seul, d'ailleurs. »

Lusa fit la grimace. « Va-t'en de là, tu me remplis de confusion. Va vérifier s'il y a assez d'assiettes et de trucs pour la glace, tu veux ? Et assure-toi qu'ils mettent bien les pêches et les mûres dedans, il y a dans la glacière des pêches fraîches qui sont déjà coupées. Tu rajoutes les fruits au dernier moment.

– On fera au mieux.

– D'accord. Je reviens dans une minute. J'ai simplement envie d'aller jusqu'à la mare une seconde pour regarder cette lune. »

L'herbe déroulait une humidité rafraîchissante entre la plante de ses pieds et ses tongs en caoutchouc. Elle longea le bord jusqu'à ce que le reflet de la lune fût à l'aplomb du centre de la mare, tremblante promesse de blancheur. Elle sentit l'énorme chagrin se réveiller en elle. Parfois, il était comme endormi et Lusa pouvait alors prétendre à la vie, mais ensuite il se levait et envahissait tout ce qu'elle essayait d'être, la harcelant des cent petites ruses qu'elle aurait pu employer pour sauver Cole : il était enrhumé ce jour-là, il aurait pu s'arrêter, refuser de faire ce voyage de l'autre côté de la montagne. Si elle avait été une meilleure épouse, elle l'aurait retenu à la maison.

« Cole », dit-elle tout haut, juste pour se mettre la rondeur de ce mot en bouche, mais ensuite elle le regretta car il convoqua si pleinement sa présence que son cœur se mit à saigner de souhaits : *Je voudrais que tu sois là ce soir. Je voudrais revivre toutes les minutes que nous avons perdues en étant fâchés l'un contre l'autre. Je voudrais qu'on ait eu le temps de faire un bébé ensemble. Je voudrais.*

« Pssit ! »

Elle tourna la tête. Le mur de la grange face à la lune était chaulé de lumière, mais elle ne distinguait rien d'autre. Elle sentit malgré tout une odeur de fumée. Puis elle aperçut le point rouge d'une cigarette allumée qui dansait.

Elle s'essuya les yeux rapidement, bien que l'obscurité fût profonde. « Qui est là ?

– C'est moi. Rickie, dit-il en chuchotant.

– Le petit Rickie ? » Son complice. Elle fit quelques pas vers lui, contournant avec précaution les endroits marécageux du bord de la mare. « Est-ce que tu as vu ce que j'ai ? lui demanda-t-elle, essayant de se réjouir qu'il l'ait distraite de son apitoiement sur elle-même. As-tu jeté un coup d'œil dans mon champ là-haut, au-dessus du champ de tabac, quand tu es arrivé en voiture ?

– Chuuut ! » Sa main se referma autour de son poignet et il l'entraîna à l'angle de la grange, dans l'ombre profonde de la lune.

« Qu'est-ce que tu fais là, à te conduire en mauvais garçon, et à fumer derrière la grange ? Tiens, regarde comme je me conduis mal. » Elle tendit les bouteilles, qu'il refusa de goûter.

« Pouah, cette saleté de l'oncle Frank.

– Tu trouves ? J'étais en train de me dire que j'aimais ça.

– Ça veut dire que tu es pétée.

– C'est bien possible. Mais de qui est-ce que tu te caches ?

– Maman. »

Lusa esquissa un petit rire. Il n'y avait décidément pas de fin à ces énigmes familiales. « Ta maman, la reine de la Camel – c'est à elle que tu caches tes mauvais penchants ?

– Pas les miens, les tiens », dit-il, allumant une cigarette et la lui posant dans la main. Lusa fronça les sourcils un instant en la voyant, puis la porta à ses lèvres et en aspira une bouffée. Au bout de quelques secondes, elle sentit un plaisant fourmillement lui parcourir les bras et le dessous de la langue.

« Holà, dit-elle. Je suis en train d'y prendre goût. Tu as une très mauvaise influence sur moi. Tu as vu mes chèvres ?

– Ouais. On dirait qu'y en a, quoi ? quarante, cinquante, là-haut ?

– Cinquante-huit, je veux que tu le saches, et aucune d'entre elles n'a jamais été au pré avec un bouc. Elles en ont un, à présent, tu peux me croire. S'il se met au boulot et qu'il le fait convenablement, j'aurai cinquante chevreaux à temps pour la fête de l'Id al-Fitr, et le toit de ma grange sera payé.

– Eh ben ! C'est déjà quelque chose. Tout ça grâce une seule annonce dans le journal ?

– Le vibreur du téléphone s'est cassé, Rickie. Je te jure, je ne te raconte pas de blagues, tellement il a sonné. Tu as déjà entendu, toi, parler d'un téléphone qui s'usait ? Je suis restée dans le pick-up pratiquement du matin jusqu'au soir, toute cette semaine dernière.

– Ouais, tante Mary Edna a dit qu'elle t'avait vue aller et venir. Elle connaît probablement le nombre de voyages. Combien as-tu sorti d'argent en tout ?

– Jusqu'ici, mon investissement se résume à un dollar cinquante-six pour la petite annonce. Des nèfles pour les chèvres. Tu peux pas savoir à quel point les gens étaient contents de me donner ces bêtes. On aurait cru que je débarrassais leurs terres de déchets toxiques.

– Tu peux remercier M. Walker. Il est presque le grand-père de toutes les chèvres du comté.

– Je l'en remercie – je l'ai remercié. Je l'ai appelé au téléphone. Il a été très gentil.

– Gentil ? Oh ? C'est pas tout à fait comme ça qu'on le décrivait à l'école.

– Eh bien, moi, je trouve que c'est un brave homme. Tout à fait serviable. Tu sais ce qu'il m'a dit ? Que, quelquefois, il fallait frotter le bouc avec un vieux chiffon et puis danser autour des chèvres en leur agitant sous le nez pour les exciter.

– Ah ouais, dit Rickie, hochant lentement la tête. Je crois bien avoir entendu parler de ça chez Oda Black. Quelqu'un a dit qu'il t'avait vue en train de faire de vilaines choses, là-haut, avec les chèvres. »

Lusa avala du vin de sureau par le nez quand elle se mit à rire.

« Non… !

– Bon, d'accord. Je me suis trompé. » Il fumait et contemplait le champ. L'herbe paraissait blanche sous le clair de lune, comme effleurée de gelée blanche. « Est-ce que ça aide vraiment, tu penses ? Je veux dire, pourquoi ça marcherait ?

– À cause des phéromones, dit-elle.

– Qu'est-ce que c'est que ça ?

307

– Les odeurs. Tout un monde d'amour dont on ne parle pas.

– Heu… dit-il. Alors, cinquante-huit biques. Tu penses que tu vas en tirer cinquante chevreaux ?

– Tu paries combien ? Et tu sais quoi d'autre ? Tu le croiras pas.

– Quoi ?

– Là-bas, dans le petit champ où je mettais le veau ? Trois boucs – mes hommes de rechange. Et dans l'ancien pré, celui qui est derrière le verger et bien envahi de bruyères ? Devine.

– Quoi, d'autres chèvres ?

– Soixante et onze femelles.

– Merde alors ! Te v'là lancée dans les affaires.

– On dirait bien. Celles-là, elles ont toutes été au pré avec un bouc à un moment ou à un autre, ou ce sont celles dont les gens n'étaient pas certains. M. Walker m'avait dit de ne pas les prendre, puisque je ne pouvais pas obtenir qu'elles aient leurs chaleurs tout de suite. Mais j'ai pensé, pourquoi ne pas les prendre tout de même pour les mettre en réserve là-bas ? En octobre, je lâche mes gars sur elles, et alors j'aurai ma deuxième tournée de chevreaux, nés et engraissés juste à temps pour la Pâque grecque et l'Id al-Adha. »

Rickie eut un sifflement d'admiration. « T'es forte en maths.

– Une éleveuse de chèvres de génie. » Elle se frappa le front. « On n'est pas censé faire le compte de ses poussins avant qu'ils soient sortis de l'œuf, mais j'en ai déjà touché un mot à mon cousin le boucher. Il est tout à fait emballé, tu me croiras si tu veux. Il va commencer à enregistrer des commandes dès septembre. Il pense que nous allons faire un massacre.

– Ouais ? Combien ?

– Bon, pas exactement un massacre. Mais assez. Assez pour couvrir les gros trucs – les réparations de la

308

grange, qu'il faut que je fasse faire tout de suite, par exemple.

– À la livre, on parle de quoi ?

– Un dollar soixante, un dollar soixante-quinze peut-être ? »

Elle n'avait pas de véritable référence en matière de prix, mais Rickie, lui, était parfaitement au courant car il eut un sifflement approbateur. « Eh ben ! C'est pas mal. » Il lui souriait. Ses yeux étaient maintenant habitués à l'obscurité et elle le distinguait avec netteté : pas tout à fait la copie conforme de son père, mais exactement le même éclat dans le regard. Elle leva sa bouteille et laissa le fond de la Serpent lui piquer la langue.

« Regarde », dit-il, pointant le doigt vers le flanc de la colline sous la lune. Elle pouvait voir les formes pâles des dos bossus de ses chèvres, éparpillées régulièrement à travers le pâturage à la manière dont un enfant les disposerait sur un dessin. Pour finir, ses yeux distinguèrent autre chose : le mouvement du bouc sombre. Il travaillait son troupeau avec méthode, montant une chèvre après l'autre. Lusa contemplait le spectacle avec respect.

« Vas-y, mon garçon, l'encouragea-t-elle solennellement. Fabrique-moi un nouveau toit pour ma grange. »

Rick éclata de rire à ces mots.

Elle leva les yeux vers lui.

« As-tu jamais remarqué ce que font les chèvres quand il pleut ?

– Ouais. Elles se recroquevillent toutes en forme de fer à cheval.

– C'est très curieux. J'ignorais ça. Hier matin, quand il s'est mis à pleuvoir à torrents, j'ai jeté un coup d'œil par la fenêtre et je me suis dit : "Il ne manquait plus que ça, toutes mes chèvres ont attrapé la polio." Mais dès que la pluie a cessé, elles se sont redressées.

– C'est pour te montrer. Tu ne t'intéresses pas à une chèvre jusqu'à ce qu'elle te répare ta grange.

– Comme tu as raison, mon ami. »

La lune était haute maintenant, et plus petite, et Lusa sentait sa peine s'amenuiser en même temps qu'elle. Ou plutôt non, elle ne changeait pas, mais cessait d'être dominante par rapport au paysage, exactement comme la lune. Elle se demanda pourquoi, par quel subterfuge, la lune paraissait énorme quand elle montait, puis retrouvait une taille normale une fois dégagée des branches d'arbres. Sous sa lumière étincelante, elle regardait ses chèvres, dures à la tâche, occupées à se multiplier. Elle sentait que Cole aurait approuvé son ingéniosité. Mais pour la première fois depuis le début de toutes ces manigances, elle ressentait un pincement de tristesse à l'égard de ces mères et de leurs petits qui n'aboutiraient à rien, du moins du point de vue maternel. Oui, ils représentaient de la nourriture, et les gens en avaient besoin autant que de réjouissances, mais, vu d'ici, cela semblait beaucoup d'efforts pour simplement réparer une grange et rembourser les quelques dettes d'une vieille ferme sinistre. Pour la centième fois, Lusa essayait vainement d'imaginer comment elle allait pouvoir rester ici, et pour quelle raison. Quand elle essayait de traduire sa vie en mots, il n'y avait absolument rien qui puisse la retenir ici. Et les mots étaient tout ce qu'elle avait, au téléphone, à offrir à son père, à Arlie et à ses autres amis, à son ancien patron : « Dans moins d'un an, était-elle sur le point de dire, je serai partie d'ici. »

Mais il y avait tant d'autres choses en dehors des mots. Il y avait les odeurs du chèvrefeuille, de la terre fraîchement retournée et les vieilles chansons que jouait la pluie sur le toit. Des papillons de nuit qui traçaient des spirales dans le clair de lune. Des fantômes.

« Rick, dit-elle, est-ce qu'il t'arrive de voir des fantômes ?

– Tu veux dire des vrais ?

– Autres qu'imaginaires ? » Elle se mit à rire. « Je vois que non. Excuse-moi de t'avoir posé la question.

– Pourquoi ? Tu en a vu, toi, des fantômes ?

– Ils sont chez moi, à la maison. Elle en est pleine. Certains sont les miens, des gens de ma famille – mon grand-père mort, en particulier. Et d'autres de ta famille. Il y en a que je n'arrive pas à identifier.

– Terrifiant.

– Non, le plus drôle c'est qu'ils ne le sont pas. Ils sont tous réellement heureux. À te dire la vérité, je les trouve de bonne compagnie. Ils me donnent l'impression d'être moins seule dans la maison.

– Je sais pas, Lusa. Ça paraît un peu fou, non ?

– Je sais bien. » Il avait utilisé son nom – il ne l'avait pas appelée *tante* Lusa. Quel qu'en fût le sens, la conversation cessa l'espace d'une minute.

« Eh bien, finit-elle par dire. J'avais simplement envie d'en parler à quelqu'un. Désolée.

– Non, ça va. C'est intéressant d'une certaine façon. J'ai jamais vu de fantômes, mais j'ai jamais vu l'Alaska non plus, et il est probable qu'il existe quelque part.

– C'est une vue des choses raisonnable.

– Ils ressemblent à quoi ? »

Elle lui jeta un regard. « Ça t'intéresse vraiment ? »

Il haussa les épaules. « Ouais.

– À rien de ce qu'on voit dans les films. Ils se comportent comme des personnes réelles dans la maison. À des gosses, pour être précise. La plupart du temps, ils jouent dans l'escalier. Ce matin, je les ai entendus chuchoter. Je me suis levée et j'ai regardé par-dessus la balustrade. Ils étaient assis là, de dos, sur la seconde marche à partir du bas.

– Qui ça ? » À présent, il manifestait son intérêt.

« Promets-moi que tu ne le diras à personne.

– Croix de bois, croix de fer.

– Cole et Jewel. Un garçon et une fille, et c'étaient eux. Ils avaient peut-être quatre et sept ans.

– Noo-oon. T'es sûre ?

– Oui.

– Pourtant, tu n'as jamais connu Cole quand il était petit », fit-il remarquer.

Elle lui jeta un regard. « Tu doutes de ma rigueur scientifique ? C'étaient des fantômes ! Je ne sais pas comment j'ai su que c'était lui, je savais, c'est tout. J'ai vu des photos et tu sais, ou peut-être tu ne le sais pas, mais quand tu as vécu si près de quelqu'un tu apprends à connaître toute sa vie. C'est lui, d'accord ? Et ta tante Jewel, le frère et la sœur. Elle avait son bras passé autour de ses épaules, comme si elle voulait protéger son petit frère du grand monde. Comme si elle savait qu'elle le perdrait un jour. Tout d'un coup, j'ai découvert tout ça sur eux, à quel point ils avaient été proches. Et j'ai vraiment eu de la peine pour Jewel.

– Tout le monde a de la peine pour tante Jewel.

– Quoi, parce que son mari l'a quittée ?

– Ouais, l'oncle Shel qui s'est tiré, puis Cole qui est mort et ses gosses qui sont bousillés et maintenant elle est malade.

– Comment, malade ? Très malade ?

– J'en sais rien. Franchement, on me dit rien. On fait comme si j'étais encore un gosse. Mais j'ai des yeux. Je vois bien qu'elle perd ses cheveux.

– Oh non ! murmura Lusa, baissant les yeux. Mon Dieu, est-ce que c'est un cancer ?

– Je crois bien. Du… » Il se toucha la poitrine. « On l'a opérée l'année dernière, des deux côtés, mais ça l'a tout de même gagnée partout.

– L'année dernière ? Après que j'ai emménagé ici ou avant ?

– J'en sais trop rien. C'était que des messes basses, même dans la famille. Personne ne sait à l'église. Même pas son patron, chez Kroger. Il la flanquerait probablement à la porte. »

Lusa restait sans voix. La seule chose qu'elle était capable de faire, c'était de secouer la tête d'un côté de l'autre.

« Tante Hannie-Mavis la conduit à Roanoke pour les traitements. Je ne le sais que parce qu'elle amène leurs gamins à toutes deux chez maman, pour qu'elle et mes sœurs les gardent quand elles s'en vont. Elles m'ont jamais rien dit, mais c'est ce que j'en ai déduit.

– Elles ne m'en ont pas parlé non plus. Je savais qu'il y avait quelque chose de grave. Bon sang, je l'ai toujours su, et elles ne me laissent même pas donner un coup de main. » Sa voix se brisa. Elle se sentait toute rouge et les genoux en coton, de connaître l'affreuse nouvelle, et elle craignait de se mettre à pleurer et de ne plus pouvoir s'arrêter. Il l'entoura de son bras. Ce simple geste de réconfort lui fit monter les larmes aux yeux.

« Elles veulent pas te donner davantage de soucis, dit-il. Tu es déjà passée par le pire.

– Non, pas le pire. Je suis toujours vivante.

– Cela doit être bien pire de perdre la personne qu'on aime que de mourir soi-même. »

À sa grande confusion, cette réflexion la fit pleurer sans retenue. Il était tellement jeune, comment pouvait-il savoir ? Elle appuya son visage contre le coton de son T-shirt blanc et la tiédeur de sa poitrine, et s'abandonna là, sanglotante. Elle aurait voulu être à mille lieues d'ici. En esprit, elle se voyait aisément en train de jeter ses affaires dans une valise, des livres et des vêtements, pratiquement rien – elle laisserait tous ces pesants meubles de famille. Elle descendrait simplement l'escalier quatre à quatre et s'en irait. Mais ces deux enfants étaient sur le palier, lui tournant le dos, impossible de les éviter. Ils l'arrêtaient.

Rick était resté silencieux pendant un long moment, elle s'en rendit compte, la tenant patiemment contre lui, lui caressant les cheveux de l'autre main. Elle respira un bon coup.

« Je suis désolée, dit-elle, en écartant son visage, tout en évitant son regard.

– Mais non. J'ai mis mon bras autour de toi un moment. J'aimerais pouvoir faire plus que ça : j'aimerais réparer le toit de ta grange tout entier. » Il mit un doigt sous son menton, et, au grand scandale de Lusa, se pencha pour déposer un baiser très rapide sur ses lèvres.

« Rick, dit-elle, consciente d'une forme d'hystérie qui montait en elle, petit Rickie. Je suis ta tante. Bon sang ! » C'était comme dans un film, pensait-elle. La femme qui n'avait plus aucun désir en elle, poursuivie le temps d'une soirée par tous les hommes.

« Je te demande pardon », dit-il, vraiment sincère. Il s'écarta d'elle d'un pas. « Oh ! c'était complètement nul. Ne sois pas fâchée. Je sais pas à quoi je pensais, d'accord ? »

Elle rit. « Je ne suis pas fâchée. Et je ne me moque pas de toi, je me moque de moi. Tu es très beau garçon. Ta petite amie a énormément de chance de t'avoir. »

Il ne fit pas de commentaire. Il la regardait, essayant de deviner l'ampleur du mal accompli. « Tu le diras à personne, dis ?

– Non, bien sûr que non. À qui est-ce que je le dirais ? » Elle souriait, secouant la tête et s'essuyant les yeux avec la paume de sa main. « Voilà le plus drôle : ton père envisageait de faire la même chose, il y a une demi-heure.

– Mon père ? Lui avec toi ?

– N'aie pas l'air si outré. Est-ce que ça aurait été pire que toi et moi ? »

Maintenant, il était furieux. « Bon Dieu, mon père ! Ne me dis pas qu'il s'est passé quelque chose ? Je veux dire, qu'est-ce qu'il a essayé de faire ? »

Elle regretta son indiscrétion ; elle avait oublié qu'après tout il s'agissait d'un enfant et de son père. Lusa manquait d'intuition dans ce genre de chose – elle n'était pas mère. « Il n'a pas vraiment essayé, rectifia-t-elle. Il n'a pas dépassé le stade des projets.

– Ben merde ! Ce vieux porc, dit-il en secouant tristement la tête. Et à présent, regarde-le. Il est là-bas à bander devant tout le monde avec ses fusées.

– Tu es très méchant.

– Oui.

– Mais tu as raison. Je pense qu'il vaudrait mieux que j'aille surveiller le spectacle. Pour rédiger un compte rendu exact pour l'assurance une fois qu'ils auront tout brûlé. »

Il lui toucha l'épaule pour l'arrêter. « Sois pas fâchée, s'il te plaît. J'apprécie qu'on soit amis, tante Lusa. J'suis désolé d'avoir tout gâché.

– Rick, je ne suis pas fâchée. » Elle regarda ses mains et fit tinter ses bouteilles l'une contre l'autre, hésitante. Elle se sentait encore émue par le goût de sa bouche, la fumée et l'âcre odeur humaine qui avaient frappé, à travers son engourdissement, quelque lieu vivant au plus profond d'elle-même. « Tu sais quoi ? Je suis seule, je perds la tête et c'était tellement bon d'avoir tes bras autour de moi que je n'arrive même plus à y penser. Je devrais te remercier. C'est terminé, c'est de l'histoire ancienne. » Elle l'étreignit brièvement et l'abandonna au milieu de son nuage de fumée.

Elle remonta lentement la colline, étonnée du spectacle de lumière qui se déployait devant elle. Des centaines de lucioles se risquaient à sortir de l'herbe tandis que des étincelles rouges et bleues pleuvaient du ciel. Toutes ses belles-sœurs s'affairaient à donner à manger

315

aux enfants ou à faire de l'ordre, mais les hommes étaient collés sur leurs transats, poussant des cris à chaque départ de fusée. L'un après l'autre, les missiles montaient en flèche au-dessus de la mare ou sur le catalpa, allumant des douzaines de petits incendies chuintants parmi les feuilles.

« Ooooh », s'exclamèrent à l'unisson les voix mâles, quand l'une des fusées fit long feu de côté dans l'herbe. Puis vint un puissant bravo aviné lorsque la suivante monta, toute droite, dans un grand sifflement, s'épanouissant dans un bruit de pétard au-dessus de leur tête en jetant au vent ses semences étincelantes.

Lusa se mordit les lèvres en réaction contre l'étrange douleur dans son ventre. Cette nuit était totalement incontrôlable, pensa-t-elle, mais qu'y faire ? Nous sommes tels nous sommes : une femme en phase avec la lune et une tribu d'hommes qui tentent de s'unir avec le ciel.

16
Les prédateurs

« Ooouf ! » s'écria-t-elle, se rejetant en arrière comme frappée d'une décharge électrique. Là, juste là, il y avait un mocassin. Lentement, elle retira sa faux des bruyères qu'elle avait dégagées du bord de la piste. D'un seul geste lent, ferme, elle porta le manche de l'outil jusqu'à son épaule, où il reposa, tandis que le reste de son corps demeurait parfaitement immobile. Tous les serpents ne lui produisaient pas cet effet. Elle en avait rencontré assez souvent pour maîtriser un repli instinctif ; normalement, lorsqu'un serpent à tête mince filait sous ses pieds, un nez sombre s'amenuisant en un corps profilé, son cerveau reconnaissait instantanément un ami. Mais une tête triangulaire lui glaçait les sangs. Comme un panneau de signalisation, avait-elle déjà pensé, seulement ici, dans la forêt, il voulait dire *stop*. Ici, tout oiseau, tout mammifère savait que cette forme était une indication de danger – le profil commun aux trigonocéphales, en général, et aux mocassins, en particulier. Celui-ci, qui prenait le soleil au bord de la piste, était spécialement corpulent, marqué d'un motif à losanges comme une longue chaussette écossaise aux tons cuivrés de rose brunâtre et rose foncé. Des couleurs superbes mais qui ne contribuaient pas à en faire une créature attirante.

Du calme, tiens bon, aurait chantonné son père à mi-voix, d'un ton monocorde. Son premier mocassin, ils l'avaient trouvé dans la grange, lové sous une balle de foin qu'ils s'apprêtaient à transporter dehors pour le

317

bétail. Elle avait glapi et fui d'un bond vers la porte de la soupente, cette fois-là, mais plus jamais ensuite. *Impossible de te sauver tant que tu ne sais pas où aller. Tu peux tout aussi bien te jeter directement dans sa gueule.* À présent, bien d'aplomb dans ses bottes, elle regardait l'animal s'enrouler paresseusement sur lui-même, pointant la tête vers plusieurs directions en même temps, nullement pressé de choisir sa voie. Elle respira à fond, tout en essayant de ne pas haïr ce serpent. Il ne faisait que son métier, après tout. Vivant sa vie comme les milliers d'autres trigonocéphales de la montagne sur lesquels des yeux humains ne se poseraient jamais ; un ou deux rongeurs par mois suffisaient à leurs besoins, gages de vie, contributions à l'équilibre. Aucun d'entre eux ne souhaitait qu'on lui marche dessus – Dieu nous en garde –, ni d'avoir à planter ses crocs dans un mammifère monstrueux, immangeable, cent fois plus grand que lui – une perte de précieuses toxines, au mieux. Elle savait tout cela. On peut regarder fixement un être tout en sachant qu'on n'a personnellement aucune place dans son cœur, mais le tenir à l'écart du vôtre est une autre affaire.

Pour finir, la tête aux larges mâchoires s'enfouit hors du soleil dans l'herbe haute. Le corps s'étira et suivit une ligne sinueuse, se coulant vers le bas de la colline. Quelques mètres plus loin, la tête réapparut, langue palpitante, dans une autre tache de soleil, la ligne permanente de la bouche légèrement retroussée en un sourire ironique vers l'arrière du mufle camus. Ce n'était qu'une illusion créée par les joues ourlées qui recouvraient les crocs repliés à l'intérieur, elle le savait, mais cela la remplit d'une émotion soudaine. Sous l'effet de la peur, de la colère et de la nausée, elle se sentait défaillir, mais il en était ainsi. Elle détesta le serpent à cause de son sourire.

« Tu ne bouges pas de là, dit-elle au regard qui ne cillait pas. Efface ce sourire de ta gueule. » Elle tourna les talons et se dirigea vers la montée, vers le refuge, la solide faux en équilibre sur l'épaule. Ses jambes lui paraissaient lourdes comme de l'eau. Il n'y avait aucune raison de se sentir aussi fatiguée : sans doute une conséquence de la poussée d'adrénaline, mais elle était prête à tout laisser tomber pour le reste de la journée. À avaler un déjeuner tardif, à se pelotonner en compagnie d'un livre. La pluie commençait à tomber. Ce matin, elle avait déjà entendu plusieurs gros coups de tonnerre d'une force inattendue (chaque coup l'avait fait sursauter, comme le serpent) : un orage qui arrivait du Kentucky avec fracas. Elle prit un raccourci pour regagner la piste empruntée par les jeeps, à travers une trouée, vieille de dix ans, maintenant envahie de ronces mais encore ensoleillée et pleine de lampourdes. Dans la mesure du possible, elle évitait ce parcours en été, pour ne pas avoir à passer ensuite une heure à ôter les chatons de son jean. Mais elle n'avait pas envie d'être prise dans l'orage. Elle envoyait sa faux à la volée dans les denses touffes de capsules hérissées, prenant un malin plaisir à les trouver, ici et ailleurs. La revanche des perruches, c'est ainsi qu'elle aimait penser à elles. Ces oiseaux avaient évolué en même temps qu'une autre habile mangeuse de graines, la perruche de Caroline, disparue si rapidement après que les Européens se furent installés qu'on savait peu de chose sur elle en dehors de ce seul détail, sa nourriture favorite. John James Audubon avait peint l'oiseau, le bec rempli, festoyant parmi les lampourdes, et décrit la manière dont les bandes bigarrées allaient et venaient le long du lit des rivières à la recherche de ces chatons, plongeant bruyamment là où elles trouvaient les touffes hérissées et les dépouillant jusqu'à ce qu'il n'en restât pratiquement plus rien. Difficile d'imaginer une pénurie de chatons. Maintenant dédaignés, ils le resteraient jusqu'à la fin des temps. Désormais, ils s'accrochaient aux chevilles des promeneurs et se répandaient à travers champs et exploitations agricoles, fossés au bord des routes, et même clairières de régions boisées, tentant d'enseigner aux gens une leçon qu'ils avaient oublié d'apprendre.

Elle accéléra le pas lorsque les premières grosses gouttes de pluie se mirent à gicler à travers les feuilles. Une heure plus tôt, elle avait été en nage, mais au fur et à mesure que l'orage progressait elle sentait la température dè l'air tomber comme si elle avait nagé au plus profond d'un lac. Elle s'arrêta pour détacher le coupe-vent noué autour de sa taille et l'enfila, tirant le capuchon jusqu'aux sourcils avant de repartir au trot. À l'endroit où la piste rejoignait la route de l'Office forestier qui montait de la vallée, elle pressa le pas et se lança dans une course folle.

Arrivée sur la route, elle ralentit, parce qu'on pouvait se tordre une cheville dans les ornières et parce que la montagne était à pic ; elle avait besoin de reprendre son souffle. Pourquoi les gens couraient-ils toujours sous la pluie ? Il lui restait encore sept cents mètres à parcourir, de sorte qu'elle serait de toute façon trempée quand elle arriverait à la maison. Elle fit une grimace, puis s'arrêta pour tendre l'oreille.

C'était une voiture. Elle attendit un instant que celle-ci amorce son virage pour voir quelle forme d'intrusion humaine allait se produire. Triste à dire mais, à ses yeux, la présence de l'homme était synonyme d'ennuis. Elle savait que l'Office forestier n'approuverait pas ses vues inhospitalières, pourtant cette montagne aurait été un lieu extraordinaire si les gens s'en étaient tenus à l'écart. Dans l'expectative, elle sentit une tension s'installer dans ses épaules, et fut surprise lorsque le flanc vert de la jeep de l'Office forestier apparut à travers les troncs humides des arbres. Aujourd'hui ? Quel mois était-on, déjà en juillet ?

Elle réfléchit. Oui, la première semaine de juillet était déjà bien entamée. Bon sang, ils lui avaient envoyé ses provisions et elle avait encore manqué ce… comment s'appelait-il déjà ? Il s'appelait Jerry Lind, le type qui montait d'habitude en voiture avec son courrier et ses provisions. Elle devait lui remettre sa liste. Son cœur se mit à battre à grands coups, mais pas seulement d'avoir couru à contre-pente. Eddie Bondo était là-haut. Ce matin, elle l'avait laissé assis dans la galerie, pieds nus, en train de lire son *Guide des oiseaux de l'Amérique de l'Est*. Ah ! bon Dieu !

« Salut, Deanna ! Vous ressemblez à la Grande Faucheuse. » Jerry conduisait la tête en dehors de la fenêtre ouverte.

– Salut, Jerry. Vous, vous ressemblez à Smokey l'Ours. »

Il toucha le bord de son chapeau. « Ça protège de la pluie. » Il coupa le moteur, se laissant rouler jusqu'à Deanna, puis tira vigoureusement sur le frein, ce qui ébranla tout le véhicule. La route à cet endroit était profondément entaillée de fondrières qui commençaient à ruisseler en petites rivières de chocolat. Elle prit appui du pied gauche sur la jeep pour nouer ses lacets détrempés.

« Qu'est-ce que vous avez fait de mes affaires, vous les avez juste lâchées là-bas, sur la terrasse ?

– Non, je les ai mises à l'intérieur. Avec cette pluie qui s'annonçait. Votre courrier est sur la table avec les cartons de ravitaillement. J'ai déposé la bouteille de gaz pour le poêle dans la galerie. »

Elle l'étudiait, à la recherche de quelque indice de ce qu'il avait pu découvrir dans le refuge. « Vous n'avez pas eu de problème ? demanda-t-elle prudemment.

– Vous voulez dire avec la porte ? Je pense bien – ses charnières sont rouillées à quatre-vingt-dix pour cent. Vous avez du dégrippant, ou vous voulez que je vous en apporte le mois prochain ? »

C'est tout ce qu'il avait trouvé ? De la difficulté à ouvrir la porte ? Elle observait son visage. « J'ai du dégrippant, dit-elle lentement. Mais j'ai tout de même une liste pour vous, pour le mois prochain. Il me faut du bois de charpente pour réparer un pont et il y a aussi une série de livres dont j'ai besoin. »

Jerry bascula son chapeau en arrière et se gratta le front. « Non ! Encore des *bouquins* ? Ça vous arrive jamais d'avoir envie de trucs comme une télé ?

– Une télé qui marche avec des piles ? Ne me dites pas qu'il existe un truc pareil. Je n'allume même pas la radio que j'ai.

– Vous n'écoutez pas la radio ? Ça alors. Le Président pourrait se prendre un coup de feu et vous n'en sauriez rien pendant un mois. »

Elle laissa tomber son pied gauche et leva le droit pour rattacher l'autre lacet. « Dites-moi donc, Jerry. Si le Président se faisait tirer dessus cet après-midi, qu'est-ce que vous feriez demain qui serait différent de ce que vous auriez fait si ça n'était pas arrivé ? »

Jerry réfléchit à la question. « Rien, de toute façon, à part peut-être regarder un bon moment la télé. Sur CNN, voyez, ils vous diraient toutes les quinze minutes qu'il est toujours mort.

– C'est pourquoi j'apprécie la vie que j'ai ici, Jerry. J'observe les oiseaux. Ils font quelque chose de différent toutes les quinze minutes.

– Montez, dit-il. Je vais chercher votre liste. Je promets de ne pas vous donner de nouvelles du monde.

– D'accord. » Elle fit le tour par l'arrière de la caisse métallique de l'engin pour grimper sur le siège du passager, lançant sa faux qui retomba sur le plancher derrière les sièges dans un fracas métallique. « Qu'est-ce que vous auriez fait si vous ne m'aviez pas rencontrée, vous auriez repris la liste du mois dernier ?

– Ça n'aurait pas été la première fois. » La jeep fit une embardée vers l'avant en hoquetant tandis que Jerry levait le pied du frein. La pente était très raide.

« C'est vrai, admit-elle. Je mange encore le riz dont vous m'aviez apporté une double ration en novembre. » Qu'avait-il trouvé à l'intérieur du refuge ? Elle se sentait gênée et à vif, comme si Jerry l'avait surprise nue. Elle cherchait à deviner ses pensées tout en étant secouée par à-coups tandis que la jeep piquait du nez. Jerry semblait égal à lui-même – un gamin, en d'autres termes. Elle se retint de lui dire de rétrograder et de se servir du frein moteur. Mais de quel droit l'aurait-elle conseillé ? Elle n'avait pas conduit depuis deux ans.

Il gardait les yeux rivés sur la piste à une voie. L'épaulement plongeait à pic sur la gauche, tandis que la montagne s'élevait à angle droit du côté droit. « Je n'ai jamais fait de marche arrière sur cette route. Y a-t-il un endroit pour faire demi-tour quelque part ?

– Pas avant deux kilomètres. Plus bas, près de cette ferme, se trouve le premier endroit où ça s'élargit. » Elle se tourna sur son siège. « À qui appartient cette propriété au fond de la combe ? Je parie que vous ne le savez pas.

– Si, c'est la maison des Widener. Cole Widener. L'Office forestier a dû demander un droit de passage à travers sa propriété quand nous avons reconstruit le refuge. Avant que vous n'arriviez. »

Elle jeta un coup d'œil de côté, pensive. « Les Widener, dit-elle, en hochant lentement la tête. Ils possèdent du bois de charpente, je vous le dis. Il y de la matière brute là-dedans, je vous assure, jusqu'en haut de notre limite. Tous les ans, je meurs de peur qu'ils ne découvrent ce qu'ils ont et qu'ils le coupent. Ça entamerait à cœur un habitat superbe, tout du long, jusqu'en haut de ce versant de la montagne.

– Hé, il est mort, j'ai entendu dire. Deux pneus de son camion qui ont éclaté du même côté en même temps et il a heurté une pile de pont, ou un truc comme ça. Sur la 77, en traversant la montagne.

– Jerry, pas de nouvelles. Vous m'aviez promis.

– Oh ! pardon.

– C'est triste, malgré tout. Je me demande qui va reprendre la ferme à présent. Je parie n'importe quoi qu'ils vont abattre les arbres.

– Ça, je n'en ai aucune idée.

– Widener. Quel était son prénom ? Vous l'avez dit, il y a une minute.

– Cole, comme le vieux King Cole. À part que j'ai entendu dire qu'il était très jeune.

– Cole. Je suis en train de me demander si je ne l'ai pas connu. J'ai fréquenté l'école avec des Widener, mais c'étaient des filles. » Pas franchement sympathiques, d'après ses souvenirs. Elles venaient en classe avec des robes confection maison et faisaient bande à part, comme un club.

« Faut rien me demander, dit gaiement Jerry.

– Je sais. Vous êtes de Roanoke et vous avez douze ans.

– Oui, m'dame, c'est presque ça. Vingt-quatre, en fait. Alors, dit-il en roulant très lentement dans la descente. L'endroit pour tourner ?

– Ah pardon. Il n'y a pas vraiment d'endroit – le mieux pour vous c'est simplement de vous mettre en marche arrière et de remonter très lentement. »

Jerry suivit son conseil, bien que ce ne fût pas une mince affaire. « Zut ! » dit-il à plusieurs reprises, en conduisant à demi retourné, orientant fréquemment les roues dans le mauvais sens. « C'est comme d'écrire son nom dans un miroir.

« – Vous savez quoi, Jerry ? Vous pourriez tout bonnement vous garer. Je monterais chercher ma liste.

– Ça va, accrochez-vous, je vous emmène. »

Deanna se sentait mal à l'aise en approchant du refuge. Il avait apparemment failli tomber sur Eddie, la première fois, mais difficile d'avoir de la chance deux fois de suite. « Non, vraiment, dit-elle, ça m'est égal de marcher. Arrêtez-vous ici, ça me prendra dix minutes tout au plus.

– Ça vous est égal ? Ou vous préféreriez ? »

Elle le regardait, exaspérée. « S'il vous plaît, laissez-moi descendre. »

Il poursuivait sa lente progression en arrière, un pneu roulant dans le vide l'espace d'une seconde. « Il vous faudrait une heure et il pleut des cordes. Qu'est-ce qui vous prend, vous avez les jetons ?

– Regardez ce que vous faites ! "Jeurry", vous avez pris des cours d'anglais de montagne quèque part ?

– C'est ma maman qui dit ça, "qu'on a les jetons". Elle est de Grundy.

– Bon. J'ai les jetons d'être assise là à attendre que vous reculiez dans un arbre ou que vous passiez par-dessus bord. Allez-vous me laisser marcher, oui ?

– Non. »

Elle renonçait. Se disputer avec Jerry pour obtenir de marcher sous la pluie semblait ridicule. Elle regardait, penchée en avant, la route se dérouler devant eux tel un film rembobiné au ralenti. Était-il aussi aveugle que ça ? Même si Eddie Bondo n'avait pas été là, la maison était pleine de lui. Sa cafetière sur le poêle, son paquetage sous le lit. Toutefois, en y repensant, il y avait très peu d'indices. Il n'y avait presque rien. Elle se détendit.

« Hé, j'ai fait connaissance avec votre copain.

– Comment ça ?

– Il est drôlement décontracté. Je n'avais jamais rencontré quelqu'un du Wyoming.

– Qu'est-ce que vous avez fait, vous l'avez interviewé ? Ce n'est pas mon petit ami, Jerry. C'est juste un ami qui est monté me voir pour deux jours. Il s'en va demain.

– Ouais, bon.

– Comment ? demanda-t-elle.

– Rien. Il s'en va demain. »

Après tout, pensa Deanna, c'était possible. Elle changea ses jambes de place ; cette jeep n'était pas faite pour des gens de grande taille. Les soldats devaient être petits à l'époque de la Seconde Guerre mondiale. « Pourquoi tout le monde pense automatiquement "petit copain" quand une fille et un garçon sont amis ? »

Jerry porta son poing à la bouche et s'éclaircit la voix. « Peut-être à cause du paquet de vingt-cinq capotes qui traînait par terre à côté du lit ? »

Elle se tourna vers lui pour lui faire face, bouche bée. « Qui traînait par terre. Mais enfin, Jerry, ça ne vous regarde pas. Ce n'est qu'un ami, compris ? Les gens croient que parce qu'une femme est seule elle a sûrement un type caché quelque part. »

L'enquiquineur, pensa-t-elle, est-ce qu'il n'aurait pas pu ficher le camp ? Le mois dernier, quand Jerry avait apporté le courrier, il s'était éclipsé ; d'habitude, il n'était pas là. La semaine dernière, il était parti comme un fou pendant quatre jours, sous la pluie, simplement parce qu'elle l'avait regardé de travers. Pour tous les jours où il disparaissait, voilà qu'Eddie-Bondo-le prestidigitateur jouait les hommes au foyer.

« Okay, dit Jerry. Comme vous voudrez. »

Deanna regardait droit devant elle. « Il s'est probablement imaginé que *vous* étiez mon petit ami. »

Jerry rougit.

« Terrifiant d'y penser, hein, Jeur ? À vous ficher les jetons, non ?

– J'ai pas dit ça.

326

– Allez, rangez-vous là, près de la maison. Je cours chercher ma liste. Et ne vous avisez pas de raconter au chef que j'ai demandé du ravitaillement supplémentaire à cause d'une visite. D'accord ? Parce que je ne l'ai pas fait.

– Je ne vais pas me mettre à rapporter sur vous, Deanna. Les employés du gouvernement ont le droit d'avoir leur vie. Au bureau, je crois qu'ils seraient tous très contents si vous vous mettiez en ménage avec un type là-haut. Ils se font du souci pour vous.

– Ah vraiment ?

– Ils trouvent que vous devriez redescendre un peu plus souvent. Vous avez droit à cent jours de vacances que vous n'avez jamais pris.

– Comment savez-vous que je ne les ai jamais pris ? Je suis peut-être en vacances en ce moment.

– Vous vivez ici, dit-il avec fermeté. Vous travaillez ici. Il faut prendre vos vacances dans le monde civilisé. La télé, l'électricité, les rues de la ville, les voitures, les klaxons. Vous vous souvenez ?

– Ça ne correspond pas à mon idée du monde civilisé, mon cher. » Elle claqua la portière de la jeep et se dirigea à longues enjambées vers le refuge. Elle ouvrit violemment la porte, sans considération pour ses charnières rouillées, et se tint une seconde sur le seuil, braquant un regard furieux sur Eddie Bondo en chemise de velours côtelé bleu, déboutonnée. Il était occupé à lire, tellement renversé sur son siège qu'il tenait en équilibre sur les deux pieds arrière comme un chien qui danse. Elle pointa un doigt vers lui.

« Dès qu'il sera sorti d'ici, il faudra que je te règle ton compte. »

Eddie haussa les sourcils.

Elle saisit au vol la liste sur le bureau et fut de nouveau dehors. À travers la fenêtre de la cuisine, il la vit, là-bas, debout sous la pluie, en train de débiter des tonnes de paroles à la minute au jeune en chapeau. Elle imaginait bien le spectacle qu'elle pouvait lui offrir ; sa capuche avait glissé au bas de son cou, ses mains s'agitaient tandis qu'elle parlait et sa natte dépassait de sa veste, balayant le creux de ses genoux comme la queue d'un animal qui s'apprête à partir au galop. Lorsqu'elle se baissa pour tirer sa faux à long manche de derrière le siège, Jerry se fit tout petit comme s'il pensait qu'elle allait le décapiter. Eddie Bondo devait avoir le sourire.

Elle suspendit ses outils à l'extérieur du refuge d'un coup sec pendant que la jeep faisait demi-tour en pétaradant dans la descente.

« Qu'est-ce qui te fait sourire comme ça ? lui demanda-t-elle quand elle revint à l'intérieur. J'ai vu un mocassin, tout à l'heure, il avait le même rictus.

– Je te souris, ma belle. Exactement comme le serpent.

– Est-ce que je vais devoir te hacher menu comme je l'ai fait pour lui ?

– Ne me raconte pas d'histoires, ma courageuse. Tu n'as pas touché à un poil de la tête de ce petit mocassin. »

Elle le regarda. « Alors quoi ?

– Rien. C'est juste que tu es belle, c'est tout. Tu ressembles à une déesse quand tu es furieuse. »

À qui croyait-il donc avoir affaire ? À une lycéenne qu'il pouvait baratiner ? Les lèvres serrées, elle se mit à bousculer casseroles et poêles, ranger les conserves sorties des cageots de bois que Jerry avait laissés sur la table. De sous les étagères de la resserre, elle tira les énormes boîtes de rangement en métal à l'épreuve des souris et souleva les sacs de haricots et de farine de maïs. Eddie Bondo ne pouvait s'empêcher de sourire d'un air narquois.

« Je ne plaisante pas. Je suis presque assez furieuse pour te jeter dehors, pluie ou pas. »

Il parut amusé de cette menace inoffensive. « Qu'est-ce que j'ai encore fait ? »

Elle se retourna vers lui. « Tu n'aurais pas pu sortir ? Tu n'aurais pas pu t'esquiver pendant dix minutes dans le cabanon ou ailleurs, quand tu as entendu la jeep ? » Elle restait campée là, les deux mains sur les hanches, déconcertée comme en face d'un enfant formidablement indiscipliné. « Pour une fois, l'idée ne t'est pas venue de disparaître ?

– Non. Est-ce que je peux te demander pourquoi j'étais censé me cacher ? »

Elle recommençait à claquer les portes de placard. « Parce que tu n'existes pas, voilà pourquoi.

– Intéressant, dit-il en considérant le dos de ses mains.

– J'entends : ici. Tu ne fais pas partie de ma vie. » Elle ouvrit la fermeture à glissière de sa parka et en émergea tel un serpent hors de sa mue, secouant sa miraculeuse chevelure sur toute sa longueur. Elle accrocha le coupe-vent à une patère, tordit le bout de sa natte, s'assit sur le lit avec un soupir de contrariété et entreprit de délacer ses souliers trempés. D'un pied humide chaussé de laine, elle repoussa le long chapelet de capotes sous le lit, dans l'ombre. « Jerry a été très impressionné par tes réserves de préservatifs, dit-elle.

– Oh ! je comprends tout. Te voilà démasquée. Deanna, la louve vierge, doit penser à sa réputation. »

Elle lui lança un regard furieux. « Ça t'ennuierait de reposer les quatre pieds de la chaise par terre, s'il te plaît ? C'est la seule que j'ai. Je te serais reconnaissante de ne pas la casser. »

Il obtempéra bruyamment. Referma son livre, la considéra, attendit.

« C'est cette pluie qui t'a fichue en l'air ? demanda-t-il pour finir. Ce sont tes règles qui s'annoncent ou quoi ? »

La plaisanterie la mit en colère. Elle avait l'intention de lui dire la vérité : qu'elle était en pleine ménopause. Que la pleine lune précoce de juillet était passée sans ovulation de sa part, et qu'elle ne se souvenait même plus à quand remontaient ses dernières règles. Son corps perdait de ses ardeurs. Elle balança ses souliers près de la porte et se releva pour enlever son jean mouillé. Elle se moquait qu'il la regardât ou non, elle n'avait même pas envie de se cacher. Elle n'était en rien une louve vierge, tout au plus une vieille femme qui n'avait plus la patience de supporter la proximité d'un jeune homme.

« Quelle réputation ? dit-elle en suspendant ses vêtements humides à une patère proche du poêle et sortant une serviette-éponge propre du cagibi. À part Jerry et le type qui rédige mon chèque, c'est tout juste si on se rappelle que je suis ici. J'en suis arrivée à ce point. »

Tout en se frictionnant les cheveux, elle se penchait vers le poêle à bois. Elle s'aperçut que son corps transi jusqu'à la moelle le traitait comme une source de chaleur, alors même que le feu n'était pas allumé. Elle remarqua également que rien ne lui échappait des mouvement de ses membres nus, enregistrant les longs muscles de ses cuisses.

« Si tu te fiches de ce que pensent les gens, dit-il, alors où est le problème ? Pourquoi est-ce que j'aurais dû me cacher du jeune Smokey ?

– Il n'est pas beaucoup plus jeune que toi. Vous n'êtes encore que deux gamins. Reboutonne ta chemise, pour l'amour du ciel, il gèle ici.

– Oui, maman. » Il ne fit aucun mouvement indiquant qu'il allait le faire.

Elle se redressa, serrant la serviette contre sa poitrine. « Pourquoi sommes-nous en train de jouer au papa et à la maman, toi et moi ? Est-ce que tu sais que j'ai quarante-sept ans ? L'année où tu commençais à marcher, j'ai connu ma première aventure avec un homme marié. Est-ce que ça ne te fait pas flipper ? »

Il secoua la tête. « Non, pas vraiment.

– Moi, si. Tout ça me fait flipper. Que j'aie passé six années à faire des recherches sur un animal dont tu voudrais purger la planète entière. Que j'aie quinze centimètres de plus que toi. Que j'aie dix-neuf ans de plus que toi. Si nous nous baladions ensemble dans la rue à Knoxville, les gens nous regarderaient d'un drôle d'air.

– Pour autant que je sache, aller nous promener ensemble dans les rues de Knoxville n'est pas prévu au programme. »

Elle s'assit sur le lit en sous-vêtements, frissonnante, se sentant soudainement épuisée. Elle se mit sous les couvertures, qu'elle remonta jusqu'au menton. Elle essaya cette tactique, le regardant de côté depuis l'oreiller. « Pour autant que je sache, il n'y a pas de programme.

– Ça pose un problème ?

– Non », dit-elle, malheureuse.

Il posa ses pieds nus à plat sur le plancher et se pencha en avant, les coudes sur ses genoux. Lorsqu'il prit la parole, il parla d'un ton nouveau, plus calme et plus gentil. « J'imagine qu'on aurait l'air d'un drôle de couple si on nous voyait ensemble. Mais puisque personne ne nous regarde, il n'y a rien de drôle. Je pensais que c'était très simple.

– Quand l'orgueil tombe dans la forêt et que personne ne l'entend, est-ce qu'il est vraiment tombé ? »

Il cligna des yeux. « Qu'est-ce que tu racontes ?

– Tu as honte de moi, dit-elle. J'ai honte de moi, de nous. Autrement nous pourrions aller n'importe où dans les rues. »

Il étudiait son visage, semblant momentanément plus vieux – comme s'il était capable de s'imposer des moments de maturité, pensa-t-elle, mais ne s'en préoccupait pas normalement. Il avait vingt-huit ans, un jeune mâle. Comme une buse à queue rousse de l'année dont on commençait à voir les plumes sombres d'adulte. Question choix de compagnon, elle avait les idées confuses, apparemment.

« Là d'où je viens, les gens mettent leur trésor sous leur matelas, finit-il par dire. Ils n'ont pas à le crier sur tous les toits.

– Mais s'ils le cachent, ils en viennent à ne jamais l'utiliser.

– Qu'est-ce qu'il y a à utiliser en ce qui nous concerne, toi et moi ? Où sommes-nous censés nous dépenser en dehors d'ici ?

– Nulle part. Je ne sais pas ce que je raconte. Oublie tout ça. »

Il se redressa contre le dossier droit de la chaise et croisa les bras sur sa poitrine. « Je sais ce que tu es en train de me dire. Je ne suis pas si bête que ça. En dépit de mon manque de maturité. »

Elle ne bougea plus pendant un long moment, le regardant depuis sa position couchée. Ses yeux bleu-vert, le coin de peau exposé de sa poitrine, les boutons en os de sa chemise de velours côtelé – tous ses plans et angles renfermaient une pure lumière dont la beauté la blessait comme une lame.

« Eddie. Ce n'est pas comme si je voulais me marier et vivre pour toujours dans le bonheur. »

Elle eut l'impression qu'il sourcilla un peu, à la mention brutale de cette possibilité, même négative. « Si c'était le cas, dit-il en détachant ses mots, je serais déjà à Alberta à l'heure qu'il est.

– À Alberta, au Canada ? demanda-t-elle. Ou Alberta, dans le Kentucky ? À quel point de répulsion en sommes-nous arrivés ? »

Il la fixait des yeux, sans répondre.

Elle secoua la tête. « Tu n'es pas assez important pour me briser le cœur. Je ne suis pas une gamine quelconque, accorde-moi ça. Mais je ne suis pas sûre de pouvoir être non plus comme toi.

– Ça veut dire quoi, "comme moi" ?

– Vivre sans aucun projet. Je n'arrête pas de me cogner contre les murs. » Elle se renversa sur le dos, incapable de le regarder plus longtemps. « Quand j'ai emménagé ici, je pensais me contenter de vivre comme les moucherolles et les grives des bois. Me concentrer sur chaque jour qui viendrait, passer l'hiver, me réjouir l'été. Manger, dormir, chanter des louanges.

– Manger, dormir, baiser de tout ton cœur, chanter des louanges.

– Ouais, bon. » Elle se couvrit le visage des deux mains et se frotta les yeux. « Les oiseaux avaient une activité plus intense que la mienne. Mais tu sais quoi ? J'ai l'impression qu'ils ont un projet. Que je suis une intruse, que je ne suis là qu'en observatrice. Qu'ils contribuent tous peu ou prou à cette grande affaire qui fait tant de bruit. Leur projet c'est de faire que la vie se perpétue sur la terre, et ils y travaillent, je te prie de le croire.

– Tu la perpétues.

– De façon vraiment limitée. Quand je serai morte, qu'aurai-je fait qui restera après moi ? Un mémoire de maîtrise à la bibliothèque universitaire du Tennessee qu'auront lu – ou liront – peut-être onze personnes en tout à travers le monde.

– Moi, je vais la lire. Douze personnes, donc.

– Tu ne le feras pas. » Elle eut un petit rire sec, sans enthousiasme. « C'est la dernière chose que tu aurais envie de lire. C'est sur les coyotes.

– Quoi, qu'est-ce que tu racontes sur eux ? »

Elle tourna la tête pour le regarder. « Tout ce qui les concerne. Leurs populations, comment elles se sont étendues et ont évolué avec le temps. Une des choses que je démontre, c'est que le fait que les gens les chassent augmente leur nombre.

– C'est impossible.

– On pourrait penser le contraire. Mais c'est la vérité. J'ai une centaine de pages qui le prouvent.

– Je crois bien qu'il va falloir que je lise ça.

– Comme tu veux. Ce serait aimable de ta part. » Un cadeau de départ, pensa-t-elle. Elle se retourna vers le plafond et ferma les yeux, sentant la tension lointaine d'un mal de tête qui s'annonçait. Qu'il la lût ou non ne lui assurerait pas une place dans le projet de la planète. Elle appuya le bout de ses doigts sur ses paupières. « C'est sans doute une question d'âge, Eddie. Il te reste davantage de temps pour faire semblant de croire que ta vie est sans fin. Avant d'être confronté à une vue d'ensemble plus complète. »

Il ne lui posa pas de question à propos de la vue d'ensemble plus complète. Non plus qu'il ne se leva pour prendre la porte. Il lui demanda si elle aimerait qu'il fasse du feu et elle répondit que oui. Elle tremblait visiblement de tout son corps. Elle tira les couvertures sur sa tête, ne laissant qu'une petite fenêtre à travers laquelle elle pourrait observer ses mains précises, sûres, en train de charger du petit bois dans le poêle. Elle pensait à ce que faisaient les gens avec leurs mains si précieuses : allumer des feux qui s'éteignaient ; scier des arbres pour construire des maisons qui pourriraient et s'effondreraient avec le temps. Tout cela était-il comparable à la grâce d'un papillon de nuit sur une feuille, pondant d'impeccables rangées de minuscules œufs vitreux ? Ou à une moucherolle tissant un nid de mousse dans lequel elle couverait sa nichée ? Pourtant, comme elle le regardait enflammer une allumette et réchauffer la pièce pendant que la pluie tombait à grand bruit au-dessus de leur tête, elle se laissait aller à la gratitude de disposer de ces mains-là, au moins pour le moment présent. Quand il grimpa dans le lit à côté d'elle, ces mains l'étreignirent jusqu'à ce qu'elle s'endormît.

« Tu es en train de tomber malade », lui dit-il lorsqu'elle rouvrit les yeux.

Elle se redressa pour s'asseoir, assommée, avec une idée très vague de l'heure qu'il était. Il était debout, habillé – même sa chemise était boutonnée –, et s'activait après le poêle. Il avait fixé la nouvelle bouteille de propane – un véritable homme à tout faire. « Quelle heure est-il ? demanda-t-elle. Comment ça, je suis en train de tomber malade ?

– Tu as éternué en dormant. Quatre fois. Je n'ai jamais entendu qui que ce soit faire ça avant. »

Elle s'étira, se sentant très fatiguée et un peu endolorie d'avoir coupé l'herbe, mais rien d'autre. Pas de maux de tête, une menace qui s'était estompée. « Je crois que ça va. » Elle respira l'odeur généreuse, conviviale, des oignons frits dans l'huile, quelque chose de merveilleux. De temps en temps, il lui fallait garder tous ses esprits pour s'empêcher d'aimer cet homme. Elle pensa aux coyotes, ce qui l'aida. À quelque chose d'assez important pour lui briser le cœur.

« Tu as éternué en dormant, insista-t-il. Je sors chercher du bois pour le feu. » Il lâcha deux poignées de légumes coupés en morceaux dans la casserole, y versa de l'eau de la bouilloire et la recouvrit du couvercle de métal qui tinta joyeusement.

« Il fait noir ? Attends ! Quelle heure est-il ? » Elle se grattait la tête en clignant des yeux vers la fenêtre.

« C'est le petit jour. Pourquoi ?

– Fais attention à la moucherolle dans la galerie. Ne l'affole pas sinon elle abandonnera son nid. Si elle le quitte à cette heure-ci, elle est fichue de rester partie toute la nuit et les petits gèleront.

– Il ne fait pas si froid que ça, dehors. On est en juillet.

– Pour quelques minuscules grammes d'oiseau sans plumes, il fait froid dehors. Ils mourront dans la nuit si elle n'est pas sur eux. »

Eddie semblait avoir du mal à croire que l'été était froid à cette altitude. Mais il savait que ce qu'elle disait était vrai et qu'un oiseau chassé du nid à l'aurore ne reviendrait pas. La mère serait capable de rester à vingt mètres de là, à appeler ses petits toute la nuit, perdue. Deanna n'avait vraiment jamais compris pourquoi, mais Eddie lui avait dit ce qu'un chasseur savait des perceptions animales, par exemple que la plupart des oiseaux étaient incapables de voir dans l'obscurité. Que d'une minute à l'autre, à la tombée de la nuit, ils devenaient aveugles et ne distinguaient plus rien du tout.

Il lui sourit dans l'encadrement de la porte. « Je n'ai pas besoin de quatre petits oiseaux morts sur la conscience en plus de tous mes autres péchés.

– C'est important, insista-t-elle.

– Je sais bien.

– Ça l'est. Elle a déjà perdu une couvée à cause de nos gesticulations dans les parages.

– Je ferai attention, je marcherai sur la pointe des pieds. »

Ce qu'il fit, apparemment. Elle n'entendit plus aucun bruit jusqu'à son retour quand il chargea le poêle. Elle sentit le matelas bouger lorsqu'il vint s'asseoir, entendit siffler une allumette dont elle sentit le soufre quand il se pencha pour allumer la lampe à pétrole sur la table à côté du lit. « Retourne-toi, je vais te frictionner le dos, là où ça fait mal.

336

– Qu'est-ce que tu as fait, tu as mangé des champignons qui rendent gentil ? » Elle ouvrit les yeux. « Comment sais-tu que j'ai mal au dos ?

– Je suis toujours un gentil garçon, l'ennui c'est que tu ne t'en rends pas compte avec mes manières agaçantes. » Il l'embrassa sur le front. « Tu es en train de couver quelque chose. La grippe ou autre chose. Tu étais bouillante, il y a un petit moment. Tourne-toi.

– L'épizootie, dit-elle. C'est Nannie qui·disait ça. C'est une catégorie qui englobe toutes les maladies. » Elle se retourna, le visage enfoui dans l'oreiller, souriant, suffoquant de bien-être tandis qu'il lui massait les épaules. « Nannie, c'était la bonne amie de mon papa, dit-elle dans l'oreiller, qui étouffa totalement ses paroles.

– Comment ? »

Elle se remit sur le dos. « Nannie, c'était la bonne amie de papa.

– Oh ! j'ai cru que tu disais : Eddie est complètement fada.

– Ouais. Ça aussi.

– La femme aux vergers, je suis au courant. Elle te donnait des pommes et ton vieux père a eu de la chance. »

Ses mains se déplaçaient, expertes, le long de ses flancs, travaillant en douceur côte après côte, s'arrêtant juste sous les seins et pour finir s'y attardant, la troublant jusqu'à l'inconscience. Lorsqu'elle fut incapable de supporter plus longtemps le suspense, il défit la fermeture à glissière de son jean et se fourra sous les couvertures. Pendant un long moment, il la caressa sans parler.

« Comme ça, dit-elle. Tu te souviens des bêtises que je t'ai racontées sur ma vie ?

– Qu'elle a eu un enfant avec un trou dans le cœur. Mais qu'elle n'a pas voulu épouser ton père.

337

– Tu t'en souviens. Je ne suis jamais certaine que tu écoutes.

– L'absence d'avenir ne veut pas dire que je ne suis pas présent en ce moment. »

Elle voulait le croire, mais n'y parvenait pas totalement. « Je ne sais pas pourquoi tu ferais l'effort, dit-elle. Si tu dois tout oublier par la suite.

– Tu crois que je vais t'oublier quand tout sera fini entre nous ici ?

– Oui.

– Non. » Il l'embrassa longuement. Elle garda les yeux ouverts, en spectatrice. Il l'embrassait les yeux clos, il paraissait si fragile et si soumis que c'en était presque douloureux à voir.

« Je t'oublierai, dit-elle doucement en lui mentant. À la minute même où tu seras parti. »

Il s'écarta d'elle légèrement, la regardant dans les yeux pour voir ce qu'elle entendait par là. Elle ne pouvait pas fixer d'aussi près que lui. Question d'âge, une fois de plus.

« Je ferai en sorte que tu ne le puisses pas », promit-il, et elle frissonna, envahie du pressentiment de quelque profond changement ou de quelque mal irréparable. Il ferait en sorte que… Les coyotes lui venaient malgré elle à l'esprit : des enfants dans les bois, qui se pressaient dans leur tanière à l'abri de la tempête.

Mais l'esprit d'Eddie Bondo semblait là, se concentrant sur elle pour réparer le mal qu'il lui avait fait un peu plus tôt – la vanne à propos d'Alberta, supposa-t-elle. C'était l'étrange danse qu'ils dansaient. Plus d'une fois elle s'était mise en rage contre lui, pour passer ensuite des jours entiers à lui offrir de la nourriture, à lui couper les cheveux, à laver ses chaussettes, ses onguents de pardon. Cela lui rappelait le lynx qu'elle avait quand elle était petite : il devenait parfois méchant quand ils jouaient, la griffant même jusqu'au sang, mais ensuite il allait chasser une souris dont il lui rapportait le foie.

Eddie s'était retourné sur le côté et redressé sur un coude, pour mieux découvrir son corps et le regarder. Il lui avait fallu s'habituer à cela. Elle luttait contre l'envie persistante de se recouvrir du drap.

« Comment se fait-il qu'ils ne se soient jamais mis ensemble ? demanda-t-il, dessinant le tour de ses aréoles de son index. Ton père et son amie ?

– Nannie n'a jamais voulu. Je ne sais pas vraiment pourquoi. Je crois que je l'ai admirée pour ça, de savoir ce qu'elle voulait et de tenir à rester seule. D'après les ragots du comté, c'est parce que papa ne voulait pas l'épouser.

– Vous, les femmes, vous êtes toujours perdantes dans les ragots.

– Ah ! tu as remarqué. Ouais. Nannie était un drôle d'oiseau dans son genre. Elle l'est toujours. Mais il l'aurait épousée dans la seconde même. Il était comme ça, tout simplement un homme d'honneur.

– Pas comme moi.

– Tout à fait. Je crois qu'avec le temps ça l'a rendu triste qu'elle ne veuille pas l'épouser. Surtout après que Rachel est tombée si malade. Quand elle est morte, tout le monde en a été déchiré. Papa était en train de perdre la ferme, à l'époque, et il s'est détruit à force de boire. Je suis sûre que Nannie en a eu le cœur brisé aussi, mais elle a mieux supporté.

– Et toi ? Elle était ta sœur. Ta demi-sœur.

– Oui. Je suis incapable d'expliquer pourquoi, mais j'ai toujours su qu'elle retournerait au ciel. Il se trouve qu'elle n'a été ma petite sœur que pour un temps. Rachel était un ange. Nous jouions aux pirates, j'étais le capitaine et elle, l'ange. Elle était toujours heureuse. Elle avait la peau laiteuse, de celles qui sont presque transparentes. Ça a été le drame ici, quand elle est morte. »

Deanna ferma les yeux, se sentant étrangement vidée après cette conversation. C'était peut-être la fièvre qui la rendait si détachée, si rêveuse. « Nannie est solide, malgré tout ; elle a tenu pendant toutes ces années. Elle vit sa vie comme elle l'entend, sans s'occuper de ce que les gens racontent.

– Alors, c'est de là que tu tiens ça. »

Deanna se mit à rire. « Oh mon Dieu ! Tu ne peux pas savoir quel gâchis j'ai fait de ma vie. Je suis allée à l'université et me suis mise à coucher à droite et à gauche avec mes professeurs. »

Il rapprocha son corps du sien, dur et tiède à la fois, impossible à ignorer. « Tu poursuivais des études supérieures.

– Des études inférieures. Je ne savais pas ce que je faisais. Je pense que je devais avoir un complexe d'Œdipe. J'écoutais mes enseignants. J'ai épousé un des mes profs. Il me trouvait brillante, alors je l'ai épousé. Il disait que je parlais comme une montagnarde, alors j'ai fait attention à la manière dont je m'exprimais. Il disait qu'il fallait que je devienne enseignante, alors j'ai obtenu des diplômes et j'ai enseigné dans une école de Knoxville où j'ai passé toute ma jeunesse jusqu'à trente-cinq ans, à en devenir dingue.

– Qu'est-ce que tu enseignais ?

– Les sciences, les maths et silence-s'il-vous-plaît aux élèves du collège. »

Pendant qu'ils parlaient, il s'était déplacé au-dessus d'elle, pesant de tout son poids sur ses coudes, et était entré en elle avec douceur, sans changer de ton de voix ni de conversation. Elle respira intensément, mais il posa un doigt sur ses lèvres et continua de parler.

« Non, je ne te vois pas avec une pomme sur ton bureau. En revanche, je te vois bien lancer de la craie. »

Elle restait parfaitement immobile, reprenant son souffle. Comme si elle avait vu un serpent.

« Peut-être ai-je lancé de la craie, je ne me souviens pas. Parfois, j'aimais les enfants, mais la plupart du temps je me sentais assiégée. » Elle parlait lentement, avec calme, et tout paraissait très intime, comme si leurs corps se cachaient de leur mental. « Je suis quelqu'un d'introverti, poursuivit-elle prudemment. J'aime bien être seule. J'aime bien être dehors dans les bois. Et voilà à quoi j'en étais arrivée. À vivre dans une petite maison de brique dans la banlieue d'une grande ville, à passer mes journées avec des centaines de petits êtres humains incroyablement bruyants. »

Il avait commencé à se mouvoir en elle, sans hâte. Elle dut se concentrer pour garder une voix posée. Elle sentait les coins de sa bouche se retrousser malgré elle, comme le sourire du mocassin. « Tu me diras que j'aurais pu y penser plus tôt, mais j'ai rongé mon frein pendant dix ans avant de m'apercevoir qu'il fallait que j'aille à l'université pour étudier les sciences de la nature et me sortir de là.

– Et voilà où tu en es. » Il soutenait son regard, souriant, tandis que, lentement, il bougeait les hanches. Son pubis bascula pour mieux l'atteindre.

« Et voilà où j'en suis.

– Le professeur et toi, vous n'avez jamais eu d'enfants ?

– Oh ! c'était hors de question. Il avait déjà été marié. Déjà père de deux grands adolescents quand je l'ai rencontré. De la même façon qu'il enseignait les maths, lui et son ex-femme s'étaient reproduits. Il n'y avait plus de place sur terre pour faire un autre enfant.

– Eh ben. C'est ce qu'on appelle de la pure arithmétique.

– Il était comme ça. C'était un Allemand.

– Mais toi, tu ne t'étais pas reproduite.

– J'imagine que ce n'était pas son problème. Il s'est fait faire une vasectomie.

– Et c'était bien comme ça. Pas de regrets ?

– Je ne me sens pas si maternelle que ça. »

Il glissa une main sous le bas de son dos et se poussa très loin au-dedans d'elle jusqu'à ce qu'elle perde le fil de ses pensées. Il avait une manière de se tendre contre son pubis, exerçant une pression là où aucun homme ne l'avait fait auparavant. Faire l'amour avec Eddie Bondo c'était comme un miracle de la nature. Il la retenait là, cambrée, tout en gloussant doucement contre sa joue.

« Toi. Qui passes plus de temps à t'assurer que tu ne fais pas de mal à une araignée ou à un oisillon que la plupart des gens à s'occuper de leurs enfants. Tu es maternelle. »

Il l'écoutait encore. Elle ne se souvenait même plus de ce qu'elle avait dit.

« Chuuut, dit-il soudainement, la serrant plus fort et s'immobilisant parfaitement. Qu'est-ce que c'est que ça ? »

Ils écoutèrent le bruit ténu d'un glissement au-dessus de leurs têtes dans les planches du plafond. C'était comme un froissement de papier, sec, râpeux, presque comme de la toile émeri dont on aurait lentement frotté en rond une planche raboteuse. Ce son était devenu presque constant, ces jours derniers, le soir, quand la pluie ne le couvrait pas.

« Ce n'est pas une souris, concéda finalement Deanna.

– Je sais que ce n'est pas une souris. Tu dis toujours que c'est une souris, mais non. C'est quelque chose de long glisseur.

– Glisseur ? demanda-t-elle. En plus, tu te moques de la façon dont je parle ?

342

– De long avec des écailles, alors.

– Ouais, dit-elle. C'est un serpent. Probablement un grand serpent noir qui est venu s'abriter de la pluie un beau jour et qui, tombé sur une mine de souris, a décidé de rester. »

Eddie Bondo eut un frisson. Elle le sentit perdre de sa vigueur en elle et elle se mit à rire. « Tu ne vas pas me dire que tu as peur des serpents ? Si ? »

Il se détacha d'elle, se couvrant le visage de son bras.

« Ça alors, tu m'en diras tant, Eddie Bondo. Un garçon courageux comme toi.

– Je n'en ai pas peur. C'est simplement que je n'aime pas l'idée qu'il y en ait un qui rampe au-dessus de moi quand je dors.

– Alors, ne dors pas. Reste là à l'écouter. Dis-moi s'il a l'intention de descendre jusqu'au lit. Bonsoir ! » Elle se pencha, feignant de souffler la lampe.

« Ne fais pas ça ! » Il eut une intonation de véritable panique à l'idée du serpent et de l'obscurité combinés. Mais il attrapa son oreiller afin de cacher son embarras. Elle laissa la lampe brûler et se renversa sur le lit, contente d'elle.

« Belle dame, dit-il, tu es une sacrée bonne femme. »

Elle lui prit l'oreiller des mains et le remit sous sa tête, savourant son triomphe. Toute son existence dans le comté de Zébulon, elle avait connu de grandes carcasses d'hommes qui travaillaient, placides, avec des machines terrifiantes et des bœufs assez gros pour les tuer, et qui admettaient pourtant sans aucune honte leur terreur des serpents en tout genre. À l'âge de neuf ans, Deanna Wolfe s'était acquis une réputation légendaire en apportant à l'école un serpent noir de trois mètres de long.

« Ça n'a strictement aucun sens de mépriser le serpent qu'il y a là-haut, dit-elle à Eddie. Il est de notre côté. Je déteste les souris, je déteste qu'elles se promènent sur ce que je mange. Qu'elles fassent leurs nids dans le tiroir et que mes chaussettes puent la pisse de souris. Qu'elles courent sur mes pieds le matin et me fassent lancer mon café sur le mur. Si tu supprimais tous les serpents du monde, les gens partiraient en guerre contre les rongeurs. Pas seulement ici. Dans les villes aussi.

– Merci, mademoiselle la prof de sciences. Dommage que nous ne soyons pas tous aussi logiques que toi. Tu sais quoi ? » Il se tourna vers elle et lui chuchota à l'oreille : « Tu as peur de l'orage.

– Non, je n'en ai pas peur.

– Si. Je t'ai vue sursauter.

– C'était une réaction de surprise, pas de peur. L'orage n'est rien d'autre que deux couches d'air qui se rencontrent, incapables de faire de mal à une mouche. »

Il se blottit contre l'oreiller à côté d'elle, le sourire farouche. « Et qui te font sursauter comme une folle.

– Les souris me font bondir aussi, non de peur mais de dégoût.

– Bon d'accord. Les serpents ne sont pas redoutables, ils sont simplement répugnants.

– Des choix idiots, Eddie. Les gens en font tous les jours, mais détester d'emblée les prédateurs, c'est comme détester d'emblée le toit qui est au-dessus de ta tête. Moi, je préférerais un serpent à cinquante souris chez moi n'importe quand. Un serpent dans chaque toit. »

Il frémit.

« Au moins, les serpents ont de bonnes manières – ils restent hors de ta route.

– Reste à l'écart de ma route, dit Eddie Bondo en direction du toit.

– Ne te fais pas de souci pour ça. » Elle remonta les couvertures et posa la tête sur son épaule. C'est vrai qu'elle avait ses propres peurs irrationnelles. Elle lui

344

parla tranquillement, en caressant la ligne médiane dure et creuse de sa poitrine et en pensant aux cartilages qui protégeaient son cœur. « C'est un prédateur opiniâtre et nous ne sommes pas une de ses proies. Du point de vue du serpent, nous n'existons même pas. Nous ne sommes rien pour lui. Nous pouvons être tranquilles. »

Ils demeurèrent immobiles pendant une minute, à écouter un concert de grillons pour nuit de solstice d'été. Quelque part tout près, elle entendit le cri piaulé d'un petit duc. Ce n'était pas le hululement chuinté des grandes chouettes mais un son plus discret, un glousse-ment aigu descendant. Elle guetta la réponse, qui arriva immédiatement, une série de discrets aboiements ten-dres et rapides que les petites chouettes utilisent de près pendant la saison des amours. Elles se retrouvaient les unes les autres, là-bas, dans le noir, se faisant l'amour directement sous la fenêtre. Deanna effleura de sa lèvre inférieure la clavicule d'Eddie Bondo sur toute sa lon-gueur. « Alors, dit-elle, si on revenait à notre conversa-tion précédente ?

– Sans garantie. » Il souleva les couvertures, passa l'inspection. « Si. »

Elle s'arracha de ses bras le temps de souffler la lampe. Et, par une habitude venue de l'enfance, se mur-mura en esprit une action de grâce, aussi succincte et brève que le passage de la lumière de la lampe à l'obscurité : *Merci de cette journée, des oiseaux à l'abri dans leurs nids, de ce qui est, de la vie.*

17
Les châtaigniers d'autrefois

La berge de l'Egg Creek était imbibée de pluie comme une éponge. Garnett en était réduit à parcourir des yeux le flanc de la colline du haut en bas en hochant la tête. Le sol était devenu tellement meuble qu'un chêne cinquantenaire, poussé là, s'était penché, racines arrachées de la boue comme des dents déchaussées, et effondré avant son temps. Quel désastre ! Il faudrait faire venir quelqu'un, un jeune armé d'une tronçonneuse, qui dompterait cet enchevêtrement de troncs et de branches en un tas de bois de chauffage. Le fils d'Oda Black, voilà un bon garçon qui se chargerait de ça en une matinée sans vous faire payer des fortunes.

En fait, la dépense ne posait pas de problème. Trouver quelqu'un pour s'en occuper ne l'était pas non plus. Cette partie de la rivière formait la limite de propriété entre les terres de Garnett et celles de Nannie Rawley, et c'était là que se situait le problème. Ce n'était que justice qu'elle payât la moitié du nettoyage – ou même davantage puisque c'était son arbre qui était tombé chez lui. Il faudrait qu'ils trouvent une forme d'entente et, dans ce genre de rubrique, il n'existait pas de précédent dans l'histoire de Garnett et de Nannie.

Il contemplait les dégâts en soupirant. Si seulement elle avait pu venir jusqu'ici et les voir de ses yeux pour ne pas être celui qui ferait le premier pas. Si Garnett soulevait la question, elle se comporterait comme s'il lui demandait une faveur. Ce qui, évidemment, n'était pas le cas. Il attirerait son attention sur sa négligence,

346

c'est tout. Tout fermier digne de ce nom faisait le tour du propriétaire après chaque tempête pour faire le constat d'éventuels ravages. Seulement voilà, on avait affaire à Nannie Rawley.

« Oh la la la la ! » déclarait-il à haute voix aux oiseaux, dont certains étaient occupés à chanter gaiement sur les branches de l'arbre arraché sans se soucier autrement de ce que leur univers eût soudainement basculé de la verticale à l'horizontale. Quant à lui, l'arbre, il bourgeonnait encore de feuilles vernissées – s'efforçant de disséminer son pollen dans le vent et de planter des glands comme si ses racines ne flottaient pas en désordre dans la brise et comme si sa masse n'était pas vouée à faire du bois de chauffage.

Les oiseaux et les chênes ont la même mentalité qu'elle, pensa-t-il, en contemplant ce petit monde plein d'illusions avec une bizarre satisfaction.

Il nota que, de son côté à elle, plus d'une demi-douzaine d'arbres tout le long de la levée penchaient dangereusement vers le sien. La prochaine tempête en abattrait sans doute davantage. Un vieux cerisier semblait particulièrement menaçant, incliné presque à quarante-cinq degrés directement au-dessus du sentier qu'il empruntait pour se rendre là-haut. Il se fit mentalement un pense-bête pour accélérer le pas et éviter de traîner chaque fois qu'il aurait à passer dessous. « Oh la la la la ! » dit-il de nouveau, tout en faisant demi-tour sur le chemin qui menait vers la maison et le reste de ses tâches.

Il faudrait que cela se passe de vive voix. Pas par téléphone. Elle n'était jamais chez elle et elle possédait une de ces maudites machines qui vous expédiaient des bip-bip dans les oreilles, exigeant de vous entendre tout déballer séance tenante, sans préparation. Son cœur supportait mal ce genre de choses ; dès qu'on le prenait par surprise, ces jours-ci, Garnett avait besoin d'aller

347

s'allonger ensuite. Non, il se rendrait là-bas et viendrait à bout de Nannie Rawley, comme on prend sa dose d'huile de foie de morue. Garnett éprouvait une ombre de révolte contre son destin. Toutes les fois qu'il pensait en avoir fini avec cette femme, elle resurgissait quelque part, tout près. Pire que le mildiou. Pourquoi Dieu passait-Il son temps à le mettre nez à nez avec cette créature ? Il connaissait naturellement la réponse : Nannie Rawley n'existait que pour mettre sa foi à l'épreuve, elle était sa croix à porter. Quand donc tout cela prendrait-il fin ?

« Est-ce que je n'ai pas fait tout mon possible ? se demandait-il en marchant, les mains levées paumes vers le ciel et formant les mots sans produire aucun son. J'ai écrit des lettres. J'ai expliqué les faits. Je lui ai prodigué des conseils scientifiques et j'ai prêché la bonne parole. Mon Dieu, n'ai-je donc pas fait assez pour le salut de l'âme de cette femme ? »

Un des arbres penchés de la berge changea brusquement d'inclinaison dans un craquement plaintif, faisant bondir le cœur du vieil homme comme une génisse affolée prise au piège d'une rampe de chargement. Il s'arrêta net sur la piste, une main posée sur sa poitrine pour calmer la pauvre bête condamnée.

« D'accord, dit Garnett Walker à son Dieu. *D'accord !* »

Garnett admirait sans réserve son verger bien entretenu, ça, il fallait lui reconnaître cette qualité. Il en aimait le sol frais et ombragé qui s'étalait sous les arbres comme une grande couverture de pique-nique, de même qu'il aimait la façon dont les troncs s'alignaient pour le bonheur de l'œil lorsqu'on s'y promenait : d'abord en lignes perpendiculaires, puis en diagonales, selon l'angle de vision. Une forêt qui se pliait aux lois de l'homme et de la géométrie, voilà qui était satisfaisant. Naturellement, ces arbres avaient été plantés par le vieux M. Rawley, aux environs de 1951, alors que sa fille étudiait à l'université. Si ça avait été *elle* qui s'en était chargée, crénom, ils auraient été disposés à la va-comme-je-te-pousse, comme des arbres dans un bois clairsemé. Elle aurait sûrement déniché un principe selon lequel c'était beaucoup mieux pour les pommes.

Il savait qu'elle était en train de planter une nouvelle surface d'arbres dans le champ de l'autre côté de chez elle, bien qu'il n'y eût jamais mis les pieds, ce qui fait qu'il était incapable de dire s'ils étaient alignés ou non. C'étaient des arbrisseaux – elle en avait fait mention – clonés de pommiers sauvages qui avaient poussé dans le pré en friche sur la colline derrière son verger. Ce champ était affreux à voir, à la façon dont elle le laissait pousser, mais elle prétendait que c'était sa grande expérimentation à elle et aux oiseaux et qu'ayant découvert là-haut un croisement particulièrement réussi elle l'avait fait breveter sous l'appellation « Rachel Carson ». Que croyait-elle donc faire en brevetant une variété dont elle grefferait tout un nouveau verger ? Ces arbres ne commenceraient pas à donner des pommes avant dix ans. Qui, d'après elle, serait encore là pour les cueillir ?

Aujourd'hui Garnett se proposait de se rendre directement là-haut et de frapper à sa porte grillagée, mais, en remontant l'allée, il avait remarqué que ses échelles et son matériel de cueillette étaient dispersés en vrac dans la partie ouest du verger. Il traversa juste en contrebas de son grand jardin potager, qui paraissait bien entretenu aussi, il fallait l'admettre. Comme par magie, elle obtenait brocolis et aubergines sans employer de pesticides. Garnett avait lui-même renoncé à planter du brocoli – réduit à du fourrage pour chenilles arpenteuses –, quant à ses aubergines, elles grouillaient tellement de puces terrestres qu'on les aurait dit grêlées d'une volée de chevrotines. Il inspecta son maïs, dont le plumet venait bien, avec deux semaines d'avance sur le sien. Avait-elle tout de même des vers dans son maïs ? Il s'interdit de l'espérer. Il avait presque atteint la barrière qui séparait leurs champs quand, l'entendant fredonner dans le feuillage, il aperçut sur l'échelle des jambes qui dépassaient d'un plafond de feuilles vertes au-dessus de sa tête. *Voilà à quoi ressemble un canard vu d'en dessous par une tortue d'eau douce,* pensa-t-il méchamment. Puis il prit une profonde inspiration. Il n'allait pas s'éterniser dans les parages.

« Holà ! J'ai des nouvelles pour vous, lança-t-il. Un de vos arbres est tombé chez moi. »

Des tennis blancs, maculés, descendirent deux barreaux de l'échelle et un visage se pencha pour le regarder à travers les branches. « Eh bien, vous n'en avez pas l'air d'aller plus mal pour autant, monsieur Walker. »

Il secoua la tête. « Inutile de faire l'enfant.

– Ça vous ferait sûrement du bien, une fois de temps en temps. » Elle remonta au milieu de ses branches de pommier, un transparent de juin, à ce qu'il pouvait en juger d'après les fruits jaunes tombés par terre. Elle cueillait les pommes de juin en plein mois de juillet. Logique, tout ça.

« Je viens vous parler d'une affaire, dit-il sévèrement. J'apprécierais de m'entretenir avec vous, en bas, sur la terre ferme. »

Elle descendit de son échelle, un panier rempli de pommes au bras, en maugréant d'avoir à gagner sa vie au lieu d'aller toucher une retraite. Elle déposa son panier à terre et mit ses mains sur les hanches. « Très bien. Si vous avez l'intention de me faire la morale, moi aussi, il faut que je discute affaire avec vous ! »

Il sentit son cœur cafouiller. Ça n'améliorait pas son état qu'elle fût en mesure de le terroriser ainsi. Il resta immobile, respira lentement et se dit qu'il n'y avait pas de quoi s'effrayer de ce qu'il voyait. Ce n'était pas plus rebutant qu'un bout de terrain à labourer – un minuscule terrain : une femme. « De quoi s'agit-il ?

– De cette saleté de Sevin que vous avez passée sur vos arbres, tous les jours de la semaine que le bon Dieu a faits ! Et vous trouvez que vous avez des ennuis ? Un malheureux arbre qui vous est tombé dessus ? Eh bien votre poison, lui, il est tombé chez moi, et je n'entends pas seulement sur ma propriété, mais aussi sur mes pommes, et sur moi. Et je suis obligée de respirer ça. Si j'attrape un cancer du poumon, vous l'aurez sur la conscience. »

Sa grêle de mots s'arrêta net : leurs regards se croisèrent brièvement puis s'abaissèrent sur l'herbe, à leurs pieds. Ellen était morte d'un cancer des poumons, métastasée jusqu'au cerveau. On lui faisait toujours remarquer qu'elle n'avait jamais fumé.

« Je suis désolée, vous pensez à Ellen, dit Nannie. Je ne dis pas que ce sont vos poisons qui l'ont rendue malade. »

Elle l'avait pensé tout de même, Garnett s'en rendait compte, sous le choc. Non seulement elle le pensait mais elle l'exprimait de telle sorte que d'autres en pensaient autant. Il réalisait plus profondément encore et avec terreur qu'il était même possible que ce fût vrai. Il n'avait jamais lu les petits caractères imprimés sur le sac de poudre Sevin, mais il savait qu'elle s'infiltrait dans vos poumons comme un mal. Oh, Ellen ! Il leva les yeux au ciel et se sentit brusquement pris d'étourdissements à tel point qu'il eut peur de devoir s'asseoir dans l'herbe. Il porta une main à sa tempe et tendit l'autre vers le tronc d'un transparent de juin.

« Ça ne va pas, observa Nannie. Je n'avais pas l'intention d'entrer tout de suite dans la bagarre. Je pensais nous laisser un peu de temps pour y arriver. » Elle hésitait. « Peut-être un verre d'eau vous serait-il utile ?

– Non, ça ira », dit-il, retrouvant son équilibre. Elle retourna une paire de boisseaux en osier et l'invita à s'asseoir.

« Ça fait trop longtemps que je rumine à propos de tout ça, dit-elle. À l'instant, j'étais là-haut en train de me faire du mouron à propos d'un tas de choses à la fois : vos pesticides, les factures à payer, les tuiles de mon toit que je n'arrive pas à remplacer. Dink Little prétend qu'on n'en fabrique plus comme ça, vous imaginez ? Cette semaine n'a été qu'une succession de coups durs, et puis vous me tombez dessus brutalement en hurlant, alors voilà, je lâche les vannes. » Elle attrapa son boisseau entre ses genoux et l'avança prestement de manière à lui faire face, à très courte distance de lui. « Ce qu'il nous faut c'est discuter une bonne fois, calmement, de fermier à fermier, de cette histoire de pesticide. »

Garnett se sentit pris de remords à propos des tuiles mais il laissa tomber. « Nous sommes en plein mois de juillet, dit-il. Les chenilles se répandent sur mes plants comme la peste. Si je ne traitais pas, je perdrais tous les nouveaux croisements de cette année.

– Vous voyez bien, vous êtes en train de tuer tous ceux qui me sont bénéfiques. Vous êtes en train de tuer mes pollinisateurs. Vous tuez les oiseaux chanteurs qui mangent les parasites. Vous êtes un véritable ange de la mort, monsieur Walker.

– Je dois protéger mes châtaigniers », répondit-il avec fermeté.

Elle lui lança un regard dur. « Monsieur Walker, est-ce un effet de mon imagination ou pensez-vous vraiment que vos châtaigniers soient plus importants que mes pommes ?

Ou plus simplement que vous êtes un homme et moi une femme ? Vous semblez oublier que ma récolte de pommes constitue mon gagne-pain. Vos arbres ne sont qu'une marotte. »

Alors là, c'était un coup bas. Garnett aurait dû se contenter de téléphoner. S'entretenir avec un appareil qui ne raisonnait pas aurait été plus sûr. « Je n'ai jamais rien dit à propos de vos pommes. Je vous aide en répandant du pesticide. Les chenilles ne tarderaient pas à venir chez vous.

– Elles y sont déjà. Normalement, j'arrive à les endiguer à ma façon. Mais vos pulvérisations entraînent leur prolifération. »

Il hocha la tête. « Combien de fois faudra-t-il que j'entende cette ânerie ? »

Elle se pencha en avant, les yeux de plus en plus élargis. « Jusqu'à ce que vous l'ayez entendue une fois pour toutes !

– Je l'ai entendue. Bien trop souvent.

– Non, je ne me suis pas bien expliquée. J'ai toujours eu mon idée là-dessus sans pouvoir l'exprimer par des mots. Et, voyez, le mois dernier ils ont publié un article à ce sujet dans la *Revue de l'arboriculteur*. C'est une affaire scientifique, un principe. Vous voulez que j'aille chercher le magazine ou que je vous l'explique à ma façon ?

– Il me semble que je n'ai pas vraiment le choix, dit-il. Je vais guetter les failles de votre raisonnement et vous devrez vous taire une bonne fois pour toutes.

– Bon, dit-elle en changeant son derrière de place sur son panier. Très bien, alors. Mon Dieu, comme je me sens émue ! Comme si j'étais de retour à l'école et que je passais un examen. » La façon anxieuse dont elle leva les yeux vers lui rappela à Garnett toutes ces générations de garçons qu'il avait terrorisées pendant ses classes d'enseignement agricole. Il n'était pas méchant ; il insistait seulement pour qu'ils comprennent bien les choses. C'était d'ailleurs pour ça qu'ils le redoutaient. Ils n'étaient jamais copains avec lui comme ils l'étaient avec Con Ricketts, par exemple, en atelier. Ça lui rendait la vie solitaire, cette manie d'exiger une bonne compréhension des choses.

« Bon, on y va, dit-elle en joignant les mains. Il existe deux grandes sortes de parasites, ceux qui mangent vos plantes et ceux qui mangent vos insectes.

– C'est exact, dit-il avec patience. Les pucerons, les scarabées japonais et les chenilles mangent tous des plantes. Pour n'en nommer que quelques-uns. Les coccinelles mangent d'autres petits insectes.

– Oui, les coccinelles, acquiesca-t-elle. Et aussi les araignées, les frelons, les tueurs de cigales et toute une bande d'autres guêpes, plus vos mouches à scie, hyménoptères parasites et bien d'autres. Si bien que dans votre champ vous avez des prédateurs et des herbivores. Vous me suivez, jusqu'ici ? »

Il fit un vague geste de la main. « J'ai enseigné l'agriculture pendant presque la moitié de votre existence. Il faudra vous lever de bonne heure pour en remontrer à un vieux de la vieille comme moi. » Bien qu'à dire vrai Garnett n'eût jamais entendu parler des hyménoptères parasites.

« Bon, entendu. Vos herbivores sont dotés de certaines caractéristiques.

– Ils mangent les plantes.

– Oui. On les appelle des nuisibles. Et ils se reproduisent à grande vitesse.

– Comme si je ne le savais pas ! déclara Garnett.

– Les insectes prédateurs ne se reproduisent pas aussi rapidement, en principe. Mais, voyez, ça tombe bien car, dans la nature, un seul prédateur mange une grande quantité de nuisibles au cours de sa vie. Les mangeurs de plantes doivent aller plus vite uniquement pour tenir le choc. Ils s'équilibrent les uns les autres. Jusqu'ici, ça va ? »

Garnett fit signe que oui. Il se surprenait à écouter plus attentivement qu'il ne s'y attendait.

« Très bien. Quand vous répandez dans votre champ un insecticide à large spectre comme le Sevin, vous tuez du même coup les insectes nuisibles *et* les insectes prédateurs, vlan ! Si l'équilibre règne au départ entre les prédateurs et les proies, et qu'ils soient détruits en nombre égal, alors les nuisibles qui survivent se multiplieront après le traitement, et rapidement, parce que la plupart de leurs ennemis auront tout bêtement disparu. Et les prédateurs, eux, diminueront parce qu'ils auront perdu la plus grande partie de leurs ressources alimentaires. Si bien qu'entre deux traitements vous finissez par multiplier le nombre des indésirables et vous décimez ceux qui vous sont utiles. Et à chaque nouveau traitement, ça empire.

– Et ensuite ? » demanda Garnett, très attentif.

Elle le regarda. « C'est tout, j'ai terminé. C'était le principe de Volterra. »

Garnett en avait pris plein la vue. Comment arrivait-elle chaque fois à ce résultat ? En d'autres temps, on l'aurait brûlée comme une sorcière. « Je n'ai trouvé aucune faille dans votre raisonnement, admit-il.

– Mais parce qu'il n'y en a pas ! s'écria-t-elle. Parce que j'ai raison ! » La petite femme en poussait presque des cris de triomphe.

« L'industrie chimique agricole serait très surprise d'entendre votre théorie.

– Elle la connaît fichtrement bien. Elle espère simplement que personne n'est *au courant*... Plus vous mettez d'argent là-dedans, plus il vous en faut. C'est comme quand on devient alcoolique.

– Allons. N'exagérons rien. »

Elle se pencha en avant, les coudes sur les genoux, et le dévisagea sérieusement avec des yeux qui avaient la couleur et l'éclat profond d'une châtaigne lustrée. Il ne les avait jamais remarqués auparavant.

« Si vous ne croyez pas que ces types sont des escrocs, alors c'est que vous êtes dupe, monsieur Walker. Avez-vous reçu les prospectus de l'Extension ? Désormais toutes ces industries font la promotion de ces semences aux gènes détraqués et il y a des crétins qui les cultivent !

– Les exploitants modernes essayent des nouveaux trucs, dit-il. Même dans le comté de Zébulon.

– La moitié du monde refusera d'en manger ; on les boycotte. Tout fermier qui en sème fera faillite en l'espace d'un an ou deux. C'est ça l'agriculture moderne pour vous ?

– C'est une vision pessimiste. »

Elle se claqua les genoux des deux mains. « Mais regardez autour de vous, mon vieux ! Du temps de votre père, tous les fermiers alentour étaient prospères. Maintenant ils sont obligés de travailler en équipes de nuit au Kmart pour rembourser leurs hypothèques. Pourquoi ? Pourtant ils travaillent aussi dur que leurs parents, ils occupent les mêmes terres, alors qu'est-ce qui cloche ? »

Garnett sentait la chaleur insistante du soleil sur sa nuque. Nannie, en face de lui, était contrainte de cligner des yeux. Ils avaient débuté cette conversation à l'ombre, mais maintenant le soleil était sorti de derrière un arbre – c'était tout le temps qu'ils avaient passé assis sur des boisseaux à parler de bêtises. « Les temps changent, dit Garnett. C'est tout.

– Les temps ne changent pas ; ce sont les idées qui changent. Les prix, les marchés et les lois. Les industries chimiques changent et vous tournent la tête par la même occasion, on dirait bien. Si c'est ce que vous voulez dire par "temps", alors oui, monsieur, nous n'avons vécu que pour voir le pire. »

Garnett se mit à rire, en pensant à juste titre au gars qui conduisait le camion de livraison. « Ça, je ne le conteste pas », dit-il.

Elle mit sa main en visière et le regarda droit dans les yeux. « Alors pourquoi ridiculisez-vous ouvertement ma façon soi-disant démodée d'exploiter mes terres ? »

Garnett se releva en époussetant une saleté invisible de ses genoux de pantalon. Il y avait un bourdonnement aigu, constant, émis par sa prothèse auditive, pensa-t-il d'abord, mais à présent il jugeait qu'il venait des arbres et de l'air lui-même. Cela l'angoissa. Les lieux, dans leur ensemble, l'inquiétaient.

Elle restait assise à le suivre des yeux, dans l'attente d'une réponse qu'il était incapable de formuler. Pourquoi Nannie Rawley le tourmentait-elle autant ? Dieu du ciel, aurait-il eu le temps et l'univers pour lui qu'il n'aurait toujours pas su lui répondre. Il cessa de marcher de long en large et la regarda, assise là, les yeux écarquillés, attendant un jugement. Elle n'était pas exactement démodée, mais avait plutôt l'air d'une visiteuse venue d'une autre époque – d'une jeune fille, avec ses grands yeux sombres et sa couronne de nattes. Même la manière dont elle était habillée, en salopette de jean et chemise blanche sans manches, lui donnait l'air insouciant d'une enfant en vacances, pensa Garnett. Juste une fillette. Et il se sentit muet et humilié, comme un petit garçon.

« Pourquoi tout vous met-il en rage ? finit-elle par lui demander. Je souhaiterais que vous puissiez en voir la beauté.

– De quoi ? » demanda-t-il. Un nuage passa brièvement devant le soleil, donnant l'impression que chaque chose avait bougé un peu.

« Tout. » Elle lança un bras. « Ce monde ! Un champ de plantes et les insectes qui se débrouillent pour former un équilibre à leur manière.

– C'est une façon de voir idyllique. Ils passent leur temps à s'entre-tuer.

– Oui, mon cher, à dévorer les autres et à se reproduire, c'est vrai. Manger et se reproduire, c'est ce en quoi consiste la plus grande part de la création de Dieu.

– Je vais devoir y faire une exception.

– Oh ? Pensez-vous être arrivé ici d'une autre manière que le reste d'entre nous ?

– Non, dit-il d'un ton irrité. Je refuse tout bêtement de me vautrer là-dedans.

– Mais enfin, monsieur Walker, ça n'a rien d'immonde. C'est notre gloire de faire partie de quelque chose de plus grand. La gloire d'un monde en évolution.

– Ah justement ! s'écria-t-il. Ne recommencez surtout pas avec votre histoire d'évolution. Je vous ai déjà mis les points sur les "i" à ce propos. » Il se mit à tourner en rond comme un chien qui se prépare à se coucher, puis s'arrêta. « Vous n'avez pas reçu ma lettre ?

– Votre mot pour me remercier de la tourte aux mûres que je vous ai préparée ? Non, je ne crois pas avoir reçu pareille chose. En revanche, j'ai reçu de vilains propos critiquant les unitariennes brûleuses de soutiens-gorge et vouant mon âme aux mâchoires de Satan telle la tortue vorace qui a dévoré mon caneton. Je pense que quelque hurluberlu m'aura adressé cette lettre par erreur. Je l'ai jetée au panier. »

Il ne l'avait jamais vue aussi agitée. Garnett resta muet. Elle se leva et ramassa dans l'herbe une pomme qu'elle fit passer d'une main dans l'autre. « C'était méchant, pour mon caneton, ajouta-t-elle. Et ce que pensent les unitariennes en matière de sous-vêtements ne vous regarde aucunement, quand bien même elles auraient une opinion là-dessus, ce qui n'est pas le cas. Personne n'a vu les miens depuis la mort de Ray Dean Wolfe, alors vous pouvez garder vos réflexions pour vous en ce qui concerne mon anatomie.

– Votre anatomie ! dit-il mortifié. Cette lettre n'a rien à voir avec ce que vous racontez. C'était au sujet de votre croyance fautive en une théorie erronée de la création de l'univers, à laquelle une réponse claire et nette, sans l'ombre d'un doute, a été apportée.

– Ah, parce que vous, vous vivez votre fichue vie sans l'ombre d'un doute ?

– J'ai des convictions », dit-il.

Elle avait la tête penchée, les yeux levés vers lui. Il ne savait jamais si c'était par réserve ou simplement parce qu'elle était un peu dure d'oreille. « Vous voulez tellement tout simplifier, dit-elle. Vous dites que seul un créateur beau et intelligent est capable de créer de la beauté et de l'intelligence. Je vais vous dire quelque chose. Vous voyez ce panier de transparentes de juin là-bas ? Vous savez ce que je mets sur mes arbres pour donner bon goût à ces pommes ? De la crotte, mon cher. Du crottin de cheval et de la bouse de vache.

– Êtes-vous en train d'assimiler le Créateur à du fumier ?

– Ce que je dis c'est que votre logique est faiblarde.

– Je suis un homme de science.

– Mais qui ne va pas loin ! Ne me dites pas que je suis incapable de comprendre les lois de la thermo-dynamique. Il m'est arrivé de fréquenter l'université autrefois, et c'était après qu'ils ont découvert que le monde est rond. Je n'ai pas peur des grands mots.

– Je n'ai pas dit ça.

– Mais si ! Je m'aperçois que vous n'avez rien d'une scientifique, mademoiselle, l'imita-t-elle moqueuse, avec un ton inutilement précieux.

– Non, allons, je voulais seulement vous corriger sur certains points.

– Vous n'êtes qu'un pharisien. Ne vous demandez-vous jamais pourquoi vous n'avez pas un ami au monde depuis la mort d'Ellen ? »

Il cilla. Il en resta sans doute aussi la bouche ouverte.

« Alors, je suis désolée d'être celle qui vous l'apprend. Mais écoutez-vous donc parler ! s'écria-t-elle. "Comment le hasard – c'est-à-dire l'évolution – pourrait-il créer des formes de vie complexes ?" Comment pouvez-vous être si content de vous et si ignorant à la fois ?

– Ciel ! Est-ce que vous auriez mémorisé ma lettre avant de la jeter au panier ?

– Hoho ! Je n'en ai pas eu besoin, j'ai déjà entendu tout ça. Vous sortez vos arguments directement de ces stupides petits fascicules. Ceux qui rédigent ces affaires-là devraient bien renouveler leur matériel.

– Bon, alors, dit-il en croisant les bras, comment le hasard parvient-il à créer des formes de vie complexes ?

– Ça paraît carrément grotesque, qu'un homme qui fait ce que vous faites prétende ne pas croire à la chose même qu'il est en train de faire ?

– Ce que je fais n'a rien à voir avec des singes qui se transforment n'importe comment en êtres pensants.

– Mais l'évolution ne se fait pas n'importe comment ! C'est un processus de sélection, exactement comme ce que vous faites avec vos châtaigniers. » Elle fit un signe de tête en direction de son champ d'arbrisseaux, puis fronça les sourcils en le regardant avec plus d'attention. « À chaque génération, tous les arbres diffèrent un peu, d'accord ? Et quels sont ceux que vous choisissez de garder pour les croisements ?

– Ceux qui résistent le mieux à la maladie, évidemment. J'inocule le cryptogame de l'encre aux arbres et ensuite je mesure la taille des chancres. Certains ne tombent même pas malades.

– Très bien. Donc, vous prenez ceux qui survivent le mieux, vous croisez leurs fleurs et plantez leurs semences, et ensuite vous recommencez toute l'opération à la génération suivante. Avec le temps, qu'est-ce que vous faites ? Vous fabriquez une variété entièrement nouvelle de châtaigniers, non ?

– C'est exact. Une variété capable de résister à la maladie.

– Une espèce entièrement nouvelle, en fait.

– Non, cela, seul Dieu en est capable. Je ne peux pas obtenir un chêne à partir d'un châtaignier.

– Vous pourriez si vous disposiez d'autant de temps que Dieu. »

Ah ! si seulement cela pouvait être vrai, pensa Garnett avec le profond désespoir d'un homme à qui le temps est mesuré. Juste assez d'années pour obtenir un bon châtaignier, c'est tout ce qu'il souhaitait, mais au fond de son cœur il savait qu'il ne pouvait y compter. Il avait quelquefois songé à prier pour ça, mais tremblait à l'idée de ce que ferait Dieu de sa requête. Même Ellen n'avait pas bénéficié d'assez de temps pour faire la paix avec son propre fils.

Mais il s'écartait de son sujet. « Je ne sais pas de quoi vous parlez, dit-il avec irritation.

– Ce que vous faites, c'est de la sélection artificielle, répondit-elle calmement. La nature procède exactement de la même façon, mais plus lentement. Cette affaire d'évolution n'est qu'un terme que les scientifiques appliquent à la vérité la plus évidente du monde : que toute forme de vie s'adapte aux changements, là où elle évolue. Non durant sa propre existence, vous le savez, mais au cours des générations successives. Que vous y croyiez ou non, ça se passe exactement comme ça sous votre nez, avec vos châtaigniers.

361

– Vous êtes en train de me raconter que ce que je fais avec mes châtaigniers, Dieu le fait avec le monde.

– C'est une façon de voir les choses. Sauf que vous avez un but, que vous savez ce que vous voulez. Dans la nature, ce sont les prédateurs, j'imagine, les intempéries, des trucs comme ça, qui éliminent les gènes les plus faibles au profit des plus forts. Ce n'est pas aussi planifié que votre affaire, mais tout aussi fiable. C'est simplement ce qui arrive en permanence.

– Je suis désolé, je ne peux pas assimiler la volonté de Dieu à quelque chose qui se contente d'arriver.

– Bon, très bien, c'est votre droit. Je m'en fiche. » Elle prit un air blessé. Elle se rassit sur son boisseau, jeta la pomme au loin et plongea son visage dans les mains.

« Eh bien, ça, je ne le *peux* pas. » Il s'efforçait de rester immobile au lieu de faire les cent pas, mais il avait mal aux genoux. « Ce n'est qu'une obscurité sans Dieu de penser qu'il n'y a pas de projet divin. L'humanité ne peut pas espérer fonctionner dans un monde pareil. Le Seigneur est bon et juste. »

Lorsqu'elle releva la tête, elle avait les larmes aux yeux. « L'humanité fonctionne comme elle peut. Quand vous aurez eu une enfant née avec des chromosomes tout mal fichus et que vous aurez passé quinze ans à la regarder mourir, vous reviendrez me dire ce qui est juste et bon.

– Oh, mon Dieu ! » dit Garnett avec nervosité. Voir les larmes d'une femme couler en plein jour devrait être interdit par la loi.

Elle fouilla dans sa poche à la recherche d'un mouchoir dans lequel elle se moucha bruyamment. « Ça va, dit-elle au bout d'une minute. Je n'ai pas dit ce que je voulais, voilà. » Elle se moucha de nouveau, outrageusement. C'était un peu choquant. Elle se frotta les yeux et fourra le bandana rouge dans sa poche. « Je ne suis

362

pas une femme sans Dieu, dit-elle. Je vois les choses à ma façon, et presque tout me donne envie de me lever le matin et de chanter des louanges. Je ne vous vois pas faire ça, monsieur Walker. C'est pourquoi je n'apprécie pas que vous montiez sur vos grands chevaux à propos de ma noirceur d'âme. »

Il lui tourna le dos et parcourut du regard sa propre terre. Les minces feuilles effilées à pointe de bronze des jeunes châtaigniers s'agitaient comme autant de petits fanions, chaque arbre étant sa propre petite nation de promesse génétique. Il dit : « Vous m'avez traité de vieux bonhomme aigri. Ce n'était pas gentil.

– Tout homme qui se coupe de son fils comme une branche d'un arbre est aigri. C'est le mot.

– Ça ne vous regarde pas.

– Il a besoin d'aide.

– Ça ne vous regarde pas non plus.

– Sans doute que non. Mais mettez-vous à ma place. J'aurais donné le reste de mon existence à la seconde même pour aider Rachel, et je n'ai pas eu cette chance. Si j'avais pu faire que les médecins prennent mon cœur pour le lui greffer, je l'aurais fait. Alors quelle impression ça fait, vous pensez, de voir d'autres gens se débarrasser de leurs enfants vivants ?

– Je n'ai pas d'enfant.

– Vous en avez eu un pendant vingt ans. Et il est toujours vivant, aux dernières nouvelles. »

Garnett sentait ses yeux fixés sur le dos de sa chemise comme un soleil de midi, sans pouvoir se retourner. Il la laissait continuer à l'atteindre de ses mots, tranchants comme des pierres. « Il se balade quelque part avec vos gènes et ceux d'Ellen. » Elle fit une pause, mais il ne se retournait toujours pas. « Et même avec votre nom, enfin ! Et vous n'iriez pas l'aider, ni le reprendre ? Moi, j'ai le sentiment que vous avez renoncé au monde et à tout ce qui est dessus, vous compris. »

Garnett ne souhaitait rien tant que s'en aller d'ici. Mais il ne pouvait pas lui laisser avoir raison sur ce point-là aussi. Il se tourna pour faire face à sa voisine. « Je ne peux pas aider ce garçon. Il faut qu'il s'aide lui-même. Il est grand temps.

– Vous le prenez encore pour un petit garçon ? Il doit bien avoir dans les trente ans maintenant.

– Ça n'empêche pas. Il sera un homme quand il aura décidé de se comporter comme tel. Je ne suis pas le seul à le penser. Ellen a suivi des réunions pendant des années, et c'est ce qu'on lui a dit. Avec la boisson et tout le reste, c'est à eux de décider de guérir. Encore faut-il qu'ils le veuillent.

– Je comprends », dit-elle, croisant les bras et baissant les yeux sur les pommes blettes éparpillées dans l'herbe. De la pointe caoutchoutée de sa petite chaussure de toile, elle envoya promener l'une d'elles. « Je déteste le fait que vous l'oubliez. »

L'oublier ? Garnett sentit du sel lui picoter les yeux et détourna la tête, cherchant où poser le regard. Qu'elle était inutile, minable, cette affaire de conduit lacrymal ! Sa vue brouillée se posa sur une caisse en bois blanc au bout de son jardin. Il se demanda une minute ce que cela pouvait bien être et se rappela que Nannie avait des ruches. Elle était esclave des abeilles comme de tant d'autres choses. C'était vrai, ce qu'elle avait dit : qu'elle était étonnamment heureuse la plupart du temps. Tandis que lui était souvent d'humeur sombre.

« Cet enfant est arrivé trop tard dans notre vie, confessa-t-il, lui tournant toujours le dos. Nous étions comme Abraham et Sarah. Au début, nous n'arrivions pas à croire en notre chance, mais un bébé, ça donne énormément de soucis, et, devenu adolescent, il nous a carrément affolés. Quelquefois, je me demande ce qu'Abraham et Sarah auraient fait s'ils avaient eu leur fils à l'époque des voitures et de la bière. »

Il sursauta au contact de sa main posée quelques secondes sur le haut de son bras. Elle l'avait surpris en se rapprochant de lui ainsi, par-derrière. Sa main retirée, il en sentait encore la pression, comme si sa peau s'était en quelque sorte modifiée sous le tissu de sa chemise.

« On n'est jamais bien placé pour juger de la vie des autres, dit-elle. Pardon. »

Ils se tenaient côte à côte, les bras croisés, embrassant du regard son jardin en fleurs et son champ de jeunes châtaigniers, derrière. Si proche, campée là, silencieuse, Nannie avait perdu de sa virulence coutumière. Elle paraissait tellement petite – c'est à peine si le sommet de sa tête lui arrivait à l'épaule. *Sacré nom, nous ne sommes que deux vieux,* pensa-t-il. *Deux vieux, les bras croisés sur la poitrine, qui cherchent le paradis de leurs pauvres yeux.*

« Nous avons chacun nos peines, mademoiselle. Vous comme moi.

– Oui. Existe-t-il de plus grand chagrin que d'être vieux, sans jeunes à chérir pour prendre la relève ? »

Il jeta un coup d'œil sur ses jeunes châtaigniers, pleins de vigueur, qui aspiraient à un avenir. Mais la douleur était telle qu'il ne put regarder dans cette direction plus longtemps.

Un bruant indigo lança un chant joyeux, claironnant, depuis un poteau de clôture, et l'étrange bourdonnement s'éleva aussi dans l'air limpide. Crénom, c'étaient ses abeilles, réalisa Garnett. Tout un monde d'abeilles à l'œuvre dans le champ et le verger. Ce n'était pas sa prothèse auditive.

Quand il eut la certitude que la plus grande partie de ses émotions s'étaient dissipées sans dommage, Garnett s'éclaircit la voix. « La raison pour laquelle je suis venu ici, comme je le disais, c'est parce qu'un de vos arbres est tombé sur ma propriété. Là-haut, derrière. » Il fit un signe de tête indiquant le versant de la montagne.

« Oh, là-haut, de l'autre côté de la rivière ?

– Oui.

– Ça ne m'étonne pas. Il y a une masse d'arbres qui menacent de dégringoler. Il ne va pas me manquer beaucoup. Qu'est-ce que c'est comme arbre ?

– Un chêne.

– C'est triste. Un chêne de moins dans le monde.

– Il est encore de ce monde, fit-il remarquer. Sur ma propriété.

– Donnez-lui un an, dit-elle. Les fourmis des bois et les coléoptères se chargeront de le réduire en bonne terre.

– J'avais pensé à quelque chose de plus expéditif. Comme le jeune de chez Oda Black avec sa tronçonneuse. »

Elle le dévisagea. « Pour quoi faire ? Quel mal cet arbre vous cause-t-il là-haut dans les bois ? Enfin, grand Dieu ! Il servira de pont aux ratons laveurs. Les salamandres vont adorer vivre dessous pendant qu'il pourrira. Les pics-verts en feront leur affaire.

– Il gâche le paysage. »

Elle soupira – exagérément, selon Garnett. « Très bien, dit-elle, faites venir le jeune de chez Oda Black. Je suppose que vous voulez que j'en paye la moitié.

– La moitié serait équitable.

– Le bois de chauffage me revient, toutefois. En totalité.

– Il est sur mon terrain. Il m'appartient.

– C'est mon chêne !

– Écoutez voir. Une minute plus tôt, vous vouliez qu'il tombe en pourriture. Maintenant vous en réclamez le bois. Vous ne savez pas ce que vous voulez. »

Elle laissa échapper une petite explosion par le nez. « Vous n'êtes qu'un vieux raseur donneur de leçons », déclara-t-elle, avant de se baisser pour attraper son panier de transparentes de juin et de partir en trombe vers la grange. Garnett la suivit des yeux. Il demeura là un certain temps, en fait, laissant ses souliers s'enfoncer dans l'herbe verte gorgée de fumier du verger de Nannie, tout en méditant sur le terrain miné de la mentalité féminine.

Il avait vraiment eu l'intention de la remercier pour le gâteau.

18
Un amour de papillon de nuit

L'été qui suivit la mort de son mari, Lusa découvrit les bienfaits thérapeutiques de la tondeuse à gazon. Il lui semblait que les vibrations du moteur qui rugissaient à travers son corps et tonnaient à ses oreilles lui vidaient le cerveau de tout langage humain, éloignant regrets et récriminations complexes. C'était une bénédiction de naviguer sur l'herbe pendant une heure ou deux, tel un être sans voix, flottant à travers un univers de sensation vibratoire. Par hasard, elle avait rejoint l'état mental d'un insecte.

Comme tant de tâches qui, de tout temps, avaient été celles de Cole, tondre le gazon, au début, faisait partie de ces choses qu'elle redoutait d'entreprendre. Dans les premières semaines qui avaient suivi l'enterrement, le petit et le grand Rickie s'en étaient chargés en alternance, sans un mot. Puis vint le jour où elle constata que l'herbe et les pissenlits de la cour lui arrivaient à hauteur de mollet. Le monde se lasse vite du chagrin, observait-elle, et ce monde semblait penser qu'il lui revenait désormais d'accomplir ses propres corvées. Lusa allait être contrainte de chausser ses lunettes de soleil et ses bottes, et de voir si elle serait capable de faire démarrer la tondeuse.

Au début, la raideur des pentes et la façon dont la tondeuse penchait dangereusement du côté des ruisseaux et des fossés l'avaient affolée, mais elle s'était appliquée à penser « zen » lorsqu'elle rencontrait un bord de route droit et uniforme ou une spirale de cercles concentriques de plus en plus petits, à l'intérieur d'un jardin. Dès les toutes premières heures, elle avait constaté qu'elle cessait complètement de penser. Elle n'était plus qu'un corps vibrant telle une corde de harpe céleste dans l'air vif au parfum d'herbe. La ferme était entourée de vastes étendues de terrain, sans compter plus d'un kilomètre et demi de talus de part et d'autre du bout de route qu'elle devait entretenir. Lors d'un été aussi pluvieux que celui-ci, elle ne pouvait s'offrir le luxe – quand il faisait sec – de ne pas passer une partie de la journée sur la tondeuse.

C'était donc à cela qu'elle était occupée le matin où Hannie-Mavis et Jewel montèrent déposer Crys avant de filer vers Roanoke pour une nouvelle chimio. Pas les deux enfants de Jewel à la fois, seulement Crys. Lois prendrait Lowell au *T-ball* et le garderait jusqu'au lendemain tandis que sa sœur resterait ici. De toute évidence, Crystal avait épuisé la patience de ses autres tantes : lors de son dernier séjour chez Lois et Rickie, elle avait piqué une crise, cassé exprès une statuette en porcelaine et passé la nuit entière cachée dans la grange. Toute l'affaire fut annoncée à Lusa en même temps que le nouvel horaire de travail d'Emaline qui, apparemment, la fatiguerait trop pour prendre les gosses, quant à Mary Edna, il était hors de question qu'elle garde Crys chez elle, un point c'est tout, tant que – ouvrez-fermez les guillemets – cette dernière ne se serait pas amendée et ne marcherait pas droit. Lusa comprit qu'elles lui demandaient son aide en désespoir de cause ; elle n'avait strictement aucune idée de la manière dont on pouvait prendre soin d'une enfant telle que Crys. Mais elle, au moins, n'imposerait aucun code vestimentaire.

Elle coupa le moteur de la tondeuse pendant que la voiture s'arrêtait, mais les deux femmes agitèrent frénétiquement la main en lui criant qu'elles allaient être en retard au rendez-vous de Jewel. Crys sortit de l'arrière de la berline, Hannie-Mavis lui rappela de ne pas oublier son sac, Jewel lui hurla d'être sage, toutes deux en même temps, puis elles démarrèrent en faisant crisser le gravier. Et Crys resta là, les yeux mi-clos et le menton rentré, à fixer Lusa tel un chien de garde hésitant sur le parti à prendre. Celle-ci ne put que rendre son regard à cette gamine maussade aux longues jambes, à la coiffure gavroche et au jean retroussé. L'enfant se cramponnait des deux mains à une mallette vaguement carrée datant d'une époque révolue – probablement quelque chose dont sa mère ou ses tantes s'étaient servies pour des escapades nocturnes plus réjouissantes que celle-ci. Nous y voilà, pensa Lusa, la veuve et l'orpheline, à la merci d'une famille qui ne s'encombre pas de prisonniers.

« Salut », dit Lusa, s'efforçant de faire oublier son accent de Lexington. Difficile, malgré tout, d'attraper le ton traînant qu'ils avaient par ici.

« Sa-a-alut », dit l'enfant en l'imitant sûrement et en la lorgnant avec dédain.

Lusa s'humecta les lèvres et tapota deux fois des pouces sur le volant. « Tu veux que je te montre ta chambre ? Comme ça tu pourrais défaire ton sac ?

– Y a rien dedans. J'l'ai juste pris pour que tante Hannie-Mavis croie que j'ai emporté une culotte propre et des trucs.

– Ah ! dit Lusa. Alors ce n'est pas la peine de le défaire. Flanque-le là, dans la galerie, et viens donc m'aider à finir de tondre. »

Crys balança le petit cube rigide en direction de la galerie, par en dessous, comme dans une passe de softball. Il heurta la marche et s'ouvrit en grand, libérant un carré de miroir qui vint se briser en mille morceaux sur l'escalier de pierre. Une poule naine qui grattait dans le massif de fleurs près de la galerie émit un gloussement et courut s'abriter. Lusa, ébranlée de la franche hostilité de l'enfant, préféra ne pas le montrer. « Tant pis, lâcha-t-elle négligemment. En voilà pour sept ans de malheur.

– J'en ai déjà eu pour dix, dit Crys.

– Pas possible. Quel âge as-tu ?

– Dix ans. »

Seigneur, s'il te plaît, aide-moi à venir à bout de ces trente prochaines heures, plaida Lusa auprès de toute divinité qui voudrait bien l'entendre.

« Tu sais quoi, Crys ? J'en ai encore pour quelques minutes à terminer la cour. Tu viens t'asseoir à côté de moi sur le siège pour m'aider à tondre ? Et puis nous en aurons fini de cette corvée et nous trouverons quelque chose de plus amusant à faire.

– Comme quoi ? »

Elle se creusa farouchement les méninges : suggérer l'impensable en cet instant et elle se ferait arracher un œil. « Aller à la chasse aux insectes, qu'en penses-tu ? Je les adore, c'est ce que je préfère – tu savais que j'étais une spécialiste des insectes ? »

L'enfant croisa les bras, le regard ailleurs, attendant que Lusa dise quelque chose d'intéressant pour changer.

« Ah ! dit Lusa, je parie que tu ne les aimes pas. Toutes les autres femmes de la famille ont peur des insectes et elles les détestent. Désolée, j'avais oublié. »

Crys haussa les épaules. « J'ai pas peur des insectes.

– Non ? Chouette, alors on est deux. Quelle chance j'ai d'avoir fini par trouver quelqu'un avec qui aller à la chasse aux insectes ! » Elle appuya sur l'embrayage, tourna la clef, fit rugir le moteur puis s'installa sur le siège et attendit. Au bout d'une seconde d'hésitation, Crys traversa la cour et grimpa sur le siège de la tondeuse devant Lusa.

« L'oncle Rickie dit que tu dois pas faire ça parce que c'est dangereux, déclara-t-elle d'une voix de stentor tandis qu'elles reculaient un peu dans la pente.

– Ouais, c'est probablement dangereux pour des petits enfants, lui cria Lusa pour couvrir le bruit du moteur. Mais bon sang, tu as dix ans, tu ne vas ni tomber, ni te faire écraser, ni rien. Tiens, pose tes mains comme ça sur le volant. » Elles descendirent un petit talus en cahotant. « Ça y est, tu conduis maintenant. N'écrase pas les poulets, sinon on aura de la bouillie. Et fais attention aux pierres, tu passes autour, d'accord ? »

Elle aida Crystal à contourner un affleurement de calcaire du talus entre la grange et le poulailler. Lusa avait appris à calculer large pour épargner la lame de la tondeuse et aussi parce qu'elle aimait la végétation fleurie qui avait poussé sur ce petit îlot.

« C'est quoi donc, ces fleurs orange ? » demanda Crystal presque en criant. Elle ne semblait aucunement troublée d'avoir à poursuivre une conversation à ce niveau de décibels.

« Ce sont des asclépiades, de l'herbe à papillons. » Lusa faisait mine de ne pas être choquée de sa syntaxe, qui était notablement plus médiocre que celle des autres enfants de la famille. Elle se demanda si tout le monde avait renoncé à corriger Crystal et, le cas échéant, depuis combien de temps.

« Qu'est-ce qu'y z-en font, les papillons, ils les fument ? »

Lusa ignora la question. « Ils boivent le nectar des fleurs. Et il en existe un, le monarque, qui dépose ses œufs sur leurs feuilles pour que les chenilles, une fois écloses, puissent se nourrir de la plante. Et tu sais quoi ? Les feuilles les rendent toxiques ! Parce que toute la plante est empoisonnée…

– Comme les trucs que le docteur fait prendre à maman », dit Crystal.

C'était perturbant d'avoir ce triste petit corps plein d'os si proche d'elle sur le siège. Si cela n'avait tenu qu'à elle, Lusa l'aurait pris dans ses bras. « Ouais, dit-elle. Un genre de truc comme ça.

– Ça empoisonne maman. Quand elle revient de Roanoke, on peut pas entrer dans sa chambre et on peut toucher à rien dans la salle de bains quand elle a fait pipi. Ou alors on serait morts.

– Je ne pense pas que cela vous ferait mourir. Vous auriez sans doute des nausées et vous vomiriez. » Lusa se permit d'effleurer du menton le sommet de la tête blonde tondue qui dodelinait juste devant elle. Ce fut bref, un geste qui aurait pu être le fruit du hasard. Elles s'arrêtèrent de parler pendant une minute pendant que Lusa l'aidait à piloter la tondeuse autour de la bande d'herbe restante qui s'amenuisait. « Tu sais quoi ? dit Lusa. C'est exactement ce qui arrive aux monarques.

– Quoi ?

– Les chenilles mangent des feuilles empoisonnées et elles deviennent toxiques. Si un oiseau les avale, il vomit ! C'est un genre de tour que joue le papillon aux oiseaux pour empêcher que l'on dévore ses chenilles. »

Crystal ne parut pas impressionnée. « Mais quand un oiseau les mange et les vomit, la chenille est déjà ratatinée. »

Il fallut une seconde à Lusa pour interpréter cette déclaration. « Elle est déjà morte ? Ah ! *celle-là*, oui. Mais comme les oiseaux retiennent la leçon, la plupart d'entre elles ne sont pas mangées. C'est un fait scientifique. Les oiseaux évitent de manger les chenilles du monarque.

– Bon et après ? dit Crystal au bout d'une minute.

– C'est une des drôles de manières qu'ont les mères de s'occuper de leurs enfants, dit Lusa. En leur faisant manger du poison.

– Ouais, mais à quoi ça a servi pour celle qui est morte ?

373

« – C'est vrai ça, dit Lusa. À quoi ça a servi pour celle-là. » Elle n'allait pas s'embarquer dans les théories en cours sur la sélection des souches. Elle tâtonna sous le siège et tira sur le levier qui remontait la lame. « On rentre à la grange. Nous avons assez tondu pour aujourd'hui. Allons à la chasse aux insectes. » Elle l'aida à manœuvrer la tondeuse dans l'ouverture de la grange et à la garer à l'intérieur.

Lorsqu'elle coupa le moteur, ses oreilles résonnaient encore de la complainte aiguë de tympans agressés. Crys et elle descendirent de l'engin et restèrent ahuries l'espace d'une minute, le temps pour leurs yeux et leurs oreilles de s'habituer au silence profond et poussiéreux. Crys examinait attentivement les marches qui menaient à une trappe dans le plancher de la grange au-dessus d'elle. C'était davantage une échelle de meunier qu'un escalier, et tellement tordue par les ans que plus aucun de ses angles ne formait d'équerre. Elle faisait toujours penser à Lusa à un dessin d'Escher : un escalier en spirale dont chaque volée semblait partir dans une direction différente. Cet objet semblait si follement dangereux qu'elle ne l'avait jamais emprunté, même s'il était plus long de faire le tour par l'entrée de plain-pied, à flanc de colline.

« On peut aller là-haut ?
– Bien sûr. » Paniquée, Lusa en ravala sa salive. « Bonne idée. De toute façon, il faut que nous montions dans la réserve chercher les filets et les bocaux de collecte. »

La petite agrippa la rampe de bois branlante et fendillée et entreprit de grimper dans les nombreuses directions auxquelles invitait l'escalier. Priant tous les saints, Lusa la suivit. La trappe céda facilement quand elles la poussèrent. Elles écartèrent les coudes comme des poules qui déploient leurs ailes dans la poussière et se hissèrent à travers l'ouverture pour déboucher dans la partie haute de la grange. Lusa en respira le parfum, une faible odeur âcre de pétrole, mais surtout la moelleuse douceur du vieux tabac. Une fine poussière brune de feuilles désagrégées logeait dans chaque rainure de ce lieu où des Widener avaient détaché, suspendu et bottelé du tabac pendant plus de cent ans.

La réserve était une ancienne resserre à maïs, reléguée dans un angle de la grange et soigneusement protégée des rongeurs au moyen d'un grillage cloué sur chaque centimètre carré de son plancher, de ses murs et de son plafond. Lusa tira le loquet de la porte et se sentit déprimée à la vue de cet espace silencieux rempli de matériel. Tous ces objets avaient été au contact des mains de Cole, à un moment où à un autre. Il les avait déplacés, rangés, entretenus. De la plus grande partie, elle ne savait même pas se servir : les rampes de vaporisation, et les accessoires du tracteur, une longue rangée de produits chimiques posés sur l'étagère. Des pièces de voiture. Et aussi des objets plus étranges : un poêle à huile antédiluvien et un assortiment de selles de chevaux et de mules délaissé depuis l'avènement des tracteurs. Un piano vide, la caisse seule, sans rien à l'intérieur. Lusa rangeait ses affaires personnelles dans cette pièce mais n'avait jamais vraiment regardé ce qu'il y avait d'autre. Avant cet instant, cela ne lui avait jamais totalement appartenu. Elle se pinça le nez pour retenir un éternuement qui lui fit monter les larmes aux yeux et elle s'efforça d'écarter tout afflux de tristesse ; cette enfant ne supporterait aucun apitoiement sur soi. Étant donné tous les malheurs qu'elle avait déjà connus à dix ans, pourquoi l'aurait-elle fait ? Lusa se faufila dans un espace entre la caisse de piano et quelques gros paquets de ficelle à botteler, se baissa et souffla pour enlever un peu de poussière sur l'énorme coque métallique d'une vieille machine.

« Bon sang ! Regarde-moi ça, Crys.

« – Qu'est-ce que c'est ?

– Un moulin à grain. Un vieux, de l'ancien temps – regarde, il a encore toutes ses courroies de toile et tout. » Elle examinait la manière dont il était monté. « J'imagine qu'on l'arrimait à un genre d'axe pivotant qui l'actionnait. Et il y avait peut-être une mule avec un joug qui tournait en rond.

– Pour quoi faire ?

– Il n'y avait pas d'électricité. Cette machine a cent ans. Elle a probablement appartenu à ton arrière-arrière-grand-père. »

Crys prit un air excédé, comme si Lusa était trop lente à la suivre : « J'veux dire, qu'est-ce qu'y faisaient avec ?

– C'est un moulin. On s'en servait pour moudre le grain. »

Crys se mit à quatre pattes sous la machine, le nez en l'air, pour en inspecter l'intérieur. « Pour moudre le grain ? »

Elle avait prononcé « grès », ce qui rendit Lusa perplexe un instant.

« Oui, le grain. Tu sais bien. Pour fabriquer le pain. Dans le temps, tous les gens du coin faisaient pousser le blé et le maïs de leur pain et, en plus, ce dont ils avaient besoin pour leurs bêtes. Maintenant, ils achètent ce qu'il leur faut à la coopérative et prennent l'horrible pain de chez Kroger, qui est fabriqué dans un autre État.

– Pourquoi ?

– Parce qu'ils n'ont plus les moyens de faire pousser du blé. Ça revient moins cher d'acheter de la mauvaise qualité dans une grosse ferme que de faire pousser un bon produit dans une petite.

– Pourquoi ? »

Lusa prit appui sur un bidon dont le fond était rempli de créosote solidifiée. « Difficile de répondre. Parce que les gens en veulent trop, j'imagine, et qu'ils refusent de payer la qualité. Et puis aussi les fermiers doivent se conformer à des règlements qui favorisent automatiquement ceux qui ont déjà plus. Tu sais bien, c'est comme quand on joue aux billes, dès qu'on commence à en ramasser, on finit par tout gagner.

– Non.

– Non ?

– Je joue pas aux billes.

– Tu joues à quoi alors ?

– Avec mon Game Boy. » Crys s'était éloignée et posait les mains sur des objets, traçant des cercles dans la poussière, regardant sous les tables. « C'est quoi, ça ?

– Un appareil à enfumer les abeilles. »

L'enfant se mit à rire. « Pour fumer des abeilles ? Tu te défonces avec ça ? »

Lusa se demanda ce que savait cette enfant en matière de « défonce », mais, une fois encore, elle décida de ne pas réagir. « Non. La fumée sort par ici et ça drogue les abeilles, en fait. Ça les étourdit et ça les rend paresseuses pour qu'elles ne piquent pas quand tu soulèves le haut de la ruche pour leur faucher leur miel.

– Oh ! » Crys se laissa partir en arrière pour rebondir sur un ressort de lit dont l'extrémité était fixée au mur. « Alors le miel, ça vient de là ? Les gens leur fauchent ? »

Lusa était surprise de l'étendue de l'ignorance de cette petite – probablement celle de sa génération. « Les gens élèvent des abeilles pour leur miel. Tout le monde ici en faisait autant, j'en suis sûre. Tu tomberas partout sur de vieilles ruches déglinguées.

– Maintenant, on le trouve juste en pot.

– Ouais, admit Lusa. Il vient d'Argentine ou d'ailleurs. C'est ce que je voulais dire à propos des grandes exploitations lointaines qui prennent la place des petites qui sont ici. C'est triste. Ce n'est pas juste et c'est infect. » Elle s'assit sur l'un des bras latéraux de l'ancien moulin, lequel bougea d'un pouce ou deux avant de s'immobiliser, ce qui la fit sursauter. « Tout le monde s'en fiche, pourtant. J'ai habité en ville, et je vais te dire, les gens sont loin de penser que ça les concerne. Ils sont persuadés qu'on trouve tout ce qu'il faut à manger dans les supermarchés, point, et que ce sera toujours comme ça. »

Crys continuait à se lancer de côté contre le ressort de lit. « Ma mère travaille chez Kroger. Elle déteste ça.

– Je sais. » Lusa jeta un regard circulaire sur l'indistinct cimetière de matériel et se désespéra non seulement de la perte de son mari, mais aussi de tout ce que les gens avaient fait pousser et avaient fabriqué par eux-mêmes avant de se voir endeuillés de leur propre chaîne alimentaire.

« Elle déteste ça parce que ça la fatigue. Y veulent pas lui donner de jours de congé.

– Je sais. Pas assez, de toute façon.

– Maman est malade.

– Je sais.

– J'ai plus le droit de rester chez tante Lois. Lowell, il peut, mais moi pas. Tu sais pourquoi ?

– Pourquoi ? »

Crys cessa de se lancer sur le ressort. Elle se glissa dans une caisse d'emballage défoncée pour réapparaître de l'autre côté.

« Pourquoi, Crys ? répéta Lusa.

– Elle m'a fait essayer des robes idiotes. Des vieilles robes de Jennifer et de Louise.

– Ah ouais ? Je n'ai pas été mise au courant de cette partie de l'histoire.

– Elle a dit qu'il fallait que je les mette. Elles sont affreuses.

– Et sans doute démodées, aussi. Jennifer et Louise sont beaucoup plus âgées que toi. »

378

Crys haussa les épaules, d'un mouvement bref, sans joie. Elle s'assit sur un pneu de tracteur, les pieds au centre de celui-ci, tournant le dos à Lusa. « Elles étaient bêtes.

– Qui ?

– Les robes.

– Tout de même. Casser exprès les bibelots de tante Lois, ce n'était peut-être pas la meilleure façon de s'y prendre.

– Elle m'a envoyée dans la salle de bains et m'a demandé de lui donner mes habits, le temps que j'essaye les robes. Et tu sais ce qu'elle a fait ? Elle a découpé mon pantalon en velours côtelé et ma chemise écossaise avec des ciseaux pour que je puisse plus les remettre. »

Lusa était atterrée. Les yeux fixés sur la nuque de l'enfant, elle sentait son cœur meurtri s'ouvrir à ce petit être abattu dont les cheveux couleur de paille se dressaient comme des aiguilles de porc-épic. « Je trouve ça très moche, dit finalement Lusa. Personne ne m'avait dit ça. C'étaient tes affaires préférées, les vieilles que tu ne quittais pas, c'est ça ? Je ne crois pas t'avoir vue autrement qu'avec ce vieux pantalon de velours et cette chemise-là pendant les week-ends. »

Crys haussa de nouveau les épaules, sans répondre.

« Alors qu'est-ce qui s'est passé ? J'imagine que tu as été obligée de mettre une de ces robes. »

Elle secoua la tête. « J'me suis sauvée de la maison toute nue. Juste avec ma culotte. J'suis partie me planquer dans la grange.

– Et la statuette ? Comment se fait-il qu'elle ait été cassée ?

– J'sais pas.

– C'est juste arrivé au moment où tu t'en allais ? »

Le porc-épic hocha la tête.

379

« Je dirais que c'était donnant, donnant. Son trésor contre le tien. »

Lusa vit les cheveux de la nuque de la fillette bouger imperceptiblement, un mouvement de muscles sous le cuir chevelu. Un sourire, à n'en pas douter.

« Je ne dirai pas que c'était forcément utile, rectifia Lusa. Ça a fait que les choses ont été un peu plus tendues entre ta tante et toi, ce qui ne les a pas rendues plus faciles pour ta maman. C'est à elle qu'il faut que tu penses en ce moment. Je te dis seulement que je te comprends.

– J'avais promis à Jésus que j'mettrais ces habits tous les jours pour qu'il guérisse maman. Maintenant, ils sont tout déguenillés dans le sac à chiffons de tante Lois, et maman, elle va mourir.

– Il ne suffit pas de penser à quelque chose pour que ça se produise. »

Crys se retourna et considéra Lusa à travers une diagonale de lumière qui tombait entre elles sur le plancher, depuis un trou du plafond. Des particules de poussière montaient et descendaient en dansant dans la lumière, peuplant leur propre univers insouciant.

« Et pour Lowell, comment ça se passe ? demanda Lusa avec douceur. La maladie de votre maman doit lui faire rudement peur, non ? »

Crys tripotait une bande de caoutchouc détachée de la semelle de sa chaussure de tennis déchirée. « Il aime pas non plus rester là-bas. Il a la trouille de tante Lois. Elle est méchante.

– Méchante comment ? Est-ce qu'elle le bat ?

– No-o-on, ils nous fichent pas de fessées d'habitude. C'est juste qu'elle est pas gentille avec lui comme maman. Elle arrange pas ses habits sur la chaise comme il faut et elle lui donne pas à manger ce qu'il aime. Elle, Jennifer et tous les autres, ils lui crient après et le traitent de gros bébé. »

Lusa mit la main sur sa bouche, mais elle garda un ton de voix décontracté. « Pourquoi ne viendriez-vous pas ici tous les deux, la prochaine fois ? Est-ce que ça t'irait si je demandais à ta maman de vous laisser venir ? »

Crys haussa les épaules, continuant à démolir sa chaussure. « Je pense.

– Très bien. Mais aujourd'hui, comme nous ne sommes que toutes les deux, nous avons le droit de faire ce qu'il nous plaît. J'aimerais bien attraper des insectes, si ça te va. » Lusa sortit deux filets à manches courts de sa caisse. « Voilà le tien. Allons-y, le jour n'attend pas. »

Crys prit le filet et suivit Lusa à l'extérieur de la grange. Elles commencèrent par longer le pré aux chèvres. Lusa précédait Crys, courant aussi vite qu'elle le pouvait dans la montée, balayant les hautes herbes de son filet, le long de la clôture. Haletantes, elles parvinrent au sommet de la colline. Lusa se jeta par terre, à bout de souffle, et Crys s'assit en tailleur.

« Attention, dit Lusa, se redressant et tendant la main vers l'autre filet. Regarde, tu rabats ainsi le filet sur le cadre pour éviter qu'ils ne s'échappent. Voyons ce que tu as attrapé. » Avec précaution, elle laissa quelques insectes se glisser en rampant à l'extérieur des mailles. « Ça, ce sont des sauterelles et ça, c'est une cigale épineuse. Il y a une grosse différence, tu vois ? » Elle lui tendit une sauterelle vert vif qui tricota des pattes dans le vide. À sa surprise, Crys la prit et la tint à quelques centimètres de son visage.

« Hé ! dit-elle. Elle a des ailes.

– Ouais. La plupart des insectes en ont – même les fourmis, à un certain stade de leur existence. Pour les sauterelles, c'est certain. Celle-ci est capable de voler si elle veut. Regarde. » D'un ongle, elle souleva les élytres verts, étirant le brillant éventail de Cellophane rouge des ailes qui étaient dessous.

« Super ! s'écria Crys. Elles sont toujours de cette couleur-là ?

– Non. Il existe vingt mille sortes de sauterelles, criquets et autres à travers le monde et il n'y en a pas deux pareilles.

– Super !

– C'est exactement ce que je pense. Tiens, regarde celui-là. » Elle chercha dans le filet et en extirpa une créature bigle et aplatie qui ressemblait à une feuille avec des pattes. « C'est une sauterelle verte. »

Crys la prit, la fixant dans les yeux. Elle leva la tête vers Lusa. « C'est elles qui font tout ce boucan, la nuit ? *Kzi-Kzi-kzi !* »

Lusa fut impressionnée de l'imitation. « C'est ça. Tu n'en avais jamais vu ? »

Elle secoua vivement la tête. « Je croyais que les sauterelles c'était quelque chose de gros. Un gros mastodonte d'oiseau, un machin comme ça.

– Un oiseau ? » Lusa était véritablement scandalisée. Comment des enfants élevés à la campagne pouvaient-ils être aussi ignorants de leur environnement ? Leurs parents leur faisaient cadeau de jeux vidéo et de télévisions qui vomissaient des images citadines de flics et de jolies avocates à longueur de journée, mais ils n'étaient pas fichus de leur montrer une sauterelle. Lusa savait que ce n'était pas par incurie mais par un malheureux mélange d'amour-propre et de désir de modernité, exactement comme lorsque son père lui interdisait de parler yiddish. Elle regardait Crys examiner chaque trait infinitésimal de l'insecte, le manipulant avec un soin infini, le dévorant des yeux. Avec la compétence d'une taxinomiste.

« Comment qu'elle arrive à faire un raffut pareil avec une petite bouche comme ça ? finit-elle par demander.

– Non, pas avec sa bouche. Regarde, tu vois ça ? Là aussi, il y a des ailes. » Elle les déploya avec précaution. « Il y a une râpe sur l'une et un petit truc qui ressemble à une lime sous l'autre. Elle les frotte l'une contre l'autre. C'est comme ça qu'elle chante. »

Crys avait pratiquement le nez dessus. « Où ça ?

– C'est difficile à voir. C'est vraiment minuscule. »

Crys avait l'air dubitatif. « Mais comment ça se fait qu'elle chante si fort ?

– Tu n'as jamais entendu le bruit d'un tout petit bout de craie qui crisse sur un tableau noir ? »

Elle haussa les sourcils et fit oui de la tête.

« Voilà comment. Un objet rugueux que l'on pousse sur quelque chose de dur. La taille ne fait pas tout. Je suis bien placée pour le savoir, avec mon mètre cinquante-cinq.

– C'est pas beaucoup ?

– Non. Pour un adulte, c'est petit.

– Tante Lois, elle est grande comment ?

– J'en sais rien. Elle est grande pour une femme. Un mètre quatre-vingts, peut-être. Pourquoi ? »

Crys regardait vers le bas de la colline avec circonspection. « Elle dit que t'exagères. »

Lusa se renversa sur l'herbe, les bras croisés sous la tête, en contemplation devant un nuage qui flânait dans le ciel. Elle se demanda qui la petite espérait atteindre par cette trahison. « Certaines de tes tantes pensent que je ne devrais pas garder cette ferme. Voilà tout. »

Crys s'allongea aussi, le haut de la tête à quelques centimètres de celle de Lusa. « Comment ça se fait ?

– Parce que je suis différente d'elles. Parce que je ne suis pas née ici. Parce que j'aime les insectes. Tout ce que tu voudras. Parce que ton oncle Cole est mort et que je suis encore ici et qu'elles sont furieuses parce que la vie est injuste. Je ne sais pas exactement pourquoi, mais c'est ce que je subodore. Les gens n'ont pas toujours de bonnes raisons de penser ce qu'ils pensent.

– Est-ce que ma maman va mourir ? »

– Hoho, où as-tu pris ça ?

– Elle va mourir ?

– J'ignore la réponse. C'est la vérité, je te le jure. Personne ne sait. Ce que je sais c'est qu'elle fait tout ce qu'elle peut pour aller mieux, pour toi et Lowell. Même aller à Roanoke et prendre du poison une fois par semaine. Elle doit vous aimer très fort pour faire ça, non ? »

Il n'y eut pas de réponse.

« Autre chose, dit Lusa. Je suis certaine que Jésus ne fera pas de mal à ta maman juste parce que tante Lois a découpé tes vêtements. S'il était en situation de punir quelqu'un, ce qui est discutable, je pense que ce serait tante Lois, tu ne crois pas ?

– Alors, il va tuer tante Lois à la place de maman ?

– Non, à ça je peux répondre. La vie n'est sûrement pas comme ça. Dieu ne se balade pas pour siffler les imbéciles comme un arbitre, autrement notre monde aurait changé, depuis le temps. Des glaces trois fois par jour, pas de fessées et pas de robes ignobles si tu n'en veux pas. »

Crys pouffa. Pour la première fois depuis qu'elle s'était plantée, farouche, dans l'allée de Lusa, ce matin, elle avait la clarté et la transparence d'une enfant. Elle était vraiment comme du cristal. Lusa ne pouvait voir son visage, mais elle devinait son corps proche du sien dans l'herbe et l'entendait respirer paisiblement.

« Hé ! T'a-t-on jamais dit ce que c'était que du cristal ?

– Un machin bête. Un jibou. »

Lusa eut un léger sursaut. Elle voulait sans doute dire « bijou ». « Eh non. C'est un genre de pierre. Dure, coupante, et qui brille. Il en existe de nombreuses sortes, en réalité. Même le sel, c'est du cristal ». Elle se redressa. « Zut ! Nos bestioles se sont échappées. »

Crystal se rassit également, l'air désespérément déçu.

« Ça ne fait rien, dit Lusa en riant. Nous allions les relâcher, de toute façon. On en attrapera d'autres. » Elle fit un geste de la main vers le pré. « Toutes les bêtes dont tu auras besoin sont là. Quand tu penses que les gens pulvérisent de l'insecticide partout dans leurs champs. » Elle secoua les dernières bestioles qui se débattaient pour sortir des deux filets. « Regarde toutes ces créatures magnifiques qui meurent. C'est comme si on lâchait une bombe au-dessus d'une ville juste pour se débarrasser d'un ou deux méchants. Tu vois, ce qui est bien avec mes chèvres, c'est que je n'ai pas besoin de produits chimiques pour les élever. Il me suffit de tuer cinquante bêtes, pas cinquante mille. »

Crys, les sourcils froncés, regardait les chèvres de Lusa à travers la clôture. Le champ prenait forme, Lusa le remarqua. Tous les maigres chardons qu'avaient laissés les vaches subissaient une tonte uniforme : il devenait aussi joli qu'une pelouse de Lexington.

« En vrai, comment t'as fait pour avoir toutes ces chèvres ?

– Eh bien, c'est vrai ce que je t'ai dit, je déteste les pesticides et il faut que j'aie un élevage de quelque chose pour gagner un peu d'argent. En plus, j'ai dit des choses qu'il fallait pas sur le tabac, alors plus question. Et je n'aime pas mettre la main au cul des vaches. »

L'enfant ouvrit soudain la bouche, éclatant d'un rire magnifique.

« Écoute, tu m'as posé la question. C'est quelque chose qu'on ne peut pas éviter quand on veut élever des vaches.

– Beurk !

– Je ne te raconte pas de blagues. Il faut que tu enfonces le poing profond là-dedans pour vérifier si elles sont pleines. Et ça, ce n'est même pas le pire. Les vaches sont des grosses bêtes, pas fines et dangereuses, qui ne créent que des ennuis, à mon avis. » Elle se mit à rire en voyant la grimace de Crys. « Pourquoi ? Tu as entendu tes oncles parler de moi et de mes chèvres ? »

La petite hocha la tête, l'air un peu coupable. « Ils ont dit que t'étais idiote. »

Lusa se pencha vers Crys, avec un sourire narquois. « Tes oncles ont pris mes vaches. Alors qui sont les idiots dans l'affaire ? »

Aux environs de minuit, Lusa fut surprise d'entendre une voiture dans l'allée. Elle s'était endormie dans le salon en lisant un article de W. D. Hamilton sur le mimétisme du monarque et la sélection des souches. Le don du sommeil avait dû lui revenir – elle n'avait pas sombré sur le canapé depuis la mort de Cole. Elle dut s'asseoir et réfléchir un instant pour recouvrer ses esprits. C'était mardi soir. Crys était installée sur le divan là-haut. Jewel devait passer le lendemain, dès qu'elle se sentirait en mesure de reprendre les enfants. Lusa lissa les pans de sa chemise et se dirigea vers la fenêtre. C'était la voiture de Hannie-Mavis. Elle se précipita vers la porte d'entrée et alluma la lumière de la galerie. « Hannie-Mavis ? C'est toi ? »

C'était elle. Le moteur s'arrêta et une petite silhouette en sortit. « Je suis simplement venue voir si tout allait bien. Je me suis dit que si toutes les lumières étaient éteintes c'était bien, et que je repartirais.

– Vous n'étiez pas encore rentrées ? Pas possible. » Lusa regarda son poignet, mais elle n'avait pas sa montre.

« Quelle heure est-il ?

– J'en sais même rien. Tard. Je suis allée là-bas avec Jewel, ça va mal. J'ai pas pu la laisser avant qu'elle soit mieux et bien installée. Elle dort à présent. Si tout va bien avec la p'tite, je rentre à la maison. J'ai préféré vérifier.

– Tout va bien. Elle dort. J'étais juste en train de lire sur le canapé. »

Lusa hésitait, inquiète du ton de sa belle-sœur. « Qu'est-ce qu'il y a ? Qu'est-ce que tu me racontes, que Jewel a été malade tout l'après-midi et toute la soirée ? Depuis que vous êtes rentrées de Roanoke ? »

Lusa entendit un long, étrange soupir dans le noir. « Il nous a fallu trois heures et demie avant de pouvoir monter en voiture pour rentrer. Et même après, on a dû s'arrêter toutes les dix minutes pour qu'elle vomisse. »

Lusa frissonna dans l'air frais. Des petits papillons de nuit tournoyaient autour de sa tête. « Mon Dieu, quel voyage infernal ! Entre un moment. Je te fais une tasse de thé. »

Hannie-Mavis hésitait, au milieu de l'allée. « Il est tard. Je voudrais surtout pas te déranger.

– Mais non. » Lusa descendit les marches pour aller au-devant d'elle et fut surprise lorsque la petite femme trébucha pratiquement dans ses bras. Lusa la soutint un instant, là, sur les marches, sous l'éclairage de la galerie. « Elle va vraiment mal, c'est ça ? »

Elle eut un choc lorsque, de près, elle s'aperçut que Hannie-Mavis était en larmes. « Ils ont dit que ça n'allait pas, que la chimio n'avait pas d'effet sur elle. Tout ce qu'elle a enduré, à vomir, à perdre ses cheveux comme ça, pour rien. Elle va encore plus mal.

– Comment ça se fait ? demanda Lusa, comme anesthésiée.

– Elle est atteinte de partout, mon chou. Ses poumons, sa colonne vertébrale. Le docteur me l'a dit aujourd'hui.

– Mon Dieu ! murmura Lusa. Est-ce qu'elle le sait ? »

Hannie-Mavis secoua la tête. « Je ne lui ai rien dit. Comment faire autrement ? J'ai commencé par lui raconter que le toubib avait dit que la chimio était terminée, elle a cru que c'étaient de bonnes nouvelles. "Oh ! Han, je vais l'annoncer aux enfants. Allons chercher une glace pour fêter ça !" Attention, c'est entre deux vomissements qu'elle a dit ça. » Hannie-Mavis prit une profonde inspiration, laborieuse, puis laissa échapper une longue plainte. Lusa résistait, se sentant malhabile, n'éprouvant pas encore dans son corps tout le poids de ce nouveau chagrin.

« Comment va-t-elle pouvoir laisser ses petits ? dit Hannie-Mavis en larmes.

– Chuuut, il en a un qui dort là-haut. »

Lusa la prit par les épaules et lui fit franchir la dernière marche, la galerie et la porte d'entrée. Dans le couloir brillamment éclairé, Hannie-Mavis parut se reprendre, soudainement plus retenue et d'une gaieté absurde dans sa robe à rayures rouges et blanches, faite d'un tissu soyeux. Elle portait même des hauts talons rouges qui claquaient, Lusa le remarqua. L'image de ses deux belles-sœurs s'habillant pour aller en ville, en vue de cette affreuse expédition, était absolument navrante. Elle regarda Hannie-Mavis tamponner le désastre de son Rimmel avec un mouchoir en papier depuis trop longtemps roulé en boule dans sa main.

« Viens. Viens t'asseoir dans la cuisine. »

Hannie-Mavis hésita de nouveau puis s'avança lentement vers la porte de la cuisine, mue par ses seules forces, tandis que Lusa s'élançait dans l'escalier pour aller chercher une boîte de Kleenex. Lorsqu'elle revint dans la cuisine pour mettre la bouilloire sur le feu, sa belle-sœur avait disparu. Lusa l'entendit se moucher par intermittence dans la salle de bains. Lorsque Hannie-Mavis réapparut, coiffure et maquillage entièrement refaits, l'eau était déjà bouillie et Lusa faisait infuser le thé. À la voir ainsi debout sur le seuil, Lusa se souvint brusquement d'un moment amer de l'enterrement, et, devant tout ce mascara bleu, se rappela avoir eu un mot dur. Elle aurait souhaité ne pas l'avoir dit, quel qu'il ait été. Elle se sentait coupable de toutes les fois où elle avait failli la traiter tout haut d'« Horriblement-Maquillée ». Il fallait agir avec tant de prudence dans les grandes familles. Qui sait comment tourneraient les choses, à qui vous pourriez avoir recours, et ce qui vous ferait voir une ombre à paupières sous un jour différent ? En cet instant même, Lusa ne pouvait s'empêcher d'admirer l'art et l'énergie de cette femme devant le chagrin. Après la mort de Cole, il lui avait bien fallu trois semaines avant de pouvoir passer un peigne dans ses cheveux.

Hannie-Mavis soupira en posant les paumes de main à plat sur la table et en se laissant aller comme une vieille femme. « Et toi. Comment s'est passée ta journée ?

– Bien. »

Elle regarda Lusa. « Qu'est-ce que tu entends par "bien" ? »

Lusa haussa les épaules. « Je veux dire que tout s'est bien passé. Nous nous sommes bien amusées.

– Ne te sens pas obligée de me mener en bateau, ma chérie. Cette gamine est infecte. Jamais je ne l'aurais dit à Jewel, mais si j'ai pris sur moi de la conduire chez le médecin c'était surtout pour ne pas avoir à garder ses gosses. »

Lusa sortit cuillers, sucre et tasses à thé – celles de tous les jours, non les tasses de porcelaine à bordure ornée de papillons – et ouvrait la bouche pour commencer par le commencement, avec le miroir brisé sur les marches de l'entrée. Mais une soudaine loyauté s'empara d'elle, lui imposant sa décision : elles avaient le droit d'avoir leurs secrets, Crys et elle. Elle prit place sans mot dire et versa le thé. « Une drôle de caboche, oui, finit-elle par dire. Mais je l'aime bien. J'étais exactement pareille, petite. Une vraie tête de lard. »

— Parfait, mon chou. Tu seras décorée. » Hannie-Mavis ouvrit d'un déclic le fermoir de son sac et fouilla à l'intérieur. « Ça ne te gêne pas si je fume ici ? »

Lusa s'empressa d'aller chercher un cendrier dans le petit tiroir près de l'évier. Mis là par Cole, pour la dernière fois, réalisa-t-elle, ressentant une discrète décharge électrique à la pensée de ses mains posées sur cet objet. Chaque petite meurtrissure comme celle-ci semblait éloigner de son centre le plus gros du chagrin. Elle commençait à comprendre qu'un jour son mariage lui apparaîtrait pleinement en imagination, hors d'atteinte. Comme un papillon sous verre.

« Qu'est-ce que vous avez fabriqué ? demanda Hannie-Mavis, faisant cliquer son briquet.

— Nous avons commencé par tondre. Ensuite, nous avons regardé des vieilleries dans le débarras et puis nous sommes allées à la chasse aux insectes pendant près de deux heures. Je lui ai montré comment les reconnaître, crois-moi si tu veux. Est-ce qu'elle a de bonnes notes à l'école ? Elle est très intelligente.

— Elle a de bonnes notes quand elle veut. C'est-à-dire pas très souvent.

— Je l'aurais parié. Et puis, nous avons fait un grand feu et nous avons désherbé le jardin dans le noir, ce qui nous a bien amusées, et enfin nous sommes rentrées pour manger des *eggah bi sabaneh* à dix heures du soir.

— Eh bien, c'est le luxe, on dirait.

— Pas vraiment. Des légumes verts tout bêtes, avec des œufs.

— Tu as réussi à faire avaler des légumes verts à cette gamine ? Grand Dieu !

— C'étaient le pourpier et l'herbe à cochon que nous avions arrachés du carré de haricots. Des mauvaises herbes pour le dîner, elle a trouvé que c'était très chouette. Elle a déclaré (je cite) : "Un truc à faire chier tante Lois dans sa culotte." »

Hannie-Mavis eut un claquement de langue. « Eh ben, on peut pas dire qu'elles s'adorent ces deux-là.

– Écoute, tu sais ce qu'a fait Lois pour la rendre si furieuse ?

– Elle lui a fait essayer une robe, d'après ce que j'ai entendu dire. »

Lusa posa ses coudes sur la table. « Oui, et pendant ce temps-là, Lois a embarqué le pantalon de velours préféré de Crys et l'a découpé pour en faire des chiffons.

– Oh ça, c'est pas bien.

– Crys avait passé une sorte de contrat avec Jésus et s'était juré de porter ces vêtements jusqu'à ce que sa mère aille mieux. Pauvre gosse.

– Oh que c'est mal ! Lois n'aurait jamais dû faire ça.

– Non. Cette petite a besoin d'un maximum d'affection en ce moment, c'est franchement dégoûtant. »

Hannie-Mavis fuma en silence une minute. « Oui. Mais c'est Lois tout craché. Lois est mécontente de tout et elle le fait payer à tout le monde.

– Mais pourquoi ? Elle a un bon mari, de gentils enfants. Des milliers de bibelots. De quoi se plaint-elle ?

– Hélas, si je le savais. Elle a toujours été comme ça. Furieuse de ne pas être plus jolie, je suppose. Furieuse d'avoir de grosses attaches.

– Mais Mary Edna est pareille – même pire.

– Oui, mais tu vois, Mary Edna ne s'en rend pas compte. Et je plains celui ou celle qui le lui dira. »

Lusa tenta un rire las, en se frottant les yeux. Elle se sentait soudainement épuisée. Ces révélations étaient cependant importantes. Même sans avoir connu leurs parents, elle distinguait nettement les deux lignées différentes : Hannie-Mavis, Jewel et Emaline étaient sensibles, elles avaient des traits fins ; Mary Edna et Lois étaient sûres d'elles, avaient de grandes mains, de larges mâchoires et elles étaient costaudes. En Cole, ces gènes s'étaient réunis de manière parfaite, enfin la juste mesure familiale. Cole Widener, adoré de tous, gagné par Lusa, volé par la mort. Guère étonnant que cette famille ait à nouveau été ébranlée. C'était une tragédie grecque.

Les deux femmes, assises, échangèrent un regard de part et d'autre de la table puis baissèrent les yeux et burent leur thé à petites gorgées. « Je peux parfaitement garder Crys jusqu'à demain ou même après-demain, dit Lusa. Vraiment, moi, ça ne me dérange pas, si Jewel a besoin de se reposer. Dis à Lois qu'elle peut m'envoyer Lowell aussi. Je crois qu'il vaut mieux qu'ils restent ensemble.

— Pauvres gosses, dit Hannie-Mavis.

— Ça ira. Quoi qu'il arrive, ça se passera bien pour eux. Les grandes familles sont une bénédiction, je m'en rends compte. »

Hannie-Mavis la regarda avec surprise. « Tu nous trouves bien ?

— Qui, votre famille ? Je trouve difficile d'entrer dans le clan, c'est tout. »

Elle eut un petit rire. « C'est ce que Joel a passé son temps à dire des années après notre mariage : "Se rendre à une réunion de famille des Widener, c'est comme d'aller en Chine." Pourquoi ça ? En ce qui me concerne, je n'ai pas l'impression que nous ayons quoi que ce soit de spécial.

— Chaque famille représente son propre voyage en Chine, j'imagine. Pour moi, ça été particulièrement dur. Je sais que ça a dû vous faire un choc quand il s'est mis avec moi aussi vite.

— Ça oui. Il fichait le camp à Lexington chaque fois qu'il pouvait, et pendant un temps nous n'avons même pas su pourquoi. Mary Edna craignait qu'il fréquente les champs de courses. Nous avons failli tomber à la renverse quand, assis ici même, sur cette chaise, lors d'un déjeuner de dimanche – il me semble qu'on était en train de faire la cuisine pour tout le monde, Jewel et moi –, il nous a dit : "Dimanche prochain, vous allez rencontrer la plus intelligente, la plus jolie des femmes au monde et je crois bien qu'elle a accepté d'être mon épouse."

– Ça a été un choc pour moi aussi, dit tranquillement Lusa, intimant une sorte de neutralité à ses pensées. Et puis maintenant, ça. » Elle leva les yeux vers Hannie-Mavis. « Que j'hérite de cet endroit. Je comprends pourquoi la famille m'en veut. »

Hannie-Mavis lui lança un regard que Lusa reconnut – le même regard fixe, aux cils bleus, éperdu, impuissant, que celui de l'enterrement. Elle avait dit : *« Je ne sais pas ce que nous allons devenir sans lui. Nous sommes aussi paumés que toi. »*

« Nous ne t'en voulons pas », dit-elle.

Lusa secouait la tête. « Vous m'en voulez d'avoir hérité de la ferme. Je le sais. Je sais même que tu en as parlé à un notaire. »

Hannie-Mavis lui jeta un regard inquiet.

« Ou, du moins, quelqu'un l'a fait, biaisa Lusa. Je ne sais pas qui. »

Hannie-Mavis fumait sa cigarette tout en tripotant l'extrémité de ses ongles vernis, qui étaient aussi brillants et rouges que ses chaussures. « C'est Mary Edna, finit-elle par répondre. Je ne pense pas qu'elle te voulait du mal. Nous voulions simplement savoir ce qui se passerait, tu sais bien, par la suite. Puisqu'il n'avait pas fait de testament.

– Écoute, je ne vous critique pas. Je vis toute la journée dans cette belle maison ancienne dans laquelle vous avez tous grandi, sur la meilleure parcelle de la terre familiale, avec le sentiment de vous l'avoir volée. Mais il y a aussi des problèmes. Cette ferme est couverte de dettes. Je n'avais sûrement pas prévu que ma vie prendrait ce tour-là.

– Personne n'avait prévu ce qui est arrivé à Cole. » Elle fuma un instant, laissant cette seule phrase planer au milieu des strates d'une brume bleue au-dessus de leurs têtes. « Tu veux connaître le fond de ma pensée ?

– Oui, dit Lusa, légèrement sur ses gardes.

– Papa savait ce qu'il faisait. Il nous a fait une fleur, à nous autres, les filles, en nous donnant un bout de terre trop exigu pour pouvoir en faire notre gagne-pain.

– Comment peux-tu dire ça ?

– Mais c'est la vérité ! Nous sommes les mieux loties. Pense donc. Laquelle de nous voudrait être ici à essayer de s'en sortir avec cette ferme ? Nous n'en voulons pas, Joel et moi – lui, il n'y a que les voitures qui l'intéressent, les voitures, et encore les voitures. C'est le seul boulot qui le rende heureux. Je n'aimerais pas me retrouver coincée ici. Jewel non plus, même si elle était encore mariée et pas malade. Elle adore la maison plus que n'importe laquelle d'entre nous, mais Sheldon n'était pas un paysan. Mary Edna et Herb, tu sais, ils ont leur laiterie familiale – ils sont tout à fait bien installés, ils seraient incapables de mener une autre exploitation. Quant à Emaline et Frank, je pense qu'ils sont tous deux contents d'être employés plutôt que de travailler à la ferme. Je le sais.

– Et Lois et le grand Rickie ? Ils sont toujours dans l'agriculture.

– Le grand Rickie adore son métier, c'est vrai. Mais pas plus que toi il n'a le droit de revendiquer cet endroit. Il n'est qu'une pièce rapportée, exactement comme toi.

– Oui, mais Lois. Ils pourraient être ici. »

Hannie-Mavis souffla de l'air par la bouche comme un cheval. « D'abord, Lois est incapable de faire pousser une tomate, même pour assurer sa survie, non plus que de faire des conserves. Elle déteste se salir. Je pense pas que Lois s'intéresse le moins du monde à cette maison. Elle fait peut-être semblant. Mais si elle l'avait, je vais te dire ce qu'elle ferait, elle la démolirait entièrement pour se reconstruire un truc en brique avec des canards en plastique dans la cour et un garage à trois places. »

Lusa entrevit le spectacle en un éclair.

« Alors aucune d'elles n'en veut vraiment, dit gravement Hannie-Mavis. Je vais te dire : elles veulent juste que personne d'autre ne l'ait.

– C'est-à-dire moi, tu penses ?

– Non, je ne pense pas à toi, mon chou. Mais regarde, on sait tous ce qui va se passer. Au début, on pensait que tu allais partir et que la ferme nous reviendrait. Maintenant, on a l'impression que tu vas rester. Bon, tant mieux. C'est bien que tu sois là. Mais regarde… »

Hannie-Mavis tendit la main vers la boîte de Kleenex, se tamponna soigneusement le coin des yeux et une autre petite boule blanche vint grossir la foule des autres qui étaient déjà sur la table. Lusa voyait bien que ce qu'elle allait dire était difficile à sortir.

« Quoi ? » demanda-t-elle avec douceur. Elle redoutait la suite.

« Écoute, dans quelques années, tu te marieras avec quelqu'un d'ici. Alors la ferme lui appartiendra. »

Lusa explosa. « Mais c'est ridicule.

– Non. Personne ne dit que tu ne dois pas te remarier. Tu le feras, et ce sera bien. Mais regarde, elle reviendra à ses enfants. Ce ne sera plus notre maison de famille. Ce ne sera plus la propriété des Widener. »

Lusa était abasourdie. Elle n'aurait jamais pensé que c'était là le cœur du problème. « Comment peux-tu croire ça ?

– Croire quoi ?

– J'en sais rien, tout ça. Avec qui, dans les environs, devrais-je me marier ?

– Chérie, chérie, tu n'as pas encore trente ans. Nous aimions tous Cole, mais personne ne pense que tu doives reprendre le flambeau à sa place pour le reste de ton existence. »

Lusa baissa les yeux sur le fond de sa tasse vide, qui était neutre. Pas la moindre feuille, pas le moindre avenir à y déchiffrer. « Il faut que je repense à tout ça au grand jour. Je ne sais pas quoi dire. Je n'ai aucune idée. »

Hannie-Mavis pencha la tête. « Je ne voulais pas te faire de peine.

– Non. Je croyais que le problème c'était *moi*. Je n'avais pas réalisé que le problème c'était – comment tu appelles ça ? – la progéniture. La descendance.

– Bon, dit-elle en plaquant les deux mains sur la table. Tu parles d'une soirée. Cette journée m'a déjà suffisamment démolie.

– Je crois que nous sommes déjà demain.

– Oh ! Tant pis. Il faut que je rentre et que je nourrisse les chats, parce que je suis sûre que Joel aura oublié, et que je retourne auprès de Jewel. » Elle rassembla ses boules de Kleenex et les fourra dans son sac. Lusa se demanda si c'était une habitude de la campagne de remporter ses sécrétions avec soi en s'en allant. Elles restèrent l'une en face de l'autre un instant, mais s'abstinrent de s'étreindre.

« S'il te plaît, dis à Jewel que je serais heureuse de garder les deux petits une journée de plus. Et si elle a besoin de quoi que ce soit – vraiment. Tu ne peux pas t'occuper de tout. Il faut que tu te reposes.

– Oui, mon chou. Et je vais dire à Lois d'amener Lowell, s'il veut bien venir. Merci, mon chou.

396

– "*Lusa*", dit Lusa. Je suis votre sœur à présent, pas moyen de vous débarrasser de moi, vous pourriez donc toutes vous mettre à m'appeler par mon prénom. »

Hannie-Mavis s'arrêta et se retourna dans le couloir, en effleurant la manche de sa robe. Elle paraissait hésiter à parler. « On a peur de l'écorcher, c'est pour-quoi on évite de le dire. Est-ce que c'est un nom de Lexington ? »

Lusa se mit à rire. « C'est polonais. Un diminutif d'Elizabeth.

– Oh ! c'est bien ce que je pensais. Que c'était pas un nom d'ici.

– Mais qui n'est pas difficile à prononcer, insista Lusa. Et Hannie-Mavis, qu'est-ce que c'est comme genre de nom ? »

Hannie-Mavis sourit en secouant la tête. « Un nom bizarre. Tout bêtement un nom bizarre. Papa était un original et maman était nulle en orthographe. On a ce qu'on a. »

Le lendemain matin, Lusa fut de nouveau réveillée en sursaut par un bruit de pneus de voiture sur l'allée de gravier. Elle se redressa dans son lit, aperçut le jour par la fenêtre, et vérifia l'heure. Elle avait dormi tard. Qui-conque était là, dehors, allait la surprendre en chemise de nuit à dix heures du matin, un péché mortel quand on vit à la campagne.

Mais elle entendit claquer la portière de la voiture et les pneus rouler doucement dans la descente. Elle entendit des bruits de pas arriver précipitamment vers la maison, puis d'autres dans la chambre d'à côté, des bruits de pieds nus étouffés par le tapis du palier qui, pour finir, dévalèrent l'escalier. Lusa se leva et s'avança silencieusement dans le couloir mais n'enten-dit plus rien. Puis des chuchotements. Elle jeta un coup d'œil par-dessus la balustrade et sentit une chaleur envahir son visage, à laquelle succéda le froid. Ils étaient là de nouveau, côte à côte, assis tout près l'un de l'autre, sur la seconde marche à partir du bas. Un petit garçon et une fillette un peu plus âgée, un bras passé autour de ses épaules pour le protéger du monde. Ce n'était pas le petit garçon qu'elle pensait pouvoir reconnaître entre mille, à n'importe quel âge, et la plus âgée n'était pas sa sœur Jewel.

Non, ce n'étaient pas Jewel et Cole. Mais Crys et Lowell.

19
Les prédateurs

Un bruit de détonation réveilla Deanna en sursaut. Elle s'immobilisa, l'oreille attentive à ses répercussions à travers la combe et au silence forcé et universel qui se déploya à sa suite. Impossible de le confondre avec autre chose qu'un coup de fusil. Elle se pencha en avant et regarda autour d'elle, hagarde, tentant d'émerger des brumes du sommeil. C'était la troisième ou quatrième fois qu'elle sombrait dans un sommeil de plomb en plein milieu de la journée, cette fois-ci dans le fauteuil de brocart trop rembourré de la galerie, où elle s'était assise pour se reposer une petite minute.

Elle caressa, absente, le motif en forme de vigne de la tapisserie verte et bosselée, suivant de ses doigts la mince tache brune qui courait le long de l'un des bras jusqu'à l'assise du siège – elle se demandait quelquefois comment ce dernier avait pu passer d'une élégante vie antérieure dans un salon à l'humble service de cette galerie. Et comment en était-elle arrivée, aujourd'hui, à faire la sieste dans ce fauteuil ? Deanna essaya de reconstituer son après-midi. Le seul souvenir qu'elle en avait, c'était de s'être laissée aller sur le siège et d'avoir tiré, en dernier lieu, sur les nœuds de ses lacets pour soulager ses pieds douloureux. Avant cela, du combat d'une matinée entière contre l'épuisement. Comme l'impression de marcher dans une mare avec de l'eau jusqu'au cou pour se traîner jusqu'ici depuis le pont des tsugas où Eddie et elle avaient travaillé un peu plus tôt. Deux grands arbres qui s'étaient abattus en travers de la piste et qui avaient dû être dégagés. Eddie avait joyeusement empoigné la hache et s'était mis à démembrer et à couper tandis qu'elle manœuvrait la tronçonneuse, et – oui – elle avait apprécié son aide. Mais elle détestait chez lui cette façon de s'exhiber après s'être dépouillé de sa chemise, laissant la sueur dégouliner le long du modelé de son cou, et de travailler avec entrain toute la matinée, sans interruption. Elle détestait se sentir plus vieille que lui, faible, une vraie fille. Ou plutôt une vieille femme. Au bout de la première heure, elle avait eu mal aux bras, ses genoux s'étaient mis à plier et les gémissements de la tronçonneuse avaient couvert ses grognements à l'encontre de la sueur et de la sciure qui pénétraient dans l'encolure de son T-shirt. À midi, son seul et unique désir avait été de se laisser couler, tout habillée, au milieu du cours d'eau glacé. Quand sa machine tomba en panne de carburant, elle en éprouva un profond soulagement.

Son intention avait été de s'asseoir un moment, ici, dans la galerie, avant de se hâter de recharger leur réserve d'eau et le bidon d'essence pour retourner aussitôt en bas. Bon. D'une main, elle s'abrita les yeux, grimaçant au soleil qui touchait la cime des peupliers. Elle avait dormi des heures. Enfin, elle remarqua la hache, déposée à l'extrémité de la galerie, et contempla l'objet, perplexe. Eddie Bondo avait dû monter la chercher quand il ne l'avait pas vue revenir. L'avait surprise endormie, était reparti, et maintenant… où était-il ? Sa gorge se serra. La détonation, ce ne pouvait être que lui. Il avait tiré sur quelque chose pendant qu'elle dormait.

Elle bondit et franchit la galerie, frappée de la possibilité surréaliste que ce qu'elle redoutait jusqu'à l'obsession se fût réalisé. Mais il n'y avait eu qu'une seule déflagration ; il n'avait donc pas dû tuer grand-chose puisque les coyotes n'étaient plus ensemble. À présent, ils sortaient tous de la tanière pour chasser. Elle avait aperçu un ou deux jeunes en train de courir avec un adulte, jusqu'à hauteur du bois de tsugas, le long de la lisière. Presque toutes les nuits, elle entendait leurs jappements et les trémolos ascendants de leurs hurlements. Ils étaient partout dans la montagne. Elle ne pourrait plus les protéger. Traînant derrière elle ses lacets défaits, elle pénétra vivement à l'intérieur du refuge pour vérifier le coin où s'était dressé le fusil depuis pratiquement deux mois. Inutile de s'étonner : il n'était plus là. Le salaud.

Elle se dirigea vers son bureau et ouvrit d'un coup sec le tiroir dans lequel elle rangeait son pistolet, mais elle se contenta de le regarder fixement. Que croyait-elle pouvoir faire ? Elle referma lentement le tiroir et se tint là, un temps infini, la tête renversée en arrière et les yeux fermés, avec des larmes qui ruisselaient le long de ses tempes. Plus aucune détonation n'avait retenti. Il n'y en avait eu qu'une seule.

Elle n'était toujours pas prête à l'affronter – ne le serait peut-être jamais – quand elle l'entendit siffloter dans le lointain tandis qu'il remontait la route de l'Office forestier. Elle jeta un coup d'œil par la fenêtre, alla vers la porte, qu'elle verrouilla, se rencogna de nouveau sur le lit, remit ses chaussures, considéra d'un œil fixe le livre qu'elle avait déjà regardé, puis retourna à la fenêtre. Le voilà qui arrivait, avec son sourire de putois, son fusil en travers de l'épaule et transportant quelque chose qui ressemblait à une veste noire. Elle ferma à demi les yeux. Quelque chose de noir. Quelque chose d'emplumé, avec des ailes, qu'il tenait par les pattes et qui se balançait mollement au bout de sa main. Une dinde. Elle courut au-dehors, se cogna violemment le front contre la porte dans sa hâte de la franchir, ayant totalement oublié l'avoir verrouillée une minute plus tôt. Elle le regardait depuis la galerie, en se tenant la tête. La douleur lui fit monter des larmes brûlantes aux yeux, mais elle se mit à rire comme une enfant. De soulagement.

Quand il la vit là, il accéléra légèrement le pas en brandissant son trophée. « Joyeux Thanksgiving !

– Joyeuses Pâques, plutôt. La saison des dindes s'est terminée en avril. » Elle porta les doigts à son front et les examina : elle ne saignait pas. Ravie, elle fut incapable de cesser de rire. Il s'arrêta à quelque trois mètres d'elle, interrogateur.

« Quelle chance ! Tu me laisses la vie sauve. Je croyais bien que tu allais me faire la peau pour ça.

– Je suis folle de rage, déclara-t-elle, essayant de le paraître. Nous sommes en plein été. Cette dinde était peut-être en train de couver toute une portée de jeunes. Si c'est le cas, tu as tué une famille entière.

– Non. C'est un monsieur.

– Un mâle ? Et tu le savais avant de tirer dessus ? »

Il lui jeta un regard blessé.

« Bon, je suis désolée. Tu as l'œil et tu sais qu'il ne faut pas tuer une dinde en juillet. Mais tout de même, regarde-toi, en train de braconner carrément sous le nez d'une garde-chasse. »

Il s'avança droit sur elle, avec le dindon et tout le barda, et l'embrassa sur la bouche avec tant de vigueur qu'elle en recula de plusieurs pas. « Voici le déjeuner de la garde, dit-il.

– Tu n'es nullement obligé de chasser pour me nourrir. Et c'est de toute façon trop tard, il est l'heure de dîner.

– Eh bien, ce sera pour ton dîner – il l'embrassa de nouveau – et je ne me suis pas senti obligé de le faire. J'ai vécu à tes crochets pendant tout l'été. Tu ne sais même pas à quel point je suis bon pourvoyeur. J'ai même failli te rapporter un cerf. »

Elle éclata de rire. « Grand Dieu ! Difficile à cacher si l'un de mes collègues se pointait par ici. »

Il lui tendit le volatile et vérifia la chambre de son fusil avant de le reposer avec précaution contre le mur. « Tu as besoin de protéines, dit-il. Ça fait trop longtemps que tu te contentes de nourriture pour oiseaux et tu dépéris. Tu te promènes partout avec un déficit de fer dans le sang. »

Elle rit. « Tu es bien trop jeune pour savoir ce que ça veut dire. Et maintenant, qu'est-ce que tu es en train de faire ? » Il avait pris la pelle et était déjà à l'autre bout de la clairière, près du rocher, où il étudiait le sol attentivement. « Tu as l'intention de lui donner une sépulture chrétienne ?

– Il faut que nous creusions une fosse pour le feu. Tout l'été, ça m'a démangé. »

Elle eut un sourire. « Où qu't'as appris à parler comme ça, mon gars ?

– Ça me vient d'une superbe montagnarde à cheveux longs. »

Il planta la pointe de la pelle dans la terre meuble. Deanna examina la bête à bout de bras. Elle pesait plus lourd qu'un jerrycan d'eau – environ cinq à six kilos, au jugé. « Quels sont exactement tes projets pour ce pauvre bonhomme ?

– Le plumer.

– Très bien. Mais il faut que tu l'ébouillantes d'abord pour ramollir les plumes, et je ne pense pas avoir de bassine assez grande pour y plonger cette vieille carne.

– Mais si – un de ces grands fûts dans lesquels tu conserves tes haricots et ton riz », dit-il, sans lever les yeux. Il était occupé à creuser un trou de bonne taille. « On va commencer par faire bouillir de l'eau ici pour l'échauder, ensuite on le videra et on le fera cuire là-dedans, avec du charbon de bois tout autour. »

Elle regarda Eddie, surprise. « Et tu me racontes que tu as pensé à ça tout l'été.

– Ouais.

– Des fantasmes de carnivore, dit-elle.

– Ouais. »

Elle rentra dans la maison, en souriant malgré elle, et vérifia le fond des fûts de rangement, vidant celui qui lui paraissait le plus étanche. Elle se sentait pleine d'enthousiasme. Cela faisait maintenant tant de jours qu'elle avait vécu au rythme de la forêt, un temps infini, à noter le changement des feuillages, des chants et du climat, sans s'imposer aucun ordre du jour humain. Même son anniversaire, elle l'avait laissé passer sans en parler à Eddie. Mais quelque chose au plus profond d'elle ressentait le besoin d'une fête, si bien que le moment semblait propice: Il l'avait deviné. Elle le voulait, ce festin. Un événement extraordinaire pour marquer cet été extraordinaire.

Au moment où elle transporta dehors le fût vide, Eddie avait déjà garni de pierres le fond du trou et faisait démarrer le feu. Pendant qu'il entassait le petit bois et que la flamme montante léchait le grand fût métallique, elle apporta, bouilloire après bouilloire, de l'eau tirée de la pompe du refuge. L'eau froide sifflait et se déchirait en colonnes de vapeur tandis qu'elle la versait dans le cylindre chaud. Au cours de ses allées et venues, elle ne s'arrêta qu'une fois pour examiner le dindon. Elle se laissa aller à toucher la peau rouge irrégulière de la tête et des caroncules, les paupières translucides, puis caressa le lustre iridescent de ses plumes sombres. Pas exactement l'idée de la beauté selon les canons humains, mais elle se sentait en communion avec la bête pour toutes ces journées qu'elle avait passées dans la lumière filtrée du soleil de cette forêt, à méditer sur des baies abondantes et sur le chant lointain d'une compagne. Eddie avait raison, ils n'avaient porté atteinte à aucune enfance – la paternité chez le dindon était le fruit d'une affaire vite conclue. Pourtant, Deanna s'interrogeait sur l'empreinte qu'avait laissée ce grand mâle à travers la montagne. Elle espérait que ce qui restait de ses gènes était quelque part couvé au chaud dans un nid.

Le crépuscule commençait à tomber au moment où l'eau se mit enfin à bouillir. Ils débattirent de la nécessité ou non d'ébouillanter l'oiseau avant de le plumer. Deanna prit l'initiative d'arracher les longues plumes raides des ailes et de la queue ; elle ne réussit pas à enlever les plumes plus tendres du poitrail sans déchirer la chair car la bête était déjà froide. Eddie s'inclina devant ses compétences. Elle était surprise de voir que ses mains n'avaient pas oublié ces gestes au bout de tant d'années de volailles achetées toutes prêtes, ou d'absence de volailles. Tous ces derniers temps, c'est à peine si elle avait mangé de la viande. Mais presque à chaque fin de semaine, dans son enfance, elle avait contribué au dépeçage d'un ou deux poulets. Cette carcasse était impressionnante de volume en comparaison, même après qu'elle l'eut dépouillée entièrement. Eddie l'aida à la soulever par les pattes et à la plonger dans l'eau bouillante durant une minute entière et, plus tard, la plaça au-dessus de la flamme pour en faire roussir le duvet ; enfin, il tint l'oiseau pendant qu'elle tranchait la tête et les pattes d'un coup de hache. Il réussit aussi à tirer le lourd récipient à l'extrémité de la fosse et continua à entasser les braises tandis qu'elle s'installait sur le rocher plat pour éviscérer leur proie.

« On laisse les sales corvées aux femmes », dit-elle entre ses dents, sans pourtant rechigner à la tâche mais encore légèrement dépitée qu'Eddie eût été si plein d'entrain ce matin alors qu'elle-même tremblait sur ses jambes. Elle plongea les deux mains à l'intérieur de la bête, écartant avec précaution la membrane qui retenait

405

les intestins et les poumons à la carcasse. Il la vit, impressionné, en extraire la masse entière en un seul paquet luisant et se servir de son couteau pour découper avec soin tout autour du cloaque, libérant ainsi le chaos des viscères, qu'elle disposa sur le rocher à côté du dindon. Elle fouilla à l'intérieur, en sortit le cœur et le regarda de près puis le lança à Eddie, ce qui le fit glapir. « Quoi que tu t'apprêtes à manger, il faut d'abord pouvoir supporter de voir ce qu'il y a sous le capot. C'est ce que me disait toujours mon père.

– Je ne suis pas délicat ; c'est simplement que je n'ai jamais raffolé des entrailles d'oiseaux. Je préfère cent fois vider un cerf.

– Pourquoi ça ?

– J'en sais rien. Par goût personnel. Ce n'est pas aussi difficile. On n'a pas à se dépatouiller avec tous ces gésiers et toutes ces tripes.

– Ah ! je vois. Ça représente un travail de chirurgien qui dépasse tes compétences. » Elle fendit la peau sur toute la longueur du grand cou de la bête après avoir soigneusement examiné les blessures dont elle était morte. C'était un coup franc et net entre tête et cou : Eddie avait bien joué. On ne risquerait pas de se casser les dents sur des plombs disséminés au hasard de l'animal, comme cela avait été si souvent le cas pour les écureuils et les dindes dont les voisins faisaient cadeau à son père. Elle allongea deux doigts pour en retirer l'œsophage et la trachée-artère endommagés. « Eh ben, il avait de la voix, ce grand-là. Regarde-moi ça.

– Il aura glougloutté pour la dernière fois.

– Oui, acquiesça-t-elle.

– J'arrive pas à le croire, dit-il. Toi, une joyeuse carnivore. »

Elle leva les yeux. « Alors quoi ? Les humains sont omnivores. Nous avons des dents faites pour la viande, des dents faites pour les fibres, et des tripes qui apprécient les deux. J'en sais un peu trop sur les animaux pour commencer par nier ce que je suis.

– Mais j'ai tué un oiseau de ta montagne bien-aimée. J'étais sûr que tu allais attraper le fusil et me tirer dessus.

– Alors, pourquoi l'as-tu fait ? »

Il eut un de ses brefs sourires en coin. « Tu me connais. J'aime le défi. »

Elle se rinça les mains dans une cuvette d'eau, puis se mit en devoir de nettoyer toute la carcasse au centimètre près. Après l'avoir séchée, elle en frotterait la peau avec du sel et un peu d'huile. « Ce n'est qu'un dindon, dit-elle au bout d'une minute.

– Qu'est-ce que tu veux dire par "ce n'est qu'un dindon" ? Toi qui ne me laisses même pas écraser une araignée avec ma chaussure dans les latrines.

– Une araignée, c'est un prédateur. Tu la tues et nous nous retrouverons avec une centaine de mouches là-dedans, ce qui ne correspond pas à mon idée du bonheur.

– Bon, d'accord, les prédateurs comptent plus que tout. » Il se dirigea vers le tas de bois pour prendre une autre brassée de petit bois.

Elle haussa les épaules. « Je ne dis pas que cet animal n'a pas compté. On ne peut pas permettre à tous les gens de la région de monter jusqu'ici pour les tuer, sinon il n'y en aurait plus du tout, une fois la nuit tombée. Mais il se serait fait prendre tôt ou tard. Par une chouette, sans doute, s'il avait mis le bec dehors, la nuit. Ou par un lynx. »

Eddie faisait son choix dans le tas de bois, tirant des bûches de noyer blanc de taille moyenne, mais il s'interrompit pour la dévisager, les sourcils levés.

« Quoi ? demanda-t-elle. C'est une espèce vouée à servir de proie. Nous l'avons pris comme tel. Ça, je l'accepte. La prédation c'est comme un sacrement,

Eddie ; elle sert à éliminer les malades et les vieux, empêche les populations de crever les plafonds. La prédation est respectable.

– C'est pas comme ça que le voit le Petit Chaperon rouge, dit-il.

– Oh ! je t'en prie, ne me cherche pas à propos de cette histoire de lavage de cerveau des enfants. J'ai horreur de ça. Dans le moindre conte de fées, le moindre film de Walt Disney, la moindre intrigue avec des animaux, le mauvais rôle, c'est toujours le grand carnivore qui le tient. Le loup, le grizzly, l'anaconda, le *Tyrannosaurus rex*.

– Sans oublier *Les Dents de la mer*, dit-il.

– Ah ouais, tiens, le requin. » Elle le regarda revenir auprès du feu avec son chargement de bûches soigneusement empilées. Il s'accroupit et se mit à alimenter les flammes avec un soin très précis, inspectant minutieusement chaque bûche avant de la tendre vers les langues de feu, comme s'il nourrissait un bébé difficile. « Je ne comprendrai jamais, dit-elle. Nous sommes au sommet de notre chaîne alimentaire, on pourrait penser que nous entretiendrions les meilleurs rapports possible avec ces bêtes. C'est comme si nous cherchions à les persuader de passer des accords commerciaux. »

Cela fit rire Eddie. « Tu es en train de me dire qu'enfant tu encourageais le loup à manger le Petit Chaperon rouge ?

– Mon nom de famille, c'est Wolfe. J'en avais fait une affaire personnelle, d'une certaine manière. »

Elle termina de sécher l'animal, intérieur et extérieur compris, à l'aide d'un chiffon et inspecta la cavité. « J'aurais bien voulu que, zut ! M. le coyote futé attrape ce stupide volatile.

– Mais alors, toute la fête serait tombée à l'eau, protesta-t-il.

– Amen. » Elle se redressa et s'essuya les mains sur son jean. « Je vais chercher du sel. »

Dans le refuge, elle versa dans un pot un peu d'huile d'olive du bidon métallique et sortit sa boîte de sel étanche. Elle inspecta sa réserve de légumes : pleine d'oignons, avec quelques pommes de terre de reste, hérissées de germes roses. Quatre carottes. Elle ajouterait tout cela au dindon, une fois qu'il serait à moitié cuit. Puis terminerait par quelques brindilles roussies de hickory et recouvrirait le tout d'un couvercle pour lui donner un bon goût de fumé. Elle jeta un coup d'œil à la pendulette sur l'étagère et se demanda combien de temps tout cela prendrait. Des heures, évidemment. Et elle mourait de faim. Ils sentiraient monter le fumet délicieux et anticiperaient leur festin pendant des heures. Rien n'était plus merveilleux que d'attendre un bonheur dont on était sûr. Le plaisir de la nourriture était quelque chose qu'elle avait presque oublié. Malgré sa sympathie pour les prédateurs. Deanna se surprenait un peu – de se commettre à cet acte de carnassier et de s'en réjouir autant.

Quand elle ressortit, elle constata qu'Eddie s'était arrangé pour vider le fût d'une partie de son eau chaude sans inonder le feu, qui, désormais, flambait à grand bruit. Il y empilait des bûches grandes comme des bras ou des jambes. Heureusement, sa réserve de bois n'était pas menacée : il y avait là des bûches de chêne, de noyer blanc et de peuplier, proprement fendues et entassées à hauteur d'homme contre le flanc ouest du refuge, bien qu'on ne fût encore qu'en juillet. Couper du bois semblait l'exercice préféré d'Eddie – ou du moins l'un de ses deux préférés. Elle marqua une pause pour admirer son corps tandis qu'il se maintenait à distance du feu et se débarrassait les mains de bouts d'écorce. Il était si facile d'oublier leur animosité dans ces moments de grâce animale. Elle se sentit émue de ce qu'il avait fait pour elle, de ce geste de pourvoyeur.

Il se retourna et la surprit dans sa contemplation.

« À quoi penses-tu ? demanda-t-il.

– Que je ne pense qu'à manger, dit-elle. Manger cette bête. Tu dois avoir raison en ce qui me concerne, je fais sans doute un peu d'anémie. Et toi, à quoi penses-tu ?

– À l'Évangile selon Deanna. Que c'est un péché de tuer une araignée mais pas un dindon. »

Elle marcha vers le rocher et s'installa devant son repas à venir. « Oh, le péché, qui sait ce que c'est ? Quelque chose d'inventé par les mères, j'imagine. Et comme je n'en ai jamais eu… » Elle leva les yeux. « Quoi ? »

Il secoua la tête. « Toi, simplement. J'essayais d'être sérieux. Pour une fois.

– Quoi, à propos des araignées et des dindons ? Tu le sais aussi bien que moi, ce n'est pas compliqué. Supprimer un prédateur entraîne de plus graves conséquences pour un système.

– Que de prélever une de ses proies. Je sais. Question de nombre.

– Simple question d'arithmétique, Eddie Bondo. »

Il semblait pensif, assis sur ses talons auprès du feu, les mains entre les genoux. « Combien penses-tu qu'il y ait de grands carnivores dans cette montagne ?

– Ça dépend de ce qu'on entend par "grand". Chez les mammifères, les oiseaux ? » Elle baissa les yeux vers l'étroite fente de la combe, de laquelle des lucioles commençaient à s'élever en stries jaunes, irrégulières. « Peut-être un lynx tous les cinq cents acres. Un couguar par montagne, point. Pour un couple de grands oiseaux de proie, comme les grands ducs, il faut sans doute – elle réfléchit – deux cents acres, je pense, pour se nourrir et élever deux ou trois jeunes dans l'année.

– Et combien de dindes ?

– Oh ! c'est par troupeaux entiers qu'elles hantent cette combe. Une dinde, ça pond quelque chose comme quatorze œufs sans même y penser. Si l'un de ses petits disparaît, elle ne s'en rend même pas compte. Si un renard gobe le nid entier, elle ira faire de l'œil au prochain mâle et produira quatorze œufs de plus. » Elle évalua le rapport un instant tandis qu'elle faisait son calcul. « Mais tout de même, les dindes sont peu nombreuses comparées à leurs proies. Les asticots et autres, il y en a des millions. C'est comme une pyramide. »

Eddie restait silencieux, attisant le feu tout en écoutant. Il paraissait comprendre que, pour elle, cette conversation était inhabituelle. Elle versa de la boîte une poignée de sel dans la paume de sa main et frotta la peau granuleuse de l'oiseau, d'abord avec le gros sel puis avec l'huile onctueuse, froide. Quand elle parla de nouveau, elle prit soin d'effacer toute émotion de sa voix.

« La vie d'un carnivore, c'est la plus précieuse de la pyramide, ça, c'est une chose. Dans le cas d'un coyote, ou d'un grand félin, la mère passe une année entière à élever ses petits. Pas simplement quelques semaines. Elle doit leur apprendre à pister et à chasser, ainsi que tout ce qui se rapporte à cette activité. Elle aura même de la chance si un seul de ses jeunes passe au travers. S'il se fait pincer, toute l'année de boulot de la mère n'aura servi à rien. »

Elle leva les yeux, retenant fermement son regard. « Si tu lui tires dessus, Eddie, voilà ce que tu mets par terre. Une grande part des chances de sa mère de pouvoir se perpétuer au cours de sa vie. Et tu lâches à travers le monde le millier de rongeurs supplémentaires qu'il aurait pu manger. Ça ne se résume pas simplement à une seule vie. »

411

Il regardait ailleurs. Elle attendit de pouvoir capter de nouveau son regard. « Quand tu as un coyote dans ton viseur et que tu t'apprêtes à tirer sur ta gâchette, que se passe-t-il ? Tu oublies tout ce qu'il y a d'autre au monde jusqu'à ce qu'il ne reste plus que ton ennemi et toi ? »

Il réfléchit. « Quelque chose comme ça. C'est la chasse. Tu vises.

– Tu vises, dit-elle. C'est comme ça que tu dis ? Vous n'êtes plus que tous les deux, seuls au monde ?

– Oui, j'imagine. » Il haussa les épaules.

« Mais c'est faux. Ce tête-à-tête n'existe pas. Cette bête s'apprêtait à faire quelque chose d'important à ce moment-là – à manger un tas de choses, ou à se faire manger. Cette foule de choses liées les unes aux autres au milieu desquelles tu vas créer un vide. Elles ne peuvent pas toutes être tes ennemies, car tu es toi-même l'une d'elles. »

Il tendit le bras vers la fosse et, à l'aide d'une solide branche en forme de fourche, il redisposa avec soin les bûches en carré, laissant un espace au centre pour le fût. « Jamais je ne tuerais un lynx, dit-il sans la regarder.

– Non ? Bon, c'est bien. Tu n'es pas aussi stupide que certains prédateurs humains. On va te décerner une médaille. »

Il lui lança un regard aigu. « Qu'est-ce qui te prend ?

– C'est que tout ça, je le sais, Eddie. » Elle s'essuya les mains avec le chiffon, à l'écoute des pulsations qui cognaient dans ses oreilles. Deux mois qu'elle connaissait cet homme et deux mois qu'elle ruminait son indignation sans l'exprimer. Elle parlait calmement à présent, comme le faisait son père quand il était en colère. « Partout on organise des chasses. Ce n'est un secret pour personne puisqu'on en fait la publicité dans les catalogues d'armes à feu. Il y en a une en ce moment même, en Arizona, la Chasse de tous les dangers, avec un prix de dix mille dollars à la clef pour celui qui tuera le plus.

– Le plus de quoi ?

– C'est un massacre de prédateurs, point final. On se contente d'empiler les cadavres. Des lynx, des coyotes, des couguars, des renards – tout ce qui répond à leur définition du prédateur.

– Pas les renards.

– Si, justement, les renards. Certains de tes collègues sont même terrifiés par le petit renard gris. Un animal qui ne vit que de souris et de sauterelles.

– Ça n'a rien à voir avec la peur, dit-il.

– Tu imagines les ravages que vont faire ces types en Arizona, en l'espace d'un seul week-end, et toutes ces souris et ces sauterelles qui vont pulluler à cause d'eux ? Si toutes ces années de travail maternel pour rien ne te donnent pas mauvaise conscience, pense au moins à ces saletés de rats. »

Il ne réagit pas. Elle souleva le volatile avec soin, l'enserrant de ses avant-bras et le porta jusqu'au fût vide, qui semblait suffisamment grand bien que de forme inadéquate. Debout, elle l'étudia un instant puis décida d'y placer l'animal la tête en bas. Elle tourna la bête dans tous les sens jusqu'à ce que les pilons se dressent de manière satisfaisante, mais la joie de la fête s'était dissipée. « Voilà, dit-elle, tu peux m'aider à mettre ça sur le feu ? »

À eux deux, ils soulevèrent le lourd récipient et le déposèrent au milieu du feu. Elle y versa un peu d'eau de la bouilloire et fixa le couvercle dessus, puis se rinça les mains avec le reste de l'eau. Une légère fraîcheur régnait dans l'air du soir, suffisante pour que l'eau froide lui piquât les mains. Depuis quelque temps, elle avait toujours froid aux mains et aux pieds. Elle offrit les mains à la chaleur du feu. Presque aussitôt, le récipient se mit à faire entendre de réjouissants petits grésillements, l'éternelle conversation de la vapeur et de la graisse. Deanna s'installa par terre de l'autre côté du foyer, face à Eddie à travers les flammes. Il tisonna le feu un peu plus, assez agité. Il était assis sur ses talons.

« Non, finit-il par dire.

– Non, quoi ?

– La chasse aux prédateurs. Ça n'a rien à voir avec la peur. »

Elle ramena les genoux jusqu'à sa poitrine et les entoura de ses bras, serrant les coudes au creux de ses paumes. « Alors, ça a à voir avec quoi ? dis-moi. J'attends qu'on m'éclaire. »

Il secoua la tête, se releva pour aller prendre deux autres bûches sur le tas de bois, puis secoua de nouveau la tête. « On ne peut pas passer son temps à pleurer sur tous les beaux yeux bruns du monde.

– Je te l'ai déjà dit, ce n'est pas dans mes principes. J'ai grandi à la ferme. J'ai aidé à dépouiller et à vider toutes sortes d'animaux, et j'ai vu assez de champs de blé fauchés pour savoir qu'il y a plus de petits lapins décapités par la moissonneuse-batteuse qu'on ne le pense. »

Elle cessa de parler au souvenir d'une vision ancienne de son enfance : un raton laveur écrasé qu'elle avait trouvé juste après le passage de la faucheuse. Elle avait encore dans les yeux la fourrure grise, feutrée, l'os de la mâchoire luisant et les dents dispersées sous le choc, si semblables aux siennes, le sang noir imprégnant le sol d'un seul côté, comme l'ombre de la dernière posture, effrayée, de la bête. Elle était incapable d'expliquer à Eddie cette tragédie sous-jacente, inhérente à la vie de la ferme. Non plus que ses joies : les rangées droites, abondantes, des plumets de maïs dressés comme des écoliers qui connaissent tous la réponse en même temps. Les veaux, qui naissaient lisses et propres dans leur perfection dégingandée noir et blanc. La vie et la mort, toujours directement dans

414

votre champ de vision. La plupart des gens vivaient si loin de tout ça. Convaincus – carnivores ou végétariens – qu'il leur suffisait de choisir, ignorant que les pesticides déposés sur le blé et le coton entraînaient infiniment plus de ravages chez les papillons, les abeilles, les merles bleus et les engoulevents bois-pourri que la production d'un steak ou d'une veste en cuir n'en entraînait chez les mammifères. Dégager des terres au profit des cultures de soja et de maïs avait eu pour effet d'éradiquer pratiquement toute vie de la moitié du monde. Chaque tasse de café équivalait à un oiseau chanteur en moins, quelque part dans la jungle, avait-elle lu.

Il l'observait, attendant que ça sorte, et elle faisait de son mieux. « Même si tu ne touches jamais à de la viande, quelque être vivant aura payé de son sang, dit-elle. Ne me regarde pas de haut. Je le sais. La survie au prix de la vie. »

Un sifflement furieux sortit de l'intérieur du récipient, l'incitant à écouter un instant l'ultime lamentation du dindon.

« Bon, nous sommes au moins d'accord là-dessus, dit-il. La survie au prix de la vie.

– Mais on peut le faire raisonnablement. Modérer peut-être un peu nos exigences. On peut choisir en fonction du prix à payer. Sans cela on peut provoquer de grands vides dans le monde sans autre raison valable que la simple peur. »

Il soutint son regard. « Je n'ai pas peur du coyote.

– Alors, fiche-lui la paix… bon sang… laisse-le. »

Ils se défiaient l'un l'autre à travers la brume de chaleur tremblante qui surmontait le feu.

« Pourquoi en arriver là ? demanda-t-il.

– Parce que je vais changer ta manière de voir ou crever d'essayer.

– Crève, alors. Parce que tu n'y arriveras pas, tu ne me feras pas changer d'avis. Je suis un éleveur de l'Ouest et la haine des coyotes est ma religion. Le sang de l'agneau, pour ainsi dire. N'essaye pas de me convertir et je n'essayerai pas de te convertir.

– Je n'irai pas non plus tirer une balle dans la tête de tes agneaux.

– C'est pourtant ce que tu fais, dit-il. D'une certaine façon. En essayant de sauver ces salopards, tu assassines les agneaux. »

Elle décroisa les bras et lança une poignée d'herbes sèches dans le feu, suivant des yeux chaque brin qui s'allumait, luisant comme le filament d'une ampoule. « Si seulement tu savais.

– Si je savais quoi ?

– Tu as dit que tu lirais ma thèse. Tu me l'as promis. »

Il secoua la tête, souriant d'un air narquois. « Tu ne renonces donc jamais.

– Mais tu l'as dit. Tu me l'as juré.

– Je devais essayer de t'amener au lit.

– Je crois que nous y étions déjà. »

Il se pencha de côté, s'écartant des flammes pour la voir. « Probablement.

– Alors ?

– Alors, dis-moi pourquoi je devrais la lire. » Toujours sur ses talons, il contourna la fosse tel un insecte aux pattes repliées et s'arrêta à quelques pas d'elle. « Qu'est-ce que j'apprendrais à propos des coyotes que je ne sache pas déjà au fond de mon minable petit cœur de froussard ?

– Qu'ils sont dotés de l'un des systèmes vocaux les plus complexes qui soit dans le règne des mammifères. Qu'ils se nourrissent de rongeurs, de fruits et de graines et d'une centaine d'autres choses, en dehors des agneaux.

– Les agneaux figurent tout de même sur la liste.

– Ils sont sur la liste.

– Ça, je le savais déjà. »

Elle lança une autre poignée d'herbes dans le feu. « D'accord. Et ils possèdent les rituels de cour élaborés qui impliquent qu'ils se parlent et se lèchent abondamment, et se font mutuellement des cadeaux de nourriture. De viande, en particulier. »

Il jeta un coup d'œil sur le récipient dans le feu, puis à Deanna.

« Et une fois qu'ils ont formé un couple, dit-elle, c'est généralement pour la vie.

– Et je suis censé admirer ça ?

– Tu n'es pas censé réagir à tout ça. Ce ne sont que des informations. »

Il hocha la tête. « D'accord, quoi d'autre ?

– Ils représentent l'espèce la plus méprisée d'Amérique. Même le gouvernement des États-Unis se mêle de les tuer, au rythme d'environ cent mille têtes par an, à l'aide de pièges au cyanure et de tirs à partir d'hélicoptères. Sans parler du bon boulot effectué par tes copains au cours de ces folles chasses au prédateur.

– Ouais, continue.

– Et au bout de cent ans de massacre systématique, il y a davantage de coyotes maintenant qu'il n'y en a jamais eu, en plus d'endroits qu'ils n'ont occupés auparavant.

– Allons bon. Arrête là. Pourquoi ça ?

– Un vrai mystère, non ? On tue des grizzlys, des loups, des baleines bleues, et, les pauvres, ils courent à leur perte aussi vite qu'ils le peuvent. Sacrés coyotes, malgré tout, ils posent davantage de problèmes. Je crois que les Indiens ont raison : ils sont extrêmement rusés.

– Et… ?

– Plus on les agresse, plus ils sont nombreux. Je ne pourrais pas te dire exactement pourquoi, mais j'ai une foule d'idées là-dessus.

– Cite-m'en une pour voir.

– Eh bien, les coyotes ne se contentent pas seulement d'être des prédateurs, ils constituent aussi une espèce menacée. À l'inverse de la baleine bleue ou du grizzly, ils ont l'habitude d'être pourchassés. Leur prédateur principal avant que nous n'arrivions était le loup, que nous avons éradiqué de la carte de l'Amérique aussi vite que nous l'avons pu.

– Oh !

– Oui, ton "oh" est justifié. Le loup. Rien de tel que de supprimer une espèce, c'est ce que j'essaye de te dire. Chaque animal mort a constitué le repas de quelqu'un ou son moyen de contrôler une population. »

Il prit un bâton plus long et piqua l'échafaudage de bûches qui brûlaient autour du récipient, envoyant un impressionnant bouquet d'étincelles tournoyer haut dans les airs.

« Veux-tu arrêter ? dit-elle en posant une main sur son bras. Tu vas mettre le feu à la forêt. Laisse ça.

– J'essaye de faire que les braises se déposent.

– L'effet de gravité s'en chargera. » *Ce feu est capable de se consumer*, avait-elle envie de lui dire, *sans qu'on s'en occupe*. « Mon père disait toujours que quand on joue avec le feu on pisse ensuite au lit.

– Ça en vaut la peine, dit Eddie avec fermeté, piquant et expédiant davantage d'étincelles en l'air.

– Arrête, dit-elle, lui arrachant son bâton. Allons, assieds-toi, tu m'énerves. »

Il s'assit, une épaule tout contre la sienne. Ils écoutè-rent les sons élaborés du feu et de la bête qui cuisait. Il y eut même un sifflement aigu, musical – de la vapeur qui s'échappait de quelque part. La faim de Deanna s'était muée en une douleur sourde, tenaillante, au creux de son estomac.

« Donc, nous les avons aidés à tuer les loups, dit-il contre toute attente. Une autre suggestion valable ?

– Là, ce n'est pas une hypothèse, c'est un fait. Les coyotes se reproduisent plus vite quand on les chasse. »

Il avait le regard fixé droit devant lui, dans les flammes.

« Comment ?

– Ils ont des portées plus importantes. Quelquefois, ils vont jusqu'à partager une tanière, de sorte que là où on voit normalement une femelle dominante mettre bas une de ses sœurs en fait autant. Ils fonctionnent par groupes familiaux, la plupart des adultes contribuant à l'élevage des petits. Il est possible aussi que lorsque des adultes disparaissent d'un groupe il y ait davantage de nourriture pour les petits. Ou peut-être y a-t-il un renversement de l'activité reproductrice. Quelque chose se passe. Ce que nous savons avec certitude, c'est que le fait de tuer les adultes augmente les chances de survie chez les jeunes.

– Eh ben. »

Elle se tourna vers lui.

« Hé, Eddie Bondo ! »

Il la regarda à son tour.

« Quoi ?

– La vie n'est pas simple.

– On dirait bien.

– Lis mon bouquin. Il va te tenir en haleine. Mon professeur prétendait qu'il n'avait perdu le fil à aucun moment des deux cents pages. »

Eddie contemplait le feu de nouveau. « Je ne pense pas que la fin va me plaire. »

La lune était là-haut, quelque part, et grosse, même si elle avait cessé d'être tout à fait pleine. Elle n'avait pas encore escaladé le massif montagneux qui ombrait la combe, mais le ciel prenait une intensité que Deanna percevait à travers ses paupières closes. Elle intima à son corps de trouver une surface plane propice au repos au lieu de tourner et de se retourner comme un rouleau à pâtisserie sur une pâte. Lors de ces nuits sans sommeil, elle entortillait la couverture, laissant Eddie exposé aux éléments.

Ils avaient traîné le matelas dehors avant de s'y écrouler, repus. Pourtant, elle dormait toujours dehors, en été, quand les nuits étaient suffisamment chaudes ; en général, le clair de lune ne la dérangeait pas. Elle n'avait jamais connu d'insomnie avant ces dernières semaines. Elle ne s'était jamais endormie dans la journée non plus. Quelque chose avait dû la perturber. Deanna ne savait pas si les soucis qui hantaient son esprit la gardaient éveillée la nuit, ou s'ils s'étaient simplement installés dans l'appartement vide d'un cerveau insomniaque.

Le besoin de changer de place la taraudait, elle ne put résister plus longtemps, si bien qu'elle passa précautionneusement du flanc sur le dos. Immédiatement, elle se sentit mal à l'aise. Elle s'efforça d'oublier son corps, son estomac trop rempli et Eddie, à ses côtés – tous ces ennuyeux symptômes liés au fait d'être humain. Elle tenta plutôt de respirer, d'absorber lentement cette nuit. C'était une heure extraordinaire pour être réveillée, pour peu que l'on s'y abandonnât : ces heures d'obscurité confirmée, lorsque les insectes se calmaient, que l'air fraîchissait et que des parfums montaient délicatement du sol. Elle y décelait l'humus, les champignons et la faible odeur d'une mouffette qui avait dû marauder autour des os du dindon dans les bois, tout de suite après que Eddie et elle se furent couchés et qu'elle se fut endormie, profondément, brièvement, avant de se réveiller pour de bon.

À présent, son esprit s'inquiétait des moucherolles : ils avaient peut-être fait partir la mère affolée hors de son nid avant la nuit, ou un oisillon était peut-être tombé, une chose qui s'était déjà produite deux fois. Les petits étaient maintenant assez grands pour voler, et même légèrement plus gros que les adultes, à cause de leurs jeunes plumes ébouriffées, assez gros pour y entraîner une surpopulation. Deux jours d'affilée, Deanna avait ramassé un oiseau tombé qu'elle avait posé sur ses frères. Eddie prétendait qu'un oiseau n'était pas capable de rentrer au nid une fois touché par la main de l'homme ; Deanna avait une autre expérience, mais elle laissait l'initiative à la mère. Celle-ci avait foncé sur son nid quelques secondes après que Deanna se fut éloignée.

Depuis des semaines, elle marchait sur la pointe des pieds sous la nursery des moucherolles et obligeait Eddie à en faire autant. La mère avait déjà perdu une couvée par négligence de leur part et il était trop tard dans la saison pour recommencer si celle-ci échouait. Dans quelques jours, demain peut-être, ils n'auraient plus de soucis. Ces jeunes déploieraient leurs ailes et quitteraient le foyer définitivement.

Elle releva son pied gauche, pris d'une crampe, et résista au besoin de se retourner sur le ventre. Impossible de rester tranquille au milieu de ce désordre de couvertures. La seule chose à faire, dans un tel état d'agitation, c'était de se lever. Elle irait marcher dans les bois. Il y aurait assez de lumière, une fois que la lune aurait couronné le sommet de la montagne. Mais il fallait d'abord aller voir les moucherolles. Prenant un soin infini à ne pas réveiller Eddie, elle se leva tout doucement, trouva ses bottes près du matelas, enfila son jean et le boutonna sous sa chemise de nuit, puis pénétra dans le refuge pour prendre sa torche électrique. Elle traversa très silencieusement la galerie pour aller jeter un coup d'œil sur les oiseaux. La lumière de la torche ne dérangerait pas la mère si elle se trouvait sur le nid ; à cette heure de la nuit, elle ne s'envolerait pas. Deanna éclaira les poutres à la recherche de la petite masse ronde faite d'herbe tressée. Comme elle le craignait, la tête brune au fin duvet et le petit bec pointu ne se trouvaient pas là où ils auraient dû être. Rapidement, elle vérifia qu'il n'y avait pas d'oisillons tombés à terre, dans la galerie. Elle retourna à l'intérieur chercher une chaise, sur laquelle elle grimpa avec précaution, s'appuyant d'une main à la solive du toit. Rien ! L'intérieur du nid était net, parfaitement vide. Comment cela se faisait-il ? Deanna avait vu la mère capturer des insectes tout l'après-midi, esclave de ces quatre énormes appétits. Ils ne se seraient pas envolés de nuit. Où étaient-ils donc ? Elle promena de nouveau le rayon lumineux sur le plancher, cherchant autour des pieds de la chaise et au-delà, au cas où ils seraient allés aussi loin que le bout de la galerie dans une panique de plumes. Rien.

Elle éteignit la torche d'un déclic et réfléchit un instant. Rappuya sur le déclic. À l'aide de son halo lumineux, elle passa au crible chaque centimètre du sommet de la solive tout du long de l'avant-toit, puis chercha le long des autres poutres. Elle dépassa puis revint sur ce qui ressemblait à un rouleau de tuyau noir. L'étudia. Rencontra les petits yeux ronds écartés qui lui renvoyèrent leur reflet, confortablement perchés au sommet du corps en partie lové sur lui-même. Elle promena la lumière très lentement le long du corps sombre et les trouva enfin : quatre bosses nettement visibles.

Elle respira profondément pour se retenir de hurler après ce monstre, de l'arracher aux poutres pour lui fracasser la tête. Prit trois autres inspirations, soufflant à fond par la bouche à chaque fois, une faible boule de nausée au fond de sa colère. C'était son voisin, ce même serpent noir qui avait vécu tout l'été dans le toit, le serpent, le prédateur qu'elle avait défendu et qui avait fait son travail. Survivre aux dépens de la vie.

Mais pas aux dépens des petits, se lamentait-elle intérieurement. *Pas ceux-là ; ils étaient à moi. À la fin de
l'été, ça aurait été les seuls qu'il y aurait eu.*

Elle descendit de la chaise, éteignit la lampe et
s'enfonça dans les bois, raide de colère et de tristesse.
Elle ne comprit à quel point ses émotions l'emportaient
que quand elle sentit la fraîcheur des larmes qui cou-
laient sur ses joues. Qu'elle essuya de la paume de la
main en poursuivant sa marche, rapide, loin de la
maison et de l'odeur de feu et de chair, vers l'obscurité
des bois. Quel était donc ce chagrin incontrôlable qui
ne cessait de sourdre dans son corps comme une eau
chaude ? Ces derniers jours, elle avait pleuré à propos
de tout : des moucherolles, de sa fatigue, du coup de
fusil, de l'absence de sommeil. Des larmes idiotes,
sentimentales, des larmes de femme – qu'est-ce que
c'était que *ça* ? Était-ce ce qu'on entendait par
« bouffées de chaleur » ? Mais ça ne donnait pas de
chaleur. Elle avait le sentiment d'avoir le corps plein,
pesant, ralenti, humain et absent, en quelque sorte, un
simple poids à traîner sans les cycles enthousiastes de
la fertilité et du repos, sans les pics et les vallées dont
elle n'avait jamais réalisé qu'elle dépendait tant. Un
poids mort, était-ce cela qu'elle était devenue ? Une
femelle vieillie qui attendrait son temps jusqu'à la mort ?

Pourquoi se sentait-elle si malheureuse de tout ça ?
Les êtres humains et toute leur agitation ne lui avaient
jamais entièrement convenu, pour commencer. Pourquoi aurait-elle voulu en tirer quelque chose de plus ?

À la moitié de la montée, elle s'arrêta pour s'essuyer
le nez et les yeux avec un pan de sa chemise. Quand
elle se retourna vers la maison, elle se rendit compte
que la lune devait s'être levée derrière elle. Les arbres,
sur l'autre versant de la combe, étaient baignés d'une
étincelante lumière blanche. Ils brillaient comme une
forêt féerique ou comme un flanc de colline couvert de

bouleaux blancs loin de chez eux. Elle respira lentement. C'était ce qui lui appartenait. La beauté de cette nuit affreuse. Elle tendit l'oreille, guettant de petits jappements au loin, quelque chose à engranger dans son cœur à côté des moucherolles perdues et de la crainte de voir une autre pleine lune monter en l'absence définitive d'une petite fête du corps. Elle se tint immobile et s'efforça de penser aux petits des coyotes sortant des entrailles de la forêt, les yeux grands ouverts, tandis que ses enfants hypothétiques fermeraient les leurs, finalement, sur ce monde.

20
Les châtaigniers d'autrefois

Garnett fit une pause à mi-hauteur de la colline pour souffler un peu. Son cœur battait plus fort qu'il ne semblait franchement nécessaire. Il pouvait entendre les rugissements et gémissements de la tronçonneuse du garçon qui était déjà à l'ouvrage là-haut. Elle serait là aussi, à cette heure-ci. Ils étaient convenus de se rencontrer à midi afin de décider comment se répartir le bois de chauffage et le reste, et il était midi quatorze à en croire sa montre. Eh bien, elle attendrait. Il était son aîné après tout, à elle de lui témoigner un peu de respect. Il s'assit un instant sur un rondin, près du ruisseau.

Une demoiselle se posa à l'extrémité d'une prêle des marais tout près de sa tête, suffisamment proche pour qu'il la vît avec netteté. Il n'avait pas souvenir d'en avoir observé ainsi depuis qu'il était petit – on les appelait alors « les guérisseuses de serpents » –, et voilà qu'au bout de toutes ces années il s'en présentait une. À coup sûr, elles avaient dû voleter tout ce temps autour de ce ruisseau, qu'il en eût été conscient ou non. Il se pencha pour l'examiner de plus près : elle ressemblait pratiquement à une libellule, sauf qu'elle replia ses ailes en arrière quand elle s'immobilisa au lieu de les étendre sur les côtés. Ses ailes étaient noires, pas tout à fait opaques, mais fines comme de la dentelle, avec une tache d'un blanc de nacre à chaque extrémité. Cela lui rappelait un peu les dessous de femmes qu'il avait connues il y a longtemps, à l'époque où elles avaient des porte-jarretelles et autres falbalas qu'on mettait un temps fou à ôter. Peut-être en portaient-elles encore. Comment l'aurait-il su ? Cela faisait huit ans qu'Ellen était morte et, des décennies avant cela, il n'avait certainement pas eu l'occasion de découvrir à quoi ressemblaient ces frivolités. Il était fidèle, bon chrétien, et Ellen l'avait été aussi. Elle ne jurait d'ailleurs que par le solide coton que l'on pouvait suspendre sans honte à la corde à linge.

Enfin, grand Dieu, pourquoi restait-il assis là à penser à des sous-vêtements féminins ? Profondément gêné, il se dépêcha de supplier le Seigneur de pardonner les défaillances imprévisibles d'un esprit masculin vieillissant. Retombant sur ses pieds, il reprit le chemin de la colline.

Elle était bien là à s'entretenir gaiement avec le jeune homme, qui avait posé sa tronçonneuse, cédant à son charme comme tout un chacun. Tels l'agneau et son meurtrier, pensa Garnett, mais contre toute attente il trouva amusant de voir cet immense voyou hocher courtoisement la tête devant la plus minuscule des femmes à cheveux gris qui hantait les bois en jupe longue et chaussures de marche. Ils se tournèrent tous deux vers lui pour le saluer.

« Monsieur Walker ! Vous vous souvenez sûrement de Jarondell, le fils d'Oda ?

– Bien sûr. Vous transmettrez mes amitiés à votre mère. » Se souvenir de *Jarondell*, pensa-t-il. En voilà un nom. Il aurait plus tôt fait de se souvenir de la date de péremption de son bidon de poudre Sevin.

« Nous étions en train de nous demander s'il n'allait pas falloir en abattre quelques autres aussi, dit-elle à Garnett. Pendant que nous avons Jarondell sous la main. Ne serait-ce que le cerisier du bout du sentier. Il gîte beaucoup trop, je serais surprise qu'il tienne le coup jusqu'à la fin de l'été. »

Ah, ce fichu cerisier ! Garnett l'avait complètement oublié celui-là en s'asseyant cinq minutes dessous quand il s'était reposé un moment au bord du ruisseau. Il avait oublié d'avoir peur qu'il ne lui dégringole dessus ! À y repenser, il fut presque saisi de panique tant les battements de son cœur se rappelaient à lui. Il posa une main sur sa poitrine.

« Il y a quelque chose qui ne va pas ? Vous tenez à ce cerisier ? » Elle le regardait d'un air inquiet, ce qui lui rappela fortement et désagréablement le jour où elle s'était penchée sur lui dans l'herbe pour lui déclarer qu'il n'était pas victime d'une attaque mais d'une tortue.

« Grand Dieu, non, dit-il avec humeur. C'est très bien, vous feriez aussi bien d'arracher cet arbre. C'est un danger public. »

Elle eut l'air soulagé. « Oh ! je n'irais pas jusque-là. Ce n'est qu'un arbre. »

Ses yeux brillaient. « Mais, bien sûr, vous êtes d'accord que si Jarondell le fait tomber de mon côté du ruisseau le bois sera pour moi. »

Que cette femme aimait le pousser à bout ! Aussi querelleuse qu'une poule naine. Garnett s'obligea à grimacer un sourire, ou du moins ce qu'il y avait de plus approchant. « Ça me paraît équitable. »

Elle lui lança un regard avant de se retourner vers le fils d'Oda (dont il avait déjà oublié le nom). Le jeune homme était debout, les bras croisés, tout en muscles et le crâne rasé luisant comme le Monsieur Propre des flacons d'ammoniaque d'Ellen, si grand gaillard que Nannie devait s'abriter les yeux du soleil pour le regarder, bien qu'apparemment cela n'eût entraîné aucun ralentissement de son discours. Elle parlait sans arrêt, pointant le doigt ici et là, vers le sommet des arbres, pendant qu'ils bavardaient (réalisait-elle seulement qu'ils le payaient à l'heure ?). Elle paraissait s'intéresser beaucoup à la technique d'abattage des arbres. Mais c'était tout Nannie Rawley. Elle se serait même intéressée à ce que mangeait votre chien. Garnett hocha tragiquement la tête – en vain, semble-t-il, car elle et le jeune homme avaient déjà oublié sa présence. Il aurait aussi bien pu être un arbre lui-même. Lorsque la tronçonneuse reprit ses rugissements, il dut hausser considérablement le ton pour attirer son attention. « Si vous prenez le cerisier, lui dit-il, alors celui-ci sera pour moi, j'imagine. »

Elle mit les mains sur ses oreilles et l'invita à aller un peu plus loin sur le chemin. Il la suivit jusqu'à un tournant où le rugissement céda au gémissement, mais elle continua de marcher tout du long jusqu'au rondin où il s'était reposé un peu plus tôt. Les demoiselles planaient toujours, en grand nombre à présent, réunies comme pour un événement mondain.

« Pas là, dit-il pris de peur, en pointant le doigt en l'air. Nous ne devons absolument pas rester là.

– Bon sang de bonsoir ! s'écria-t-elle. Ne me dites pas que ce cerisier va vous tomber dessus ! Vous vous croyez donc tellement différent ? » Elle prit place sur le tronc d'arbre près du ruisseau, faisant pudiquement bouffer sa jupe jaune imprimée sur ses mollets. Elle leva les yeux vers lui, en attente. « Allez, venez, videz votre sac. »

Il hésitait.

« Ça ferait sûrement vendre le journal, non ? "Deux vieillards victimes du même arbre".

– Parfait », dit Garnett, s'asseyant de mauvaise grâce à un mètre d'elle. Cette femme avait le don de vous faire vous sentir bête simplement parce que vous vous occupiez de vos oignons.

« Ne faites pas attention à moi, dit-elle. Je ne sais pas où j'ai la tête aujourd'hui. »

Aujourd'hui, pensa-t-il. « À cause de quoi, maintenant ? » Il tenta de prendre le ton d'un père indulgent avec son enfant, mais cela ne lui fit aucun effet. Elle se mit à le haranguer comme du haut d'une caisse à savon, penchée en avant, les mains jointes sur ses genoux, le regardant droit dans les yeux.

« Les abeilles, dit-elle. Là-bas, à l'Église évangélique, ils se sont mis dans le pétrin en massacrant leurs abeilles. Massacrées – ils les ont fumigées ! Pourquoi ne m'ont-ils pas fait venir d'abord ? Je les aurais enfumées et j'aurais sorti la reine pour qu'elles quittent toutes le mur à temps. J'avais bien assez de place pour une autre ruche chez moi. Bon sang, j'aurais bien vingt ruches de plus – cette manie qu'ont les gens ici d'utiliser des insecticides, moi, la moindre abeille, je peux l'employer à polliniser mes arbres. Mais non, c'est maintenant qu'ils m'appellent. Après s'être mis dans la mélasse jusqu'au cou. Même un enfant aurait pu le prévoir. »

Garnett s'inquiétait de la manière dont elle s'exprimait. Quelle était donc cette catastrophe qu'avait entraînée le massacre des abeilles et qu'aurait pu prévoir un enfant ? Il se montra évasif. « Ça devait les gêner pendant les cérémonies religieuses. » Il jeta un regard anxieux vers l'arbre qui penchait.

Mais Nannie restait insensible au péril qui les menaçait. « Du miel qui dégouline des murs sur cinq centimètres d'épaisseur, dans toute l'église, et ils en rendent responsables ces pauvres abeilles mortes. »

Ciel, quel spectacle ! Garnett imaginait parfaitement toutes ces femmes en chaussures du dimanche. « Mais après tout, ce sont les abeilles qui ont fabriqué leur miel dans le mur.

– Et ce sont les abeilles qui doivent battre des ailes nuit et jour pour le garder au frais en juillet. Sans les ouvrières pour rafraîchir la ruche, les rayons fondent et tout le miel dégouline au-dehors. » Elle secouait tristement la tête. « Les gens ne le savent-ils donc pas ? Est-ce que nous serions, nous autres, les vieux, les seuls à réfléchir à deux fois à l'avenir ? »

Il se sentit discrètement flatté d'être inclus dans le compliment. Mais, à étudier son visage, il ne put véritablement savoir si elle pensait à lui en particulier ou aux personnes âgées en général. Et à présent voilà qu'elle repartait sur sa lancée.

« On aurait pu croire que les jeunes seraient plus avisés. Parce que eux, ils seront encore là dans cinquante ans. Pas nous.

– Non, pas nous », approuva lugubrement Garnett. Il s'efforçait de ne pas trop penser à ses plantations de châtaigniers envahies de mauvaises herbes, à l'abandon, et agitant leurs feuilles – résultat d'un croisement soigneux – tels de petits drapeaux de reddition dans un monde qui n'aurait même aucun souvenir de ce qui était en jeu. Qui s'intéresserait à son projet une fois qu'il serait mort ? Personne. Absolument personne. Il avait si longtemps tenu cette vérité à distance qu'il faillit pleurer de soulagement de pouvoir en appréhender le chagrin simple et honnête. Il posa les mains sur ses genoux, inspira, souffla. Allons ! Que ce cerisier lui tombe dessus maintenant, qu'on en finisse. Quelle importance cela avait-il ?

Ils restèrent assis là, silencieux, pendant un moment, à écouter les grives des bois. Nannie ôta une poignée de chatons de sa jupe, puis, comme sans y penser, tendit la main pour en enlever une demi-douzaine des genoux du pantalon kaki de Garnett. Il se sentit étrangement ému de cette petite marque d'attention féminine. Il se rendait vaguement compte qu'en tant que mortel il en manquait. Il s'éclaircit la voix. « Vous est-il jamais passé par l'esprit que Dieu – quelle que soit la manière dont vous L'appelez, avec votre équilibre de la nature et le reste – ait un peu perdu la tête avec ces chatons ?

– Il y en a beaucoup trop. Je vous l'accorde. »

Garnett se sentit un peu rasséréné : elle était d'accord. « Ça, vous n'allez pas me le reprocher, dites ? Que les gens passent du désherbant ou qu'ils se mêlent de ça. Je parle des chatons.

– Oh ! je le pourrais sans doute en faisant un effort. Mais il fait beau aujourd'hui, alors je m'en abstiendrai. »

Ils demeurèrent silencieux encore un moment. « Pourquoi sont-elles venues vous chercher, vous ? » finit-il par demander, en pensant à la personne qui lui avait téléphoné dernièrement pour lui demander conseil. Un spécialiste des chèvres, c'est ainsi qu'elle l'avait appelé. Il jeta un coup d'œil à Nannie, mais elle semblait perdue dans ses pensées. Les dames de l'église, avec leur problème d'abeilles ?

« Pourquoi moi et personne d'autre ? Je pense que c'est parce que je suis la seule des environs à en faire encore l'élevage. Est-ce que ce n'est pas une misère qu'au-dessous de soixante-dix ans plus personne ne sache s'occuper des abeilles ? Tout le monde le faisait autrefois. À présent les ruches sont toutes abandonnées. »

En effet, Garnett trouvait ça triste. Enfant, il avait aimé coiffer le casque à voilette pour aider son père à récolter le miel des abeilles, au printemps et à l'automne. Il ne savait vraiment pas pourquoi il avait laissé tomber tout ça. « Qu'est-ce que vous leur avez dit à propos du miel répandu par terre ? »

Elle sourit d'un air malicieux et lui jeta un regard en coin. « J'ai bien peur de ne pas avoir été très gentille. Je leur ai dit que les voies du Seigneur étaient impénétrables et que, parmi Ses créatures, les abeilles à miel étaient de celles qu'Il préférait. Je leur ai dit que c'était

431

dans les Saintes Écritures. Je pense qu'en ce moment même elles sont toutes en train de feuilleter fébrilement leurs bibles pour chercher ce qu'il y est dit à propos des fléaux qu'inflige Dieu aux massacreurs d'abeilles.

– Il y a quelque chose là-dessus ?

– Non, rien. Ce n'est qu'une invention de ma part.

– Ah ! dit Garnett, réprimant un sourire malgré lui. Alors, elles ont sans doute appelé toutes les femmes à la rescousse, à grand renfort de seaux et de serpillières. »

Nannie Rawley souffla d'un air de mépris. « Quel dommage de gaspiller tant de douceur sur un pareil lot de rabat-joie ! »

Garnett s'abstint de tout commentaire.

« C'est cette Mary Edna Goins qui m'a appelée. Folle de rage, comme si l'idée même des abeilles venait de moi. » Elle lui jeta un regard, puis détourna les yeux. « Monsieur Walker, je n'aime pas dire du mal de mon prochain, et j'espère que vous ne m'accuserez pas de commérages. Mais cette femme est vraiment le cas le plus désespéré que j'aie jamais vu. »

Garnett éclata de rire. Il connaissait Mary Edna depuis qu'elle était dans la famille Goins. Elle lui avait téléphoné une fois pour lui dire que son projet d'élevage de chèvres pour le club Four-H fournissait aux jeunes une occasion regrettable de penser à Satan.

Il surveillait le cerisier du coin de l'œil. « Nous devions discuter à propos du bois, dit-il. Celui-là, vous pouvez le prendre.

– Merci, il m'appartient déjà, dit-elle d'un air pincé. Vous allez sans doute me faire cadeau aussi de ma maison et de mon terrain ?

– Allons, inutile de vous fâcher, dit-il.

– Je suis d'accord. Je n'ai pas besoin de tant de bois, de toute façon. Je garde le bois de celui-là, vous prenez le chêne, et nous partagerons ce que Jarondell nous aura compté pour les couper. »

Il se garderait bien d'accepter son offre sans y avoir d'abord réfléchi. Il leva les yeux vers les vagues contours de ses bois et fut surpris d'y découvrir un arbrisseau qui agitait ses feuilles dans la brise, en amont du ruisseau. « Ma parole, on dirait un châtaignier ? dit-il en pointant le doigt.

– Oui. C'est un jeune châtaignier, dit-elle.

– Je n'ai pas de bons yeux, mais je suis capable de repérer un châtaignier à cent pas.

– Celui-ci a poussé à partir de la souche d'un grand arbre abattu, il y a des années, dit-elle. J'ai remarqué qu'il en était souvent ainsi. Tant que les racines sont vivantes, des drageons poussent autour de la souche. Mais avant d'être assez grands pour fleurir, ils crèvent inévitablement. Je me demande pourquoi.

– Le chancre de l'encre doit monter en puissance avant de produire d'autres petits chancres et de s'attaquer à l'arbre. Cela demande huit ou neuf ans, en terrain découvert, plus longtemps dans les bois, où l'arbre pousse moins vite. Le cryptogame, à l'intérieur, est plus ou moins proportionnel à la taille du tronc. Mais vous avez raison, ils mourront sûrement avant d'avoir atteint la taille suffisante pour produire des semences. À telle enseigne que, biologiquement parlant, l'espèce est morte.

– Biologiquement morte. Comme nous, dit-elle sans émotion particulière.

– Exact, dit-il, mal à l'aise. Si nous considérons que nous n'avons plus de rejetons.

– Et qu'il y a peu de chances que nous en fabriquions encore, au point où nous en sommes. » Elle laissa échapper un petit rire bizarre.

Il ne ressentit pas le besoin de faire de commentaire.

« Pendant que j'y suis, dites-moi donc. Je me suis toujours interrogée là-dessus. Vos hybrides proviennent d'une souche de châtaignier d'Amérique croisée avec le châtaignier de Chine, c'est bien ça ?

– C'est bien ça. Et croisée de nouveau avec du châtaignier d'Amérique. Si je réussis à m'en occuper suffisamment longtemps, j'obtiendrai un croisement possédant tous les gènes du châtaignier d'origine, à l'exception de celui qui le rend sensible à la maladie.

– Et le gène qui le rend résistant vient du côté chinois ?

– C'est ça.

– Mais comment avez-vous réussi à dénicher une souche de châtaignier d'Amérique, au départ ?

– Bonne question. J'ai dû chercher partout », dit Garnett, heureux comme un roi. Personne ne l'avait questionné sur son projet depuis bien des années. Une fois, Ellen avait persuadé sa nièce d'amener ses élèves de primaire pour leur montrer, mais ces enfants s'étaient conduits comme s'ils étaient en sortie récréative.

« Oui, mais où, par exemple ? demanda-t-elle, véritablement intéressée.

– J'ai écrit, j'ai téléphoné aux gens de l'Office forestier et de je ne sais pas quoi encore. J'ai fini par localiser deux châtaigniers d'Amérique, vieux, malades, mais encore bien vivants et qui continuaient de donner des fleurs. J'ai payé un jeune pour qu'il grimpe là-haut m'en chercher quelques-unes, je les ai fourrées dans un sac et les ai ramenées ici, et ensuite j'ai pollinisé une variété de Chine que j'avais dans la cour, puis, avec les châtaignes, j'ai obtenu mon premier champ d'arbrisseaux. C'est comme ça que j'ai obtenu la première génération de châtaigniers à moitié américains.

– Où étaient ces vieux arbres ? Pure curiosité de ma part.

– Il y en avait un dans le comté de Hardcastle, et l'autre se trouvait quelque part en Virginie-Occidentale. De vieux solitaires, qui donnaient des fleurs sans essaimer faute de pouvoir se croiser avec des voisins. Il en existe encore dans les environs. Pas beaucoup, mais quelques-uns.

– Oh ! je suis au courant.

– Il y en avait sans doute beaucoup dans les années 40, poursuivait Garnett. Vous vous rappelez quand le CCC * nous ordonnait de les abattre jusqu'au dernier ? On croyait qu'ils allaient tous disparaître, de toute façon. Mais maintenant, quand on y repense, ce n'était pas si bien que ça. Certains auraient pu s'en sortir. Assez pour repartir.

– Tout à fait d'accord, dit-elle. Papa en était absolument convaincu. Les deux qui sont là-haut dans notre partie boisée, il était résolu à empêcher quiconque de s'en approcher. Une nuit, il a arrêté un type monté là dans le but de les couper et de les embarquer à dos de mule avant le lever du soleil !

– Vous aviez des châtaigniers dans vos bois ? » demanda Garnett.

Elle pencha la tête. « Vous ne connaissez pas ceux dont je parle ? Il y a celui qui est à peu près à un quart de mile d'ici sur la hauteur, affreux à voir avec toutes ses branches mortes qui se sont détachées. Mais, chaque année, il donne encore quelques châtaignes, qui sont mangées par les écureuils. Et l'autre est beaucoup plus loin, au sommet de la crête, mais à peu près dans le même état.

– Alors vous avez deux châtaigniers reproducteurs dans votre bois ?

– Vous vous moquez de moi ? Vous l'ignoriez ?

– Comment est-ce que j'aurais pu le savoir ? »

Elle ouvrit la bouche pour parler, fit une pause, toucha sa lèvre, puis dit enfin : « Je ne pense jamais que

* CCC : Civilian Conservation Corps, organisation américaine fondée en 1933, destinée à fournir des emplois aux jeunes de dix-huit à vingt-cinq ans, lors de la Grande Dépression. (N. d. T.)

ces bois sont notre propriété, à vrai dire. Je me promène dans vos collines quand bon me semble. J'imaginais que vous en faisiez autant chez moi.

– Je n'ai pas pénétré sur vos terres depuis le jour où votre père les a achetées au mien.

– Eh bien, dit-elle avec gaieté. Vous auriez dû. »

Il se demanda si c'était vraiment possible, tout ce qu'elle lui racontait. À coup sûr, elle connaissait les pommiers, mais, honnêtement, savait-elle distinguer un châtaignier d'un cerisier ? Il leva de nouveau les yeux sur ce scandaleux cerisier et se persuada qu'il penchait davantage que ce matin. Un écureuil bondissait, insouciant, le long du tronc. C'en était trop pour Garnett. Un énorme craquement au-dessus lui fit redresser la tête, bien qu'il évitât depuis longtemps de faire ce mouvement. Aïe aïe aïe ! Ce maudit vertige le reprenait. Il se tint la tête en gémissant sans retenue tandis que les bois se mettaient à tournoyer follement autour de lui. Il se courba, la tête entre les genoux, sachant que cela ne lui ferait aucun bien de fermer les yeux – que cela lui donnerait juste envie de vomir.

« Monsieur Walker ? » Elle se penchait, scrutant son visage empreint de terreur.

« Ce n'est rien. Ça va passer. Dans quelques minutes. Ne faites pas attention. On n'y peut rien. »

Mais elle l'examinait toujours. « Le nystagmus, prononça-t-elle.

– Comment ? » Il était énervé, se trouvant bête et faible, et il aurait franchement aimé la voir au diable. Mais elle continuait à lui regarder les yeux.

« Vos yeux tirent sans arrêt vers la gauche – c'est ce qu'on appelle le nystagmus. Vous devez avoir un bon gros coup de vertige. »

Il ne répondit pas. Les arbres qui tournaient ralentissaient à présent, comme un manège en perte de vitesse. Quelques minutes de plus, et tout serait terminé.

« Est-ce que ça vous prend aussi au lit, quand vous êtes couché sur le dos ? »

Il hocha la tête. « C'est pire. Ça me réveille si je me retourne pendant mon sommeil.

– Mon pauvre. C'est franchement ennuyeux. Vous savez évidemment ce qu'il faut faire ? »

Il bougea très prudemment la tête pour la regarder. « Il y a quelque chose à faire ?

– Vous avez ça depuis combien de temps ? »

Il n'avait pas envie de le dire. Depuis toujours. « Vingt ans peut-être.

– Vous n'avez jamais consulté de médecin pour ça ?

– Au début, j'ai cru que j'avais quelque chose d'affreusement grave à la tête, confessa-t-il. Je ne voulais rien savoir. Et puis les années ont passé et je n'en suis pas mort.

– En effet, mais c'est très embêtant. On appelle ça des "calculs vestibulaires". Ou un truc comme ça. Je ne me souviens plus. Rachel en souffrait énormément. D'habitude, c'est fréquent chez les personnes âgées, mais vous savez, tout ce qui pouvait se détraquer chez Rachel se détraquait. Tenez, voilà ce qu'il faut faire. C'est simple. Allongez-vous là, sur ce tronc d'arbre. »

Il protestait, mais elle l'avait déjà saisi par les épaules et le couchait sur le dos. « Tournez la tête de côté, le plus loin possible. Laissez-la aller un petit peu en arrière, en bas, de côté. C'est bien. » La respiration coupée, il agrippa sa main comme un bébé lorsque se produisit de nouveau le vertige, pire que jamais. Il avait beau s'armer contre elle, cette sensation de se balancer dans l'espace ne manquait jamais de le terrifier.

« Là, c'est bien, dit-elle doucement, lui tenant la main d'un côté tout en lui passant la paume de l'autre sous la tête, pour l'immobiliser. Maintenez la position si vous la supportez, le plus longtemps possible, jusqu'à ce que ça s'arrête. » Il fit ce qu'on lui demandait.

Il fallut une minute, deux peut-être, avant que le monde cessât progressivement de danser.

« À présent, redressez la tête jusqu'à ce que ça recommence. Ne craignez rien. Allez-y doucement et arrêtez dès que ça vous reprend. »

Il prenait de plus en plus conscience de ses mains. Elle lui maintenait la tête d'un geste précis et tendre de mère, lui appuyant le visage contre sa jupe. Ce fut la seule chose qu'il eut à l'esprit toute la durée d'une autre crise de vertige, puis il tourna la tête et dut en endurer une autre. Il se demandait s'il oserait encore regarder Nannie Rawley dans les yeux après ce coup-là.

« Vous êtes presque au bout de vos peines, dit-elle. Maintenant, écoutez-moi. Je vais vous aider. Redressez-vous et penchez-vous en avant comme ceci. » Elle posa son menton sur sa poitrine pour lui montrer. « Prêt ? »

Elle l'aida à se remettre en position assise et lui guida la tête vers l'avant. Il attendit, éprouvant une curieuse sensation de réajustement dans la tête. Lorsque celle-ci eut disparu, ses épaules se détendirent, il releva la tête, regarda autour de lui et eut l'impression de découvrir un monde entièrement neuf. Elle l'observait attentivement. « Ça y est, dit-elle. Vous en êtes débarrassé.

– Débarrassé de quoi ?

– Vous êtes guéri. Essayez de lever les yeux. »

Bien que sceptique, il obéit avec précaution. Il ressentit comme un faux mouvement, mais minuscule. Comparé à ce qu'il éprouvait d'habitude, c'était à peine perceptible. Aucun vertige véritable. Il la regarda, étonné. « Êtes-vous sorcière ? Qu'est-ce que vous m'avez fait ?

– C'est la manipulation… d'Epley, je crois ? » Elle souriait. « Rachel et moi l'avons découverte par hasard. D'habitude, je la roulais à droite et à gauche, et je la chatouillais pour la distraire de ces crises de vertige. Et puis, bien plus tard, le Dr Gibben m'a dit qu'il y avait une meilleure façon de procéder et qu'elle portait un nom. Il faudra que vous recommenciez très souvent. Tous les jours, sans doute, au début.

– Qu'est-ce que vous avez remis en place ?

– C'est dû à ces petits cristaux…

– Ohoh ! Ne me dites surtout rien. Si ça a encore à voir avec vos théories abracadabrantes.

– Non, écoutez-moi donc. Ce sont de minuscules cristaux, très durs, qui se forment dans le je ne sais plus quoi de l'équilibre dans l'oreille interne. C'est prouvé scientifiquement.

– Comment arrivent-ils là-dedans ?

– Certaines personnes en ont, c'est tout ce que je peux vous dire. Qu'est-ce que vous voudriez que je vous dise, qu'ils sont le résultat de la méchanceté ? Dites donc, mon vieux, est-ce que je vous ai soulagé, oui ou non ? »

Garnett se sentit mortifié. « Oui.

– Bon, alors écoutez-moi pour changer. Vous avez des petits cailloux qui flottent n'importe où là-dedans et qui créent des problèmes si vous penchez la tête du mauvais côté. L'astuce, c'est de les ramener dans un coin d'où ils ne sortiront pas pour vous embêter.

– Vous êtes sûre ? C'est bien vrai ce que vous me racontez ?

– Vrai de vrai, monsieur Walker.

– Au bout de tant d'années ?

– Toutes ces années, ça a été votre problème. Vous avez des cailloux dans la tête. »

Ils restèrent assis longtemps sans parler, à écouter le son mécanique d'un chêne en train de se transformer en corde de bois. Au bout d'un moment elle lui demanda : « Aimeriez-vous monter la colline avec moi, pour voir ces deux châtaigniers ? Est-ce que ce ne serait pas bien pour votre projet de disposer de deux sources de semences supplémentaires ?

– Vous n'avez pas idée », dit-il, une fois de plus tout éberlué et excité. Il avait momentanément oublié les châtaigniers. « Ça doublerait la diversité génétique dont je dispose actuellement. Mon projet avancerait mille fois plus vite et serait plus sain, mademoiselle, si j'avais des fleurs de ces deux arbres.

– Ils sont à vous, monsieur Walker. Quand vous voudrez.

– Merci, c'est très aimable à vous.

– Je vous en prie. » Elle croisa les mains sur ses genoux.

Garnett voyait en esprit les deux vieux châtaigniers là-haut, anomalies survivant à leur siècle, tordus par l'âge et la maladie mais toujours debout, solitaires et tenaces depuis toutes ces années. À un jet de pierre de sa propriété. C'était presque trop beau pour y croire. Il osa espérer que quelques fleurs seraient restées accrochées aussi tardivement dans l'été. Quel miracle pour son projet que cet apport de matériel génétique frais ! En fait, maintenant qu'il y réfléchissait, si ces arbres avaient donné du pollen depuis toujours, ils y avaient peut-être déjà contribué en apportant un peu plus de diversité dans ses champs. Il croyait avoir œuvré seul. Finalement, on ne pouvait jamais savoir.

Il tourna la tête de côté et reçut l'image non sollicitée de petites pierres dans sa tête, pour l'instant hors d'état de nuire, mais sûrement prêtes à revenir lui faire des misères. Sans le vouloir non plus, il se souvint également du tas de tuiles vertes entreposées bien à l'abri dans son garage, faisant dans sa conscience comme une brûlure de cigarette sur un canapé.

21
Un amour de papillon de nuit

Une des parades au chagrin que Lusa avait découverte, c'était de se raccrocher aux derniers moment qui séparent le sommeil de l'éveil. Parfois, au tout début de la matinée, à condition de ne pas ouvrir les yeux et de ne pas faire émerger son esprit de sa tiède somnolence pour le ramener à la surface où sa peine crevait, limpide et froide, il lui arrivait alors de pouvoir choisir ses rêves. Elle évoquait un souvenir et lui redonnait patiemment chair, son et sens. Il faisait de nouveau partie de sa vie et elle se sentait soutenue, en sécurité, dans un monde encore indéfini, encore neuf. Les bras de Cole redevenaient réels, lui faisaient franchir le seuil pendant qu'il la taquinait : plus lourde qu'un sac d'épicerie, mais moins que deux. Les cigales chantaient, et l'air était chaud et moite – on était en juin, c'était juste après leur mariage. Elle portait encore sa jupe de rayonne bleue, mais avait ôté ses bas et ses chaussures dans la voiture pendant le trajet de retour de Lexington. La jupe bleu ciel coulait comme une eau fraîche sur ses cuisses et sur les avant-bras de Cole tandis qu'il la transportait dans l'escalier. Il s'arrêtait sur le palier, l'embrassait et glissait les mains sous elle de sorte que tout son poids n'était plus rien dans ses bras. Elle ne pesait rien, flottant dans l'air, le dos à la fenêtre, ses bras solides sous ses cuisses. L'air autour de sa tête semblait trembler des molécules mêlées de leurs êtres distincts tandis qu'il la pénétrait et qu'elle s'abandonnait à l'extase de l'envol, de cet acte d'amour parfait.

Alors, parfois, le rêve se transformait, et sa présence réconfortante avait les ailes soyeuses, vert pâle, de l'étranger venu pour la première fois lui rendre visite après l'enterrement, la nuit où Jewel lui avait donné le somnifère. Il lui disait toujours la même chose : « Je te connais. » Il ouvrait les ailes et les pinceaux androconiaux montaient de son abdomen, parfumés, nervurés comme un rameau de chèvrefeuille, et, une fois de plus, elle ressentait le plaisir d'être choisie.

« Tu me connaissais assez pour m'avoir retrouvée ici », disait-elle.

Et son parfum se diffusait en elle comme une pluie de lumières, sa voix franchissait les distances et l'atteignait sans mots : « Je t'ai toujours si bien connue. »

Il l'enveloppait de sa douceur, lui touchait le visage du mouvement des arbres et de l'odeur de l'eau sauvage sur les pierres, dissipant son manque dans l'assurance de son étreinte.

« Tante Mary Edna dit qu'ils prient quand ils font ça, annonça Crys, dubitative.

– J'imagine qu'on peut dire ça. L'église des papillons. »

Lusa et Crys s'étaient arrêtées sur le chemin de terre pour admirer une autre foule dense de porte-queue rassemblés sur le sol autour d'une flaque de boue. Tous les vingt mètres, ou à peu près, elles tombaient sur l'une de ces frémissantes réunions de taches d'ailes noires et jaunes qui s'élevaient et se dispersaient à leur approche, pour se reposer au même endroit après leur passage. Il avait de nouveau plu hier, et les petites mares d'eau ne manquaient pas.

« Je vais pourtant t'apprendre une chose, dit Lusa. C'est une église où les filles ne sont pas admises. Tous

les papillons que tu vois ici sont probablement des garçons.

– Pourquoi ?

– Comment ça, pourquoi ? Parce qu'ils ont des petits
zizis ! »

Crys laissa échapper un bref petit jappement de rire.
Lusa n'attendait que cela, la faire sortir d'elle-même.
Elle en avait fait secrètement son défi préféré : chercher
à susciter ces instants où s'allumaient toutes les
lumières, si fugitivement que ce fût, de la sombre maison de cette enfant.

« Je sais ce que tu voulais dire, dit Lusa. Pourquoi
est-ce que les mâles sont les seuls à faire ça ? Tous les
spécialistes en papillons le savent, crois-moi.

– Pourquoi il n'y a que les papillons-garçons qui font
ça ?

– Dans la boue, ils pompent une certaine substance
minérale, ou protéine, une substance spéciale dont ils
ont besoin pour se maintenir en bonne santé. Mais, en
vrai, ils vont la donner aux papillons-filles, comme
cadeau de la Saint-Valentin.

– Comment ils font pour leur donner ? »

Lusa marqua un temps, puis lui demanda : « Tu sais
comment on fait les bébés ? »

Crys roula des yeux. « Le garçon fourre son zizi dans
le trou à pipi de la fille et lui injecte un truc et le bébé
pousse dedans.

– D'ac-cord… tu es courant de toute l'histoire. C'est
comme ça qu'il lui apporte des minéraux. Quand il lui
donne de quoi faire des bébés, il rajoute dans le paquet
tout un tas d'autres bonnes choses qu'elle aime. C'est
ce qu'on appelle le spermatophore.

– Ah ben, c'est bizarre.

– Tu trouves ? Tu sais quoi ? Personne d'autre dans
le comté de Zébulon n'est au courant de ça, à part toi et
moi. Même pas tes profs. »

443

Elle leva les yeux. « C'est vrai ?

– C'est vrai. Si tu veux en savoir plus long sur les insectes, je peux te raconter des histoires incroyables.

– Est-ce ça te fâche si je dis des mots comme "zizi", "merde" et ce genre de trucs ?

– Non, pas du tout. Merde alors ! jura-t-elle pour faire rire Crys. Du moment que tu sais quand ne pas les dire. À l'église, par exemple, à l'école, ou encore à moins de trois kilomètres de tante Mary Edna. Mais ici, on s'en fiche. Ça ne m'écorche pas les oreilles.

– Alors, putain, déclara l'enfant. Chié-merde.

– Hé ! Si tu continues comme ça, dans cinq minutes tu auras épuisé ton répertoire. »

Crys ramassa un petit caillou et le lança vers la nuée de papillons, simplement pour les voir s'envoler.

« Allez, viens, dit Lusa, on va chercher des papillons de nuit. Aujourd'hui, si je ne te trouve pas un papillon-lune, je donne ma démission. » Elles avancèrent lentement vers la flaque, traversant carrément le nuage de papillons tremblants tout comme Superman franchissant les molécules d'un mur dans les bandes dessinées. Crys et elle montaient la route du vieux cimetière qui menait dans les bois derrière le garage, sans autre raison particulière que celle de partir un peu à l'aventure pendant que Lowell faisait la sieste sur le canapé du salon. Jewel vivait une journée très pénible et avait demandé à Lusa, pour la troisième fois en l'espace de quinze jours, de les garder. Lusa était heureuse de lui rendre service, bien qu'elle s'interrogeât sur le genre de substitut parental qu'elle pouvait être, en encourageant Crys à jurer comme un charretier, par exemple. Elle ne connaissait strictement rien aux enfants. Mais personne d'autre dans la famille n'arrivait à tirer un mot de Crys. Ici-bas, on n'a que ce qu'on mérite, comme le lui avait dit Hannie-Mavis une fois. Lusa et Crys n'avaient pas eu de chance et s'étaient ainsi attiré le jugement des justes. Et, apparemment, elles s'étaient méritées l'une l'autre.

« Qu'est-ce que c'est que ça ? »

Lusa regarda là où, dans les bois, Crys pointait le doigt. Des chants d'oiseaux résonnaient comme des cloches dans l'air lavé par la pluie, mais Lusa ne parvenait pas à distinguer quoi que ce soit en particulier. « Quoi, cette plante-là ?

– Ouais, c'te cochonnerie qui grimpe après les arbres.

– Une cochonnerie ? »

Crys haussait les épaules. « Oncle Rickie dit que c'est des cochonneries. Des trucs qui envahissent tout partout. Il les aime pas.

– Celle-ci est jolie, pourtant ; elle pousse normalement ici. Elle est couverte de fleurs blanches à la fin de l'été, et puis elle produit des millions de cosses qui ressemblent à de petites explosions d'étoiles d'argent. Ça s'appelle la clématite de Virginie. La petite fleur blanche de la Vierge.

– Une vierge c'est comme la maman de Jésus, pas vrai ?

– Oui. Ou comme toute fille ou toute femme qui n'a pas été mêlée à cette histoire de zizi dont nous parlions. »

Crys exécutait des sauts devant Lusa, une douzaine de pas raides, géants, étranges. Elle paraissait essayer différentes façons de marcher, entreprise que Lusa se contentait d'observer avec stupéfaction. Elle était affublée du même jean trop petit qu'elle portait indéfectiblement ces jours-ci avec, aujourd'hui, plus spécialement, une curieuse création loqueteuse par-dessus son T-shirt. Cela ressemblait à une chemise d'homme en jean dont les pans et les poignets auraient été découpés en rubans à coups de ciseaux.

« J'aime mieux les insectes que les fleurs, déclara Crys avec fermeté, au bout d'un moment.

– Parfait, tu as de la veine, parce que je m'y connais mille fois plus en insectes qu'en fleurs. Et on est en train de chercher un papillon-lune, rappelle-toi. Cherche sur le tronc des arbres, du côté où il y a de l'ombre. Tu sais à quoi ressemble un noyer blanc ? Avec son écorce toute hérissée ? »

Crys haussa les épaules.

« Les papillons-lunes les aiment particulièrement. Ils pondent leurs œufs sur les feuilles parce que c'est ce que mangent leurs chenilles.

– Comment ça se fait ?

– C'est comme ça qu'est fait leur estomac. Elles se spécialisent. Toi, par exemple, tu manges le grain du blé, mais pas la partie végétale.

– J'peux manger toutes sortes de trucs.

– D'autres animaux n'ont pas cette chance. La plupart ont des régimes sacrément spécialisés. Ce qui veut dire qu'ils ne mangent qu'une seule catégorie bien précise d'aliments.

– Ben, c'est bête.

– C'est ni bête ni intelligent, c'est simplement qu'ils sont faits comme ça, comme toi tu as deux jambes et deux pieds pour marcher. Un chien trouverait sûrement que ça, c'est bête. »

Crys ne fit pas de commentaire.

« Avec la spécialisation, la vie devient plus risquée. Si leur nourriture disparaît, ils disparaissent avec. Ils ne peuvent pas se contenter de dire : "Tiens, mon arbre a disparu, tant pis, je commande une pizza à la place."

– Lowell, il a ça.

– Il a quoi ?

– Un problème de spécialisation de nourriture.

– Ah bon ? dit Lusa, amusée de l'analyse qu'elle faisait de son frère. Qu'est-ce qu'il mange ?

446

– Juste des nouilles au fromage. Et des billes de chocolat malté.

– Eh bien. Ça, c'est un menu spécialisé. Pas étonnant qu'il n'ait pas mangé ma soupe aux lentilles, l'autre soir. J'aurais dû y rajouter des billes de chocolat malté. »

Crys laissa échapper un petit rire, juste un filet d'air entre les dents.

« Regarde, là où il y a de la mousse sur l'arbre. Tu vois ces petits papillons blancs ? » Elles se penchèrent toutes deux tandis que Lusa titillait doucement une aile translucide. Le papillon se souleva et remonta de quelques centimètres en rampant sur l'écorce rugueuse. Crys était éclairée à contre-jour de sorte que Lusa pouvait voir le pâle duvet qui épousait la courbe de sa joue comme le velours d'une pêche. Ses traits étaient empreints d'une telle douceur dans ces moments de concentration que Lusa en arrivait à se demander pourquoi tant d'adultes – y compris elle – prenaient cette enfant pour un garçon.

Elle leva les yeux. « Qu'est-ce que c'est ?

– C'est ce qu'on appelle des chenilles chancres. C'est au stade de chenilles qu'on les a d'abord remarquées, si bien que la maman papillon ne porte pas un très joli nom. Elle est pourtant mignonne dans son genre, tu ne trouves pas ? » Lusa la laissa grimper sur son doigt, puis la souleva et souffla légèrement dessus, l'envoyant voleter en arc de cercle vers un autre arbre. Crys demeura une minute de plus à examiner ses congénères sur l'arbre avant de se décider à partir. « Comment ça se fait que tu t'y connaisses si bien en insectes ? demanda-t-elle.

– Avant d'épouser ton oncle Cole et de venir m'installer ici, je faisais des recherches sur les insectes. À Lexington. Je faisais des expériences et je découvrais des choses sur eux que personne ne savait avant.

– Ils ont des tas d'insectes à Lexington ? »

Lusa se mit à rire. « Autant qu'ailleurs, j'imagine.

– Heu… Tante Lois dit que tu es une mineuse.

– Une mineuse ?

– Une mineuse d'or. »

Lusa restait perplexe. « Ah ! une chercheuse d'or. »
Elle soupira. Cette fois, elle en était sûre, Crys n'avait
pas voulu la blesser.

« C'est vrai ? demanda Crys.

– Non. Pas de mines d'or pour moi, passées ou à
venir. Tante Lois a tout compris de travers à ce sujet. »

Crys pinça les lèvres en une grimace de conspiration
et roula des yeux vers Lusa. Elles étaient en train de
trouver une façon de s'accommoder du jugement des
justes.

« C'est un bon coin, allons voir là-bas », dit Lusa,
indiquant du doigt le talus escarpé qui menait à une
clairière envahie d'herbe au-dessus de la route et bai-
gnée d'une lumière pommelée. Elles étaient parvenues
aussi loin sur la route que possible. Elles ne devaient
pas trop s'éloigner de la maison, car Lowell faisait sa
sieste tout seul. Et aussi, parce que Lusa n'avait pas
vraiment envie d'être confrontée au cimetière familial,
qui attendait au virage suivant. Cole n'y était pas
enterré, en revanche trop d'autres Widener l'étaient.

Crys était déjà en train de crapahuter devant elle, à
travers les touffes de lis hémérocalles qui s'étaient
échappés de quelque jardin, il y a longtemps, et devenus depuis aussi communs que des mauvaises herbes.
Ils étaient jolis, malgré tout. Leurs feuilles se répandaient sur les talus, rubanées comme des chutes d'eau,
avec leurs couronnes de fleurs ocellées orange vif et de
longs boutons gracieux. Ils poussaient en rangées dan-
santes sur presque tous les bas-côtés non entretenus de
la route du comté, ponctués de temps à autre du violet-
rose des pois de senteur. Avant qu'elles ne se soient

mises à fleurir, quelques semaines plus tôt, Lusa n'avait jamais remarqué ni l'une ni l'autre de ces plantes. Toute la campagne ne formait plus qu'un seul grand jardin de fleurs vagabondes.

Crys arracha d'un coup sec la tête d'un des lis tandis qu'elle escaladait le talus. « Tiens, regarde. » Elle en frotta le centre contre son menton avant de jeter la fleur dépenaillée par terre.

« Très joli. Maintenant, tu as une barbe orange », observa Lusa.

Crys s'efforça de faire une vilaine grimace, puérile, touchante. « Comme le diable.

– Tu sais ce que c'est, cette poudre orange ? Du pollen. Tu sais ce que c'est, le pollen ? »

Elle fit non de la tête.

« Du *speeer-me*. » Lusa avait exagéré le mot à plaisir.

« Ouah, beurk ! » Elle s'essuya furieusement le menton.

« Ne t'inquiète pas. Tu ne vas pas tomber enceinte et faire des fleurs. » Elle la dépassa de quelques pas pour atteindre le bord de la clairière où elle avait aperçu un bouquet de noyers. Elle entreprit d'inspecter systématiquement le côté des arbres exposé au nord, en s'enfonçant dans les bois au fur et à mesure.

Crys partit devant en trombe, arrachant au passage des feuilles de sassafras.

Lusa usa de toute sa persuasion pour que l'enfant épargnât les buissons de sassafras et l'aidât plutôt à chercher un papillon-lune. « Ça va être le plus grand papillon vert que tu puisses imaginer. Ils sont étonnants. » Crys semblait réticente à croire qu'il fût possible de trouver une magie quelconque, ici ou ailleurs, mais elle arriva tout de même en courant quand Lusa laissa finalement échapper un petit cri : « Oh, regarde, regarde, regarde !

« – Où ça ?

– Tout là-haut… il est trop haut pour qu'on puisse l'attraper. Tu le vois ? Là, sur la fourche de la branche qui dépasse ? »

Crys, les yeux mi-clos, ne semblait pas du tout impressionnée. « On pourrait le pousser avec un bâton.

– Tu ne vas pas lui faire de mal », objecta Lusa, bien que la même idée lui eût déjà traversé l'esprit et qu'elle fût en train d'arracher en la tordant une mince tige de jeune chêne. Elle s'étira aussi haut que possible, en sautant un peu et en agitant la tige pour balayer le tronc de noyer juste au-dessous de l'endroit où était posé le papillon-lune, les ailes sereinement repliées. Il eut un léger frémissement et prit son envol. Elles le virent descendre, remonter, descendre et remonter très haut dans les branches jusqu'à ce qu'il disparût.

Lusa se tourna vers Crys, les yeux brillants. « C'était un papillon-lune. »

Crys leva les épaules. « Bon, et alors ?

– Bon et alors quoi ? Tu aurais voulu aussi qu'il chante ? » Crys éclata de rire et Lusa se sentit un peu désarçonnée. Ils la prenaient par surprise, ces instants où son zayda se glissait à l'insu de son père dans sa propre langue. « Allez, viens, on va chercher dans l'herbe des bestioles sur lesquelles on puisse mettre la main. » Au retour, elle marcha en tête jusqu'à la clairière, sur le talus qui surplombait la route, et se laissa tomber dans l'herbe. Elle fut heureuse de pouvoir s'y prélasser une minute, appuyée sur les coudes, à regarder le bout de ses tennis et au-delà, plus bas, à travers ces bois attirants. Elle était restée cloîtrée à la maison, avait désherbé ou surveillé la santé de ses chèvres depuis trop longtemps. Elle devrait aller plus souvent dans les bois. L'herbe de cette clairière était un peu humide – elle la sentait mouiller son short –, mais il était si bon d'être au soleil. Elle ferma les yeux, le visage renversé vers le ciel.

« C'est quoi, celui-là ? »

Lusa se pencha et regarda de plus près l'insecte en forme d'écusson vert que Crys avait incité à monter sur son poignet. « Une punaise des bois verte », se prononça Lusa.

Crys l'examinait attentivement. « Est-ce que ça pue ?

– Question d'opinion.

– Est-ce que c'est une cousine de la rouge et noire qu'on a trouvée sur le pêcher ?

– La punaise arlequine ? Oui, tout à fait. Même famille, celle des pentatomidés. » Elle regarda Crys, surprise. « C'est très bien. Tu as vraiment l'œil pour ça, tu sais ? Tu es une bonne observatrice et tu mémorises bien les choses. »

D'une pichenette, Crys chassa l'insecte de son poignet et se mit à plat ventre, détournant les yeux de Lusa. Elle écartait l'herbe avec ses mains, ici et là, comme un animal qui épouille un parent. Lusa la laissa faire, se tournant elle aussi pour examiner son propre coin d'herbe. Crys finit par abandonner sa recherche, s'allongea sur le dos, les yeux fixés sur la cime des arbres. Au bout d'un moment, elle déclara : « Tu pourrais abattre tous ces arbres et te faire un tas de sous.

– C'est vrai, dit Lusa. Mais alors j'aurais un tas de sous mais plus d'arbres.

– Et alors ? À qui ça sert les arbres ?

– À environ dix-neuf millions d'insectes, pour commencer. Ils vivent dans les feuilles, sous l'écorce, partout. Tu n'as qu'à simplement fermer les yeux et pointer le doigt, il tombe sur un insecte.

– Et alors ? À quoi ça sert dix-neuf millions d'insectes ?

– À dix-neuf mille oiseaux qui s'en nourrissent.

– Et alors ? À qui ça sert les oiseaux ? »

– À moi. À toi. » Elle se demandait souvent si Crys était vraiment sans cœur ou faisait semblant. « Sans compter que la pluie dévalerait directement de la montagne et arracherait toute la terre de mes champs. Le ruisseau serait transformé en boue. Ici, tout mourrait. »

Crys haussa les épaules. « Les arbres, ça repousse.

– C'est ce que tu crois. Cette forêt a demandé des centaines d'années pour devenir comme ça.

– Comme ça, quoi ?

– Simplement telle qu'elle est, une affaire très compliquée, composée d'éléments qui tous ont besoin les uns des autres, comme dans un corps vivant. Pas seulement d'arbres, mais de différentes sortes d'arbres, de toutes les tailles, dans des proportions équilibrées. Chaque animal a besoin de sa plante particulière pour vivre. Et certaines plantes ne poussent que près d'autres sortes de plantes, tu le savais, ça ?

– Le seng ne pousse que près de l'érable à sucre.

– Le quoi ? le ginseng ? Où as-tu pêché ça ? »

Elle haussa de nouveau les épaules. « Oncle Joel.

– Ah bon ? Il est chercheur de seng, c'est ça ? »

Elle hocha la tête. « Lui et ses copains, ils aiment bien aller creuser là-haut sur la montagne pour en trouver. Il y a aussi une dame, là-haut, qui crie après eux à cause de ça. On n'a pas le droit d'en arracher. Il dit qu'elle va probablement lui trouer la peau si elle l'attrape encore une fois. »

Lusa regardait la montagne. « Il y a une dame qui vit là-haut ? Tu en es sûre ? Au-dessus de la ferme, c'est censé être une terre de l'Office forestier.

– Demande à oncle Joel. Il te dira. Il dit que c'est une sacrée sauvage.

– Je veux bien le croire. J'aimerais bien la rencontrer. » Lusa poussa une chenille géomètre hors de l'herbe et la laissa poursuivre sa route sur son doigt. « Qu'est-ce qu'il raconte à mon sujet, l'oncle Joel ? C'est

452

lui qui pense que je devrais faire couper mes arbres ? »
Elle se sentait à peine coupable d'exploiter cette nouvelle source d'informations internes.

« Non. Lui, il dit que tu es devenue cinglée de
chèvres.

– Lui et tous les autres. Ils meurent d'envie de savoir
pourquoi, c'est ça ? »

Crys eut un geste de résignation et jeta un coup d'œil
à Lusa, légèrement sur ses gardes. Mais elle acquiesça.
« Je parie que tu leur dirais pas grand-chose.

– Je te le dirai à toi », dit calmement Lusa. Elle aurait
aimé faire à cette enfant un cadeau qui compterait.
Obtenir sa confiance, ce serait quelque chose.

Son visage s'éclaira. « Tu ferais ça ?

– À toi toute seule, pas à l'oncle Joel ni à personne
d'autre. Tu ne pourrais pas leur dire, n'importe comment. Est-ce que tu peux garder un secret, croix de fer,
croix de bois ? »

Avec une grande solennité, Crys traça une croix sur
sa poitrine.

« Bon, on y va. J'ai un cousin à New York qui est
boucher et nous avons conclu un marché. Si j'arrive à
ce que les chèvres là-haut sur la colline fassent des
bébés un mois avant le nouvel an, il m'en donnera tant
d'argent que ton oncle Joel en tombera à la renverse. »

Les yeux de l'enfant s'arrondirent. « Tu vas devenir
riche ? »

Lusa eut un sourire et baissa la tête. « Non, pas vraiment. Mais je pourrai payer le type qui refait toute la
plomberie dans la maison et l'ami de ton oncle Rickie,
celui qui est en train d'arranger la grange en ce
moment.

– Clivus Morton ? » Crys fit une horrible grimace.
« Celui qui sent le… »

Lusa se retint de rire. « Bah, ce n'est pas une raison
pour ne pas le payer, si ? Si c'est ça, je viens de gas-

piller neuf cents dollars, parce que je lui ai fait un chèque ce matin. »

Crys parut stupéfaite de ce chiffre. « Ben merde. Il doit être riche à l'heure qu'il est.

– Il faut beaucoup d'argent pour garder une ferme en état. Quelquefois, tu n'arrives même pas à gagner dans l'année tout ce que tu as à payer. C'est pourquoi les gens de la terre grognent tout le temps. Juste au cas où tu te serais posé la question.

– Qu'est-ce qui se passerait si tes chèvres arrivaient pas à faire de bébés ?

– Il me reste encore à donner un gros tas d'argent à Clivus Morton quand il aura fini. Qu'il prenne un bain ou non. » Lusa se coucha sur le dos dans l'herbe humide, croisa les bras sous sa tête en poussant un soupir. « C'est risqué. Mais les chèvres sont la seule chose que j'aie pu inventer cette année pour tirer de l'argent d'un petit coin de bruyères et pour garder la ferme sur pied. » Elle lança un regard à Crys, qui ne paraissait pas écouter, bien qu'il fût difficile d'en être sûr. « Alors, voilà ce que je fais avec les chèvres. J'essaye juste d'éviter que mon petit bout de paradis se transforme en enfer.

– Oncle Joel dit que tu gâches la marchandise.

– S'il a une meilleure idée, ses suggestions sont les bienvenues, les siennes et celles de mes amis végétariens, Hal et Arlie, de Lexington, qui m'ont informée que j'étais une vendue. Il n'y a pas une seule culture que je puisse faire sur cette terre qui rapportera autant qu'elle coûtera à produire. Autre que le tabac. »

Crys la regarda. « Est-ce que tu es ça ?

– Ça, quoi ?

– Vé-garienne.

– Non, moi, je fais partie d'une des autres chrétientés. Comme dit ton cousin Rickie. »

Crys avait pris une longue tige de graminée et effleurait très légèrement la peau de Lusa, à l'endroit où son T-shirt remontait en découvrant son ventre. C'était la plus proche intimité qu'elle eût vu cette enfant partager avec quelqu'un. Lusa retint sa respiration et resta immobile, étonnée de sa chance, comme si un papillon avait atterri sur son épaule. Finalement, elle souffla, prise de vertige à force de regarder les nuages hauts, fins, courir à travers le trou bleu des arbres au-dessus de sa tête. « Écoute comme je grogne et je rouspète. C'est sans doute parce que je suis devenue une vraie fermière, tu ne crois pas ? »

Crys eut un mouvement d'épaules. « Peut-être.

– Si ça rate avec mes chèvres, je suis ce qu'on appelle foutue. Je n'ose pas y penser. J'aurais l'impression de commettre un crime si j'abattais le bois de cette colline, mais je ne sais pas trop comment je pourrais garder la ferme autrement. »

Crys se détourna brusquement de Lusa et lança son brin d'herbe au loin.

« Pourquoi est-ce que tu devrais la garder ?

– Ça, c'est une bonne question. Je me la pose à moi aussi. Tu sais la réponse que j'ai trouvée ?

– Quoi ?

– À cause des fantômes. »

Crys se pencha et scruta le visage de Lusa. Elle parut perplexe, brièvement, puis son expression redevint neutre. « C'est bête.

– Pas vraiment. Tu serais surprise. »

Crys arracha une pleine poignée d'herbe. « Les fantômes de qui ?

– De gens qui ont perdu des choses, je pense. Il y en a de chez toi et il y en a de chez moi.

– Des vraies personnes ? Des gens morts ?

– Oui.

– Comme qui ?

– Mon zayda, mon grand-père du côté de papa. Autrefois il avait une ferme magnifique, très belle, tu vois ? Et des gens la lui ont prise. C'était il y a longtemps, avant que je sois née. Les grands-parents de ma mère en possédaient une aussi, dans un autre pays tout à fait différent, et la même chose est arrivée. Après, ils ont tous terminé ici.

– T'as peur d'eux ? demanda tranquillement Crys.

– Pas du tout.

– Tu crois vraiment aux fantômes ? »

Lusa se demanda pourquoi, grand Dieu, elle s'entretenait de cela avec une enfant. Mais elle avait autant besoin d'en parler que Crys de dire des gros mots. Elles avaient toutes deux leurs raisons pour cela. Elle se rassit et la fixa jusqu'à ce qu'elle croisât son regard. « Je ne te fais pas peur, dis ? »

La petite fit non de la tête, vivement.

« Peut-être que je ne devrais même pas les appeler des fantômes. C'est juste quelque chose que tu ne peux pas voir. À ça, je crois davantage sans doute que la plupart des gens. Certaines formes d'amour que tu ne peux pas voir. C'est ce que j'appelle des fantômes. »

Crys fronça le nez. « Qu'est-ce que tu fais, alors, tu sens leur odeur ?

– Oui. Et je les entends. J'entends mon grand-père jouer de la musique quand il pleut. C'est à ça que je sais qu'il est là. Et ton oncle Cole est là aussi. Je le sens tout le temps. Je ne te raconte pas d'histoires : trois ou quatre fois par semaine. J'ouvre un tiroir ou je marche dans la réserve à maïs, dans le grenier à grains, et il est là. »

Crys avait vraiment l'air malheureux. « Il est pas là pour de vrai, tout de même. Si tu peux pas le voir, c'est qu'il est pas là. »

Lusa tendit la main et lui frotta l'épaule, une petite pointe d'os dur sous une mince couche de muscles tendus. « Je sais qu'il est difficile de l'imaginer, dit-elle. Les humains appartiennent à une espèce qui a besoin de visualiser.

– Qu'est-ce que ça veut dire ? »

Un papillon monarque dérivait dans la colonne de lumière devant elles et battait paresseusement des ailes sur le sentier qui s'ouvrait à travers les arbres, vers les champs un peu plus bas. Lusa dit : « Ce que ça veut dire, c'est que nous aimons les choses de préférence avec nos yeux.

– Tu veux dire comme le fait Rickie, avec ces magazines de filles sous son lit ? »

Lusa partit d'un grand rire. « C'est exactement ça que je veux dire. »

Toutes deux suivirent des yeux le monarque, dansante tache orange qui disparaissait vers le bas de la colline jusqu'à se réduire à un point de couleur vive se fondant dans la lumière du jour.

« Beaucoup d'animaux font davantage confiance à leurs autres sens que nous. Les papillons de nuit utilisent leur odorat, par exemple. Il ne leur est pas du tout nécessaire de voir leur mari ou leur femme pour savoir où ils se trouvent.

– Bon, et alors ? T'es pas un papillon de nuit.

– Bon. J'imagine que tu dois avoir raison. C'est complètement idiot, non ? »

Crys haussait les épaules. « Quand tu seras morte, toi aussi tu seras un fantôme qui traînera par ici ?

– Oh sûrement ! Un gentil fantôme.

– Et qui sera ici alors, après toi ?

– Ça, c'est une question à soixante-quatre dollars. Les fantômes de ma famille et ceux de la tienne sont en désaccord total là-dessus. Les miens disent "reste", les tiens disent "va-t'en", à cause de ceux qui viendront après moi. Je ne sais vraiment pas comment satisfaire tout le monde. »

Crys la regardait attentivement. « Quel côté tu crois que tu vas choisir ? »

Lusa lui jeta un regard appuyé en lui retournant son haussement d'épaules, le même petit mouvement saccadé auquel Crys avait recours pour répondre à toute question. Un geste d'emprunt.

« Allez, viens, dit-elle alors, en se relevant vivement et en tirant Crys par la main. On ferait mieux d'aller voir si Lowell est réveillé.

– Il dort encore. Si tu le laissais faire, il dormirait sans arrêt.

– Peut-être que c'est parce qu'il est un peu triste pour ta maman. Quelquefois les gens ont besoin de dormir davantage quand ils sont tristes. » Elle tendit la main à Crys pour l'aider à descendre du talus sur la route, mais la petite fille se lança toute seule dans un gigantesque saut.

« Pas moi, dit-elle en retombant sur ses pieds.

– Non ? Alors qu'est-ce que tu fais ? » Lusa descendait plus lentement parmi les lis hémérocalles, se sentant comme la tortue qui cherche à rattraper le lièvre.

« Rien. J'y pense pas.

– Vraiment. Jamais-jamais ? »

Crys haussa les épaules. Elles restèrent sans parler pendant plusieurs minutes, tout en marchant côte à côte, descendant à travers des flaques de lumière déversée par les trous de la voûte forestière. Tous les vingt mètres ou à peu près, elles dispersaient une autre nuée de porte-queue – ces enfants de chœur chassés de l'église. Lusa aimait bien cette idée d'église. Franchement, ce n'était pas plus tiré par les cheveux que l'idée du sperme au sodium en guise de cadeau de la Saint-Valentin. Elle se demanda ce qui se passerait si elle soumettait un article à la revue *Behavioral Ecology* sur les effets spirituels d'un rassemblement de porte-queue autour d'une flaque. Lusa s'amusait encore de cette idée lorsque, en prenant le tournant qui surplombait la maison, elle fut arrêtée dans son élan.

« Oh, non, regarde ! s'écria-t-elle.

– Merde, tante Lusa. Cette saleté de chèvrefeuille a mangé ton garage. »

Lusa ne pouvait imaginer meilleure façon de décrire la chose. L'amoncellement de feuilles vert foncé était si bombé et si énorme que c'est à peine si l'on pouvait distinguer la présence d'un bâtiment dessous. Un ancien tertre funéraire, aurait supposé Lusa. Un temple maya tombé en ruine. Cela avait-il vraiment pu se produire en l'espace d'un seul été follement pluvieux et incontrôlable ? Elle n'était pas venue depuis longtemps sur la route du cimetière, pour autant qu'elle s'en souvint, et n'avait certainement pas vu l'arrière du garage depuis la mort de Cole. Maintenant, elle ne pouvait que le contempler, les yeux ronds, en se souvenant du contenu exact de leur dispute à propos du chèvrefeuille avant qu'il ne se tue : l'absurdité de cet article de journal conseillant de le passer au Roundup ; sa véhémence à défendre la plante. Comment avait-elle pu se montrer aussi sentencieuse à ce sujet ? Ce n'était même pas une plante locale, réfléchissait maintenant Lusa. C'était une évadée de jardins privés, comme les hémérocalles – presque comme la plupart des plantes qui poussaient dru au naturel, en réalité. Aucun insecte du cru ne pouvait s'en nourrir car elles venaient d'ailleurs – du Japon, probablement. *Lonicera japonica*, ce devait être ça, comme les scarabées japonais, l'encre du châtaignier, l'envahissante renouée et le redouté ku-dzu. Encore une des manifestations du complot humain destiné à éradiquer la flore indigène.

Tous les jours, tu dois le persuader de reculer de deux pas, avait-il dit, *autrement il s'installera et t'envahira.* D'instinct, il avait compris cette plante. Avec ses yeux, il avait enregistré ce dont on ne lui avait jamais appris à parler. Et pourtant, elle lui avait répondu négligemment : *Envahir quoi ? Ce ne serait pas la fin du monde si tu laissais le chèvrefeuille couvrir un mur de ta grange.* Elle croisa les bras pour se protéger d'un frisson d'angoisse et lui demanda de pardonner son audace de citadine.

Elle fut entêtée du parfum d'un millier de fleurs blanches translucides qui, jaunies, étaient tombées de cette montagne de plante grimpante bien des mois plus tôt. Peut-être des années plus tôt.

Crys la regardait avec tant d'anxiété que Lusa porta la main à son propre visage pour s'assurer qu'il était encore intact.

« Ne t'inquiète pas, ce n'est rien, dit-elle. J'ai vu un fantôme. »

22
Les prédateurs

Jours de canicule. Deanna était assise sur le pont qu'elle venait de finir de réparer dans le bois de tsugas, éliminant avec nervosité les éclats de l'extrémité d'une planche de sapin et les faisant tomber dans l'eau, à l'écoute du clan de queues rouges qui se poursuivaient en poussant des cris perçants dans le ciel. Parfois, les oiseaux plongeaient dans les arbres au-dessus de sa tête et leurs reflets miroitaient brièvement à la surface de l'eau, sous ses pieds. Elle tira son bandana de sa poche arrière et éponge la sueur qui lui coulait dans les yeux, barrant son front d'une traînée de saleté et de sciure. Le faucon devient aveugle par temps de canicule, disait le dicton. Mais son père, lui, disait autre chose : *Rien ne peut faire qu'un oiseau perde la vue pendant un jour de chaleur. En août, ils poussent les petits hors du nid, c'est tout. Les parents volent alentour, affolés, plongeant dans la cime des arbres pour tenter d'échapper aux jeunes arrivés à maturité qui les suivent partout en piaillant pour être nourris, refusant de chasser par eux-mêmes.* Son père ignorait le terme « oisillon », mais en connaissait le sens. *Regarde bien*, lui disait-il toujours. *Si ça ne sonne pas juste, c'est que ça ne l'est pas. Les gens ont toujours de bonnes raisons pour dire ce qu'ils disent, mais en général ce n'est pas celles qu'ils croient.*

Deanna était à court d'idées pour se trouver une autre tâche à accomplir aujourd'hui. Rien qui puisse monopoliser son esprit, de toute manière. Elle en avait fini avec le pont, puis avait également ramassé quatre brouettées de bûches, là où ils avaient abattu les arbres, et les avait poussées jusqu'au refuge. Elle avait désherbé et recreusé le fossé de la partie la plus escarpée de la piste de montagne. Là-haut sur la crête, elle était tombée sur un couple de randonneurs, jeunes, très sales, qui semblaient enchantés du monde et d'eux-mêmes. Ils s'étaient aventurés par ici en s'écartant momentanément de la piste des Appalaches. Leur projet avait été de partir en randonnée tout le long de la piste, pendant l'été, du Maine jusqu'en Géorgie, comme ils le lui confièrent avec enthousiasme. Ils avaient réussi à venir jusqu'ici, avaient usé une paire de souliers chacun et se faisaient une fête de récupérer un colis de dépannage déposé par l'une de leurs mères, chaussures neuves comprises, un peu plus bas, là où la piste débouchait à Damas, avant de continuer vers le sud. Ils remercièrent Deanna, très impressionnés du bon entretien des sentiers de la forêt de Zébulon – comme si elle n'avait accompli tout ce travail que pour leurs beaux yeux. Ce qui répondit à l'une des deux questions qu'elle s'était posées durant tout l'été. En les regardant s'éloigner, dans leurs amples shorts aux couleurs bariolées, elle se demanda quel effet ça faisait d'avoir une mère qui vous laissait un colis quand vous manquiez de chaussures. Ou encore de marcher pendant des centaines de kilomètres à côté de quelqu'un en sachant toujours où menait la piste qui était devant vous et exactement sur quelle distance.

En ce moment même, il était installé dans le fauteuil vert de la galerie, en train de lire sa thèse. Elle n'avait pas ressenti une telle anxiété depuis le jour de son oral de soutenance, lorsque le jury l'avait fait sortir dans le couloir au moment des délibérations.

Il fallait absolument que cette humidité se dissipe. Il y avait de l'orage dans l'air, ce qui rendait les faucons encore plus nerveux. Deanna ne voulait pas être en bas quand il éclaterait. Pendant son service dans la montagne, elle s'était laissé surprendre dehors à deux reprises : une fois, elle avait réussi à s'abriter dans le tronc du châtaignier (à l'époque où il n'appartenait qu'à elle seule), et, une autre fois, elle avait dû se blottir contre le tronc d'un tsuga, au point le plus bas qu'elle avait pu atteindre. Ces deux occasions avaient été plus terribles qu'elle ne voulait l'admettre. Il avait raison à propos de ses rapports avec l'orage. Elle n'avait pas peur des serpents, mais le tonnerre la paralysait. Sans aucune raison, c'était comme ça. Même toute petite, elle redoutait les bruits assourdissants, incapable de tirer un coup de fusil sans être inondée de sueurs froides, même pour s'entraîner sur une cible, une boîte de conserve au sommet d'un poteau. Son père restait à ses côtés pendant toute la durée d'un orage. Eddie en faisait autant, et pratiquement de la même façon, bien qu'elle ne le lui eût pas dit : lui frottant le dos pendant qu'allongée, l'oreiller ramené sur sa tête, elle mesurait à voix haute avec lui la distance entre l'éclair et le coup de tonnerre. Trois cent cinquante mètres par seconde.

S'il n'y avait pas eu ça, pensait-elle, tout aurait été facile. S'il n'y avait pas eu ces nuits, ces petits matins et demi-minutes pendant lesquels il était soudainement plus tendre et plus sincère qu'il ne semblait possible, tout bien considéré. Étant donné qu'il était incapable de comprendre. Que pensait-elle vraiment qu'il allait faire désormais quand il aurait fini de lire le livre de ses connaissances et convictions ? Changer ? Non. S'arracher les cheveux de honte ? Non. Rester ou prendre la porte ? Que voulait-elle qu'il fasse ?

Le problème était là. Quand le corps veut quelque chose et que l'esprit veut l'opposé, qui est-on, qui est Deanna dans tout ça ?

Elle se pencha très en avant du pont pour se voir dans l'eau. Sa natte tomba de son épaule presque jusqu'à toucher l'eau, se balançant comme la corde d'une cloche. *Attire-moi*, dit-elle silencieusement à la fille qui était dans l'eau. *Décide à ma place. Éloigne de moi cette agitation, de celles que, de ma vie, je n'ai jamais connues.*

Ce matin elle avait pleuré sans aucune raison valable. La forêt n'avait pas été assez vaste pour abriter son chagrin. Elle avait effarouché un faon tacheté de blanc, à la queue en fanion, et l'avait fait dégringoler plus bas, depuis la litière de feuilles dans laquelle sa mère l'avait dissimulé avec soin. Deanna s'était pelotonnée à l'endroit qu'il venait de fuir et avait senti la tiédeur du petit corps toujours présente dans les feuilles brunes. Pas de souci à se faire, s'était-elle dit : le faon appellerait sa mère et serait retrouvé. Mais soudain, prise d'un tel désespoir, d'une telle fatigue, avec le sentiment d'être une cause tellement perdue, elle s'était allongée sur le sol et rempli la bouche de feuilles.

Brrroum ! Un coup de tonnerre heurtait maintenant sa colonne vertébrale comme un marteau, la faisant bondir sur les planches de bois brut du pont. Elle en fut reconnaissante, au moins une décision qui était prise à sa place. Au moment où résonnait le deuxième coup, roulant comme une vague dans la combe et éclatant au-dessus de sa tête, ses pas la guidaient déjà dans la montée. Ses pieds la porteraient au refuge avant que l'éclair ne se produise. *Qu'est-ce que je veux, qu'est-ce que je veux ?* l'interrogeaient-ils tout au long de la piste, l'interrogeait le rythme de sa respiration. Si elle était incapable de dire ce qu'elle voulait, elle ne dirait rien – elle éviterait de le regarder, devrait continuer à se sentir piégée avec lui en ces lieux, comme un prédateur et une proie enfermés à l'étroit dans une caisse, attendant qu'on leur dise lequel était lequel.

Elle respira fort quand le refuge fut en vue. Pourquoi s'était-elle sentie essoufflée aussi vite dernièrement, était-ce aussi dû à l'âge ? Avait-elle couru plus vite que d'habitude ? À travers les arbres, elle apercevait la façade sud de sa maison, là où, cet été, les rondins avaient été entièrement recouverts par un seul pied de clématites de Virginie. Elle s'était demandé s'il valait mieux en arracher les petites vrilles poilues ou les laisser là pour protéger le vieux bois du vent et de la pluie, comme une peau verte et vivante.

Elle obliqua sur la colline, arrivant à l'arrière du refuge par le haut. Son esprit la devançait, faisait des écarts, mais il enregistra soudain quelque chose de bizarre à l'endroit où le pignon du toit butait contre le rondin le plus haut du mur de la maison. Le petit trou qu'elle avait déjà remarqué était toujours là, mais à présent quelque chose bougeait pour s'en échapper, une boucle sombre. Elle s'approcha lentement, retenant sa respiration, l'œil rivé sur l'orifice.

Elle distinguait maintenant exactement ce que c'était : l'ange gardien, locataire estival du refuge, qui avait limité le nombre de souris, le diable qui s'était emparé des moucherolles, l'auteur de ce fameux bruit de papier de verre dans le toit, son serpent noir. Il s'en allait. Deanna, bien plantée sur ses jambes, vit la totalité de son incroyable longueur se déverser du petit trou à flanc de pignon. Il s'infiltra le long du mur en rondins en une coulée liquide et ondulante comme un filet de mélasse versé d'un pichet. Lorsque la plus grande partie de sa longueur eut émergé, il se laissa soudainement choir dans les hautes herbes, qui frémirent puis s'immobilisèrent. Il était donc parti pour de bon. Juste comme ça, aujourd'hui entre tous les autres jours, pour des raisons qu'elle ne connaîtrait jamais. Qu'elle eût aimé ou haï ce serpent n'avait absolument aucune incidence sur son départ. Elle y réfléchit en le voyant s'en aller, et elle sentit quelque chose bouger en elle – comme un soulagement, énorme et bien établi, comme un tas de pierres sur une pente raide qui se déplaceraient soudain en se bousculant légèrement pour trouver l'angle naturel de repos.

Le martèlement du *qu'est-ce que je veux ?* s'arrêta dans sa poitrine. Peu importait son choix. Le monde était ce qu'il était, un lieu avec ses lois d'appétit et d'assouvissement. Les êtres vivaient, s'accouplaient et mouraient, ils allaient et venaient aussi sûrement que l'été. Ils suivraient leurs propres voies, de leur plein gré.

Garnett avait pris sa décision. Il irait lui toucher un mot des tuiles. Il lui en parlerait aujourd'hui même. Cette fois, rien ne le détournerait de son chemin : elle pourrait toujours jouer les impolies, le choquer ou blasphémer, rien n'y ferait, il lui donnerait tout de même ces tuiles. Un bon chrétien comme lui frisant les quatre-vingts ans, impossible de dire si son heure n'était pas proche. Dieu sait que c'était tombé sur des hommes beaucoup plus jeunes. Ça n'allait pas lui arriver à lui, Garnett Walker, d'être pris encore encombré de ces tuiles qui moisissaient dans son garage et du péché de malveillance qui souillait son âme comme une tache d'encre.

Peut-être même que, tant qu'il y était, il se souviendrait de la remercier pour sa tourte.

Tandis qu'il se dirigeait vers son portail en passant par la cour, il s'arrêta pour faire le point sur le phytolaque qui avait poussé à toute allure dans le fossé bordant son allée et hors d'atteinte de la tondeuse. Il avait pensé aller jusque-là avec la débroussailleuse, mais cette plante, ayant en quelque sorte déjoué ses bonnes intentions, avait atteint des proportions monstrueuses. Haute comme un arbre pratiquement de plus de trois mètres, avec ses larges feuilles vernissées et ses grappes de baies vertes qui pendouillaient – elle avait mis tout juste quatre mois à sortir du sol, puisque ce genre de plante disparaissait normalement avec le gel. Garnett se tenait campé là, les mains sur les hanches, à examiner le tronc violine. Par principe, il détestait les plantes sauvages, mais il ne pouvait s'empêcher d'admirer celle-ci pour son énergie. Son œil s'égara vers la rangée d'arbres qui dominaient la haie, masses feuillues géantes, pareilles à de gros nuages d'orage verts, et il se sentit soudain pris de terreur. On pouvait vivre dessous quotidiennement sans se rendre compte à quel point ils étaient impressionnants. Garnett avait peu à peu perdu la capacité d'en distinguer les feuilles individuellement, mais il pouvait encore reconnaître n'importe lequel de ces arbres grâce à sa forme : les colonnes onduleuses des tulipiers ; la large ramure d'un chêne ; l'imposante silhouette bien droite d'un noyer ; le tremblement translucide, efféminé, d'un cerisier sauvage. À ce stade de l'été, les petits robiniers dentelés étaient légèrement teintés de brun et le catalpa, près du poteau du coin, arborait une couleur vert pâle repérable à mille mètres de là, ou même de plus loin lorsqu'il était entièrement chargé de ses longues cosses pendantes qui lui valaient son nom d'« arbre aux haricots ». Au printemps, l'arbre à oseille tendait ses fleurs blanches telles des mains de squelettes. Des arbres. Chacune des espèces avait un luisant différent sous la pluie, une couleur particulière à l'automne, un aspect spécifique – quelque chose d'impossible à décrire avec des mots mais qu'on apprenait par cœur en vivant parmi elles. Une pensée assez triste vint curieusement à l'esprit de Garnett quant à sa manière d'imaginer les arbres : un spectacle qui s'obscurcirait au moment de sa mort comme un écran de télévision qu'on éteint.

Mais, grand Dieu, que faisait-il donc là dans son allée à contempler les arbres en pensant à la mort ? Il s'apprêtait à retourner chez lui, quand, dans l'angle de son champ visuel, il enregistra les formes rondes des pommes régulièrement espacées de l'autre côté de la haie et se souvint, mais oui, bien sûr, de ce pour quoi il était venu. Sa mission, c'était Nannie Rawley et les tuiles. Il pensa d'abord faire un tour jusqu'au garage, juste pour vérifier qu'elles étaient encore présentables. Mais le soupçon l'effleura qu'il était peut-être en train de différer l'inévitable. *Allons, remonte tes bretelles et vas-y, mon gars,* s'encouragea-t-il.

Il la trouva derrière chez elle, là où il pensait qu'elle était. Il l'avait surveillée du coin de l'œil ce matin et l'avait vue y transporter une vieille barrière de robinier. En réalité, il était devenu un peu curieux de ses agissements bien qu'il sût parfaitement que la curiosité était un vilain défaut.

Elle agita joyeusement la main en le voyant arriver. « Monsieur Walker ! Comment vont vos CV ? »

Ses quoi ? L'interrogeait-elle à propos de ses sous-vêtements ? « Bien, dit-il, sans s'engager.

– Plus de crises de vertige ? C'est merveilleux. Je suis ravie de l'apprendre.

– Oh *ça* », dit-il, et le souvenir de ses mains tendres et fermes lui manipulant la tête expédia une décharge d'adrénaline à travers tout son vieux corps. Il avait fait un rêve à propos d'elle, si réaliste qu'il s'était réveillé affligé d'un état qu'il n'avait pas connu depuis des années. Il rougissait à présent en se remémorant toute l'affaire. Il faillit faire demi-tour et prendre ses jambes à son cou.

« Tout va bien ?

– Beaucoup mieux, oui, répondit-il, recouvrant ses esprits. Mais ça me fait tout drôle. J'étais tellement coutumier de ces étourdissements qu'il va me falloir du temps pour m'en déshabituer.

– Vous pensiez que c'était la vieillesse, c'est ça ? demanda-t-elle. Si je me levais un matin sans avoir mal aux genoux, je ne suis pas sûre que je saurais encore marcher. »

Il ne la quittait pas des yeux, affolé. Elle ne portait pas grand-chose sur elle. Il l'avait remarqué un peu plus tôt quand il l'avait vue hisser la barrière de robinier hors du fossé. Juste un genre de petite blouse jaune sans manches et un short. Un short, une femme de son âge ! Il faisait chaud, mais pas suffisamment pour inciter quelqu'un à s'exposer de manière indécente.

« J'ai prié pour que cessent ces vertiges, confessa-t-il. Pendant plusieurs années, même.

– Les voies de Dieu sont impénétrables », répondit-elle avec une désinvolture probablement involontaire. Pour un peu, elle lui aurait même suggéré qu'elle était la réponse du Seigneur à ses prières.

« Personnellement, j'ai constaté que mes prières demeuraient rarement sans réponse, dit-il avec un peu plus de hauteur que voulu. En août dernier, alors que tout était tellement sec et que tant de gens étaient sur le point de perdre leurs récoltes de tabac, je me suis mis à genoux et j'ai prié pour que la pluie tombe enfin, mademoiselle. Et ça, il faut que vous le sachiez, le lendemain matin, il s'est mis à pleuvoir. »

Elle le regardait curieusement. « Juste avant que vous n'arriviez ici, j'ai eu une crise d'éternuements. J'imagine que ce sont mes éternuements qui vous ont fait venir.

– C'est une drôle de réflexion, mademoiselle.

– N'est-ce pas ? répondit-elle en se tournant et en reprenant son marteau.

– Si je comprends bien, vous faites bien peu de cas des miracles.

– Je ne suis pas en situation de croire aux miracles », dit-elle sans se retourner. Le son de sa voix était légèrement sec, ou peut-être simplement un peu triste. Elle était en train de fabriquer quelque chose – enfin –, de travailler à cette barrière de robinier qu'il l'avait vue traîner derrière elle. À présent, elle l'avait appuyée

470

contre un chevalet dans l'ouverture de son garage et y clouait une traverse. Bonté divine, ça ressemblait à la croix dont s'étaient servis les Romains pour crucifier Jésus. Il n'allait pas l'interroger là-dessus – il l'avait décidé. Son second vœu de la journée ; il ferait mieux de commencer par le premier.

Il s'éclaircit la voix puis dit, sans aucune raison : « Est-ce que vous savez qu'il y a une touffe de phytolaque le long de mon allée qui doit bien mesurer dans les onze pieds ? Je n'en ai jamais vu de pareille. »

Elle posa son marteau et se retourna, le dévisageant avec soin. « Est-ce que c'est pour me dire ça que vous êtes venu jusqu'ici ? »

Il réfléchit. « Non. C'était juste une information en passant.

– Ah ! en effet, c'est quelque chose, une touffe de phytolaque de onze pieds de haut. S'il y avait un prix pour cette catégorie de plante à la fête du village, vous auriez là une excellente candidate. Quelle surprise ils auraient tous : Garnett Sheldon Walker, troisième du nom, premier dans la catégorie "annuelle sauvage". » La voix avait repris son ton enjoué habituel et il ne put s'empêcher d'esquisser lui-même un léger sourire. Le phytolaque était une plante vivace de pleine terre, il en était pratiquement sûr, mais il se retint de la contredire.

« Si j'avais su, dit-il avec un sérieux affecté, je lui aurais donné un peu de nitrate d'ammonium. Je crois que j'aurais pu la faire monter jusqu'à quatorze pieds. »

Elle déposa son marteau et sembla se détendre. Son short, il le voyait bien, n'était qu'un vieux pantalon de travail qu'elle avait coupé avec des ciseaux. Quelle drôle de chose à faire ! « Vous savez ce que j'admire vraiment à cette époque de l'année ? lui demanda-t-elle.

– Je n'ose pas le deviner, mademoiselle.

471

– Les tiges de mûrier, dit-elle. À présent, allez-y, fichez-vous de moi, parce que tout le monde le fait ; je sais qu'elles sont embêtantes comme tout, mais elles aussi sont stupéfiantes.

– Je crois savoir qu'elles détiennent le record de vitesse de croissance de ce côté-ci de la Chine, dit-il.

– Oui, monsieur ! Elles jaillissent de terre et à la mi-juin elles atteignent déjà huit pieds. Et puis la partie supérieure retombe jusqu'au sol et, en août, elles forment une arche assez haute pour passer dessous si ça vous chante. Avez-vous jamais remarqué leur façon de faire ?

– J'ai remarqué, j'ai remarqué, dit-il. J'ai bien dû user huit débroussailleuses au cours de ma vie pour constater à quel point elles poussaient.

– Je sais. Ce n'est pas que je les défende, notez. Elles envahiraient presque tout mon verger si je ne les rabattais pas au ras de la clôture. Mais quelquefois, en hiver, j'aime bien regarder ces boucles qui vont jusqu'à la route, qui montent et qui descendent, œuvres de l'aiguille d'une couseuse de patchwork qui poursuivrait son chemin à travers le comté de Zébulon, en piquant un grand point par an. On peut les apprécier ou les détester, rien ne les arrête. » Elle lui lança un regard du coin de l'œil, comme une mère sévère. « Et vous devez reconnaître que les mûres font les meilleures tourtes qui soient. »

Il rougit. « Oh ! ça fait un temps fou que je voulais vous parler de cette tourte. Je vous en remercie. » Un short, sur une femme de son âge ! D'après ce qu'il voyait, elle avait les jambes de quelqu'un de beaucoup plus jeune. Certainement pas ce à quoi il aurait pu s'attendre en matière de jambes unitariennes.

« Je vous en prie, dit-elle. Mieux vaut tard que jamais. Si la tendance récente devait se confirmer, peut-être que je vous en ferais une autre l'année prochaine. »

Il la regarda longuement, de façon appuyée, se demandant franchement si tous deux seraient encore là l'été prochain. Arrivé à un certain point, on se sentait obligé de penser de cette façon. « Mademoiselle, déclara-t-il, je dois vous dire que je n'ai jamais vu une femme de votre âge en short. »

Elle regarda ses genoux – qui, à la réflexion, étaient sans doute un peu blêmes et un peu biscornus. Pour peu que l'on y prêtât attention. Elle lui rendit son regard avec un sourire de jeune fille. « J'avais chaud, monsieur Walker. C'est ce garçon livreur qui m'en a donné l'idée. Il conduit son camion sans rien sur lui à part son slip de bain. J'ai pensé que c'était permis et que, sûrement, une vieille dame avait le droit de couper un vieux pantalon de temps à autre. »

Garnett secoua la tête. « Les personnes âgées doivent garder une certaine respectabilité, mademoiselle.

– Des bêtises que tout ça. Les personnes âgées doivent surtout se préoccuper de leur mort.

– Ne faites pas l'insolente avec moi, la mit-il en garde. Et ne vous attendez pas non plus à me voir me balader partout en short.

– Autant attendre que les poules aient des dents, monsieur Walker.

– Bon, très bien », dit-il. Mais il demanda : « Êtes-vous en train de me traiter de poule mouillée ? »

Elle croisa les bras. « Êtes-vous en train de me dire que je suis impudique ?

– Comprenez ce qui vous arrange, répondit-il sèchement.

– Quel moralisateur, quel enquiquineur ! dit-elle. Et plus encore. »

Et voilà. Ils s'étaient abaissés à se traiter de tous les noms, comme deux gamins de l'école primaire. Il prit une longue inspiration. « Je crois que j'en ai terminé.

– Ah non, alors ! lui dit-elle avec fermeté, l'œil menaçant. Dites-moi donc ce que vous me reprochez. Vidons notre sac. Depuis toutes ces années que vous me cherchez noise. Qu'est-ce que vous avez contre moi ? »

Elle se tenait là, sans crainte, le défiant de lui dire la vérité, le poussant dans ses retranchements. Garnett retourna la chose dans sa tête et soupira. Avec une profonde tristesse, il reconnut qu'il ne serait jamais capable de lui donner de réponse car lui-même n'en connaissait pas.

Il dit faiblement : « Vous n'avez pas un comportement normal pour votre âge. »

Elle restait là, la bouche légèrement ouverte, comme si des mots s'étaient coincés à mi-chemin entre son cerveau et le monde environnant. Enfin, ils sortirent : « Il n'existe aucune façon normale de se conduire quand on a soixante-quinze ans. Vous savez pourquoi ? »

Il n'osait pas répondre. Avait-elle vraiment soixante-quinze ans ?

« Moi, je vais vous dire pourquoi, dit-elle. Tout bien considéré – si on regarde bien l'histoire –, à nos âges les gens sont censés être morts et enterrés. C'est ça qui est normal. Jusqu'à il n'y a pas si longtemps, jusqu'à la guerre civile ou quelque chose comme ça, on ne connaissait même pas l'existence des microbes. Si vous tombiez malade, on vous collait des sangsues et on prenait vos mesures pour un cercueil. J'ai même l'impression qu'on atteignait rarement la cinquantaine. C'est bien ça ?

– J'imagine que oui.

– C'est bien ça. Vos père et mère devaient conserver leur respectabilité en se contentant de travailler jusqu'à la fin et puis, un beau jour, ils mouraient d'un mauvais rhume, avec toutes leurs pièces détachées encore en état de marche. Et puis arrive quelqu'un qui invente six

474

mille manières de tout guérir, et nous voilà vieux, à nous demander que faire de nous-mêmes. L'homme n'est tout simplement pas fait pour vieillir. Voilà ma théorie. »

Il savait à peine quoi répondre. « C'est *une* de vos théories.

– Tout de même, réfléchissez. Toute cette machine-à-bébés des femmes qui se dessèche, ces hommes qui perdent leurs cheveux – nous ne sommes plus qu'un poids pour les nôtres. Conserveriez-vous un châtaignier de votre projet s'il ne donnait plus de semences ? »

Il fronçait les sourcils. « Je ne me considère pas comme vieux.

– Bien sûr que non, parce que vous êtes un homme ! Les hommes s'exhibent partout avec leur crâne chauve et leur canasson au paddock, mais ils refusent d'admettre qu'ils ne sont que du vieux bois. Alors pour-quoi est-ce que moi aussi je n'en aurais pas le droit ? Quelle loi dit que je devrais être morte de honte d'avoir un corps aussi vieux ? C'est une mauvaise farce des temps modernes, mais voilà. Moi, avec mes vieux genoux qui craquent et mes nénés tout desséchés et vous, avec ce que vous avez là-dessous, si ça n'est pas déjà tombé – nous restons tout de même des êtres humains. Pourquoi ne pas simplement nous résigner à vivre jusqu'à ce que mort s'ensuive ? »

Garnett avait tellement chaud sous son col que c'est à peine s'il pouvait respirer. Il n'avait jamais juré de sa vie devant une femme, du moins depuis l'école, en l'occurrence, mais voilà que l'occasion se présentait. Elle l'avait bien cherché. Nannie Rawley avait besoin d'une bonne correction, c'est tout. S'ils avaient tous deux eu soixante-cinq ans de moins, il l'aurait retournée sur son genou. Garnett jura en son for inté-rieur, tourna les talons et s'éloigna sans un mot. Car, dans de telles circonstances, dire quoi que ce soit n'aurait servi à rien.

Une heure et dix minutes plus tard, Garnett revenait dans le jardin de Nannie avec une tuile d'asphalte à la main. Elle transportait un boisseau de gravensteins jusqu'à son pick-up, qu'elle commençait à charger pour le marché amish du lendemain ; elle fut si troublée de voir Garnett Walker qu'elle trébucha et faillit en lâcher son panier.

Il brandit la tuile pour lui en montrer la forme particulière – un cœur –, pareille à celles de son toit, puis la jeta à ses pieds. Elle gisait là dans l'herbe près d'une flaque d'eau, cette chose dont elle avait tant besoin, tel un cadeau de la Saint-Valentin. Une foule de papillons bigarrés s'éleva de la mare en un tremblant applaudissement.

« Il y en a deux cents dans mon garage. Elles sont toutes à vous. »

Son regard passa de la tuile à Garnett Walker et inversement. « Que Dieu soit loué ! dit-elle tranquillement. Un miracle. »

24
Un amour de papillon de nuit

Il était presque midi, un dimanche, lorsque Jewel vint chercher les enfants. Lusa était dans le jardin, occupée à cueillir des haricots verts, quand elle la vit remonter très lentement la cour. « Mon chou, c'est le jour du Seigneur, donc jour de repos, lui lança Jewel en arrivant devant le portail. Tu ne devrais pas travailler aussi dur.

– Alors à quoi pensait le bon Dieu quand Il a créé les haricots et le mois d'août ? » répondit Lusa, certaine que sa belle-sœur ne l'accusait pas formellement de sacrilège. Jewel était pâle, mais sémillante avec son petit chapeau cloche bleu que quelqu'un avait confectionné au crochet à son intention. Elle ne s'était jamais inquiétée de porter une perruque et se contentait de mettre des foulards et des chapeaux. « Passe par la clôture anti-lapins, lui cria Lusa. Le haut de la porte ne tient que par un bout de fil de fer. »

Jewel manipula le grillage et réussit à se frayer un chemin à l'intérieur. « Mon Dieu, que c'est joli », s'exclama-t-elle. Lusa, assise sur ses talons, se redressa, toute fière. Des poivrons rouges et jaunes rutilaient comme des décorations sur leurs touffes de feuillage sombre et les aubergines d'un violet lustré avaient une allure de cadeaux de prix. Même les oignons s'ornaient de boules de fleurs roses. Pendant toutes ces années de son enfance passées à cultiver des graines en pot dans le patio, elle n'avait rêvé que de ça.

« Tu es esclave de ce jardin, dit Jewel.

– Presque. Regarde-moi ça. » Elle montrait d'un geste une longue rangée de haricots à cueillir. « J'en ai déjà fait quarante kilos et il m'en reste encore deux rangées à finir.

– Tu seras contente, malgré tout. Le mois de février venu.

– C'est vrai. Entre ça et mes poulets, je n'aurai peut-être pas besoin d'aller chez Kroger avant l'été prochain. J'ai des tomates en conserve, de la sauce tomate – sans doute une vingtaine de litres –, et je suis en train de congeler des brocolis, des choux-fleurs, et j'en passe. Des tonnes de maïs. À propos, tes enfants ont dévoré chacun leur poids de maïs, hier soir. »

Jewel sourit. « Je te crois. Lowell mange même des épis grillés et pourtant il est difficile. Mais ils n'ont sûrement pas beaucoup entamé tes réserves de brocolis, je me trompe ?

– Non.

– Laisse donc tomber tes haricots verts, dit Jewel. Si tu en as quarante kilos, tu peux arrêter de les cueillir et te dire : "voilà, j'ai terminé". Ce n'est pas défendu par la loi.

– Je pourrais, dit Lusa. Mais c'est Cole qui les a plantés. C'est lui qui les a presque tous semés. Tu te souviens de la chaleur qu'il a fait au début de mai ? J'ai le sentiment que tant que je reste ici à les cueillir il m'offre encore des cadeaux. Je déteste penser qu'à l'automne il faudra retourner la terre. »

Jewel secoua la tête. « C'est ton travail à toi aussi, tout de même. Je te jure, c'est vraiment joli. Un vrai jardin de femme. Il ne ressemble pas du tout aux jardins des autres. »

Lusa pensa, sans le dire, que c'était parce qu'elle n'était pas du métier. Elle cultivait d'autres légumes : des bettes aux cinq couleurs, au lieu du chou fourrager, et plusieurs rangées de fèves à faire sécher pour le

478

falafel. Elle avait fait pousser quatre sortes d'auber-gines différentes à partir de graines qu'elle avait semées, y compris la « Rosa bianca » rayée de rose et de blanc pour ses *imam bayildi* et *baba ganouj* bien-aimés.

Jewel inspectait les pieds de tomates, frottant leurs feuilles saines entre ses doigts. « Avec quoi viens-tu à bout des larves, avec de la poudre Sevin ?

– Non, pas ça. Ça tue beaucoup trop de mes amis. »

Jewel lui jeta un regard horrifié, ce qui fit éclater de rire Lusa. « D'insectes, je veux dire. Je sais que vous vous moquez tous de moi, mais je les aime tant que je ne supporte pas d'utiliser un pesticide à large spectre comme le Sevin. Je me sers d'autre chose, comme le Bt, pour les tomates.

– Le Bt ?

– C'est un micro-organisme, le *Bacillus thurin-giensis*. Une bactérie qui donne des indigestions aux larves quand elles s'attaquent à mes tomates mais qui ne fait de mal ni aux abeilles ni aux coccinelles.

– Tu me fais marcher ?

– Mais non. Une très mauvaise indigestion qui les fait mourir. Ça marche aussi sur les arpenteuses du chou. Tiens, il y a un panier près de la clôture là-bas, pourquoi ne cueillerais-tu pas quelques tomates pour toi et les enfants ?

– Je ne les mangerais pas ; mon estomac refuse tout ce qui est acide, c'est à cause de la chimio, je pense. Je ne peux toujours pas boire de jus d'orange. Mais je vais te cueillir celles qui sont mûres, au lieu de rester là à te regarder. Encore une chose de plus que tu devras faire.

– En fait, j'ai arrêté de mettre des tomates en conserve. Maintenant, je me contente de les couper en tranches et, avec du basilic et de l'huile d'olive, je les mange au petit déjeuner.

– Ah, zut ! J'ai marché sur tes œillets d'Inde.

– Rien de grave, je me moque bien de leur apparence. J'en mets simplement pour éloigner les nématodes des racines de tomates.

– Ah ça, c'est quelque chose. Vraiment quelque chose. Cole avait commencé à s'intéresser sérieusement à tout ça, ces deux dernières années. Comment empoisonner sans poison. Il est même allé à l'université du Kentucky pour suivre des cours sur le sujet.

– C'est comme ça que nous nous sommes rencontrés, dit Lusa, les yeux baissés. J'étais son professeur.

– Oh ! » s'écria Jewel, comme si une abeille venait de la piquer. Était-elle jalouse ? Lusa se le demanda. Elle ne semblait pas l'être, en général, du moins pas autant que les autres sœurs, bien qu'elle et Cole eussent été si proches. Seule Jewel avait toujours semblé vouloir le partager. Lusa se pencha plus près de ses haricots pour s'abriter les yeux du soleil tandis qu'elle atteignait le bout de la rangée. Elle progressait à genoux, traînant un sac en papier presque plein avec elle.

« Tu ne vas pas en croire tes oreilles, dit-elle à Jewel, j'ai réussi à ce que tes enfants restent ici la moitié de la matinée à attraper les parasites des haricots et à les écraser. Je leur ai dit que je les paierais un sou pièce pour leur peine et, tu ne me croiras pas, ils ont fait le total des morts. Aujourd'hui, ils vont rentrer à la maison avec de l'argent plein les poches. Si tu as des factures qui traînent, touches-en un mot à Crys et Lowell. » Elle leva les yeux : « Jewel ? *Jewel ?* »

Lusa parcourut des yeux toute la rangée des grands pieds de tomates à la recherche de Jewel, mais elle n'y était pas. Elle se releva et marcha jusqu'à l'extrémité de la rangée, prise de panique, cherchant par terre dans les travées. Jewel était là, à même le sol, les bras serrés autour des genoux, en train de se balancer, le visage crispé de douleur, avec un panier de tomates renversées autour d'elle. Lusa se précipita vers elle et l'entoura de ses deux bras pour la calmer.

« Oh mon Dieu ! répéta plusieurs fois Lusa. Qu'est-ce que je dois faire ? Excuse-moi, je ne suis pas de ceux qui savent quoi faire en cas d'urgence. »

Jewel ouvrit les yeux. « Il n'y a pas d'urgence. Il faut simplement que j'aille à la maison. Je pense que j'en ai trop fait. J'ai des calmants dans mon sac. »

Abandonnant haricots et tomates épars sur le sol et la clôture anti-lapins grande ouverte, les deux femmes descendirent péniblement la pente et traversèrent le jardin jusqu'à la maison. Lusa dut pratiquement porter Jewel dans l'escalier. De la force semblait lui être venue dans les épaules tous ces derniers mois : presque quotidiennement elle accomplissait une tâche qu'elle confiait d'habitude à Cole et, à sa grande surprise, quand elle se voyait dans la glace, elle constatait la présence de muscles là où il y avait eu des courbes tendres. Malgré tout, transporter une parente en haut des marches de la galerie était une première.

Elles firent une pause dans l'entrée, en entendant les voix des enfants. Lowell et Crys étaient dans le salon avec un tas de jeux que Lusa avait sortis d'un placard. Leurs préférés étaient le Monopoly et le Oui-ja.

« Où sont tes pilules ? lui demanda Lusa.

– Oh zut ! mon sac est resté dans la voiture.

– Alors, tu vas t'allonger sur le divan du salon et, pendant ce temps, je cours le chercher. »

Jewel jeta un regard suppliant à Lusa. « Est-ce qu'on ne pourrait pas monter à l'étage ? Je n'aimerais pas que les enfants me voient dans cet état.

– Bien sûr. » Lusa se sentit bête de n'y avoir pas pensé. Jewel agrippa étroitement la rampe d'une main blême et Lusa la transporta presque jusqu'en haut des marches. Elle guida Jewel vers sa chambre, décidant de pas s'inquiéter du lit défait et des vêtements qui jonchaient le plancher. « Assieds-toi, je reviens tout de suite. »

Elle se précipita vers la voiture et revint, hors d'haleine, vérifiant d'un rapide coup d'œil que les enfants étaient occupés. Tout à leurs chamailleries à propos d'argent au jeu de Monopoly, ils n'avaient rien remarqué. S'efforçant de garder un ton aussi calme que possible, elle leur demanda d'aller fermer la clôture et de ramasser les œufs, occupation qu'elle savait plaire à Lowell tant que sa sœur le protégeait du coq. Puis elle grimpa l'escalier quatre à quatre, faisant un détour par la salle de bains pour remplir un verre d'eau du robinet. Quand elle revint dans la chambre, elle trouva Jewel installée dans le fauteuil de brocart vert près de la fenêtre, le siège qu'occupait Lusa quand elle lisait. Ses doigts parcouraient le motif de vigne en relief du tissu vert, comme si elle y déchiffrait un message en braille. Lusa lui tendit le verre d'eau et s'assit à ses pieds pour tenter de dévisser le bouchon de sécurité du flacon.

Quand elle réussit enfin à l'ouvrir, Jewel avala les pilules et but le verre d'eau d'une traite, comme une enfant docile. Elle posa le verre et se remit pensivement à caresser les bras du fauteuil. « Nous en avions deux comme ça, dit-elle. La paire. Les beaux fauteuils du salon de maman, jusqu'à ce qu'ils soient usés. Pour finir, Lois a renversé quelque chose sur l'un d'eux. Ou plutôt non, elle s'est ouvert la jambe avec son canif et un gros filet de sang a coulé d'ici jusque-là. Dieu, qu'elle a eu des ennuis !

– De s'être entaillé la jambe ?

– Non, tu vois, plutôt de l'avoir fait sur ce fauteuil. Elle était en train de se sculpter une Marilyn Monroe dans un savon ! Nous n'avions pas le droit d'aller dans le salon, qui était réservé aux visites. Il y a eu un énorme grabuge. Maman a failli avoir une attaque. Elle n'a pas réussi à nettoyer le fauteuil et a dû s'en débarrasser ! Mon Dieu, je me demande où il a bien pu atterrir.

– Probablement dans la grange, avec tout le reste. Tu savais qu'il y avait une carcasse de piano là-dedans ?

– Non, dit calmement Jewel, les yeux rivés sur la tapisserie murale au-dessus du lit. Elle a déposé le fauteuil au bord de la route. C'est ce qu'on faisait à l'époque quand on était gamins. Évidemment, passait par là quelqu'un de plus mal loti qui se fichait bien d'avoir à recouvrir ce fauteuil souillé d'un drap et qui l'a emporté. Il est quelque part à présent. Quelqu'un s'en sert, quelque part. » Ses yeux, devenus attentifs, vinrent se poser comme une paire de papillons bleus sur le visage de Lusa. « C'est drôle qu'on ne sache jamais comment tournent les choses ? Ça me rend folle de penser que je n'aurai pas la chance de vieillir. Bon sang, j'aurais bien voulu voir à quoi Lois ressemblerait avec des cheveux blancs.

– Je ne crois pas qu'aucun de nous vivra assez longtemps pour voir ça. Tant que Couleur-Éclair restera sur le marché. »

Jewel eut un pauvre rire, pourtant Lusa se sentit mauvaise conscience d'avoir tenté d'escamoter cet affreux moment, tellement important, par une plaisanterie. Elle avait elle-même tant souffert des platitudes que disaient les gens pour éluder la mort, et pourtant, ici, en compagnie de Jewel, elle ne trouvait absolument rien d'autre à dire. « On ne sait jamais, Jewel, il est possible que tu nous enterres tous », fut tout ce qui lui vint.

Jewel secoua la tête, ne quittant pas Lusa des yeux. « Je ne verrai pas l'été prochain. Je serai partie avant que tu n'aies mangé toutes les conserves de ta réserve.

– Pardon », dit Lusa dans un murmure. Elle prit les deux mains de Jewel dans les siennes et les retint sans parler pendant plusieurs minutes. Des bribes de cris des enfants leur arrivèrent par la fenêtre ouverte. La position devenant inconfortable pour Lusa, elle dut lâcher les doigts de sa belle-sœur, les effleurant d'une caresse. Elle leva les yeux sur le visage de Jewel, qui semblait vide, à présent. À l'intérieur de la maison, son chapeau avait un petit air triste, déplacé, comme pour tourner sa gravité en dérision. Jewel avait insisté pour qu'on ne mît pas d'argent dans une perruque. Lusa s'était demandé si c'était par optimisme – sûre que ses cheveux repousseraient – ou par pessimisme, une façon d'admettre que le temps lui était compté désormais. Maintenant, elle savait.

« Jewel, je voulais te poser une question. J'ai réfléchi à quelque chose. Tu n'as pas besoin de me donner ta réponse aujourd'hui ; tu peux y penser le temps que tu voudras. Ou peut-être que tu diras simplement non, et ce sera bien aussi. Mais je dois te la poser.

– Alors, vas-y. »

Lusa avait le cœur battant. Elle avait imaginé lui demander cela dans un cadre moins protocolaire, peut-être quand Jewel et elle auraient été occupées à quelque chose dans la cuisine. Elle ne s'était pas rendu compte avant aujourd'hui qu'il était trop tard pour l'informel. Et que ceci n'était pas une chose à dire à la légère.

« Alors quoi ? » Maintenant, Jewel semblait troublée par son silence.

« Je me demandais si, quand le temps viendrait, s'il venait… » Lusa sentait la chaleur lui monter aux joues. « Pardonne-moi si ma question tombe mal, mais je me demandais ce que tu penserais de mon idée d'adopter Crys et Lowell.

– De t'en occuper ou de les adopter ?

– De les adopter. »

Jewel, surprenante de calme, étudiait le visage de sa belle-sœur. Elle ne paraissait pas fâchée, malgré tout, comme l'avait craint Lusa.

« Nous ne sommes pas obligées d'en parler si tu n'en as pas envie, dit Lusa. Je n'imagine rien de plus difficile à faire.

– Crois-tu que je cesse d'y penser une seule minute de la journée ? »

Jewel avait prononcé cette phrase d'une voix neutre qui fit peur à Lusa.

« J'imagine bien. J'en ferais autant. C'est pourquoi j'ai soulevé la question.

– Écoute, tu ne dois pas te sentir obligée de le faire, dit-elle pour finir. J'ai quatre sœurs. »

Lusa regarda par terre, regarda ses genoux calleux et ses cuisses marbrées de terre sous l'ourlet de son short, puis elle reprit la main de Jewel dans la sienne sans lever les yeux. « Tu as cinq sœurs. Et je suis la seule à être sans enfants. » Puis elle chercha le regard de Jewel qui écoutait. « Mais ce n'est pas la raison. J'aime tes petits, voilà la raison. J'aime Crys et j'aime Lowell. Je ne suis pas sûre de pouvoir être la meilleure mère qui soit, mais je crois être capable d'apprendre des choses de ces deux-là. Lowell est facile, c'est un charmeur, quant à Crys… Crys et moi, nous sommes comme deux doigts de la main.

– Tu recevrais plein d'aide, d'en bas, dit Jewel de manière équivoque.

– Plein d'aide », acquiesça Lusa, encouragée par le conditionnel qu'avait employé Jewel. Elle n'avait pas dit non. « Davantage d'aide que nécessaire. Bien que pour être tout à fait honnête je croie inutile que Lois s'approche de ces gosses de quelque manière que ce soit. Du moins, jusqu'à ce qu'ils soient plus grands.

– Non, pas avant qu'ils ne soient plus grands, dit Jewel en écho, fermant les yeux et renversant la tête sur le dossier du fauteuil vert. Est-ce que tu imagines Crys en robe de bal ? »

– Crois-le si tu veux, oui, répondit gentiment Lusa. Il se peut aussi qu'elle préfère le smoking. Elle prend le monde à bras-le-corps ; il lui reste à trouver ce qu'elle devra en faire. Cela va demander beaucoup d'ouverture d'esprit. Quand je fais le tour de la famille, je constate que la meilleure candidate c'est encore moi. »

Jewel ouvrit les yeux et regarda Lusa avec une expression nouvelle. « J'ai des papiers à faire signer par leur père avant de décider de l'étape suivante. Je n'ai pas arrêté de réfléchir à tout ça depuis que j'ai commencé à être malade. J'ai déjà fait rédiger des choses chez le notaire.

– Pour quoi faire, les faire adopter ?

– Pour en avoir l'entière responsabilité. Il ne sait même pas que je suis malade. Qui sait ce qu'il ferait ? Je ne pense pas vraiment qu'il viendrait les recueillir, mais on ne sait jamais. Avec Shel, une seule chose est sûre, c'est qu'on n'est jamais sûr de rien. Il s'imaginera vouloir les prendre, pendant une semaine ou deux, et puis il les abandonnera comme des petits chats au bord de la route quand il réalisera qu'un enfant ça doit manger et chier. »

Elle referma les yeux et son visage se crispa. Lusa lui caressa le dos des mains jusqu'à ce que la douleur de Jewel se fût calmée. Elle se demandait ce que cette bête invisible fabriquait à l'intérieur de Jewel, de quelles parties de la jeune femme elle s'était déjà emparée. Elle pensa à un conte ancien que son grand-père lui racontait à propos de la bête qui dévorait la lune tous les mois pour la recracher lentement ensuite. Une fin plus heureuse que celle-ci. Elle sentait directement la chaleur et la colère du monstre de Jewel se manifester sous la finesse de sa peau.

« Donc, je vais les faire envoyer à Shel, dit Jewel au bout d'une minute. Juste pour que tout soit d'abord en ordre de ce côté-là. Je m'en occupe aujourd'hui. J'ai passé mon temps à remettre ça à plus tard.

– Personne ne peut te le reprocher », dit Lusa, puis elles restèrent là, assises, de nouveau immobiles, jusqu'à ce que la pendule de l'entrée sonnât la demie. Lusa avait pensé à plusieurs questions pendant ce silence, mais elle attendait que Jewel ouvrît les yeux pour les lui poser. On ne devait pas brûler les étapes dans toute cette affaire. Elle s'obligea à prendre un ton mesuré.

« Sais-tu seulement où se trouve Shel ? Et s'il signera les papiers ?

– Eh oui, je sais où il est. Il se déplace beaucoup, mais l'État procède à un arrêt-saisie sur son salaire. Tu vois, il a fallu que j'aille au tribunal pour ça, après qu'il a fichu le camp. Ses employeurs sont obligés de retenir trois cents dollars sur sa feuille de paye pour me les envoyer tous les mois. C'est comme ça que je conserve sa trace.

– Eh ben », dit Lusa. Elle n'avait jamais un seul instant imaginé Jewel au tribunal, défendant courageusement ses droits. Mais elle devinait les ragots que cela avait dû susciter. Et il y avait des gens du comté qui éviteraient Jewel jusqu'à la fin de ses jours pour cette raison.

« C'est exactement pourquoi il signerait sa renonciation aux enfants, dit Jewel. Pour ne plus avoir à payer. Je crois qu'il signerait sans un battement de cils. Mais est-ce que tu voudrais qu'il le fasse ? »

Lusa étudiait le front plissé de Jewel, essayant de suivre le tour rapide qu'avait pris la conversation. « Si je prenais les enfants sans l'argent, tu veux dire ? » Elle y réfléchit moins de dix secondes. « C'est le plus sûr. Légalement, je pense que ce serait le mieux. Parce que j'aimerais inscrire leurs noms sur l'acte de propriété de cette ferme. De sorte qu'elle leur reviendrait, tu vois, après moi. » Elle perçut un étrange mouvement dans l'air tandis qu'elle disait cela, une légèreté qui se propageait autour d'elle. Lorsqu'elle eut enfin le courage de lever de nouveau les yeux vers Jewel, elle fut surprise de découvrir que le visage de sa belle-sœur brillait de larmes.

« Ça me paraît simplement bien de faire ça, expliqua Lusa, un peu gênée. Je pense que je ferai rajouter le nom de Widener à leurs noms, si ça te convient. Je le porterai moi aussi.

– Rien ne t'y oblige. Nous sommes tous au-dessus de ça. » Jewel s'essuyait le visage avec les mains. Elle souriait.

« Non, je le veux. Je me suis décidée il y a un moment. Aussi longtemps que je vivrai ici, je serai Miz Widener, alors pourquoi aller contre ? » Lusa souriait aussi. « Je suis mariée à un bout de terre qui s'appelle Widener. »

Elle se leva, s'assit sur un accoudoir du fauteuil vert et passa affectueusement un bras autour des épaules de Jewel. Elles restèrent toutes deux à contempler par la fenêtre le jardin et, derrière, le champ de fourrage d'où Lusa avait reçu les dernières volontés et le testament de son mari. Aujourd'hui, ses yeux étaient attirés par le mûrier en bordure de la cour, chargé de fruits violets arrivés à maturité et que Lowell avait baptisés « cerises longues » quand il les avait découverts et s'en était gorgé, à s'en bleuir les dents. À ce moment de l'été, on aurait dit que le mûrier était devenu la grande attraction pour tout ce qui était vivant à des kilomètres à la ronde. Il vint à l'esprit de Lusa que c'était l'Arbre de Vie que ses ancêtres avaient tissé de tout temps dans leurs tapis et tapisseries, lors de leurs périodes de malheurs et de deuils : l'arbre aux oiseaux. La perte d'un arbre qui nous était précieux n'empêcherait jamais les oiseaux de venir. Elle en distinguait la couleur sur chacune des branches : des rouges-gorges, des tohis, des cardinaux, des orioles des vergers, et même des petits chardonne-rets ensoleillés. Ceux-là, Lusa les croyaient granivores, de sorte qu'elle ne comprenait pas très bien ce qu'ils faisaient là : peut-être profitaient-ils de la compagnie, de la même manière que les gens fréquentent les parcs citadins envahis de foule pour se sentir partie prenante de quelque chose de joyeux et d'animé.

« Il va falloir que j'en parle à mes sœurs, dit soudai-nement Jewel. Aux autres sœurs, rectifia-t-elle.

– Oh bien sûr ! je m'en doute. Je t'en prie, ne te sens ni pressée ni obligée de le faire, ni rien. Dieu sait que je ne veux faire de peine à qui que ce soit. Si on pense que je ne suis pas en situation de le faire.

– Tu es en situation.

– Eh bien, je n'en sais rien. Je n'ai jamais eu la moindre idée de la place que je tenais dans la famille.

– Tu en as une, ma chérie. Plus importante que tu ne crois. » Jewel, pensive, serra les lèvres, puis reprit la parole. « Ils feront ceux qui sont blessés, l'espace d'une minute, parce qu'ils s'y sentiront obligés. Mais dès qu'on sera parties, une fois la porte refermée, ils loue-ront le Seigneur. Nous louerons tous le Seigneur. »

25
Les prédateurs

Toute sa vie et sans doute celle qui viendrait après, Deanna se souviendrait de cette journée. Un rafraîchissement avait introduit un soudain présage d'automne dans l'air, une qualité de netteté qu'elle percevait de toute sa peau et de tous ses sens nouvellement exacerbés : elle pouvait en sentir et en goûter l'altération, l'entendre même. Les oiseaux s'étaient tus, leur bruyante célébration estivale réprimée instantanément par la puissance d'un front froid et le besoin qui montait dans leur poitrail de ne plus bouger, de se rassembler, d'attendre le moment où ils feraient demi-tour dans l'obscurité d'une carte faite d'étoiles et rejoindraient la vaste assemblée migratoire. Deanna s'agrippait à son perchoir sur le rocher, ressentant un même élan en son sein, l'impression d'une œuvre accomplie et d'un désir de prendre son envol. Elle avait grimpé sur le gros rocher incrusté de lichen à vingt mètres au-dessus de l'endroit où s'interrompait la piste en surplomb. De là, elle avait vue sur tout, sur la vallée de son enfance et sur les montagnes au-delà. Debout, les bras étendus, il lui semblait possible de voguer au-delà de tout ce qu'elle avait connu, vers un nouveau territoire.

Dans les branches derrière, elle entendait le convivial rassemblement d'amis qui se saluaient les uns les autres de leur appel hivernal : *tsitsi diu-diu-diu !* Les mésanges, ses ancres familières. Deanna ne s'envolerait pas aujourd'hui ; ce frisson de plaisir n'était qu'un reliquat de l'enfance, lorsqu'un revirement net du climat signifiait le temps des pommes, le temps de la cueillette des papayes dans le bois de Nannie. À un certain moment, entre hier et aujourd'hui, l'air avait cessé d'être saturé d'humidité pour devenir sec. La vigne vierge du refuge s'était mise à virer du jour au lendemain ; ce matin, Deanna avait remarqué quelques feuilles rouge vif, juste assez nombreuses pour qu'elle s'y arrêtât et prît note de l'évolution. Aujourd'hui, c'était le jour, serait à jamais le jour, où elle saurait. Elle passerait en quelque sorte du royaume des fantômes dans lequel elle avait vécu sa vie entière pour s'engager irrévocablement auprès des vivants. Aujourd'hui, sur la piste qui montait vers le promontoire, elle avait prêté peu d'attention à la tristesse des êtres disparus se déplaçant à travers les feuillages aux confins de sa vision, les petits loups aux ombres imprécises et les perruches aux ailes vives qui sautillaient, songeuses, à travers les lampourdes intactes. Ces créatures dépossédées la côtoyaient, et cela à jamais, sauf qu'aujourd'hui elle remarquait plutôt une unique baie d'un rouge étincelant parmi les grappes de ses vertes semblables qui couvraient les benjoins odoriférants. Ce signe lui apparut comme significatif et merveilleux, une sorte de délimitation entre une époque de sa vie et la suivante. Si l'été devait prendre fin quelque part, pourquoi ne serait-ce pas au cœur de cette seule baie rouge de benjoin au bord du sentier ?

Elle fit glisser le petit miroir, un emprunt – la glace à raser d'Eddie –, hors de sa poche arrière et y examina soigneusement son visage. Du bout des doigts de la main gauche, elle en effleura la peau légèrement tavelée, plus sombre sous les yeux. On aurait dit un masque de raton laveur, mais plus subtil, qui s'étendait de l'arête du nez jusqu'aux pommettes. Le reste de son visage était inchangé, exactement comme elle s'en souvenait, sinon intact. Ses seins étaient plus lourds ; elle était capable de ressentir ce changement à l'intérieur d'elle. Elle tourna son visage vers le soleil et déboutonna lentement sa chemise, posant « ses » mains d'homme aux doigts fantômes là où se trouvaient maintenant les siens. Leur contact sur sa peau serait comme une mante qu'elle pourrait ôter et remettre grâce au pouvoir du souvenir. Ici, sur ce rocher au soleil, elle le laisserait entrer en elle comme de l'eau : le souvenir de ce matin-là, ses yeux dans les siens, ses mouvements comme une marée repoussant la mer contre le sable de son seul rivage. La joie de son corps prenait des couleurs plus sombres maintenant, de savoir que chaque conversation, chaque baiser, chaque réconfortante aventure de peau contre peau pût être la dernière. Chaque image demeurait immobile derrière sa propre ombre. Même la tiédeur de son corps qui dormait près d'elle ensuite était une tiédeur de terre d'ombre qu'elle caressait de ses doigts, la mémorisant pour les jours où cet espace serait froid.

Vingt mètres au-dessous d'elle, il y avait ce promontoire où sa vie avait failli prendre fin quand elle était tombée, deux ans plus tôt, et puis ensuite en mai, lorsqu'elle était tombée de nouveau. *Joli*, avait-il dit. *A-t-on jamais vu de spectacle aussi joli que celui-là ?* Et elle avait répondu : « Jamais. » Elle contemplait les montagnes et les vallées, qui toutes gardaient leurs secrets animaliers. Il regardait les élevages de moutons.

Elle toucha un de ses seins et reprit le miroir pour regarder de plus près la teinte roux foncé de son aréole. Un vrai miracle que la peau puisse changer ainsi de couleur et de texture en si peu de temps, comme la peau d'une chenille qui prend la couleur et la texture d'un papillon de nuit. Brièvement, comme si elle vérifiait la température de l'eau, elle toucha son ventre juste au-dessous du nombril, là où le bouton du haut de son jean refusait désormais d'entrer dans sa boutonnière. Deanna se demanda l'espace d'une seconde comment elle avait pu être aussi idiote, et combien de temps.

Dix semaines tout au plus, probablement moins, mais tout de même. Elle connaissait les corps et le sien en particulier, et elle n'avait pas compris. Était-ce quelque chose qu'on apprenait d'une mère, cette chapelle secrète de la science féminine qui ne l'avait jamais admise ? Toutes ces choses qu'elle avait entendu les femmes dire ne lui paraissaient pas correspondre. Elle n'avait pas eu de nausées, n'avait pas connu de fringales particulières. (À part le dindon. Était-ce anormal ?) Elle avait seulement eu l'impression qu'une bombe avait explosé dans le coin de son cerveau qui la maintenait en équilibre. Elle avait pris cela pour de l'amour, de la sensualité, une manifestation de préménopause ou encore une invasion aiguë d'intimité et, pour finir, c'était tout ça et rien de tout ça à la fois. L'explosion l'avait effrayée car elle l'avait fait se dessaisir de la personne qu'elle avait toujours pensé être. Mais peut-être était-ce ce que cela se révélerait être : un long, long processus menant à se défaire de soi-même.

Deanna essayait de s'imaginer la nuit de sa propre conception, une chose qu'elle n'avait jamais eu jusqu'ici le courage d'envisager. L'ébouriffé Ray Dean Wolfe faisant l'amour à la mère qu'elle n'avait jamais connue. Cette femme avait été de chair et de sang – quelqu'un qui bougeait peut-être comme Deanna, qui marchait trop vite, ou qui avait peur de l'orage, ou qui mordillait le bout de ses cheveux lorsqu'elle débordait de joie ou de tristesse. Une femme qui avait embrassé la vie dans une étreinte nue et qui était partie vivre au-delà de tout espoir de survie.

Non, Deanna n'avait pas été idiote. Elle manquait seulement de conseils quant aux choses de l'amour. N'ayant pas de mère, elle était passée à côté de tous ses signes.

Nannie avait fait de son mieux, et ce n'était déjà pas si mal – une éducation simplement un peu plus tolérante, et de loin, que celle que la plupart des filles pouvaient espérer recevoir. Nannie Rawley, aussi fiable et généreuse que ses pommiers, debout en jupe de calicot dans le jardin, criant à Deanna et à Rachel de descendre d'un arbre, non parce qu'elle avait peur pour elles, mais parce qu'elle avait de temps à autre mieux à leur offrir : du cidre ou du gâteau. Seulement à ces moments-là. Les filles vivaient dans les arbres, Rachel près du sol sur une branche où l'installait Deanna pour sa sécurité, pendant qu'elle-même grimpait pour deux, escaladant les barreaux de l'échafaudage comme l'équilibriste sur son trapèze en vol. Au-dessous d'elle, il y avait Rachel, qui la cherchait parmi les feuilles de son doux regard endormi, les lèvres entrouvertes sur un éternel émerveillement, en permanence respectueuse de sa sœur évoluant dans les airs.

« Qu'est-ce qui a fait que Rachel est comme ça ? » avait-elle, une seule fois, demandé à Nannie. Toutes deux étaient sur le coteau, derrière le verger.

Nannie avait répondu : « Ses gènes. Tu sais ce que sont les gènes ? »

Deanna, adolescente qui raffolait des sciences, lisait davantage de livres que tout autre de ses connaissances et avait répondu « oui », qu'elle savait.

« Je sais bien, avait dit Nannie avec calme, que tu souhaiterais une réponse plus précise, et moi aussi. Pendant longtemps, j'en ai voulu au monde entier. Aux produits chimiques et à toutes ces saletés que l'on mange. Je lisais ça quand je l'attendais, et ça me terrifiait. Mais il y a d'autres façons de voir Rachel.

– Je l'aime telle qu'elle est, dit Deanna. Je n'ai pas dit que je ne l'aimais pas.

– Je sais. Mais tous nous préférerions que tant de choses n'aillent pas si mal chez elle, en dehors de son cerveau. »

Deanna avait attendu que Nannie se décide à parler de nouveau. Elles traversaient à pied un ancien champ de fourrage envahi d'herbe. Deanna était à présent plus grande que Nannie, elle l'avait dépassée autour de ses douze ans, mais en marchant devant elle sur cette pente raide Nannie avait repris l'avantage.

« Voilà comment je vois la chose, dit-elle. Comme tu sais, il existe deux façons différentes de produire de la vie : le croisement et le clonage. Tu sais ça pour avoir vu greffer des arbres, sûrement ? »

Deanna hochait la tête, incertaine. « Tu prélèves une bouture sur le scion d'un arbre que tu aimes et tu le fais pousser pour en obtenir un autre.

– C'est bien ça, dit Nannie. On appelle ça un scion, ou un clone. Il est identique au parent dont il provient. Et l'autre façon, c'est lorsque deux animaux s'accouplent, ou lorsque deux plantes échangent leur pollen entre elles ; ça, c'est ce qu'on appelle un croisement. Ce qu'il en sortira sera différent de chacun des deux parents, et différent de tous les autres croisements obtenus grâce aux deux mêmes parents. C'est comme de jouer aux dés : on obtient beaucoup plus de nombres qu'avec les six du départ. Et c'est ce qu'on appelle le sexe. »

Deanna hochait la tête de nouveau, encore plus hésitante. Mais elle comprenait. Elle suivait le chemin à travers les hautes herbes que Nannie piétinait devant elle.

« La reproduction sexuée est un peu plus hasardeuse. Lorsque les gènes d'un parent se combinent avec ceux de l'autre, il y a plus de risque que quelque chose tourne mal. Quelquefois, c'est toute une pièce qui manque, par erreur, ou qui se dédouble. C'est ce qui s'est passé pour Rachel. » Nannie s'arrêta et se retourna pour faire face à Deanna. « Mais pense à ce que serait le monde si nous ne disposions pas de ce type de reproduction croisée. »

Deanna trouva qu'elle ne voyait pas la différence et le dit.

« Eh bien, dit Nannie en pesant ses mots, il n'y a probablement eu pendant des millions d'années que des petites masses dans la mer, toutes pareilles, qui se divisaient en deux et se multipliaient. Toutes pareilles, pareilles, pareilles. Qui ne donnaient pas grand-chose. Et puis, on ne sait pas trop comment, elles se sont mises à échanger leurs gènes les unes avec les autres et ont fini par se diversifier un peu, par mutations, ou autrement. Est arrivé ensuite le grand chambardement.

– Et alors, c'est à ce moment-là qu'on a commencé à voir des choses différentes ? devina Deanna.

– De plus en plus, c'est ça. Certains de ces rejetons se sont révélés plus réussis que les parents, et d'autres plutôt moins. Et les plus réussis se sont même débrouillés pour faire un petit peu mieux encore. Les choses pouvaient changer. Elles pouvaient partir en ramifications.

– Et ça, c'était bien ? »

Nannie posa ses mains sur les genoux et regarda Deanna dans les yeux, avec gravité. « C'était le monde, ma chérie. C'est ce dans quoi nous vivons. C'est le Dieu tout-puissant. Il n'est rien de plus essentiel que la diversité. C'est la façon dont la vie se perpétue lorsque le monde change. Mais diversité veut également dire fort et un peu moins fort, et c'est comme ça. Tu lances les dés. Et on obtient Deanna et on obtient Rachel, c'est le résultat de l'accouplement, c'est le miracle qu'il produit. C'est la plus grande des inventions de la vie. »

Et voilà ce qui se rapprochait le plus d'une leçon sur les oiseaux et les abeilles qu'elle ait jamais reçue de Nannie, la personne qui ressemblait le plus à une mère pour elle. C'était par une fraîche journée d'automne – en septembre, probablement – et elles se frayaient un chemin à travers le champ à flanc de coteau, resté en jachère depuis que Nannie avait repris la ferme. Il était envahi de pousses de pommiers germés des pépins déposés ici dans les crottes de chevreuils et de renards qui volaient des fruits dans le verger situé plus bas. Nannie prétendait que ces arbres à l'état naturel étaient son héritage. Les arbres du verger plantés par son père étaient tous de bonne souche, conformes, soigneusement bouturés afin d'être identiques à leur arbre parent. Toutes les grosses pommes rouges du monde se ressemblaient. Pourtant, les jeunes arbres du champ de Nannie étaient des hors-la-loi issus de graines qui n'avaient jamais été semées, la progéniture de diverses variétés de pommes, œuvres d'une pollinisation croisée accomplie par les abeilles. Là-haut se dressaient les enfants illégitimes d'une transparente croisée avec une stayman, ou une gravenstein croisée avec on ne sait quoi, la pomme sauvage d'un voisin ou peut-être même une poire. Nannie avait cessé de faucher ce champ et laissé ces rejetons lever la tête jusqu'à former une foule silencieuse. « Comme dans le laboratoire de Luther Burbank * », expliquait-elle à une adolescente désireuse de comprendre, mais Deanna ne les envisageait que comme les enfants de Nannie. Lors de bien des samedis d'automne, toutes deux s'étaient frayé un chemin dans l'herbe drue de ce champ en friche, passant d'un arbre à l'autre, goûtant les pommes de ces arbres sauvages, produits renégats d'amour avec les abeilles et de rapines de renards. Elles cherchaient quelque chose de nouveau : la « Belle de Nannie ».

Deanna sut ce qu'elle allait faire. C'était la première semaine d'août, ce qui voulait dire que Jerry viendrait bientôt lui apporter sa livraison d'épicerie et son cour-

* Luther Burbank, célèbre horticulteur américain (1849-1946) créateur d'une grande diversité de plantes nouvelles. La plupart des écoliers américains le connaissent de nom. *(N.d.T.)*

rier. Elle le chargerait d'une lettre à livrer en ville. Au lieu d'y apposer un timbre qu'elle n'était pas sûre d'avoir, elle dessinerait un plan d'Egg Fork Creek et de la 6 au dos de l'enveloppe pour que Jerry trouve le verger et la délivre en main propre. Deanna sourit à l'idée de Nannie en train d'ouvrir l'enveloppe avec le plan au dos. Sans doute marquerait-elle d'abord une pause pour examiner ce trait d'encre bleu qui reliait le refuge de Deanna et son propre verger comme un labyrinthe de livre d'enfant complété avec application. Sans doute que juste à partir de ça Nannie saurait deviner le message qu'il y avait dedans.

Deanna savait déjà comment commencerait sa lettre :

Chère Nannie,
Des nouvelles fraîches pour toi. Je pense redescendre de la montagne à l'automne prochain, en septembre, dès qu'il commencera à faire froid. Il est vraisemblable que je viendrai accompagnée de quelqu'un d'autre. J'aimerais savoir si nous pourrions rester chez toi.

26
Les châtaigniers d'autrefois

Garnett rentrait chez lui après un saut en ville et repensait au poisson de chez Pinkie's Diner en se demandant s'il avait été aussi bon que d'habitude lorsque, juste en arrivant à l'endroit où Egg Fork rejoignait Black Creek, là où la route descendait vers un petit bois, il fut arrêté par un animal au milieu de la chaussée. Là, en plein jour, et à cause de lui, Garnett dut freiner à fond et s'arrêter net. C'était un chien, sans l'être. Garnett n'en avait jamais vu de pareil. Une bête sauvage, de couleur fauve, à la queue dorée en panache, et qui se tenait là, hérissée de colère, les yeux fixés sur lui. Manifestement prête à affronter un pick-up Ford d'une demi-tonne sans en craindre les conséquences.

« Très bien », dit calmement Garnett à haute voix. Son cœur battait copieusement, non pas de peur mais d'étonnement. La créature le regardait droit dans les yeux, comme sur le point de lui parler.

Elle tourna la tête du côté de la route où elle était sortie et, émergeant des herbes hautes, se faufila une deuxième bête qui s'avança lentement. La queue un peu plus basse, elle était cependant à peu près de la même couleur et de la même taille. Elle hésita, une fois à découvert, puis reprit son allure et traversa rapidement la route d'un trot précis. La première fit demi-tour, lui emboîta le pas, et toutes deux disparurent dans la chicorée du bord de la route sans même se retourner pour jeter ne serait-ce qu'un regard à Garnett. Les plantes fleuries de bleu s'écartèrent puis se refermèrent comme

499

des rideaux dans une salle de cinéma, et Garnett eut l'étrange impression que ce à quoi il venait d'assister relevait de ce genre de magie. Rien à voir avec un couple de chiens errants abandonnés, ahuris, sur la route et qui cherchaient à retrouver le chemin du monde des hommes. Sauvages, ces deux-là vivaient dans la nature.

Il resta là un bon moment à suivre des yeux les fantômes de ce qu'il venait de voir devant lui sur la route déserte. Et puis, parce qu'il fallait que la vie continue et que sa prostate n'était plus ce qu'elle était, il embraya et repartit, préférant s'occuper de ses oignons en se tenant au plus près de son côté de la route. Il était sur le point de se rabattre sur le terrain plus sûr de sa propre allée lorsqu'un jeune homme lui fit signe de ralentir. Il était tellement obnubilé par les chiens qu'il dépassa carrément la jeep de l'Office forestier et roula encore un bout de chemin avant de réaliser que le gars lui avait demandé de s'arrêter.

Il se rangea lentement jusqu'à ce qu'il entendît la chicorée du fossé crisser contre le flanc de son véhicule, signe qu'il était bien en retrait de la chaussée. Il tourna la clef de contact et attendit en surveillant le rétroviseur des yeux avec anxiété. Les agents de l'Office forestier n'étaient pas de la police. Ils n'avaient pas le droit de vous arrêter. Rien à voir avec Tim Boyer qui vous obligeait à vous garer pour vous tenir des discours sur la vieillesse et la vue basse en vous menaçant de sucrer votre permis. Ma parole, sans doute l'Office forestier avait-il égaré les bêtes qu'il venait de voir et était-il à leur recherche. Mais non, bien sûr que non, quelle idée idiote ! Ce n'était qu'une petite jeep verte décapotable de l'armée, et non un convoi de cirque. Peut-être ce garçon avait-il simplement fait signe à Garnett de retourner du bon côté de la ligne médiane. Il était tellement préoccupé de ce qu'il venait de voir, là-bas, à la fourche, qu'il ne prêtait guère attention à autre chose. Garnett savait qu'il lui arrivait de faire des embardées ; et si on le lui demandait, il le reconnaîtrait.

Il se creusait encore les méninges pour savoir s'il allait tenter une marche arrière et parler au jeune homme ou poursuivre sa route et ne plus penser à rien, lorsque celui-ci sauta de sa jeep et se dirigea vers lui d'un pas vif. Il avait un papier à la main.

« Ah, pitié ! marmonna Garnett. Voilà maintenant qu'on laisse les gamins de l'Office forestier distribuer des PV. »

Mais ce n'était pas ça. Nom de nom, ce garçon paraissait trop jeune pour conduire, et plus encore pour détenir une quelconque autorité sur les autres conducteurs. Il se tenait près de la vitre ouverte de Garnett, tout en examinant une sorte de gribouillis sur son papier, puis lui demanda : « Excusez-moi, monsieur, est-ce que je suis bien sur la H6 ?

– Normalement, oui, répondit Garnett, si les imbéciles qui dirigent le service d'ambulances 911 n'avaient pas décidé de mettre un panneau indiquant "Passage du Pré-au-Ruisseau". »

Le jeune homme le regarda, un peu saisi. « Eh bien, c'est exactement ce qu'indique le panneau qui se trouve un peu plus haut, là-bas. "Passage du Pré-au-Ruisseau." Mais, sur le plan, ça dit que je suis censé être sur la H6, du moins c'est l'impression que ça me donne.

– Bon, dit Garnett. Il n'y a pas plus de pré et de ruisseau que de beurre en broche par ici. Par contre, nous avons une tripotée de champs à vaches et un cours d'eau. C'est pourquoi la plupart des gens continuent à l'appeler la 6, puisque ça a toujours été comme ça depuis la nuit des temps, pour autant que je sache. Se pointer un beau jour dans le coin et foutre une pancarte en métal peint en vert ne transforme pas une route de campagne à travers champs en quelque chose qu'elle n'est pas. J'ai toujours pensé que les gens du service d'ambulances 911 devaient être de Roanoke. »

Le jeune homme eut l'air encore plus surpris. « Je suis de Roanoke.

– Tiens donc, lui dit Garnett, alors voilà, vous êtes servi.

– Mais, dit le jeune homme, balançant entre perplexité et agacement, est-ce qu'on est sur la H6 ou pas ?

– Qui ça regarde et pour chercher qui ? » demanda Garnett.

Le jeune retourna son papier, qui ressemblait à une enveloppe et lut : « Mademoiselle Nannie Rawley. 1412, Anciennement H6. »

Garnett secoua la tête. « Mon garçon, qu'est-ce qui justifie que vous ne traitiez pas votre affaire avec Mlle Rawley par le Service national des postes, comme tout le monde ? Vous voulez vous embêter avec ça ? Vous n'avez sûrement pas idée de ce que cette femme est prise à cette époque de l'année, avec son verger à entretenir ? Il a donc pas assez de forêts à s'occuper, votre employeur, pour se mêler de livrer du courrier ? »

Le jeune homme, la tête penchée et la bouche entrouverte, semblait à court de questions et de réponses. Quelle que soit sa mission auprès de Nannie, il n'allait pas s'en ouvrir à Garnett.

« C'est bon, allez-y donc, dit Garnett pour finir. C'est tout là-haut. La boîte aux lettres de traviole qui dépasse du talus, avec les fleurs à papillons autour.

– C'est Nannie Rawley ? demanda le garçon, pratiquement hors de lui.

– Mais non, dit patiemment Garnett en secouant la tête tandis qu'il tournait la clef de contact. C'est sa boîte aux lettres. »

Il était raisonnable d'être curieux, se disait Garnett en retirant de l'égouttoir sa tasse et sa soucoupe du matin pour les ranger. Les étrangers étaient peu nombreux à s'aventurer jusqu'ici et ce garçon était jeune. Les gens de son âge étaient capables de tout et de n'importe quoi – on lisait dans les journaux qu'ils faisaient peur aux vieilles dames simplement pour s'amuser. Et c'est vrai qu'elle était occupée. Le mois prochain, là-bas, les pommes tomberaient du ciel comme de la grêle, et elle n'aurait que très peu de temps devant elle pour les rentrer. La moitié de sa récolte, elle la vendait à quelque société au nom idiot à Atlanta, en Géorgie, pour faire du jus de pomme garanti sans pesticides. On les lui payait à prix d'or, ses pommes, et tant mieux pour elle, même si elle laissait des bestioles se balader à leur gré sur ses terres. Mais Garnett était toujours inquiet quand des journaliers se présentaient chez elle au plus fort de la récolte. L'an dernier, la moitié des saisonniers venus travailler pour elle faisaient partie de ces jeunes *banditos* mexicains qui montaient jusqu'ici pour la récolte et le séchage du tabac, et restaient jusqu'au moment de l'écôtage. Ce qui, pour commencer, était sûrement le signe que les choses partaient en quenouille : les cultivateurs comptaient si peu sur leurs proches qu'ils étaient obligés de faire appel à des étrangers au moment des récoltes et de l'écôtage. En ville, été comme automne, on voyait ces gars se comporter comme chez eux et parler en langues étrangères. De toute évidence, ils avaient l'intention de s'incruster. Le Kroger d'Egg Fork s'était lancé dans la vente de crêpes mexicaines, juste pour les inciter à rester là à longueur d'année, semble-t-il. C'est à ça qu'on voyait que le monde était tombé vraiment bas : pensez, de la nourriture étrangère chez Kroger !

Garnett avait soulevé le rideau de la fenêtre de sa cuisine pour avoir un meilleur angle de vue, bien que sans beaucoup d'espoir à cette distance. Le Dr Gibben le pressait depuis des années de se faire opérer de la cataracte et jusqu'à ce jour Garnett ne l'avait même pas envisagé. D'après lui, moins il voyait de ce monde de malheur, mieux c'était. Mais à présent il réalisait que ce serait une bonne chose, pour un homme bien né, de laisser ces médecins porter le scalpel à ses yeux. Pour le bien des autres. Avec tant de voyous en liberté, qui sait si sa voisine n'aurait pas besoin qu'on lui vienne en aide ?

Bon, le jeune était parti, il y avait veillé. Garnett avait tenu bon, ici même à la fenêtre de sa cuisine, et surveillé toute la scène pendant qu'il lui remettait l'enveloppe pour retourner ensuite à fond de train vers Roanoke à bord de sa petite jeep verte, là où les gens ne trouvaient rien de mieux à faire que d'inventer des noms grotesques pour des voies désaffectées.

Mais Nannie se comportait bizarrement. C'était ce qui inquiétait Garnett. Elle se tenait encore debout, dans l'herbe devant chez elle, comme si ce garçon lui avait annoncé quelque chose de suffisamment affreux pour la clouer sur place. Il était parti depuis cinq minutes et elle était toujours là, la lettre à la main, les yeux levés vers la montagne. Elle avait un drôle d'air. On aurait dit qu'elle pleurait ou qu'elle priait, et on ne se serait pas attendu à ça de la part de Nannie Rawley. Tracassé, Garnett se demandait ce que le jeune homme avait bien pu dire ou faire pour la bouleverser autant. Parce que vraiment on ne savait jamais ce qui pouvait arriver.

Garnett ne pouvait décemment attendre plus longtemps, il se rendit dans la salle de bains et, quand il revint à la fenêtre, elle était partie. Elle devait être rentrée dans la maison. Il s'efforça de bricoler dans la cuisine et de s'intéresser à autre chose mais il ne restait plus de vaisselle à faire (il venait de déjeuner chez Pinkie). Et il n'était même pas question de penser à préparer quoi que ce soit pour le dîner (chez Pinkie, on se servait à volonté !). Il n'osait pas non plus sortir. Il n'avait pas franchement l'intention d'espionner Nannie. Ce qui se passait là-bas lui importait peu, à vrai dire. Il avait bien d'autres choses à faire et les gens comptaient sur lui pour s'en charger. Cette jeune femme de chez Widener avec ses problèmes de chèvres, pour commencer. Pauvre petite, une fille de Lexington ! Un pétunia dans un carré d'oignons. Il monterait tout de go à l'étage pour redescendre avec son manuel de vétérinaire et chercher cette histoire de vaccin, vérifier de quel genre de poly-vaccin avaient besoin ces chèvres. Il n'était pas tout à fait sûr de son fait quand il lui en avait parlé. Dans le coin, on ne rencontrait pas d'hématurie chez les chèvres, mais il y avait peut-être d'autres bonnes raisons d'opter pour l'un plutôt que pour l'autre. Voilà que maintenant il ne se rappelait même plus celui qu'il lui avait conseillé de prendre. Ça lui avait fait si drôle de retourner dans cette maison. Il en avait les esprits tout retournés, comme si Ellen était de nouveau en vie à cet instant même.

Son plus grand regret était de n'être jamais allée voir ce bébé – c'est ce qu'elle lui avait dit, en dernier, sur son lit d'hôpital. Son plus grand regret, comme s'il y en avait eu une foule d'autres qu'on n'aurait pu confier à un mari. Et maintenant, il y en avait deux, un garçon et une fille, d'après ce que croyait Garnett. Ellen n'avait même jamais été au courant pour le second. Garnett avait été tout près de demander de leurs nouvelles à la jeune Widener, l'autre jour, quand il s'était rendu là-bas. Il était resté dans la galerie avec l'intention de le faire, les mots sur le bout de la langue, et puis il ne s'était pas décidé. Qui était-elle, de toute façon, cette fille avec ses chèvres ? Elle était plutôt charmante pour quelqu'un de la ville, vraiment étonnamment charmante, mais du diable s'il savait comment elle avait pu échouer ici avec sa liquette d'homme à longs pans au milieu d'un champ de chardons et de biques ? Garnett avait poliment posé plusieurs questions mais n'avait jamais été en mesure de déterminer avec exactitude ce qu'elle fichait là, toute seule, dans cette ferme. C'était toujours la vieille maison de famille, mais ses habitants semblaient avoir déménagé. Les deux enfants étaient-ils même encore là ? Et si leur mère était partie avec eux à Knoxville comme tout un chacun semblait le faire ces jours-ci ? Et si Garnett, resté assis à se tourner les pouces pendant ce temps-là, avait perdu l'occasion de savoir ce qu'étaient devenus ces gosses ? Les gens se contentaient d'entasser leurs biens et de se précipiter à Knoxville comme en Californie pendant la ruée vers l'or, dès le premier jour où cette usine Toyota s'y était installée. Très bientôt, il n'y aurait plus personne dans le comté, à part des vieux en attente de la mort.

De la fenêtre du couloir d'en haut, on avait une excellente vue sur le verger et sur le jardin de Nannie et, un peu plus tard dans la soirée, c'est de là qu'il put la voir travailler. Elle cueillait ses tomates. Elle en avait à ne plus savoir qu'en faire et les vendait un prix fara-mineux au marché amish. Il l'épia, les yeux mi-clos, à travers l'antique verre bullé de la fenêtre.

Bigre ! Il y avait quelqu'un là-bas avec elle ! Cette tache bleu et blanc à la limite de son jardin, maintenant qu'il avait les yeux dessus, c'était un bonhomme en chapeau, accoudé à la clôture. Ce n'était pas le garçon de l'Office forestier, mais quelqu'un d'autre, un type plus costaud, en qui Garnett ne reconnut aucun voisin. Était-il possible que ce soit un des cueilleurs arrivé trop tôt ? Qui d'autre cela pouvait-il bien être ? Dernière-ment, Clivus Morton était venu lui poser ses tuiles neuves, et même le jeune de chez Oda Black – com-ment s'appelait-il déjà ? – était passé la voir une fois pour des raisons inconnues de Garnett. Allons bon ! Nannie Rawley attirait-elle maintenant les hommes de tous âges, à des lieues à la ronde ? Suffisait-il qu'une femme de soixante-quinze ans se mette en short pour que les gars rappliquent autour d'elle comme des abeilles autour d'une fleur ? (À vrai dire, Clivus Morton n'avait rien d'une abeille butineuse. Garnett en avait connu qui sentaient meilleur, même après avoir vidé votre fosse septique.) Mais était-ce bien Clivus ? Il cligna des yeux. Sacrée fenêtre, jura-t-il doucement, aussi embrumée que ses yeux. Sale aussi. Il ne l'avait pas nettoyée depuis… il ne l'avait jamais nettoyée, point.

Il se déplaça à l'autre bout de la fenêtre, mais ça ne donna rien de plus. Il voyait qu'elle remplissait son boisseau d'osier et qu'elle parlait à flots parce que l'étranger, quel qu'il fût (non, décidément, ce n'était pas Clivus), restait là penché en avant, les coudes appuyés sur le dernier barreau de la clôture comme s'il n'avait rien d'autre à faire. Les bonnes manières ne paraissaient pas l'étouffer non plus. Il aurait pu au moins lui proposer de porter son panier pendant qu'elle cueillait. Garnett aurait fait ça, quand même. Il n'était pas indispensable d'être d'accord avec tout ce que disait quelqu'un ni d'approuver les dispositions de son âme pour faire preuve de simple considération.

Garnett sentait sa tension monter. Ça commençait à l'agiter tellement qu'il dut s'écarter de la fenêtre. Mais bougre de bougre, qu'est-ce que fichait ce type là-bas, il n'avait rien à faire avec elle. Garnett se sentait envahi d'un vilain sentiment, bien peu chrétien, qui lui obscurcissait le cœur. Il se mit à haïr cet homme. À haïr sa façon de se comporter, de s'appuyer sur la clôture comme s'il n'avait rien de mieux à faire que d'écouter Nannie Rawley à longueur de journée et de la regarder cueillir ses tomates, en short.

27
Un amour de papillon de nuit

Le jeudi débuta de nouveau dans la fraîcheur qu'il conserva toute la journée. Ce changement de temps remplissait Lusa d'énergie, ce qui était heureux pour elle : si elle avait su la somme de travail qu'il y aurait en août, elle aurait considéré juillet comme un mois de vacances. Le jardin était tout le contraire d'un oisillon : il l'appelait sans relâche, le bec ouvert, pour donner, donner sans cesse. Elle passa la matinée entière avec le stérilisateur qui grondait sur la cuisinière à traiter des kilos de pêches pavies pendant qu'elle coupait en rondelles des montagnes de carottes, de poivrons, de gombos et de courges pour le congélateur. Elle avait fait trente bocaux de cornichons à l'aneth et il lui restait encore tant de concombres qu'elle cherchait comment s'en débarrasser : par exemple, en les mettant dans des sacs en plastique qu'elle irait en voiture accrocher aux boîtes aux lettres des gens comme on le faisait pour les échantillons gratuits d'adoucissants de lessive. Elle soumit l'idée à Jewel quand celle-ci monta lui porter son courrier.

Jewel lui demanda : « As-tu pensé aux condiments ? »

Lusa se pencha sur son tabouret jusqu'à toucher du front la planche à découper.

« Je comprends que ça veut dire oui, dit Jewel. Incroyable que tu aies fabriqué tout ça. » Lusa se redressa assez vite pour entrevoir l'admiration nostalgique de Jewel. Les bocaux de pêches dorées alignés sur le comptoir ressemblaient à la monnaie d'un autre temps. « Personne n'a confectionné autant de conserves depuis la mort de maman. Tu peux vraiment être fière de toi. Et surtout, il faut que tu arrêtes. Ne te tue pas à l'ouvrage. Donne le reste.

– C'est ce que je fais. » Lusa agita son couteau à éplucher. « Les voisins en bas de la rue s'enfuient quand ils me voient arriver. Et j'ai même surpris Mary Edna en train de jeter sur le tas de fumier derrière chez elle les courges que je lui avais données.

– N'aie pas mauvaise conscience. Certains étés, il y a surabondance comme maintenant et il y a trop de tout. Tu peux en laisser un peu.

– Impossible, regarde-moi ces pêches, tu voudrais que je les jette ? Ce serait un péché. » Lusa souriait, confuse, mais fière d'elle-même. « À vrai dire, j'adore faire ça. Cette année, je n'aurai rien à dépenser pour la nourriture. Et j'ai l'impression que travailler dur est le seul moyen de m'empêcher de tourner en rond dans ma tête.

– C'est tellement vrai. Je serais là à te donner un coup de main si j'en avais la force.

– Je sais. Tu te souviens de la fois où tu m'as aidée avec les cerises ?

– Mon Dieu, mon Dieu ! » Jewel s'appuyait à la table. « Il y a au moins cent dix ans de ça.

– À moi aussi, ça me paraît loin », dit Lusa, se souvenant de la tristesse qu'elle éprouvait ce jour-là alors que son veuvage était encore tout récent et cruel : son impuissance devant la vie, sa réticence à faire confiance à Jewel. Crys et Lowell n'étaient encore que des petits inconnus qui lui faisaient peur : Crystal, en fait, n'était encore qu'un garçon à ses yeux. Cent dix ans plus tôt. « Pose le courrier sur la table. Il n'y a que des papiers inutiles et des factures – c'est tout ce que je reçois.

– C'est tout ce que les gens reçoivent, en général. Qui penserait à écrire de nos jours ? »

Lusa poussa son tas de carottes en rondelles dans la passoire afin de les faire blanchir. Trente secondes de passage à la vapeur modifiaient leur biochimie et leur donnaient la couleur orange des hémérocalles (pourquoi le livre de conserve appelait-il cette étape blanchir ?) et permettaient de les garder parfaitement au congélateur. « Comment te sens-tu aujourd'hui, Jewel ? »

Jewel porta une main à sa joue. « Assez bien. J'ai droit à davantage de calmants maintenant. Ça m'abrutit complètement, mais tu ne peux pas savoir comme je me sens bien. » Le ton de sa voix était tellement triste que Lusa eut envie d'aller s'asseoir près d'elle et de lui prendre la main.

« Est-ce que je peux faire quelque chose pour toi aujourd'hui ? Je vais descendre l'aspirateur de ta mère et faire tes tapis dès que possible. Cet engin fait des miracles.

– Non, ne t'épuise pas. Il faut que je rentre à la maison. J'ai laissé à Crys le soin de brûler les ordures, et tu sais où ça peut mener. En fait, je ne suis venue que pour te montrer quelque chose.

– Quoi ? » Lusa s'essuya les mains sur son tablier et s'approcha de la table de cuisine, curieuse de voir ce que Jewel tirait d'une enveloppe.

« Ce sont les papiers de Shel. Il les a signés. Je savais qu'il le ferait, mais tout de même j'ai l'esprit soulagé d'un poids. C'est bon d'en avoir fini avec ça. Je regrette de ne pas l'avoir fait un an plus tôt. » Jewel déploya la liasse de feuillets rigides et les tendit à Lusa pour qu'elle les examine. Elle s'assit et les parcourut des yeux, effleurant du regard les mots inventés par des juristes qui semblaient compliquer une chose si pure et si simple. Ces enfants appartenaient à leur mère. Bientôt, probablement plus tôt qu'on ne s'y attendait, ils viendraient vivre avec Lusa.

Une signature était gribouillée à l'encre bleue au bas de deux des pages, d'une main masculine et enfantine à la fois, comme celle d'un écolier, dont le nom était tapé à la machine au-dessous. Lusa le regarda les yeux ronds, puis déchiffra à haute voix : « "Garnett Sheldon Walker, *quatrième du nom*" ?

– Je sais, dit Jewel avec un petit rire sec. On dirait le nom d'un roi, non ? En tout cas pas celui d'un petit salaud à moustache blonde.

– Non, mais... » Lusa avait du mal à concilier ce qu'elle savait avec ces mots. « Je connais ce nom. Je suis amie avec, bon, son grand-père sans doute. Qui porte le même nom. C'est un drôle de vieux bonhomme qui habite du côté de la H6. » Les yeux de Lusa allaient et venaient de la signature à Jewel. « Il est même venu ici, dans cette maison. C'est lui qui me conseille pour mes chèvres.

– Ah je vois, M. Walker, c'est le père de Shel. C'étaient mes beaux-parents, lui et sa femme, Ellen. Il est venu ici quand ça ? Dernièrement ?

– Ouais. Il n'y a pas dix jours de ça. Il est venu diagnostiquer mon problème de vers. Il a fait comme s'il n'avait jamais mis les pieds ici. Il n'a même pas voulu entrer dans la grange avant que je ne l'y invite, comme si ça avait été un salon.

– C'est tout lui. C'étaient de drôles de gens, lui et Ellen. Un tout petit peu vieux jeu, peut-être. Et vieux tout court. Je crois que Shel a bouleversé leurs vies quand il s'est annoncé, ils avaient renoncé à avoir un enfant, ils n'ont jamais réussi à surmonter le choc. »

Lusa se rendait compte que c'était plus ou moins ce qu'elle avait représenté pour ses propres parents. Ils n'avaient jamais su que faire avec elle.

« Elle est morte d'un cancer, ajouta Jewel.

– Qui ? La femme de M. Walker ? Quand ça ?

– À peu près à l'époque où Shel est parti. Non, deux ans avant. Lowell n'était pas encore né. Elle n'a jamais eu affaire à Crystal non plus, mais je pense qu'elle était déjà très malade à ce moment-là. » Jewel soupira, trop habituée aux défaillances provoquées par la maladie.

Lusa était stupéfaite. Elle avait carrément pris le vieil homme pour un célibataire endurci. « C'est ton beau-père. Incroyable. Comment se fait-il que tu ne m'en aies jamais parlé ?

– Parce que j'ignorais totalement que tu le connaissais, voilà pourquoi. Aucun de nous autres ne lui a parlé, à ce vieux, depuis l'enterrement, pour autant que je m'en souvienne. Je n'ai rien contre lui. C'est plus parce qu'il était bizarre avec nous.

– Il est bizarre avec tout le monde, dit Lusa. C'est mon impression.

– Ce que je crois, c'est qu'ils étaient affreusement gênés que Shel boive. Shel Walker a escroqué tout le monde dans le comté, d'une façon ou d'une autre. Il repeignait les maisons et faisait des petits boulots, et après que nous nous sommes mariés il en est venu à prendre les acomptes et à les boire sans jamais revenir faire le travail. C'est à peine si j'osais me montrer en ville. Pour son père, ce devait être pire encore.

– Je ne savais rien de tout ça.

– Ben non. Shel a passé des années à faire des folies. Et tu vois, j'ai fait partie de ces folies, pour commencer, au collège. Par la suite, Shel m'a quittée et s'est sauvé, ce qui a été le bouquet. Je crois que M. Walker a décidé de clore ce chapitre et de faire comme si les gosses et moi n'étions jamais arrivés.

– Oui, mais c'est leur grand-père, non ?

– C'est triste, tu ne trouves pas ? Ils n'ont jamais eu de grands-parents. Papa et maman sont morts avant d'avoir eu l'occasion de le devenir. Et si Shel n'a plus de liens légaux avec eux, maintenant M. Walker n'est plus obligé de devenir leur grand-père ?

– Non, pas obligé, non. Mais ça t'ennuierait si je lui téléphonais ? Peut-être pas tout de suite, mais dans quelque temps. Les petits seraient peut-être contents d'aller là-bas ; il a une ferme magnifique, il cultive des arbres. Et j'ai vu qu'il y avait un verger de pommiers tout à côté. Ce serait amusant d'emmener les enfants là-bas chercher du cidre en octobre ? »

Jewel eut l'air peiné et Lusa se mordit la langue d'avoir dit « octobre » sans réfléchir. « Tu pourrais y aller aujourd'hui, je m'en moque, dit-elle à Lusa, mais je ne me fais pas beaucoup d'illusions. C'est un vieux bonhomme aigri. »

Lusa ne dit rien. Elle ne savait pas avec certitude où allaient les affections de Jewel dans tout cela. Celle-ci regardait maintenant par la fenêtre, à des miles de distance. « Ils sont venus à notre mariage, dit-elle. Ça s'est passé ici, dans cette maison. Mais ils sont partis avant la réception, ils étaient comme ça. Ils n'ont jamais accepté, d'après eux nous étions trop jeunes. Nous l'étions, trop jeunes. Tout de même, quand on y pense. » Elle se retournait vers Lusa, le regard intense. « Et si j'avais été raisonnable et que j'aie attendu au lieu de me marier avec Shel ? Il n'y aurait eu ni Crystal ni Lowell.

– C'est vrai », dit Lusa.

Jewel plissa les yeux. « Souviens-toi de ça. N'attends pas en pensant que tu auras tout le temps de le faire. Peut-être n'auras-tu que cet été seulement. Tu t'en souviendras ? Tu le diras de ma part aux enfants ?

– Je crois, oui, dit Lusa. Sauf que je ne suis pas sûre de très bien comprendre ce que tu veux dire.

– Assure-toi juste qu'ils sachent que rien au monde ne m'aurait fait renoncer à les avoir et à être leur mère. Même en échange de cent années de plus à vivre.

– Je le leur dirai.

– Fais-le, dit Jewel pressante, comme si elle pensait quitter le monde cet après-midi même. Dis-leur que je n'ai eu droit qu'à une seule saison à passer sur l'herbe verte et que je loue le ciel et la terre d'avoir fait ce que j'ai fait. »

Au début de l'après-midi, Lusa prit une profonde inspiration, saisit la lourde boîte d'ampoules de vaccins qu'elle s'était procurée auprès du vétérinaire et descendit affronter ses chèvres. Après s'être inquiétée quelques semaines de leur manque d'appétit et de leur apathie, Lusa en avait conclu que le troupeau était victime de parasites – ce qui, d'après M. Walker, n'avait rien de surprenant étant donné leurs origines diverses. À son avis, il fallait vermifuger l'ensemble du troupeau en une fois avec du DZS, qu'il garantissait inoffensif pour les futures mères, et, pendant qu'elle y était, de leur injecter à toutes, jusqu'à la dernière, un poly-vaccin. Lusa était découragée, mais petit Rickie avait promis de venir lui prêter main-forte. Sous prétexte qu'il aurait été stupide de ne pas mettre à profit toutes ces années d'enseignement agricole.

Lusa trouvait que les chèvres étaient des bêtes faciles la plupart du temps, beaucoup plus que les bovins, une fois qu'elle avait réussi à mener les premières où elle le désirait. Elle les avait déjà parquées dans le petit pré aux veaux quand Rickie se présenta pour la séance de rodéo. L'idée était de les faire passer une par une par le portillon qui donnait sur le grand champ. Rickie s'arrangerait pour plaquer au passage chaque victime au sol et lui fourrer la pilule vermifuge dans le gosier, puis pour s'asseoir sur sa tête pendant que Lusa, assise à l'autre extrémité, ferait la piqûre. Assez simple en théorie, mais il lui fallut une bonne heure pour venir à bout des cinq premières bêtes. Lusa avait l'impression d'être une tortionnaire. Les chèvres se débattaient et bêlaient tellement qu'elle avait peine à garder les yeux ouverts et à viser le muscle au moment où elle enfonçait l'aiguille. Une fois, accidentellement, elle toucha l'os, ce qui la fit crier aussi fort que sa patiente.

« Je suis une scientifique, disait-elle à haute voix pour ralentir les palpitations de son cœur. J'ai disséqué des grenouilles vivantes et sacrifié des lapins. Je suis capable de le faire. »

Elle avait le secret espoir que Rickie lui offrirait de piquer à sa place, mais il paraissait le redouter autant qu'elle. Et elle ne pensait pas qu'elle aurait moins de mal à exercer sa tâche à lui, celle d'enfoncer de force l'énorme cachet de vermifuge dans la gorge des bêtes, ce qu'il semblait faire assez aisément.

« Faudrait que tu voies quand il s'agit de faire avaler un médicament à une vache, lui dit-il quand elle le félicita de son habileté. Bon sang ! On se prend de la bave jusqu'à l'aisselle. » Elle le regardait pousser le cachet blanc au fond de la gorge de la bique, puis lui maintenir les mâchoires serrées en lui secouant la tête d'un côté et de l'autre. Il était doux et compétent avec les animaux, comme Cole. C'était une des premières choses qu'elle avait aimées chez son mari, au-delà de son apparence physique.

La deuxième heure se passa mieux, et, au bout de quarante bêtes ou à peu près, Lusa avait acquis une certaine dextérité avec son aiguille. M. Walker lui avait montré comment donner deux ou trois solides coups de poing sur le muscle de la cuisse avant de planter l'aiguille. Quand on procédait de cette façon, l'animal avait tendance à ne plus bouger du tout.

Rickie fut impressionné par cette technique, une fois qu'elle réussit à la mettre en pratique. « Il est beaucoup plus malin qu'il n'en a l'air, ce vieux. Ce M. Walker.

– Ouais, c'est vrai », dit Lusa, l'œil rivé sur la toison brune d'un flanc. Le plus difficile était de pousser le piston jusqu'au bout puis de retirer l'aiguille sans se faire piquer si la chèvre se mettait à ruer. Une fois l'affaire terminée, Lusa faisait un signe de la tête, et elle et Rickie se relevaient en même temps, et la bête se remettait sur ses pattes en chancelant. Avec un petit mouvement offensé de sa tête triangulaire, elle courait en boitant légèrement vers le milieu du pré, où ses camarades avaient déjà oublié leur humiliation pour mâchonner des chardons dans un bonheur vacciné et amnésique.

« Tu savais qu'il était le beau-père de Jewel ? Le vieux M. Walker ? »

Rickie réfléchit. « Son *ex*-beau-père. Je crois pas que ça compte beaucoup dans la généalogie familiale. Je pense pas qu'il ait dit un mot à tante Jewel depuis que son voyou de fils s'est tiré. Et il avait pas dit grand-chose avant, d'après ce que je sais.

– Non, j'imagine que non », concéda Lusa, contemplant avec satisfaction son troupeau fraîchement traité. Elle s'apprêtait à reprendre son travail lorsque quelque chose de clair bougea brièvement, tout au bout du champ, attirant son attention.

« Mon Dieu ! dit-elle. Regarde ça. »

Ils virent tous deux l'animal se figer, se baisser puis ramper au sol et regagner lentement les bois le long de la clôture.

« C'était un renard, tu penses ? demanda-t-elle.

– Non.

– Alors qu'est-ce que c'était ?

– Un coyote.

– Tu en es sûr ? Tu en as déjà vu ?

– Non, dit Rickie.

– Moi non plus. Mais j'aurais juré en entendre un, il y a deux nuits de ça. C'était étonnant, comme un chant. Un chien qui chantait.

– C'était ce salaud, donc. Sûrement. Tu veux que j'aille chercher mon fusil à la maison ? Je pourrais monter là-haut tout de suite.

– Non. » Elle posa la main sur son avant-bras. « Fais-moi plaisir. Ne deviens pas comme tes oncles. »

Il la regardait. « Tu sais ce qu'ils mangent, ces animaux-là ?

– Pas vraiment. Ils sont certainement capables de tuer une chèvre, ou un chevreau, au moins. Mais il n'avait pas l'air très gros. Tu ne penses pas que ça tuerait plutôt un lapin ou une bestiole comme ça ?

– Tu veux attendre de voir ? »

Elle hocha la tête. « Je crois que oui.

– T'es folle.

– Peut-être, on verra bien. » Elle s'attarda là, les yeux rivés sur la lisière du bois où il avait disparu. Puis elle retourna à ses chèvres dans l'enclos. « Bon, finissons-en. Combien nous en reste-t-il encore à faire ? »

Rickie se dirigea à regret vers le portillon, se préparant à laisser entrer une autre chèvre. Il compta les têtes. « Une douzaine peut-être. On a presque fini.

– Tant mieux, parce que moi je suis presque morte », dit-elle, se plaçant rapidement derrière une bête pour l'aider à se coucher en pesant de tout son poids sur son arrière-train. Une fois qu'elle fut à terre, du dos de la main, Lusa écarta sueur et cheveux rebelles de ses yeux avant de remplir la seringue suivante.

Il l'observait. « Tu veux qu'on change de côté ? Le mien est plus facile que le tien. »

C'est maintenant qu'il le demande, pensa-t-elle. « Non, tu travailles deux fois plus dur que moi, dit Lusa, armant son biceps douloureux pour les bourrades et injections suivantes. Je ne suis qu'une mauviette. »

Il attendit respectueusement pendant que pénétrait l'aiguille, puis parla. « Sûrement pas, tu te débrouilles formidablement. J'ai jamais vu de femme s'asseoir sur autant de bêtes en une journée. »

Au signe de tête de Lusa, ils se relevèrent et laissèrent la chèvre détaler. « Tu sais ce dont j'ai une envie folle.

– D'une bière fraîche ? demanda-t-il.

– D'un bon bain. Beurk ! » Elle renifla ses avant-bras et fit la grimace. « Ces demoiselles ne sentent pas très bon.

– Non, acquiesça Rickie. Et ce sont des filles. »

Quand ils eurent terminé toutes les femelles ainsi que le bouc, gardé pour la fin, c'est à peine si Lusa pouvait supporter sa propre odeur. Elle ouvrit le jet d'arrosage pour Rickie et alla chercher le gros pain de savon qui était en bas, dans la laiterie. Elle laissa son esprit vagabonder vers le coyote. Une vision si belle et si étrange, presque fantomatique. Comme un petit chien doré, mais d'allure beaucoup plus sauvage. Si elle avait pu rencontrer ne serait-ce qu'une seule personne dans le comté qui n'eût pas ressenti le besoin de tirer à vue sur lui, ce serait quelque chose. Alors, elle aurait un ami.

En contournant l'angle de la grange à son retour, elle tomba en plein dans un jet d'eau froide, ce qui lui fit pousser un cri. Un coup de Rickie.

« Je vais te tuer, dit-elle en riant et en s'essuyant les yeux.

– Ça fait du bien, dit-il, en laissant l'eau couler sur sa propre tête.

– Bon, alors vas-y. Tu commences. » Elle lui lança le savon et chacun leur tour ils se savonnèrent et s'arrosèrent, prenant tout habillés une douche joyeuse, chaste et légèrement hystérique. Quelques-unes des chèvres passèrent le museau au travers de la clôture pour assister à cet étrange rite humain.

« Je n'en reviens pas de leurs yeux », dit Lusa tandis que Rickie fermait le tuyau d'arrosage. Elle se baissa et secoua la tête comme un chien mouillé, expédiant des gouttes d'eau dans la lumière dorée d'une fin d'après-midi.

« De qui ? Des chèvres ? » Il avait pensé à retirer son T-shirt rouge foncé avant de s'arroser, pour le garder au sec et, à présent, il l'utilisait comme serviette de toilette pour s'essuyer le visage. Lusa se demanda si l'exposition de son corps était aussi ingénue qu'elle le semblait. Il avait dix-sept ans. Difficile à dire.

« Elles ont de drôles de pupilles, dit-elle. Des petites fentes, comme un chat, sauf qu'elles sont horizontales au lieu d'être de haut en bas. »

Il se frottait la tête vigoureusement à l'aide de son T-shirt. « Ouais. De drôles d'yeux. » Des deux mains, il repoussa ses cheveux sombres sur les côtés. « C'est comme si elles venaient d'une autre planète. »

Lusa étudiait les visages de ses filles dans la clôture. « Du genre mignon, malgré tout. Tu ne trouves pas ? On finit par les trouver attachantes.

– Allons bon ! Voilà qu'elle se met à faire du senti-ment avec ses chèvres. » Il lui lança son T-shirt. « Faut que tu sortes plus souvent. »

Elle s'essuya le visage et les bras avec le vêtement à la franche odeur de mâle, se souvenant brusquement de la description que Rickie faisait d'elle en train de danser dans le pré en agitant sous le nez des femelles un chiffon imprégné de l'odeur du bouc. Ce monde n'était qu'un vaste cirque amoureux, ou du moins c'est ainsi qu'il apparaissait aux êtres délaissés. Elle roula la che-mise en boule et la lui renvoya. « Rick, je te dois une fière chandelle. Si j'avais su que ça allait être aussi dur aujourd'hui, je me serais défilée, mais tu as tenu le coup avec moi jusqu'au bout. Est-ce que tu permets que je te fasse un chèque pour te payer de l'essence, pour ta peine ?

519

– Non, m'dame, vous ne me devez rien, dit-il, poli comme un écolier. "Les voisins et la famille n'acceptent pas d'argent."

– Eh bien ta voisine et tante te remercie bien. Je n'ai pas la bière fraîche que ta soif réclame, mais je peux t'offrir de la limonade ou du thé glacé avant de rentrer chez toi.

– Du thé sucré fera l'affaire », dit-il.

Un oiseau chanta bruyamment dans son pré en friche derrière la maison – un spectaculaire *Ou-ouit !* d'une voix aussi puissante et aussi pleine que celle d'un chanteur d'opéra.

« Je vais faire le malin, écoute ça, dit Rickie, figé à l'endroit où il se tenait à se frotter les épaules. Ça, c'était un colin.

– Ah ?

– On les entend presque plus jamais. Je crois pas en avoir entendu un depuis des années.

– Dis donc, c'est bien », dit Lusa, impressionnée que Rickie ait remarqué un oiseau et qu'il ait même été capable d'en dire le nom. « Bienvenue à vous, monsieur Colin. Un autre homme ne sera pas de trop ici. » Elle ramassa la boîte de flacons de verre vides et se dirigea lentement vers la maison, ressentant l'étendue de son épuisement, non seulement dans ses bras mais aussi dans ses cuisses et dans le bas de son dos. Elle commençait à s'habituer à ces sensations dans son corps, au point qu'elle appréciait presque la décharge piquante, douloureuse, de l'acide lactique dans ses muscles. C'était ce qui se rapprochait le plus du sexe dans sa vie, pensa-t-elle, se laissant aller à un petit rire triste.

Quand elle ressortit avec le pichet frais, rempli de thé, et un verre, Rickie avait enfilé son T-shirt et était assis sur la pelouse, pieds nus parmi les pissenlits, ses longues jambes étendues devant lui. Il avait retiré ses chaussures et les avait mises, on ne sait trop pourquoi, sur le toit de la cabine du pick-up.

« Tiens, voilà », dit-elle, s'effondrant sur l'herbe à côté de lui, mais en lui faisant face, pour lui tendre le pichet et le verre. Elle avait envisagé d'enlever ses vêtements mouillés, mais le contraste entre l'humidité fraîche et le soleil chaud sur ses membres lui procurait une sensation merveilleuse. Elle avait probablement l'air d'un rat mouillé, mais elle s'en moquait. Elle avait l'impression de partager une intimité amicale avec Rickie après cette longue après-midi de travail avec les chèvres. Elle allongea ses jambes le long des siennes, dans le sens inverse, ses pieds proches des hanches du jeune homme. Être assise de cette façon lui donnait une impression d'enfance, comme s'ils étaient tous deux ensemble sur une balançoire, ou à l'intérieur d'un fort invisible. Il versa un verre de thé, le lui tendit, puis redressa le pichet et le vida d'un seul trait, impressionnant. Le spectacle de sa pomme d'Adam qui montait et descendait lui fit penser à toutes ces énormes pilules tombées au fond du gosier de ses chèvres. Les adolescents n'étaient qu'une combinaison confuse d'appétits.

Il sortit un paquet de cigarettes de quelque part – il avait dû aller les chercher dans sa voiture pendant qu'elle était à l'intérieur, devina Lusa, puisque lui était entièrement mouillé et qu'elles ne l'étaient pas. Il secoua l'emballage dans sa direction, mais elle leva la main.

« Arrière, Satan. Je me suis débarrassée de cette sale habitude. »

Il en alluma une, approuvant de la tête avec enthousiasme. « Super. Je devrais, moi aussi. » Il secoua le poignet pour éteindre l'allumette. « Je réfléchissais à ce que tu me disais, que tu te fichais bien d'atteindre tes trente ans ou non. Tu vois, moi, c'est pas le cas. J'ai l'impression que tout s'arrange après le lycée.

– Oui, en effet, dit Lusa. Tu peux me faire confiance. À part quelques obstacles en chemin, ça ne fait que s'améliorer à partir du lycée. » Elle réfléchit à ce qu'elle venait de dire, surprise de découvrir à quel point c'était vrai. « Ça, je peux te le garantir. Même déprimée, veuve et loin de chez moi, j'aime mieux ma vie de maintenant que celle que j'avais quand j'étais à l'école.

– C'est vrai ?

– Je crois.

– Tu aimes la campagne, alors. Tu aimes travailler à la ferme. Tu étais faite pour ça.

– J'imagine que c'est vrai. C'est bizarre, tout de même. J'ai vécu une vie tellement différente, avec ces parents cultivés, et j'en ai tiré le maximum. J'ai élevé des chenilles dans des boîtes à chaussures, et j'ai étudié les insectes et l'agriculture autant d'années qu'il m'a été permis. Un beau jour, Cole Widener est entré dans ma petite maison et en a soufflé le toit, et me voilà ici. »

Rickie hocha la tête et chassa une mouche de ses sourcils. Lusa avait le dos au soleil couchant, mais il lui faisait face. Sa peau avait la couleur du sucre caramélisé et ses yeux noirs brillaient dans la lumière oblique. Elle cueillit un pissenlit et en lissa la face jaune et hérissée. De la sève blanche s'écoula de la tige sur ses doigts. Elle le jeta au loin. « Au début, j'étais furieuse contre lui d'être mort et de m'avoir laissée ici. Larguée à un point que tu ne peux pas imaginer. Mais maintenant, je commence à penser qu'il n'était pas censé être toute ma vie, il n'a été là que pour m'ouvrir cette porte. Je lui en suis tellement reconnaissante. »

Rickie fumait en silence, les yeux mi-clos fixés au loin. Il importait peu à Lusa qu'il parlât ou non, ou même qu'il comprît. Rickie la laissait parler, à tout moment, à propos de tout. Cela le faisait paraître plus âgé qu'il n'était.

« Est-ce que je t'ai dit que mes parents allaient venir me voir ? demanda-t-elle joyeusement. Juste avant la reprise des cours, à l'automne, quand mon père aura sa semaine de congé. »

Il la regarda. « C'est bien. Tu ne vois pas souvent tes parents, non ?

– Non, pas vraiment. C'est une véritable affaire d'État. Ma mère ne voyage plus beaucoup depuis son accident cérébral. Elle confond tout. Mais papa dit qu'elle va mieux – elle a commencé un nouveau traitement et elle marche mieux. Si elle arrive à monter les escaliers, je vais essayer de le convaincre de la laisser ici quelque temps. Pour un vrai séjour. Ma mère me manque. »

Il hochait la tête, absent. Il ne savait absolument pas – Lusa s'en rendit compte – qu'on pouvait se sentir autrement que totalement cerné et étouffé par la famille.

Ils entendirent de nouveau le colin qui clamait son nom depuis le flanc de la colline. Confiant, avec une inflexion montante à la fin, comme si c'était le tout début de la longue phrase qu'il avait l'intention de dire. Elle appréciait qu'il fût là, dans son champ en friche : l'oiseau ne lui appartenait pas en soi, mais incarnait une sorte de locataire qui dépendait d'elle et de sa bonne volonté permanente. Malgré tous ses ennuis, elle n'avait jamais cessé de penser à sa nouvelle situation, celle de propriétaire. Non seulement hypothéquée, non seulement endettée, mais également bénéficiaire d'une part de la confiance du monde. Un état interdit au peuple de son zayda depuis plus d'un millier d'années.

Au bout d'un intervalle suffisamment long pour permettre que l'on changeât de sujet, Rickie demanda : « Tu n'es pas inquiète au sujet du coyote ?

– Est-ce que je le suis ? » Elle but la moitié de son verre de thé avant de répondre. « Tu vas trouver ça fou, mais non, je ne suis pas inquiète. Ce que je veux dire c'est qu'au pire il serait fichu de s'emparer d'un chevreau, et je n'en serais pas accablée. Je ne me vois pas tuer une créature aussi belle juste sur un soupçon. Je suis pour la présomption d'innocence.

– Tu changeras peut-être de refrain quand tu le verras s'enfuir dans les bois avec ce pauvre petit braillant au meurtre. »

Lusa sourit, frappée de son langage. « Écoute, est-ce que je peux te raconter une histoire ? En Palestine, d'où est venu mon peuple, il y a environ un million d'années, on sacrifiait traditionnellement des chèvres. À Dieu, théoriquement, mais je pense qu'on les mangeait probablement après la cérémonie. » Elle posa son verre, qu'elle vissa dans l'herbe. « Mais voilà, on laissait toujours s'échapper une chèvre dans le désert. Le bouc émissaire. Qui était censé être chargé de tous les péchés et erreurs de l'année. »

Rickie avait l'air amusé. « Et la morale de l'histoire, c'est quoi ? »

Elle se mit à rire. « Je n'en suis pas sûre. Qu'en penses-tu, toi ?

– Que c'est bien d'en laisser filer une ?

– Ouais, quelque chose comme ça. Je ne suis pas une exploitante professionnelle au point de me permettre de tuer un coyote à cause d'un chevreau qu'il pourrait me voler. Il y a dix autres façons pour moi de perdre une bête par ma seule sottise. Et je ne vais pas me mettre, moi, à tuer. Alors, est-ce que cela te semble raisonnable ? »

Il hochait la tête pensivement. « Si tu le dis, je suppose que oui. » Il se tut, se souriant à lui-même, admirant quelque chose au loin derrière elle. Lusa espérait que c'étaient les papillons sur son coin de mauvaises herbes en bas du jardin, bien qu'elle connût assez les pensées des jeunes hommes pour savoir que c'était improbable. Elle replia les genoux et, attrapant ses pieds humides, elle ôta ses chaussures, se rendant soudain compte que des tennis trempés étaient bien inconfortables. Ce qui expliquait aussi la présence des siens sur le toit de son pick-up.

« Tu as de jolis pieds », observa-t-il.

Elle allongea de nouveau ses jambes et considéra ses orteils ridés par l'eau, puis leva les yeux vers lui. « Zut ! tu devrais sortir davantage. »

Il se mit à rire. « Attends. Il faut que je t'avoue quelque chose. Je t'ai trouvée également jolie, assise sur le cul des chèvres. J'en ai pincé sérieusement pour toi pendant tout l'été. »

Lusa se mordit les lèvres pour se retenir de sourire. « Je l'avais plus ou moins deviné.

– Je sais. Tu trouves que c'est bête.

– Qu'est-ce qui est bête ? »

Il tendit le bras et écarta de ses yeux ses cheveux mouillés, frôlant sa tempe avec douceur à l'aide de ses doigts repliés. « Ça. De penser à toi de cette manière-là. Tu n'imagines pas à quel point j'y pense.

– Je crois que je sais, dit-elle. Ce n'est pas bête, mais ça me fait peur. »

Il laissa sa main le long de son cou et dit tranquillement : « Pour rien au monde je ne te ferais de mal », et Lusa fut terrifiée d'être soudainement consciente de la moindre terminaison nerveuse de ses seins et de ses lèvres. Il aurait été si facile de le faire entrer dans la maison, là-haut, de le mener jusqu'à l'énorme lit moelleux dans lequel ses grands-parents avaient probablement conçu sa mère. Comme il serait réconfortant de se laisser emporter loin de soi, de la solitude, et d'être tenue contre son beau corps solide. Ses mains deviendraient celles de Cole. Seulement l'espace d'une heure, la faim qui la tenaillait nuit et jour se repaîtrait d'une sensation réelle au lieu du souvenir. D'un vrai goût,

525

d'un vrai contact, d'une pression de peau sur la pointe d'un sein, sur une langue. Elle frissonna.

« Je ne peux même pas parler de ça.

– Pourquoi pas ? » lui demanda-t-il, laissant tomber sa main sur ses genoux. Il parcourut des doigts la couture intérieure de son jean humide depuis le genou jusqu'à l'ourlet, puis referma doucement la main autour de sa cheville nue. Elle se rappela avec une douleur aiguë le sentiment de perfection minuscule, compacte, qu'elle avait éprouvé à l'intérieur de la vaste étreinte des membres de son mari. Elle regarda sa main posée sur sa cheville, puis son visage, tentant de muer sa peine en colère.

« Est-ce que j'ai vraiment besoin de te dire pourquoi ? »

Il soutint son regard. « Dis que tu veux pas que je te fasse l'amour.

– Dieu ! » Elle suffoqua, tourna la tête de côté, à court de mots, bouche bée, à peine capable de reprendre son souffle. Où avait-il appris à parler comme ça, dans les films ? Elle secoua la tête, incapable d'empêcher sa bouche ouverte de sourire face à son expression, à sa détermination sincère à la posséder. Elle se souvenait de l'effet que produisait un désir obsessionnel. Oh mon Dieu ! toutes ces journées passées dans son appartement d'Euclid Street. Il n'existait aucun moteur au monde dont la puissance fût comparable au désir d'un corps pour un autre.

« Cette question n'est pas juste, finit-elle par dire. J'aimerais, oui, si c'était possible. Je pense que ça me plairait beaucoup. C'est vrai, que le ciel me tombe sur la tête. Maintenant tu sais. Est-ce que ça rend les choses plus faciles pour autant ?

– Pour moi, oui. Sacrément ! » Il eut ce sourire en coin qu'elle n'avait jamais vu nulle part ailleurs que sur le visage de Cole Widener, au lit. « Pour moi, c'est délicieux. C'est comme si j'avais obtenu un "très bien" à un examen. »

Elle lui ôta la main de sa cheville et lui en baisa rapidement les jointures comme une mère qui apaise un bobo d'enfant, puis elle la laissa retomber dans l'herbe. « Alors, parfait. Tu as une bonne note. Est-ce qu'on peut maintenant passer à autre chose ?

– Comme quoi ? Comme flanquer un matelas à l'arrière de ma voiture et aller à la rivière ce soir ?

– Tu es incorrigible.

– Ce qui veut dire quoi, exactement ?

– Ce qui veut dire que tu as dix-sept ans, bientôt dix-huit, et que tu débordes d'hormones jusqu'aux oreilles.

– C'est bien possible, dit-il. Mais il se peut que je sois une bonne affaire. M'essayer c'est m'adopter, qui sait ? »

Elle était assise, les bras étroitement croisés, regrettant de ne pas s'être souciée de changer de vêtements. « Un rat mouillé » n'était pas l'impression qu'elle donnait dans cette chemise, de toute évidence. Il aurait tant apprécié, pensait-elle, malheureuse. Il serait facile de l'émouvoir de plaisirs dont il se souviendrait pour le reste de son existence. Mais après tout, peut-être que non s'il avait déjà fixé ses critères d'après les magazines cachés sous son lit. Les garçons ne savaient jamais ce qu'ils perdaient à cause de ces petites amies de papier glacé.

« Je ne le saurai jamais, alors, dit-elle, sentant un changement en elle, une avancée définitive en terrain plus sûr. Je ne nie pas qu'on s'amuserait bien, peut-être même mieux que ça. Mais c'est totalement hors de question et, si ça devait se produire, je me verrais forcée de ne plus être ton amie. Désolée de t'avoir avoué que j'étais attirée par toi. Tu ferais mieux d'oublier ça. »

Il lui jeta un regard neutre et hocha lentement la tête. « Très bien, dit-il. Mais c'est impossible.

– Écoute. Ne prends pas ça mal, Rickie, je t'aime *toi*, mais il y a aussi que tu me rappelles Cole à m'en faire perdre le nord. Or tu n'es pas Cole. Tu es mon neveu. Nous sommes parents.

– Nous ne sommes pas du même sang, objecta-t-il.

– Mais nous sommes de la même famille, et tu le sais. En plus, tu es mineur. En principe, pour très peu de mois encore, mais tu l'es. Je suis bien certaine que ce que tu me proposes serait un délit. Commis par moi contre toi. Si la peine capitale existait dans cet État, ta mère et tes tantes s'arrangeraient pour m'obtenir la chaise électrique. »

Il ferma les yeux sans rien dire. Il semblait enfin assagi par l'ensemble du ton, des mots, de l'évidence. Lusa en ressentit à la fois soulagement et tristesse.

« Je suis désolée d'être aussi brutale, dit-elle. Je ne pense pas à toi comme à un enfant. Tu le sais, tout de même ? Si nous avions tous deux eu deux ans de plus et si tu étais quelqu'un que je venais juste de rencontrer, je serais probablement sortie avec toi. »

Il alluma une autre cigarette sur laquelle il concentra toute son attention, le regard fixé au loin. Au bout d'un moment, il dit : « Je ferai en sorte de te le rappeler dans deux ans d'ici quand tu perdras la tête pour un type des environs. »

Lusa déterra un petit caillou du sol et le lança au-delà de ses pieds. « Je n'arrive pas à me l'imaginer, tu sais ? Vu d'ici, j'ai l'impression que le pays est totalement désert.

– Eh ben, tu n'es pas la seule. Toutes les filles de mon école meurent d'envie de tomber enceinte et de se marier pour pouvoir jouer les ménagères, mais elles ont l'air de gamines. Dès que j'aurai terminé l'école, je veux faire des choses, comme aller en stop jusqu'en Floride, trouver un job sur un bateau de pêche ou un truc comme ça, tu sais ? Aller voir à quoi ressemblent ces îles avec leurs palmiers. Et toutes ces filles, avec leurs cheveux longs qui vont chez Kmart bayer aux corneilles devant les chaussures à brides en disant "Qu'elles sont mignonnes !" De futures candidates à l'ennui. »

Lusa se mit à rire. « Et toi et moi, nous sommes différents, c'est ça ? Deux âmes nobles confrontées à une situation douteuse tant que nous n'aurons pas trouvé quelqu'un d'à peu près correct avec qui aller. »

Il approuva d'un mouvement de tête, souriant de ce fichu sourire en coin. « C'est à peu près ça.

– Franchement, tes perspectives sont meilleures que les miennes. Avant l'époque où mes chèvres auront pondu leurs chevreaux, je te prédis que tu auras rencontré la fille de tes rêves et que je serai grillée.

– Ne parie pas trop là-dessus.

– Je danserai à ton mariage, Rick. Je te parie.

– Je n'ai pas réussi à danser au tien, dit-il. Tu ne m'as pas invité.

– La prochaine fois, je n'oublierai pas, dit-elle. Je te le promets. C'était une grosse erreur, tu sais ? Ne te fais jamais enlever. La famille ne te le pardonnerait jamais.

– La famille, quelle barbe !

– Merci bien. » Elle lui jeta un regard, frappée d'une soudaine inspiration. « Tu sais ce qu'il nous faudrait, à toi comme à moi ? Aller danser. Tu aimes danser ? »

Il fit oui de la tête. « Ouais. En fait, j'aime ça.

– C'est exactement ce qu'il nous faut. Il n'y aurait pas un coin dans les environs où on jouerait de la musique le samedi soir ?

– Oh bien sûr ! il y a le bar de l'université à Franklin, le Skid Row. Ou bien on pourrait aller jusqu'à Leesport en voiture. Ils ont de bons orchestres country là-bas au Cotton-Eye Joe's. » Il prenait sa proposition au sérieux.

– Tu crois qu'on ferait scandale dans la famille si on allait danser ?

– Sûr. Ma mère et mes tantes pensent que la danse n'est faite que pour s'échauffer. Tante Mary Edna baratine là-dessus à l'École du dimanche. Elle raconte que la danse, ça mène toujours au sexe.

– Eh bien, elle a raison, c'est probablement vrai pour la plupart des animaux. Les insectes le font, les oiseaux, et même certains mammifères. Mais nous sommes très intelligents, toi et moi. Je nous crois capables de distinguer un rituel amoureux de l'acte lui-même. Qu'en penses-tu ? »

Rickie se renversa en arrière sur le sol, où il resta allongé un moment, sa cigarette dressée comme un tuyau de cheminée. Enfin, il l'ôta de sa bouche pour parler. « Tu sais ce qui me rend fou avec toi, Lusa ? C'est que la moitié du temps je sais absolument pas de quoi tu parles. »

Elle baissa les yeux sur lui, son superbe neveu couché dans l'herbe. « Ça te rend fou et c'est mal ? Ou c'est bien ? »

Il réfléchit un instant. « Ça n'a pas à être bien ou mal. C'est simplement toi. Ma tante préférée, Mlle Lusa Landowski.

– Ho, ho ! Tu sais vraiment comment je m'appelle. Alors que je m'apprête à changer de nom.

– Ouais ? Pour quel autre ?

– Widener. »

Rickie leva ses sourcils noirs et la regarda depuis sa position couchée. « Sans blague. On peut savoir pourquoi ?

– Pour Cole, pour les petits, pour vous tous. La famille. Je ne sais pas, moi. » Elle haussa les épaules, un peu gênée. « Il semble que ce soit la chose à faire. De sorte que la ferme restera là où elle est sur notre petite carte du monde. C'est un truc d'animal, j'imagine. Comme de marquer son territoire.

– Eh ben, dit-il.

« – Alors, allons danser, d'accord ? Une affaire totalement sérieuse, nous danserons jusqu'à en tomber par terre, nous nous serrerons la main et bonsoir. J'ai besoin d'exercice. Tu es libre ce samedi qui vient ?

– Je suis libre comme l'oiseau, ce samedi, dit-il, toujours couché sur le dos, souriant largement vers le ciel.

– Bon. Parce que tu sais je vais très bientôt devenir mère. Il vaut mieux que je sorte et que je fasse des folies une fois ou deux pendant que j'en ai encore l'occasion. »

Rickie se remit sur son séant et écrasa pensivement sa cigarette dans l'herbe. « C'est vraiment gentil de prendre ces gosses. Quand je dis gentil – bon Dieu, c'est plus que ça. »

Lusa haussa les épaules. « Je le fais autant pour moi que pour eux.

– Eh bien, maman et tante Mary Edna trouvent que c'est un don du ciel que tu le fasses. Elles disent que t'es une sainte.

– Oh, allons !

– Non, je te jure que c'est ce qu'elles racontent. Je les ai entendues le dire.

– Eh bien mon cher, dit-elle. Quelle transformation ! De l'adoratrice du diable à la sainte, tout ça en l'espace d'un seul petit été. »

28
Les châtaigniers d'autrefois

Le monde était rempli de dangers, pensa Garnett, et Nannie Rawley était aussi confiante qu'une enfant. Elle ne se rendait même pas compte que ce type n'avait pas que des bonnes intentions. Accroché à elle comme une lampourde, mais cinquante fois plus dangereux. Garnett en avait entendu de drôles dans le genre jeunot qui passait de la pommade à quelque pauvre vieille dame gentille et l'épousait pour son argent. À vrai dire, de ce côté-là, Nannie n'avait rien à craindre, parce qu'elle n'aurait sans doute pas deux sous vaillants tant que sa récolte de la saison n'aurait pas été faite et vendue, mais son verger avait le meilleur rendement des cinq comtés, elle n'avait pas de descendants et tout le monde dans les environs le savait. Impossible de dire ce que ce serpent rusé avait derrière la tête.

Garnett n'aurait pu prétendre le savoir non plus, mais ce dont il était sûr c'est que depuis maintenant deux jours, chaque fois qu'il apercevait Nannie dans son jardin, ce type était là, accoudé à la clôture. Il n'avait même pas levé le petit doigt pour l'aider à rentrer ses boisseaux de courges et de maïs. Qu'il ose mettre un pied chez elle et Garnett téléphonerait à Timmy Boyer. Il n'avait pas le choix. Elle n'était pas fichue de se protéger.

Il avait terminé de plier les chemises qu'il avait enfournées hier dans la machine à laver et séchées dans le sèche-linge. Il tenait la dernière par la pointe des épaules et la considérait avec attention. Elle paraissait tout aussi fripée et usagée que lui. Ellen avait l'art et la manière de les sortir de là plaisantes et douces, sans qu'elles aient besoin de repassage. Les matins d'hiver, avant qu'il ne parte pour l'école, elle lui en tendait une qui avait la chaleur d'une étreinte d'épouse, et il portait toute la journée ce petit supplément d'affection sur ses épaules. Peu importaient les affronts d'une insolente jeunesse à laquelle il était confronté à longueur de journée, c'était toujours ça de pris : une femme s'occupait de lui, son homme.

Il empila les chemises pliées en un tas aussi net qu'il le put, posa les chaussettes roulées en boules dessus et transporta le tout à l'étage. Il fit une pause près de la fenêtre sur le palier, tenant en équilibre les vêtements repliés d'une main et écartant le mince rideau de l'autre.

Tonnerre ! Il était encore là comme un loup qui guette l'agneau. Elle n'était même pas en vue. Quel sacré culot il fallait avoir pour rester là à l'attendre comme ça, les coudes sur la clôture ! Garnett clignait des yeux tout ce qu'il pouvait pour tenter de mieux distinguer les détails de son physique. Sans compter qu'il n'était même pas si bien que ça. Du côté allure, pour être honnête. Allure qui tirait sur celle du pot à tabac. Garnett s'en irrita tellement qu'il en laissa tomber une paire de chaussettes. Tant pis, il les ramasserait plus tard. Il scruta aussi loin qu'il le put les ombres de l'arrière-cour de Nannie, mais elle ne semblait pas être là non plus.

Très bien, donc, pensa-t-il soudainement, plein de témérité – il tenait l'occasion. Il irait à la minute même remettre sa feuille de route à ce gars-là. Cette clôture de jardin n'était pas à plus de trois mètres de la limite du terrain de Garnett, et il avait autant le droit que tout le monde de chasser les vauriens et les vagabonds du voisinage.

Garnett commença par monter dans la chambre pour ranger ses chemises dans le tiroir du bureau. Oui, pardi, il allait le faire. Il envisagea un instant d'aller chercher son fusil de chasse mais y renonça finalement. Il n'avait pas utilisé d'arme depuis bien des années, depuis l'époque où il pouvait prétendre jouir d'un œil plus perçant et d'une main plus sûre, bien que certain de savoir encore tirer en cas de nécessité. Cette pensée lui donna du courage. Peut-être que de le tenir simplement à la main lui donnerait de l'assurance. Il ne le chargerait pas ; ce n'était pas la peine. Il se contenterait de le prendre avec lui pour se donner l'air de quelqu'un qui ne plaisante pas.

Il fit le tour du lit jusqu'au placard du côté d'Ellen, là où il avait tendance à ranger les choses dont il n'avait plus l'intention de se resservir. La porte, qui était légèrement sortie de son cadre, racla le plancher quand il la tira pour l'ouvrir. Il battit des bras dans l'obscurité tel un aveugle à la recherche du cordon qui commandait la lumière et faillit tomber à la renverse lorsque quelque chose de volumineux dégringola soudainement de l'étagère, en rebondissant sur son épaule au passage. Le vieux carton à chapeau d'Ellen. Il atterrit sur le flanc et le chapeau du dimanche bleu marine d'Ellen en sortit en roulant sur la tranche, décrivant un petit demi-cercle sur le parquet avant d'aller s'immobiliser à plat, à côté du lit.

« Ellen », s'écria-t-il, regardant fixement le chapeau. Celui-ci, naturellement, ne répondit pas. Il reposait simplement là, à plat sur son petit rebord bien net, orné d'un petit bouquet de cerises artificielles. S'il avait pu joindre les mains sur ses genoux, il l'aurait fait.

« Ellen. Il ne faut pas me flanquer des frousses pareilles. Je fais ce que je peux. »

Il attrapa son fusil à deux mains et sortit en trombe de la chambre, allongeant le bras pour tirer la porte derrière lui. Elle n'avait pas besoin de voir ça.

« Mon vieux, pouvez-vous me dire ce que vous faites là », lança Garnett depuis le bouquet de cerisiers sauvages de la haie, à une trentaine de mètres de là où se tenait toujours le type. Qui ne manifesta à aucun moment avoir vu ou entendu Garnett – ha ! – qui savait encore se montrer discret comme tout bon chasseur de gros gibier. Rien que d'y penser, il en tira une certaine satisfaction, et peut-être même un peu de hardiesse.

Il s'éclaircit la voix, ses dernières paroles étant sorties un peu tremblotantes, et lança de nouveau. « Hé, vous là-bas ! »

Rien.

« J'ai dit "bonjour". Je me présente : Garnett Walker, je suis propriétaire de ce terrain et j'aimerais savoir ce que vous foutez ici, si ce n'est pas trop vous demander. »

L'homme resta muet et ne daigna même pas tourner la tête. Garnett n'avait jamais vu un tel étalage de grossièreté. Même le jeune qui conduisait le camion de livraison se fendait d'un « Salut » réticent quand il y était invité.

Garnett cligna des yeux. Ce type paraissait tellement avachi qu'il était peut-être mort. Il ne semblait pas jeune, malgré tout. Les jeunes, Garnett l'avait observé, donnaient souvent l'impression d'avoir trop peu de jugeote pour garder la tête haute. Mais ce gars-là ne paraissait même pas avoir de tête. Il se tenait bossu, les bras croisés devant lui sur la barricade, un vieux chapeau mou poussiéreux enfoncé jusqu'aux oreilles. Il s'appuyait de tout le poids de son corps sur ses bras, de façon peu naturelle, comme un poteau posé contre une haie. En fait, tout en lui paraissait anormal, depuis sa façon d'arrondir les bras dans sa vareuse, comme si ses coudes avaient été en caoutchouc plutôt qu'articulés, jusqu'à ses grosses jambes en forme de poteau et toutes bosselées dans ce jean. Garnett éprouva la plus étrange impression qui soit, comme s'il avait pénétré tout déshabillé dans le rêve de quelqu'un. Il sentit le rouge gagner le devant de son cou bien qu'il n'y eût personne pour assister à la scène. Dieu merci, il n'y avait pas de témoins ! Il posa délicatement son fusil sur le bout de la crosse, le canon contre le tronc du cerisier, franchit la barrière et fit quelques pas du côté qui appartenait à Nannie, pour mieux distinguer le visage.

Mais, bien sûr, il n'y avait pas de visage. Il n'y avait qu'une taie d'oreiller bourrée, coiffée d'un chapeau et enfoncée dans une chemise et un pantalon également rembourrés. Garnett se souvint de la barrière et de la traverse en robinier que Nannie avait assemblées à l'aide de clous, dans son garage. Il faillit en tomber sur les genoux. Depuis deux jours, il était sur des charbons ardents : de soupçon, de colère et de jalousie. Oui, il fallait le dire. Il avait été jaloux d'un épouvantail.

Il tourna les talons avant que la situation n'empire.

« Garnett Walker ! » cria-t-elle en débouchant comme une flèche de l'angle de la maison.

Il soupira. Entre lui et elle, les choses tournaient toujours au pire. Il aurait dû le savoir, depuis le temps. Il aurait dû laisser tomber. Impossible de remonter le courant de cette rivière-là. « Bonjour, mademoiselle. »

Elle s'arrêta net, les mains sur les hanches. En jupe. Elle se préparait sans doute à partir au marché. Elle était toujours un peu coquette ces jours-là, avec sa jupe de calicot et ses nattes. Elle avait l'air inquisiteur d'un petit oiseau, la tête penchée de côté. « J'ai cru entendre quelqu'un m'appeler par ici », dit-elle.

Garnett considéra ses mains. Vides. « Je venais voir si vous aviez besoin d'aide. Si vous aviez besoin d'un coup de main pour charger votre camionnette, pour le marché amish. Je sais ce que c'est à cette époque de l'année. Quand les pommes rouges commencent à mûrir. »

Il en aurait ri tellement elle paraissait ébahie.

« Avec les rouges, ajouta-t-il avec emphase, quand ça pleut, ça tombe dur. »

Elle secouait la tête. « Vrai, on n'arrête pas les miracles.

– J'ai vécu la plus grande partie de mes quatre-vingts ans au voisinage d'un verger, poursuivit-il bêtement, il en était lui-même conscient. J'ai des yeux. Je vois bien que c'est assez de travail pour casser les reins d'un âne. »

Elle le regardait du coin de l'œil. « Est-ce que c'est une autre tourte que vous cherchez ?

– Écoutez voir, je ne trouve pas que ce soit juste. Je vous ai simplement proposé de vous aider, il ne faut pas faire comme si le ciel vous tombait sur la tête. Ce ne serait pas la première fois.

– Non, dit-elle. Vous m'avez fait également cadeau des tuiles. C'était une bénédiction.

– Je trouve qu'il serait juste de dire que je me suis montré bon voisin, ces temps derniers.

– En effet, convint-elle. Vous me pardonnerez si tout ça met du temps à entrer dans ma tête. Je n'ai jamais connu autant de bonheurs que ces jours-ci. Je suis vraiment trop comblée. »

Il se demanda ce qu'elle voulait dire par là et s'il était poli de s'en enquérir. « J'ignorais que vous aviez encore de la famille quelque part, dit-il, pour voir. À héritage. »

Elle se mit à rire, les mains posées à plat sur le devant de sa jupe. « C'est exactement ce qui m'arrive : j'hérite d'un parent. De deux, en fait. »

Garnett, assez dérouté, pensa brièvement au type qui traînait du côté de la haie et qui, bien entendu, n'en étant pas un, n'avait strictement aucun intérêt à l'héritage de qui que ce soit. Il attendit une explication de la part de Nannie – explication qui finissait toujours par arriver si on patientait assez longtemps.

« Deanna Wolfe, dit-elle simplement. Elle vient vivre avec moi. »

Garnett réfléchit. « La fille de Ray Dean ? » demanda-t-il, rempli d'une jalousie brève et insensée vis-à-vis du Ray Dean Wolfe, jeune, qui avait courtisé Nannie pendant plus d'années que la plupart des gens ne restaient mariés. Nannie était tellement heureuse à l'époque qu'on pouvait l'entendre chanter à longueur de journée, en dehors des jours de pluie. Mais Ray Dean Wolfe était désormais enterré au cimetière.

« C'est ça, Deanna, sa fille. C'est presque une fille pour moi. Vous le savez.

– Je croyais qu'elle était partie vivre là-haut dans les montagnes et qu'elle travaillait pour le gouvernement.

– Oui, c'est bien ça. Elle est restée deux ans toute seule là-bas, dans son refuge. Mais à présent, elle prend un congé et elle redescend. Et là, tenez-vous bien : elle va avoir un bébé.

– Eh ben, ça me fiche un coup. » Il regardait les montagnes, les yeux mi-clos.

« Comment c'est arrivé, vous pensez ?

– J'en sais rien, et je m'en moque. Je me fiche de savoir si le père est un couguar, je vais avoir un petit-fils ! »

Garnett secouait la tête, claquant la langue. Nannie avait l'air du chat qui a croqué le canari. Les femmes et leurs petits-enfants, c'était quelque chose. Comme Ellen qui se rongeait les sangs sur son lit de mort à propos de l'enfant de Shel. Et maintenant, il y en avait deux, un garçon et une fille. La jeune femme aux chèvres, de Lexington, lui avait téléphoné, comme ça, comme un cheveu sur la soupe, pour lui annoncer qu'elle voulait amener ces enfants visiter son exploitation. Parce qu'ils avaient envie de voir les châtaigniers. Ses arbres.

« Moi aussi, j'ai des petits-enfants, déclara-t-il à Nannie.

– Ça n'est pas nouveau, dit-elle. Vous êtes seulement trop intraitable pour vous inquiéter de connaître leurs prénoms.

– La petite s'appelle Crystal et le garçon, c'est Lowell. Ils viennent ici samedi. » Comment Garnett avait-il tiré ces noms des failles moussues de sa mémoire, même lui ne le saurait jamais.

« J'ai pensé que je pourrais leur montrer comment ensacher les fleurs et faire des croisements, ajouta-t-il. Sur mes châtaigniers. Pour m'aider à poursuivre le projet. »

À sa grande satisfaction, Nannie sembla frappée de stupeur. « Comment cela a-t-il pu arriver ? dit-elle, pour finir.

– Eh ben, je ne pense pas qu'un couguar ait eu grand-chose à faire là-dedans. »

Elle restait là à regarder Garnett, bouche bée. Si elle n'y prenait pas garde, pensa-t-il, une abeille allait venir s'y loger. Puis, apercevant quelque chose derrière lui, elle fronça les sourcils. « Qu'est-ce que c'est que ça, là-bas, contre l'arbre dans la haie ? »

Il se retourna pour regarder. « Oh ça ? C'est mon fusil de chasse.

– Je vois. Et puis-je vous demander ce qu'il fabrique là-bas ? »

Garnett le considéra. « Pas grand-chose. Il est juste appuyé contre l'arbre, d'après moi.

– Très bien, mais comment est-il arrivé là ?

– Il est sorti pour dire deux mots au gars qui est accoudé à votre haie depuis deux jours. »

Elle se mit à rire. « Oh ! mais c'est Buddy. Je ne crois pas avoir fait les présentations.

– Eh bien, Buddy nous a causé quelques petites inquiétudes. »

Elle jeta un regard soupçonneux à Garnett. « Ah ?

– J'en ai bien peur.

– Et vous êtes venu voir si tout allait bien pour moi, c'est ça que vous êtes en train de me dire ? Vous êtes venu avec votre fusil pour me protéger de mon épouvantail ?

– Il fallait bien, dit Garnett les mains tendues, s'abandonnant à sa merci. Je n'appréciais pas la façon qu'avait Buddy de vous reluquer en short. »

À présent, Nannie était stupéfaite pour de bon. On aurait dit qu'elle venait d'être frappée par la foudre. Elle le regarda fixement jusqu'à ce qu'un sourire se fît jour et gagnât son visage tel le soleil après l'orage. Elle marcha vers lui, les bras tendus comme une somnambule, enserra étroitement sa taille dans ses bras, la tête posée sur sa poitrine. Il fallut à Garnett une minute et demie avant de penser à lui passer les bras autour des épaules à son tour et à les tenir contre lui. Il se sentait aussi raide que ce vieux Buddy – comme si lui non plus n'avait rien d'autre dans la chemise et le pantalon que du journal et de la paille. Malgré tout, peu à peu, ses membres se détendirent. Et elle se contenta de demeurer là, comme un petit oiseau apaisé dans le cercle de ses bras. C'était étonnant. La tenir ainsi semblait comme un repos après une rude journée. Comme la chose importante qu'il devait faire.

« Monsieur Walker. Garnett. Ces merveilles ne cesseront-elles jamais ! » dit-elle de nouveau, et, pour en être certain, Garnett la garda contre lui. Elle tourna son visage vers lui pour le regarder. « Et voilà que je vais finir par avoir un petit enfant à la maison et que vous, vous allez en avoir deux. Il faut toujours que vous ayez le dernier mot, c'est ça ?

– Allons, Nannie. Vous êtes pénible. »

Elle posa la joue contre son vieux cœur fragile, là où le coquillage rose de son oreille pouvait capter quelque chant qui s'y trouverait encore.

« Garnett, vous n'êtes qu'un vieux raseur donneur de leçons. »

29
Les prédateurs

Le grondement de la pluie qui crépitait sur la toiture en tôle du refuge était assourdissant. À rendre fou. Deanna se dit que si elle poussait un cri elle ne l'entendrait probablement pas. Elle ouvrit la bouche et essaya. Exact.

Assise sur le lit, elle avait ramené ses genoux contre la poitrine. Elle avait amoncelé les couvertures et dressé les oreillers contre le mur afin d'en faire une sorte de canapé – un endroit qui ne serait pas un lit mais qui serait confortable. Dans tout ce bruit blanc, elle se sentait prise de fièvre, comme piégée à l'intérieur du refuge, autant qu'elle l'avait été dans l'obscurité de l'hiver précédent. Elle tira sur le bout de sa chaussette trouée, prit un livre, le reposa. Pendant des heures, elle avait tenté de lire, mais le vacarme avait atteint un point tel qu'il avait balayé tout espoir de concentration. Elle se boucha les oreilles pour connaître un peu de répit et écouta le rugissement devenu différent sous ses mains. Un ressac de pulsation, la mer dans un coquillage – qu'elle se souvenait d'avoir entendue pour la première fois sur une plage. Son père, Nannie et elle étaient allés à Virginia Beach deux étés de suite. Cent dix ans plus tôt et cent neuf ans de plus.

Ce n'était pas l'Océan, bien sûr, mais la marée de sa propre circulation qui palpitait au-dedans d'elle, un son transmis par l'os jusqu'à ses tympans. Deanna ferma les yeux et écouta plus intensément, aux aguets de quelque menue différence maintenant que son cœur pompait son sang dans un jeu d'artères supplémentaire. Elle attendait vainement quelque preuve, mais jusqu'ici le changement n'habitait son corps que de manière éthérée, comme une pensée ou un charme. Car, désormais, elle devrait côtoyer la magie.

Elle enleva ses mains de ses oreilles : la pluie sembla plus bruyante encore. Des éclairs illuminaient la fenêtre irrégulièrement, mais sans arrêt, pareils à un feu d'artifice. Le tonnerre, elle ne l'entendait pas, mais ses vibrations parvenaient jusqu'à elle à travers le plancher, faisant trembler les pieds du lit en fer. Elle envisagea de se glisser sous les couvertures et de se mettre la tête sous les oreillers, mais cela redeviendrait le lit, où, dans sa solitude, l'affreux tremblement continuerait de l'atteindre. Il n'y avait pas d'échappatoire possible et l'orage se rapprochait. Il n'était que quatre heures de l'après-midi et le ciel était noir comme un crépuscule et s'assombrissait encore de minute en minute. Une heure plus tôt, Deanna s'était dit que, de toute sa vie, elle n'avait jamais vu un tel orage dans ces montagnes. Et cela, c'était une heure plus tôt.

Avec étonnement, elle se souvint de sa radio. Si celle-ci ne lui procurait aucune aide, du moins lui tiendrait-elle compagnie. D'un bond, elle atteignit le bureau pour extraire la petite radio du tiroir du bas. Elle l'alluma, la tint contre son oreille, n'entendit rien. Examina l'objet, repéra le bouton du volume et le tourna à fond sans qu'aucun grésillement ne se fît entendre. Les piles, pensa-t-elle : elles s'usaient de ne pas servir. Elle explora le tiroir pour en trouver d'autres, en sachant parfaitement qu'elle oubliait toujours de les rajouter sur la liste. Pour finir, elle récupéra celles de sa petite torche électrique, les piles de rechange qu'elle rangeait sur l'étagère près de la porte.

La foudre tomba alors, si proche de la maison qu'elle l'entendit claquer derrière le rugissement de la pluie.

Son et lumière furent simultanés : elle était tombée par ici. Probablement sur un des grands peupliers de la colline qui dominait le refuge. Il ne lui manquait plus que ça, à présent : qu'un arbre s'abatte sur elle. De ses doigts tremblants, elle retourna la radio et en souleva la trappe arrière pour y repêcher les vieilles piles et y placer les nouvelles. « Plus, moins », dit-elle tout haut, en faisant correspondre les pôles, d'une voix parfaitement inaudible à ses propres oreilles. Même ça c'était terrifiant, comme une obscurité tellement intense qu'elle restait la même, yeux ouverts ou fermés. Deanna avait connu des moments de panique dans ce genre d'obscurité, se demandant si elle était devenue aveugle, et il lui vint alors à l'esprit que la surdité ressemblait sans doute à cela. Les gens croyaient qu'elle était faite de silence, mais peut-être n'était-elle qu'un grondement compact et blanc.

Elle fit une nouvelle tentative avec la radio. En appuyant une oreille contre les perforations et en couvrant l'autre, elle perçut des bruits. Juste statiques au début. Il fut difficile de régler le son, d'écouter, de régler à nouveau, d'essayer de trouver la fréquence de Knoxville, mais elle finit par entendre un faible bruit, une musique ferraillante d'un genre inclassable. Elle attendit un moment pour laisser son oreille s'y habituer. Cela faisait longtemps qu'elle n'avait rien écouté d'autre que le chant des oiseaux. Il faudrait qu'elle se remette à la musique, décida-t-elle, comme on réapprend à parler après une attaque cérébrale. Il y avait tant de choses à venir qui l'inquiétaient. L'électricité, avec tous ces petits bruits qu'elle produisait dans une maison. Et les gens aussi, avec tous ces bruits qu'ils faisaient. Le travail de l'accouchement serait le moindre de ses soucis.

Elle essaya de penser à Nannie. Inutile de s'en faire : elle savait comment cela se passerait. Pour éloigner son esprit de cet effrayant isolement, elle s'imagina dans le refuge authentique de la maison de Nannie Rawley, dans la générosité de ce verger feuillu. Avide de confort et de repos, elle s'obligea mentalement à se promener à travers les pièces de la maison de Nannie, et dehors, parmi les arbres familiers et même dans l'herbe haute de son champ, là où elle avait découvert pour la première fois le lien entre sexe et création divine.

Elle n'avait qu'à moitié écouté la musique métallique, plus longuement qu'elle ne le pensait, lorsqu'elle prit conscience d'un son différent, plus fort, qui ramena son attention sur la radio : le long bourdonnement discordant d'une alerte émise par une station météo. Elle se déplaça sur le lit et tendit l'oreille de son mieux pour entendre ce qui allait suivre. Avis de tornade. Comté d'*Oga*, comté d'*Ing*, des noms auxquels elle ne sut donner un sens – Bin, Din, Fin, *Hinman*, c'était ça : les comtés d'Hinman et de Logan. Direction nord-ouest. Elle laissa tomber la radio sur ses genoux. Voilà, c'était bien la grosse tempête de la fin de l'été, la queue du premier ouragan de saison qui arrivait par ici. Elle eut une ultime petite pensée pour Eddie Bondo, la dernière qu'elle s'autoriserait : qu'il ait eu le temps de quitter ces montagnes avant que cette tempête ne se déchaîne.

Elle se leva et fit le tour de la pièce dans l'espoir de trouver un endroit plus propice à la réception du son. Elle découvrit que celui-ci était meilleur dans l'entrée, et mieux encore dans la galerie. Le fracas sur le toit n'y était pas aussi violent. Elle se serra au plus près sous l'avant-toit pour éviter d'être trempée et s'assit avec précaution dans le vieux fauteuil vert, la tête bien droite telle une malade avec une minerve, pour continuer à entendre le son d'une voix humaine à son oreille. Cela faisait deux ans qu'elle n'avait pas écouté les nouvelles et maintenant elle ne pouvait s'en passer une minute de plus. De la musique, à présent. Oui, c'est ça, c'est comme ça qu'ils faisaient : « Alerte, urgence, toutes affaires cessantes ! » et puis retour aux publicités et aux chansons d'amour ringardes. Le monde revenait vers elle. Elle posa la radio sur ses genoux et l'éteignit pour économiser les piles, dont elle aurait peut-être besoin plus tard. Puis elle sauta sur ses jambes et rentra pour s'assurer qu'elle avait des bougies et la lampe à pétrole à portée de main. Pourquoi ? Elle s'arrêta, essayant de se raisonner et de ne pas céder à la panique. Il allait faire noir, tempête ou non, comme tous les soirs de l'année. Pourquoi avait-elle soudain besoin de quatre chandelles disposées les unes à côté des autres avec des allumettes toutes prêtes ? Elle aurait bien aimé rire d'elle-même ; ce serait tellement mieux que d'avoir l'estomac noué d'une morne panique. Qu'est-ce qui avait changé alors qu'elle avait été si intrépide ? Mais elle savait ce qui avait changé. C'était le prix à payer pour s'être s'impliquée dans le vivant. Il y avait tant à perdre. Elle retourna dehors dans le fauteuil vert et plaqua de nouveau la radio contre son oreille, rejetant la tête en arrière, essayant d'entendre. Encore de la musique. Elle éteignit la radio, puis se pencha en avant, ouvrit la bouche et poussa un long hurlement libérateur qu'elle entendit parfaitement :

« VA-T'EN AU DIABLE, EDDIE BONDO ! »

Pourquoi aujourd'hui, plus que tous les autres jours ? Avait-il un baromètre intérieur qui lui indiquait que le temps à venir tournerait à la tempête ? Elle mit ses bras autour d'elle et se renversa en arrière, s'abandonnant à l'étreinte de ce brave fauteuil antique et défoncé. Aujourd'hui, demain ou hier, c'était du pareil au même, elle devait le croire. Elle avait déjà enduré seule des tempêtes, elle supporterait bien celle-ci. Prudemment, elle retira sa malédiction. Vraiment, elle avait souhaité qu'il s'en aille avant que l'air ne fût devenu trop dense entre eux. Son secret commençait à être difficile à garder, et le garder, elle le devait, il n'avait jamais été question qu'il en fût autrement. C'était mieux pour cet enfant, mieux pour tout le monde, qu'il ne sût pas ce qu'il laissait derrière lui – il ne le saurait donc jamais. Elle dirait aux gens d'Egg Fork, parce qu'à coup sûr ils lui poseraient la question, que le père de son enfant était un coyote.

Deanna sourit. Elle le ferait. Et Nannie la soutiendrait dans sa version.

Il était parti avec la même mentalité. Si quelque chose blessait Deanna, c'était de ne pas avoir entamé ses convictions, de ne pas avoir réussi à le faire changer afin qu'il puisse accueillir un coyote dans son cœur.

Elle était sortie ce matin avant l'aurore faire l'une de ses marches énergiques et avait fini par rentrer à la maison pour trouver le vide saisissant auquel elle s'attendait. Son paquetage, son chapeau, son fusil, tout était parti cette fois, elle le sut d'emblée. Il n'avait pas touché à ses affaires, avait laissé le refuge exactement tel qu'il était trois mois plus tôt – et pourtant on aurait juré que l'espace s'était agrandi afin de contenir un tel vide.

Ce n'est qu'au bout de plusieurs heures qu'elle ouvrit son carnet de bord et trouva son mot à l'intérieur, son unique souvenir d'Eddie Bondo – ou du moins, le croirait-il pour toujours. Un adieu assez cinglant pour lui faire comprendre qu'elle ne devrait pas attendre son retour. Sur la page blanche qu'elle avait marquée à la date du jour, il avait enregistré sa propre observation :

Il est difficile pour un homme d'admettre qu'il a trouvé son maître. E. B.

La plus grande partie de la journée, elle se demanda s'il voulait parler d'elle – Deanna – ou des intouchables coyotes. Lequel d'entre eux avait été de trop pour Eddie Bondo ?

Finalement, elle décida que cela n'avait pas d'importance. Elle arracha la page de son carnet pour ne pas avoir à poser de nouveau les yeux dessus, puis la déchiqueta en tout petits bouts qu'elle mit en tas dans un coin de son tiroir à chaussettes, à l'usage des souris quand elles garniraient leurs nids pour l'hiver. Ce n'est qu'en refermant le tiroir qu'elle comprit. À sa façon de jeune homme, il offrait son départ en cadeau. *Trouvé son maître* était une concession d'importance. Il les laissait seuls, Deanna et les coyotes. Aucun mal n'arriverait dans cette montagne à cause de lui.

Un violent éclair vint frapper ses yeux d'une cécité électrique momentanée. « Oh mon Dieu, oh mon Dieu », chantonna-t-elle, se recroquevillant au plus profond de son fauteuil, battant des paupières pour remettre au point le paysage brouillé par la pluie. Ça avait été près. À vingt mètres de là, ou moins. Elle put en sentir l'effet dans l'air ionisé. Il était temps maintenant de prier qu'il restât quelque chose de cette montagne après le passage de la tempête. Elle ralluma la radio et écouta. Il n'y avait plus de musique ; les noms de comtés étaient répétés indéfiniment. Ils étaient passés au mode d'alerte permanente, donnant la liste des comtés qu'elle connaissait tous bien. Franklin, Zébulon. L'œil de la tornade était là. Elle retourna la radio et la vida de ses piles, qu'elle glissa dans sa poche. Mieux valait les garder pour sa torche électrique. Elle se serait moquée d'elle-même si elle avait pu. S'il y avait bien une nouvelle à ne pas recevoir d'une radio, c'était bien celle-là : que l'œil de la tornade était là.

Elle se leva et tenta de percer du regard la nappe d'eau qui coulait de l'avant-toit comme un rideau de douche translucide. Elle se dirigea vers l'extrémité de la galerie et constata qu'elle voyait mieux depuis le pignon où l'eau tombait du toit avec moins de force. La pluie semblait un peu moins dense à présent. Une heure plus tôt, l'air était si imprégné d'eau qu'un poisson aurait été capable de sauter des berges de la rivière pour nager au sommet des arbres. Elle n'avait jamais vu une pluie pareille. Il y en avait moins, maintenant, mais un vent menaçant se levait. Pendant qu'elle contemplait le spectacle, en l'espace de quelques minutes seulement la pluie diminua considérablement ; l'orage semblait s'être déplacé du côté de la crête, mais un vent se mit à hurler comme l'haleine froide de quelque bête qui se rapprocherait. Il souffla la pluie à l'horizontale, elle la reçut en pleine figure. Désormais terrifiée jusqu'à la moelle, elle rentra, enfila ses bottes et son imperméable, et, pendant qu'elle y était, se mit à tourner en rond dans la pièce. Tout son instinct lui soufflait de s'échapper, mais il n'y avait nulle part où aller. Elle se sentait vulnérable et prise au piège dans le refuge. Rester debout dehors, dans la galerie, lui parut un peu mieux, mais, une fois ressortie, elle reçut l'impact d'une bourrasque qui la plaqua si violemment contre le mur du refuge qu'elle sentit le relief des rondins contre son dos. Le vent froid lui fit mal aux dents et aux yeux. Les deux mains sur son visage, elle regarda au travers du mince espace qui les séparait, clouée sur place par l'impossible menace de cette tempête qui dansait sur sa forêt. Des arbres qu'elle croyait solides ployaient de manière impensable, se brisant et perdant des branches. Les troncs claquaient comme des coups de fusil, les uns après les autres. Là-haut où la forêt rencontrait le ciel, elle vit les silhouettes noires des peupliers danser un lent tango fantomatique avec le vent. Ils bougeaient, synchrones, tout le long de l'arête du contrefort qui entourait la combe. *Il n'y a aucune sécurité ici*, semblaient-ils dire et elle fut prise d'une panique qui tourna à la pure et simple nausée. Les arbres tombaient. Cette forêt était la seule chose dont elle avait toujours été sûre, et voilà qu'elle s'éparpillait comme des fétus de paille. N'importe lequel de ces troncs massifs était capable de l'écraser en l'espace d'une seconde. Elle tourna son visage contre le mur du refuge, sans se rendre compte qu'elle tenait sa natte entre les dents et les mains sur son ventre, pour le protéger. Sans se rendre compte qu'elle ne serait plus jamais elle-même, seule – de cette solitude qui était la plus faillible des ambitions humaines. Elle savait seulement qu'elle se tenait le dos à la tempête, prise d'une panique pure, aveugle, cherchant que faire.

Il faisait noir comme en pleine nuit à présent, pourtant elle réussit à distinguer l'alternance des raies sombres et claires des rondins à l'horizontale et du mortier de couleur pâle qui les séparait. Elle les compta, en commençant par le bas, pour se donner une tâche que peut-être elle mènerait jusqu'au bout. Étonnamment, elle ne l'avait jamais fait. Onze, il y en avait onze dans ce mur, un nombre impair. Ce qui voulait dire douze ou dix pour les murs du fond. Elle suivit des yeux l'un des troncs sur toute sa longueur bosselée, jusqu'à l'endroit où tous les rondins de ce mur s'articulaient avec ceux du suivant, comme les doigts de quelqu'un qui joint les mains. Elle arrima son regard terrifié à cet angle, un empilement de vingt et un solides troncs d'arbres, soigneusement entrecroisés.

Un abri, c'est ce qui lui vint à l'esprit en les regardant attentivement. Le principe même d'un abri authentique que ces vingt et un rondins mortaisés. Aucun chêne ou peuplier qui tomberait n'écraserait jamais ce refuge. Car il était fait d'arbres abattus. Elle ferma les yeux, appuya son front contre le tronc circulaire d'un vieux châtaignier muet et se prépara à attendre la fin de l'orage.

Lorsque la pluie et le tonnerre cessèrent et que le vent se fut calmé, les coyotes se mirent à hurler depuis le sommet de la crête. Avec des voix qui montaient, se brisaient et tremblaient d'une joie pure, étonnée, ils élevèrent leur longue harmonie bleue sur fond de ciel obscur. Non seulement une voix dans l'obscurité, mais deux : celle d'un couple qui s'était apparié en ce monde nouveau et avait fini par triompher.

30
Un amour de papillon de nuit

Les mâles, chez les papillons saturnidés géants, étant dotés d'une bouche imparfaite et fermée, ne peuvent pas s'alimenter. Leur vie d'adulte, d'une brièveté poignante, est entièrement consacrée à la localisation d'une partenaire et à l'accouplement avec cette dernière.

C'était le passage auquel elle avait vaguement pensé depuis un long moment avant de le retrouver, hier soir, en feuilletant dans un état de distraction désespéré, au beau milieu de l'orage, le livre qu'elle lisait le soir de la mort de Cole. Il était sous le lit : le livre n'avait pas bougé d'un pouce. Lusa n'était même pas sûre de vouloir le relire, mais lorsqu'elle tomba sur le passage en question elle reconnut là quelque chose qui expliquait sa vie.

Des étrangers à la famille s'étaient mis à la questionner sur ses projets. Cela s'était produit tout dernièrement. Quelque changement du temps ou en Lusa elle-même avait dû leur signaler qu'ils pouvaient maintenant parler sans risque et ils disaient toujours la même chose : que c'était dommage pour Cole et qu'avait-elle décidé de faire à présent ?

Que pouvait-elle leur répondre ? Elle s'imaginait en train de leur citer un passage de Darwin, leur expliquant qu'il y avait de la place en ce monde, même pour certains êtres qui étaient incapables de manger ou de parler, mais dont le seul but était de trouver et d'attirer l'autre moitié de leur espèce. Elle avait été appelée ici. Il n'y avait aucun projet à proprement parler.

Bien sûr, elle ne le disait pas. C'était toujours dans des lieux éclairés, normaux, comme le rayon céréales de chez Kroger ou encore à la quincaillerie Little Brothers que les gens s'inquiétaient de son avenir, aussi leur répondait-elle toujours la même chose : « J'ai décidé de terminer ce que j'ai commencé. »

Et voici ce qu'elle avait commencé : en l'absence de Cole, dans la maison où il avait grandi, elle apprenait à cohabiter avec l'ensemble de sa vie. C'est Cole, enfant turbulent, qui avait cassé le barreau du haut de la rampe d'escalier, Cole qui avait construit pour sa mère le coin égouttoir dans l'office, la première année de ses travaux d'atelier à l'école. Lui qui avait planté chacun des lilas de la cour, bien que cela parût impossible étant donné qu'ils atteignaient maintenant dix mètres de haut. Son père les lui avait fait planter pour sa mère l'été de ses neuf ans, afin de le punir d'avoir juré devant elle. Lusa le comprenait de mieux en mieux. Cole n'allait pas être un époux pour lequel on cuisinerait, avec lequel on s'assiérait pour prendre ses repas. Il représenterait une seconde enfance à porter avec la sienne, l'enfant devenant un homme pendant toutes ces années qui avaient mené à leur rencontre. Elle soutirait des histoires à propos de Cole même à des gens extérieurs à la famille : des femmes en ville, des inconnus, M. Walker. Bien plus que les gens des villes, ceux de la campagne paraissaient avoir de nombreux codes non écrits sur la mort : au bout d'un certain temps, par exemple, on pouvait reparler du mort en toute liberté. On pouvait rapporter des anecdotes le concernant, même rire légèrement à ses dépens, comme s'il avait rejoint vos rangs. Il semblait à Lusa que tous ces récits dispersés faisaient vraiment partie d'une seule et longue histoire, celle d'une famille restée sur ses terres. Et que cette histoire était également devenue la sienne.

Dans l'après-midi, elle avait appris qu'elle tirerait un dollar quatre-vingts la livre de la viande de ses chèvres, si tout marchait selon ses plans. C'était un prix dont on avait apparemment jamais entendu parler dans le comté, quel que fût l'animal. Elle y repensait à présent, s'accordant avec joie une minute afin de se pénétrer de ce succès pendant qu'elle se tenait sur l'échelle, dans l'obscurité, à masser les muscles fatigués de sa nuque. C'était comme d'avoir gagné le gros lot. Grâce à son astuce, elle avait fait aboutir quelque chose ici, où, semblait-il, aucun espoir n'avait jamais été permis. Il n'était même pas important que quiconque appréciât à sa juste mesure son habileté. Personne ne s'apercevrait jamais que les grandes fêtes des trois principales religions du monde coïncidaient avec la semaine où elle vendrait ses chèvres, comme la conjoncture des astres pour un horoscope spectaculaire. Seule une bâtarde religieuse comme Lusa avait pu la voir venir et y avait attaché son destin. Il est probable que les faits réels de son coup d'audace tourneraient au genre de folles rumeurs qui couraient librement chez Oda Black et à la quincaillerie et auxquelles personne ne croyait : Lusa aurait eu un cousin qui avait partie liée avec de riches gangsters italiens. Lusa aurait réussi à vendre illégalement ses chèvres au roi d'Égypte. En pareil endroit, certains secrets se gardaient, faute d'être à la hauteur des rumeurs concurrentes.

Elle savait que son succès en matière de chèvres ne se révélerait en aucun cas la panacée définitive ; il n'existait pas de remède miracle pour cette catégorie d'activité difficile qu'on appelait l'élevage. Elle devrait se montrer inventive pour le restant de ses jours. À la coopérative, elle avait remarqué que le gouvernement payait des gens à cultiver le pâturin local destiné à remplacer la fétuque, et elle avait eu un choc en voyant le prix des semences. Vingt-huit dollars la livre. Cette semence devait bien pousser quelque part : une culture de pâturin, imaginez les ragots que cela susciterait. L'an prochain, elle n'élèverait peut-être plus de chèvres, tout dépendrait du calendrier, mais beaucoup s'y mettraient sûrement quand ils apprendraient ce qu'elle avait gagné avec les siennes. Et ils découvriraient qu'ils étaient incapables d'écouler leur viande. Lusa commençait à entrevoir comment sa vie s'organiserait dans le comté de Zébulon. Elle allait devenir une femme dont les hommes parleraient.

Ce matin, après sa nuit éprouvante, Lusa s'était réveillée vidée et en même temps changée, secouée, mais d'aplomb. Comme si elle avait franchi une porte qui la mènerait en un lieu où elle pourrait sans danger fouler le sol de son existence. La tempête avait fait place nette et soufflé l'électricité dans tout le comté. Ici, elle avait fait voler les fenêtres en éclats du côté nord de la maison et secoué tous les fantômes des chevrons, des deux côtés de la famille. Lusa avait passé la nuit à prier dans toutes les langues qu'elle connaissait, persuadée qu'une sorte de fin était proche, avant de sombrer finalement dans le sommeil, pelotonnée du côté de Cole dans le lit, Charles Darwin dans les bras et une bougie brûlant sur la table de nuit.

Et elle s'éveilla ressuscitée. Fit quelques pas dans la cour, étonnée des branches cassées du catalpa répandues partout et des constellations scintillantes de verre brisé. Ces fenêtres étaient garnies de leurs vitres d'origine, bosselées. C'était étonnant. Au bout de toutes ces années qu'avait connues le bâtiment, quelque chose de nouveau était encore capable d'arriver.

Accomplissant le premier acte assuré de sa nouvelle vie, elle appela petit Rickie et l'engagea comme adjoint à mi-temps à la direction de la ferme. Au téléphone, ils convinrent de dix dollars de l'heure (en dépit de la règle concernant les voisins et les parents) ; il débuterait le plus tôt possible, dès qu'il aurait récupéré les pièces de la botteleuse chez Dink Little. Il faucherait le foin et l'aiderait à le rentrer dans la grange, puis se chargerait d'enlever les roses multiflores de toutes les bordures de haies que les chèvres ne pourraient atteindre. Il ne serait autorisé à passer aucun désherbant. Ils s'étaient brièvement chamaillés à ce sujet, mais elle avait gagné car cela ne ressemblait en rien à l'une des querelles conjugales qu'elle avait connues avec Cole. Cela relevait d'un contrat d'emploi. Rickie avait le droit de débroussailler à la machine ou à la faux ou pas du tout, et il ne devait pas s'attaquer aux bois, ni chasser l'écureuil, le gros gibier et le coyote ou déterrer du ginseng. Il reviendrait également à Rickie la tâche de trouver le moyen d'empêcher les autres hommes de la famille de chasser dans la combe. Si la ferme était toujours celle des Widener, les bois ne leur appartenaient plus, expliqua Lusa. Ils n'étaient plus à personne.

Le jardin, elle en prendrait soin elle-même. Il s'était proposé à cette tâche, mais elle lui avait dit qu'elle aimerait le faire. Elle s'était réveillée aujourd'hui avec un profond désir de remettre les lieux en ordre. Non pas uniquement pour débarrasser la cour des branches cassées, mais pour rabattre les ronces qu'elle avait laissées s'étendre au cours de l'été. Elle n'aurait su expliquer pourquoi, mais elle se sentait enfermée et avait besoin d'aller de l'avant, de prendre ses cisailles et son émondeur telles des armes contre cet envahissement. Elle y avait travaillé farouchement toute la journée, ne s'interrompant qu'un bref instant au moment de l'appel du cousin de New York. Puis avait repris le travail immédiatement, jusque tard dans la soirée, avec l'haleine de la montagne sur la nuque et des ailes de papillons de nuit décrivant des cercles dans la lumière de la galerie.

Elle savait, par Rickie et Crystal, que la famille commençait à dire à quel point elle travaillait dur de ses mains. Ils semblaient respecter sa façon d'utiliser les outils. Un peu plus tôt dans la journée, elle avait montré à Rickie comment se servir d'une bêche affûtée au lieu du Roundup pour venir à bout des pousses de pommiers qui avaient surgi au hasard sur la pelouse. Après son départ, elle avait pris la scie à émonder pour couper les grimpantes qui escaladaient les murs de la maison et les buis, qui s'insinuaient partout, comme à leur habitude. Puis elle arracha toute la vigne vierge de la rangée des vieux lilas pour qu'ils puissent refleurir.

À présent, dans l'obscurité qui devenait plus dense, elle se mettait finalement en devoir d'arracher le chèvrefeuille qui avait envahi le garage. Il y avait assez de lune qui se reflétait sur les planches à clin blanches pour voir ce qu'elle voulait voir. Ce n'était que du chèvrefeuille, une plante exotique envahissante qui n'avait rien de sacré. Elle la voyait maintenant pour ce qu'elle était, une grimpante de jardin importée qui s'enroulait étroitement autour de tous les endroits verts où humains et créatures plus sauvages acceptaient de partager leur existence.

Elle arracha la plante des murs en longs torons, les laissant retomber à terre en rouleaux comme de la corde, au pied de son échelle. Là où elle tirait sur les vrilles, les racines qui demeuraient en place faisaient de sombres pistes de griffes, montant telles de légères traces d'animaux en voyage silencieux vers les hauteurs. Ou telles de longues épines dorsales curvilignes restant dressées là après qu'elles eurent été soudainement dépouillées de leur corps. Elle travailla d'arrache-pied dans la nuit fraîche, conquérant sa liberté, et sachant que ce chèvrefeuille persisterait au-delà de ce qu'elle pourrait inventer ou imaginer. Il serait bientôt de retour ici, aussi vite que l'été prochain.

31

Elle fit une pause en haut du champ, humant l'odeur ténue de chèvrefeuille. Étrange que quelqu'un fût encore dehors, à cette heure avancée de la nuit. Gardant l'allure, elle franchit rapidement le champ à l'orée du bois, là où la lune rencontrait dans l'herbe la mince lanière argentée qui avait mené des centaines d'autres animaux le long de cette lisière devant elle. Elle suivait une piste incertaine bien qu'elle fût si sûre d'elle d'habitude. Mais aucune menace ne planait alentour. Le nez au sol, elle prit de la vitesse, serrant de près la partie haute du champ qui bordait toute cette vallée, se glissant aisément sous les clôtures de barbelé, les unes après les autres. Elle ne s'aventurait jamais loin dans ces endroits dangereusement à découvert, avec ces stupides essaims d'animaux sous la lune, mais veillait plutôt à se cantonner à la limite du bois aux rassurantes odeurs d'humus et de fruits pourris. Elle aimait l'air après une grosse pluie et une expédition en solitaire où elle se sentait libre de courir à un train trop rapide pour toute compagnie. Libre de s'arrêter sur le sentier là où elle avait besoin de tout son temps pour une grappe de mûres des plus tentantes ou pour humer les fascinantes informations contenues dans une odeur inexistante la veille.

Pourtant un malaise grandissant s'emparait d'elle, parvenue si avant au bas de la montagne. Elle n'avait jamais pu se mettre en harmonie avec la cacophonie des sensations en suspens dans l'air autour de ces fermes :

les incessantes querelles des chiens, enfermés à l'arrière des habitations, qui hurlaient d'une vallée à l'autre, le gémissement de la périlleuse autoroute au loin, et, par-dessus tout, les odeurs aiguës et étranges de toute entreprise humaine. À présent, ici où cette succession de champs remontait en boucle dans la longue combe suivante, il y avait des effluves d'essence qui s'élevaient de la route, et quelque chose d'autre, la poussière d'une quelconque récolte qui lui brûla le nez, noyant même la mémorable âcreté des bêtes gravides du champ situé en contrebas.

Elle avait atteint l'endroit où la piste descendait dans un champ de pommiers sauvages et, là, elle hésita. Elle aurait bien aimé musarder à travers les touffes d'herbe haute et les bruyères, en quête de quelques pommes sucrées, attendries par le soleil. Ce champ tout entier et le verger plus bas exhalaient un parfum de bienvenue, une absence notable de brûlure chimique dans l'air qui les rendaient toujours attirants pour les oiseaux, pour les mulots, et pour elle aussi, sûrement, à l'instant même. Mais elle se sentait inquiète et troublée d'être si loin de sa sœur et des petits. Faisant demi-tour, elle reprit de la hauteur, de nouveau en terrain plus sûr où elle saurait disparaître dans les ombres moirées en cas de danger. Le reste de la bande arriverait jusqu'au contrefort en montant par l'autre vallée. La façon la plus aisée de les trouver à partir d'ici serait de suivre la crête de ce contrefort jusqu'au sommet et de les appeler quand elle serait plus proche.

Elle longea une berge rocheuse escarpée à l'odeur fétide de mousse humide, et riche de petites mares boueuses à sa base – un endroit idéal pour laisser les petits fouiner à la recherche d'écrevisses dans la journée, mais pas maintenant –, puis elle grimpa dans les bois plus anciens et plus familiers. Il y avait là une clairière aux senteurs de noisette où des années de glands et de noix avaient été enfouis sous l'humus par les écureuils, qui appréciaient particulièrement l'endroit, pour des raisons inconnues d'elle.

Elle avait déjà fait bien des fois des repas d'écureuils à cet endroit, mais, maintenant qu'il faisait sombre, ces bêtes craintives étaient réticentes à quitter leur cachette après pareille tempête. Pourtant, elle devinait le badinage nocturne, aigu, plus hardi, des écureuils volant là-haut dans les noyers blancs. Elle revint par les bois, puis s'arrêta de nouveau pour poser le nez sur une antique souche géante en décomposition, garnie d'un jardin de champignons à l'odeur aigre qui bourgeonnaient en permanence de son pied. D'habitude une odeur de lynx émanait de cette souche. Mais elle constata qu'il n'était pas venu ici dernièrement.

Elle s'arrêta à plusieurs reprises au cours de son escalade de la berge, relevant une seule fois l'odeur qu'elle avait suivie un moment plus tôt dans la soirée, mais la perdit de nouveau, car une telle pluie effaçait presque tout. C'était un mâle, et particulièrement intéressant : il ne faisait pas partie de son clan ; il n'était pas connu d'eux. Une autre famille était descendue du Nord, ils l'avaient appris ; ils les avaient entendus vocaliser la nuit et savaient qu'ils étaient tout proches, bien qu'ils ne soient pas déjà venus jusqu'ici. Elle s'arrêta de nouveau, humant l'air, mais cette trace n'allait pas maintenant se révéler à elle, quel que fût la peine qu'elle se donnerait pour la retrouver. Et, en cette tendre nuit humide d'un commencement du monde, cela lui convenait. Elle savait traquer avec patience. Dès le moment où le temps froid arriverait en force puis prendrait de la douceur à la saison des amours, ils connaîtraient tous leurs lieux de prédilection mutuels.

Elle s'immobilisa pour guetter brièvement un son inattendu dans les parages. Rien. C'était une belle nuit calme, remplie de choses coutumières. Les écureuils volant de chêne en chêne à portée d'oreille ; une mouffette à mi-pente de la montagne ; un troupeau de dindes perchées, tout près, dans l'entrelacs des branches d'un chêne énorme tombé pendant la tempête ; et devant, plus haut, quelque part, une des petites chouettes qui aboyaient quand la lune était à moitié noire. Elle partit d'un trot vif vers le haut de la crête, laissant derrière elle la trace délicate et sinueuse de ses empreintes et de sa propre odeur.

Si, dans cette forêt, quelqu'un l'avait observée, un homme armé d'un fusil, par exemple, dissimulé dans un épais bois de fayards, il aurait noté sa rapidité à monter le sentier, inspectant le sol devant elle, tellement absorbée dans sa quête solitaire qu'elle n'aurait pas semblé consciente de sa présence. Il aurait pu la suivre des yeux un long moment, jusqu'à se croire, lui-même et cette autre vie turbulente, les deux seuls représentants vivants de cette forêt de feuilles qui dégouttaient, respirant au sein de quelque atmosphère à part, en quelque sorte plus raréfiée et plus importante que l'univers d'air exhalé en silence par le feuillage qui les entourait.

Mais il se serait trompé. L'homme a l'arrogance de se croire seul. Chaque pas silencieux résonne comme le tonnerre dans la vie souterraine des insectes, une secousse sur un fil impalpable de la toile qui attire partenaire à partenaire et prédateur à sa proie, un commencement ou une fin. Tout choix offre un monde neuf à l'élu.

Achevé d'imprimer en Avril 2004
par Novoprint (Barcelone)

Dépôt légal : Mai 2004

Imprimé en Espagne